本书为『扬州市社科联重大课题资助出版项目』『扬州市职业大学优秀学术著作资助项目』

游境写心：
明代文士行旅览胜与心灵抒写研究

顾宇 ◎ 著

东南大学出版社
SOUTHEAST UNIVERSITY PRESS

·南京·

图书在版编目(CIP)数据

游境写心:明代文士行旅览胜与心灵抒写研究 / 顾宇著. — 南京:东南大学出版社,2023.12
 ISBN 978-7-5766-1147-2

Ⅰ.①游… Ⅱ.①顾… Ⅲ.①游记-古典文学研究-中国-明代 Ⅳ.①I207.62

中国国家版本馆 CIP 数据核字(2024)第 013862 号

策划编辑:张丽萍　责任编辑:陈　佳　责任校对:李成思　封面设计:顾晓阳　责任印制:周荣虎

游境写心:明代文士行旅览胜与心灵抒写研究
Youjing Xiexin:Mingdai Wenshi Xinglü Lansheng Yu Xinling Shuxie Yanjiu

著　　者	顾　宇
出版发行	东南大学出版社
出 版 人	白云飞
社　　址	南京市四牌楼 2 号　邮编:210096　电话:025-83793330
网　　址	http://www.seupress.com
电子邮件	press@seupress.com
经　　销	全国各地新华书店
印　　刷	苏州市古得堡数码印刷有限公司
开　　本	787 mm×1092 mm　1/16
印　　张	19.5
字　　数	433 千字
版　　次	2023 年 12 月第 1 版
印　　次	2023 年 12 月第 1 次印刷
书　　号	ISBN 978-7-5766-1147-2
定　　价	78.00 元

(本社图书若有印装质量问题,请直接与营销部联系。电话:025-83791830)

序：多样的风景，别样的性灵

明代，是中国历史上充满个性且复杂多元的时代。在经历了兼容并包的大唐气象、雅俗兼备的宋人意趣之后，明代文化将走向何方？明朝历经16代，延续270余年，文化命脉，赓续不断。明代社会传统而又开放，复古与性灵成为文化领域的重要命题。一方面，明代文人重视师古，他们向秦汉文章、唐人诗歌、宋元绘画致敬；另一方面，明代士人提倡师心，他们不拘格套、独抒性灵。师古，是沿袭传统；师心，则勇于创新。于是，明代有台阁体的工整，有前后七子的尊古，有徐文长的奇崛，还有晚明小品文的真情……在此社会文化风尚下，明代文士将目光聚焦于行旅之中。在郑和下西洋的宝船行迹中，彰显出大明帝国的文化自信；在徐霞客游记的实证考察中，辨明中国山水的源流和脉络；还有王士性笔下的山川风貌、袁宏道笔下的自然神情……明代的游记形态多样、神貌无遗。

近年来，随着明代别集及相关资料的陆续整理，明代记游文学的研究已取得令人瞩目的成果，其中进一步拓宽研究的空间似乎不是很大。然而，当我们再次走进明人的行旅书写，关注那些丰富多样的文本，还有不同情境下的微妙心灵呈现，我们还是会发现有诸多问题仍然值得关注，相关研究仍有待深化。于是，顾宇博士以《游境写心：明代文士行旅览胜与心灵抒写研究》为题，对明代行旅文学进行了全面而细微的考察。整体研究令人耳目一新，由此观之，明代记游文学研究依旧大有可为。细读此书，其中纵横开阖，特色鲜明，如走在山阴道上，风景独好，令人应接不暇。

此书聚焦行旅，展现精彩图卷。全书紧扣"行旅"二字展开研究。"行旅"看似与"游记"相类，却又有其独特内涵。南朝萧统编《文选》，专设"行旅诗"一类，五臣注曰："旅，舍也。言行客多忧，故作诗自慰。"六朝时期的行旅诗，往往和游宦旅途相关，多抒发旅客的忧思。例如，谢灵运笔下的行旅"惜无同怀客，共登青云梯"，写出了行旅者的孤独感。唐代文人笔下，行旅更显示出游览胜迹的历史沧桑感，如孟浩然"江山留胜迹，我辈复登临"，登山览胜，成为一种集体文化记忆。宋人笔下，行旅逐渐融入金石考古、实地考证、文化考索等多元意趣。及至明代，行旅书写的样貌则更加多元，其中既有大一统帝国的恢弘气度，也有博古风尚下的山川览胜，更有畅游山林的性情抒写。

记游，是旅行者记录文字的总称，其模式相对比较固定，大多关注游踪、景观和情感；行旅，则更加重视旅行者的过程书写，关注旅行所呈现的多样文本形态及其心路历程，其踪迹多变、景观多样，情感呈现也更加细微。由此，此书以"行旅览胜"为核心命题，关注明代不同时期最富特色的行旅书写。如明代初期,郑和下西洋背景下,海上丝绸之路逐步兴起。陈诚笔下的异域认知与文化想象,展现出了壮丽的西域生活图卷,给明代社会的文明互鉴与对外开放带来了新的认知空间与文化视野。同时,还有马欢笔下的"夷国"建构,让明代士人体会到了异域的人物形貌、风土人情以及丰富物产,其身游目识的意义在于对异域文化的认知,本质上也丰富了对于自我民族的认同与想象。此书作者充分意识到明初异域行旅书写的重要意义,书中指出,这不仅开拓了国民视野,也吸引了士人积极开辟海上丝绸之路与对外贸易,彰显出了开放包容的大明帝国的文化自信,这和晚清闭国锁国之后再打开国门"师夷长技以制夷"的情境有很大不同。如此而言,明初的行旅图卷,是大明王朝开眼看世界的万花筒。

随后,此书又列出四个专题,分别聚焦明代不同时期最具特色的行旅书写。明代的吴地文风昌盛,其行旅书写也别具一格。吴人都穆的金石之游,通过寻访拓片、访古考证来呈现,其《游名山记》关注名山、探访石刻,在一片片历史的废墟中,寻求昔日生命的遗迹,如此,先贤的活动印迹鲜活起来。都穆的行旅图卷,好似一首首咏史诗,在碑刻的模糊字迹中,咏叹过往的生命遗存。王士性的《五岳游草》呢?应该是明代的"千里江山图"吧!王士性将其行踪著为图记、发为诗歌,刻画意象,万里如在目下。山川,因为人的踪迹而富有灵性、姿态万千。王士性以今视昔,吴楚大地、滇蜀山脉,皆有数不尽的人文遗存。于是,江山变成了一种文化记忆,行旅,正是在历史的画卷中,与往昔文明展开对话。还有袁宏道笔下的俊秀山水,该是怎样一幅图卷?此书紧扣"貌神情"来论述,如此就不会流于"写皮肤"一般泛泛而谈。由此,袁宏道笔下的行旅书写,便是一幅自我神情的图卷,正如庄周梦蝶一样,袁宏道的性灵融入了山水书写,而山水也成为其人格的外化。还有徐霞客呢,该怎么写?《徐霞客游记》五个字,本身就是一座丰碑。徐霞客,应该就是"远游精神"的图卷!此书紧扣"溯江寻源"而展开,一次次追问,一次次实证,这就是远游精神。行旅的终极意义,或许就是探寻一切不确定的过去与未来,风景,只是沿途的休憩而已。

此书由行旅展开的五幅图卷,是否可以代表明代士人行旅书写的主要历程,是否神形兼备地呈现了其精彩图景?或许未必,在"貌神情"的过程中,或许也有"写皮肤"的笔法。然而,作者笔下,至少呈现出多样的景观,让人领略到不一样的明人行旅图卷。

书中所写行旅形态多样,笔法多变。明人行旅书写研究,应该如何研究?如果还是传统游记诗文的研究路径,其笔法可能是单调而缺少神采的,甚至缺乏挑战性。研究方法与视野的多样,正是出于研究对象的丰富性及多样性,此书结合研究对象的复杂性而进行综合研究。例如,陈诚出使西域,其文体既有散文,也有记行诗歌,还有上疏文体。不同文体各有何侧重呢?此书作者对此详加辨析,书中指出:《西域番国志》叙山川风物、《西域行程记》记道里行程、《纪行诗》书见闻感悟,三者相互依存、互为表里,交叉型的语体风格及不同呈现方式,塑造出不同类型的域外形象典范。如此比较互参,文本的多元意义得以揭示。又如,都穆的金石之游,证经补史、博闻亲见,其写法很似随笔感悟。此种笔法,和宋人学术笔记有何不同呢？此书对此也有发现,书中先回顾宋代金石访古的先例,再结合明清时期的金石活动,再而聚焦都穆,认为其叙述方式独特:注重当下所见,淡化考证过程,移步换景点出相关人和事、唤醒古代历史记忆。此类叙述,显示出作者在细读文本之后的所思所悟,颇有独创性。通览全书,此书综合运用了人文地理学、文图学、文学形象学、地学等理论方法。各种研究方法的使用,并不显得突兀生硬,而能够结合研究对象进行分析,因此较为契合。例如,对王士性《五岳游草》的分析,作者将其与《新镌海内奇观》比较,通过图像比照、图文互参,以此来分析王士性语-图关系之建构及其独特价值。此类研究,能够视野融通且紧扣文本,相关研究颇有价值。总之,此书既有文化视野,又不脱离文学本位,体现出综合融通的研究路径,因此对于游记文学研究具有很好的示范意义。诸多话题在此基础上,仍有进一步研究的价值。

明代文士由境写心,性灵尽现。好奇与想象,是行旅书写的催化剂;足履和舟楫,是旅人丈量世界的现实依托;而物象与心迹,则是旅行者由境写心的灵魂皈依。游境,也成为士人对话山林、书写心迹的"由境"。行旅,对于明代文士而言,更多则是心灵的休憩。不同的游境下,明代文士有着别样的心灵抒写。"山川异域,风月同天",马欢笔下的奇异书写,有着美丑的对照,仅仅是直书目下,或是恢诡文辞吗？还是老庄思想影响下"将无同"的齐物论呢？都穆对于废墟凝视间的独特情感,不也是庄子骷髅之舞的慨叹吗？还有袁宏道的"貌神情",不也似孔子"风乎舞雩,咏而归"的情志表达？还有徐霞客的"远游精神",令人想起"路漫漫其修远兮,吾将上下而求索"的屈子。如此而言,行旅不仅是心灵休憩,更是世人追寻生命之道的途径。行旅如何写心,如何表现性灵？或许不在此书中获得答案,还需读者与旅者、与山林神明契合,自行顿悟。

其实,读书和研究也是一场行旅,一段旅途过后,或充满艰辛,或时有欣喜,或略有所悟,或怅然若失。当我们收拾行囊,准备再次出发时,还有多样的风景、别样的性灵,等待我们去对话、去发现、去探寻。

宋展云
癸卯冬日于邗上静寄轩

目录

绪 论 ……………………………………………………………………… 001

第一章 游记考略 …………………………………………………… 020
第一节 "游"考 …………………………………………………… 020
第二节 "游记"概念辨析 ………………………………………… 022
第三节 游记内涵和外延的重新解析 …………………………… 026

第二章 域外之境:陈诚、马欢笔下的域外书写 ………………… 030
第一节 陈诚笔下的西域形象及其文学呈现 …………………… 031
第二节 马欢笔下的"夷国"建构与"奇异"书写 ……………… 053
第三节 明初域外游记的文化书写及文学价值 ………………… 071

第三章 历史之境:都穆金石之游的文化意蕴及文学价值 ……… 081
第一节 都穆及其金石学 ………………………………………… 081
第二节 《使西日记》的文化价值 ………………………………… 086
第三节 《游名山记》的独特价值 ………………………………… 097
第四节 都穆"游"之文学史意义 ………………………………… 111

第四章 览胜之境:王士性《五岳游草》的语-图视觉范式 ……… 122
第一节 记游观念的视觉中心新变 ……………………………… 123
第二节 《五岳游草》的编纂特点 ………………………………… 127
第三节 《五岳游草》的记游旨趣 ………………………………… 136
第四节 《五岳游草》的记游审美趣味及文学诉求 ……………… 144
第五节 《五岳游草》对华夏边缘的记游表述及文化寄寓 …… 157
第六节 《五岳游草》的典范意义及独特价值 …………………… 172

第五章　自然之境：袁宏道山水游记的貌神情意趣 ……… 186
第一节　"貌神情"与袁宏道游记创作之关系 ……… 186
第二节　袁宏道游记"貌神情"之独特艺术手法 ……… 197
第三节　从"写皮肤"到"貌神情"的文学新变及其文化意趣 ……… 208

第六章　实证之境：《徐霞客游记》的地学贡献和文学价值 ……… 220
第一节　《徐霞客游记》的精神内涵 ……… 221
第二节　《徐霞客游记》游志、游观的历时性变化 ……… 227
第三节　《徐霞客游记》的地学贡献 ……… 235
第四节　《徐霞客游记》的文学价值 ……… 253

总　论　游境写心：明代记游文学发展进程及艺术特色 ……… 269

参考文献 ……… 291

后　记 ……… 302

绪 论

历代都有游记作家,但没有一个朝代像明代那样游记作家如此之多、如此之整齐。明代是中国记游文学空前发展的兴盛时期,在中国文学史上有着非常重要的地位。明代保存下数量巨大的游记,蕴藏着巨大的文学研究价值。本书在前人研究的基础上,通过仔细梳理、认真分析、概括总结,从文学视角出发,以典范文本为研究对象,对明代的游境写心书写,做了较为深入的分析与总结。

一、选题缘起与创新设想

研究性课题的选题,无疑应该具有理论性、前沿性、创新性,同时,操作性、实践性、可行性亦是不可忽视的因素。在这一视野下,若能结合自己的职业特点和兴趣爱好,不啻一个可以尝试的选项。然而,论文的创新,是一个十分艰难的过程,需要经过长期积淀和反复推敲。

(一) 选题缘起

笔者本科专业是汉语言文学,硕士是古代文学方向,在一所地方职业大学的旅游学院工作了20多年,如果课题研究能够和学院的学科建设、专业发展及个人的课程讲授结合起来,岂不很好? 加之笔者爱好旅游,迄今为止,行程几遍及全国,此外,也曾十多次以自由行的方式赴国外游览观光,如果选题能结合自己的兴趣爱好,岂不美哉? 由此,笔者确立了"游记研究"的选题领域。

对笔者来说,选择游记方向,就如同选择了一块丝绸,做内衣或夏衣比较合适,若拿去做西装就不太得体、不太搭配了。于是,笔者开始大量阅读有关游记方面的著述,如《历代游记选》《中国古代游记选》《古代游记选注》《玉山丹池:中国传统游记文学》《中国文学地理形态与演变》《行万里路:宋代的旅行与文化》《诗与它的山河——中古山水美感的生长》等,检索有关期刊、学报关于游记研究的论文。经过一段时间后,逐渐将目光聚焦在明代的游记文本及相关研究成果。笔者发现,进入21世纪,中国古代游记文学研究取得了长足的进步,成果显赫,研究方法也逐步走向多元与深化,如:梅新林《中国文学地理形态与演变》"从文学空间的视境重新阐释和领悟文学的内在意义",在人与"时空并置交融"的互动中观视文学、文化与地域①;弗吉尼亚大学张聪《行万里路:宋代的旅行与文化》,其研究的定位"不再聚焦于地方的政治经济和社会风俗的差异,而是强调文人旅行者在从国家层面提升某个地方和地区的形象中所扮演的角色"②,其论证了作为文化精英的宋代士人们,通过旅行从而将中国的社会文化进行整合,并形成文化认同,产生重要影响;台湾大学吴雅婷博士论文《移动的风貌:宋代旅行活动的社会文化内涵》以移动为核心,从语境、旅宿、旅人、道路、书写五条轴线来分析宋代的旅行活动风貌;新加坡国立大学萧驰"七年时间,十次实地考察,觅迹古典文学吟咏之地,探寻中古诗歌书写的山水之美",因此《诗与它的山河——中古山水美感的生长》一书"不再关注一个观念、一种模式、一个传统持续不辍的肇始、演绎和展开,而是转而关注其中'琐碎的'部分"③,他选取南北朝到唐代十五位擅长风物书写的诗人,推绎出诗歌中中古山水美感的生长的论题;何瞻《玉山丹池:中国传统游记文学》,采用了"行旅叙述"与"情感应答"的分析路径,有别于梅新林先生的《中国游记文学史》,何瞻认为:"动感在很大程度上决定了中国游记文学的质量"④,"中国的旅行家们从来没以完全一样的方法去观看、描述同一个地方"⑤,"中国游记无法被完好地纳入任何一种固定、严格的文学类型概念,而这恰恰是因为游记本身不承载任何统摄作者关注点和文学风格的固定规则"⑥。这些新颖的研究方法和观点为本书以开放的视角确立论题,提供了有益的参考。

经过大量的阅读、梳理、比较、分析,决定将课题方向研究集中在明代,选题方向定为"明代游记文学研究"。

(二) 创新设想

选题确立后,如何别出心裁,避开别人的套路模式,是十分艰难的过程。八年来,经历了漫长的思考和探索,笔者不断改变原有的计划和方案。

最初的研究框架设计成五个部分——明代记游文学综论、以诗文记游上、以诗文记游中、以诗文记游下、以赋记游,罗列了高启、刘基、宋濂、台阁三杨、陈诚、马欢、费信、巩珍、李东阳、都穆、乔宇、杨慎、董传策、王世贞、王士性、袁宏道、王季重、张岱、徐霞客等,并匆匆忙忙拉出了20多万字的笔记、资料。没想到开题会议上,老师和同门学人或直率

---

① 梅新林:《中国文学地理形态与演变》,上海:上海人民出版社,2014年版,第2页。
② 张聪著,李文锋译:《行万里路:宋代的旅行与文化》,杭州:浙江大学出版社,2016年版,第20页。
③ 萧驰:《诗与它的山河——中古山水美感的生长》,北京:生活·读书·新知三联书店,2018年版,第8页。
④ 何瞻:《玉山丹池:中国传统游记文学》,上海:上海人民出版社,2021年版,第21页。
⑤ 何瞻:《玉山丹池:中国传统游记文学》,上海:上海人民出版社,2021年版,第20页。
⑥ 何瞻:《玉山丹池:中国传统游记文学》,上海:上海人民出版社,2021年版,第14页。

批评,或委婉建议,有的认为过于简单,有的指出过于平淡,有的说像中药铺、记流水账,有的说近乎归纳和描述、缺少思考和分析,总之,必须推倒重来。

后来,在第一稿基础上,第二稿做出了调整。由绪论、明前记游文学综述、明代记游文学综论、以赋记游、以戏曲记游、以小说记游、以诗文记游、总论等八大块组成,且紧赶慢赶写出了35多万字的初稿。出人意料的是,此稿又被否定了。理由是"明前记游文学综述""以赋记游""以戏曲记游""以小说记游"等内容的添加看似增加了容量,但整体面目没有质的改变,换汤不换药而已。且"以赋记游""以戏曲记游""以小说记游"等只是游记的"小众",数量有限,"诗文"才是游记的"大头",全文框架不合理,比例不协调。

此后,笔者陷入了痛苦的"长考",反复阅读现有研究成果,认真思考课题的写作规律和创新要求。经过一次次的洗礼和一轮轮的蜕变后,终于有了新的思路。本书创新设想如下:

1. 学术思想创新

传统游记的研究往往把游记文学限定在一套固定的规则和界限内,这样易从浩瀚的文学史料中发现或抓住若干线索,使其不致沦为散金碎玉。然而这种刻意的构建往往展现了游记研究中最诱惑人的秩序感,而游记文学发展中的许多分叉,其实被掩盖和过滤掉了。因而,本书的研究不是另一种编年的历史叙述,而是转而关注明代的文士书写山水的美感话语形构和明代之游意义系统的构建。

因此,本书以特定游境的确立,将"游"纳入人之情感内心,强化"心灵抒写",凸显明代文士如何在"游境"与"写心"中形成特色,进而构建出前朝历代所没有的游之书写大观。

并且,特定游境的确立,除了彰显明代文士行旅览胜的独特性,亦是为了整理出其与中国传统旅行的文本之间不易察觉的文学关系。因为"记"具现了"游"的情绪,联结了千姿百态的美感体验,记游抒写往往从心而生、特色迥异,情感的内化与洗涤不仅使游境得以生成,也赋予了它切实可感的广度、深度和宽度,既成为诸多与众不同的美学境界被定格于永恒的时间长河中,也可用以显呈、联结古往今来游记中更多潜在的文学关系。

2. 研究方法创新

明代文士记游的专题研究,可以有不同的路径和视角。第一,可以按照文学史方法将明代276年划分为三个时期——洪武至天顺(1368—1464)、成化至隆庆(1465—1572)、万历至崇祯(1573—1644),在三个时期中分别选取有代表性的作家和作品进行分析,归纳各个时期的特色,厘清明代文士记游发展的脉络。第二,可以采用分体研究的方法——以诗文记游、以赋记游的实境之游;以小说记游、以戏剧记游的虚幻神游,由此呈现明代文士对记游文体的开拓与创新。然这些视角或面面俱到,或出力不讨好,或难以挖掘深度。

本书在纵览明代游记文献基础上,不从纵向线性视角上梳理游记发展进程,亦不面面俱到分述各游记作家的总论部分,而是采取点面结合的研究方式,分布兼顾明前、明中、明晚,地域包容境内、境外,涉及科考、人文、访古、山水不同类型的游览活动,关联行记、日记、别集、小品多种记游形式,既能在微观层次上揭示明代文士不同时期、不同游家、不同游记的鲜明特色和独特风采,又能在宏观层次上阐明明代文士记游不同于其他朝代的多元姿态和生动景观。

3. 研究体系创新

本书追求与明代游记文学研究或一般游记史研究不同的体系建构。全书除绪论外,第一章考辨"游记"概念,然后分五个专题分别从不同的游境与写心角度进行论述,最后以总论收束:

(1) 明代通西域与下西洋的行旅书写。分别通过比较文学形象学、人文地理学地方感知呈现,揭示陈诚一分为三的行记所欲呈现的西域形象、自我形象;突出马欢对"夷国"与"奇异"的深刻地方感知;总体评价明初域外游记的文化及文学价值。

(2) 都穆金石之游的文化意趣及文学价值。以博闻亲见揭示《使西日记》的文化意趣,以善游能言探析《游名山记》的文学价值,以访碑为中心评价都穆金石之游的文学史意义。

(3) 王士性《五岳游草》新探。以图记为切入点,考察明代记游观念的新变以及《五岳游草》独特的编纂方式,并以语-图关系视野分析王士性建构的大河南北、吴越楚、蜀粤滇对比观察的地域阶梯,呈现他古今参考、以今视昔、离合互见的人文地理情怀。

(4) 以"貌神情"为研究视域,分析袁宏道融山水与自我之神情于一体的游记独特的文化意趣,考察中郎独特的创作实践所透显的文学革新意图。

(5) 将《徐霞客游记》置于整体性、联系性的阐释维度,凸显记游主体千古奇游的独特精神内涵,探析"游"与"记"为主线的内在历时性变化,对溯江寻源的地学考察价值以"己"之心予以体认,并分析以日记体记游的徐霞客何以在明代实现突破与创新,进而成为古代游记艺术水平最高峰的代表。

(6) 总论部分对全文进行了回顾和总结,将心灵抒写的论题,置于明代记游文学整体特色及其历史进程中予以考察。明代游记在接续前人感悟山水的同时,向内打开了特别向度的心灵世界,构建出独具个性的意象,摹写出变化多端的山水世界,整体成就了明代记游书写的新高度。

这样的研究体系旨在挖掘明代游记文学所呈现出的迥异的主旨与趣味。从嗜游之心、记游之境观察明代文士心态与记游文学新风尚,以境随时迁、心随境异分析明代社会变迁中士人游境之心路,通过心与境合、极貌写情纵向评价明代游记文学的历史地位及价值。突出"游境写心",是因为以游境而言,或域外,或国内;或自然山水,或社会百态;或叙身体之形游,有踪可循、有迹可探,或记精神之神游,思接千载、无所不能。这些都可以纳入人之情感内心。强化"心灵抒写",则是对照不同的人生、游赏境遇,观视不同时代下的物我合一,映造总题中的"写心"。"境"与"心"呈现由外而内、由内而外的动态性关联,有别于通常研究所认为的"游记是一个本质上静态的、'欣赏山水'的过程,它从未伴随时间的推移而改变"①。

二、 研究现状与趋势

近些年来,学界对中国古代游记文学展开了深度研究,取得了一批重要成果。对明代游记文学亦已有相当的研究,涉及明代游记文学的文献收集整理、文化学阐释、历史意蕴阐释等多方面。

(一) 研究现状

1. 从游记文学史的角度对明代游记文学文献的宏观研究。

随着旅游事业的兴盛,历代游记文学日益受到学者的关注和青睐。古代的游记除见于游记专著外,大多收录于古人的文集中。20世纪80年代以来,学界开始从陶冶情操、开阔眼界等方面,陆续选辑了一些游记文选。例如,贝远辰、叶幼明《历代游记选》②一书,辑选了唐代至清代的63篇游记,其中明代作家11人、游记20篇。该书在附录中还收录了唐前的6篇游记序、书以及范仲淹《岳阳楼记》等作品,其收录标准显示出对何种记述文本可以纳入游记范畴甚是审慎。其后,学界对游记选本的选辑,时间跨度逐渐向唐代以前延展。如刘操南、平慧善《古代游记选注》③选注了从六朝到清代的28篇游记,其中明代作家7人、游记8篇。该书选注大多是单独成篇的作品,少数摘自长篇游记或日记。学界编选游记文集的收录数量也大幅增加。如倪其心、费振刚等《中国古代游记选》④选注了从东汉到清代的118篇游记,其中明代作家23人、游记29篇;林邦钧《历代游记选》⑤编选了自汉迄清的101位作者的170余篇游记,其中明代作家38人、游记63篇。从学界的选集看,相关收录不仅包含散文,诗歌亦被纳入游记的范畴。如阳光、关永礼主编的《中国山川名胜诗文鉴赏辞典》⑥一书收集了从汉代到清末的著名山川诗文400余篇,其中明代作家74人的记游作品119篇,从游览记录的编选角度拓宽了游记选的数量。在这些游记文选中,明代的篇目主要集中于明代前期的高启、刘基、宋濂,明代中期的都穆、乔宇、杨慎,以及晚明的公安三袁、王思任、钟惺、张岱、徐宏祖。

---

① 何瞻:《玉山丹池:中国传统游记文学》,上海:上海人民出版社,2021年版,第19页。
② 贝远辰、叶幼明选注:《历代游记选》,长沙:湖南人民出版社,1980年版。
③ 刘操南、平慧善选注:《古代游记选注》,上海:上海古籍出版社,1982年版。
④ 倪其心、费振刚、胡双宝等选注:《中国古代游记选》,北京:中国旅游出版社,1985年版。
⑤ 林邦钧选注:《历代游记选》,北京:中国青年出版社,1992年版。
⑥ 阳光、关永礼主编:《中国山川名胜诗文鉴赏辞典》,北京:中国经济出版社,1992年版。

随着游记文集选本的大量出现,学界亦日益重视对历代游记文学进行系统化的研究,具有"史"之性质的专门研究著作亦日渐丰富起来。李伯齐主编的《中国古代纪游文学史》①,可谓是这方面的代表。该书认为"纪游"者,即记述旅游情况之意,山水游记和山水纪游诗,以及地理著作中描写游历过程而又具有文学价值的部分,才属于纪游文学的研究范围;并梳理出从先秦至晚清历代游记文学史的演变史迹。其中,该书认为明代是纪游文学的兴盛时期,分为明前、明中叶、晚明三个阶段,且于不同阶段选择在纪游诗、纪游散文创作方面最为突出的作家作品分别加以叙述。又如,王立群1996年所著《中国古代山水游记研究》②,以游记散文为理论出发点,从文体要素研究晋宋地记、六朝行记到唐宋山水游记的演进与产生,将山水游记厘分为"文学游记"与"舆地游记"两类,标志着学术界对游记系统化研究的拓展。该书对于明代游记的研究论述颇为简略,如第六章"山水游记的结集与流传"中,简略勾勒了隶属于编纂系列的何镗、王世贞、慎蒙,隶属于创作系列的王世懋、王士性、姚希孟,用以说明山水游记选集在明代的大量涌现。第七章"山水游记理论研究"亦略引文徵明、蓝田、钟惺、屠隆等明人的观点作为例证,用以阐发自然与人文关系的整体理论论述。对明代游记进行专章研究的是第八章"文学与地学的二重奏——《徐霞客游记》研究",作者将《徐霞客游记》在其构建的游记系统中,界定为一部以舆地笔法写作的山水游记,并在该章末总结了舆地游记的演变:"晋宋地记与《水经注》的出现是地学向文学的渗透,而《徐霞客游记》的出现则是文学向地学的回归与复变。正是这种渗透与回归、复变,完成了山水游记曲折发展与螺旋上升的历程。"③王立群2008年再版《中国古代山水游记研究》④增补了新的一章,即第六章"山水游记的分类(二)",将晚明至清中叶的以小品文为代表的"文人游记"与最能体现有清一代时代特征的"学者游记",作为"文学游记"与"舆地游记"之外的另一种视野,用以专门研究晚明和清代的游记,并论说明清游记在文学史上的地位:"放眼整个中国游记文学发展史,宋代明显处于中国游记文学发展抛物线的顶点。宋代以降,古典游记开始走下坡路,明清两代游记创作在文学体制上也是承继前人多,自我创新少……面对游记创作数量难以胜数的明清游记,我们又不能坐视不理,故此我们感到了视野转化的必然与必要。"⑤又,梅新林、俞樟华主编《中国游记文学史》一书⑥,认为游记文学正式诞生于魏晋时期,而后延续至唐代诗人游记、宋代哲人游记、明代才人游记、清代学人游记以及现代和当代游记的崭新风貌和文化超越。该书纵贯古今,内容详尽,凸显了各个时期记游的独特情形。该书以宋代为界,

---

①李伯齐主编:《中国古代纪游文学史》,济南:山东友谊出版社,1989年版。
②王立群:《中国古代山水游记研究》,开封:河南大学出版社,1996年版。
③王立群:《中国古代山水游记研究》,开封:河南大学出版社,1996年版,第159页。
④王立群:《中国古代山水游记研究》,北京:中国社会科学出版社,2008年版。
⑤王立群:《中国古代山水游记研究》,北京:中国社会科学出版社,2008年版,第234页。
⑥梅新林、俞樟华主编:《中国游记文学史》,上海:学林出版社,2004年版。

认为中国游记文学的发展曲线在此前一直呈上升趋势,但明代则是在"前滞后盛"的缓慢发展历程中积蓄了力量,以集成化与小品化的同时推进,初步形成了明代游记文学的时代特色,从而在晚明的繁荣期终于走出了宋人游记高峰下的阴影,创造了不同于宋代的体现新的时代精神的"才人游记"与"科学游记"①。该书分别以专章论述了袁宏道等小品大家的杰出成就,以及徐霞客与《徐霞客游记》的崇高地位,凸显了明代游记文学在中国游记文学史中的独特价值。再如,巩滨所著《中国古代游记》②一书,按中国古代历史分期的时序来介绍散文、诗、词、赋的记游发展变化,材料详尽,但该书研究路径过于宽泛,尚未能深入切合"游记"之"游"的本质。该书以明清记游诗、词、对联与明清游记散文两章来点评明清作品,认为这段时间,文学的突出成就是小说戏曲,明清时期是游记文学由盛而衰的历史阶段③。

此外,周冠群所著《游记美学》④一书,从美学角度探究了游记的产生、发展、审美特征、艺术本质、文化蕴含。该书认为晚明小品一树吐艳,是对自明以来有些僵硬的游记散文文体的解放,但格局小,深度也嫌不足;而异于唐宋以至晚明小品的,则是《徐霞客游记》,它是别开一处奇葩,与晚明小品组成了明代游记繁荣的风景线⑤。龚鹏程所著《游的精神文化史论》一书⑥,从哲学观视游历者的记录,研究游的精神和行为。该书第七章第一节"游的中国文学史"和第二节"晚明的小品游记",认为晚明文人之游,体现了游之精神的丰富面向,也是贯穿其众多行为表现之重要线索;这个时期的远游意识逆转了乡居安土的传统;许多晚明小品文家,游踪虽不及徐霞客广远,精神意趣实相仿佛,并在伦理态度、生活方式、交游状况等方面,不仅确立了游的价值,也开启了探索世界的新传统⑦。贾鸿雁所著《中国游记文献研究》⑧一书,从文献收集整理的角度,清晰勾勒与编排了两千多年来游记文学的文献面貌。该书对明代游记文献是这样总结的:"在文学领域,明中叶以后,出现了许多小集团或文学流派,著名的有前七子、后七子、唐宋派、公安派、竟陵派,他们都积极投身于游记的创作,促成了明代游记文献的繁荣局面。特别是晚明的游记,小品形式活泼,色彩纷呈,在继承唐宋以来游记传统的基础上融入了时代内容,呈现出鲜明的世俗化倾向,袁宏道的游记代表了这类小品的突出成就。也有一些知识分子受资本主义生产关系萌芽的影响,摒弃空谈,走出书斋,致力于经世致用的学问探讨,进行实地科学考察,王士性、徐宏祖都堪称地理学家而兼游记大家,徐宏祖的《徐霞客游记》将古代

---

① 梅新林、俞樟华主编:《中国游记文学史》,上海:学林出版社,2004年版,第214-215页。
② 巩滨编著,朱耀廷主编:《中国古代游记》,北京:北京大学出版社,2007年版。
③ 巩滨编著,朱耀廷主编:《中国古代游记》,北京:北京大学出版社,2007年版,第246页。
④ 周冠群:《游记美学》,重庆:重庆出版社,1994年版。
⑤ 周冠群:《游记美学》,重庆:重庆出版社,1994年版,第34-39页。
⑥ 龚鹏程:《游的精神文化史论》,石家庄:河北教育出版社,2001年版。
⑦ 龚鹏程:《游的精神文化史论》,石家庄:河北教育出版社,2001年版,第229-260页。
⑧ 贾鸿雁:《中国游记文献研究》,南京:东南大学出版社,2005年版。

游记文献推上了最高峰。不过多数的旅行记是以纪程为主的宦游记,一般采用日记体,因袭多于创新,成就不大。域外游记因明廷的锁国政策数量不多,明初陈诚的《西域行程记》和郑和随员的三部航海游记价值较高。"①这三部著述,同样具有以"史"之眼来呈现游记发展脉络的书写意图。

而第一部用英文写成的游记文学史,是何瞻《玉山丹池:中国传统游记文学》一书②。该书通过对上迄魏晋南北朝下至晚明等众多经典游记作家的典范作品进行细腻解读,勾勒了游记文学的体裁演变,并在此过程中重点讨论了游记作家与读者观众、文学环境、社会文化机构之间的微妙互动。该书第五章"晚明:游记的黄金时代",从娱乐游览、学术评论、地理调查这三种话题视角,来解读晚明的典型文本,用以证明游记风格内容发展的新方向③。

总之,上述游记选本与文学史的研究成果,大体厘清了历代游记发展的脉络。尤其,对"才人"辈出的明代记游书写,亦有相应的关注。但对明代游记文学的研究,尚未能从行迹之维度、情感之维度、文化之维度等方面做出较为深入的探究。

2. 对明代游记文学重要作家与经典作品的研究。

学界除了从历代游记文学史的角度梳理明代游记文学的发展脉络之外,更是对重要游记作家与典范作品进行了深入的个案探讨。

首先,对明代游记文学重要作家的生平进行了细致的文献勾勒。

例如,对撰有《西域番国志》《西域行程记》《进呈御览奉使西域往回纪行诗》等著述的陈诚的生平研究,主要有:西北民族大学王继光于1986在苏州"中亚史"学术研讨会上提交的论文《陈诚及其〈西域行程记〉〈西域番国志〉研究》④,该文系统梳理了陈诚的家世、生平、传世版本等史料。此后,王继光陆续发表了系列文章⑤,出版了《陈诚西域资料校注》⑥与《陈诚及其西使记研究》⑦两部著述,极大地推进了明代唯一出使西域记述的研究。其他学者对陈诚出使事迹、两国使节往来、史料新发现、地理方位等方面,皆多有考证与

---

① 贾鸿雁:《中国游记文献研究》,南京:东南大学出版社,2005 年版,第 79 页。
② 何瞻:《玉山丹池:中国传统游记文学》,上海:上海人民出版社,2021 年版。
③ 何瞻:《玉山丹池:中国传统游记文学》,上海:上海人民出版社,2021 年版,第 187 页。
④ 王继光:《陈诚及其〈西域行程记〉〈西域番国志〉研究》,中亚史学术讨论会论文,1986 年。
⑤ 王继光:《〈西域番国志〉版本考略》,《文献》1989 年第 1 期,第 126-138 页。王继光:《陈诚及其西使记:文献与研究》,《暨南史学》2003 年第 1 期,第 260-275 页。王继光:《陈诚西使及洪永之际明与帖木儿帝国的关系》,《西域研究》2004 年第 1 期,第 17-27,112 页。王继光:《陈诚家世生平考述》,《西域研究》2005 年第 1 期,第 11-22,114 页。王继光:《陈诚家世生平续考》,《西域研究》2006 年第 1 期,第 1-5,119 页。王继光:《〈西域番国志〉与〈明史·西域传〉》,《西北民族大学学报(哲学社会科学版)》2006 年第 1 期,第 1-6 页。王继光:《〈四库全书总目〉"使西域记提要"辨证》,《西域研究》2008 年第 4 期,第 23-29 页。
⑥ 《新疆通史》编撰委员会编,王继光校注:《陈诚西域资料校注》,乌鲁木齐:新疆人民出版社,2012 年版。
⑦ 王继光:《陈诚及其西使记研究》,北京:中华书局,2014 年版。

论述。

再如,对撰有《使西日记》《游名山记》等游记作品的都穆生平及其著述进行研究。代表作有《〈金薤琳琅〉成书年代及版本考》①《都穆考论》②《都穆笔记作品研究》③《都穆〈金薤琳琅〉整理与研究》④等文,对《金薤琳琅》的版刻、著作内容进行了细致研究。另有,《〈南濠诗话〉与都穆诗学研究》⑤《都穆书画著录及鉴藏考述》⑥《明都穆的书画鉴藏与交游管窥》⑦《〈南濠居士文跋〉研究》⑧《现存最早的刻本日记:国家图书馆藏孤本〈使西日记〉考》⑨《明代托伪之作都氏〈铁网珊瑚〉考释》⑩等研究著述,对都穆的交游、诗画水平等方面进行了深度研究。然而,学界主要关注《使西日记》的日记史料价值,对《使西日记》《游名山记》等作品的记游特征及其文学性的研究,对都穆的鉴藏之趣与游名山之心的关联研究,仍较为薄弱。

又,对袁宏道生平著述的研究。1981年上海古籍出版社出版了钱伯城笺校的《袁宏道集笺校》⑪一书,是新中国成立以来袁宏道研究的突破性成果。其后,李健章《〈袁宏道集笺校〉志疑 袁中郎行状笺证 炳烛集》⑫、何宗美《袁宏道诗文系年考订》⑬等文,对袁宏道的文集的笺注与编年认识持续深入。而马学良《袁中郎年谱》⑭、沈维藩《袁宏道年谱》⑮、周群《袁宏道评传》⑯等著述,则厘清了袁宏道的人生经历和创作历程。徐丽珠《袁宏道研究百年述评》一文,曾详细梳理了2011年以前学界有关袁宏道的研究成果,显示出当前学界对袁宏道其人其书的广角度、多方位、深层次的探讨⑰。上述这些成果对深入

---

① 李玉奇:《〈金薤琳琅〉成书年代及版本考》,《古籍整理研究学刊》1994年第2期,第37-39页。
② 王珍珠:《都穆考论》,苏州大学2009年硕士学位论文。
③ 徐俊岚:《都穆笔记作品研究》,安庆师范学院2013年硕士学位论文。
④ 刘珈利:《都穆〈金薤琳琅〉整理与研究》,陕西师范大学2018年硕士学位论文。
⑤ 王珍珠:《〈南濠诗话〉与都穆诗学研究》,《齐齐哈尔师范高等专科学校学报》2011年第3期,第42-43,46页。
⑥ 贾笠:《都穆书画著录及鉴藏考述》,《书法研究》2018年第4期,第96-117页。
⑦ 谢永飞:《明都穆的书画鉴藏与交游管窥》,《荣宝斋》2020年第10期,第228-237页。
⑧ 陈佳丽:《〈南濠居士文跋〉研究》,《北极光》2019年第3期,第7-8页。
⑨ 付明易、田富军:《现存最早的刻本日记:国家图书馆藏孤本〈使西日记〉考》,《宁夏社会科学》2019年第6期,第161-165页。
⑩ 郭建平、陈阿曼:《明代托伪之作都氏〈铁网珊瑚〉考释》,《中国美术研究》2020年第2期,第123-131页。
⑪ [明]袁宏道,钱伯城笺校:《袁宏道集笺校》,上海:上海古籍出版社,1981年版。
⑫ 李健章:《〈袁宏道集笺校〉志疑 袁中郎行状笺证 炳烛集》,武汉:湖北人民出版社,1994年版。
⑬ 何宗美:《袁宏道诗文系年考订》,上海:上海古籍出版社,2007年版。
⑭ 马学良:《袁中郎年谱》,天津:天津古籍出版社,1991年版。
⑮ 沈维藩:《袁宏道年谱》,《中国文学研究(辑刊)》1999年第1期,第146-352页。
⑯ 周群:《袁宏道评传》,南京:南京大学出版社,1999年版。
⑰ 徐丽珠:《袁宏道研究百年述评》,《襄樊学院学报》2012年第4期,第47-56页。

研究袁宏道多有裨益。

其次，对明代游记文学典范著述的研究。

比如，对陈诚西使游记著述的研究是从游记的视角进行研究的。薛宗正《陈诚及其西域记行诗文》①、杨富学《陈诚边塞诗论稿》②、段海蓉《谈陈诚的西域纪行诗》③、汪小军《论陈诚〈西域往回记行诗〉》④、蓝青《论明朝使臣陈诚的西域纪行诗》⑤等等，这些论文重点观察了陈诚身在异域的独特感受及复杂的心路历程。然而，学界重点关注《进呈御览奉使西域往回纪行诗》如何映照了陈诚的心灵，对《西域番国志》《西域行程记》两部行旅记述以何心态进行书写，研究仍不是太充分。

又如，对马欢《瀛涯胜览》的研究。1895年英国学者菲力普斯对《瀛涯胜览》作了章节译注，介绍此书到西方；法国汉学家伯希和研究了西洋三书后，在1933年发表了汉学论文《Les grands voyages maritimes chinois au début du XVe siècle》，如果按照法语的字面意义来翻译应为《15世纪初年中国人的伟大海上旅行》，伯希和将郑和的航海定性为旅行，全文都是在旅行的框架和角度来进行考证的。1934年，冯承钧先生将其译为《郑和下西洋考》⑥引入国内，成为研究中外交通史的一部著作。1935年，冯承钧校注《瀛涯胜览校注》⑦在国内刊行。70年后，随着新的明钞本的出现，万明先生对照5种钞本重新校注，出版了《明钞本〈瀛涯胜览〉校注》⑧。又，胡玉冰《回族学者马欢及其游记〈瀛涯胜览〉》一文，从史料和文学两方面价值进行阐述，认为"马欢在读汪大渊的游记之前，一定早已对外部的风土人情产生了兴趣，而且也一定积累了相当丰富的研究成果。……这种执着的热情，促使马欢在以后的游历中以学者的眼光去搜集有价值的资料，而不像别人那样因为好奇而单纯去猎奇"⑨，开始尝试将《瀛涯胜览》当作游记研究对象进行研究。而张祝平《郑和下西洋与明代海洋文学》一文，重在论述郑和下西洋对海洋文学题材的开拓⑩。刘红林《承担历史 开启文学——论有关"郑和下西洋"的三篇

---

① 薛宗正：《陈诚及其西域记行诗文》，载《西域史论丛（第2辑）》，乌鲁木齐：新疆人民出版社，1985年版，第110-127页。
② 杨富学：《陈诚边塞诗论稿》，《兰州学刊》1995年第5期，第58-61页。
③ 段海蓉：《谈陈诚的西域纪行诗》，《新疆大学学报（哲学社会科学版）》1996年第2期，第66-70页。
④ 汪小军：《论陈诚〈西域往回记行诗〉》，《兰州大学学报（社会科学版）》2003年第6期，第42-44页。
⑤ 蓝青：《论明朝使臣陈诚的西域纪行诗》，《苏州科技大学学报（社会科学版）》2018年第5期，第43-49，108页。
⑥ 伯希和著，冯承钧译：《郑和下西洋考》，北京：中华书局，1955年版。
⑦ 冯承钧：《瀛涯胜览校注》，北京：商务印书馆，1935年版。
⑧ ［明］马欢著，万明校注：《明钞本〈瀛涯胜览〉校注》，北京：海洋出版社，2005年版。
⑨ 胡玉冰：《回族学者马欢及其游记〈瀛涯胜览〉》，《宁夏大学学报（社会科学版）》1996年第2期，第113-117，125页。
⑩ 张祝平：《郑和下西洋与明代海洋文学》，《南通大学学报（社会科学版）》2008年第3期，第40-44页。

游记》一文,以复述三书行旅国家和文本内容为主①。廖凯军的硕士论文《明代游记、小说与戏曲中的海外国家形象》,运用比较文学形象学对游记西洋三书中的海外国家形象进行分析,试图揭示明代人看待异族的思维方式和深层文化心理②。这些著述皆有可观之处。

再如,对王士性《五岳游草》《广游志》《广志绎》等著述的研究。自1985年,谭其骧先生在学术讨论会上作了《与徐霞客差相同时的杰出的地理学家——王士性》③的报告后,学界关注到王士性的人文地理观,涌现出众多研究成果。专著有徐建春、梁光军的《王士性论稿》④,徐建春等著《俯察大地——王士性传》⑤,范宜如的《行旅·地志·社会记忆:王士性纪游书写探论》⑥等;又如,丁式贤主编的《王士性研究论集》⑦,周振鹤的《王士性的地理学思想及其影响》⑧等。这些研究成果逐渐对王士性人文地理的特征、价值进行关注,从历史地理学等角度分析了王士性的成就。同时,学界对王士性记游文本的研究亦呈现具体、精细的趋势。朱汝略《王士性诗歌概论》一文,介绍了王士性200多首诗歌的体式和特点、诗作的内容和风格⑨。姜勇所写《王士性游记作品研究》⑩《自然与人文交融,观景与科考并重——论王士性游记的叙述视角》⑪《王士性人文地理游记形成原因探析》⑫等文,从游记的思想内容、艺术特色等方面切入,并与袁宏道、徐霞客的游记价值进行对比,分析了王士性记游文学的切入视角及其游记价值。李建军《山水游记之异彩,晚明散文之奇葩——〈五岳游草〉的审美意蕴与文学造诣》一文,从纪行作家的总体形象、写景与自然客体形象、抒情伦理与主客感交来归纳山水游记的独特价值⑬。刘霞《王士性人文地理游记的形成探索》⑭,邹定霞《晚明游记中的人文地理

---

① 刘红林:《承担历史 开启文学——论有关"郑和下西洋"的三篇游记》,《世界华文文学论坛》2014年第1期,第15-18页。
② 廖凯军:《明代游记、小说与戏曲中的海外国家形象》,福建师范大学2010年硕士学位论文。
③ 谭其骧:《长水集续编》,北京:人民出版社,2011年版,第198-210页。
④ 徐建春、梁光军:《王士性论稿》,杭州:杭州大学出版社,1994年版。
⑤ 徐建春、石在、黄敏辉:《俯察大地——王士性传》,杭州:浙江人民出版社,2008年版。
⑥ 范宜如:《行旅·地志·社会记忆:王士性纪游书写探论》,台北:万卷楼,2011年版。
⑦ 丁式贤主编:《王士性研究论集》,济南:黄河出版社,2014年版。
⑧ 周振鹤:《王士性的地理学思想及其影响》,《地理学报》1993年第1期,第19-25页。
⑨ 朱汝略:《王士性诗歌概论》,《东南文化》1994年第2期,第236-241页。
⑩ 姜勇:《王士性游记作品研究》,安徽大学2007年硕士学位论文。
⑪ 姜勇:《自然与人文交融,观景与科考并重——论王士性游记的叙述视角》,《安徽电子信息职业技术学院学报》2010年第4期,第96-98页。
⑫ 姜勇:《王士性人文地理游记形成原因探析》,《长江大学学报(社会科学版)》2012年第9期,第176-177页。
⑬ 李建军:《山水游记之异彩,晚明散文之奇葩——〈五岳游草〉的审美意蕴与文学造诣》,《兰州学刊》2009年第12期,第196-199页。
⑭ 刘霞:《王士性人文地理游记的形成探索》,《兰台世界》2015年第10期,第149-150页。

学思想呈现》①等文,则从记游文本的角度解读王士性的人文地理学思想。何方形《王士性诗歌艺术论》一文,认为王士性诗歌包罗万象而又彰显个性,具有思致深沉、堂庑阔大、意味醇厚等特征,总体成就并不在"后七子"部分作家之下②。尤其是,游记文学性的研究以台湾范宜如《行旅·地志·社会记忆:王士性纪游书写探论》一书甚为典型,该书详细探讨了王士性纪游文学的行旅路线与存留的社会记忆,角度与观点之新,颇值得持续深入。不过,有关王士性如何在《五岳游草》《广游志》《广志绎》等著作中进行文学与地理融通的关注,仍可予以细化。

又,对袁宏道《满井游记》《西湖游记》《虎丘记》等游记作品的关注。袁宏道的游记一直是众多研究者们深入研究的对象,呈现出整体性、系统性等特征,具有以下几大突出特点。第一,是对袁宏道游记作品进行赏析评述。相关研究大多集中于《满井游记》《西湖游记》《虎丘记》等彰显袁宏道性灵的早期游记。冯君豪《袁宏道游记笺评》③,孙虹、谭学纯《袁宏道散文注评》④等文,对袁宏道一生的游记逐篇进行论述,分析了相关作品的艺术特色,对一览袁宏道游记全貌提供了方便。第二,是对袁宏道游记书写特征的研究。韩石《诱引的声色:袁宏道游记新论》一文,认为袁宏道游记新意在于出色地表现了自然妩媚诱人的魅力和人与自然生命间情感的"对话"⑤。孙虹《袁宏道小品文:边缘文体的中心化创作》一文,认为袁宏道小品游记边缘文体的创作强化了散文中的诗歌意境、涵茹了散文中的辞赋气势,这使小品文从一开始就得以归宗于散文正统⑥。与此同时,学界结合袁宏道的人生经历和思想转变,考察其游记前后书写特征或历时性的变化。关满春《试论袁宏道不同时期游记创作的变化》⑦、施宽文《袁宏道游记探论》⑧、武晓静《袁宏道游德山、桃源后的诗文风格及入世态度》⑨、李鸣《袁宏道游记创作析论》⑩等研究,即是这方面的代表者。第三,是在与其他记游大家的作品对比中,力求发掘出袁宏道游记散文不同特色之所在。陈文忠《柳宗元与袁宏道山水游记散文的艺术风格比较研究》一文,从抒情方

---

① 邹定霞:《晚明游记中的人文地理学思想呈现》,《厦门广播电视大学学报》2018年第3期,第15-18页。
② 何方形:《王士性诗歌艺术论》,《台州学院学报》2019年第1期,第20-24页。
③ 冯君豪:《袁宏道游记笺评》,香港:绛树出版社,2016年版。
④ [明]袁宏道著,孙虹、谭学纯注评:《袁宏道散文注评》,上海:上海古籍出版社,2016年版。
⑤ 韩石:《诱引的声色:袁宏道游记新论》,《南京师范大学学报(社会科学版)》2001年第2期,第154-160页。
⑥ 孙虹:《袁宏道小品文:边缘文体的中心化创作》,《福建师范大学学报(哲学社会科学版)》2006年第1期,第18-21,37页。
⑦ 关满春:《试论袁宏道不同时期游记创作的变化》,《北方文学》2011年第8期,第176-177页。
⑧ 施宽文:《袁宏道游记探论》,《中国文化大学中文学报》2011年第23期,第9-20页。
⑨ 武晓静:《袁宏道游德山、桃源后的诗文风格及入世态度》,《厦门广播电视大学学报》2017年第3期,第24-28页。
⑩ 李鸣:《袁宏道游记创作析论》,《广州城市职业学院学报》2018年第3期,第7-12页。

式、写作笔法、修辞手段三方面进行比较①。孙虹《水之喻:袁宏道、王思任小品文的异质美》一文,分析了以"水"为喻时所呈现的"自然与典雅""阴柔与阳刚",以及两家之间的异质美②。罗书华《袁宏道:山水散文的第三级》一文,提出袁宏道山水散文的三个层级:第一级山水主要是作者客观叙述出来的静物;第二级山水常用比拟的手法,山水也显示出灵动之性;第三级袁宏道将比拟手法发展到更加纯熟的境界,人才是山水散文的主体③。这就将山水散文推向了前所未有的新高度。徐文翔《晚明山水小品文中的"人趣"——以袁宏道和张岱作品为例》一文,以袁宏道和张岱的作品为例,分析了二者的"人趣",一是真情之趣,二是世俗之趣④。都轶伦《袁宏道、柳宗元山水游记的比较分析与文化解读》一文,认为在游览方式上,柳宗元独游独语,袁宏道则与众同游共乐;在游览趣味上,柳宗元有力求艰险、执着苦行的倾向,袁宏道则追求悠游闲适、率意纵情、感官愉悦⑤。第四,是对"性灵论"与袁宏道游记文学的关系进行讨论。贺付开《论袁宏道的审美观及其游记艺术》⑥、张红花《试论袁宏道游记中人与自然的亲和》⑦、蔡月连《从〈满井游记〉〈虎丘记〉看袁宏道的审美境界》⑧等文,分析了袁宏道游记文学的审美意蕴。尤其是,肖鹰所撰《自然为真:袁宏道的审美论》⑨《闲适与物观:袁宏道的审美人生观》⑩等文,通过解析"趣""韵""淡""质"四个范畴的意旨,认为袁宏道的审美理念与其早年性灵论的美学宗旨是一致的,在中国文人精神的历史沿革中解析了袁宏道"闲适人生"的价值。第五,是对袁宏道游记散文艺术风貌的研究。曾兴生《论袁宏道的游记小品》⑪一文,探讨了袁氏游记小品的艺术风貌与旅游文化观。王芳《"公安三袁"游记研究》⑫一文,考察了"三袁"不同时期

---

① 陈文忠:《柳宗元与袁宏道山水游记散文的艺术风格比较研究》,《四川师范学院学报(哲学社会科学版)》2001年第2期,第54-57页。
② 孙虹:《水之喻:袁宏道、王思任小品文的异质美》,《福建师范大学学报(哲学社会科学版)》2007年第5期,第81-85页。
③ 罗书华:《袁宏道:山水散文的第三级》,《人文杂志》2012年第2期,第76-81页。
④ 徐文翔:《晚明山水小品文中的"人趣"——以袁宏道和张岱作品为例》,《兰州文理学院学报(社会科学版)》2015年第3期,第106-109页。
⑤ 都轶伦:《袁宏道、柳宗元山水游记的比较分析与文化解读》,《苏州大学学报(哲学社会科学版)》2015年第6期,第144-150页。
⑥ 贺付开:《论袁宏道的审美观及其游记艺术》,《中国文学研究》2000年第2期,第65-68页。
⑦ 张红花:《试论袁宏道游记中人与自然的亲和》,《宜春学院学报》2004年第3期,第72-75页。
⑧ 蔡月连:《从〈满井游记〉〈虎丘记〉看袁宏道的审美境界》,《福建广播电视大学学报》2009年第2期,第18-20页。
⑨ 肖鹰:《自然为真:袁宏道的审美论》,《文学评论》2013年第3期,第145-151页。
⑩ 肖鹰:《闲适与物观:袁宏道的审美人生观》,《辽宁大学学报(哲学社会科学版)》2014年第2期,第117-122页。
⑪ 曾兴生:《论袁宏道的游记小品》,安徽大学2006年硕士学位论文。
⑫ 王芳:《"公安三袁"游记研究》,华中师范大学2007年硕士学位论文。

的精神世界在游记中的体现。程春博《袁宏道山水游记研究》①一文的第三章,将袁氏的文体特征进行深层剖析,并与晚明中后期其他的多家游记圣手对比,力求更加深刻具体地展示袁宏道游记散文的艺术风貌。张阳《袁宏道旅游足迹研究》②一文,通过对袁宏道旅游足迹的梳理,分析其旅游足迹分布的特征。第六,是对袁宏道游记文的艺术经验进行研究。戴红贤《袁宏道游记与绘画关系初探》一文,认为袁宏道将山水画、风俗画、小景画等多种绘画艺术经验借鉴到他的游记写作当中;袁宏道游记的小品文体特征、山水景物描写手法和娱乐性艺术特点都受到过绘画艺术的影响③。袁宪泼《公安派诗学新变中的书画因素》一文,认为公安派诗学具有取新变于书画的特质,形成了独特的诗学生成路径。在具体的诗歌创作中,公安派也将实景转化为画境,偏重诗歌画面空间感的渲染,形成了熔铸笔墨艺术于诗法的诗学实践④。由此看来,袁宏道以及公安派的文学思想渊源、性灵说的流变及深层次的挖掘一直是学界研究的热点。然而,从"性灵"或者"真""趣""质"等范畴讨论袁宏道游记文的话,仍需考虑游记如何呈现袁宏道的心灵,其对书画艺术经验的借鉴对游记写作又如何形成了本质的影响。

最后,对徐霞客游记的研究。这方面的成果颇多。如吕锡生主编的《徐霞客研究古今集成》⑤一书,收录了《徐霞客游记》版本及论著资料,上限为清代初年,下限为2002年,其中"徐霞客在人文科学方面的贡献"目录下,收录了一些游记文学性的文章。唐锡仁、杨文衡《徐霞客及其游记研究》⑥一书的第四章,从科学文学的杰出代表、大自然的彩色画卷、社会生活历史的再现、清新简练的语言艺术,讨论了《徐霞客游记》的文学价值。郑祖安、蒋明宏《徐霞客与山水文化》⑦一书的第十一篇,研究了游记的艺术特色与写作手法、美学价值、诗与散文、旅游学价值、史料价值。冯岁平《徐霞客游记通论》⑧一书的第六章,从语言风格、游记散文、诗歌、美学实践与理论、书画艺术角度研究了徐霞客游记的文学艺术价值。朱钧侃、倪绍祥《徐学概论——徐霞客及其〈游记〉研究》⑨一书的第十七章,对艺术特色、文学语言、文学价值进行讨论。此外,杨载田《徐霞客及其〈游记〉研究》⑩、陈淑

---

① 程春博:《袁宏道山水游记研究》,漳州师范学院2012年硕士学位论文。
② 张阳:《袁宏道旅游足迹研究》,黑龙江大学2019年硕士学位论文。
③ 戴红贤:《袁宏道游记与绘画关系初探》,《深圳大学学报(人文社会科学版)》2013年第6期,第169-174,85页。
④ 袁宪泼:《公安派诗学新变中的书画因素》,《文学遗产》2015年第6期,第90-99页。
⑤ 吕锡生:《徐霞客研究古今集成》,北京:中国书籍出版社,2004年版。
⑥ 唐锡仁、杨文衡:《徐霞客及其游记研究》,北京:中国社会科学出版社,1987年版。
⑦ 郑祖安、蒋明宏:《徐霞客与山水文化》,上海:上海文化出版社,1994年版。
⑧ 冯岁平:《徐霞客游记通论》,西安:西北大学出版社,1995年版。
⑨ 朱钧侃、倪绍祥:《徐学概论——徐霞客及其〈游记〉研究》,南京:江苏教育出版社,1999年版。
⑩ 杨载田:《徐霞客及其〈游记〉研究》,北京:中国文史出版社,2005年版。

卿《〈徐霞客游记〉研究——以文献观察为重点》①、朱钧侃等著《徐霞客评传》②、朱惠荣《徐霞客与〈徐霞客游记〉》③等著述,虽少涉及文学性,但亦是研究徐霞客的重要论著。在研究论文方面,亦有不少代表作:2000年以前,有朱东润《〈徐霞客游记〉的文学价值》④、李时新《山水跃然文章间——〈徐霞客游记·游桂林日记〉写景艺术初探》⑤,胡太春《白描写真 意境奇瑰——读徐霞客〈游五台山日记〉和〈游恒山日记〉》⑥,闻璐《徐霞客和他的游记散文》⑦,刘国城《徐霞客在游记文学创作上的贡献》⑧,覃正、潘碧清《〈徐霞客游记〉艺术特色散论》⑨,张清河《〈徐霞客游记〉叙事风貌举隅》⑩等论文,对徐霞客游记的文学成就、写作特征、叙事手法及其文学史价值,进行了细致的研究。

其中,乐维华《徐霞客游记的文学特色》一文,从"情""画面构成""借"三个方面概括了徐霞客游记的文学特色,并认为《徐霞客游记》是大手笔,有它自己一条扯不断的"游线"隐伏其中⑪。张清河《论〈徐霞客游记〉中的山水描写》一文,认为游记的山水描写在艺术上有详密、质直、绚丽、清新、灵动和博雅等多方面的特色⑫。冯乃康《〈徐霞客游记〉的动态审美》一文,认为游记动观而写动景所构成的动态审美,不仅反映在对大景的描写中,就是在对片段景物的描写中也大致是这样的⑬。冯乃康在另一篇文章《古代游记的山水意识与〈徐霞客游记〉》中,评价了徐弘祖的观赏不仅表现为对山水景物的执着追求和全心投入,达到了晋宋画家宗炳所说的"畅神"的程度,而且还表现为这种追求和观赏突破了主体对客体的一般审美关系,进入了主、客体相互交融的境界⑭。这些研究已经涉及

---

①陈淑卿:《〈徐霞客游记〉研究——以文献观察为重点》,台北:花木兰文化出版社,2005年版。
②朱钧侃、潘凤英、顾永芝:《徐霞客评传》,南京:南京大学出版社,2006年版。
③朱惠荣:《徐霞客与〈徐霞客游记〉》,昆明:云南大学出版社,2014年版。
④朱东润:《〈徐霞客游记〉的文学价值》,《读书》1982年第3期,第47-54页。
⑤李时新:《山水跃然文章间——〈徐霞客游记·游桂林日记〉写景艺术初探》,《广西师范大学学报(哲学社会科学版)》1984年第2期,第44-49页。
⑥胡太春:《白描写真 意境奇瑰——读徐霞客〈游五台山日记〉和〈游恒山日记〉》,《名作欣赏》1984年第2期,第44-45页。
⑦闻璐:《徐霞客和他的游记散文》,《辽宁大学学报(哲学社会科学版)》1987年第1期,第73-75页。
⑧刘国城:《徐霞客在游记文学创作上的贡献》,《旅游学刊》1987年第2期,第74-75页。
⑨覃正、潘碧清:《〈徐霞客游记〉艺术特色散论》,《广西大学学报(哲学社会科学版)》1991年第2期,第77-80页。
⑩张清河:《〈徐霞客游记〉叙事风貌举隅》,《贵阳师专学报(社会科学版)》1997年第3期,第52-57页。
⑪乐维华:《徐霞客游记的文学特色》,《上海师范大学学报(哲学社会科学版)》1984年第2期,第48-53页。
⑫张清河:《论〈徐霞客游记〉中的山水描写》,《贵阳师专学报(社会科学版)》1988年第1期,第42-48页。
⑬冯乃康:《〈徐霞客游记〉的动态审美》,《北京第二外国语学院学报》1996年第2期,第139-143页。
⑭冯乃康:《古代游记的山水意识与〈徐霞客游记〉》,《北京第二外国语学院学报》1997年第2期,第89-98页。

游记文学的探索视角。另外,徐云松、陈兰村《论〈徐霞客游记〉的文学价值》一文,以清人钱谦益对《徐霞客游记》"真""大""奇"的评价为线索,从抒发生命的真实感受、摹景写意的大气传神、叙述语言的新奇活泼三个维度切入,凸显《徐霞客游记》所独具的超越前人的文学价值①。王明道《〈徐霞客游记〉文化视野中的三重境界》一文,从文化视野看山水审美、文化考释、哲理感悟三重不同的境界②。而对文学性用力最深的是赵伯陶的《〈徐霞客游记〉的文学书写》一文,该文结合晚明的文学发展态势,进一步探讨了文学书写对于科学著述成功的保障作用③。这些研究成果,同样极具参考价值。

总之,学界对明代游记文学的研究主要是纳入历代游记文学的发展脉络中进行观照,尚未对明代游记文学进行深入的、断代的、整体性关注。对明代游记文学的研究仍主要集中在典型作家与典范作品的单一研究,未能从明代游记作家的游记经历、明代特殊的社会情境来分析明代游记作家在游记作品中进行的心灵投射与精神书写,更未能对明代游记文学的特殊价值进行较为细致的宏观研究。

(二) 研究趋势

1. "文变染乎世情,兴废系乎时序",文学作品的演变联系着社会的情况,文坛的盛衰联系着时代的动态。有着前代文学高峰焦虑感的明代出现了两次复古思潮,而陈献章、湛若水、王守仁、王艮、李贽等不同时段"心学"代表人物亦纷纷涌现。这样的时代背景下,为何文人不约而同地将目光投向"游",并在文化的"传承"与"创新"中有意、无意地和"游"紧密相接?说明记游不仅可以反映明代士人的心态,也直接反映了当时社会的现实状况,可以佐证历史,将来结合这两方面的研究应是明代记游研究的趋势。

2. 明代有前朝历代所无的游之大观,而"游"的理论和实践在晚明无疑呈现出新的视角、高度和境界。对明代记游文学作断代史式的研究,已见于相关记游文学史著作,明代文学流派和作家作品的研究文章,也不鲜见。但对记游作家作品做专题研究的文章较少;能结合特殊的环境(时代、地域、文化)背景、独特的文学现象、具体化的文体特征、个性化的表现手法,对明代记游文学由点到线再到面,做深入研究的文章更是凤毛麟角。将来以系统性的整理与研究填补相关空白也会是一种趋势。近年来,学界在山水游记研究领域有了显著的突破,不约而同地将记体散文视为游记的正宗和典范,将其特征加以"规范"并以此去套用一切记游文学作品。"游"的概念与古今中外的记游名作告诉我们,神游乃至仙游、侠游、冥游、梦游、幻游,无一不是"游境写心"的好题材,在中外记游史上

---

① 徐云松、陈兰村:《论〈徐霞客游记〉的文学价值》,《浙江学刊》2005年第4期,第128-131页。
② 王明道:《〈徐霞客游记〉文化视野中的三重境界》,《陕西师范大学学报(哲学社会科学版)》2015年第5期,第77-83页。
③ 赵伯陶:《〈徐霞客游记〉的文学书写》,《清华大学学报(哲学社会科学版)》2019年第5期,第88-101;200页。

占有重要位置。"记"与"游"外延的拓展所带来的多元视域,也应成为明代记游文学研究的趋势。

三、研究内容与方法

明代游记相对于唐、宋、元,记游内容更为丰富,地域视野也更为宽阔,在由天及地的框架内,明人创造性地展开不同的取景实践,构建意象,记书审美知觉,摹写变化多端的世界,在接续前人阅读山水的感悟上,又向内打开了特别向度的明代山水世界,整体成就了明代记游书写的新高度。因此笔者借鉴《诗与它的山河——中古山水美感的生长》[①]的框架,拟用不同的记游话题,贯穿明朝前、中、后的不同时期,试图以连贯性的整体视角,细致、深入地反映有明一代记游的新变,尤其是明代游记的特色与创新并非仅仅局限于晚明。

(一) 研究内容

1. 本书并非意图对明人之"游"做出全面的特色描述,或是以线性的视角展现具有历史秩序感的"境"之鉴赏,因此,在选择记游个案的时候,意在凸显移动、聚焦游境。笔者阅览了明代游记189篇,记游诗文、游历小说、涉游戏曲作家25人,形成35万字的简单论述,最终以行迹为尺度从明代诸多记游作品中择选出六个典范文本,以凸显明代的独特性。

2. 明代有着前朝历代所没有的游之大观,好游的时代精神为"游"这棵参天大树增添了不同方向生长的新枝丫,也为中国古典文学记游山水的美感境界增构了新的话语体系与意义系统。为了彰显明代游记的绮丽多姿,本书将六个典范文本归纳为五种记游之境,分别是:明初通西域和下西洋的域外之境、都穆金石之游的历史之境、王士性图文并茂寰宇览胜之境、袁宏道貌神情游记的自然之境,以及徐霞客溯江寻源的实证之境,凸显这些明代"才人"在"游境"与"写心"中形成的特色。

3. 明代繁盛的游记创作所呈现的游境远不止本书所述,笔者列出这五境有着抛砖引玉的学术探讨目的。一方面以"境"统观明代记游文本,集合成系列性的核心议题;另一方面,通过特定游境的确立,以切实可感的实例,作为明代游记观察的切入点,试图从相对开放性的视角,分析明代游记的鲜明特色。

4. 明代游记无论是美感体验或是自我审视,皆内藏着中国古典山水文化的根脉。通过明人别有新意的"取景"实践,可以体察他们新的审美知觉的萌生与演绎,并探讨明代

[①] 萧驰:《诗与它的山河——中古山水美感的生长》,北京:生活·读书·新知三联书店,2018年版,第1页。

游记如何承继唐、宋游记的传统,将山水之游与内在心灵叠合交接共织出趣味新异的游境。

(二) 研究方法

1. 文献收集和文本细读相结合。多途径检索明代游记文献,尤其重视重要研究对象的游记文献及相关资料,真实呈现明代游记文学的客观生态。在此基础上,借鉴20世纪西方文学批评文本细读的方法,以文本为中心,深入揭示游记文学文本的鲜明个性和独特面目,为逼近现象的历史真实,提供最真实的事实依据和最鲜活的案例支撑。如通过《奉使西域复命疏》《西域山川风物行程纪录》《与安南辨明丘温地界书》《狮子赋》《进呈御览奉使西域往回纪行诗》《自述画像赞》《历官事迹》《东溪萧元淳思本堂记》等文献收集,在文本细读基础上归纳揭示陈诚西域游记的题材、内容、鲜明个性和独特价值。

2. 个案研究与整体观照相结合。本书选取明代重要游记作家及代表性游记专著,深入细读陈诚、马欢、王士性、都穆、徐霞客、袁宏道等代表作家的游记文本,归纳揭示其游记文学的鲜明个性和独特意趣。在此基础上,采取综合研究的方法,总结和归纳出明代不同时期游记文学的鲜明特点及相互之间的联系与区别,整体观照明代游记文学与社会发展及士人心迹的互动激荡及文学史价值。比如,通过徐霞客游志、地学价值的个案分析,进而在文化史脉络中领略徐霞客溯江探源的独特精神内涵,在文学史长河中感知其日记体游记新变的文体学价值。

3. 历史考察与逻辑分析相结合。本书在充分研究文献史料、力求准确理解史料的基础上,深入审视史料之间的内在联系和史料蕴含的独特价值,并将研究对象放在社会发展进程及游记演进的历史坐标中立体考察,努力探寻符合历史实际的游记发展规律,描绘出明代游记的历史脉络与发展历程。比如,明初西域、西洋游记,与明朝"锐意通四夷"开放的政治背景密切相关,又如都穆好古而博物、开启金石之旅这一新境,以记游之笔探讨学术之心超绝千古,彰显明代游记在历史进程中得以递进与升华。

四、研究意义

1. 明代的"游"更接近现代旅游的概念,且记游文献空前繁盛,其宽度、深度和高度在中国记游文学史上留下了值得深入研究的空间。相比前朝历代,明代的文学思想丰富活跃,以理束情的台阁体、前后"七子"的文学复古、重自我与真情的阳明心学、道学立场的唐宋派、性灵之真的公安派等交错涌现,甚至多元并存、兼收并蓄。可以想见的是,这些思潮对明代士人的心境势必会产生影响。因而从"游境写心"的视角,来研究明代的记游书写,可以联系到彼时彼地彼人游观的所见所闻所思所感,进而拓展文学史研究空间,给游记文学研究带来新的视域和新的思考。

2. 明代游记在展现游之精神的高度上，任何朝代不可比拟，因而在具体文体的使用中，赋、诗歌、散文、小说、戏曲等都在或严肃或放纵的作品中书写作家丰富多彩的内心世界，借用"游境"来表达他们最真实的生命感受。"游"不再局限于某一个文体，可以说是明代文学的一面镜子，通过它既可以观察到文人在朝政、文学思潮的影响下的行为举止，呈现明代文人创作心境的新变化，又可以在他们"变与不变"的抉择中感受到时代的精神，从而创新构建了明代记游文学的新形态、新格局。

3. 有助于继承祖国优秀文化遗产。明代是我国记游文学发展的兴盛时期，涌现了难以计数的优秀记游作品，其中一些脍炙人口的佳作，千百年来为人们所传颂，从滚滚长江、滔滔黄河、巍巍泰山，到西域山川风物、西洋风土人情，都有生动的游览记写。记游作者灿若群星，记游作品卷帙浩繁，记游理论新意迭出，尤其是明代心学理论在社会上的广泛传布和在文人墨客中的普遍渗透，使其境由心出、由境写心，自觉或不自觉地丰富了记游文学的表现手法，有助于我国文学传统中意境理论的发展。明代一些记游名篇和节选，已进入大中小学教材及阅读材料，明代进步哲学家、思想家、文学家在作品中表现出的爱国思想、民族气节、境界情操，已经成为社会的精神财富。

4. 有助于发展我国的旅游事业。明代记游文学的兴盛源自明代旅游活动的盛行。当下，我国旅游业发展迅猛，已成为我国的支柱产业，历代文化名人及其游历踪迹和游历记述，已成为我国旅游业发展的宝贵资源，成为当地旅游业发展的一张张"金字招牌"。

第一章

游 记 考 略

游记概念的界定，离不开对"游"的理解和对"记"的界定，而在理解和界定的过程中，需要了解古今中外游记在游记概念使用上的约定俗成，以及专家们对此概念的不同解读，在此基础上方可对游记的概念，包括其内涵、外延、特点和分类等，作出既符合创作实际，又有助于理论创新的结论。

第一节 "游"考

"游记"，就字面意义而言，就是关于"游"的文字记述。然何为"游"？"游"又是如何通过文字记述而成为游记的？其内涵和外延又是什么？这些都需要我们从概念上予以明确。

一、"游"的文字意蕴

何谓"游"？从字源的角度探究，"游"字甲骨文作"斿"，该"斿"字，从"㫃"，从"子"，不从"水"，前为旗帜后为人，意为举旗出游之人。自金文大篆后，增加意符"水""辵"，写作"㳺"，小篆写作"游"。徐灏对"游"训释为："斿当为本字，石鼓文已有之，从子执㫃，子即人也。"① 许慎的《说文解字》，清代段玉裁等文字训诂学家都对此作了较为详尽的解说。大致包括以下几点：

1．"游"的本义。《说文解字》释"游"为"旌旗之流也"②。"流"即流苏，"游"即旌旗之流苏，以流苏即游之多少，显示出行者身份的不同。作为本义的流苏之游，应读 liú，是名词，如《诗经·长发》："为下国缀旒。"

---

① [清]徐灏：《说文解字注笺》，上海：上海辞书出版社，1915 年影印本，第 59 页。
② [汉]许慎：《说文解字》，北京：中华书局，1983 年版，第 14 页。

2. 游的引申义。段注从"旗之游如水之流",引申出"出游、嬉游"①等,在字体上"俗作遊",读音"以周切",读 yóu,词性和词义也都发生了变化。

（1）作动词,出游之游。含有结交之意的交游,宣传之意的游说,出访之意的访游,驰骋之意的遨游,游玩之意的优游,考察、学习之意的游学,等等。此外,还有游水之游、流动之游等。

（2）作名词,除上述作为本义的词以外,还有表示"江河的一段",如上游、中游、下游;特定水名,如《水经注》卷三十《淮水注》曰"游水又北历羽山西";还有体裁名,如信天游。

（3）作形容词,意指虚浮不适,如游嘴、游文、游财等。

由此可见,随着社会的发展,"游"概念的内涵和外延在扩大,并逐步走向稳定和规范,早已作为常用词频繁出现。通过前缀和后缀,不断产生含义多样的合成词,丰富着中华民族的辞典语库和人们的口头、书面交际,同时也丰富着人们的情感表达、哲理思考和审美追求。

二、"游"的情感意蕴

从段玉裁《说文解字注》对"游"的诠释中,我们看到"游"之义最初的变化过程。从旌旗之流苏,到人之出游;从身之游,到心之游。段注所引的"嬉游"之"嬉",就形象地表达出"游"过程中的喜悦之情和嬉戏之态。从先秦两汉起,文献中就出现了大量的与情感活动有关的游及游的形态。比较有代表性的有三类:

1. 优游。指游的过程中流露出的悠然自在的生活状态和怡然愉悦的轻松心情,所谓"优哉游哉"（《诗经·小雅·采菽》）。

2. 出游。指借外出之游,摆脱心理烦恼,宣泄内心忧郁,即所谓"驾言出游,以写我忧"（《诗经·邶风·泉水》）。

3. 逍遥游。指主体在"游"的过程中所呈现的自由超越状态,即所谓"游心"。《庄子》的《逍遥游》、屈原的《远游》则是对这种"心游"所作的演绎。

三、"游"的哲学意蕴

在前者的基础上,先哲们对"游"还有更高层次的理性思考,这成为他们对宇宙人生总体思考的重要组成部分。其中最具代表性并对后世产生重大影响的是儒、道、释等对游的思考及阐释。如孔子的"父母在,不远游,游必有方"的"远近"观,"知者乐水,仁者乐山"的"山水比德"观,都含哲理况味。而庄子从一开始就达至超脱世俗的境界,给游以形

---

① [清]段玉裁:《说文解字注》,上海:上海古籍出版社,1981年版,第311页。

而上的哲学意蕴。"庄周梦蝶""游心于无穷",就是要超越人的生命状态,达到天人合一的境界。禅宗则将游分为"外游"与"内游"两个方面。"外游"是用"云游"等范畴加以揭示;"内游"则通过个体精神游历以实现禅的彻悟,大自然的鸢飞鱼跃、鸟鸣花谢、溪声竹响,都可能成为彻悟人生的契机。纵览古代游记,大多包含上述某种哲学意蕴。

四、"游"的美学意蕴

循着"游"的哲学文化意蕴,我们很自然地进入游的艺术审美视野,既可以像先秦哲人对其作出形而上的哲学、美学层面上的探索和研究,又可像普通游客和一般文人对其进行形而下的观赏和具象描述。到了魏晋南北朝及以后,文学意义上的旅游审美变成了自觉,并进而成为艺术理论讨论的话题,陆机的"游心"、刘勰的"神与物游"、苏轼的"游于物外"、李渔的"梦往神游"等概念的提出及阐释,都是对游的审美范畴和审美特征所作的探讨。至于文学创作方面对游所作的美学意蕴的揭示,更是不胜枚举。

第二节 "游记"概念辨析

当我们厘清了"游"的概念,并对"游"的情感意蕴、哲学意蕴、美学意蕴作了一定程度的探讨之后,就可以对关于"游"的文字记述进行研究。正像"游"有着非常丰富的内涵和充满张力的外延一样,我们的游记及游记类作品,也是内容丰富多彩,形式多样纷呈,远不是国内目前流行的游记概念所能涵盖的。下面我们从目前研究者对游记概念的界定和古今中外游记概览,从理论探讨和既成事实这两个角度,对游记的概念进行辨析,进而对游记的特点、要素和分类等进行探讨。

一、学术界对游记概念的界定

研究者研究游记,一般先从游记概念入手。但对于这个看似不是问题的问题,众说纷纭。笔者选择几种代表性的观点简要介绍:

1. 王立群先生的观点。王立群先生在游记特别是山水游记方面的著述甚丰,其中《游记的文体要素与游记文体的形成》一文则专门针对游记概念问题提出了自己的观点①:

---

① 王立群:《游记的文体要素与游记文体的形成》,《文学评论》2005年第3期,第155-160页。

(1) 游记属于散文之下的"记"文体,是"记"下的"游"类中独立出来的文体。赋、骈文、诗歌、诗序、地记、行记等多种文体均不在游记之列。

(2) 游记文献以真实的旅游、游览为基础,这就决定了记述的真实性。《桃花源记》《穆天子传》等都不是游记。

(3) 游踪、景观、情感是游记的三大要素,其中游踪是构成游记的重要元素,是游记区别于其他文学样式的基本特征。游踪必须清晰、真实,《桃花源记》是虚构的游踪,故不能称为游记。柳宗元以《永州八记》为代表的游记,因游踪记写得不明显,而存在重大的文体缺陷。

2. 梅新林、崔小敬两位先生的观点。他们发表于 2005 年的《游记文体之辨》一文,在系统阐述有关游记观点的同时,对王立群先生上述文章中的观点进行了商榷①:

首先,梅新林等赞同游记须具备游踪、景观、情感三要素的观点,认为与自己提出的游程、游观、游感三要素是一致的。但认为游程是游记作品的基础标准,不是核心标准,游记只要显示出空间的变换,感受到是在游历之中就行,没有必要巨细无遗地记述游踪,因为游记不等于游走流水账。

其次,在游记文体的体式上,梅新林等认为,经过众多作家的长期探索与实验,最终形成了一个以记为主,赋、书、序多元并存的繁荣局面,并以历代不同体式的游记名篇加以说明。此观点较之他们 5 年前发表的《由"游"而记的审美熔铸——中国游记文学发生论》②一文中的观点有了很大变化,此前的文章认为"诸多游记作家在经过一番多向选择、广泛实验以后,最终选择了'记'这一文体"。对游记文体的认识从"记"体文扩大到"以记为主,赋、书、序多元并存",这反映出学术界对游记文体的认识从单一到多元的发展趋势。

3. 朱德发先生的观点。在《试论中国游记散文的文体特征》③一文中,作者不同意将游记文学仅仅局限于"散文的一种",认为应把带有游记性质的诗歌、小说、词、赋等都归入游记文学的范畴。可惜作者并未就此展开论述,按照题目要求,通篇所论的是"中国游记散文的文体特征"。

4. 吕孝虎的观点。该观点主要从地理学角度来看待游记,认为"古代游记是一种独特的历史地理文献",记录的是游记作者经历的现实的自然地理环境:"古代游记尽管体例多样,记述的地理范围各不相同,但从记录资料的来源看,大多是旅行者对沿途所见所闻的记录。"④

---

①梅新林、崔小敬:《游记文体之辨》,《文学评论》2005 年第 6 期,第 35 - 41 页。
②梅新林、崔小敬:《由"游"而记的审美熔铸——中国游记文学发生论》,《学术月刊》2000 年第 10 期,第 82 - 87 页。
③朱德发:《试论中国游记散文的文体特征》,《菏泽师专学报》2001 年第 1 期,第 1 - 7 页。
④吕孝虎:《古代游记的历史地理文献地位》,《杭州教育学院学报》2000 年第 5 期,第 48 - 52 页。

从以上介绍中，我们可以看到学术界对游记研究的两个视角，即文学的视角和学术的视角，但以文学的视角为主。在游记概念范围的界定上，从记体散文游记扩大到"以记为主，赋、书、序多元并存"，即从狭义散文概念扩大到广义散文概念。此后又扩大到"带有游记性质的诗歌、小说、词赋"[①]，终于跳出了散文的窠臼。但研究范畴仍局限于体裁研究范围，普遍视记体散文游记为正宗、主体，其他的都是补充。

笔者认为，要科学地认识游记概念：一是要对"游"的概念有专门的了解，这在前面已经作了阐述；二是要对古今中外游记的客观存在作纵横扫描，纵向上对先秦以来的游记按体裁进行全面梳理，横向上进行中西游记之比较，从古今中外的游记文学名著（篇）的"既成事实"中深化对游记的认识。

二、从中外游记略论记游文类

1. 以小说记游

中国小说类游记不仅存在，而且源远流长、门类多样。

中国最早的小说类游记，当属成书于战国时期的《穆天子传》，与其一脉相承的有汉魏晋南北朝的《汉武故事》《汉武内传》等，多为幻想类小说游记。隋唐五代的《萧总》《虬髯客传》《唐太宗入冥记》等，或仙游，或侠游，或冥游，无不具有虚幻色彩。至宋元时期，现实类小说游记作品开始出现，最具代表性且对后世影响最大的当数《大唐三藏取经诗话》。明清时期的小说类游记创作进入高峰，最具代表性的是魔幻浪漫主义长篇小说《西游记》，可视为以小说记游的典范作品。此后出现的《西洋记》，即《三宝太监西洋记通俗演义》，第一次将小说类记游拓展到海外领域。与此有异曲同工之妙的，还有清代的《镜花缘》，以及为数不少的科幻形式小说体记游，如《月球殖民地小说》《乌托邦游记》等。此阶段最出色的现实类小说游记作品，则是清代最后一部小说游记《老残游记》。

西方小说类游记是西方文学的重要组成部分。从记游角度看，可谓林林总总：有的写流浪，如以《小癞子》为代表的流浪汉小说；有的写奇遇，如英国作家斯威夫特的《格列佛游记》；有的写历险，如《汤姆·索亚历险记》；有的写成童话，如《爱丽丝漫游仙境》；有的记述自己的游历见闻，如《马可·波罗游记》；有的写成科幻作品，如《海底航行两万里》等。

由此可见，小说类游记不仅是游记，而且是游记中的重要门类。

2. 以诗、词、曲记游

中国是诗歌大国，在文学体裁中，历来视诗歌、散文为正宗，就源头而言，诗歌还在散文之前。

[①] 贾鸿雁：《游记小议》，《云南民族大学学报（哲学社会科学版）》2005年第1期，第135页。

在《诗经》中，记游题材占有一定比重。有的写避难远行，如《邶风·北风》；有的写古都凭吊，如《王风·黍离》；有的写行役，如《豳风·东山》；有的写游赏，如《郑风·溱洧》。这些都可看作中国记游诗的源头。如果说《诗经》中的记游以形游为主，那么《楚辞》中的记游，则更多的是形神合一之游。《离骚》《远游》中的大规模远游、神游、仙游，写得惊天地、泣鬼神。而《庄子》中的游则已进入"逍遥游"的哲理层面，非时空概念所能衡量。

由此可见，游记的源头在先秦。此后历朝历代，诗歌游记，历久不衰。魏晋南北朝，如曹丕的《于玄武陂作》、谢灵运的《过始宁墅》等，均为以诗记游之作；唐代，大诗人李白的《行路难》写尽游程之艰辛，但仍充满壮志豪情："行路难！行路难！多歧路，今安在？长风破浪会有时，直挂云帆济沧海。"杜甫的《剑门》、张继的《枫桥夜泊》、刘禹锡的《同乐天登栖灵寺塔》、白居易的《杭州春望》等，无一不是以诗记游的佳作。宋代欧阳修的《琵琶亭》、苏轼的《八月七日初入赣过惶恐滩》、陆游的《游山西村》，元代吴师道的《桐庐夜泊》、张养浩的《登泰山》，明代李攀龙的《杪秋登太华山绝顶》、李东阳的《游岳麓寺》、王世贞的《登太白楼》，清代袁枚的《至黄厓再登文殊塔观瀑》等都是以诗记游的代表性作品。

在西方文学中，诗体游记也是一种重要的文学体裁。《荷马史诗·奥德赛》《神曲》《伊戈尔远征记》《恰尔德·哈洛尔德游记》等，无一不是诗体游记的典范作品。以诗记游，从内容角度看产生过史诗级别的游记，从语言角度看可以称得上是游记中的精华。

词体游记是汉语游记中的奇葩。提到以词记游的古代作家，不能不论及苏轼和辛弃疾。苏轼的记游词既有傲立潮头、观大江东去的壮阔气势，如《念奴娇·赤壁怀古》；又有竹杖芒鞋、吟啸徐行的泰然从容之作，如《定风波·莫听穿林打叶声》。辛弃疾的记游词既有"金戈铁马，气吞万里如虎"式的抗金报国的豪放诗歌，如《永遇乐·京口北固亭怀古》；也有不少流连山水、从容优游之作，如《摸鱼儿·更能消几番风雨》。

与诗、词相联系的则是曲。曲与诗、词一样，也曾为一代之文学，其中不乏优秀的以曲记游之作，如马致远的《天净沙·秋思》、张养浩的《山坡羊·潼关怀古》等。

由此可见，诗、词、曲皆为记游好体裁，只要使用得当，就能各显其妙。

3. 以散文记游

在相当长的历史时期，散文游记被视为游记的主体甚至全部，游记几乎成了散文游记的代名词。但散文游记的外延究竟有多大？是仅仅指记游的记体文，还是包括除小说、诗歌文体之外的其他各类记游文体？这里，不妨略作梳理。

（1）赋、书、序类游记

此类体裁，在汉魏晋时代大盛，产生过很多记游的名篇佳作，此后历代绵延不绝。

①赋类游记。赋是最具汉语特色的体裁之一，也是在语言文字上限制最多、遣词用语最为考究的文学形式，如曹丕的《临涡赋》《登台赋》，班固的《两都赋》，张衡的《二京赋》等，都是登临游赏类的大作。巅峰之作，则是宋代苏轼的《赤壁赋》《后赤壁赋》。

②书类游记。书即书信、书札，在我国有着源远流长的历史，不仅有应用书信，还有

了书信文学,其中包括书信体游记。如建安时期曹丕的两封《与吴质书》、晋赵至的《与嵇茂齐书》、陆云的《答车茂安书》,南朝宋鲍照的《登大雷岸与妹书》等,都是书信体游记文学的代表作。

③序类游记。这里所说的序是指写在诗文前面的"诗序"或"文序",大多交代诗文书写的缘起和故事的有关内容,包括用文学笔触所作的游记。此类游记在魏晋时期,曾一度盛行,此后也绵延不断。影响较大的有西晋石崇的《金谷诗序》、东晋王羲之的《兰亭集序》、慧远的《庐山诸道人游石门诗序》、陶渊明的《游斜川诗序》等。

(2) 以"记"为代表的散文类游记

"记"作为体裁,魏晋南北朝就已出现,唐代进入文学领域,尤其在古文运动及其后得以确认,宋代"记"的内容得到拓展,明清及其以后更为流行。其中,记体游记更成为游记文学的最具代表性文体形式。因为记体散文游记作为游记文学的代表性体裁,不存在争议,有关这方面的文章和专著,不胜枚举,这里也就不再赘述。

外国散文游记名著也不胜枚举,如美国作家埃尔文·布鲁克斯·怀特的《重游缅湖》、威廉·福克纳的《一个外乡人眼中的新英格兰》、亨利·戴维·梭罗的《河上一周》、英国作家查尔斯·狄更斯的《游美札记》、安东尼·特罗洛普的《北美游记》、爱尔兰作家奥斯卡·王尔德的《美国印象》,法国作家安德烈·纪德的《刚果之行》,都是有代表性的散文游记作品。

4. 表现神游的作品是不是游记

这是在游记概念上产生分歧的又一个具体而现实的问题。

否定者认为,游记的记述必须是真实的、实际发生的,尤其是游记之行踪,必须真实。问题是部分研究者认为不是游记的作品,作者、读者却认为是游记,作者按照游记来写,读者当作游记来读。从《西游记》到《格列佛游记》,从《梦游天姥吟留别》到《恰尔德·哈洛尔德游记》,以及大量的探险类游记、游仙游侠类游记、科幻类游记、宗教朝圣类游记,都早已走出"生活真实"的藩篱。

第三节　游记内涵和外延的重新解析

当我们从"游"这一游记的内涵角度和古今中外不同游记体裁的外延角度,对何为游记有了从理性到感性的认识后,再来对照以上所列举的国内有代表性的游记概念方面的观点,问题就出现了:

首先,几乎所有的研究者都从体裁这一角度解读何为游记。最初认为有清晰的游踪记写的记体散文游记,才算作游记,否则连柳宗元《永州八记》中都有两篇存在"重大的文体缺陷"。进入21世纪以后,随着研究视野的拓展,有的研究者改变了过去的观点,认为"经过众多作家的长期探索与实验,最终形成了一个以记为主,赋、书、序多元并存的繁荣局面";有的研究者将范围进一步扩大,不同意将游记文学仅仅局限于"散文的一种",认为"应把带有游记性质的诗歌、小说、词赋等都归入游记文学的范畴",可惜的是仅此一句,并未就此展开,因为文章的标题是"试论中国游记散文的文体特征"。随着时代的发展,游记界定的外延也在拓展,但始终未能突破体裁界定论。"游"的内涵、外延提示我们,古今中外游记名著告诉我们,游记不是一种体裁,而是作品题材的一种分类,一切文学体裁皆可记游。

其次,几乎所有的研究者都从"行游""形游"的范畴界定游记,没有将神游纳入视野。而"游"的概念提示我们,古今中外的游记告诉我们,神游,乃至仙游、侠游、冥游、梦游、幻游,无一不是游记的好形式,在中外游记史上占有重要位置。

在游记研究上视野受限的问题,是在中国特定的历史背景下形成的。"文革"期间,游记研究等陷于停顿,随着改革开放和思想解放运动的到来,游记研究重新启动,首先在山水游记研究领域有了显著突破,不约而同地将记体散文游记视为游记的正宗和典范,并将其特征加以"规范"并以此衡量一切文学作品,能符合标准游记的自然比较有限,连记体散文《桃花源记》都不能算作游记,如视为游记必须考证出陶渊明曾去过"桃花源",这就近乎荒谬了。而实际上放眼世界,游记是世界文学名著中的重要组成部分,而且以小说、诗歌为主,前已举例。中国何尝不是如此?提到游记,当然首先想到的是小说《西游记》,是诗歌《蜀道难》,如此等等。

由此,我们在对游记概念作初步辨析以后,可以进一步界定何为游记。

什么是游记? 顾名思义就是通过某种载体对游进行的文本记述。这种载体,在古代可以是金石、竹帛和纸,在现在和未来可以是纸、电子载体和多媒体。只要在上述载体上将游(内容)和记(文本记述)自适应性地表达出来,就是游记。这种自适应的过程更多地表现为前者决定后者、后者适应前者。因此,这种记述可以是纪实的,也可以是合理想象的;可以是文字文本,也可以是多媒体文本;可以是学术性游记,也可以是文学性游记,或二者兼而有之。这种文学性游记,在体裁上可以是小说、诗歌、散文,也可以是日记、随笔、旅游攻略;在手法上,可以叙事、抒情、议论,也可有所侧重,兼及其他。

笔者认为游记通常应具备如下要素和特点:

1. 游记的要素

作为游记的要素,必须具备游程、见闻、情感和载体这四个方面,缺一不可。

(1) 游程。这与大多数研究者所认为的"游踪"相近似。之所以未用"游踪"概念,是因为游记记述的不仅是游的踪迹,更是游的过程;不仅是在地理概念上留下游踪,更是在时空概念上完成游程。游程大于且包含游踪。游程既包括对自然万物之游赏过程,还包括对社会百态之观察过程,在神游类的游记中,游程可以精骛八极,心游万仞。前文所列举的神魔类、侠游类、冥游类、梦游类、科幻类游记中的游程记述,均如此。

(2)见闻。在游的过程中,一定会有各种各样的见闻,而这不是我们通常所说的"景观"可以涵盖。不仅包含客体,如山水胜景、人文胜迹、风土民情,还包括主体的吃住行游购娱思。在神游类作品中,这种见闻又呈现出另一番景象。

(3)情感。见闻讲的是所见所闻,情感讲的是所思所感。在游的过程中,游者面对耳闻目睹必定会有触动、感悟。这种情感一是包蕴在对所见景物的描写中,正所谓"一切景语皆情语也"①,再就是对所见所闻,有感而发,从而或隐或显地表现出作者的主观色彩。其认识之高下,往往成为评判作品价值高低的依据之一。对于神游类作品的情感同样可以通过上述两种方式折射出来。

(4)载体。前面所述的游程、见闻、情感,是游记的内在要素,仅仅这三方面,还只在"游"本身范围之内,而我们研究的是游记,因此,还要了解游是如何通过文字或其他载体而成文、成游记。之所以未用文体而用载体,是因为载体包括文体,其范畴大于文体,在传播手段如此丰富的今天和可想见的未来,丰富多样的载体将为多姿多彩的游提供更加适合表现的样式和传播平台。

2. 游记的特点

所谓游记的特点,就是游记不同于其他文体的地方,笔者以为,主要集中在以下几个方面:

(1)主题和题材的专一性。这种专一性主要体现在所有的游记都是记游的,都是以游为主题和题材的。如果不是记游的,则不是游记。就游的范围而言,或域外,或国内;就内容而言,或自然山水,或社会百态;就创作主体和对象而言,或叙身体之形游,有踪可循,有迹可探;或记精神之神游,目及万里,思接千载,上天入地,无所不能。只要写的是游,写得真切、可读,不觉虚妄,那就是游记。

(2)观照自然、人生的情感性。无论是山水游记,还是社会游记,山水风光和社会百态都由时刻注视的眼睛和不停思考的大脑"扫描"、加工成文,喜怒哀乐、褒贬臧否,均包蕴其中。一篇照相式"风景照"和游程"流水账",还不能成为游记。

(3)体裁表现的多样性和一定程度的文学性。游记,不仅要"游",还一定要"记",游而不记,则没有游记。怎么记? 悉听尊便。可以写信,可记日记,可写小说、散文,也可写诗、辞、歌、赋,可写擅长、流行、实用的体裁,也可出奇、创新,别出心"裁"。但无论何种体裁,均需有一定程度的文学性。无文学性的游记,只能属于行程记录或学术考察报告。因此,本书所论及的游记都是文学游记,或有一定文学性的游记。由于中国历史上的地理学家大多有深厚的文学功底,因此他们所写的舆地考察之文,常具有一定的文学性和较强的可读性,景中寓情时时可见,这自然也进入论述的范畴。

---

① 王国维著,滕咸惠校注:《人间词话新注》,济南:齐鲁书社,1986年版,第54页。

（4）载体的自适性和流布的有效性。既然记游成"记"，就需要载体流布。由于"游"乃人本性使然，"记"乃人之选择，内容和载体之间，就有一相互适应过程。既要适合主体表达之需要，又要保证流布到客体之有效。古往今来，还有多少游记在？翻阅载体吧！可喜的是，如今随着网络媒体和自媒体的爆炸式发展，游记不仅为文学爱好者所喜爱，也为"驴友"、探险者所钟情，更为旅游业和广告业所青睐。载体的现代化，为游记发展提供了更广阔的空间。

以上，笔者对游及游记的概念作了一定程度的探析。弄清游及游记的概念是创作和研究游记的前提，如果连何谓游记都莫衷一是，系统研究游记也就无从谈起。因此，研究并明确游记概念有助于游记创作的繁荣和学术研究的深入，与此同时，对深化旅游文化研究、促进中国旅游产业的发展也有积极的推动作用。由此可见，加强游及游记的概念研究，具有一定的现实意义。

第二章

域外之境:陈诚、马欢笔下的域外书写

游记文学是一个动态的发展过程,随着朝代的更迭,记游的形式和内容也随之发生变化。明代是中国古代记游书写的高峰,其中的域外游记亦有着独特的文学价值和历史影响。然而,目前除了历史、地理方面的研究外,以文学观视的论著较少,即便《中国游记文学史》《中国古代山水游记研究》两本游记文学史也均只字未提,似乎明代游记的建树与光环只属于域内游记的研究范畴。

明代域外之游最灿烂夺目的事件莫过于陈诚三次陆行通西域和郑和七次航海下西洋,他们的行旅书写均处于明代初期的永乐年间。反观"欧洲中心论"者,他们主张欧洲是世界历史的主动创造者,只有他们才具备发起跨文化接触的能力。陈诚和郑和的行旅,无疑是近代中国之前主动发起的与世界跨文化相遇的典范明证,但在学术界却并未引起足够重视,且评价甚低。如《四库全书总目·使西域记》曰:"(陈诚)其所载音译,既多讹舛,且所历之地,不过涉嘉峪关外一二千里而止。见闻未广,大都传述失真,不足征信。"①《四库全书总目·瀛涯胜览》曰:"各载其疆域道里、风俗物产,亦略及沿革。大抵与史传相出入。"②可见,对于通西域和下西洋的域外书写,四库馆臣以"存目"收要,且分别以"传述失真,不足征信""大抵与史传相出入"予以评价,这在一定程度上影响了后人研究的广度与深度。20世纪初,最早注意并着手研究陈诚通西域、郑和下西洋"三书一图"③的分别是日本和法国的汉学家,国际意义的研究起步愈显明初域外行旅书写珍贵的学术价值。

本章在王继光先生、万明先生文本校注与丰硕研究成果的基础上,结合比较文学形象学探讨陈诚笔下的西域形象及其文学呈现,运用文学地理学论析《瀛涯胜览》感知"夷国"与"奇异"的书写,进而从总体上评价明初域外代表作在中国古代域外游记中的地位和独特价值。

---

① [清]永瑢等撰:《四库全书总目》,北京:中华书局,1965年版,第572页。
② [清]永瑢等撰:《四库全书总目》,北京:中华书局,1965年版,第679页。
③ "三书一图":《瀛涯胜览》《星槎胜览》《西洋番国志》《郑和航海图》。

第一节　陈诚笔下的西域形象及其文学呈现

陈诚(1365—1457),字子鲁,号竹山,江西吉水人,明初伟大的外交家,著有《陈竹山先生文集》四卷,目次为序文三篇、内篇二卷、外篇二卷。内篇卷一收《奉使西域复命疏》《进呈御览西域山川风物纪录》(计五十七条)、《与安南辨明丘温地界书》(附安南回书)、《狮子赋》;卷二收《进呈御览奉使西域往回纪行诗》(九十二首)、《居休遗稿》(四十六首)、《自述新居上梁文》、《自述画像赞》、《历官事迹》、《东溪萧元淳思本堂记》。外篇两卷收士大夫题赠诗文。另有"遗编"收陈诚父陈同的《行状》《墓表》等,书口仍刻"外篇卷二"。

陈诚出使的帖木儿帝国(1370—1507)与明朝几乎同时建立,"蒙古三大汗国,帖木儿并其二,克印度,败土尔基"①,三十多年的征服战争势如破竹,西亚几乎全部纳入帖木儿的统治范围,领土从德里到大马士革,从咸海到波斯湾,被历史学家称为"15世纪地球最强武力"。帖木儿全力西征时,无暇东顾,对大明王朝采取了远交近攻的策略,"卑辞厚币以诳中国,始则诇伺,终乃大举"②。永乐三年(1405),帖木儿率军进攻明朝,推进至别失八里,距关西七卫的哈密卫仅400公里。此时的明王朝仍然无法断定帖木儿的军事意图,认为"撒马儿罕回回与别失八里沙迷查干王假道率兵东向,彼必未敢肆志如此"③,对来袭强敌缺乏准备,战略上显然已输一筹。剑拔弩张之时,帖木儿突然病死,东征行动也随之烟消云散。继任者沙哈鲁成为帖木儿帝国君主后,两国关系由紧张逐渐恢复为友好往来。

肩负重开丝绸之路的重任,陈诚曾三次出使西域与帖木儿帝国建立联系:第一次是永乐十一年(1413)九月出发,于永乐十三年(1415)十月返京;第二次是在永乐十四年(1416)六月出发护送西域朝贡使臣还故国,于永乐十六年(1418)四月返回北京;第三次是在永乐十六年十月,永乐十八年(1420)十一月回京。出使的单次行程达一万多里,"其功不减于(郑)和"④在中外交流史上取得了显著的功绩。

本节以永乐十三年陈诚回京复命进呈的行旅日记《西域番国志》《西域行程记》,以及文集中总题为《进呈御览奉使西域往回纪行诗》,作为言说域外的观照中心,透过陈诚的记书笔法,探讨形态各异的记游文本所呈现出的文化意象;进而,在明人"有待于子鲁之

---

① 柯劭忞:《新元史》,长春:吉林人民出版社,1995年版,第3314页。
② 柯劭忞:《新元史》,长春:吉林人民出版社,1995年版,第3314页。
③ 《明实录》,台北:台湾"中研院"历史语言研究所,1962年版,第658页。
④ 谢国桢:《明清笔记谈丛》,上海:上海书店出版社,2004年版,第140页。

是行"的注目与期待中,这些异国形象的建构所激发出的明代士大夫群体对西域的社会集体想象。

一、《西域番国志》《西域行程记》——异国风土人情的多样刻画

(一)《西域番国志》——叙写异国山川风物

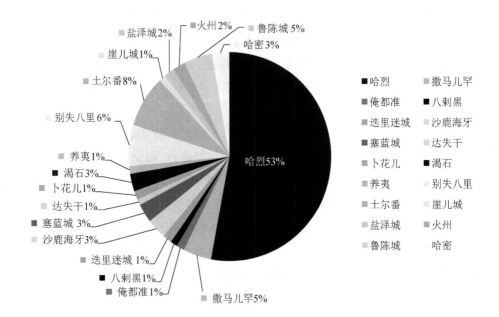

《西域番国志》各城邦记述篇幅占比

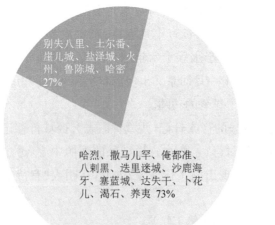

《西域番国志》帖木儿帝国与别失八里记述篇幅占比

《西域番国志》经由陈诚的视角,真实清晰地书写他的异国见闻,其简约化、概括化的文本结构和语言表述,重现异国山川风物现时性的、可为想见的形象,迎合了本土文化意识主体和权力机制核心的期待和兴趣。陈诚将《西域番国志》列为进呈御览的首位,表达了凭借异国形象的集中投射,诠释异域特殊性的书写意图。

1. 塑造形象 详略迥殊

《西域番国志》选取了西域诸国18个城邦的山川风物、风土人情等予以集中叙述,目次为:哈烈、撒马儿罕、俺都准、八剌黑、迭里迷城、沙鹿海牙、塞蓝城、达失干、卜花儿、渴石、养夷、别失八里、土尔番、崖儿城、盐泽城、火州、鲁陈城、哈密。这些城邦位于今中国新疆地区以及哈萨克斯坦、阿富汗等国家境内。

这些以城邦命名的考察实录,看似各自独立、自成一体,实则存有内在的结构体系。《别失八里》有曰:"究其故疆,东连哈密,西至撒马儿罕,后为帖木儿驸马所夺,今止界于养夷。"①以养夷为地理分界,前10个城邦,皆在养夷之西,是为帖木儿帝国统治范围;后7个城邦,皆在养夷之东,是为别失八里疆域:以地域归属的表层结构方法,在共时性呈现的诸邦形象内部,通过文本的表述建立了内在的联系,使得表象复杂斑驳的异国纳入了简明、清晰的关系网络。

首先,《西域番国志》虽然清晰地构建了两种不同的异国总体形象,但并非平均用力且等量齐观,陈诚用文本的篇幅集中体现出了主次与详略。帖木儿帝国与别失八里所辖城邦在《西域番国志》中的记述所占比例为8:2,以显见的形态构建出具有详略等级关系的形象对比层面。

其次,对游记文本详略迥殊的书写原因也须检视探讨,因为背景性成分会对文本形象的塑造产生重要影响。永乐癸巳(1413)"西域大姓酋长沙哈鲁氏不远数万里遣使来朝"②,明朝以护送西域使臣归国"行报施之礼"的名义,派出使团以加强联系、了解情况。可见,政治使命对书写重点和形象呈现有决定性的影响,因而,陈诚在文本的排列顺序上亦重心突出、重新建构,他并未按时间的先后依次排列沿途所经西域诸国,而是以出使的终点哈烈为形象书写之首篇,倒置排列18个城邦,与《西域行程记》呈逆向排列,以最直接的表达方式传达帖木儿帝国的整体形象。

再次,虽然陈诚的游记文本勾勒了异国的众多形象,但不容忽视的是,他通过重点城邦的多面书写,形成具有典范意义的形象符号。这些拥有形象学象征意义的城邦,既体现自身形象,又汇合包容其他形象,成为能够代表异国形象的独特文化想象物。由前图《〈西域番国志〉各城邦记述篇幅占比》可见,别失八里和土尔番虽然只占游记总篇幅的14%,但以别

---

① 《新疆通史》编撰委员会编,王继光校注:《陈诚西域资料校注》,乌鲁木齐:新疆人民出版社,2012年版,第10页。
② 《新疆通史》编撰委员会编,王继光校注:《陈诚西域资料校注》,乌鲁木齐:新疆人民出版社,2012年版,第20页。

失八里所辖7个城邦的书写篇幅而言,所占比例高达27%,二者无疑是陈诚试图构建的凸显别失八里的典范形象符号;更为突出的,帖木儿帝国的《哈烈》不仅置于诸城邦书写的首篇,而且其文字篇幅占比为《西域番国志》的53%,既是西域诸国最引人注目之处,亦是帖木儿帝国的形象典范。

最后,哈烈作为帖木儿帝国的首都,在政治、经济上具有极重要的地位,理所当然在18个城邦的书写中脱颖而出,成为异国形象关注的焦点。不过,陈诚对哈烈浓墨重彩的书写还有着填补明人认识空白的发现意识。帖木儿死后其子沙哈鲁夺取政权,帝国政治中心由撒马尔罕转移至哈烈。然而明人对帖木儿帝国的想象仅止于撒马儿罕,胡广《送陈员外使西域序》曰:"今之撒马儿罕……其地在西域为最远,其民俗之殷,物产之富,甲于他国。"①永乐十四年,陈诚第二次出使帖木儿帝国,邹缉《送陈郎中重使西域序》曰:"撒马儿罕国在西域为绝远,昔太祖皇帝时,常使来通贡。而哈烈国又在其西南三千里。"②陈诚的《哈烈》篇显然拓展了明人原有的地理空间想象,其着重书写即是创新书写。同时,对明人已知的帝国故都撒马儿罕在游记中的篇幅仅占5%,并概言为"壮观不下于哈烈"③,在深层的结构上更体现出人为的建构与形象的彰显。

综上,游记文本所呈现的异域,经由详略、主次、风貌等差异化的书写建构,势必对呈现形象产生重要影响。因此,对于《西域番国志》对西域形象的塑造和描述,不能简单看成异国空间与文化现实的客观对应文本,其文本书写的详略选择与结构体系彰显了明代的思维意识与时代诉求。执笔者陈诚对异国形象的制作有承继,亦显创新,既构建出西域诸国形象的新聚合体,也凝聚了明朝士人的总体西域观。

2. 范式描述　具诸集中

王继光先生将《西域番国志》所记内容归纳为"该地方位、山川形势、种族人口、隶属、历史沿革、得名之由、疆域变迁、古迹、建筑、气候历法、资源物产、社会经济、行政司法、宗教、语言文字、文化教育、军事形态、民俗风情"④共18类,并在每一类后详细附上各国相关文字记载。这些异国资料的分类书写以"范式描述"的形式构建了异国的形象学文本,也存储了明代这一特定时期、特定本土文化所释放出来的具象信号。

作为对"他者"定义的载体,"范式描述"概括性地陈述了对异国的印象,也以暗含的方式定义和分配了所欲传达的信息。笔者以每一城邦描述中皆有的"该地方位""山川形

---

① 《新疆通史》编撰委员会编,王继光校注:《陈诚西域资料校注》,乌鲁木齐:新疆人民出版社,2012年版,第85页。
② 《新疆通史》编撰委员会编,王继光校注:《陈诚西域资料校注》,乌鲁木齐:新疆人民出版社,2012年版,第88页。
③ 《新疆通史》编撰委员会编,王继光校注:《陈诚西域资料校注》,乌鲁木齐:新疆人民出版社,2012年版,第7页。
④ 王继光:《陈诚及其西使记研究》,北京:中华书局,2014年版,第207-215页。

势""种族人口""社会经济"的择要描述为例,帖木儿帝国除迭里迷、塞蓝、达失干周回二三里,其余都是十数里之广的城邦,城市的广大与人口的多少、经济的兴盛、贸易的活跃是一脉相承的,因而"人烟稠密""居民安堵""民物富庶""食物丰饶""国俗多侈"等套话表述,取得了有效的、一致性的正面意义,建立起凝固性的异国形象——"富庶"。

与帖木儿帝国诸邦整体性、共时性的构建出"富庶"形象的书写方式不同,陈诚在《别失八里》直陈其印象,"其封域之内,惟鲁陈、火州、土尔番、哈石哈、阿力马力数处,略有城邑民居,田园巷陌。其他处所,虽有荒城故址,败壁颓垣,悉皆荒芜"①,勾勒了贫穷、稀疏、零落的整体形象。别失八里内部诸城邦的陈述亦是在《西域番国志》27%的篇幅中,以最大的限度释放出对这一概括性形象的认同:别失八里部落"居无定向,惟顺天时",没有固定的城郭,"逐水草牧羊马以度岁月"②;土尔番、崖儿城、盐泽城、鲁陈城、哈密皆为"广不二里"或"周围三四里"的城邦,"居民百家",人口稀疏;即便是"城方十余里"的火州,亦是"风物萧条"③。

	帖木儿帝国——富庶的形象书写	
序号	地名	地理特征
1	哈烈	"城近东北山下,方十余里""国俗多侈""居民安堵"
2	撒马儿罕	"城依平原而建,东西广十余里,南北径五六里""壮观不下于哈烈"
3	俺都准	"城居大村中,村广百里,土田膏腴,人民繁庶"
4	八剌黑	"城周围十余里""土田宽广,食物丰饶"
5	迭里迷城	"城之内外,居民数百家,牲畜蕃息,河水多鱼"
6	沙鹿海牙	"城广十数里,人烟繁庶,多依崖谷而居,园林广茂"
7	塞蓝城	"城周回二三里""人烟稠密,树木长茂,流水环绕,五谷繁殖"
8	达失干	"城周回二里""多园林,广树果木,流水长行。土宜五谷,居民稠密"
9	卜花儿	"城周回十余里""民物富庶,街市繁华,户口万计"
10	渴石	"周围十余里""西南多水田"

---

① 《新疆通史》编撰委员会编,王继光校注:《陈诚西域资料校注》,乌鲁木齐:新疆人民出版社,2012年版,第10页。
② 《新疆通史》编撰委员会编,王继光校注:《陈诚西域资料校注》,乌鲁木齐:新疆人民出版社,2012年版,第10页。
③ 《新疆通史》编撰委员会编,王继光校注:《陈诚西域资料校注》,乌鲁木齐:新疆人民出版社,2012年版,第10-12页。

别失八里——零落的形象书写		
序号	地名	地理特征
1	荞夷	"城居乱山间""多荒城遗址,年久堙芜"
2	别失八里	"不建城郭宫室,居无定向,惟顺天时,逐水草牧羊马以度岁月"
3	土尔番	"城方一二里,居平地中,四面山大而远"
4	崖儿城	"广不二里,居民百家,旧多寺宇"
5	盐泽城	"城居平原中,广不二里,居民百家"
6	火州	"城方十余里,风物萧条,昔日人烟虽多,僧堂佛寺过半,今皆零落"
7	鲁陈城	"城方二三里,四面多田园,流水环绕,树林阴翳"
8	哈密	"居平川中,周围三四里,惟东北二门。人民数百户,住土屋矮房。城东有溪水西南流,果林二三处,种楸杏而已"

行旅会产生一种特殊的历史语境,在"现在时"表述中,"范式描述"暗含了帖木儿帝国的"富庶"与别失八里"零落"的形象对比;而在各自的今昔对比中,又以象征化的方式,使形象意义渐趋固定,如崖儿城用"旧多寺宇"、火州用"昔日人烟虽多,僧堂佛寺过半"①等"过去时"的繁华符号,与"现在时"形成了鲜明的对照,在陈述的同时表现了它本欲证明的萧条形象;反观《渴石》,因故国主帖木儿建园林于此而得以着重书写,"规模弘博"之状的整体描述,以及"墙壁饰以金玉,窗牖缀以琉璃,悉皆颓塌"②的"现在时"书写,都对"过去时"的繁华壮观有着惊人的省略和无限的想象预期。

综上,异域书写中的"范式描述"类似地理志而又有变化,"它是以它陈述的唯一事实来对立,甚至在陈述的同时它就证实了这一点"③。《西域番国志》通过"对他者描述"的分类书写,对立呈现了西域诸国新的形象聚合体,并在潜意识中将"相异性"呈现与士大夫群体原有的西域"社会集体想象物"映照,进而再度构建了明人对异域的集体想象与认同。所不同的是,对别失八里诸邦,陈诚以向集体认知提供最佳知见为目的,有效陈述了昔之繁华到今之零落形象的陌生感,使"它"的"过去"和"现在"区别开来;面对帖木儿诸城邦,其书写除了构建"富庶"的整体异国形象,还试图秉承真实、客观的目的揭示帖木儿帝国所具有的"相异性"世界,向集体认知呈现"现在时"的陌生感。

3. 笔法多样　书写相异

《西域番国志》有效地规避了行旅者的行踪,专意对以18个城邦所集中代表的国家

---

① 《新疆通史》编撰委员会编,王继光校注:《陈诚西域资料校注》,乌鲁木齐:新疆人民出版社,2012年版,第11页。
② 《新疆通史》编撰委员会编,王继光校注:《陈诚西域资料校注》,乌鲁木齐:新疆人民出版社,2012年版,第9页。
③ 孟华:《比较文学形象学》,北京:北京大学出版社,2001年版,第161页。

形象进行详尽的介绍。然而,"我"的自觉隐身,并非意味着书写主体所代表的文化视野的消失,如《别失八里》流淌着强烈的国家意识和深刻的历史记忆,"马哈木盖胡元之余裔,前世锡封于此""犹能知长其所长而无变态者,岂不由其前人积德乎?"①……既是描述又是认识过程的文本中,混合了陈诚本土文化群体的思想情感和意识形态元素。

不过,相比对别失八里的直陈"己见",陈诚在帖木儿帝国的书写中,尤其是占《西域番国志》53%篇幅的哈烈,刻意秉承客观的态度,淡化"我"的评价和判断,以多样化的书写笔法意图阐明异国多面的感性特征,形成纯粹的"镜像"来言说"他者"形象:

如宗教的仪式:"凡礼拜之时,聚土屋下,列成班行,其中一人高叫数声,众人随班跪拜,若在道途,随处礼拜。"

如生活的场景:"城市乡镇广置混堂……初脱衣之际,各以浴布一条遮身,然后入室。不用浴桶,人各持一水盂,自于冷热池中从便汲温凉净水,以澡雪其身,余水流去,并无陈积。亦有与人摩擦肌肤,揣捏骨节,令人畅快者。浴毕出室,人各与浴布二条,一蒙其首,一蔽其身,必令干洁而后去,人以一二铜钱与之而已。"

如社会众生:

> 有弃家业去生理者,蓬头跣足衣弊,衣披羊皮,手持拐杖,身挂牛羊骨节,多为异状,不避寒暑,行乞于途。遇人则口语喃喃,似有怜悯,若甚难立身者。或聚处人家坟墓,或居崖穴,名为修行,曰迭里迷失。

> 有为医者,于市廛中聚求药之人,使之环列而坐,却于众中,口谈病症,作为多端。然后求药之人皆出钱与之,各散药少许而去,其效验竟莫可知。

> 有好事之人于城市稠人中,挥大钺斧,手舞足蹈,高出大言,惊世骇俗,莫详其故,大概儆人为善之意而已。

> 有善步走者,一日可行二三百里,举足轻便,疾于马驰。然非生而善走,盖自幼习惯而能。……常腰悬小铃,手持骨朵,其行如飞。②

陈诚观察哈烈的视角多元且细腻隐微,深入社会生活的方方面面,通过日常生活的细节描摹,映现了异国鲜活生动的社会文化风貌。以体式而论,他以纪传体笔法具象描述了哈烈特殊的风土现象,如"随处礼拜"等群体性行为,是独特地域中人之主体自觉存在的表现,"既定性"的特征呈现了具有风土性的群体形象;他还善于发现多姿多彩的社会众生相,以行录体笔法记写了诸多特质人物的形象及行为特征,并对此所隐含着的价值观取向,有着主动体察的探问心理。进而,哈烈以自塑形象的方式,将"本真"形态的异国风貌活现为舞台上的场景,在陈诚等注视者群体的眼前塑造出一个在场的"他者"

---

① 《新疆通史》编撰委员会编,王继光校注:《陈诚西域资料校注》,乌鲁木齐:新疆人民出版社,2012年版,第10页。
② 《新疆通史》编撰委员会编,王继光校注:《陈诚西域资料校注》,乌鲁木齐:新疆人民出版社,2012年版,第4页。

形象。

"形象即为对两种类型文学现实间的差距所做的文学或非文学的,且能说明符指关系的表述。"①作为"符号功能"的形象浓缩了注视者对被注视者文化差异的有效陈述,如"国主居城之东北隅,垒砖石以为屋……不用栋梁、陶瓦……不置椅凳,每席跏趺而坐""服色尚白,与国人同""凡上下相呼,皆直叱其名,虽国主亦然"②。综述体笔法的运用在对国主居城位置、服饰、称谓等描述中,蕴含了一组组的对立物来表达与明王朝的相异性,两种文化的等级关系也随之得到了强有力的表现。如对饮食习惯的差异,《哈烈》篇是这样描述的:"饮食不设匙筯,肉饭以手取食,羹汤则以小木瓢汲饮,多嗜甜酸油腻之味,虽常用饭食,亦和以脂油。"③貌似中性的形象描绘标示出观察者与被观察者的客观距离。而在《至撒马儿罕国主兀鲁百果园》诗中,陈诚就直接表达出对"他者"的否定态度:"饭炊云子色相兼,不用匙翻手自拈。汉使岂徒营口腹,肯教点染玉纤纤"④,为了保持国体庄严,宁可不吃也不让手指所象征的本土文化受到玷污。再如,"墙头轮磨迎风转"的风磨与中国不同,《哈烈》篇用86字详述其运作原理,作为独特的异物形象予以呈现,而《风磨》诗则曰:"明朝木静风姨去,好笑胡人拙计穷"⑤,同样表达了对"他者"的否定。

总之,形式灵活、不拘一格的记述笔法,呈现了鲜活的异国场景。陈诚秉承对照的角度言说"他者"的形象,试图为"社会集体想象"的缺失营造一个具有在场性的异国形象;同时,让哈烈自述形象,"我"则刻意隐藏自身的文化属性,让哈烈诸多极具"陌生性"的形象进行自我揭示,这样的书写"都无可避免地表现为对他者的否定,对'我'及其空间的补充和延长"⑥,"我"与"他者"的相异性得到了更为强烈的凸显。

(二)《西域行程记》——细微翔实的行迹记录

永乐十三年十月陈诚回京复命,将《西域行程记》列第三位进呈御览。该书从永乐十二年正月十三日出陕西行都司肃州卫为记录之首日,至当年闰九月十四日到达哈烈止,逐日记载了267天的行程道里。

---

① 孟华:《比较文学形象学》,北京:北京大学出版社,2001年版,第118页。
② 《新疆通史》编撰委员会编,王继光校注:《陈诚西域资料校注》,乌鲁木齐:新疆人民出版社,2012年版,第2页。
③ 《新疆通史》编撰委员会编,王继光校注:《陈诚西域资料校注》,乌鲁木齐:新疆人民出版社,2012年版,第2页。
④ 《新疆通史》编撰委员会编,王继光校注:《陈诚西域资料校注》,乌鲁木齐:新疆人民出版社,2012年版,第40页。
⑤ 《新疆通史》编撰委员会编,王继光校注:《陈诚西域资料校注》,乌鲁木齐:新疆人民出版社,2012年版,第50页。
⑥ 孟华:《比较文学形象学》,北京:北京大学出版社,2001年版,第157页。

1. 真实细致　详尽准确

《西域行程记》的日记体书写模式:农历日期+天气+起床出发时间+行走方向+沿途地名+里程+安营扎寨的地点,如:"初十日,晴。早起,向南度山,约行一百里,地名白阿儿把,山上安营。"①

(1) 以农历日期作为每天记录的起始标签,共151条记录,涵盖了267天的行旅。

(2) 日期之后接续当天的天气状况,有晴、阴、阴雨或雪;有些也记载了一日中天气变化的过程,如"大雪,午后晴""阴,大风微雨";总体上以晴天为主(共133条)。

(3) 早起出发时间:三更起、四更起、中宵起、中夜起、明起、早起、午起、向午方起等,其中尤以明起(天大亮的时候)和早起居多,分别为57条和63条;这些记录客观地呈现了使团起早贪黑、日夜兼程,不敢有丝毫的懈怠。

(4) 每条记录皆对于行走方向、沿途地名、每日里程有清晰的记录;一般情况下,每日行走的里程为五十里至七十里左右;使团选定的安营之处强调有水草等补给,如遇无水草特别是水源,使团将继续前行,日行里程可达九十里至一百五十里。

(5) 行程记中有11次未"安营"的记录,仅"安歇"于路边、石滩、草滩、沙滩、山峡中;其原因在《西域行程记》中明确记录为"不得水""并无水草,亦无冻冰,人马不得饮食"等情况,主要集中在三段行程中:过布隆吉河至哈密段、出腊兰至鲁陈城段、分南北两路行后的南路见马哈木王沿途段。其中最艰苦的当属从探里向西北进入大川后,绝无水草,人马难住,日夜兼程,"行经二昼夜,约有五百里方出此川"②。

(6) 当需要与沿途所经诸国进行交往活动时,则会停留些时日,如在鲁陈城"住四日"、火州"住三日"、土尔番城"住一日"、哈密"住五日"等;也有因恶劣天气迫不得已的滞留,如在布隆吉因大风住两日、哈喇卜剌"是夜大雪"住三日、阿剌石因夜雨住两日;或者因交通意外及使团成员生病而滞留,如在大站之地,过浑河"有船五六只,可渡行李。马由水中渡,泥陷,死者甚多"③,住一日;在买母纳,"以同行之人多病"④,安营住三日。这些于某处的停留时日,《西域行程记》必定在结尾有"住×日"予以详注,共计116天。

作为《西域番国志》的姊妹篇,《西域行程记》以行经地理方位的先后为顺序,详尽记录了使团的路线和沿途的地理情况。明国史馆王直《西域行程记序》曰:"盖一举目之间,

---

① 《新疆通史》编撰委员会编,王继光校注:《陈诚西域资料校注》,乌鲁木齐:新疆人民出版社,2012年版,第169页。
② 《新疆通史》编撰委员会编,王继光校注:《陈诚西域资料校注》,乌鲁木齐:新疆人民出版社,2012年版,第160页。
③ 《新疆通史》编撰委员会编,王继光校注:《陈诚西域资料校注》,乌鲁木齐:新疆人民出版社,2012年版,第167页。
④ 《新疆通史》编撰委员会编,王继光校注:《陈诚西域资料校注》,乌鲁木齐:新疆人民出版社,2012年版,第170页。

可以明见万里之外。"①正是由于陈诚对行程道里足履目验、详核可据的书写态度,其所记录的沿途地名、方位、人居情况、环境等成为研究15世纪初西域和丝绸之路珍贵的原始资料,其史料价值不亚于《西域番国志》。

2. 曲折寻访　历史钩沉

《西域行程记》没有记录在哈烈的停留天数,但据杨士奇《西域记跋》:"而留哈烈最久,故特记之详焉"②,可知陈诚在哈烈停留时间最长,因而《西域番国志》对哈烈形象的描绘占一半以上篇幅。

《西域行程记》明确记录居留时间达十日以上的有三次:一是于崖儿城安营十七天后分成南北两路;二是在近马哈木王帐房住十三日;三是因"酋长巡边久未回",在撒马儿罕安营十日③。而前两次皆与别失八里有关:

(1) 二月二十四日"以马哈木王见居山南"④,使团于崖儿城分成南北两路,正使李达所率领的使团向北路出行,陈诚所率领的使团由南路寻找别失八里的新驻地,这也是使团在崖儿城安营十七天的原因所在。

(2) 当陈诚到达别失八里时,马哈木王用盛大的宴席欢迎远道而来的使团,陈诚在纪行诗中发出由衷的感慨:"殷勤且慰皇华使,雪满阴山六月寒"⑤,唯有经历了阴山大雪的艰难历程,才能凸显寻访得见的不易。

(3) 五月十五日"南北路皆至此河两岸安营"⑥,隔河相会,六月二十九日,使团在哈卜速安营,"北路亦先至此,相会,住一日"⑦,南北两路使团在养夷城附近才合为一路,前往帖木儿帝国。

(4) 南北两路使团在五月十五日隔河相会时,陈诚"差百户哈三进马回京"⑧,再结合

---

① 《新疆通史》编撰委员会编,王继光校注:《陈诚西域资料校注》,乌鲁木齐:新疆人民出版社,2012年版,第143页。
② [明]杨士奇:《东里续集》卷一七,清文渊阁《四库全书》本。
③ 《新疆通史》编撰委员会编,王继光校注:《陈诚西域资料校注》,乌鲁木齐:新疆人民出版社,2012年版,第45页。
④ 《新疆通史》编撰委员会编,王继光校注:《陈诚西域资料校注》,乌鲁木齐:新疆人民出版社,2012年版,第161页。
⑤ 《新疆通史》编撰委员会编,王继光校注:《陈诚西域资料校注》,乌鲁木齐:新疆人民出版社,2012年版,第36页。
⑥ 《新疆通史》编撰委员会编,王继光校注:《陈诚西域资料校注》,乌鲁木齐:新疆人民出版社,2012年版,第164页。
⑦ 《新疆通史》编撰委员会编,王继光校注:《陈诚西域资料校注》,乌鲁木齐:新疆人民出版社,2012年版,第167页。
⑧ 《新疆通史》编撰委员会编,王继光校注:《陈诚西域资料校注》,乌鲁木齐:新疆人民出版社,2012年版,第164页。

纪行诗在马哈木处"喜见牛马成部落"①,可以推断陈诚从别失八里交易了相当数量的马匹,此举也从侧面反映了向少数民族购买品种优良的战马是明王朝发展朝贡贸易的主要目的之一。

(5)《历官事迹》陈诚自述永乐十三年冬进"西马七匹",永乐十六年四月"又进马十五匹",永乐十八年十一月"进马三十五匹"②。三次出使帖木儿,陈诚私下买名马献给朝廷的数量是成倍增长的,而马匹奇缺的明王朝对使臣的这种做法也是持赞赏态度的,赏赐也越来越多,如第三次贡马"仍给马钱钞十万二千贯,赏纻丝三表里"③。

陈诚衔命出使,寻访别失八里仅是出使万里之行的一个片段缩影,跟踪这个作为陈诉者的"我"在书写时所经历的曲折历程,可以发现陈诚使团在宣播王化使命之外,亦有与西域诸国贸易良马的重任。而陈诚历艰险、冒寒暑,以己身试诸不测,且矢志不渝的形象,于此简略的记述中可见一斑。

二、《进呈御览奉使西域往回纪行诗》——异域旅途的真实感悟

陈诚在漫长的奉使行旅途中,还创作了颇具规模的纪行诗,书写行旅中的真切见闻与生命感悟,呈现了辽阔而壮美的异域空间,也交织了执着与艰辛的生命感悟。如果将《西域行程记》《西域番国志》视为使命历程与异国形象的分类记写,总题为《进呈御览奉使西域往回纪行诗》(简称《纪行诗》)则是异域之眼的洞见与抒情向度,摹写异域风情,宣播王化使命,映射出积极主动的明代与世界跨文化相遇的时代精神。

(一) 以诗纪行 异域造像

《纪行诗》的题名构筑了以诗纪行的书写形貌,有三种方式:一是以行旅中所历节日为主题,有《端午》《阿木河中秋》《九日》《除夕》《乙未新年》《元宵》,既体现出时间变易感,亦契合"节里思亲倍感伤"④之情进行隐晦的表功。二是以独特景物为题,有《阴山雪》《途中见红花》《夏日遇雪》《尝杏子》《狮子》《花兽》《风磨》《射葫芦》《葡萄酒》,深化"胡地迥与

---

① 《新疆通史》编撰委员会编,王继光校注:《陈诚西域资料校注》,乌鲁木齐:新疆人民出版社,2012年版,第35页。
② 《新疆通史》编撰委员会编,王继光校注:《陈诚西域资料校注》,乌鲁木齐:新疆人民出版社,2012年版,第82页。
③ 《新疆通史》编撰委员会编,王继光校注:《陈诚西域资料校注》,乌鲁木齐:新疆人民出版社,2012年版,第82页。
④ 《新疆通史》编撰委员会编,王继光校注:《陈诚西域资料校注》,乌鲁木齐:新疆人民出版社,2012年版,第36页。

中华殊"①的新鲜感知。三是占《纪行诗》大多数的以地名或城邦名命名的方式，如《流沙河》《塞蓝城》等；其中多有结合"出""宿""望""早行""至""过""复过""渡""经""登""诣"等动词命名，如《望哈烈城》《至哈烈城》《诣哈烈国主沙哈鲁第宅》等，既建构出行旅之内在关联，也呈现多向视角，着重于个人情感之抒发。

而且，《纪行诗》以点题说明的方式书写了"孤独"与"执着"的行旅心灵。诗作有11首在地名的诗题后加以自注，如《过卜隆古河（即华言浑河是也）》《亦息渴儿（华言热海）》《哈密城（古伊州之地）》《崖儿城（古车师之地，后为交河县）》。诗题对地名或作音译补充或加以今昔异同的说明，诗歌则以艺术情景具象化《西域行程记》。如行程记载："过阿达打班，山高雪深，人马迷途，先令人踏雪寻路，至暮方得下山。"②纪行诗《过打班（华言度高岭也）》："才踰鸟道穷三峡，又蹑丹梯上九霄"③，"三峡"与"九霄"的对举摹写了天山高耸入云之态，对诗题中"高岭"做出了形象的诠释；接续的《阴山雪》一诗延展书写了《西域行程记》"山高雪深，人马迷途"④中人与严酷自然环境的遭逢，"行行早度阿达口，峡险山深雪犹厚。官马迷途去去难，客衣着冷重重透。肌肤冻冽手足皲，玉楼起栗银海昏。军士唏嘘动颜色，天光暗淡凝寒氛。"⑤步履维艰、饥寒交迫的艰辛行旅景象在生动细致的刻画中跃然眼前。

以纪行而言，《纪行诗》相较《西域行程记》《西域番国志》更为完整，首篇《出京别亲友》至《望李陵台》的10首诗，历经京师—涿州—华山—长安—咸阳—平凉—固原—肃州，是陈诚在明朝境内的行旅书写；从《铁门关》至《入塞》16首，是陈诚"西游绝域还"⑥的回程书写，而《西域行程记》和《西域番国志》未有对应之撰述。如此，《纪行诗》以行经地名为纽带完整呈现了历时两年多的艰辛行旅与情感体验。

陈诚以纪实之笔一一记写了行走古丝绸之路上，别失八里城郭萧条的明代景象："寂无鸡犬声，空有泉源绕"⑦的赤斤蒙古；热闹的古丝路要冲布隆吉尔如今"远塞深春无过

---

① 《新疆通史》编撰委员会编，王继光校注：《陈诚西域资料校注》，乌鲁木齐：新疆人民出版社，2012年版，第29页。
② 《新疆通史》编撰委员会编，王继光校注：《陈诚西域资料校注》，乌鲁木齐：新疆人民出版社，2012年版，第162页。
③ 《新疆通史》编撰委员会编，王继光校注：《陈诚西域资料校注》，乌鲁木齐：新疆人民出版社，2012年版，第34页。
④ 《新疆通史》编撰委员会编，王继光校注：《陈诚西域资料校注》，乌鲁木齐：新疆人民出版社，2012年版，第162页。
⑤ 《新疆通史》编撰委员会编，王继光校注：《陈诚西域资料校注》，乌鲁木齐：新疆人民出版社，2012年版，第35页。
⑥ 《新疆通史》编撰委员会编，王继光校注：《陈诚西域资料校注》，乌鲁木齐：新疆人民出版社，2012年版，第51页。
⑦ 《新疆通史》编撰委员会编，王继光校注：《陈诚西域资料校注》，乌鲁木齐：新疆人民出版社，2012年版，第28页。

雁,古台落日有栖鸦"①;丝路上的明珠高昌故城,唐玄奘西天求法途经之地,佛教曾盛行于此,而今也式微了,"梵宫零落留金像,神道荒凉卧石碑"②;西域三十六国之一的车师前国的国都崖儿城,地势险峻,易守难攻,正所谓"天设危城水上头",由于连年战火,毁损严重,逐渐荒废,"断壁悬崖多险要,荒台废址几春秋"③。在今昔对比中呈现出历史感的书写基调,透过诗作意象之凝结,邀引观者走进现场,点染凝望中的历史兴怀与由衷惋惜。

与别失八里域内荒城野烟的形象不同,帖木儿国诸邦却是一幅幅"眼前风物近江南"的田园生活画面:《塞蓝城》"绕堤杨柳绿毵毵""园瓜树果村村熟"④;《达失干城》"桑麻禾黍连阡陌,鸡犬牛羊混几家"⑤;出使的目的哈烈城更是"又是遐方一境天"⑥,繁荣富庶,这里有城郭楼台青草大树,道路四通八达,街头巷尾人头攒动,一幅繁华都市的景象。"酒进一行陈彩币,人喧四座撒金钱"⑦,既有欢迎宴席上用来渲染气氛、以示豪奢的"撒喜钱"习俗,也有张弛有力、别有一番情趣的娱乐活动射葫芦:"当场跃马流星过,翻身一箭葫芦破。"⑧这些定格的历史造像成为明初对于西域各国社会风貌鲜活生动的记写。

在明初这一特定的历史时期,《纪行诗》以诗存史,立体明晰地构建出对外交往的历史造像,保存了本国对异国文化的总体认识,极具史料价值。《入塞图》曰:"绝域道途三万里,殊方风俗几多般。回朝若问西夷事,只好行程记里看。"⑨以诗纪行的"行程记",它兼备了"绝域道途"与"殊方风俗",并以之为纽带将陈诚驳杂的西使记录构建成一个有机整体,从枯燥走向生动,从平淡走向丰富。

---

① 《新疆通史》编撰委员会编,王继光校注:《陈诚西域资料校注》,乌鲁木齐:新疆人民出版社,2012年版,第28页。
② 《新疆通史》编撰委员会编,王继光校注:《陈诚西域资料校注》,乌鲁木齐:新疆人民出版社,2012年版,第32-33页。
③ 《新疆通史》编撰委员会编,王继光校注:《陈诚西域资料校注》,乌鲁木齐:新疆人民出版社,2012年版,第33页。
④ 《新疆通史》编撰委员会编,王继光校注:《陈诚西域资料校注》,乌鲁木齐:新疆人民出版社,2012年版,第39页。
⑤ 《新疆通史》编撰委员会编,王继光校注:《陈诚西域资料校注》,乌鲁木齐:新疆人民出版社,2012年版,第39页。
⑥ 《新疆通史》编撰委员会编,王继光校注:《陈诚西域资料校注》,乌鲁木齐:新疆人民出版社,2012年版,第47页。
⑦ 《新疆通史》编撰委员会编,王继光校注:《陈诚西域资料校注》,乌鲁木齐:新疆人民出版社,2012年版,第48页。
⑧ 《新疆通史》编撰委员会编,王继光校注:《陈诚西域资料校注》,乌鲁木齐:新疆人民出版社,2012年版,第50页。
⑨ 《新疆通史》编撰委员会编,王继光校注:《陈诚西域资料校注》,乌鲁木齐:新疆人民出版社,2012年版,第60页。

(二) 风土人物　细腻呈现

《纪行诗》完整地记录了陈诚历时两年多的行旅见闻与真切感悟,既有史学价值,更具独特的文学价值。《西域行程记》详道里行程,《西域番国志》重异国形象,《纪行诗》于书写内容兼而有之,但书写形貌更加细腻生动,强化了行旅于险恶莫状的异乡,直面西域人文、地理风貌的空间感知。以渴石为例:《西域行程记》简略记写为安营扎寨的途经点:"初五日,晴。明起,向西南行十余里,近渴石城边安营。住一日。"①《西域番国志·渴石》以纪实之笔视觉呈现了帖木儿故居的空间意象:"中有楼殿数十间,规模弘博,门庑轩豁,堂上四围有白玉石柱,高不数尺,犹璧玉然。墙壁饰以金玉,窗牖缀以琉璃,悉皆颓塌。"②纪行诗《游渴石城(帖木儿驸马故居)》则从身体的感发着眼,凸显游观所点染的知觉体验:"玲珑窗户深,杂缀檐楹簇。金饰尤鲜明,铃铎半倾覆。阴屋魈火微,白昼穷猿哭。幽泉注芳沼,浅碧浸寒玉。废兴今古多,低头较荣辱。吾皇治优化,四海同一毂。"③诗生动形象,更具有画面感和立体感,相比《西域番国志》文笔简练的形象写实,诗进一步由景展情,通过昔日金碧辉煌与今之"阴屋"地景的联现,彰显奉行和平外交政策的重要性,突出对明朝皇帝的赞美。

《纪行诗》借由地景之联结,点出了与异国风土人物交接的细腻感知,散发出生动瑰丽、色彩缤纷的形象光韵,增强了诗作的审美价值,也在特殊的场域中形成了具有主体意识嬗变的时代感悟和诗体特征。

(1) "客路风霜惯"④的行旅中,陈诚选择黄沙漫天、山深雪厚、荒凉零落等意象摹写西域景象,似乎更能概括地方特性,且遵从既定印象中的内在书写规律。不过,在这些共有的物象描绘中,《纪行诗》标示出独特地理空间中颇具意趣的地景意义,如"漠漠平沙连断碛,人烟草木无纤须"⑤,以全景式写照呈现唯有荒漠沙碛的"瀚海";或如火焰山"一片青烟一片红,炎炎气焰欲烧空",远观之情境勾勒出独特的自然景象,并以"春光未半浑如夏"强调身近其地的切身感受⑥;或如"峰连剑阁迷云栈,水注银河喷雪涛"⑦,以仰视之角

---

① 《新疆通史》编撰委员会编,王继光校注:《陈诚西域资料校注》,乌鲁木齐:新疆人民出版社,2012年版,第168页。
② 《新疆通史》编撰委员会编,王继光校注:《陈诚西域资料校注》,乌鲁木齐:新疆人民出版社,2012年版,第9页。
③ 《新疆通史》编撰委员会编,王继光校注:《陈诚西域资料校注》,乌鲁木齐:新疆人民出版社,2012年版,第41页。
④ 《新疆通史》编撰委员会编,王继光校注:《陈诚西域资料校注》,乌鲁木齐:新疆人民出版社,2012年版,第44页。
⑤ 《新疆通史》编撰委员会编,王继光校注:《陈诚西域资料校注》,乌鲁木齐:新疆人民出版社,2012年版,第29页。
⑥ 《新疆通史》编撰委员会编,王继光校注:《陈诚西域资料校注》,乌鲁木齐:新疆人民出版社,2012年版,第31-32页。
⑦ 《新疆通史》编撰委员会编,王继光校注:《陈诚西域资料校注》,乌鲁木齐:新疆人民出版社,2012年版,第38页。

度摹写峥嵘崔嵬的山体、忽隐忽现的山道、如雪的波涛喷流直下的山泉,何等的壮观之景,也透显出将要遭逢的攀登之险。独特的自然景观在诗作中凭借不同的观览角度多有着墨,从而被深刻记忆,也在观览中产生了唯美的想象。

(2)凸显时间与地点的错位感,形成参差对照,强化对地景的敏锐感知。《蜡烛城》以"青青草线生春涧,细细榆钱叠故垣"①,细致描绘了此处春天的气息,《塞蓝城》以"绕堤杨柳绿毵毵"②,展现了生机勃勃的景象,而草线、春涧、榆钱、杨柳这些春天景象在二月的西域出现,景观之异凸显西域气候的特殊性,陈诚似乎被眼前景象颠覆了原有的地域认知,进而感叹曰:"天气融合三月候,恍疑风景似中原。"③

(3)"不见红芳与绿阴"的行旅中,红花绿草常常触动他敏感的心绪,书写让他欣喜异常、精神为之一振的即事感怀,如《途中见红花》"征途荒僻正愁人,忽见遐方五月春。到处野芳红胜锦,满川新涨碧于银"④;如《尝杏子》"今日街头新果卖,恍疑城市在山林"⑤;再如《达失干城》"桑麻禾黍连阡陌,鸡犬牛羊混几家"⑥,一幅安乐恬静的田园生活画面。这些诗作透显着家乡之符码,在相似性的仔细找寻中,触发了思乡情结,强化书写了中原与西域的差异性。

(4)在对地景甚为细腻的摹写中,融入了陈诚独特的知觉体验,即便寻常之物亦显现着质的差异。对于在沙漠中日行百里、人疲马倦的使团而言,泉水可谓是生命之源,《西域行程记》对水之记述颇为简单:"约有五十余里,有泉水一处,地名可敦卜剌,安营"⑦;纪行诗《可敦卜剌(华言娘子泉)》⑧曰"一泓浅碧凝清香",浅碧的泉水散发出清香,由视觉通感了嗅觉;泉水从源头流出不远就结成冻冰,"满地冻结琼瑶浆",陈诚笔下的冻冰之形胜似美玉,"饮之似觉甘如醴",凿冰煮水尝出甜酒之味。嗅觉、视觉、味觉、触觉、听觉的相

---

① 《新疆通史》编撰委员会编,王继光校注:《陈诚西域资料校注》,乌鲁木齐:新疆人民出版社,2012年版,第31页。
② 《新疆通史》编撰委员会编,王继光校注:《陈诚西域资料校注》,乌鲁木齐:新疆人民出版社,2012年版,第39页。
③ 《新疆通史》编撰委员会编,王继光校注:《陈诚西域资料校注》,乌鲁木齐:新疆人民出版社,2012年版,第31页。
④ 《新疆通史》编撰委员会编,王继光校注:《陈诚西域资料校注》,乌鲁木齐:新疆人民出版社,2012年版,第36页。
⑤ 《新疆通史》编撰委员会编,王继光校注:《陈诚西域资料校注》,乌鲁木齐:新疆人民出版社,2012年版,第38页。
⑥ 《新疆通史》编撰委员会编,王继光校注:《陈诚西域资料校注》,乌鲁木齐:新疆人民出版社,2012年版,第39页。
⑦ 《新疆通史》编撰委员会编,王继光校注:《陈诚西域资料校注》,乌鲁木齐:新疆人民出版社,2012年版,第159页。
⑧ 《新疆通史》编撰委员会编,王继光校注:《陈诚西域资料校注》,乌鲁木齐:新疆人民出版社,2012年版,第30页。

互沟通与转换,异国景貌在自我感触的细腻表述中,更显得悲怆而深刻。

综上,透过文与诗的对读,纪行诗对异国景观的描绘细腻深刻,异域风味撩拨心弦,经由观察视角的转换,以及与中原景物相似性的辨析等诠释方式,创造出历历可见、摇曳多姿的异国风貌,深化了亲身经历与行旅空间的关联。

(三) 客心游思　历史感相

《纪行诗》与直接显露并自由宣泄个体情感的诗作不同,使臣的身份决定了陈诚借助"私语真情"的诗歌书写进行了有目的的考量和安排,对明王朝行以溢美式的笔调,感通历史人物的出使形象曲传心意,在比较的视野中书写面对异国文化现实的态度,亦透显出其潜藏的文化心理。

(1) 陈诚域外书写的表述是在与明王朝这一潜在对话者的语境中完成的,亦受制于潜在对话者的要求。纪行诗是使臣游记的常用语体,但据《奉使西域复命疏》所述进呈的四种文本,纪行诗不在其列,而诗组题名又清晰地表明"进呈御览"的书写意图,表明陈诚在进呈何种域外书写时是经过斟酌的:《西域行程记》和《西域番国志》皆力求实录,向潜在对话者客观呈现异国的道里与形象;《狮子赋》及《与安南辨明地界往复书札》彰显陈诚外交实绩;流溢个人情绪抒发的《纪行诗》与这四者相较,重要性显然不可同日而语,因而不在最终进呈之列。

未能进呈却不改陈诚向明王朝这一潜在对话者言说的书写意图。首先,《纪行诗》共计 77 题 92 首,首篇《出京别亲友》至《入塞》共 83 首诗,代表本土文化的陈诚言说了重开丝绸之路的行旅见闻和心路历程,在自我表述和反思的言语中透显了文化认证的过程;后 9 首分别记写了洪武年使安南和永乐年间三使西域,以片段点缀的方式贯穿呈现了陈诚一生的使命。其次,《纪行诗》的叙事书写与情感抒发也是经过认真考量与仔细安排的,或描述使臣身份受到的异国礼遇,"才读大明天子诏,一声欢呼动春雷"[①]"羌酋举首尊声教,万国车书一大同"[②];或随感兴发,将眼前的景观与怀柔之恩相联系,"九重雨露沾夷狄,一统山河属大明"[③]"山形南北路东两,峭壁穷崖斧截齐。大地无心生险要,君王有德浑华夷"[④]异国风景衬托了对皇帝恩威延布、威德远被的赞美,溢美式语调流溢着严肃而宏大的情感。

---

① 《新疆通史》编撰委员会编,王继光校注:《陈诚西域资料校注》,乌鲁木齐:新疆人民出版社,2012 年版,第 48 页。
② 《新疆通史》编撰委员会编,王继光校注:《陈诚西域资料校注》,乌鲁木齐:新疆人民出版社,2012 年版,第 32 页。
③ 《新疆通史》编撰委员会编,王继光校注:《陈诚西域资料校注》,乌鲁木齐:新疆人民出版社,2012 年版,第 33 页。
④ 《新疆通史》编撰委员会编,王继光校注:《陈诚西域资料校注》,乌鲁木齐:新疆人民出版社,2012 年版,第 50 页。

(2)《纪行诗》作为陈诚自由心灵的投射,经由对"汉使"形象的感知与描述,透显出个人心绪的激荡和承载集体意识形态的反响。

首篇《出京别亲友》"丹心素有苏卿节,行橐终无陆贾装"①出现了两个"汉使"的形象:苏卿即苏武,出使匈奴被扣,十九年持节不屈;陆贾,能言善辩,两使南越,说赵佗臣服。同是汉代使臣的身份,却有着不同的出使结局。结合当时与帖木儿国的关系,洪武二十八年,傅安、郭骥率领的1500人的明朝使团被帖木儿"竟留不遣"13年,归国时仅仅13人;洪武三十年陈德文使团被帖木儿羁留10年。两国交往现状势必在陈诚心中激起波澜。

因而表达重关塞断、归年无期的诸多诗句,不是装腔作势的情绪点缀,恰恰客观真实地透显出陈诚的复杂心绪。他将苏武引为自己的知己,投射了自己的影像,亦旨在向朝廷这一对话者明志:"谁怜汉苏武,白发鬓边多。"②"苏武边庭十九年,烨烨芳名重万古。"③并以丧失民族气节的李陵自戒,《望李陵台》"回头思汉主,洒泪别苏卿。可惜终夷虏,千秋秽令名"④,自我激励的背后隐含着前途未卜的忐忑不安。

陈诚出使西域到达的第一个城邦是哈密,受到了热烈欢迎,他把自己比作灵风(教化)、景星(德星)的化身:"灵风景星争快睹,壶浆箪食笑相迎。"⑤首访哈密增强了他的自信,诗歌亦反映了心境的这种微妙变化。其后在火州"居民争睹汉官仪"⑥,在异邦好奇的注视中,陈诚隐约在历史的回顾中找到了"汉使"的感觉。

"张骞"形象的明确标举是在进入帖木儿帝国后。《达失干城》曰"当时博望知何处,空想银河八月槎"⑦,以行旅地点勾连人文图像;其后,曾经引为知己的苏武,在诗中与张骞对举呈现,《八剌黑城》:"征轺不惮远,万里来西域。博望早封侯,苏卿老归国。男儿志

---

① 《新疆通史》编撰委员会编,王继光校注:《陈诚西域资料校注》,乌鲁木齐:新疆人民出版社,2012年版,第23页。
② 《新疆通史》编撰委员会编,王继光校注:《陈诚西域资料校注》,乌鲁木齐:新疆人民出版社,2012年版,第26页。
③ 《新疆通史》编撰委员会编,王继光校注:《陈诚西域资料校注》,乌鲁木齐:新疆人民出版社,2012年版,第30页。
④ 《新疆通史》编撰委员会编,王继光校注:《陈诚西域资料校注》,乌鲁木齐:新疆人民出版社,2012年版,第27页。
⑤ 《新疆通史》编撰委员会编,王继光校注:《陈诚西域资料校注》,乌鲁木齐:新疆人民出版社,2012年版,第30页。
⑥ 《新疆通史》编撰委员会编,王继光校注:《陈诚西域资料校注》,乌鲁木齐:新疆人民出版社,2012年版,第32页。
⑦ 《新疆通史》编撰委员会编,王继光校注:《陈诚西域资料校注》,乌鲁木齐:新疆人民出版社,2012年版,第39页。

四方,少壮宜努力。但祈功业成,勤苦奚足惜。愿言播芳生,千古垂竹帛。"①羁留之忧已除,成就功业名垂青史,像博望一样"早封侯"才是着重点。临近哈烈城,陈诚曰,"异俗殊风多历览,襟怀不下汉张骞"②,已然将自己与丝绸之路的开拓者博望侯张骞并驾齐驱,透显出本土文化的自豪和荣誉感。

到达出使目的地所作《至哈烈城》,陈诚书写出映照集体想象的"汉使"形象:"白首青衫一腐儒,鸣驼拥旗入西胡。曾因文墨通明主,要纪江山载地图。中使传宣持玉节,远人置酒满金壶。书生不解侏离语,重译殷勤问汝吾。"③书生面目的使节,意气风发的形貌,威德遐被、四方宾服的气象,尽显明代"张骞"之意象。

"形象创造的过程是由'自我'固定的文化态度去想象、虚构,被动地按照'自我'文化观念的模型去塑造的"④,陈诚对"汉使"多种形象的回顾与预告,构筑了自我对话的幽微情思,融入了强大的历史感,凸显了异域体验之渐变,承袭了文化观念逐渐固定的思维模式,最终让自己成为定型化的"张骞"形象,并以之为视角来传达异域体认,宣播王化的使命。

三、 陈诚通西域其他应用文体——异域形象的进呈与检视

(一) 西域印象之"前视野"

形象的构建涉及"我"与"他者"两种不同类型的文化,陈诚是明代西域的执笔书写者与形象创造者,但不可忽略的是,他的背后有众多的注视者,他们作为一种社会文化的整体透过陈诚注视着西域,他们对西域的社会集体想象无疑对陈诚的聚焦对象与书写方式起到了制约作用。

永乐十一年(1413)秋,胡广向皇帝举荐自己的同乡陈诚辅佐李达出使,成为陈诚人生的分水岭,《竹山文集》外篇卷一篇首,即列胡广所作《送陈员外使西域序》,陈诚对胡广拔犀擢象的感激之情自不待言。然而此序名为送别,实则是时任内阁首辅的胡广所代表的本土文化对西域由古及今的审视和想象,是时人基于本土文化与西域构建交往关系的社会集体想象物。此序内容丰富,意蕴颇多:

---

① 《新疆通史》编撰委员会编,王继光校注:《陈诚西域资料校注》,乌鲁木齐:新疆人民出版社,2012年版,第43页。
② 《新疆通史》编撰委员会编,王继光校注:《陈诚西域资料校注》,乌鲁木齐:新疆人民出版社,2012年版,第47页。
③ 《新疆通史》编撰委员会编,王继光校注:《陈诚西域资料校注》,乌鲁木齐:新疆人民出版社,2012年版,第47页。
④ 孟华:《比较文学形象学》,北京:北京大学出版社,2001年版,第24页。

一是与历史对话,回溯、解读本土文化对西域政策的时代特征和因应策略。从汉开西域"大抵挟威凌势",至元代"征西域诸国""分地以王诸子而还"①,本土文化要么羁縻之,要么征服之,皆造成了与西域往来关系的时断时续态势。胡广在对本土文化的审视中贯穿着反省思维,为明朝的对外关系确立了"要皆德化之所感通,非威驱势迫而使之来也"②的总体原则,构建了面对异域"他者",明王朝"以德绥万方"的文化外交形象。

二是形塑陈诚出使所应代表与呈现的明王朝的形象。胡广向序文书写的实际"对话者"——陈诚,告知他自己向皇帝举荐他的原因考量,众人"才可当之"的推荐是基于对陈诚过往处理外交事务能力的肯定,然而,更为重要的不是"用乎果勇智术",而是陈诚的使臣形象具有易于被异国文化所接纳的正面性,"故独取忠厚笃实之士而使之",能以形象传递友善,示之以诚信,"必能使远人益化于观感之间"③,同时也表达了对"他者"文化的尊重与承认。

三是对异国"考之于史"的方位感知与地域想象,提出陈诚此行异国的书写面向,以及填补历史空白意义的独特价值。胡广对帖木儿帝国进行了认真的考证与研究,认为自宋朝受西夏阻隔,"西域诸国泯其旧名不复可考矣",造成明朝对西域诸国方位感知的断档,以至"逾瀚海、龙堆之外……盖藐然无故名可征",胡广曰:"予尝问经西域者,过别失八里,至塞蓝城,又十余程始至撒马尔罕。"④他据史书所载与他人听闻展开了地域想象,认为塞蓝城可能是大月氏的蓝氏城⑤,撒马儿罕可能是萨末鞬即康居国⑥,将这些存有不确定性的问题交由陈诚的实地考察来解决,由此确定了陈诚详尽记录使团路线和沿途地理情况的《西域行程记》之书写面向。《西域番国志》则是基于胡广对异国文化现实的另一地域想象而作:"子鲁宜考其山川,著其风俗,察其好尚,详其居处,观其服食,归日征诸史传,求有合焉者,则予言为不妄也。"⑦

---

① 《新疆通史》编撰委员会编,王继光校注:《陈诚西域资料校注》,乌鲁木齐:新疆人民出版社,2012年版,第85页。
② 《新疆通史》编撰委员会编,王继光校注:《陈诚西域资料校注》,乌鲁木齐:新疆人民出版社,2012年版,第85页。
③ 《新疆通史》编撰委员会编,王继光校注:《陈诚西域资料校注》,乌鲁木齐:新疆人民出版社,2012年版,第86页。
④ 《新疆通史》编撰委员会编,王继光校注:《陈诚西域资料校注》,乌鲁木齐:新疆人民出版社,2012年版,第86页。
⑤ 《史记·大宛列传》:"大夏民多,可百馀万。其都曰蓝市城。"《汉书·西域传》:"大月氏国,治监氏城,去长安万一千六百里。"《后汉书·西域传》:"大月氏国,居蓝氏城,西接安息。"《北史·西域传》:"大月氏国,都剩盐氏城,在弗敌沙西,去代一万四千五百里。"塞蓝城在今哈萨克斯坦的西姆肯特,蓝氏城在今阿富汗斯坦巴尔赫附近,二者并非一地。
⑥ 《新唐书》卷二百二十一下:"康者,一曰萨末鞬,亦曰飒秣建,元魏所谓悉斤者。"萨末鞬即康国,都城在今乌兹别克斯坦萨马尔罕北七里。
⑦ 《新疆通史》编撰委员会编,王继光校注:《陈诚西域资料校注》,乌鲁木齐:新疆人民出版社,2012年版,第86页。

总之,序文的书写者胡广作为对异域"集体知识的陈述者",带着"注视者群体"鲜明的文化身份背景,也构建了明代对西域诸国的"社会集体想象"。陈诚的行旅书写无疑会受到"说话者"所蕴含的本土文化主体意识的潜在制约与影响,进而,陈诚的出使以及最终呈现的西域形象,凝聚着群体的阅读期待,面对着特定的社会文化阶层,他对异国形象及特点的描述,"是按照注视者文化中的模式、程序而重组、重写的,这些模式和程式均先存于形象"①。因此,对异国形象的解读,需检视注视主体本身的文化身份背景,研究这一历史时期明代的士大夫群体对西域的社会集体想象,"才能证实作者是(自觉或不自觉地)复制了这个整体的描述,还是彻底背离了集体想象的框架以进行创作活动,即对现实进行批判"②。

(二) 西域形象多元书写之进呈

永乐十三年(1415)十月,陈诚回到北京进呈《奉使西域复命疏》,整体勾勒了三种不同类型的形象:异域的形象、我的形象、我所代表的明王朝的形象。

首先,复命疏以"套话"的形式构建了两种形象。一是陈诚自我的形象:他向皇帝表达对自己"拔擢之荣"的感激,自己对奉使西域"重厘华夷一统之虑"使命的认知,以及"藐藐一身"深入不毛之地,凭借"一片赤心,三寸强舌,驱驰往回,三阅寒暑,逾越险阻,凡数万程"③的行旅形象。二是沿途诸国"咸知敬礼"的整体形象:面对"柔远之仁"的明朝使者,异国"咨谕所及,罔不率俾,疆界立正,慕义无穷"④,无不遵从圣命。

"异国形象属于对一种文化或一个社会的想象"⑤,在对他者整体行为的描述之中,陈诚这一行旅者扮演了文化认证的双重角色:一方面是以注视者的身份着眼于被注视的主体,经由西域对明王朝的外在行为的集体阐释,书写出异国统治阶层所投射出的对大明王朝仰慕性质的社会集体想象;另一方面"我'看'他者,但他者的形象也传递了我自己的某个形象"⑥,西域诸国"各遣信使,随臣入朝,毕献方物,仰谢圣恩"⑦之举,既用实绩提升了陈诚的外交形象,也在我与他者互动性的关系中,经由西域具有"认同性"行为的集体阐释联结了注视者所代表的文化群体,不仅满足了注视者预先设定的对异域的社会集体

---

① 孟华:《比较文学形象学》,北京:北京大学出版社,2001年版,第157页。
② 孟华:《比较文学形象学》,北京:北京大学出版社,2001年版,第28页。
③ 《新疆通史》编撰委员会编,王继光校注:《陈诚西域资料校注》,乌鲁木齐:新疆人民出版社,2012年版,第1页。
④ 《新疆通史》编撰委员会编,王继光校注:《陈诚西域资料校注》,乌鲁木齐:新疆人民出版社,2012年版,第1页。
⑤ 孟华:《比较文学形象学》,北京:北京大学出版社,2001年版,第17页。
⑥ 孟华:《比较文学形象学》,北京:北京大学出版社,2001年版,第123页。
⑦ 《新疆通史》编撰委员会编,王继光校注:《陈诚西域资料校注》,乌鲁木齐:新疆人民出版社,2012年版,第1页。

想象，也正面增值了本土文化的优越想象。

其次，复命疏陈诉了陈诚"谨撰《西域记》一册、《狮子赋》一册、《行程记》一册，并所与安南辨明地界往复书札，汇呈御览"①。前三册是陈诚出使西域对异国形象亲历亲见的直接形象感知，而"与安南辨明地界往复书札"则是陈诚在洪武年间担任行人职务期间，与安南国王于领土往复交涉的7封书信，与本次出使经历无关。

从敬呈御览的文本类型来看，记、赋、书三种具有相异性的书写文体，向皇帝分条陈述了过往与本次出使的经历见闻。置于首位的《西域记》是陈诚以"我"之文化身份对沿途18个异国城邦复制式描写和看法的总和，以书写相异性为主。第三位的《行程记》详尽地记录了使团的路线和沿途的地理情况，呈现的既是"我"行游的空间转移，也是"我"在"他者"地域活动中劳顿艰辛形象的补充呈现；两者构建了明代具有参考系意义的西域整体意象。

"他者"亦不单单指人物形象，也包括异国方物，列居第二的《狮子赋》在文本内外构建了格外显著的多方形象：从赋这一特殊的文体来看，"物以赋显"，且"登高能赋，可以为大夫"。赋以体物为特长，既能通过狮子这一"外物"之形象描摹唤起内在情感，表达恢宏圣德下"万邦咸宁，无有远迩，方物毕献"②的赞美，更能展现陈诚的文学才华；狮子是西域独特方物之形象典范，这一丝路瑞兽亦是尤为重要的文化符号，因而以赋彰显来自异域自愿贡狮之举，蕴含了独特的文化象征意义，赋文曰"欲殚土地之所宜，愿效野人之芹献。于是集猛士大蒐搜山泽，遂获异兽"③，呈现了捕获异兽的心理活动与细致情节。"野人"指未开化的民族，高大凶猛的狮子也代表了异域的野蛮，但他们殚其所有，诚以献芹的形象，体现出明王朝德化流行之广，不诉诸武力，而能化其刚暴，率为柔良，以德化感通，使沙哈鲁氏等远人来贡，"实表外夷之慕义也"。因此，将《狮子赋》列居第二以呈，构建了与"他者"相比的"我"的多方形象，尤其是对自身文化影响的塑造。

汇呈御览末位的"与安南辨明地界往复书札"，是陈诚在洪武年间担任行人职务期间，与安南国王于领土往复交涉的7封书信，虽与出使西域无关，但于陈诚的自我意识中，呈现的是与"不同的他者"相比的"我"，一个与西域相比的此在的意识。与西域诸国"咸知敬礼""慕义无穷"的形象不同，他着力呈现的是与异域处于领土纷争情势下同样能晓以利害、不辱使命的外交经验和阅历，进一步向君王展示了他领会"用图王会之盛，允

---

① 《新疆通史》编撰委员会编，王继光校注：《陈诚西域资料校注》，乌鲁木齐：新疆人民出版社，2012年版，第1页。

② 《新疆通史》编撰委员会编，王继光校注：《陈诚西域资料校注》，乌鲁木齐：新疆人民出版社，2012年版，第20页。

③ 《新疆通史》编撰委员会编，王继光校注：《陈诚西域资料校注》，乌鲁木齐：新疆人民出版社，2012年版，第21页。

协万邦之和"①的精神,灵活处理复杂异域关系的能力。

《奉使西域复命疏》所进呈的不单单是外国形象的清单,而是经由陈诚的视角与闻见,总述他所看到的现实,构建了异域的整体形象;四种进呈文本的独特"形象"也集中体现了形象塑造者和被塑造者之间的不同文化等级,通过他者的形象直接地表现自我,在对"他者"形象的描摹与塑造中"以自身为中心的价值与权利秩序并认同自身,而塑造的一个自身对立并低于自身的文化影响"②。

(三)新的西域认知与文化想象

陈诚异域书写所创造的异国形象,以再现的方式被他人在阅读中感知,构建了时人对异域新的视域与想象。

首先,西域诸国"咸知敬礼""慕义无穷"的形象,经由陈诚的直接感知,传递给本土文化群体,在检视中进一步确认了"国家以声教讫四海,遐荒穷徼咸共瞻仰"③的优势地位。

其次,拓展了明人的地域认知,国史总裁泰和王直作序曰:"盖自肃州卫嘉峪山关西行九千余里,至撒马儿罕。又二千八百余里,乃至哈烈。"④翰林侍讲邹缉作序曰:"撒马儿罕国在西域为绝远,昔太祖皇帝时,常使来通贡。而哈烈国又在其西南三千里。"⑤地域空间位置的清晰认知正得益于《西域行程记》的详尽书写。

再次,改变了明人对西域国家的形象认知。王直曰:"西域之国,哈烈差强,其次则撒马儿罕……所经城郭诸国,凡十五六。其人物生聚有可观者盖无几。惟此二国物产之饶,风俗之豪侈,远近宾旅之所辐辏,大略相似。"⑥陈诚《哈烈》篇之重点书写让明人了解了帖木儿国家经济繁荣的盛况,体认了世界多元文化共生并存之态。跨文化关系始终就是力量的关系,而非简单的交往或对话,以永乐八年对比永乐十五年陈诚第二次至帖木儿朝所携国书为视,"前诏于沙哈鲁,直呼为'尔汝',盖视为远方未归为之一酋长,此诏则称为'王'(锁鲁檀)且皆加抬写,盖以藩王之礼待之,故沙哈鲁之地位,自明廷观之,此时

---

① 《新疆通史》编撰委员会编,王继光校注:《陈诚西域资料校注》,乌鲁木齐:新疆人民出版社,2012年版,第1页。
② 萨义德著,王宇根译:《东方学》,北京:生活·读书·新知三联书店,1999年版,第35页。
③ 《新疆通史》编撰委员会编,王继光校注:《陈诚西域资料校注》,乌鲁木齐:新疆人民出版社,2012年版,第144页。
④ 《新疆通史》编撰委员会编,王继光校注:《陈诚西域资料校注》,乌鲁木齐:新疆人民出版社,2012年版,第143页。
⑤ 《新疆通史》编撰委员会编,王继光校注:《陈诚西域资料校注》,乌鲁木齐:新疆人民出版社,2012年版,第88页。
⑥ 《新疆通史》编撰委员会编,王继光校注:《陈诚西域资料校注》,乌鲁木齐:新疆人民出版社,2012年版,第143页。

已大提高。"①不可否认,陈诚书写的异域形象起到了相当大的作用。

最后,衍生并激发出明人新的文化想象。邹缉《送陈郎中重使西域序》曰:"吾知蕃夷诸国之在哈烈之外者,且将向风慕义,骈踵而奉朝贡矣。"②以哈烈之出使为典范,和平交往的外交政策令明朝声名远扬,陆地丝绸之路再次畅通,中国和西亚之间呈现出站驿相通、道路无壅的新气象。

总而言之,作为明代唯一亲历西域体验的形象感知与情感实录,陈诚记游文本之书写脉络清晰:《西域番国志》叙山川风物,《西域行程记》记道里行程,《纪行诗》书见闻感悟,三者各具特色、形象鲜明,又相互依存、互为表里,既而以自身的亲历亲见为中心坐标,铭刻了行旅中的生命姿态,共筑了别具时间感的域外文化交流图景;公文性质的《奉使西域复命疏》,用书文呈递皇帝御览不同类型的行旅见闻,复述王化使命宣播历程,凸显明朝文化优势形象,其中《狮子赋》歌舞升平,略有装饰。进而,陈诚对行旅空间的观察、对异域的审视与感知,经由多种文体之书写交会,展示了明初西域、中亚各国鲜明的区域特征和壮观瑰丽的生活画卷,其交叉型的语体风格,又以不同的记载与呈现方式,塑造出不同类型的域外形象典范。

第二节 马欢笔下的"夷国"建构与"奇异"书写

明代记录郑和下西洋的有三本游记,分别是马欢《瀛涯胜览》、费信《星槎胜览》、巩珍《西洋番国志》,统称为"西洋三书",三书作者皆由海道所通亲历异国情状。《瀛涯胜览》与《西洋番国志》书写内容基本相同;《星槎胜览》分前后两集,记有四十五国,"前集者亲监目识之所至也;后集者,采辑传译之所实也"③。以重要性而言,法国汉学家伯希和认为:"费信《星槎胜览》所记各国,凡马欢《瀛涯胜览》有的,其内容之详细和重要性都不及《瀛涯胜览》。"④总之,《瀛涯胜览》是西洋三书中最为重要的一部,具有重要的史料和学术价值,甚至有益于一些国家的古史重建:"如果没有法显、玄奘和马欢的著作,重建印度史是完全不可能的。"⑤

《瀛涯胜览》为一卷本,作者马欢(浙江会稽人),以"通译番书"的身份随同郑和宝船

---

① 李克珍:《邵循正历史论文集》,北京:北京大学出版社,1985年版,第97页。
② 《新疆通史》编撰委员会编,王继光校注:《陈诚西域资料校注》,乌鲁木齐:新疆人民出版社,2012年版,第88页。
③ [明]费信著,冯承钧校注:《星槎胜览校注》,北京:华文出版社,2019年版,第8页。
④ 伯希和著,冯承钧译:《郑和下西洋考》,北京:中华书局,2004年版,第34页。
⑤ [唐]玄奘、辩机撰,季羡林校注:《大唐西域记校注》,北京:中华书局,1985年版,第137页。

三下西洋,分别为第四次(永乐十一年,1413年)、第六次(永乐十九年,1421年)和第七次(宣德六年,1431年)。本书以万明《明钞本〈瀛涯胜览〉校注》为研究文本。该书前有马欢自序、纪行诗各一,以及宝船与人员的记述;正文以诸国名为标题,一篇述一国之事,书写了西洋20个国家的游历见闻,总篇幅约2万字左右。

马欢谦称自己为"一介微氓",因而用通俗易懂的语言忠实描绘西洋诸国,"是帙也,措意遣词不能文饰,但直书其事而已,览者毋以肤浅消焉"①。卑微的职位,以及并非文学名家的创作,一定程度上影响了对这部域外游记在明初背景下独特文学价值的探讨,就此,本节拟从行旅海国地方感知的创新呈现与书写角度予以简略论析。

一、身游目识 能详其实——马欢的域外行旅书写意识

相较于域内游记,域外的行旅文本拥有更为广泛的素材发现,书写者在真实性的游历体验中,通常撷取其最感兴趣的地域性元素,呈现他所感知的异域空间。然而,游记并不仅仅是描绘秀丽山水的发生器,人文生活与地域特质同样是彰显地方特征的指标性因素,亦是内在心灵对异域之游的主观记述。

记忆是感觉的重复表现,马欢《瀛涯胜览》自序清晰地彰显出对异域的生命体验逐渐累积的进程:

首先,开启西洋行旅之前,马欢借由观览元代《岛夷志》"载天时、气候之别,地理、人物之异",已然衍生出了对西洋的社会记忆与文化想象,初步建构了马欢"慨然于天下之不同"的新鲜知觉。

其次,马欢以"通译番书"的身份随同郑和宝船下西洋,对前人文本的阅读与"目击而身履之"的行旅吸纳交织生成了他独特的地方感知:"所著不诬"点明了对《岛夷志》文本阅读的感知回顾与记述肯认,"而尤有大可奇诧者焉"则是游观情境下对前人记书不足的清晰感触。

再次,就自身而言,"与斯胜览,诚千载之奇遇也",对"游"的体认和对"奇"的感知的增强,两者的遭逢激发了现时创新之动能,因而"采撷诸国人物之妍媸,壤俗之同异,与夫土产之别,疆域之制",以此四个方面为书写主题单位,来凸显相异性的异域情境。

最后,"俾属目者一顾之顷,诸番事实悉得其要,而尤见夫圣化所及非前代之比",这是马欢对话将来的读者,显示此书的创新特质和全新阅读体验:其一为"悉得其要",不同于《岛夷志》对相异表象的模糊书写,他对地方感的深刻体会,呈现出具有当下性的清晰地域特质;其二据笔实书明朝与西洋诸国的交往,"圣化所及"的影响力已非前代可比,这是明人对异域文化观察的独特感知,也是地方性格中不可忽视的新鲜地感。

---

① [明]马欢撰,万明校注:《明钞本〈瀛涯胜览〉校注》,北京:海洋出版社,2005年版,第1页。

总之,马欢以历史之眼观照过去、现在和未来,透显出自我视界的拓宽,在"本土"与"异域"关系的自觉意识之中,强化了对"自我"与"他者"差异化的现场察觉与细密观看;自序也诠释了《瀛涯胜览》的书写脉络,他在《岛夷志》的基础上复写异域体验,建构了勾勒地方特色的文本结构,也呈现了对异国空间相异性的书写重点;并且,自序透露着个人强烈的述奇意识,创造了明代之影响力被纳入文化地景的在场感,从而建构了明人对西洋新的社会集体想象①。

二、 空间辨明 形象彰显——《瀛涯胜览》关于异国形貌的建构

《瀛涯胜览》将地理方位居于异域赋形的首要位置,将复杂的地理感知以意象化的组织形式,建构成可为人们看见的空间,共筑对异域的实然感知。

1.《瀛涯胜览》对异国风貌的描绘分纪行诗和散文两种文体。诗再现行旅地图,文呈现异国风貌,通过不同的书写范式,呈现行旅观看之视域。两者的文学表现手法不同,但彼此存有紧密呼应的行文脉络。

七言纪行诗纪实描述了西洋之地的行旅历程,"占城港口暂停憩,扬帆迅速来阇婆(爪哇国)……阇婆又往西洋去,三佛齐(旧港国)过临五屿(满剌加国)……苏门答剌峙中流……自此分舟宗往锡兰、柯枝、古里连诸番。弱水南滨溜山国,……忽鲁谟斯近海傍,大宛米息通行商……"②异域国名的诗句串联,简要勾勒了他一生三下西洋的非凡经历,再现了行旅的人生版图,也建构了《瀛涯胜览》以地理方位的内在关联为先后顺序的书写态势。

"书生从役忘卑贱,使节三陪游览遍"③,对行的纪实,也交会了空间与时间的隐藏式联系,凸显了异域旅程的明代意义。纪行诗首句"皇华使者承天敕,宣布纶音往夷域",彰显了宣播王化的行旅使命,诗中"圣朝一统混华夏,于旷古今孰可论",呼应了自序"尤见夫圣化所及非前代之比",共同为记游文的铺陈施以注脚。如纪行诗勾勒行踪的国名中有三国循以古名,而在记游文中不仅转为明时称谓,亦在相关篇首予以诠释,"爪哇国,古者名阇婆国也"④"旧港国,即古名三佛齐国是也"⑤,二者诗与文的关联对读,呈现出具有历史感的今昔之别;五屿(满剌加国)尤显明代意义的书写基调,先解说五屿之名的由来("此处旧不称国,因海有五屿之名"),其后阐明永乐七年在明朝的帮助下"建碑封城,遂

---

① [明]马欢撰,万明校注:《明钞本〈瀛涯胜览〉校注》,北京:海洋出版社,2005年版,第1页。
② [明]马欢撰,万明校注:《明钞本〈瀛涯胜览〉校注》,北京:海洋出版社,2005年版,第2-3页。
③ [明]马欢撰,万明校注:《明钞本〈瀛涯胜览〉校注》,北京:海洋出版社,2005年版,第3页。
④ [明]马欢撰,万明校注:《明钞本〈瀛涯胜览〉校注》,北京:海洋出版社,2005年版,第16页。
⑤ [明]马欢撰,万明校注:《明钞本〈瀛涯胜览〉校注》,北京:海洋出版社,2005年版,第27页。

名满剌加国。是后暹罗国莫敢侵扰"①,书写出明王朝在海外的国际地位和大国形象。并且,《瀛涯胜览》中除两个小国(哑鲁国和溜山国)外,其余18国皆在结尾明确记写了与明王朝的朝贡关系,行旅中的地理接续与国家关系共同构建了异域旅程的明代意义。

2. 马欢基于三次航海行旅的经验,将《瀛涯胜览》的20国建构了一套以方位连类为规则的体系,地理方位的脉络化解说,海国世界风貌的连类建构,让说者与读者同情共感于对异国空间的清晰体察。

(1)首篇占城国显示了由本土向外连接的视觉脉络,"自福建福州府长乐县五虎门开船,往西南行,好风十日可到。其国南连真腊国,西接交趾界,东北俱临大海"②,从福建航海行至占城的时间、方位,该国交叠与交趾接壤的实然方位(明成祖时期交趾是明朝的一个行省),清晰界定了海国观视的起点,而暹罗国、满剌加国、哑鲁国以及苏门答剌国皆以占城国为核心承接有序。

方位承接表(一)		
篇目次序	国家	方位
1	占城国	自福建福州府长乐县五虎门开船,往西南行,好风十日可到
2	爪哇国	纪行诗:"占城港口暂停憩,扬帆迅速来阇婆"
3	旧港国	属爪哇国所辖。东接爪哇界,西接满剌加国界
4	暹罗国	自占城国向西南,船行七昼夜,顺风至新门台海口入港,才至其国
5	满剌加国	自占城向正南,好风船行八日到龙牙门,入门往西南行二日可到
6	哑鲁国(小国也)	自满剌加国开船,好风行四昼夜可到

(2)第七篇苏门答剌国在篇首点明"即古之须文达那国是也",随即凸显"其处乃西洋之总头路"③之地理要势,似乎补充《岛夷志略》"峻岭掩抱,地势临海"④的体察不足。经由苏门答剌国依次展开包括古里国在内的9国风貌,蕴纳着视角脉络的延续与深入,呈现出丰富的行旅经验。

方位承接表(二)		
篇目次序	国家	方位
7	苏门答剌国	苏门答剌国,即古之须文达那国是也。其处乃西洋之总头路。宝船自满剌加国向西南,好风行五昼夜,先到一村滨海去处,地名答鲁蛮系船,往东南十余里即至
8	那孤儿国(小国)	在苏门答剌国西,地相连,止是一大山村
9	黎代国(小国)	在那孤儿地界之西。此处南是大山,北临大海,西连南浡里国为界

---

① [明]马欢撰,万明校注:《明钞本〈瀛涯胜览〉校注》,北京:海洋出版社,2005年版,第37页。
② [明]马欢撰,万明校注:《明钞本〈瀛涯胜览〉校注》,北京:海洋出版社,2005年版,第7-8页。
③ [明]马欢撰,万明校注:《明钞本〈瀛涯胜览〉校注》,北京:海洋出版社,2005年版,第43页。
④ [元]汪大渊撰,苏继庼校释:《岛夷志略校释》,北京:中华书局,1981年版,第240页。

(续表)

篇目次序	国家	方位
10	南浡里国	自苏门答剌国往正西,连山,好风船行三昼夜可到
11	锡兰国	自帽山(南浡里国)南放洋,好东风船行三日,见翠蓝山在海中
12	小葛兰国	自锡兰国马头别罗里开船往西北,好风行六昼夜
13	柯枝国	自小葛兰国开船,沿山投西北,好风行一昼夜,到其国港口泊船
15	溜山国	自苏门答剌国开船,过小帽山投西南行,好风行十日到其国
18	榜葛剌国	自苏门答剌国开船,取帽山并翠蓝岛投西北上,好风行二十日,先到㴴地港泊船。用小船入港五百余里,到地名锁纳儿港登岸,西南行三十五站到国

(3) 第十四篇古里国开篇释以"西洋大国",在详细说明与他国交接的地域之广后,又再次强调"西洋大国正此地也"①,"大国"这一语素显然具有潜在的参考系意义,对立于本土原先视海国为小国的集体想象。因而古里国不仅自身成为异国中的典型而被着重书写,祖法儿国、阿丹国、忽鲁谟厮国、天方国也皆被"自古里国开船"分为不同的方位和行驶时间,进一步构成了节奏化的空间。

方位承接表(三)		
篇目次序	国家	方位
14	古里国	古里国乃西洋大国也。从柯枝国港口开船,往西北行三日可到。其国边海,出远东有五七百里,远通坎巴夷国。西临大海,南连柯枝国界,北边相接狠奴儿国地面,西洋大国正此地也
16	祖法儿国	自古里国开船,好风投西北,行十昼夜可到
17	阿丹国	自古里国开船,投正西兑位,行一月可到
19	忽鲁谟厮国	自古里国开船投西北,好风行二十五日可到
20	天方国	自古里国开船投西南申位,船行三个月到本国马头

总之,《瀛涯胜览》总体以三个国家为方位注视核心,具有早期的区域观念。接续诸国,或分别以此三者为空间中心,如满剌加国"自占城向正南,好风船行八日到龙牙门"②;或采以国名相属连接的顶真笔法,如哑鲁国"自满剌加国开船,好风行四昼夜可到"③;或以纪行诗补文中所缺失的具有地域关联的空间移动,"占城港口暂停憩,扬帆迅速来阇婆……阇婆又往西洋去"④,抽象的地理概念透过语言被经验和诠释,地图式的书写意涵也增强了人们对异域的理解。

---

① [明]马欢撰,万明校注:《明钞本〈瀛涯胜览〉校注》,北京:海洋出版社,2005年版,第63页。
② [明]马欢撰,万明校注:《明钞本〈瀛涯胜览〉校注》,北京:海洋出版社,2005年版,第37页。
③ [明]马欢撰,万明校注:《明钞本〈瀛涯胜览〉校注》,北京:海洋出版社,2005年版,第41页。
④ [明]马欢撰,万明校注:《明钞本〈瀛涯胜览〉校注》,北京:海洋出版社,2005年版,第2页。

3.马欢对方位的自觉整合,应和了对海国脉络的重新书写,亦是一览诸国其要的窗口。

元代《岛夷志略》对地理方位的书写显然缺乏必要的重视,可与《瀛涯胜览》三个空间标杆对比,如"占城"条曰"地据海冲,与新旧州为邻"①,然而新旧州在书中无详细说解;对海洋交通中重要的中转国家,未能彰显其重要性,如"须文达剌"条曰"峻岭掩抱,地势临海"②,仅是环境印象的模糊重现;再如"古里佛"条曰"当巨海之要冲,去僧加剌密迩,亦西洋诸番之马头也"③,陈述了相近的两国皆为西洋诸番之会,然而列于"古里佛"前26条的"僧加剌"(斯里兰卡),对地理位置的描述仅是"叠山环翠,洋海横络"④,既没有清晰的方位感和联系性,并且对"马头"功用的表述亦消减了古里国在海国中地理位置的重要性。

马欢显然注意到《岛夷志略》对异域书写中连贯性与清晰度的不足,为了强调可感知的具体世界,于每篇游记中的篇首对诸国方位予以充分的叙述,通过对方位的自觉整合,使得看似各自独立的20国形成了地理上的接续,环环相扣,并且有益于相同性书写的省略:如那孤儿国"国语动用与苏门答剌国相同"⑤,彼此相互定义的书写建构,进一步凸显了具有地方感的关系网络。因而《瀛涯胜览》对异国的书写文笔简洁,少有赘述,始终注重将每一国的独特新鲜处呈现在眼前,有益于地方感知的延伸,进而形成对异国形象的整体体察。

三、选择异元素 形塑异域感——《瀛涯胜览》的"奇异"书写

(一)侧重人情:人物之妍媸

行旅空间的开拓,潜藏着本土文化的优越情结。以形貌书写而言,《岛夷志略》对人物形象的塑造不甚重视,如"仍禁服半似唐人"⑥"男女削发,系溜布"⑦等综合性的简略勾勒,实则造成了读者对异域风土的模糊感知;而另一记录下西洋的游记《星槎胜览》,常以兽的特性言说异国人物的生活形貌,诸如"居民如蚁附,椎髻似猴容"⑧"婴孩体木猴"⑨"穴

---

① [元]汪大渊撰,苏继庼校释:《岛夷志略校释》,北京:中华书局,1981年版,第55页。
② [元]汪大渊撰,苏继庼校释:《岛夷志略校释》,北京:中华书局,1981年版,第240页。
③ [元]汪大渊撰,苏继庼校释:《岛夷志略校释》,北京:中华书局,1981年版,第325页。
④ [元]汪大渊撰,苏继庼校释:《岛夷志略校释》,北京:中华书局,1981年版,第243页。
⑤ [明]马欢撰,万明校注:《明钞本〈瀛涯胜览〉校注》,北京:海洋出版社,2005年版,第48页。
⑥ [元]汪大渊撰,苏继庼校释:《岛夷志略校释》,北京:中华书局,1981年版,第55页。
⑦ [元]汪大渊撰,苏继庼校释:《岛夷志略校释》,北京:中华书局,1981年版,第267页。
⑧ [明]费信撰,冯承钧校注:《星槎胜览校注》,北京:华文出版社,2019年版,第41页。
⑨ [明]费信撰,冯承钧校注:《星槎胜览校注》,北京:华文出版社,2019年版,第36页。

居相类兽"①"人形其兽类"②等书写,用形貌的憎恶之感凸显本土文化的优越与自豪。当然,这些模糊性、先验性的印象显然不能摹写出异国的真实风土。

1. 《瀛涯胜览》另辟蹊径,将"人物之妍媸"列于异域书写之首位。"妍媸"者,美丑互见,纪之可以别美恶。西洋诸国的人物形象,不仅被纳入视觉脉络,而且成为对地方的首要感知。于全书脉络而言,"人物之妍媸"既是呈现异国风貌的起始,也是"壤俗""土产""疆域"牵引之索,带出了马欢对异域特质的观感体验。

马欢在异国书写中,通常清晰地辨明国王、头目以及国人的宗教信仰。从下面的统计可见,20国中伊斯兰教(旧称回回教)占主体地位的国家有12国,约占全书记述篇幅的48%;佛教(旧称释教)占主体地位的国家有8国,占全书记述篇幅的52%;全书的篇目上以回回国为多,而记述的篇幅又以释教国略多。再以单篇游记的篇幅考量,用笔最多是释教爪哇国和古里国,均在2 000字以上,其次回回忽鲁谟斯国、释教占城国,约1 600字左右,这四国的篇幅即占到了《瀛涯胜览》的40%。总体而言,两种不同的信仰构建了《瀛涯胜览》比较文学意义上的形象类型,尤其对释教国的着重书写,隐含着美与丑的整体观照与对立呈现。

《瀛涯胜览》各国书写篇幅一览

《瀛涯胜览》对回回国多用"风俗纯美""尊敬诚信"等溢美之词,向读者揭示这一宗教信仰下国人特有的风度和神韵,如《忽鲁谟斯国》"国人体貌清白丰伟,衣冠济楚"③;《天方国》"其国中人物魁伟,体貌紫膛色"④;《祖法儿国》"人物长大,体貌丰伟,语言朴实"⑤。

马欢对释教国往往着重呈现出人物的整体服饰,书写也更为细致全面,如《柯枝国》"其王亦锁俚人氏,头缠黄白布,上不穿衣"⑥;《锡兰国》"男子上身赤剥,下围系手巾,加以压腰,发须并满身毫毛皆剃净,止留其发,用白布缠头"⑦。这样的勾画虽不作个人的评

---

① [明]费信撰,冯承钧校注:《星槎胜览校注》,北京:华文出版社,2019年版,第53页。
② [明]费信撰,冯承钧校注:《星槎胜览校注》,北京:华文出版社,2019年版,第45页。
③ [明]马欢撰,万明校注:《明钞本〈瀛涯胜览〉校注》,北京:海洋出版社,2005年版,第92页。
④ [明]马欢撰,万明校注:《明钞本〈瀛涯胜览〉校注》,北京:海洋出版社,2005年版,第99页。
⑤ [明]马欢撰,万明校注:《明钞本〈瀛涯胜览〉校注》,北京:海洋出版社,2005年版,第76页。
⑥ [明]马欢撰,万明校注:《明钞本〈瀛涯胜览〉校注》,北京:海洋出版社,2005年版,第58页。
⑦ [明]马欢撰,万明校注:《明钞本〈瀛涯胜览〉校注》,北京:海洋出版社,2005年版,第56页。

价,但"妍媸"已然自现。

在两种宗教混杂的国家中,"妍媸"形象的对比关系也更加强烈。如《爪哇国》陈述了国人的三种类型:"一等回回人……衣食诸般皆精致""一等唐人……日用美洁""一等人……形貌甚丑黑,猱头赤脚,崇信鬼教"①。话语表述没有明确等级划分,皆用"一等"冠于不同类型的居民之前,但是从诠释的顺序、形貌的用词已然传达出具有对比意义的等级,对应了美与丑的形象符号。三种类型中,前二者略述,而对"土人"的"壤俗"叙述甚为详细,"人吃饭食甚是秽恶,如虫蚁之类,略火烧微熟便吃。家畜其犬,与人同器而食,夜则共寝,恬无忌惮"②,进一步建构了形象参考系的美丑对立。

从《瀛涯胜览》的书写范式来看,区域之辨服从于风土之察,在开篇简要叙述地理方位后,紧接着形塑人文元素的地方感,这一书写考量在《爪哇国》中尤为明显,先总述"其国有四处,皆有城廓",然后介绍行经顺序:"其他国船来,先至一处名杜板,次至一处名厮村,又至一处名苏鲁马益,再至一处名曰满者伯夷,国王居之。"③王居之地位于行经该国顺序的末尾,然而马欢优先描述了王之服居以及国人的整体形象,然后才按照行经的地理顺序一一介绍,体现了区域方位服从于人文中心的书写原则。

2.《瀛涯胜览》将人物的形貌作为解读异国特征的重点,遂构新辞,凸显了人文的元素与意义,呈现出层次性和体系感。以《占城国》④为例:

"(国王)头戴金鈒三山玲珑花冠,如中国付(通'副')净戴者之样,身穿五色如棉紬花番布长衣,下围色丝手巾,跣足。出入骑象或乘小车,以二黄牛前拽而行。"

"头目所戴之冠,用茭𦮼叶为之,亦如其王所戴之样,但以金彩妆饰,内分品级高低。所穿颜色衣衫长短不过膝,下围各色番布手巾。"

"国人男子蓬头,妇人撮髻脑后,身体俱墨,上穿秃袖短衫,下围色布手巾,俱赤脚。"

首先,以形貌描述而言,先着笔占城国王形象的形构,包括王之穿着、出行、居所,次述国王下属诸头目,再次平民的整体形象。因而,马欢于诸国人物的观看之道,并非总括式的评述,而是树立典型人物,以之为文化认同的焦点,从个体外推至群体,呈现千奇百态的众生相。

其次,"他者"形象不仅是通过类比的描述得以体现,更是建立在具有对比参考意义的价值体系的基础之上的,通过层次性的服居情状的细述,解析异国人物类型,建构异国形象群体的等级体系。如"其白衣惟王可穿。民下衣服并许玄黄、紫色,穿白衣者罪死","王居屋宇高大……民居房屋用茅草盖覆,檐高不过三尺,躬身低头出入,高者有罪"⑤。

---

① [明]马欢撰,万明校注:《明钞本〈瀛涯胜览〉校注》,北京:海洋出版社,2005年版,第23页。
② [明]马欢撰,万明校注:《明钞本〈瀛涯胜览〉校注》,北京:海洋出版社,2005年版,第23页。
③ [明]马欢撰,万明校注:《明钞本〈瀛涯胜览〉校注》,北京:海洋出版社,2005年版,第16页。
④ [明]马欢撰,万明校注:《明钞本〈瀛涯胜览〉校注》,北京:海洋出版社,2005年版,第9-10页。
⑤ [明]马欢撰,万明校注:《明钞本〈瀛涯胜览〉校注》,北京:海洋出版社,2005年版,第10页。

既呈现了权力、等级、贫富关系,也为进一步展现庶民生活与奇风异俗的底蕴施以注脚。

再次,服居是马欢筛选出的,适合其进行异国描述的要点。诸如"中国付(通'副')净戴者"之类熟悉的语词类比达意,既能透过感官产生印象,也因被注视者的服居元素连接起异国的社会阶层。如马欢没有描述王之容貌,而是注视了王之冠,王之"花冠"与头目"用茭蕈叶为之冠"形成了等级差异,且头目之冠"内分品级高低",又有不同;而平民则是"蓬头""撮髻"的无冠形貌,与王、头目形成了区别和差异。因而"冠"是社会阶层的差别所在,关联了人文风貌的细致辨析。再如王"跣足",国人"赤脚",意思相同,用词一雅致、一口语,贴合了不同人物的身份,而王与国人皆赤脚的形象,又呈现出与明朝风土的差异性。

(二) 观视风土:壤俗之同异

就海国书写而言,马欢之所以能在清代以前的域外游记中占有重要地位,除了具有南宋周去非、赵汝适域外书写中所缺失的现场体察外,与同样亲历亲见的元代汪大渊、明代费信和巩珍相比,马欢的身份显得尤为特殊:一是"善通译番语"的翻译身份,通晓语言的优势能够让他深入感知地方特性,精确把握异域特质,呈现出感知清晰、可为经验的海国世界;二是信奉伊斯兰教的宗教身份,在宗教林立的西洋国家中行走,对区域风土的体察深度和感知强度势必不同于他人。

1. 壤俗即地方风俗之意,中国自古重视对风俗的体察,入其境,观风俗,察其殊者,纪之以别得失,以为治国理政之参照。《瀛涯胜览》对异域风俗的考察主要从婚姻、死葬、传说、语言这几个角度切入,但在书写时又并非泛泛而谈,而是紧紧围绕异国空间中可为辨识的特殊性,书写出切实可感的地方意象。

(1) 壤与俗具有紧密的内在联系,"壤"会对人们的生活空间造成影响,特殊之壤,俗也不同。马欢着眼于"壤"不单是为了地理记述,而是凭借地理元素的视点,观察地方对环境经验的利用和转化,书写由此生成的地方场所精神。如《旧港国》中:"其余民庶皆在木筏上盖屋居之,用桩缆拴系于岸,水长则筏浮,不能淹没。或欲别处居之,则桩连屋移去,不劳搬徙。其国中朝暮二次暗长潮水。"①马欢运以繁笔书写了该国视觉上的独特之感,而《岛夷志略》对此则简略记述为:"喜洁净,故于水上架屋。"②二人皆透过视觉感知了地方的特性,但由于对"壤"的敏感度不同,最终形成的认识也不同:汪大渊归因于当地人"喜洁净";马欢从旧港国"其处水多地少"这一"壤"之特性出发,摹写适应环境的行为所演化出的可观地方感,再补述"其国中朝暮二次暗长潮水",体现出在地性的细致观察,他将"壤"作为地方感知的来源,在"壤"与"俗"的辩证关联中呈现了他所掌握到的地方意

---

① [明]马欢撰,万明校注:《明钞本〈瀛涯胜览〉校注》,北京:海洋出版社,2005年版,第28页。
② [元]汪大渊撰,苏继庼校释:《岛夷志略校释》,北京:中华书局,1981年版,第141页。

义,书写出异域空间中所感受到的独特意象。

(2) 为了强调具体可感的海国世界,马欢呈现出具有地理接续关系的地方感知,前一国与后一国既有着地理方位的关联,也有着地方体验感的接续和书写呼应,如苏门答剌国"言语、婚丧并男子穿扮衣服等事"①与前之满剌加国相同,后面三国分别是:那孤儿国"国语动用与苏门答剌国相同"②、黎代国"言语行用与苏门答剌国相同"③、南浡里国"民居之屋,与苏门答剌国相同"④,彼此相互定义,进一步构建了具有地方感的关系网络。

(3)《瀛涯胜览》不仅以承接有序的国之方位结构异国意象,马欢还对国之大小予以区分,或在题名中标注"小国",或以"亦一小邦也"开篇,或于文之末点明"乃小国也""亦一小邦也",形成了以大国为中心、小国从属的区域性地方感的书写体系,不仅详略有致,而且壤俗之同异,一览可见。如旧港国"人之风俗、婚姻、死丧、语言皆与爪哇国同"⑤,满剌加国"国语并书记及婚丧之礼,颇与爪哇国同"⑥,两国一是释教国,一是回回国,宗教信仰不同,由于地理位置与爪哇相近,被纳入了以大国为媒介的互见空间;"皆"与"颇"虽一字之别,却含有着地方感知的差异性,"颇"是大体相同之意,存有细节的不同之处,但无须辨明,以呈现显见的相异性为书写目标。

2. 注视者的视域会影响接受者的视域,注视者的宗教身份也是衡量异域风俗的重要尺度。《瀛涯胜览》的篇目以回回国为多,记述内容又以释教国略多;以单篇游记衡量,爪哇国、古里国、忽鲁谟厮国、占城国这四国占比为全书篇幅的40%,其中仅忽鲁谟厮国是回回国。因而,在异国的书写中,马欢下意识地将回回教国自设为"我之壤俗",视释教国为"被描述文化",并将其作为相异性呈现的重点。

(1) 以婚葬为例,游记前两篇是《占城国》和《爪哇国》,它们以标杆之态凸显了释教国之独特地方识觉,并旨在透过分类的动作,使得其后诸国的书写中,释教与回回能大体安置于本类体例下。即使混杂之国,锁俚人、回回人亦可"各依本等体例不同"⑦,具象呈现之,当然,亦有国王和国人皆依回回教,但婚葬与释教国大体相同的,马欢亦指出其不同。

(2) 由于详细书写了婚葬之礼的过程与细节,其后诸国以"皆""同""颇"等词标识出壤俗的延续,形成感觉的累积,无形中加深了对释教国地方感知的可见度。

(3) 马欢对回回教婚葬之礼有着自觉的省略和书写的滞后性,文中常以"婚葬之礼,悉依教规而行"的套话形式简略表述,显示其对内在礼数的理解与熟悉。

---

① [明]马欢撰,万明校注:《明钞本〈瀛涯胜览〉校注》,北京:海洋出版社,2005年版,第47页。
② [明]马欢撰,万明校注:《明钞本〈瀛涯胜览〉校注》,北京:海洋出版社,2005年版,第48页。
③ [明]马欢撰,万明校注:《明钞本〈瀛涯胜览〉校注》,北京:海洋出版社,2005年版,第49页。
④ [明]马欢撰,万明校注:《明钞本〈瀛涯胜览〉校注》,北京:海洋出版社,2005年版,第49页。
⑤ [明]马欢撰,万明校注:《明钞本〈瀛涯胜览〉校注》,北京:海洋出版社,2005年版,第28页。
⑥ [明]马欢撰,万明校注:《明钞本〈瀛涯胜览〉校注》,北京:海洋出版社,2005年版,第39页。
⑦ [明]马欢撰,万明校注:《明钞本〈瀛涯胜览〉校注》,北京:海洋出版社,2005年版,第70页。

(4) 马欢第七次下西洋才去了回回圣地天方国,在其初稿本《国朝典故》中最后一篇是《忽鲁谟厮国》,在重复"婚丧之礼,悉遵回回教规"①的套话后,详尽书写出回回教婚葬之礼的特殊面貌。

国家	婚	丧
占城国	男女婚姻,则男子先至女家成亲,过十日或半月,其男家父母及诸友以鼓乐迎娶回家,饮酒作乐	无
爪哇国	其婚姻之礼,则男子先至女家成亲,三日后迎其妇归,男家则打铜鼓铜锣,吹椰壳筒,及打竹筒鼓,并放火铳。前后短刀团牌围绕,其妇披发裸体跣足,围系丝嵌手巾,顶佩金珠联纫之饰,腕带金银宝妆之镯。亲朋邻里以槟榔、荖叶、线纫草花之类,装插彩船而伴送之,以为贺喜之礼。至家则鸣锣鼓,饮酒作乐,数日而散	丧葬之礼,人家父母将死,为子女者先问其父母,随心所愿而嘱之,死后即依遗言而送之。若欲犬食者,则抬其尸至海边或野外,土有犬数十来食尽尸肉。无余为好,如食不尽,其子女悲号哭泣,将余骸弃水中而还
忽鲁谟厮国	男子娶妻,先是媒妁已通允讫,其男家即置酒请加的。加的者,掌教门规矩之官也,及主婚并媒人、亲族之长者,两家各通三代乡贯来历,写立婚书已定,然后择日成婚。否则官府如奸论罪	如有人死之家,便用致细白葛布为大殓小殓之衣,用瓶盛净水,将尸从头至足浇洗二三次既净,则以麝香、片脑填尸口鼻,才服殓衣贮棺内,随即便埋。其坟以石砌,穴下铺净沙五六寸,抬棺至彼,则去其棺,止将尸放石穴上,石板盖定,加以净土,厚筑坟堆甚坚,整洁

由此,初稿本的篇首与篇末构建了不同宗教信仰国之间婚葬之礼的对境感,如婚娶之礼,占城国、爪哇国"先至女家成亲"②与忽鲁谟厮国"立婚书……择日成婚"③形成对比;丧葬之礼,爪哇国"或欲犬食,或欲化火,或欲投海,随其所愿而嘱之"④与忽鲁谟厮国"致细白葛布""用瓶盛净水""铺净沙""加以净土""厚筑坟堆""整洁"⑤形成对比。随意性与严肃性的对比呈现,使得异国不同的婚葬风俗显得更加清晰,当然,细致的书写中含摄了马欢的个人情感,进而赋予了不同宗教信仰国之间鲜明的价值区分线。

3. 在地性的壤俗书写。

行旅书写展演了马欢对壤俗的新异体验与探究意识,其记述笔法也随着感受的不同呈现出多样性。

(1) 当视觉停驻于有趣的壤俗时,每一次的停驻就能创造出具有鲜明地方感的独特

---

① [明]马欢撰,万明校注:《明钞本〈瀛涯胜览〉校注》,北京:海洋出版社,2005年版,第92页。
② [明]马欢撰,万明校注:《明钞本〈瀛涯胜览〉校注》,北京:海洋出版社,2005年版,第13页。
③ [明]马欢撰,万明校注:《明钞本〈瀛涯胜览〉校注》,北京:海洋出版社,2005年版,第92页。
④ [明]马欢撰,万明校注:《明钞本〈瀛涯胜览〉校注》,北京:海洋出版社,2005年版,第113页。
⑤ [明]马欢撰,万明校注:《明钞本〈瀛涯胜览〉校注》,北京:海洋出版社,2005年版,第93页。

意象,如《榜葛剌国》以"有一等人名根肖速鲁奈,即乐工"①为描写对象,用全知视角叙述了他由早至晚的足迹,通过寻常人物的日常生活,曲绘世间情态,点睛呈现了该国"阴阳、医卜、百工技艺皆有"的地方感知;再如《爪哇国》叙写了"年例有一竹枪会"的惊心动魄的格斗场面,"设被戮死其一,王令胜者与死者家人金钱一个,死者之妻随胜者男子而去",马欢观俗后"如此比胜为戏"的感发,不仅回应了"三岁小儿至百岁老人皆有此刀"的视觉停驻,也进一步强化了先前"其国风土无日不杀人,甚可畏也"②的地方感知。因而,相比《岛夷志略》共性感的书写呈现,马欢的异国书写截取风俗中具有典型意义的侧面,以纪传体笔法具象描述了特殊的风土现象,绘声绘色、历历在目,使地方感的呈现见微而知著。

(2)壤俗的表象虽可于视觉直接感知,但其中蕴藏着的实质性内容需予以辨识,特殊意象所关联的集体记忆的解构过程也充满着意义。

国家	壤俗
锡兰国	国王系锁俚人氏,崇信佛教,尊敬象、牛。人将牛粪烧灰遍搽身体……大家小户每侵晨先将牛粪用水调稀,遍涂屋下地面,然后拜佛
柯枝国	其王崇奉佛教,尊敬象、牛……又有一等人名浊肌,即念佛道人也……却将黄牛粪烧灰遍搽身体……
古里国	国王系南毗人氏,崇信释教,钦敬象、牛……不食牛肉;大头目是回回人,不食猪肉;…每侵晨,王至汲水浴佛,拜讫,令人收取黄牛夜抛净粪于铜盆内,用水调薄,遍涂殿内地面墙壁。其头目及富家,每早亦用牛粪涂擦。又将牛粪烧灰研细,用好布为之小袋,盛灰常带在身。每早侵晨洗面,取牛粪灰水调搽涂其额并两股,其间各三次,为敬佛之诚
	传云昔有一圣人名某些,立教化,人皆钦从。以后某些因往他处所,令其弟撒没黎掌管教人。其弟心起矫妄,铸一金犊,曰:"此是二主,敬之即有灵验。"教人听命从敬。其牛常粪金,人得金,皆以牛为真主。后某些回还,见众人被弟诳惑,遂废其牛,欲罪其弟,弟骑一大象遁去。后人悬望其回,至今望之不绝。南毗人敬象、牛由此故也

如"尊敬象、牛""牛粪烧灰遍搽"的异国壤俗,在三个异国中得以接续书写,地方符码的重复强调了感觉之着重;而国王、头目、民众以及特质人物"浊肌",众多人物相同性行为的一一着笔,实则透显着令其费解、多有阻碍的意义。伴随着行旅的进程,在"大头目是回回人"的古里国,马欢转述传说阐释了壤俗中的地方含义,体现了从视觉的累积到形成思考、探究解释的历时性变化;而"常粪金,人得金"的群体记忆与"悬望其回"的地方纪念,又以着重之笔墨图绘了异国风情。

总之,马欢将地方感的形塑置于社会生活的具体情境中进行诠释,书写出每一个特殊意象中的实质性内容,诸多个别意象的重叠形成了一套连续性的、充满意义的异国氛围,不仅联系了地方与知觉,也透显了马欢以"我"的世界、"我"的宗教对"他者"的价值评判。

---

① [明]马欢撰,万明校注:《明钞本〈瀛涯胜览〉校注》,北京:海洋出版社,2005年版,第90页。
② [明]马欢撰,万明校注:《明钞本〈瀛涯胜览〉校注》,北京:海洋出版社,2005年版,第17-24页。

(三) 呈现物产:土产之别

"地方是指人们发现自己、生活、产生经验、诠释、理解和找到意义的一连串场所。"①土产是地方自然生长的产物,它对地方有着生存之意义,以生活事实的形态透显出自然环境和社会环境对人们的交互影响,显示出具有人文意义的地方归属感。相比于南宋和元代的海国书写,《瀛涯胜览》于"土产之别"叙述甚详,尤其"别"之书写建立在"本土"与"陌生土地"之间对比与联系的结构上,揭示出真实的异国有别于其他行旅者的地方感知。

《瀛涯胜览》书写土产的范式与地方感的呈现有其独到之处:

1. 对土产的清点与描述在文本中不是突兀呈现的,通常联结着前文对该国气候状况的总体把握,如"气候暖热,无霜雪,常如四、五月之时,草木常青"②,"天气长热如夏"③等,马欢对环境意象的直观感触,既是个人思索的记忆留存,也为异域土产在特定"时""空""地"条件下的形成施以注脚。

2. 《瀛涯胜览》书写土产的范式是地之所"有"/"无"＋"又一等"。先记土产之"有",分类记述该国有哪些种植物、禽、兽、果等,力求面面俱到。《诸番志》以地产、兽、禽、果、花、五谷等分类,但更着眼于"地产"所属的有益于贸易的奇珍异宝。马欢则将"土"之所产皆纳入了凝视的范围,它们作为在地性的依附被感觉联结成一个连续体,具有综合性和全貌感,如"其蔬菜之类,如占城一般皆有"④,书写的省略包含着地方感知的延续。同时,土产之"有""无"的纪实书写也凸显了行旅者马欢对西洋诸国土产的总体感知与品质审视,如"颜色绝胜他处出者"⑤"天下再无出处""他所不出""中国皆不出"等,显示了亲历亲见与地方交织的经验,避免了流于空泛的定义。

3. 土产之"有"的建构中多有强调"异域"与"本土"的相异观视,如"有一等臭果""又山产一等神兽""山林中出一等飞虎"等,进一步选取更特别之物,书写出异域土产的殊相,传达了新鲜的感知;述其有,同样也述其无,如占城国、爪哇国、苏门答剌国、柯枝国、古里国、溜山国大小麦俱无,古里国"鸡鸭广有,无鹅",苏门答剌国"桃李等果俱无",柯枝国"只无驴与鹅"等,在"有"之详与"无"之略的对照书写中,将各国物产与明王朝的不同之处得以清晰展现。

4. 土产的新鲜感还来自书写出地理环境与人类行为相互作用中所形成的"别"样性,

---

① 理查德·皮特著,王志弘等译:《现代地理思想》,台北:群学出版有限公司,2005年版,第76页。
② [明]马欢撰,万明校注:《明钞本〈瀛涯胜览〉校注》,北京:海洋出版社,2005年版,第10页。
③ [明]马欢撰,万明校注:《明钞本〈瀛涯胜览〉校注》,北京:海洋出版社,2005年版,第20页。
④ [明]马欢撰,万明校注:《明钞本〈瀛涯胜览〉校注》,北京:海洋出版社,2005年版,第35页。
⑤ [明]马欢撰,万明校注:《明钞本〈瀛涯胜览〉校注》,北京:海洋出版社,2005年版,第35页。

如《古里国》叙述"椰子有十般取用"①，椰肉打油、外包穰打索造船、树好造屋、叶好盖屋等转化利用的方式，呈现了真实的异国世界中产业化的生活实践；再如《榜葛剌国》"土产五、六样细布"，每一样细布异国名称的对音、"阔"与"长"具体尺寸的视觉、"此布匀细如粉笺纸一般"的触碰感知、"便如生罗样，即布罗也"与本土纱罗织物的对应判断，马欢细腻的感知和本土经验的描绘，使得我们能够透过土产来认识、触摸异域，体验人与地方"别"样性的情感维系②。

5. 在对地方极具新鲜感的土产描述中，马欢采用了以物比物的手法，类比之物通常都是中国的寻常物品，如：

"野山有一等树名沙孤，人以此树皮如中国葛根捣浸，澄滤其粉作丸。"③

"有一等臭果，番名赌尔焉。如中国水鸡头样，长七八寸，皮生尖刺，熟则五六瓣裂开，若臭牛肉之臭。内有栗子大酥白肉十四五块，甚甜美可吃。肉中有子，炒而食之，其味如栗。"④

"此处绵羊白毛，无角，角处有两搭圆黑，其颈下如黄牛袋一般，毛短如狗，尾大如盘。"⑤

笔者在此想着重说明的，即是马欢如何借由感官经验为独具地方特性的土产赋形：是雷同其他海国书写，以购物清单的模式机械地陈列出来，作为物产的"告知"，还是创新书写出凝视土产后的解析，使得地方感成为被揭示、被理解的符码。显然，马欢用本土可为感知的相同性来阐释异国土产的相异性，具有实指内涵的测量向度建构了清晰可感的物态想象，如此找寻本土感的书写土产方式，在人们的观视中联结了在地性的情感，透显出别样的趣味。

总之，马欢紧系地域环境的接触与经验，使得异域土产的书写不再是冰冷、抽象的名称，而是经由视觉、触觉、味觉、听觉所强化的多维感知，建构出意象性的形态，强化了迥异的地方感，也透显出他与异国土地之间情感互动的空间。

（四）分析制度：疆域之制

疆域之制是马欢书写地方感并赋予意义的最末之面相，主要包括政治、经济、法律三种制度。其中，《瀛涯胜览》对政权与法律制度的书写极为简略，未能在每一国中形成一览可见的对照体系，且断续附着于人物、壤俗、土产的感知中：如"穿白衣者罪死"⑥，以显

---

① [明]马欢撰，万明校注：《明钞本〈瀛涯胜览〉校注》，北京：海洋出版社，2005年版，第68页。
② [明]马欢撰，万明校注：《明钞本〈瀛涯胜览〉校注》，北京：海洋出版社，2005年版，第88页。
③ [明]马欢撰，万明校注：《明钞本〈瀛涯胜览〉校注》，北京：海洋出版社，2005年版，第40页。
④ [明]马欢撰，万明校注：《明钞本〈瀛涯胜览〉校注》，北京：海洋出版社，2005年版，第46页。
⑤ [明]马欢撰，万明校注：《明钞本〈瀛涯胜览〉校注》，北京：海洋出版社，2005年版，第83页。
⑥ [明]马欢撰，万明校注：《明钞本〈瀛涯胜览〉校注》，北京：海洋出版社，2005年版，第10页。

呈妍媸人物的等级差异;如释教"若私宰牛者,王法罪死,或纳牛头金以赎其罪"①,回回教"国法饮酒者弃市"②,着重壤俗之不同宗教信仰的忌讳;再如"又有通海大潭,名鳄鱼潭……则令其争讼二人骑水牛赴返其潭。理亏者鳄鱼出而食之;理直者虽返十次而不能食。最为其异"③,以奇闻展现了异国之物与法律形式的关联。而且,诸国中唯有榜葛剌国的疆域之制最为健全完整,有城郭、国王、大小衙门④,"国法笞、杖、徒、流等刑,官品衙门印信、行移皆有。军亦有关给粮饷,管军头目名吧斯剌儿"⑤,但马欢也仅止步于笼统印象的勾勒,并未深入展开特质的具体书写。总体而言,政治与法律不是疆域之制表述的重点。

代表明王朝的郑和船队行旅西洋诸国"开诏颁赏,遍谕诸番"⑥,除履行政治任务外,对外经济贸易也是其重要的使命,因而,货币交换和贸易经济敏锐知觉凸显于海国疆域之制的书写中。

首先,《瀛涯胜览》对货币体制的书写自成体系,贯穿全书,除三个小国外,其他皆有其交易行使之制,差异化的货币样式与独特形貌也强化了海国世界多样性的空间意识;对以金、银所铸之钱,马欢从名称、重量、成色、尺寸、形态方面于细处着笔,详备精确,信而有征;不仅使用明朝的官秤进行对等估重,还从尺寸上予以量度、成色上进行对比,尤显其主动性的知觉体认,在本土经验的描绘中,形态各异的异域货币不仅清晰可感,也交互映现了不同国家的总体形象。

国家	货币
占城国	其买卖交易使用七成淡金或银
爪哇国	中国历代铜钱通行使用
旧港国	市中交易亦使中国铜钱并布帛之类
暹罗国	海𧐓当钱使用,不使金银铜钱
满剌加国	通市交易皆以此锡行使
哑鲁国	—
苏门答剌国	其国使用金钱、锡钱。其金钱番名底那儿,以七成淡金铸造,每个圆径五分,面底有纹,官秤三分五厘;锡钱番名加失,凡买卖则以锡钱使用
那孤儿国	—
黎代国	—

---

① [明]马欢撰,万明校注:《明钞本〈瀛涯胜览〉校注》,北京:海洋出版社,2005年版,第54页。
② [明]马欢撰,万明校注:《明钞本〈瀛涯胜览〉校注》,北京:海洋出版社,2005年版,第94页。
③ [明]马欢撰,万明校注:《明钞本〈瀛涯胜览〉校注》,北京:海洋出版社,2005年版,第15页。
④ [明]马欢撰,万明校注:《明钞本〈瀛涯胜览〉校注》,北京:海洋出版社,2005年版,第86页。
⑤ [明]马欢撰,万明校注:《明钞本〈瀛涯胜览〉校注》,北京:海洋出版社,2005年版,第90页。
⑥ [明]巩珍著,向达校注:《西洋番国志》,北京:中华书局,1961年版,第5页。

(续表)

国家	货币
南浡里国	使用铜钱
锡兰国	以金钱通行使用,每钱可重官秤一分六厘
小葛兰国	以金铸钱,每个官秤二分
柯枝国	以九色金铸钱行使,名法南,重官秤一分一厘。又以银为钱,比海螺蛳靥大,每个约重官秤四厘,名曰答儿。每金钱一个换银钱十五个,街市零用则以此钱行使
古里国	以六成金铸钱行使,名曰吧南,官寸三分八厘,面底有文,重官秤一分。又以银子为小钱,名答儿,每个约重三厘,零用此钱
溜山国	以银铸钱使用
祖法儿国	以金铸钱,名倘伽。每个重官秤二钱,径一寸五分,一面有文,一面人形之文。以红铜铸为小钱,径四分,零用此钱
阿丹国	用赤金铸钱行使,名甫噜嚓,每个重官秤一钱,底面有文。又用红铜铸钱,名曰甫噜斯,零用此钱
榜葛剌国	以银铸钱,名倘伽,每个重官秤三钱,径一寸二分,底面有文。街市零用海蚆,番名考黎,亦论个数交易
忽鲁谟厮国	以银铸钱,名底那儿,径官寸六分,面底有文,重官秤四分,通行使用
天方国	以金铸钱,名曰倘加,街市行使。每个径七分,重官秤一钱,比中国金有十二成色

其次,基于实现交易的顺利,马欢透过诸多细节的记录,显示了异国人习焉不察的微观视角。文本以爪哇和古里两国为例,诠释了不同的量衡之制:爪哇是斤秤、升斗之法,同与"本土";古里国是衡、量之法,"巨细之物多用天平对"①,异于"本土"。每斤、每两、每钱、每升皆有其内在换算体系,又与"官秤""中国官升""中国官斗"一一对照,地域性量衡的自我"校正",为开展贸易活动提供了便利。

从交易对象来看,既有"王即谕其国人,但有珍宝许令卖易"②的方式,也有与该国主管交易之人贸易的方式,如柯枝国的第三等人哲地"专收买下珍珠、宝石、香货之类,皆候中国宝船或别处番船客人"③;古里国"其二头目受朝廷升赏,若宝船到彼,全凭二人为主买卖",议价已定,众手相掌以示"或贵或贱,再不悔改"的行为,以及"彼之算法无算盘,只以两手并两脚十指计算,分毫无差"④独特的计算方式,如此与异国人物交易的细节书写出了生活的贴近感。

---

① [明]马欢撰,万明校注:《明钞本〈瀛涯胜览〉校注》,北京:海洋出版社,2005年版,第67页。
② [明]马欢撰,万明校注:《明钞本〈瀛涯胜览〉校注》,北京:海洋出版社,2005年版,第80页。
③ [明]马欢撰,万明校注:《明钞本〈瀛涯胜览〉校注》,北京:海洋出版社,2005年版,第61页。
④ [明]马欢撰,万明校注:《明钞本〈瀛涯胜览〉校注》,北京:海洋出版社,2005年版,第66页。

再次,《瀛涯胜览》对货币体制的书写,量衡之制的诠释,以及贸易过程的细节呈现,皆可补《岛夷志略》之不足。如货币"国铸银钱,名唐加,每(个二)钱八分重,流通使用"①,银之成色、与官秤相较之重、与本国货币相比之尺寸,这些皆未予清晰的界定。再以元明贸易中最为重视的胡椒交易为例:

《岛夷志略》:"每播荷三百七十五斤,税收十分之二。"②

《瀛涯胜览》"论播荷说价,每播荷番秤二十五斤封刺。该番秤十斤,计官秤五十斤。每播荷该官秤四百斤,卖彼处金钱一百一个,直银五两。"③

异国的重量单位播荷,与番秤、官秤的量衡、等价交易的货币,在马欢的书写中皆能一览可见,其所铺陈出的多元层次,透显了深刻的观察力和丰富的行旅经验。

四、 直书其事与恢诡文辞之辨

明归有光《题星槎胜览》曰:"辞多鄙芜……当时所记虽不文,亦不失真,存之以待班固、范晔之徒为之可也。"④

《题瀛涯胜览》曰:"予尝从求《星槎集》以校家本,孺允并以此书见示。盖二人同时入番,可以相参考,亦时有古记之所不载者。昔文文山自北海渡扬子江,便颂东坡'兹游奇绝冠平生'之句,入乱礁洋,青翠万叠,不可名状。今海南际天万里,其日月风云山水之殊异,惜无以极其恢诡之辞也。"⑤

题跋类似于对文本阅读后的总体感知,同是下西洋的游记著本,归有光先题《星槎胜览》,以"辞多鄙芜""所记不文,亦不失真"概括了有质无文的读后感知;后题《瀛涯胜览》,认为二书"可以相参考,亦时有古记之所不载者",进一步表达了对文中之"质"的肯认。然而归有光未进一步直言阅读感受,却勾勒了一幅具有旅迹追踪感的对话和想象画面:苏轼流放入海南途中,看到了海内未见的景色,作诗曰"九死南荒吾不恨,兹游奇绝冠平生";文天祥抗元出海南途中,舟行所见感慨颇深,不仅颂东坡诗句,还作《过乱礁洋》描述"不可名状"之景,以"孤愤愁绝中,为之心旷目朗"表达"奇绝"之旅对人之身心的舒缓作用。归有光列举苏轼和文天祥的行旅诗文,彰显了有文采的地景书写能召唤出跨越时间的共通感怀,由此对比马欢"千载之奇遇"的西洋之旅,"其日月风云山水之殊异,惜无以极其恢诡之辞也",隐含了《瀛涯胜览》言辞不够奇特的惋惜和遗憾。

笔者在此想要着重的,是因题跋引发的一个值得深入讨论的话题,即域外游记的书

---

① [元]汪大渊撰,苏继庼校释:《岛夷志略校释》,北京:中华书局,1981年版,第330页。
② [元]汪大渊撰,苏继庼校释:《岛夷志略校释》,北京:中华书局,1981年版,第325页。
③ [明]马欢撰,万明校注:《明钞本〈瀛涯胜览〉校注》,北京:海洋出版社,2005年版,第61页。
④ [明]归有光撰,周本淳校点:《震川先生集》,上海:上海古籍出版社,1981年版,第115页。
⑤ [明]归有光撰,周本淳校点:《震川先生集》,上海:上海古籍出版社,1981年版,第115页。

写范式,是俱笔实录、直书其事,还是文辞特异的恢诡文辞,抑或二者兼而有之?

首先,"质胜文则野,文胜质则史"①。文质相称是文章的内容与词彩风貌的融合之态,然而记游书写却蕴藏着不容忽视的内在"关系包",对山水观视和谐感的逐步强化与异域文化差异感的固有存在,可能是形成笔法鲜明不同的原因之一。

以记书山水而言,从神化自然到人化自然,人与山水间的关系发生了实质性的转变,从对立走向了亲近友善;同时"庄老告退,山水方滋",山水的观视中亦浸润了儒家的伦理与审美;因而,游记书写者能顺畅地将自己的情志融于笔端,描绘山水愈加具体细致,在精笔彩绘中尽显内在的洒脱和灵动之美。

相比之下,异域游记从夷国之奇异"被注见"到"被融入"书写的过程,就并非如山水般顺畅了。其一是言语不通;其二是秉承了儒学传统的华夷之辨,蕴含着本土与异域的二元对立。因而,异国观览是比山水审美更为复杂的精神体验,不同的人、俗、物、制无不触发强烈的文化对立之感,在地理空间和心灵空间之间真正融合形成"质文兼顾"的精神景观书写,有着相当大的难度。

其次,文附质,质也待文。归有光特别注重散文的文辞和结构,马欢淡言寡语的表述难以营造心灵上的感染和震撼,"存之以待班固、范晔之徒为之"亦是对异域游记书写"质""文"并重的一种期待。马欢跟随明王朝下西洋,"开诏颁赏,遍谕诸番"②,虽然仍然以一种大国姿态看西洋各国,保持了对本土文化持有的绝对优越感,但心态已然发生了一定的转变,除了"大有可奇诧"的文化对立感外,也有着"普天之下何若是之不同耶"的认知,将世界上国家的多元特征以"胜"的方式观览,试图以更贴切的视角观察了解它们。因此,夷国的形象与奇异的风俗,既有让他感到困惑甚至可笑的,但也有着异于传统印象中的夷蛮形象,在他的笔下古里国、天方国俨然是不同类型的文明之国。马欢直书其事、具象描述,加深了明代对海外国家的体认。

再次,"言有美质,加以文采乃善"③(韦昭注)。西洋三书随笔记录的性质和所记国家的奇风异俗与"笔记"文体甚为相符,可视为"地理风物笔记",这实质上也是回归舆地记的一种笔法,注重纪实性倾向,近于质直。从马欢的记游书写中,可以显见的是在《岛夷志》的基础上有计划地搜集异国资料,施以更为清晰的细节书写与呈现,这一进程与亲历亲见、与域外密切接触后的广博视角息息相关,具有地域性分析的海国书写为质文相彰的域外记游建构了良好的文化氛围。当直书其事累积的异国元素渐成宏富之态,被归有光视为"证人"的异国书写,势必与恢诡文辞巧妙结合,勾画出精致的异国风情画卷。

总而言之,自然环境与地方文化的融合、共存创造出不同的人文景观,观察异域空

---

① 杨伯峻:《论语译注》,北京:中华书局,2009年版,第53页。
② [明]巩珍著,向达校注:《西洋番国志》,北京:中华书局,1961年版,第5页。
③ [东周]左丘明:《国语》,上海:上海古籍出版社,2015年版,第390页。

间,势必以身体经验的切入为导向,书写生活文化在不同时空与地理条件下的差异,异域游记创作的源泉也正是来自"本土"与"异域"的对立感,进而,书写主体的根源性身份激发了基于国族认同感的时空想象。然而"自我"不仅是与异域"他者"的形象不同,"自我"看见异域的知觉活动也因个体身份、背景的不同,使得记游书写呈现复杂多元的现象。《瀛涯胜览》"采撷诸国人物之妍媸,壤俗之同异,与夫土产之别,疆域之制",作为异国之"胜"的集中展示,"土产之别"显示了人对地方的依附性,即物产之胜;其他则是人文胜景在特殊场域中的关联与表现。马欢在传统异域书写"大叙述"的框架内凸显此四点作为地方情感的附着处,既显著区别于地志广罗刻板的写法,也通过自己的亲闻亲见,展开若干具体细节的描绘,因小见大,点染了地方特征,书写出异国的风土性,体现了明代环视域外的眼光转变与观念更新,也为后来者展开天际万里的地域文化想象,扩大异域之胜的传播留以复写的价值空间。

第三节　明初域外游记的文化书写及文学价值

一、明初域外记游文学史观照

中国的古代游记具有丰富多样的风貌,由于书写的客体对象不同,既有模山范水国内山川风物,也有描绘异域风情、独具文化史料价值的域外游记。

从现存游记文本所呈现的游之实践活动来看,"魏晋南北朝时期,人与自然审美关系的确立与展开,山水游历活动的兴起与风行,游记文体的选择与定型,这三者环环相扣,以内在的逻辑线索与外在的形式关联共同促成了游记文学的产生。"[1]此论借由国内山水游览的兴盛,进而推动了记游之创作,将游记文学的产生时间追溯至魏晋南北朝时期。若是将域外并行考察,恰恰也正是域外游记的肇始时期。东晋沙门法显赴天竺求法(399—414年),归后"自记游天竺事"[2],将历时15年的行旅记录著为《佛国记》,成为我国域外记游的空前之作,其陆去海还的交通书写亦有着"创开荒途"[3]的先驱价值。因而,当域内游记还处于以中原地带为圆心渐趋向四周扩展之时,受宗教信仰感召的域外游记,数量虽然不多,但从一开始便跨越了万水千山,以不畏艰险的意志,呈现出具有观世界的

---

[1] 梅新林、俞樟华:《中国游记文学史》,上海:学林出版社,2004年版,第32页。
[2] [晋]法显:《佛国记》,北京:中华书局,1991年版,第50页。
[3] [唐]义净,王邦维校注:《大唐西域求法高僧传校注》,北京:中华书局,1988年版,第1页。

宏大格局。

"古之人游名山者,亦复何限。往往见诸诗赋,而记志无闻焉。至唐柳柳州始为小文,自时厥后,递相摹仿,载述遂多。"①唐元和四年(809),柳宗元创作了"永州八记"的首篇《始得西山宴游记》,其后被众人递相模仿,确立了游记文体的独立地位,也推动了域内游记渐趋走向成熟之路。若以柳宗元为节点将时间向前推进180年,唐贞观三年(629),"中开王路"的玄奘,奉敕而作"辄随游至,举其风土"②的《大唐西域记》,该书不仅是7世纪中亚、南亚138个国家和地区的珍贵史料,"而且是我国古代文学宝库中的一块瑰宝,是一部优秀的文学杰作……它的叙事,它的写人,它的抒情和明理,以及它的艺术风格,都给人以优美的文学享受和强烈的艺术感染"③。游记文体的独立与定型期的唐代,作为我国域外游记的典范之作《大唐西域记》不仅早于"永州八记"近两百年出现,而且以其深湛的宗教内涵与卓越的文学表现成为"东方三大旅行记"④之首,在世界文化史上享有盛誉。始于三国两晋,盛于唐、衰于宋的宗教性质的域外游记,经由古代高僧志有所存、忘身求法之旅,书写出对"梵佛圣域""佛国之伟"的古印度想象,这些具有宗教内涵的域外游记,"最大程度上做到了'佛教精神'与文学形式的融为一体"⑤。

宋代的域内游记在唐代的基础上继续向前开拓,不仅在刻画山水的笔法上极形容之妙,还以理性的精神审视山水,书写理趣,凭借灵活自由的笔记体、逐日述游的日记体,开创了记游书写的新格局,也为元明两代的域外记游文体的灵活运用打下了基础。

元代"西极流沙",打通欧亚大陆,成为我国历史上疆域最为广阔的朝代,地理空间空前畅达,域外游记数量也较前代增加,其中,既有沿陆上丝绸之路到达中国的意大利人马可·波罗的《马可·波罗游记》,也有中西的海上交通书写,尤以汪大渊《岛夷志略》"亲历而手记"⑥,记述了域外220个国家和地区,"其游踪之广远,在清代中叶以前,可居前列"⑦。

明代初期在中外交流史上取得了显著功绩,海路交通有郑和下西洋的壮举,陆路交通则重开丝绸之路,派遣陈诚三次出使西域与帖木儿帝国建立联系,使得中国在南亚、东南亚、西亚的政治影响以及与域外的经济联系达到了高峰。尤其是15世纪初中国人的伟大海上旅行,早于哥伦布发现新大陆的航行有87年,具有里程碑的意义和价值。因此,明初的遣使中亚与扬帆西洋之旅,不仅是整个明朝最为重要的域外游记,也是"文化

---

① [清]吴秋士:《天下名山游记》,上海:上海书店出版社,1982年版,第2页。
② [唐]玄奘、辩机著,季羡林校注:《大唐西域记校注》,北京:中华书局,2000年版,第32页。
③ 陈飞、凡评注译:《新译大唐西域记》,台北:三民书局股份有限公司,2015年版,第26页。
④ 其他两部是日本人圆仁《入唐求法巡礼行记》、意大利人马可·波罗《马可·波罗游记》。
⑤ 高华平:《中国佛教文学的概念、研究现状及其走向》,《郑州大学学报(哲学社会科学版)》2007年第4期,第5-8页。
⑥ [清]永瑢等撰:《四库全书总目》,北京:中华书局,1965年版,第632页。
⑦ [元]汪大渊撰,苏继庼校释:《岛夷志略校释》,北京:中华书局,1981年版,第3页。

天下"精神视域下,以乐观开拓的心态巡视域外的书写高峰,他们在前人"述奇"的书写中重新建构了条理清晰、脉络分明的异域新感知。

明中后期至清代中叶,由于施行了闭关锁国的政策,在域外探索的道路上陷入了停滞。直到清代鸦片战争后,在西方的冲击下,背负着国家责任与时代忧伤的晚清游历者,再度以积极主动的姿态踏上了认知世界的漫漫历程,其中前往欧美和日本欲求了解、学习西方的游记有100种之多①。当然,由于晚清的域外记游者置身于中西文化夹缝中,既担负着西方文化宣传者的使命,也试图将异域的新鲜质素纳入儒家体系,维护本土文化的优越感,心态的转变,使记游域外的书写风格也随之变化:明初域外游记直书其事,少对比和议论的笔法,多用行录体对异国的生活细节与特质人物进行白描,力求寓史于文;晚清域外游记则更多使用对比、议论的笔法去展现新奇世界的"社会相"和"自然相",自我思想的流动彰显出批评与议论的锋芒。

总之,"锐意通四夷"的明成祖,在其统治时期实行了积极开放的外交政策,中国不再囿于本土环境,在地理空间上主动向西,推行了"夏夷一统""华夷一家"的境外实施,"凡舟车可至者,无所不届。自是,殊方异域鸟言侏僬之使,辐辏阙廷。岁时颁赐……盖兼汉、唐之盛而有之,百王所莫并也"②,这一盛况给明初的域外游记带来了新鲜的书写内容和视角的变化:陈诚对西域诸国风物与行旅见闻的书写,弥补了唐代之后对西域亲历亲见的缺憾,可为明代之西域考;西洋三书悉得其要的记述笔法,相对于《岛夷志略》模棱两可的异域形象,呈现出可闻见、可感触的海国世界;系统而翔实的记录与中亚、西亚交往的游记,不仅以丰富而详赡的笔法多方呈现海外诸国的社会风貌,也将明朝和西洋诸国的外交关系纳入了文化地景的框架内,开阔了明人观察世界的新视野。

二、"汉使张骞"与文化郑和——明初域外游记的文化书写

明代的域外游记,多是奉使之作,主要集中于时人比较熟悉的周边国家:出使朝鲜的有景泰时倪谦作《朝鲜纪事》一卷,弘治时董越作《朝鲜赋》一卷、《使东日录》一卷;出使安南的有永乐时黄福作《奉使安南水程日记》一卷,天顺时钱溥作《使交录》十八卷,正德时湛若水作《交南赋》一卷;出使琉球的有嘉靖时陈侃作《使琉球录》一卷,万历时萧崇业、谢杰作《使琉球录》二卷,夏子阳、王士祯作《使琉球录》二卷。

以地理位置而言,位于东北的朝鲜、西南的越南、东南的日本及琉球群岛,在东亚的

---

① 参阅钟叔河:《走向世界丛书》,长沙:岳麓书社,2008年版。钟叔河、曾德明、杨云辉:《走向世界丛书》(续编),长沙:岳麓书社,2017年版。
② [清]张廷玉等撰:《明史》,北京:中华书局,1974年版,第8625-8626页。

区域范围内,它们深受中国古代文明的影响;南亚因重洋而远隔,西亚因多高山和沙漠而阻绝。因此,由官方主导的遣使中亚与扬帆海上之旅,分别由陆路和海洋进入向西的地域范围,反映了明人对世界的主动探寻与认知,也顺应了世界的潮流,哥伦布震惊世界的地理大发现同样发生于15世纪,东、西方已然具有了互相探寻的内在吸引力。在这样的背景下,通西域与下西洋是明初,也是整个明朝最为重要、意义非凡的域外行旅。

(一)陆上丝绸之路

汉张骞开通西域,搭建了与西方国家友好交往的桥梁,丝绸之路以他的名字作为文化交流的象征。后人陈诚也正是沿着张骞的足迹,重开明朝的丝绸之路。《陈竹山先生文集》外篇一收士大夫题赠陈诚的往回诗文,这些诗歌以相似性的想象,书写出陈诚的"汉使"形象和远人对待"汉使"的他者形象。如周忱曰"番王幸睹汉仪型,毡裘夹道多欢声"①;曾棨曰"汉家郎官头未白……万里翩翩向西域""山川遥认月支窟,部落能知博望侯"②;曾鼎曰"穹庐渐觉羌民聚,部落争迎汉使来"③;胡广曰"独羡张骞为汉使,节旄归日尚依然"④;曾棨又曰"百宝嵌刀珠饰靶,部人知是汉张骞"⑤。题赠诗所代表的本土文化群体有意关联汉代的那段历史和文化形象,反映了明王朝昭怀柔之德以接远人的积极态度,和平交往的"汉使张骞"的外交形象,势必与本民族的文化心态紧密相连。因而当陈诚临近出使目的地哈烈城时,作诗曰:"异俗殊风多历览,襟怀不下汉张骞"⑥,在透显出本土文化的自信和荣誉感的同时,也在历史传承的文化影响下肩负了取信于诸国、经略西域的历史重任,《明史稿·陈诚传》载:"诚数奉使,辙迹遍西土,所至酋长服其威信,多归附者。"⑦张骞形象延续的背后正是"德化之所感通"的和平理念。

(二)海上丝绸之路

马欢在《瀛涯胜览》自序中曰:"尤见夫圣化所及非前代之比",这种非前代可比的强

---

①《新疆通史》编撰委员会编,王继光校注:《陈诚西域资料校注》,乌鲁木齐:新疆人民出版社,2012年版,第105页。
②《新疆通史》编撰委员会编,王继光校注:《陈诚西域资料校注》,乌鲁木齐:新疆人民出版社,2012年版,第101页。
③《新疆通史》编撰委员会编,王继光校注:《陈诚西域资料校注》,乌鲁木齐:新疆人民出版社,2012年版,第95页。
④《新疆通史》编撰委员会编,王继光校注:《陈诚西域资料校注》,乌鲁木齐:新疆人民出版社,2012年版,第98页。
⑤《新疆通史》编撰委员会编,王继光校注:《陈诚西域资料校注》,乌鲁木齐:新疆人民出版社,2012年版,第101页。
⑥《新疆通史》编撰委员会编,王继光校注:《陈诚西域资料校注》,乌鲁木齐:新疆人民出版社,2012年版,第47页。
⑦[清]万斯同:《明史稿》,清钞本,第4779页。

烈感知来自郑和船队积极主动地以德服之、以威制之的海权实践：如《满剌加国》曰："永乐七年己丑，上命正使太监郑和等赍诏赐头目双台银印、冠带袍服，建碑封城，遂名满剌加国。是后暹罗国莫敢侵扰"，这是明代帮助弱小国家的政治举措，其后，国王"携子挈妻赴京朝谢，进贡方物，朝廷又赐与海船回国守土"①；如《苏门答剌国》应他国之请平定叛乱："永乐十三年，正使太监郑和等船到彼，发兵擒获苏干剌，赴阙明正其罪"，其王子"荷蒙圣恩，常贡方物于朝廷"②，清晰呈现了两国友好政治关系的渊源；再如陈祖义为首的海盗在旧港一带海上"抄掠番商"，《旧港国》曰，"永乐五年间，朝廷差太监郑和等统领西洋大艅宝船到此……被太监郑和生擒陈祖义等，回朝伏诛，就赐施进卿冠带，归旧港为大头目，以主其地"③，既肃清了海上航行的威胁，保障了明朝和海外国家的交往正常化，也确立了明王朝在海外的国际地位和大国形象。因而，明代的郑和已然成为蕴含着本土文化内涵和文化交流象征意义的符号，发挥着和平交往、贸易往来的纽带作用。

随着明代陆路、海上丝绸之路的重开与新构，封建大一统的经略气魄在新的地理空间中体现了出来，而"汉使张骞"的形象在明代被重新激活，亦被赋予了新的文化内涵和地域想象。陈诚的西域之行打通了从宋朝开始受西夏的阻隔而造成的"西域诸国泯其旧名，不复可考矣"，填补了历史空白，他接续汉使张骞的形象，加速了与新疆、中亚地区民族的交往与融合，其西域书写成为研究15世纪初西域和丝绸之路珍贵的原始资料。郑和的域外行旅拥有着明朝更为强大的后盾支持，与西洋诸国交往之影响力非前代可比，尤其官方贸易与朝贡体制紧密结合，形成了明代独特的融合海外诸国的域外贸易体制，《瀛涯胜览》对此盛极一时的海上国际贸易也做了清晰的记录，如阿丹国"咸伏开读毕，王即谕其国人，但有珍宝许令卖易"④等。郑和新航路的开辟，在与各国商品交换的过程中刺激了经济的发展，"这次远征将使中央帝国向外部世界开放。中国的商业获得巨大的发展，强迫当地人纳贡和皇帝赏赐的制度变成持久和均衡的贸易往来"⑤。大陆与海洋国际贸易新格局的开创熔铸出"文化郑和"的历史新印记。

总之，通西域与下西洋，水陆不同程，以二者为纽带，将"华夷之辩"的儒家传统以高度实践的形式在域外地理空间中体现了出来，明代"张骞"与郑和的形象展现了一个大国与其他诸国建立经济联系、维护地区稳定的作为和担当。

---

① [明]马欢撰，万明校注：《明钞本〈瀛涯胜览〉校注》，北京：海洋出版社，2005年版，第37页。
② [明]马欢撰，万明校注：《明钞本〈瀛涯胜览〉校注》，北京：海洋出版社，2005年版，第44页。
③ [明]马欢撰，万明校注：《明钞本〈瀛涯胜览〉校注》，北京：海洋出版社，2005年版，第28-29页。
④ [明]马欢撰，万明校注：《明钞本〈瀛涯胜览〉校注》，北京：海洋出版社，2005年版，第80页。
⑤ 德勃雷撰，赵喜鹏译：《海外华人》，北京：新华出版社，1982年版，第7页。

三、叙述详核、清晰可见——明初域外游记的文学价值

明代唯一的行旅西域书写与真实反映郑和下西洋状况的西洋三书,他们有着共同的写作倾向,即力求叙述详核,令人清晰可见:

《奉使西域复命疏》:"周览山川之异,备录风俗之宜。"①

《陈竹山先生文集序》:"盖一举目之间,可以明见万里之外。"②

《瀛涯胜览自序》:"俾属目者一顾之顷,诸番事实悉得其要。"③

《星槎胜览自序》:"一览之余,则中国之大,华夷之辨,山川之险易,物产之珍奇,殊方末俗之卑陋,可以不劳远涉而尽在目中矣。"④

《西洋番国志自序》:"汉言番语,悉凭通事转译而得,记录无遗。"⑤

与传统的域内游记相比,评判域外游记价值的首要尺度是内容的丰富、记录的翔实,尤为注重亲历亲述的真实体验。从上述自序或他人作序中可见,明初域外游记不仅将真实亲历的书写准则放在首位,而且强化了地域特性与人文观察相结合的书写角度,用细致的言语形构他们看到的世界,让异域之事可触可感,甚至可作风景予以观赏的鲜明意图。

下文以西域、西洋分而述之:

(一) 西域书写

《汉书》首列《西域传》,其后《后汉书》《魏书》《北史》《隋书》《新唐书》《明史》皆立《西域传》,成为反映本土与异域关系的专章资料。作为地理概念的西域关联了陆行西向的探知历程,来自不同朝代的僧人、使臣等行旅西域的实地考察共筑了游记文学史之域外印记——"张骞始开西域之迹"⑥,《史记·大宛列传》即据张骞的出使经历而作,因"大宛之迹,见自张骞"⑦;东汉"班超遣掾甘英穷临西海而还"⑧,《后汉书·西域传》记载了甘英出使大秦(意大利),至安息西界遇西海(波斯湾)而归之事,进一步地向西之地域实地探

---

① 《新疆通史》编撰委员会编,王继光校注:《陈诚西域资料校注》,乌鲁木齐:新疆人民出版社,2012年版,第1页。
② 《新疆通史》编撰委员会编,王继光校注:《陈诚西域资料校注》,乌鲁木齐:新疆人民出版社,2012年版,第143页。
③ [明]马欢撰,万明校注:《明钞本〈瀛涯胜览〉校注》,北京:海洋出版社,2005年版,第1页。
④ [明]费信著,冯承钧校注:《星槎胜览校注》,北京:华文出版社,2019年版,第11页。
⑤ [明]巩珍著,向达校注:《西洋番国志》,北京:中华书局,1961年版,第7页。
⑥ [汉]班固撰:《汉书》,北京:中华书局,1962年版,第3873页。
⑦ [汉]司马迁撰:《史记》,北京:中华书局,1959年版,第3157页。
⑧ [南朝宋]范晔撰:《后汉书》,北京:中华书局,1965年版,第2910页。

索,然而"这是两汉魏晋南北朝正史西域传所描述的西域中涉及范围最大,以后各史西域传再也没有超越这一范围"①;稀世奇书《大唐西域记》是唐代玄奘奉敕而作,进书表曰:"班超侯而未远,张骞望而非博。今所记述,有异前闻。虽未极大千之疆,颇穷葱外之境,皆存实录,匪敢雕华。"②他纪实行旅丰富准确,文笔优美流畅,亦为《新唐书》采撷择用,形成了互文关系。

作为明代唯一亲使西域的陈诚,其西域书写亦尤为珍贵。明初内阁首辅胡广《送陈员外使西域序》自言其对西域的认识皆"考之于史",指出从宋朝开始受西夏的阻隔,"西域诸国泯其旧名,不复可考矣",前史不能委详,因而"有待于子鲁之是行"填补历史空白,进而有俾于官修史书。明国史总裁王直在《陈竹山先生文集序》中高度评价了陈诚的西域记可为历史文献的独特价值——"后之君子欲征西域之事,而于此考览焉"③;清代修《明史·西域传》对《西域番国志》果然多有征引,陈诚的西域书写为史书提供了可资纂修的初稿。

陈诚"考其山川,著其风俗,稽其物产,观其衣服、饮食、言语、好尚,备录成书,纪之以诗,藏於内府,可为西域考"④,而史书则详于事迹略于风土,二者体例有别,不以偏举为病。在此,以哈烈篇的风土书写为例,与史书两相比照,亦可彰显陈诚叙述详核的笔法,使得异国形象清晰可见。

第一,《明史·西域传》哈烈篇直陈"西域大国也"⑤"其国在西域最强大"⑥。陈诚的《西域番国志》没有明确表述其大的字语,而是通过具象描绘的细腻书写使修史者自然生成了"大国""最强大"的直接感知。并且,《明史》哈烈之记止步于嘉靖,明代中后期的断档更凸显了陈诚西域书写的历史与文学价值。

类别	《明史·西域传》——哈烈	《西域番国志》——哈烈
礼仪	"无君臣、上下、男女,相聚皆席地趺坐" "上下相呼皆以名。相见止稍屈身,初见则屈一足三跪,男女皆然"	"凡相见,略无礼义,惟稍屈躬,道'撒勒马力'一语而已。若久不相见,或初相识,或行大礼,则屈一足,致再三跪。下之见上,则近前一跪,相握手而已。平交则止握手,或相抱以为礼,男女皆然。若致意于人,则云撒蓝。凡聚会,君臣上下,男女长幼皆列而坐"
法律	"亦无刑法,即杀人亦止罚钱"	"国中少用刑法,军民罕见词讼,若有致伤人命,不过罚钱若干,无偿命者。其余轻罪,略加责罚,鞭挞而已"

---

① 余太山:《两汉魏晋南北朝正史西域传研究》,北京:中华书局,2003年版,第98页。
② [唐]慧立、[唐]彦悰著:《大慈恩寺三藏法师传》,北京:中华书局,2000年版,第134-135页。
③ 《新疆通史》编撰委员会编,王继光校注:《陈诚西域资料校注》,乌鲁木齐:新疆人民出版社,2012年版,第144页。
④ 《新疆通史》编撰委员会编,王继光校注:《陈诚西域资料校注》,乌鲁木齐:新疆人民出版社,2012年版,第144页。
⑤ [清]张廷玉等撰:《明史》,北京:中华书局,1974年版,第8609页。
⑥ [清]张廷玉等撰:《明史》,北京:中华书局,1974年版,第8611页。

第二，从《明史》呈现的异国形貌来看，它对《西域番国志》引述的内容加以了一定的调整和润色，总体轮廓尚在，但由于筛选和剪裁造成了最终异国形象的讹误。如陈诚的礼仪书写由相见和聚会组成，《明史》则从等级的显现与礼仪的情状分而概括选用："无君臣、上下、男女"的表述引入了哈烈无等级礼制的印象，实际上"下之见上，则近前一跪，相握手而已"；同样，对相见和初见之礼的区分，《明史》也草率从之，与陈诚"若久不相见，或初相识，或行大礼"的据况实录不合。再如哈烈国的刑法，"少用刑法"以及"罚钱若干，无偿命者"的细致描述，体现了哈烈把握刑法尺度理念的特殊性，亦绝非《明史》所言"无刑法"之情状。

第三，风土载于史者亦不及陈诚所言之详，造成异国风土的感知度强弱有别。前者是史书常用的纪要式书写笔法，结构谨严文字整饬，用笔简洁清晰，然未得其详情；后者是琐细陈述笔法，既以"我"的视线为基准，将山川地理、奇风异俗作为风景来观看，也洞察真实而复杂的社会相，书写生活细节，再合以多样化的文体运用，阐明了异国风土多面的感性特征，缤纷质感的异国形象犹如"镜像"般错落有致、如在目前。

第四，陈诚多种记书文体的恰当运用，使得异国风土的书写各具观看的焦点。进士出身的陈诚，具有较高的文化水准，因而他的异国行旅能用诗、文、赋多种文体并合书写，汇呈御览的脉络体系清晰：《西域番国志》叙山川风物，《西域行程记》记道里行程，《纪行诗》书见闻感悟，《狮子赋》颂异国方物，前两者在书写表述中力求真实客观，纪行诗集中了陈诚个人情感的抒发，赋则多显颂圣之词，多种语体风格的交叉渗透，突出了异文化，也展现了陈诚自身的才华。

第五，陈诚在文本的书写顺序与排列顺序上亦重心突出、重新建构，《西域行程记》书写往程道里，《西域番国志》则倒置行旅先后，以目的地哈烈为首篇，将帖木儿帝国诸城邦前置呈现，两书互为往返对照书写。而《纪行诗》则从衔命之始到西游而还的完整历程。经过陈诚的精心编排，以《西域行程记》为经脉、《西域番国志》为四肢躯干、《纪行诗》为血肉，将西使记录连接成为一个有机整体，从枯燥走向生动，从平淡走向丰富。

（二）海国书写

异域海国风土人情的专书，始于南宋，周去非《岭外代答》凡十二门，其中"外国门"两卷，记写了南海及印度洋四十余国；赵汝适《诸番志》卷上志国，卷下志物，涵摄环水而国者五十有八，疏释海国名物五十四种。元代汪大渊两次随船泛海，著《岛夷志略》述99国之事，"大渊此书则皆亲历而手记之，究非空谈无徵者比"[①]。此三书为我国明前少见的海国地理作品的代表，然南宋二书作者皆未尝亲履域外，或杂采古籍，"亦多得於市舶之口

---

① [清]永瑢等撰：《四库全书总目》，北京：中华书局，1965年版，第632页。

传"①,故内容舛讹承袭,编次混淆凌乱。汪大渊两次附舶浮海,然叙述简略,视角驳杂,无鲜明贯穿主线,"此书不问是钞是刻,皆错讹难读"②。明前三书虽各有特色,但一定程度上影响了读者对亚非地区的清晰认识和深入了解。

与陈诚在文本编排上的煞费苦心,并以哈烈为典型性的着重书写不同,明代西洋三书的作者文采虽不及陈诚,但凭借多次下西洋的亲身体验,用心书写出区域风土的体察深度和感知强度,在异国风貌呈现的完整性方面胜于陈诚。

首先,历时较长的文本书写与完善过程。费信从永乐四年(1409)至宣德八年(1433)随郑和四下西洋,《星槎胜览》完成于正统元年(1436),历时 27 年成书;马欢首次下西洋后,于永乐十四年(1416)即撰成《瀛涯胜览》初稿,至景泰二年(1451)亲修定稿,成书跨时 35 年。增补删析,其用心亦勤矣。

其次,为了呈现多姿多彩的异国风情,三书力求以洞察之眼精确认知异域特质。费信"每莅番城,辄伏几濡毫,叙缀篇章,标其山川、夷类、物候、风习诸光怪奇诡事"③,其书写分前后两集,前集乃"亲监目识之所至",叙亲历;后集"采辑传译之所实"④,记传闻;马欢"其间凡舆图之广者,记之以别远近;凡风俗之殊者,记之以别得失;与夫人物之妍媸,则记之以别美恶;物类之出产,则记之以别重轻。皆备录之"(梅纯《艺海汇函》)⑤。条分缕析,用心亦多矣。

再次,着眼海国胜景,凸显地方感知。除《西洋番国志》外,其他下西洋游记从题名即显示出迥异于其他海国书写的设计。"瀛涯",海之际、水之边也;"星槎"源自晋张华《博物志》,本意是往来于天河的木筏,传说古时天河与海相通,后泛指舟船。《瀛涯胜览》与《星槎胜览》的题名圈定了行旅海洋的空间领域,凸显与传统域内游记相异的地理氛围;且二书题名的中心词汇皆是"胜览",即畅快的观赏,渲染出行旅西洋的内在情绪感发,他们撰述亲见之奇闻逸事,意图书写令其惊叹的地方特征,可令人尽情将海国胜景收揽于眼底。《西洋番国志》题名虽受传统地志表述之影响,但其自序曰:"顾愚菲陋庸材,叨从使节,涉历遐方,睹斯胜概,诚为千载之奇遇。"⑥远涉重洋的海上经历,让巩珍看到了人生中千载难逢的美景,其书写亦着眼于"胜"。

最后,自序体现出的不同的写作意图会生成不同的地方意象。海国书写涵藏了异国情调的描述,展开了行旅中具有互动意涵的"奇观"想象,然所见各殊,则所记各别。

---

① [清]永瑢等撰:《四库全书总目》,北京:中华书局,1965 年版,第 632 页。
② 冯承钧:《中国南洋交通史》,上海:上海三联书店,2014 年版,第 84 页。
③ [清]李福沂、汪堃:《中国地方志集成:昆新两县续修合志(一)》,南京:江苏古籍出版社,1991 年版,第 507-508 页。
④ [明]费信著,冯承钧校注:《星槎胜览校注》,北京:华文出版社,2019 年版,第 8 页。
⑤ [明]马欢撰,万明校注:《明钞本〈瀛涯胜览〉校注》,北京:海洋出版社,2005 年版,第 199 页。
⑥ [明]巩珍著,向达校注:《西洋番国志》,北京:中华书局,1961 年版,第 6 页。

《岭外代答》	《诸蕃志》
自序:"疆场之事、经国之具、荒忽诞漫之俗、瑰诡橘怪之产"①	自序:"海外环水而国者以万数,南金象犀珠香玳瑁珍异之产,市于中国者,大略见于此矣"②
《岛夷志略》	《瀛涯胜览》
后序:"记其山川、土俗、风景、物产之诡异,与夫可怪可愕可鄙可笑之事"③	自序:"采摭诸国人物之妍媸,壤俗之同异,与夫土产之别,疆域之制"

以《占城》为例:《岭外代答》侧重书写占城国之由来以及与真腊交战的传奇轶事,展现了透过时间演变的历史纹理;《岛夷志略》记采生人胆和舶人妇女的奇异事情;此二书陈列式的笔法显示了"搜奇猎胜"的眼光。《诸蕃志》虽有对"占城王"这一典型人物的描绘,但更多笔墨用于记述物产和贸易,对博物的着力书写透显出具有商业色彩的异国世界。西洋三书呈现了具有区域性、资料性的异国形貌,体现出较强的方志书写特征,由于对"胜"的标举,西洋三书凭借细腻生动的笔法形构出异域的文化地景,显示了不同于方志性质的书写形貌,其中,《瀛涯胜览》经由敏锐的观察感受摹写出占城丰富厚实的地方感,非若其他海国书写之简略成编者。并且,马欢所涉地域无如元代汪大渊之广远,书写海国数量亦不及同时代的费信,但详其事实,细密少讹,且笔墨凝练,地之全貌、事之原委悉得其要,使得异域之事,一览可见。因而,骨干完整、首尾美备的《瀛涯胜览》是为明代远洋航海游记的典范之作,是呈现"一带一路"域外和平交往的重要历史名片。

总之,明代初期国势强盛,西北边疆安宁,唐、宋、元以来先进的造船技术和发达的远洋贸易传统,使明初示中国富强具备了时代条件,宣扬大明王朝的国威和富强,加强与海外诸国的联系,成就了中国历史上规模最大、影响深远的国际交流活动。与晚清域外游记在内外交困的情势下被动加速的跨界之旅不同,明初的域外游记蕴含着积极主动去"看见"异域的先在视野,并以乐观包容的心态书写出世界大同、天下一家这一儒家最高社会理想的境外实施,世界观的改变为域外游记的书写带来了精神图景层面的新活力。

---

① [宋]周去非著,杨武泉校注:《岭外代答校注》,北京:中华书局,1999年版,第1页。
② [宋]赵汝适著,杨博文校释:《诸蕃志校释》,北京:中华书局,1996年版,第1页。
③ [元]汪大渊撰,苏继庼校释:《岛夷志略校释》,北京:中华书局,1981年版,第385页。

第三章

历史之境：都穆金石之游的文化意蕴及文学价值

在明人的游历中,有着意于自然山水者,如徐霞客的溯江寻源之旅;有注重于人文地理者,如王士性的《广志绎》。独有一类留意于碑碣古迹,醉心于荒莽断垣之间,收集拓片,访古考证,以证经补史作为游之乐趣者,这类文人游历萌发于赵宋,肇始于明朝,而全盛于清代,成为古代游记者中独树一帜的存在。明代正德年间的都穆,即是兼得山川之胜与金石之缘的典范。

第一节 都穆及其金石学

一、好古博物 蔚然文儒

都穆(1459—1525),字玄敬,吴县(今江苏苏州)人。"苏以地最天下以阊门,阊门以南濠,南濠以都、尉诸氏"[1],都氏家族在吴地属名门望族,都穆自幼便有着良好的文化教育与家族传承,博学多才,具有学者风范。

都穆今存著述十五部,其中尤以金石学著述《金薤琳琅》为人称重。正德八年(1613)时任礼部侍郎的都穆曾以使事至宁夏,有《使西日记》两卷;使毕便乞养致仕,纵情山水,醉心学术,五十七岁时完成《金薤琳琅》二十卷,五十七岁时《游名山记》四卷成集。目前,有关都穆的研究,知网存有研究都穆的硕士论文有三篇[2],期刊文章五篇[3],但皆对《使西

---

[1] [明]罗玘:《圭峰集》卷十七,载《四库全书》,上海:上海古籍出版社,1987年版,第1259册,第227页。
[2] 王珍珠:《都穆考论》,苏州大学2009年硕士学位论文。徐俊岚:《都穆笔记作品研究》,安庆师范学院2013年硕士学位论文。刘珈利:《都穆〈金薤琳琅〉整理与研究》,陕西师范大学2018年硕士学位论文。
[3] 王珍珠:《〈南濠诗话〉与都穆诗学研究》,《齐齐哈尔师范高等专科学校学报》2011年第3期,第42-43页、46页。贾笠:《都穆书画著录及鉴藏考述》,《书法研究》2018年第4期,第96-117页。谢永飞:《明都穆的书画鉴藏与交游管窥》,《荣宝斋》2020年第10期,第228-237页。郭建平、陈阿曼:《明代托伪之作都氏〈铁网珊瑚〉考释》,《中国美术研究》2020年第2期,第123-131页。付明易、田富军:《现存最早的刻本日记:国家图书馆藏孤本〈使西日记〉考》,《宁夏社会科学》2019年第6期,第161-165页。

日记》和《游名山记》的价值探讨无有涉及，且此二记也无点校本。

四库馆臣认为"穆之文章，在可传可不传之间，不若以此本(《金薤琳琅》)孤行也"①，对其金石学著作颇为称道。王士禛曰："其书在欧、曾、吕、赵之间，颇称精核。"②王鸣盛曰："古来以金石学名家者七人，宋之欧阳修、赵明诚，明之都穆、赵崡，清之顾炎武、王澍、朱彝尊。"③足见清代文人对《金薤琳琅》这一金石著作的重视程度。都穆也凭此作成为明代金石学领域中的典范代表。

作为承宋启清的明代金石学者，都穆之于清代金石学发展具有典范价值。不同于宋代据史籍所载碑刻抄录成文的做法，他以亲历其地、见碑录文获取第一手资料的态度，为清代金石学者的访碑之游树立了"尚实"的标准。清金石学者叶奕苞曰："明人录金石文者，惟都少卿穆《金薤琳琅》见碑录文，虽少而妙。又录宋元人题跋，如《潘乾校官碑》是也。杨升庵《金石文》、徐献忠《金石古文》(此处原文有误，应为'杨升庵《金石古文》、徐献忠《金石文》')，竟录蔡中郎辈集内文字，不必亲见此碑，故不足贵。"④由此足见，都穆在清代金石学领域地位之高。

对都穆其人的评价，胡缵宗称之为"吴有大雅君子，博物洽闻"⑤；邵宝曰："君好古博物，蔚然文儒"⑥。所谓博物者，指通晓众物、见多识广之人。当"博物"与"游"相连接时，即能建构出意趣金石的意义之网，"博物"所蕴含的独特地域文化意义也因"游"而被彰显、被点染，"博物"与众不同的鉴赏审美视角也进而深深地熔铸于游记。

"弘治间，文明中天，古学焕日"⑦，都穆所处的弘治、正德年间，刚好是明代文学复古运动第一次高潮的勃兴之始，这里的"古学"是推崇"文必秦、汉，诗必盛唐"⑧正统文化的求源统绪意识。都穆是吴郡人，吴地具有博古、尚古的风气，这种好古之风与"复古"其实是和而不同的。钱谦益云："本朝吴中之诗一盛于高(启)、杨(基)，再盛于沈(周)、唐(寅)，士多禀清煦鲜，得山川钩绵秀绝之气。然往往好随俗尚同，不能踔厉特出，亦土风使然也。"⑨吴中士人文徵明也承认自己的诗风"格调卑弱，不若诸君皆唐声也"⑩。他们的

---

① [清]永瑢等撰：《四库全书总目》，北京：中华书局，1965年版，第739页。
② [清]王士禛：《王士禛全集》第3册，济南：齐鲁书社，2007年版，第1711页。
③ [清]钱大昕：《潜研堂金石文跋尾》，上海：上海古籍出版社，2020年版，第1页。
④ 新文丰出版公司编辑部：《石刻史料新编(第一辑)》第12册，台北：新文丰出版公司，1982年版，第9135-9136页。
⑤ [明]焦竑：《献征录》，上海：上海书店，1987年版，第3113页。
⑥ [明]都穆：《使西日记》，北京：中国书店，1959年版，第1页。
⑦ [明]杨慎撰，王仲镛笺证：《升庵诗话笺证》，上海：上海古籍出版社，1987年版，第128页。
⑧ [清]张廷玉等撰：《明史》，北京：中华书局，1974年版，第7346页。
⑨ [清]钱谦益著，[清]钱曾笺注，钱仲联校：《牧斋初学集》，上海：上海古籍出版社，1985年版，第1086页。
⑩ [明]何良俊：《四友斋丛说》，北京：中华书局，1959年版，第237页。

文学观念和生活情调与尊唐复古的时代潮流有较大差别,他们的文学创作常常有意识地远离文学的政治功用,将文学的视野更多地转向日常生活中有关自然和人生的体验与感悟。从地缘角度来看,吴郡人都穆使西有其独特的地域文化意义。都穆出使肩负政治使命在身,理当以公务为重,以日记体撰写的官方出使日记,其主要内容应为观风俗民情、察吏治得失、叹行路之艰。但通观都穆的《使西日记》,除了日记体常规纪行的日期、里程、所经地外,详述的日常活动仅限于游观和交游之事,到达宁夏后,对本次出使的主要任务也就简单记述为"二十八日早,寿阳王府行册封礼,王设宴"①。因而,《使西日记》是一部都穆展现自我、远离政治功用的行旅日记,彰显了都穆自我生命经历的体验,记述了都穆个人的游观情趣,在明初这样的政治环境中出现尤显吴地人独特的生活情调。

与吴地的博古风尚相伴而行的是对金石等收藏的喜好,金石拓本的鉴藏在吴中文人中尤为风靡,"自元季迄国初,博雅好古之儒,总萃于中吴,南园俞氏、笠泽虞氏、庐山陈氏,书籍金石之富,甲于海内"②。都穆酷好金石亦受家风熏染,"余家自高祖南山翁以来,好蓄名画"③,因而他的碑帖收藏很丰富,且痴迷于收集。(崇祯)《吴县志》曰"(都穆)尤长于鉴古,图籍甚富,而秦汉石刻尤多"④,其弟子顾元庆曾言:"吾师南濠先生,家藏碑刻甲于东南。"⑤吴地博古、好古的艺术文化风气,以及吴中派专注集中于个人的生活情趣,使得都穆自然将金石与游历联结成艺术的纽带,作为生命乐趣的寄托。又得缘于"奉命册封庆藩,自京师至宁夏,将三月,行数千里"⑥的使西之旅,其出使行经的陕西、山东、河南、河北一线,正是现存石刻数量较多的区域范围,也是传统金石著录研究的重点区域。博物洽闻的都穆充分发挥出主体的敏锐知觉与金石的发现意趣相互表里的作用,如"三里,道左有碑"⑦"一里,有碑仆地,刻卫武公淇澳竹六大字"⑧等不胜枚举,这种独特的关注与情有独钟直到进入庆阳府(今甘肃庆阳)方得以消减,因而四库馆臣在《使西日记》中看到了都穆"于碑碣古迹载之颇详"⑨的书写重点。王世贞《弇州续稿·像赞》,整体勾勒了都穆游中"考究掌故,搜金石古文,摹揭抄录,亡少挂漏"⑩的独特形象。都穆意趣金石的行旅实践与文化视野,让其金石之游显得别有韵味。

---

① [明]都穆:《使西日记》,北京:中国书店,1959年版,第62页。
② [清]钱谦益:《列朝诗集小传》,上海:上海古籍出版社,1983年版,第303页。
③ [明]都穆:《寓意编》,载《文渊阁四库全书》第814册,台北:商务印书馆,1983年版,第644页。
④ 凤凰出版社编:《中国地方志集成·善本方志辑》,南京:凤凰出版社,2014年版,第423页。
⑤ 新文丰出版公司编辑部:《石刻史料新编(第一辑)》第10册,台北:新文丰出版公司,1982年版,第7696页。
⑥ [明]高儒:《百川书志》,上海:古典文学出版社,1957年版,第112页。
⑦ [明]都穆:《使西日记》,北京:中国书店,1959年版,第31页。
⑧ [明]都穆:《使西日记》,北京:中国书店,1959年版,第23页。
⑨ [清]永瑢等撰:《四库全书总目》,北京:中华书局,1965年版,第572页。
⑩ [明]王世贞:《弇州山人续稿》,明万历间王氏世经堂刻本,第652页。

二、探访拓片 走进历史

顾炎武曰："昔之观文字,模金石者,必其好古而博物者也。"①古代的历史遗存地存储着丰富的历史记忆,金石既是文献的重要研究对象,也是中华民族悠久历史和文化的象征,都穆的金石之游正是游赏于尘封在历史记忆中的典藏,因而别有韵味。

2020年11月,一则"曹植书法《景山邂逅洛神处》拓片惊现河南偃师市"的新闻引起了人们的关注:拓片中心是章草体"景山邂逅洛神处"题字,并有落款"黄初三年仲夏月朔六日 鄄城王 曹植 书";拓片右上部为八分体"陈思王书迹碑记";拓片右下两列书曰:"景山在河南府东南八十里,偃师县南二十五里,多古柏寿藤,殊为胜绝,传《洛神赋》成书于此,有魏陈思王书石数段";拓片左一列继书以"予游偃师景山,见断碑覆草,恐后之人不能考也,遂复拓重刻以记之。正德八年癸酉仲冬三日礼部郎中 姑苏 都穆"。

洛阳偃师惊现
曹植书法拓片

此拓按所述时间"正德八年癸酉",为都穆出使之年。"仲冬三日"即十一月初三丁卯日。从行经线路来看,《使西日记》先行于黄河以北,后于二十二日渡河至黄河以南的孟津,向西经新安至陕,未至偃师,因而不在《使西日记》的记述范围。再考《游名山记》卷一《嵩山》:"癸酉十一月朔,予至洛阳,欲图嵩山之游。二日丙寅,至偃师县,三日丁卯,离偃师,沿洛河南行。"②行经线路与农历时间皆能与拓片所载相印证。此拓片是都家后人整理家藏古籍时,于古旧木盒中发现。拓片中对访得此碑的叙述方式和书写笔调与《游名山记》和《使西日记》相同。综上所述,拓片当是都穆使毕于归途得之留存。

都穆之文虽在"可传可不传之间"③,但其著作《金薤琳琅》在金石学领域却颇受重视,"碑版一出,传播四方,为后学者式"④。不过令人疑惑的是,此碑拓为何都穆未予著录?都穆博古,但却带有宋人赏玩的旨趣,网罗旧闻,收蓄百家,这点与清代乾、嘉学者纯为金石而金石,受考证学风的影响而呈现出的"博雅"且偏向"严谨"的气质不同。《洛神赋》曰:"余从京域,言归东藩。背伊阙,越轘辕,经通谷,陵景山。"⑤从拓片所记内容来看,都穆往游景山是受曹植创作《洛神赋》场所精神的影响和召唤,感受具有文化意蕴的深刻地

---

① [清]顾炎武:《顾亭林诗文选》,北京:中华书局1959年版,第33页。
② [明]都穆著:《游名山记(及其他二种)》,北京:中华书局,1991年版,第7页。
③ [清]永瑢等撰:《四库全书总目》,北京:中华书局,1965年版,第739页。
④ 凤凰出版社编:《中国地方志集成·善本方志辑》,南京:凤凰出版社,2014年版,第423页。
⑤ 林久贵、周玉容:《曹植全集》,武汉:崇文书局,2019年版,第220页。

景记忆,因而拓片所言"多古柏寿藤,殊为胜绝,传《洛神赋》成书于此"是其好古游赏之情的体现,并非专为访碑。其后当他审视铭刻于地景上的文本时,对"石数段""断碑覆草"之状深感惋惜,并担忧铭刻地景意义的景山碑文就此漫灭,"恐后之人不能考也",因而"复拓重刻以记之"。都穆不仅将碑文作为地方记忆的留存,还注重碑刻所在地的准确性,二者相合才能深深留存地景的记忆。从这一角度来看,《金薤琳琅》不予著录游赏途中作为地景标志地的石刻,是可以理解的。

除了地景意义,都穆复拓重刻还有游心翰墨的文人鉴藏旨趣,这也与吴地的博古风尚,相伴而行。就此拓本而言,曹植书法极为罕见,其章草书写是"古隶之变"期,是独立于隶书与今草之间的特殊字体,喜蓄拓本的都穆将其收藏也在情理之中。三国时期吴国皇象《急就章》,为公认的章草范本。而《景山邂逅洛神处》与之相较,法度严谨,八分波捺笔法,有鲜明的章草点画特征,如"景"字右下点即燕尾快写,邂、逅、处三字收笔带燕尾波脚。从整体风格来看,拓本流畅痛快,字字独立且取横势。然与《急就章》相比,似乎缺少汉魏章草厚实浑朴、古拙生趣、率真天然的墨迹气息。现今曹植的书法作品有《赠王粲诗》《鹞雀赋》《书赋稿长卷》,然而是否为曹植亲书无法断定,但这些作品为章草书法者所喜爱,认为"即为伪托亦有可求"。笔者将"景山邂逅洛神处"七字与《书赋稿长卷》相比较,字迹完全相同,说明现今留存的曹植书法在明前即成为范本流传。

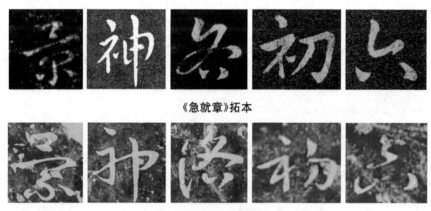

《急就章》拓本

《景山邂逅洛神处》拓本

《景山邂逅洛神处》拓片的发现正说明了都穆之游的独特性,出使宁夏成为他酷爱金石的人生中的点睛之笔,"便道蹑终南巅,寻过首阳,登华嵩两山,抵少林,濯温泉,转入王屋以及三山砥柱、龙门、伊阙,囊括其胜,泄之歌诗,徜徉而返"①。当然,金石只是他旅行中的一个层面。从吴中到关中,都穆通过访碑考古之旅体味逝去的辉煌和尘封的历史,探寻上古文化,"补经传之阙亡,正诸儒之谬误"②,咀味精华,重新品读历史遗存的社会记忆。因

---

① [明]焦竑:《献征录》,上海:上海书店,1987年版,第3113页。
② [宋]吕大临:《考古图》,北京:文物出版社,2019年版,第10页。

而，都穆的《使西日记》和《游名山记》值得我们进一步探究其在游记文学史中的独特价值。

第二节 《使西日记》的文化价值

《使西日记》是以日记体撰写的出使日记，"使"字题名凸显出日记的公务性质。明正德癸酉(1513)四月二十七日，时任礼部侍郎的都穆作为副使赴宁夏册封庆阳王妃，由北京出正阳门，经河南、陕西，到达宁夏，单程4120里历时67日。是书逐日记述，分上下两卷，上卷由京师至潼关(五月二十九日)止，下卷出潼关(六月一日)至七月三日离庆藩结束，时任通议大夫户部左侍郎的邵宝作序卷首。

《使西日记》卷上

日期	行程	景点
4月27日	京师正阳门	
28日	正阳门40里卢沟桥30里良乡县	刘秉忠墓、房山石经
29日	良乡58里涿州	琉璃寺
5月1日	涿州15里楼桑村30里定兴县	汉昭烈(刘备)庙
2日	定兴县70里安肃县	
3日	安肃县50里保定府	
4日	保定府45里泾阳废驿45里庆都县	尧母祠
5日	庆都60里定州50里新乐县	韩魏公祠、东坡先生望雪石
6日	新乐县90里真定府	龙兴寺
7日	真定5里滹沱河60里栾城县	栾武台遗址
8日	栾城40里赵州60里柏乡县	望汉台、赵州桥(张果老印记)
9日	柏乡33里尹村28里内丘县45里顺德府	冯唐故居、扁鹊祠
10日	顺德府35里沙河县	三贤祠(豫让、魏征、宋璟)
11日	沙河县32里洺河47里邯郸	黄粱梦吕翁祠、赵武灵王丛台
12日	邯郸70里磁州	赵简子墓、赵王城
13日	磁州60里彰德府	曹操七十二疑冢、讲武城、尉迟迥祠
14日	彰德府45里汤阴县	纣囚文王于羑之狱、羑里文王祠
15日	汤阴县60里卫辉府淇县	岳武穆祠、晋稽侍中祠
16日	淇县50里卫辉50里新乡县	博望山、比干祠
17日	新乡50里获嘉县50里修武县	妲己梳妆台
18日	修武50里武陟县30里清化镇35里怀庆府	武陟县二仙庙、文宣王庙
19日	怀庆	郭巨墓
20日	怀庆50里孟津	
21日	孟津30里孟津庙	紫金山、韩文公墓、孟津观兵台
22日	孟津(雨霁)	汉光武帝陵
23日	孟津30里北邙山40里河南府	北邙山
24日	洛阳68里新安县	二程故里、五凤楼、汉魏洛阳故城、王祥剖冰求鲤处、甘罗庙
25日	新安88里渑池县	烂柯山王乔祠、青龙山
26日	渑池70里硖石驿	渑池秦赵会盟台、金银山
27日	硖石驿55里陕州	老子祠、魏野草堂、谯楼铁人、召公祠、鸡足山、河上公祠
28日	陕州60里灵宝县50里阌乡县	蛤蟆泉、龙王庙、关龙逄祠、皇帝铸鼎原
29日	阌乡60里潼关	玉皇观

《使西日记》卷下

日期	行程	景点
6月1日	潼关40里华阴县	关羽养疮城、东汉太尉杨震及其子孙墓葬群、西岳庙
2日	华阴县70里华州60里渭南县	定远侯班超墓、凤居山永庆禅院、汾阳王郭仪祠、郑桓公墓、寇莱公祠、王忠嗣墓
3日	渭南县70里临潼县	骊山华清池、朝元阁、老君殿、饮鹿槽、老母殿、烽火楼、秦始皇陵
4日	临潼20里西安府	段太尉秀实祠、灞桥、罔极寺
5日	西安府	慈恩寺、曲江池
6日	西安府	兴庆宫
7日	发西安府—因雨至城隍庙	
8日	西安50里咸阳县	未央宫、周成王陵、文王陵、武王陵、周公墓、康王陵、汉昭帝陵
9日	咸阳69里礼泉县40里乾州	汉元帝陵、萧相国祠、昭陵六骏刻图
10日	乾州70里永寿县	唐高宗陵、无字碑
11日	永寿县70里邠州	姜嫄祠
12日	邠州	石龙涡山
13日	邠州70里宁州政平驿	范文正公祠
14日	宁州政平驿70里宁州	金沙泉
15日	宁州80里合水县华池驿	狄梁公祠
16日	华池驿50里庆阳府	鹅池(鹅池古洞)、傅介子墓
17日	庆阳府60里灵祐驿	
18日	灵祐驿20里马岭城40里曲子城45里木钵递运所45里环县	
19日	环县	种世衡祠
20日	环县60里清平驿	
21日	清平驿60里山城驿90里萌城驿	
22日	萌城驿30里玉皇后50里小盐池	
23日	盐池60里石沟驿70里大沙井驿	
24日	大沙井驿40里灵州	
25日	灵州渡黄河百里宁夏城	
26-28日	设宴招饮	
29日	观贺兰山	
30日	设宴招饮	
7月1-2日	辞	
3日	返	

《使西日记》目录

《使西日记》具有多维度的价值。首先,藏于中国国家图书馆的明刻本《使西日记》,为现存最早的刻本日记①,极具典藏价值与版本价值;其次,《使西日记》具有时间短、地理空间跨度大的特点,由于详列道里所经,加上此行线路的安全易行性,成为明代道路的交通路引之一。明隆庆四年(1570),安徽商人黄汴编撰了明代专业的商旅指南《一统路程图记》,书中的路引来源多样,"少数辑于宋元行,多数采于明代程图,有的系作者编撰"②,其中卷六"江北陆路——北京至山西宁夏镇路"③正是全程采用了正德八年(1513)这两卷出使日记的道里行经。当然,除了上述传统的文本价值外,还可从金石学与考古学的视角进一步考量《使西日记》的独特价值。

一、对《总目》评述《使西日记》学术价值的辨析

《四库全书总目》卷六十四对此书评价如下:"于碑碣古迹载之颇详。然大抵多据见闻,罕所考证,时杂齐东之语。如赵州石桥称张果骑驴处,获嘉故地称妲己梳妆台,皆可笑噱。惟辨黄粱梦事为误传吕洞宾,颇为典核。所记石龙涡金崇庆二年静难军节度判官张玮诗,亦为志金石者所未及云。"④

可见,是否能发挥学术考证之价值,是四库馆臣渗透于《四库全书总目》的总体态度和倾向,也是评述该书的尺度。评述赵州石桥和获嘉故地,以其无博征之精神,载入诡奇不经之说,未能从实而有据者,因而严厉批驳为"齐东之语";"辨黄粱梦事"因援据有力,具有考辨之精度而赞其"典核";"石龙涡金"亦因以金石文献补史之阙,可资考证而得称赞。

虽然,"辨章学术,考镜源流"的《总目》代表了清代文学批评体系的主流,但单就《使西日记》而言,笔者认为对其学术价值的认知亦有可深入探讨的空间,尤其以近代考古学的视野进一步揭示该书的独特价值。

(一) 从"志金石者所未及"和"辨黄粱梦事"两处赞语考量

游石龙涡金,都穆寻得张玮石刻绝句二首,题名分别为《石龙涡》和《邵庆院》。《使西日记》全文照录了"石龙涡"一首,另一首则在同名游记中抄录,且增加了对两首诗"词语清拔"的评语。四库馆臣"志金石者所未及"的评价尤显对补史的重视,格外强调了金石

---

① 付明易、田富军:《现存最早的刻本日记:国家图书馆藏孤本〈使西日记〉考》,《宁夏社会科学》2019年第6期,第161-165页。
② 杨正泰:《明代驿站考增订本》,上海:上海古籍出版社,2006年版,第197页。
③ 杨正泰:《明代驿站考增订本》,上海:上海古籍出版社,2006年版,第250页。
④ [清]永瑢等撰:《四库全书总目》,北京:中华书局,1965年版,第572页。

的文字要素,但从田野调查以及考察过程的完整性来衡量,似乎不足以括①:

第一,"五龙神祠"创于唐大历八年(773),明时齐侯重建,都穆以祠为中心展开考察,先是点明"祠中有元延祐三年祷雨有感碑";

第二,观察方位,"所谓石龙涡者,在山之巅",人罕能至此,引述曾至者所言"涡乃一大坎中刻石为龙形",释名之由来;

第三,由齐侯祈雨之仪式与碑文记载对照:"延祐碑谓祷雨以器取涡水置城隍祠中""齐君之祷唯焚香瞻礼";

第四,饮于祠下,"命除瓦砾,得一石刻",即张玮诗。

因而,都穆虽未亲至陡峻的石龙涡,但在其个人力所能及的范围内呈现了完整的"考古事"的调查与发现过程,其补史之功能亦非局限于单纯的对金石文字的采择。

"辨黄粱梦事"是道经吕翁祠,观"卢生睡相"引发了都穆的辨误之思。他运用文献分析法,依据唐人沈既济《枕中记》所述"开元"为判断的时间节点,对照古代文献中对吕洞宾身世的记载,认为"洞宾,唐海州刺史让之子,开元时尚未生,此之吕翁当别是一人"②。且他还认为《枕中记》"叙其事甚详,惜不刻于此"③,从文本出发,皆未明言吕翁为吕洞宾亦是明证。黄粱梦事源起南朝刘义庆《幽明录》,唐传奇《枕中记》使神仙吕翁声名卓著,但宋人早已辨别"此之吕翁,非洞宾也"④,只是吕洞宾之声名自晚唐以后,"忽自崛起于道教之间,卓然特立,历宋、元、明、清千余年而至现代,几如太上老君的副亚"⑤,不仅产生了钟离权度吕洞宾的"悟黄粱"之说,"至迟在北宋末年,人们已认可了宋代吕仙与唐代的吕仙等同,并由此产生了吕洞宾度卢生的新传说"⑥。笔者认为,都穆《使西日记》于吕翁祠的意义不仅在于文本考证出发的"典核"辨析之举,还在于都穆对明代"正统五年重建"后的吕翁祠堂不容忽视的情状记录:祠堂之中塑吕洞宾像,"其前殿之像为钟离先生,后室有卢生睡相"⑦,前殿和后室的塑像说明"被度化"与"度化别人"的两种黄粱梦传说已然各成体系,深入人心,且主角已集中于吕洞宾一身,这些明初之印象的实证,真实地反映了社会记忆的流变与"黄粱梦"文化的建构过程。而这一过程于戏曲中也有反映,元杂剧马致远《邯郸道省悟黄粱梦》的情节是钟离权点化吕洞宾,明代后期汤显祖创作的四梦之一的《邯郸梦》是吕洞宾点化卢生,民间传说的流布与逐渐移植于吕洞宾的过程,对文人的著述起着推波助澜的作用。

---

① [明]都穆:《使西日记》,北京:中国书店,1959年版,第53-55页。
② [明]都穆:《使西日记》,北京:中国书店,1959年版,第18页。
③ [明]都穆:《使西日记》,北京:中国书店,1959年版,第18页。
④ [宋]吴曾:《能改斋漫录》,北京:商务印书馆,1941年版,第503页。
⑤ 南怀瑾:《中国道教发展史略》,上海:复旦大学出版社,1996年版,第61页。
⑥ 党芳莉:《吕洞宾黄粱梦传说考论》,《西北大学学报(哲学社会科学版)》2000年第1期,第60-66页。
⑦ [明]都穆:《使西日记》,北京:中国书店,1959年版,第17-18页。

（二）对四库馆臣列举"皆可笑噱"处的辨析

对照都穆日记原文，于赵州桥，他亲见"今足尾之迹宛然石上，前石有洼然若帽形者，果仆地时帽落处也"①，细致地陈述赵州桥上关于张果老传说的石刻，还含有验证形状的主动举措。接着都穆曰："唐书方伎传载果事甚异，此固不足怪也。"②《旧唐书》③与《新唐书》④在《方伎传》中皆载张果轶事，但无骑驴过赵州桥失足之事。于文法上的意思解释而言，史书中能记载这些奇异之事，民间于此处敷衍出"仙驴仙迹"的石刻印迹也就不足为奇了。

获嘉县妲己梳妆台处，"人言昔纣尝巡幸筑行宫于此，台即妲己梳妆之所，予弗信，取县志阅之，果载其说"⑤，都穆自言"弗信"。但不信不代表置之不理，相反，他还郑重其事地检阅地方志，发现果有此记载。但在没有更详细、更确凿的材料予以进一步辨别的情况下，唯有记录在案，以备考核。

这些细节反映出都穆在对历史材料的处置方式上，不做主观的推断，不急于进行多种文献的比较，以得出结论和推断为目的，而是先记录，以求后来能将比较建立于凿实历史细节的基础上，体现出都穆实事求是的考察考证精神。四库馆臣所举日记中这两处，认为"多据见闻，罕所考证，时杂齐东之语"的定论，显然在主观上缺失了都穆在日记文本中所呈现的考古"实录"态度。

综上，四库馆臣以经世致用的学术眼光识辨《使西日记》中的文献考证与访碑价值。但都穆行游的对象是著有历史记忆的古代文明遗存之地，他的游透显着考古学的影迹，因而他的日记有着对古迹详细、准确、全面记录与观察的主观意图，在材料搜集这一方面尤显亲见实录的可靠性。同时，日记虽然闻见杂博，但是"讲历史重在准确，不嫌琐细"⑥，因而，借由观察的极紧要标准，以及对可靠证据的注意，日记呈现出观察的逻辑性和琐细性，这些特征亦单向制约了文本中泛泛比较、夸大表述等情况的出现，与追求准确、做到科学的考古学在某种程度上有着一定的相似性。

二、实地考察 证经补史——从遗迹到文献的考古学价值

从注视反应而言，《使西日记》有意识地凝视沿途的历史遗存，并于全程施以连续性

---

① [明]都穆：《使西日记》，北京：中国书店，1959年版，第14页。
② [明]都穆：《使西日记》，北京：中国书店，1959年版，第14页。
③ [后晋]刘昫等撰：《旧唐书》，北京：中华书局，1975年版，第5106页。
④ [宋]欧阳修、宋祁撰：《新唐书》，北京：中华书局，1975年版，第5810页。
⑤ [明]都穆：《使西日记》，北京：中国书店，1959年版，第25页。
⑥ 蒋天枢：《陈寅恪先生编年事辑》，上海：上海古籍出版社，1997年版，第222页。

的访求。如此与众不同的观看对象选择和重点书写,定格了都穆好古博物的旨趣。因而其文本的记录与陈述,有着显见的以其博览的文献为依托,带着"问题意识"重读"历史经典"的特征。他把游作为获得新知识、新认知的途径,通过对历史遗存的观览记录与鉴识,作为证经补史之用,也为后世留下了弥足珍贵的从遗迹到文献的实地考察记录。

(一) 形态丰富的石刻类型

《四库全书总目》认为《使西日记》"于碑碣古迹载之颇详"①。石刻之名其实包含了丰富的内容和形式,仅以传统金石学分类定名中的"碑碣"概之,显然不能完备,只有置于近代考古学在形态基础上所建立的石刻分类,才能进一步彰显"碑碣"之外的记载丰富性。

《中国古代石刻概论》中对石刻类型的划分,是按考古类型学的研究方式,以外部形制为首要条件,分为器物附属铭、建筑物附属刻铭、艺术雕刻附属刻铭、专用文字刻石四类②。

专用文字刻石中的刻石、碣、摩崖、碑等,是金石学领域重点关注的文字载体。在《使西日记》中,这些专用文字刻石吸引了都穆,如"四十五里,道左卧碑,剔土视之"③"三里,道左有碑巍然,曰大元齐王墓"④。都穆在行游与停憩间,常常记录了碑刻的行款尺寸、所在位置以及存无情况,如途经潼关县"自震至彪,四世太尉"的杨震家族墓地,都穆曰:"其左右并列凡六墓。欧阳公《集古录》谓:'杨氏世葬阌乡,墓侧皆有碑。今其存者四。乃太尉、沛相、高阳、繁阳令也。'……今四碑皆已亡,墓前唯一新碑刻太尉传。其三墓则无可考。"⑤北宋欧阳修《集古录》曰七座墓皆有碑,南宋洪适《隶释》曰"所存隶碑凡四"⑥。都穆只见一刻太尉传的新碑,他在现场还根据文献和所见对墓主进行了推测。1959年陕西考古发掘时,墓前明万历元年修复汉墓的碑记《□兵宪蔡公修复汉太尉杨先生茔记》载"顾今碑不见,独七冢垒垒"⑦,即万历时都穆所见刻有太尉传的新碑也失踪了。清代《金石萃编》卷十二载有《沛相杨统碑》《高阳令杨著碑》,卷十五载有《太尉杨震碑》《繁阳令杨君碑》。也幸亏由宋到清金石学者对石刻文献的重视与记载,当代考古专家王仲殊在《汉潼亭弘农杨氏冢茔考略》中,综合考古发掘材料与历史文献记载,终于推测出了这七座汉墓

---

① [清]永瑢等撰:《四库全书总目》,北京:中华书局,1965年版,第572页。
② 赵超:《中国古代石刻概论》,北京:中华书局,2019年版,第1页。
③ [明]都穆:《使西日记》,北京:中国书店,1959年版,第14页。
④ [明]都穆:《使西日记》,北京:中国书店,1959年版,第31页。
⑤ [明]都穆:《使西日记》,北京:中国书店,1959年版,第39-40页。
⑥ 新文丰出版公司编辑部:《石刻史料新编(第一辑)》第9册,台北:新文丰出版公司,1982年版,第6885页。
⑦ 王玉清:《潼关吊桥汉代杨氏墓群发掘简记》,《文物》1961年第1期,第56-66页。

的主人身份①。

除了对以"碑碣"为代表的文字刻石的关注,《使西日记》对石刻类型的其他三种形态也给予了关注,这在通常将"访碑"仅涵括于碑碣、墓志的清代金石学者的视野中是少见的。如器物附属铭:比干墓"祠又有武王封比干铜盘铭"②;登凤居山记述僧亲见的石函,"石上刻字云景祐四年重修"③。建筑物附属刻铭:琉璃寺"辽乾统中石幢犹存,其文可考"④;良乡"岗上有浮图,土人云金旧物也"⑤;内丘县"金堤村有石塔二,名郭巨塔"⑥;赵州的石柱与柱础"庙今废,但存柱础,础旁有石人二,皆中断"⑦。艺术雕刻附属刻铭:如定州州学观东坡雪浪石,"黑质白章,盛以石盆,盆为芙蓉之形,其唇有东坡铭,今半以剥落。盆北碑刻雪浪斋三大字"⑧。

明代都穆的《使西日记》标志了宋清之间,传统的金石学者走出书斋的研究局面。他不仅采用亲自到田野中寻访古迹古物的调查方式,为金石研究开启了新的学术视野,而且还秉承了史传实录的笔法和精神,经以行旅书写的模式,将人文古迹丰盛的河北、河南、陕西一带的丰富石刻类型以文献形式得以记录留存,展示了多姿多彩的博物学视线。

(二) 略带考古学视野的遗迹考察

关于古迹,也并非四库馆臣"载之颇详"的评价能够涵摄。"载"是就其书写的内容而言,而"详"字不仅体现在对金石文字的摹拓记录,还尤其体现在都穆不囿文字或器物的考订,关注了古迹的整体面貌,对古迹的总体特征进行了较为详尽的描述。如谒唐高宗陵:

> 陵前石人马各二,一石人已没土中。过此,二丘隆然,人曰此南门旧址。入门,石表二,飞龙马二,方石上刻为毕方之形者二,石马十,石人二十,石碑二。其左无字,后人多刻名于上。其石坠地,碎为数段,不可读。又入门,乃陶甓所甃,其半已倾,左右石人为回纥状者,六十有四,然多无首。其上即高宗陵,武氏

---

① 王仲殊:《汉潼亭弘农杨氏冢茔考略》,《考古》1963年第1期,第30-33页。王仲殊根据考古发掘材料与历史文献记载,推测七座汉墓的主人:M2为杨震之墓,M7、M3可能分别是杨震的长子杨牧和次子杨让之墓,M5、M6、M1分别是杨牧和杨让之子杨统、杨著、杨馥之墓,M4是杨震的曾孙杨彪之墓。如今杨氏墓群前所立的石碑,完全以此为依据。
② [明]都穆:《使西日记》,北京:中国书店,1959年版,第24页。
③ [明]都穆:《使西日记》,北京:中国书店,1959年版,第42页。
④ [明]都穆:《使西日记》,北京:中国书店,1959年版,第6页。
⑤ [明]都穆:《使西日记》,北京:中国书店,1959年版,第6页。
⑥ [明]都穆:《使西日记》,北京:中国书店,1959年版,第15页。
⑦ [明]都穆:《使西日记》,北京:中国书店,1959年版,第15页。
⑧ [明]都穆:《使西日记》,北京:中国书店,1959年版,第11页。

与之合葬。陵右下其土中断深入陵中，人曰此黄巢掘墓沟也。"①

　　都穆对唐高宗陵的考察并非如同金石学者那样完全专注于金石上的文字刻辞，而是从形态方面、存物状态的实地观察入手，通过准确的数字、清晰的方位、石刻的存无、精确的处所，详记古迹现场，构建出在地性的细致图像。此举，既体现出观审的准确性、记录的严谨性，也强化了其行旅考古的性质。而是否能重视历史遗存建筑基址等遗迹，则是近代考古学在技术方法上与金石学者根本区别之一。

　　再如秦始皇陵的情况，最早见于《史记》《汉书》等史书载录，其后文献皆陈相因袭。而有关始皇陵的实地考察则始于明代都穆，《使西日记》曰："自南登之，二丘并峙，人曰'此南门也。'右门石枢犹露土中。陵高可四丈，昔项羽、黄巢皆尝发之。"②都穆对地面陵邑空间结构的定格书写与据景实录，可见其对现场观察之紧要态度，由于记日记仓促的时间限制，他在后来整理的游记《骊山》篇又补充了对陵墓内城和外城具体尺寸的测量："陵内城周五里，旧有门四，外城周十二里，其址俱存。"③在有籍可查的对始皇陵的过往考古记事中，都穆位列第一④。这说明他对遗迹的文字描述与数字测量，第一次以实地考察文献的形式，呈现了始皇陵于明代的地面格局和分布，得到了考古学的认可，成为近代始皇陵考古中不容忽视的重要举证材料。

　　此外，都穆略带考古学视野的考察，还体现在他发现新材料的独特性和重要性上。如游王乔洞，都穆记述了他所见到的"穿壤间之所未有"的化石："其石皆土所成，取而破之，木叶之形交错其间，文理具在，若雕刻者，不特一石为然，众石皆然。洞之上二木亦皆化石，而一木复产枝叶。"⑤从"取而破之"的细判动作，再而描摹其状，辨析木石之异同，进而"始而惊，终而大骇"的个人观感，彰显出"载"的纪实价值。都穆在此所发现的杂有木叶遗迹的"石"是一种低变质煤，这是重大的发现，也是古人最早记录的，可了解煤成因的突破口。然而，当代的《中国煤矿史读本》《中国矿床发现史》《中国古代煤炭开发史》等煤炭专业书籍中，无一例外地将此发现归功于明代陈继儒的《眉公杂著》。而《古今图书集成》同样收录的，是陈继儒《偃曝谈馀》所录"新安西王乔洞"条⑥。虽然囿于时代的限制，都穆未能解释其何以为然，只能记录在案，但他认识到新材料的重要性，在记录中也散发出一定程度的考古学的精神风貌。

　　总之，金石学是中国古代研究历史遗存物的专门学问，它以古代铜器和石刻为主要

---

① [明]都穆：《使西日记》，北京：中国书店，1959年版，第52页。
② [明]都穆：《使西日记》，北京：中国书店，1959年版，第46页。
③ [明]都穆：《游名山记（及其他二种）》，北京：中华书局，1991年版，第4页。
④ 刘士毅：《秦始皇陵地宫地球物理探测成果与技术》，北京：地质出版社，2005年版，第3页。
⑤ [明]都穆：《使西日记》，北京：中国书店，1959年版，第32-33页。
⑥ [清]陈梦雷等原辑，[清]蒋廷锡等重辑：《古今图书集成》，北京：中华书局；成都：巴蜀书社，1986年版，第64951页。

研究对象,尤其偏重于金石文字著录的研究,以作证经补史之用。从承继关系来看,"严格的考古学在我国虽是很近的一种发展,旧学中却有它很厚的根基"①,金石学似乎理所当然地是近代中国考古学的前身。当然,也有不少学者认为秉承田野发掘技术与现代科学理念的考古学是从西方传过来的研究方法,中与外有着清晰之别:"中国人考古的旧方法,都是用文字做基本,就一物一物的研究,文字以外,所得的非常之少。外国人以世界文化眼光去观察,以人类文化做标准,故能得整个文化意义。"②因而,考古学与金石学闭门研究的书斋式传统迥异③,二者没有因缘般的传承关系。不过,中国的金石博古之学也并非孤立的存在,古人以金石文字为中心联系了诸多学科,在某些方面已然将研究的触角延伸近于考古学的方法范畴。都穆的《使西日记》即是传承古文化精髓,不局限于文字的考释,重视"地面材料",以近乎田野调查的考古之法去发现、认识历史的典范之作。

三、博闻而亲见的行旅书写模式

"博古"的观览目的和独特的主体形貌,决定了他的记游语体是博闻而亲见式的随笔感悟,以定格书写、据景实录的叙述为主,不同于一般意义上运用日记体记游以凸显情感的散体式、文艺性语体。因此该书整体以收集信息、描述现状为主,广泛听采并记录在案,具有纪实的特征,这也是《使西日记》具有独特发现价值的书写意图所在。

(一) 亲见

从《使西日记》的整体文本风貌来看,它记日编排,清晰地注明道里所经,用日记体的线性结构贯穿呈现都穆出使的行旅踪迹,具有典型的行记特征。《使西日记》虽然纪行,但更偏重于叙事,具有行传的性质,"凡是以人物事件为中心,以行程为线索,叙事要重于纪行的,都被古人视为传记体行记"④,《四库全书总目》则将其列于史部"传记类存目六"。都穆在逐日记行的框架内,以"我"的观看、见闻为中心,倾向于呈现个人亲见的游观见闻,具有鲜明的记游书写意图。

但是,《使西日记》的"亲见"书写亦与传统的行记、游记有所不同:

首先,都穆的《使西日记》冠以出使之名,但不是以复命为目的而作的行记。除开篇记述"命册封庆府寿阳王妃……穆为副使"⑤,末篇收结于"二十八日早,寿阳王府行册封

---

① 卫聚贤编:《中国考古小史》,北京:商务印书馆,1933年版,第1页。
② 傅斯年著,文明国编:《傅斯年自述》,合肥:安徽文艺出版社,2014年版,第142页。
③ 安志敏:《考古学的定位和有关问题》,《东南文化》2002年第1期,第11-12页。
④ 李德辉:《宋人行记的六大流别》,《古典文学知识》2020年第6期,第62-70页。
⑤ [明]都穆:《使西日记》,北京:中国书店,1959年版,第5页。

礼,王设宴"①。除此之外,日记对行程的艰苦及意外情况无一记录,更未论及对完成使命的强烈责任感。所以,都穆的《使西日记》不具有"外交"性质的报告书写意图,因而也没有了政论化的论说倾向,纯属私人的游观日记。李东阳的门生邵宝所做序言就对此现象进行了阐释,与"交聘抗礼"的春秋战国时期相比,而今"天下一国,四方无虞",出使的难度以及政治功能有所降低,因而也就具有了新的功能:"交际可以观义,临观可以观趣,赋咏可以观才,听采可以观识,考阅可以观学,感且吊可以观情。"②邵宝作序也更加凸显了都穆的出使是多方式、多视角游观天下的意义。

其次,古人对都穆出使之点评多着眼于"游赏"山水之审美视角,如(崇祯)《吴县志》曰"归识其川岳灵胜、古建国形势、故宫遗壤为快"③,"快"字将其等同于一般日记体记游多纪风景佳奇,怡情娱乐的书写目的。再如《江南通志》称都穆"尝奉使至秦中,访其灵胜形势,故宫遗壤,作《西使记》"④,圈定以古都为代表的人文遗存景观,以呈现观览所萦绕的历史之魅力。秦中也称关中,今陕西中部平原地区,春秋战国因属秦国而得名。都穆出使线路的行经处不仅有陕西这一消逝了的唐朝天空,还有河北、河南一带中国古文明的人文盛迹,丰富的历史、文化资料保在沿途的石刻、古迹等载体中,这些文物是考古学的重要资料,也是我国千年历史的物证。因而,都穆"亲见"的重点不在于赏景的观奇之感,而是具备可一定程度的研究之意蕴,寻由史籍之外,另一种对历史记忆的寻访。

总之,行记与游记的叠合,古已有之,尤以南宋陆游《入蜀记》、范成大《吴船录》为典范,《使西日记》在体裁上具有双重性亦是承继古体。然而,都穆在行记的框架和游记的书写方式中,通过"亲见"石刻等素材走进古代遗存,述游观、记见闻,考察、抄录文物及原址的信息,与欧阳修《集古录》等宋代金石著述并置对读,具有鲜明的实地考证的书写意识。因而,《使西日记》的创作不是通过稳坐高斋读古书的方式完成的,它具有田野调查方法的雏形,也是在对中国古代文物遗存的观览中,对其"亲见"考古成果的行旅书写。

(二) 随笔记录

"田野工作"是获得第一手资料的方法,《使西日记》也以收集信息、描述现状为主。从与《游名山记》相叠合的篇章,可见《使西日记》更注重于直接性、主观性、纲要性的随笔纪实特征。

首先,《使西日记》以速记为主,将每天的道里行程,沿途接待的友人,主要见闻记录

---

① [明]都穆:《使西日记》,北京:中国书店,1959年版,第64页。
② [明]都穆:《使西日记》,北京:中国书店,1959年版,第2页。
③ 凤凰出版社编:《中国地方志集成·善本方志辑》,南京:凤凰出版社,2014年版,第423页。
④ [清]王新命等修,[清]张九征等纂:《江南通志》,台北:商务印书馆1986年版,第739页。

下来,直陈其事,少于情感的抒发和细节的描写。《游名山记》大多呈现出完整的游历过程,有着独特的观览细节描绘,相比日记记录更为具体丰满。如《石龙涡》中有邠州知事齐宁盛情邀请,以及细致、隆重的接待过程;有在登山过程中的艰险描写,"下视涧壑,目骇心悸,侧身而进,前后援之以人";有对环境的细节描写,"时日已坠西,山围石绕,阴风袭人,众衣薄,殆不能胜,命从者张盖卫之";也有自己的心理活动记述,"予意祠之创,自唐迄今,断碑残刻,或有隐瓦砾者"①。这些日记中所没有的游历细节,彰显出都穆意趣金石的审美体验。

其次,于日记带有主观性、纲要性的基础上增加了相关描述性的语句,使得所见更为具体,所载更为准确,也注意了前后文的相互衔接与文意的连贯性。

如《使西日记》:"<u>左刻金尚元龙草字</u>。<u>南上为玉女阁</u>。"②

《游名山记·骊山》:"<u>左刻金尚元龙草字</u>,其阴刻刘子颙成道记。子颙山中道士,宋仁宗朝尝召见,赐号凝真大师。三清殿后,为玉皇殿,而三清者,七星殿也。<u>南上十五步,为玉女阁</u>。"③

以上对比可见,游记完整地描述了石刻的全貌,对石刻文字记载的人物予以简介,游经方位的承转比日记更为具体自然。

再如《使西日记》:"四里,渡泾河,河广可十丈,<u>深三尺</u>。"④

《游名山记·石龙涡》:"行四里,渡泾河,<u>深可二尺</u>。"⑤

游记对相关的数据予以修正,明清时,一尺合今 31.1 厘米,与后文"从者皆摄衣涉之"连接,显然提起衣襟渡泾河更符合当时的实际情况。

综上,《游名山记》有完整的叙述观览的过程,《使西日记》更注重于随笔的记录特性。通过日记可以看到,以讹传讹的古迹很多,且真伪相杂。但都穆并未直接予以驳斥,而是以不可据为定论的态度记录在案。如过洛阳故城后,见"涧水之南,叠石屹然临水者",当地人说这是姜太公钓台,都穆认为"太公闻其钓渭,恐未尝至此"⑥,婉转地表达不同意见。再如,淇县"道旁古祠,俗呼为张相公庙,入门读元人碑,谓汉博望侯张骞葬地。道士出元郡人王文定公集,上有庙记,则以为魏典农高府君所葬,因其地有博望山,故后之人误以为骞也"⑦,都穆根据所阅古籍,参考《太平寰宇记》卷五十六河北道五所载,以推导的方式找明出错误的源头所在。当然,《使西日记》多凭借个人经验而发挥,随笔记录即时所见

---

① [明]都穆:《游名山记(及其他二种)》,北京:中华书局,1991年版,第33页。
② [明]都穆:《使西日记》,北京:中国书店,1959年版,第44页。
③ [明]都穆:《游名山记(及其他二种)》,北京:中华书局,1991年版,第4页。
④ [明]都穆:《使西日记》,北京:中国书店,1959年版,第54页。
⑤ [明]都穆:《游名山记(及其他二种)》,北京:中华书局,1991年版,第33页。
⑥ [明]都穆:《使西日记》,北京:中国书店,1959年版,第32页。
⑦ [明]都穆:《使西日记》,北京:中国书店,1959年版,第23页。

与所思,其游记的属性自然不可与考古学严谨科学的思维相提并论。

(三) 博闻的体现方式

都穆在博闻与亲见中糅合他的心灵探索,不仅展现了古迹的知性色彩,也透显了本人力求精细考察的学术形象。

首先,援引实物资料对比勘讹:

《使西日记》中载之颇详的碑碣古迹,除了自身重要的历史价值外,还提供了可供比较的素材,可成为解决历史文献问题的可靠依据。如礼泉县"县官送六骏图石本",后以小注曰"石今在县中",点明了实迹的史料特性。通过对昭陵六骏刻图的观览,都穆发现"欧阳询书唐史称刘黑闼、薛仁杲",刻本上则为刘闼、薛仁果,认为"与此不同,当以石本为是"①。此处以石本为参照,勘前人之讹,在对比中还原真相。日记中有很多皆是借由石刻及拓本材料的观看与发现,表达适时的见解,丰富了对历史遗存的认识,也回溯了曾经灿烂的中原文化。

其次,亲见中引述他人的论证:

都穆将博古与研究相结合,透过亲见的石刻及拓本,关联古代文献的记载和前人的观点论述,以此解读古迹与文物,体现出治学方式视野的拓宽和研究范围的扩大。如在庆都县谒尧母祠,都穆就尧母葬处生发思辨②,其着眼点一是欧阳修《集古录》"据《后汉尧母碑》以为与尧同葬济阴城阳"之说,另一是元人郝经《陵川集》卷三十三中《唐地庙碑》中对尧母葬处的考订。归纳其论述要点呈现出按地志、按碑文的论证过程,得出庆都"此地真尧母所葬无疑矣"的结论,在复述的过程中体现了博物知识的丰富和运用典籍的流畅。

再次,现场采访的直观记录:

都穆着迷于当地的古迹文化,虽然没有施行注重发掘的"锄头考古学",但他在观览过程中,详细记述了当地人对古迹的指认与描述,如"土人指碑后山上即其地也"③。或借他们之言来陈述古迹名称的异同和自己的所见,如"十五里至孝水,土人称王祥水,谓即其剖冰求鲤处。然已涸,第存水之名耳"④。当然,日记中还有多处以实录的笔法记述了当地人对古迹文献凭据的介绍,如于硖州观谯楼下二铁人,择要录载了颜知州陪同时所言州志中的《铁人铭序》解读,不作判断,抵制想象,追求实录⑤;或在当地人介绍后,根据自己的博闻进行补充完善,如鹤山,经由尝修县志的县学训导池鳞的介绍,"元史臣王鹗有重修鹤山庙碑",但训导只知"碑刻已有王称,未知封自何代",日记接下来便接续了都

---

① [明]都穆:《使西日记》,北京:中国书店,1959年版,第51页。
② [明]都穆:《使西日记》,北京:中国书店,1959年版,第9-11页。
③ [明]都穆:《使西日记》,北京:中国书店,1959年版,第24页。
④ [明]都穆:《使西日记》,北京:中国书店,1959年版,第31页。
⑤ [明]都穆:《使西日记》,北京:中国书店,1959年版,第35页。

穆的博闻认知:"宋嘉祐初,神宗不豫,遣使诣庙求医,使未至而瘳,降玺书赐号神应。"①亦是以思考的笔法讲述历史原本的一种态度。

总而言之,都穆自言"多见多闻,圣人所贵"②,他不是无目的的漫游者,也不是稳坐高斋读古书的国学家,而是于历史遗存的亲见观览中,以收集、采录为目的的行旅者。他的日记不仅记录了丰富的石刻类型,还以调查、采访的方法,呈现了古典文学视野中的中原文明,实施了一定程度的考古发现,试图重整因史料不足而断裂或残缺的历史脉络,在身不自觉中带有了近代考古学的影迹。虽然,以"田野发掘"的主要特征为界定,都穆不同于考古,但他的日记也有着其独特文学价值及方法启示,作为中国古代传统金石学者,他不局限于对文字的考释,对于石刻古迹的地点环境、外部形制也非常关注,并在《使西日记》中凸显博闻亲见的特质,这样的游记无疑具有很好的典范价值。

第三节 《游名山记》的独特价值

《游名山记》共四卷计29篇,其中出使宁夏而得游记10篇。因"羁于公务,不暇游"③,除《骊山》《石龙涡》《王乔洞》三篇与《使西日记》在内容上有关联外,其他皆使事毕后于返程中游览所记。从编排顺序看,该书显然未以游历时间的先后顺序编次。卷一、卷二前列的王屋山、伊阙等游记,皆是因出使而得游。都穆将其置于最前,有着意凸显之意。

《游名山记》四卷	
卷一	华山(1513年)、骊山(1513年)、终南山(1513年)、砥柱(1513年)、嵩山(1513年)、首阳山(1513年)
卷二	王屋山(1513年)、伊阙(1513年)、茅山(1503年)、金山(1498年)、焦山(1504年)、王乔洞(1513年)、云龙山(1506年)
卷三	京师西山上(1506年)、京师西山下(1506年)、牛首山(1507年)、观音岩(1507年)、灵谷(1507年)、宝华山(1502年)、善权洞(1503年)、张公洞(1503年)、南岳铜棺二山(1503年)
卷四	石龙涡(1513年)、吴郡诸山(1489年)、北固山(1493年/1517年)、黄鹄山(1517年)、招隐山(1517年)、经山(1515年)、道场山(1516年)

考量四卷《游名山记》所涉地点,如果没有使西宁夏,都穆的游历范围也仅仅局限于

---

①[明]都穆:《使西日记》,北京:中国书店,1959年版,第16页。
②[明]都穆:《游名山记(及其他二种)》,北京:中华书局,1991年版,第19页。
③[明]都穆:《游名山记(及其他二种)》,北京:中华书局,1991年版,第1页。

其家乡所在的南直隶，以及明王朝的政治中心北京。这样的"游"绩无论是对标唐宋，还是置于明代中晚期，都与肆意游邀相差甚远。再从记游书写山水元素的构架来看，似乎都穆与"善游"应具的积极主动、纵情游赏的无畏精神远无比，如华山之游，他解释自己未能如韩愈般凌绝巅以尽胜时说："予抱游癖，而济胜之具素乏。故每于登陟，逢险辄止。矧以先人遗体而履此不测，我岂敢哉。"①再如离吴县很近且是入京往返要道的润州名山，常理当早已收入好游之人的囊中，但卷二《金山》作于1498年，都穆时年40岁，他说："予家姑苏，去大江不四百里，乡尝一至江口，欲为山游，惧于风涛而未能也。"②作为游名山之记，都穆表现出适度之游、逢险辄止的风貌，并未将深度经历作为创造全新取景和激发美感话语的主要手段。

然而，古人对都穆之游给予了高度的评价，明人王士性曰："前辈风流，惟都公元敬、乔公白岩，足迹遍天下。"③清人潘耒曰："明代闻人如都玄敬、乔白岩、王太初、王昆仑，皆尝遍游寰宇。"④可见，都穆是明初"善游"文人之典范。同时，都穆的文学著作在当时吴地文人中亦有着极高的地位，如为《游名山记》作引的明代名臣、文学家王鏊，称都穆的游记为"善游而能言者"⑤。"吴中四才子"之首的文徵明在赞祝允明时也是将其与都穆对举："有都君元敬者，与君并以古文名吴中，其年相若，声名亦略相下上。"⑥因此，虽然四库馆臣认为"穆之文章在可传可不传之间"，但笔者结合以上两点，认为都穆的游记有着进一步探讨其在游记文学史中独特价值的必要。

一、山游怀古 对话先贤

（一）名山纪之"始"的文化意义

明万历年间陈邦瞻曰："近代名山有纪，始于吴门都玄敬，而备于括苍何振卿。增都损何，自命撮胜者，吴兴慎氏也。每揽三家之帙，几括海内之奇。"⑦都穆的《游名山记》，是中国游记文学史上第一部专门性的，以名山为主题的个人游记别集。梅新林《中国游记文学史》也是从游记的编撰方式出发，认为明代中叶前后"集成化与小品化的双重发展态

---

① [明]都穆：《游名山记（及其他二种）》，北京：中华书局，1991年版，第3页。
② [明]都穆：《游名山记（及其他二种）》，北京：中华书局，1991年版，第17页。
③ [明]王士性著，朱汝略点校：《王士性集》，杭州：浙江古籍出版社，2013年版，第536页。
④ [明]王士性著，朱汝略点校：《王士性集》，杭州：浙江古籍出版社，2013年版，第3页。
⑤ [明]都穆：《游名山记（及其他二种）》，北京：中华书局，1991年版，第1页。
⑥ [明]文徵明著，陆晓冬点校．《甫田集》，杭州：西泠印社出版社，2012年版，第319页。
⑦ 《续修四库全书》编纂委员会编：《续修四库全书·史部选目》，上海：上海古籍出版社，1996年版，第341页。

势"预示了"晚明游记文学的发展方向以及一个游记文学繁荣时代的到来"①。的确,从明代中期开始,数量可观、成果斐然且特色各异的山水游记总集和个人游记别集的勃然而兴,一方面反映出行旅地理空间的进一步拓展,另一方面也预示着记游书写出的山水美感也将更为深刻而丰富。但需注意的是,"三家之峡"中的何镗和慎蒙,其贡献在于编选者对游记文献进行有意识的整理归类,体现出编者所处的时代对游和记的重视。而都穆书写的个人游记别集,无论在数量上还是在体例上均无法与后来的游记总集相媲美,那么都穆名山游记的"始"有何独特文化意义?他的记游书写又有何独到之处?

清人尤侗在《天下名山游记·序》曰:"古之人游名山者,亦复何限。往往见诸诗赋,而记志无闻焉。至唐柳柳州始为小文,自时厥后,递相摹仿,载述遂多。"②《永州八记》不仅宣告了游记文体的独立,亦是典范意义的以地域归属的系列性山水游记。游踪为经,景观为纬,都穆的《游名山记》,其分类标目及记游内容既不分地域,亦不以游历的时间先后与空间的转换顺序,看似轻游踪而重景观,实则以类归之,剔除与山之属性相异事物的束缚,以求其共相。因而,从总题为《游名山记》的书名和一篇篇以山名为题的游记,都穆似乎在标举自己与"皆极天下壮观"——名山,这一系列典范地景的交接。

始皇"刻于金石,以为表经",将功绩与准则勒金石而长存。中国自古以来有着在地景上书写的传统,"至于登高远望,行旅往来,慨然寓兴于一时,亦必勒其姓名,留于山石,非徒徘徊俯仰,以自悲其身世,亦欲来者想见其风流"③。从某种意义上来说,"人生忽如寄,寿无金石固",山之存留久远的优势,实现了人们永垂不朽的愿望,成为多种形式铭刻的最佳载体,也构建出二者于时空的意义,正如欧阳修在《唐华岳题名》所说,于由唐开元至清泰两百年左右题名华山者五百多人,"其存者独五千仞之山石尔,故特录其题刻,每抚卷慨然,何异临长川而叹逝者也"④。山无疑承载了人们更多的空间记忆,交融了不同的时间、历史和文化,丰富的传说与典故点染了多元的人文想象,也因渗透着集体的记忆而被书写长存。

因而,都穆通过山为主题的组合脉络,纪实书写自己对山川的细密观察,检视铭刻于山川累积交错的生命印记,对话先人的观览体验,体验遗踪古迹蕴含的文化记忆,这既为《游名山记》总体记游之特色,亦为名山纪之"始"的文化意义。

(二) 寻访历史的记忆

屹立天地之间的山川以其高大而为人仰慕,成为人与自然相接的纽带。在观览过程

---

① 梅新林、俞樟华:《中国游记文学史》,上海:学林出版社,2004年版,第232页。
② [清]吴秋士:《天下名山游记》,上海:上海书店出版社,1982年版,第1页。
③ [宋]欧阳修著,李之亮笺注:《欧阳修集编年笺注》,成都:巴蜀书社,2007年版,第510页。
④ [宋]欧阳修著,李之亮笺注:《欧阳修集编年笺注》,成都:巴蜀书社,2007年版,第464页。

中，先人将个人的经历铭刻于山，进而形成了累积交错的观览体验，名山亦成为承载丰富历史记忆的载体，不断地被后人寻访阅读，也不断地被后人重新铭刻。观看这些留存在典范地景上的历史遗存，对话先人的观览体验，将创造出今昔对比的临场之感。都穆的《游名山记》即是透过了历史的维度，理性化地观察铭刻于山的历史记忆，呈现对名山丰富历史意涵的从容感悟。

如《终南山》:"行三十里，经樊川，汉将樊哙尝食邑于此，在唐为韦安石别业，又名韦曲。冈峦回绕，松竹森映，而水田蔬圃，连络乎其间，亦秦中一胜地也。"在此，都穆着力展现置身于此地的地方感，这种地方感不仅仅是个人的即时性感受，也是透过历史的互动，召唤依存于地景的集体记忆：从"汉将樊哙尝食邑于此"到"在唐为韦安石别业，又名韦曲"。樊川从汉至唐代便是私园别墅荟萃之地，美景交融掩映于其闪光的历史。面对相对静止的地方胜景，都穆"携酒共酌松下"，如同欣赏音乐一般——在游记中都穆经常暂停驻足，采用饮酒的方式来取消人对时间和空间方向的警觉性，使得主观情感能以自由的状态接受特定场所相关历史记忆的唤起。接着，都穆在游记中以小字引述了唐人杜甫的《奉陪郑驸马韦曲二首》——杜甫曾居于樊川十年之久，其形容该地佳胜的诗句成为展现地景记忆的地方符码使人在品读中勾连了现场感怀，也构建出新的归属感和地方感。"寺旧有唐贞元中徐士龙撰遍照禅师碑，今不存。所存惟仙人丘长春诗刻，拂尘读之"①，徜徉于沿途的人文遗存的都穆，不仅开启了与历史相接的想象，也在品读铭刻生命感的地景记忆中得以抒情感怀。

因而，对名山所承载的物质与非物质遗存的关注彰显出都穆独特的写作考量，在他的眼中，山成为这些丰富语码的载体，见证了古往今来时代事件的存灭，铭刻着无数历史人物的声息，其所涵摄的已然不是单纯的山水"自然"之美，而是织综了生命的印记于那雄浑的山川。在文中当都穆情不自禁地说道："以为兹游之不易逢。予吴人，秦吴相去地数千里，则又以为兹山之不易游也。遂相与举杯痛饮。……身之居玄圃阆风，而忘乎人间世也。"②这即是在寻访历史的记忆中，继古开新的文学心理书写向度。

综上，正是缘于使西经历的增彩，明代初期出现的这一个人游记别集才能与稍晚出现的游记总集并称"几括海内之奇"。然而游观亦非仅区区玩好，历史的意义与地景感怀凭借石刻及诗文得以流传，都穆访古读碑，游心丘壑，古人的地景记忆与自我的胜景感怀得以递接承继。对铭刻于山的历史记忆的寻访，叠合吴地所孕育的独特博古情怀，与同时期压制乘物游心，以求辅政翼教的台阁文人之游相比，无疑是密切地景临现书写，且意涵丰富的游之新格调。

---

① [明]都穆:《游名山记(及其他二种)》，北京：中华书局，1991年版，第5页。
② [明]都穆:《游名山记(及其他二种)》，北京：中华书局，1991年版，第5页。

二、名实之辨 辨明源流

于书写对象而言,都穆并未将山川作为孤立的自然景物来看待,他是以联系的视角,将山与人相关联,注重对山这一载体演变时序的梳理、溯源,循山之发展脉络考订流变,亦从史实出发,尊重金石证据,展现山的历史厚度与文化丰蕴。

1. 都穆游记的叙述导入多从山名入手。山名,既是地景的专有名称,指向具体地理环境中特定的位置,也是贴于名山的人文标签,它背负着历史的时序,传述着时空演变中的文化印痕。以山名为主线,可以感悟和领略其中蕴藏的历史事实和文化内涵。

如:

《北固山》:"北固山在京口城北,下临长江。《元和郡县志》谓其势险固,故名。《梁史》大同十年,武帝尝幸此山,易名北顾。"①

《云龙山》:"云龙山在徐州城南二里。州志谓山有云气蜿蜒如龙,故名。元朱泽民寺记,谓宋武帝微时,尝憩宿于是,有云龙旋绕之异,此为得之。山一名石佛,唐昭宗时,时溥为节度使,朱全忠遣子友裕败溥军于石佛山下,即其地也。"②

这两篇游记以开篇单刀直入的书写方式,准确清晰地表明景观的地理方位、古籍中对此山形势的叙述与命名由来,以及异名或别名情况,简明扼要地传达了地理信息、历史传承,以及山名变化中所代表的对特殊身份、特殊事件的认同。山名固然贴合了山之自然地理特征,可作为游览的背景资料而转述,然而,都穆的游记却非掉书袋式的泛泛而谈,他是先通过山形山势的自然特征来理解、验证山名由来,再以此作为钥匙,追溯文化本源、回溯历史事件。从游记中呈现出的对山名由来的论列方式,可见其梳理与把握固定与流动的史实意涵的意图。如《北固山》"其势险固"是其山名的固定意涵,而帝王登临"易名北顾"则是山名的流动意涵。再如《云龙山》有两名,其一因"云气蜿蜒如龙"而得名,但此名单是循因了自然之态,尚未能与人相牵连、对话,进而生成独特的具有时空意涵特征的山名,因而都穆述宋武帝微时事,并用"此为得之"进一步将人事与山史进行了关联,扩展了此山的文化记忆。而云龙山的另一名石佛,都穆未交代得名由来,《新唐书》和《旧五代史》皆有梁太祖朱全忠遣子友裕败时溥于石佛山下的记载,都穆对这一历史事件的引述表明石佛山在唐宋已著其名,且有具体的历史事实记载作为支撑与实证。随着游观脚步的递进,都穆"观所谓石佛者,像仅半躯,崇可二丈,广倍之,左右侍从之像,皆凿

---

①[明]都穆:《游名山记(及其他二种)》,北京:中华书局,1991年版,第37页。
②[明]都穆:《游名山记(及其他二种)》,北京:中华书局,1991年版,第19-20页。

石所为"①。北魏于此开凿摩崖石刻、石佛像,一直延续至唐宋,"皆凿石所为"五字具有了现场考察得名由来之义,将山名历史源流的理解转化为游历的文本记述和丰富的观感体验。

2. 山名丰富意涵的流动性还体现在时间和空间两个维度的扩散中,尤其是对山之新名的赋予与接受的过程,体现出逐渐丰富的文化意蕴对山水自然形态的巨大影响。

如《黄鹄山》曰:"寰宇记谓宋高祖微时,息竹林寺,有黄鹤翔舞其上。及即位,遂易山之名曰黄鹤。郡志尝辨其误,乡人今称为鸿鹤,误益甚矣。"②

宋《太平寰宇记》:"黄鹤山,在县西南三里,宋高祖,丹徒人,潜龙时,尝游竹林寺,每息于此,山常有黄鹤飞舞,因名黄鹤山,后改竹林寺为鹤林寺。"③

宋嘉定《镇江志》:"黄鹤山在城西南三里。……而旧志犹兼引寰宇记,以为宋高祖潜龙时,游息竹林寺,黄鹤飞舞其上,因名黄鹤山。却不考宋戴颙传,衡阳王刺京口时在宋文帝,元嘉九年去宋武游息之时已久,犹谓之黄鹄山,是旧志因图经、寰宇记而差矣。"④

元至顺《镇江志》卷九"僧寺·鹤林寺"条:"鹤林寺在黄鹄山下,旧名竹林寺(《建康实录》:宋高祖微时,尝游京口竹林寺,戴颙居黄鹄山竹林精舍)。宋永初中改今名(宋高祖即位后改名鹤林)。"⑤

《太平寰宇记》被奉为地志之典范,"盖地理之书,记载至是书而始详,体例亦自是而大变"⑥;宋嘉定《镇江志》和元至顺《镇江志》是镇江现今仅存的两部明前古方志。"郡志尝辨其误"表明都穆查阅了宋、元两代的镇江志,对此黄鹄山名称的变更作出了清晰的考辨。宋、元方志虽然指正了《寰宇记》之误,然而山名与文化是一对双胞胎,在时空的扩散流传中更彰显出较大影响的人物尤其是帝王对山名文化内涵的复写作用。

明天顺《大明一统志》:"黄鹤山,在城西南三里,一名黄鹄山,宋武帝微时,尝游息于此,上有鹤林寺。"⑦

清乾隆《镇江府志》:"黄鹤山,在城南三里,一名黄鹄山,俗名鸿鹤山,宋武帝微时,游息于此,有黄鹤飞舞其上,得名。"⑧

明代先后有永乐、成化、正德、万历四种镇江府志,现唯存万历《重修镇江府志》。从演变的时序来看,明初《大明一统志》中黄鹄山已然是别名;都穆感慨"乡人今称为鸿鹤,

---

① [明]都穆:《游名山记(及其他二种)》,北京:中华书局,1991年版,第20页。
② [明]都穆:《游名山记(及其他二种)》,北京:中华书局,1991年版,第38页。
③ [宋]乐史著,王文楚点校:《太平寰宇记》,北京:中华书局,2007年版,第11页。
④ [清]阮元:《嘉定镇江志》,南京:江苏古籍出版社,1988年版,第2页。
⑤ [元]俞希鲁编纂:《至顺镇江志》,南京:江苏古籍出版社,1990年版,第6页。
⑥ [清]永瑢等撰:《四库全书总目》,北京:中华书局,1965年版,第596页。
⑦ [明]李贤撰,方志远等点校:《大明一统志》,成都:巴蜀书社,2017年版,第11页。
⑧ [清]朱霖等增纂:《乾隆镇江府志》,南京:江苏古籍出版社,1991年版,第68页。

误益甚矣",及至清代"鸿鹤"亦成为大众所认可的"黄鹤山"之别名。都穆抓住在历史传承和时空演变中对其身份有重大影响的重点史实并对其归纳综合,既有辨其误的意图,也在文化扩散的时序梳理中,呈现了地景"断"与"续"的历史变易。

3. 山作为历史的代言者,其名称之涵义蕴藏着复杂性与特殊性,既是历史事件的信息源,也是特定时期文化、经济现象的复写品。

都穆的有些游记对所公知的山名在开篇未述山名,当他于游中发现了石刻证据,就会关注进而溯源山名的变迁,如《焦山》中他先谒焦隐士祠,后遍搜奇胜中,见"岩上刻'浮玉'二大字,乃赵宋人书,盖兹山即古之浮玉。其名焦,则始于隐士,所谓地因人而胜者也"①。这体现了尚实的风范,使游记通过金石的证据链条贯穿了历史与人物,避免了一股脑儿的山名陈述,实现了文本的转化。

山名也是其所蕴藏的自然资源的重要佐证和参考,记录了经济生产的历史。如对铜棺山名的由来,都穆既现场观"山南巨石,高垒若冢"之状,亦查阅了县志汉代阳羡令袁玘的传说,综合得出"此殊不经"的判断:"意昔者兹山产铜,有司采铜于山,如铁官盐官之类,后之人讹官为棺云。"②都穆从功能来推断山名的由来,辨析在流传中音异的情况。

都穆在游记中也蕴含了自己对山名变迁的情感向度。如阳羡南岳之名,辨析名同而山异,但实则可以窥悉在历史的舞台上,由此山所映照的心态变迁和活动轨迹。都穆对阳羡南岳山名脉络的清晰呈现有其独特的文化意蕴,五岳具有相对稳定的指向性,不同的历史时期诸岳的变迁糅合了地理、文化和历史的因素,以南岳衡山而言,既有汉武为便宜祭祀移衡于潜,也有三国孙皓移衡以封的闹剧。位置的变迁反映出人们对山的特殊关注与崇拜心态,尤其在汉末三国时期,为塑造、宣扬自己的正统性质,需借助"神物"来彰显③,山在彼时的观念世界中起着不容忽视的表征作用。然而,都穆对"皓窃其义尔"的评价已然代表了后人不认可"南岳"之名所承载的文化意义,接续以"南岳寺在山之麓,山因以名"④,此处的"名",非得名之意,而是有名,即此山因始建于齐永明二年的南岳寺而有名,彰显出此山名的文化意涵由神物到人物的转变,接下来的游观呈现了唐代高僧稠锡禅师"皆其遗迹""茶产此独佳",以及诸多文人"留诗山中"的历史,既表述自己的游踪与游观,也构筑出此山独特的人文与自然情味。

都穆注重山名,但和仅凭文献考证山名来源、辨析名源真伪有所不同,他的记游具有更多的带入现场考证与辨别之意图,他的游记中经常记有在不经意间通过询问当地人,验证山名由来之举,如《张公洞》:"询道士洞之得名,云唐仙人张果得道之所。予尝览周

---

① [明]都穆:《游名山记(及其他二种)》,北京:中华书局,1991年版,第18页。
② [明]都穆:《游名山记(及其他二种)》,北京:中华书局,1991年版,第30-31页。
③ 程章灿:《神物:汉末三国之石刻志异》,《南京大学学报(哲学·人文科学·社会科学)》2017年第2期,第123-133,160页。
④ [明]都穆:《游名山记(及其他二种)》,北京:中华书局,1991年版,第30页。

处风土记,谓汉张道陵修仙于此,而郭景纯亦称阳羡有张公洞,则知名洞始于道陵,不以果也。"①游途交谈中瞬间涌现的信息引发了都穆深入挖掘的兴趣,他以钩稽排比的史学考据之法,体现出对史料时序梳理的严谨态度,具有纠偏的意识。

综上,都穆善于以山的名称为切入点,溯源其于文献中的历史脉络,同时在实地考察的基础上,突破了记游主体的单线视角,验证文献记载,澄清历史文化传承中的谬误,论证景物的来龙去脉,彰显景观中的文化价值,融学术考证于游记中的书写特色,让读者在不经意间感受到了历史的变迁,静态的山水自然与动态的人类文明交相辉映,游记也因此呈现出笔底江山的独特价值。

三、以碑补史 澄清谬误

游记,记写的是观览地景的感受,于笔法而言,或模山范水,情景互见,或借题发挥,载道见志,但少有全程将石刻等历史遗存作为观览核心的,因而拥有博古情怀的都穆基于与众不同的审美视角,他的述游不以行文曲折变化见长,观—察—疑—论等这些密接于石刻考察的元素点染了历史遗存观览中的研究意蕴,呈现出亲历亲见的价值。

首先,以碑补史。

历史自有其盲点,石刻本身又有着期待来者并与之对话的意图,当后人触碰、品读铭刻的瞬间,脑中会再现历史的图像,回溯当时的场景。文与史的交融贯穿着都穆名山游观的过程,审美主体会被历史的痕迹深深地触动,自觉产生"补经传之阙亡"②的举措,进一步强化了观览的维度。尤其是通过读碑的方式,融入了历史的叙事,以碑补史的金石学研究目的和现场观览体验共融于笔端,这是都穆记游书写的特色之一。

如都穆游嵩山时,读唐太宗为秦王时题写的《秦王告少林寺主教》碑,摘录了部分原文进入游记:"王世充叨窃非据,敢违天常。法师等并能深悟几变,早识妙因,擒彼凶孽,廓兹净土。闻以欣尚,不可思议。今东都危急,旦夕殄除。并宜勉终茂功,以垂令范。"③这些石刻文字与坊间流传的、史书记载的是存有不同的,因而吸引了都穆的目光,回溯了传奇事件"十三棍僧救秦王"当时的真实细节:"盖当时寺僧之立功者十有三人,惟昙宗授大将军,其余不欲授官;赐地四十顷。此可补唐书之缺,惜无有知之者。"都穆追索历史的过往,将这些铭刻于地景上的,尤其是史料缺失的重要文字抄录于游记中,构建了地景回溯中的历史与文化意义。在《金薤琳琅》中,都穆抄录了与《秦王告少林寺主教》同刻于一碑石上的《唐嵩岳少林寺碑》,对读曰:"寺复有太宗与僧教书石刻,盖太宗为秦王时,寺之

---

① [明]都穆:《游名山记(及其他二种)》,北京:中华书局,1991年版,第29页。
② [宋]吕大临:《考古图》,北京:文物出版社,2019年版,第10页。
③ [明]都穆:《游名山记(及其他二种)》,北京:中华书局,1991年版,第8页。

僧擒王世充以献,故太宗赐书褒美。而碑云僧执世充侄仁则以归,与教书不同。余故书之,以见古人之文不无缺误如此。然非余之亲历,则亦莫能知也。"①现场观览性的游记和金石学的著作形成了交叉与呼应,也带入了他对其真实性和价值的辩证思索,透过同为唐人的地景铭刻,衍生出新的学术思考线索。

再如,《王屋山》观览唐司马子微修仙之所阳台宫,"其中天尊殿,壁绘神仙龙鹤,云气升降,辇节羽仪之属甚奇,盖开元中人笔。殿左有唐大中八年碑,上刻睿宗《与子微书》,并《送还天台》诗一首,诗云:紫府求贤士……"②四库馆臣曾对都穆全文抄录碑刻的做法有这样的评价"然所录碑刻,具载全文,今或不能悉见"③。被时间所湮灭的,亦何止碑刻。都穆据景直书的笔法实则含有实地考证的书写意识,如"天尊殿壁绘"即是记录了石刻原址周边环境的文物信息,而将具有史料价值的《送还天台》诗全文载入游记中,则是它因应了都穆对铭刻于地景的人、事进行思索和研究的线索。在《金薤琳琅》中,都穆于《唐天台山桐柏观碑》跋尾曰:"予昔游王屋山,至阳台宫,宫乃子微修仙之所。中有碑,上刻睿宗与子微书及送还天台诗一首,传但云:'睿宗尝召子微问其术,赐宝琴霞帔。还之。'不云有书与诗,此则传之疏脱也。"④都穆借游观连接了属于不同地理空间的石刻,"以所及见者为断"⑤的金石研究标准正其缺谬、碑史互补,在其金石学著作中对王屋山游观经历的彰显,亦可显见都穆对"游"亲历亲见的权威性与"金石"存真去误功能的双重标举与肯认。

其次,以石刻为正。

都穆关注于石刻的学术资料价值,发挥了宋人"既据史传以考遗刻,复以遗刻还正史传"⑥的精神。他周游名山,游迹所至,遇景流连,亲历石刻,试图透过石刻中的文字记载重整名山因史料不足而缺失的历史片段,从而澄清谬误,修正历史,为其金石研究打下了坚实的基础。"君子学欲其博,故于文无不考",都穆对传述古人书于史传中的质疑和考辨,成为观览中的丰富素材,且游记透过游的维度触摸了历史,凸显了石刻证据,实现了对石刻功能的文化利用和转化,这是其记游书写的另一特色。

如伊阙之游,都穆并未直写眼前所见,而是说"其得名以两岩对峙,而伊水出其间"⑦,

---

① 新文丰出版公司编辑部:《石刻史料新编(第一辑)》第 10 册,台北:新文丰出版公司,1982 年版,第 7717 页。
② [明]都穆:《游名山记(及其他二种)》,北京:中华书局,1991 年版,第 11 页。
③ [清]永瑢等撰:《四库全书总目》,北京:中华书局,1965 年版,第 739 页。
④ 新文丰出版公司编辑部:《石刻史料新编(第一辑)》第 10 册,台北:新文丰出版公司,1982 年版,第 7735 页。
⑤ 新文丰出版公司编辑部:《石刻史料新编(第一辑)》第 10 册,台北:新文丰出版公司,1982 年版,第 7628 页。
⑥ 王国维:《王国维考古学文辑》,南京:凤凰出版社,2008 年版,第 116 页。
⑦ [明]都穆:《游名山记(及其他二种)》,北京:中华书局,1991 年版,第 13 页。

既引述了北魏郦道元《水经注·伊水》的记载①,也道出了他眼前所见,表明史传记载其得名的原因和他眼前所见的景象是相同的;接着又引出了另外一个论题,大禹治水凿龙门的传说:"俗又名龙门,谓两岩为禹所凿。司马温公尝辨之以文,以为天之所为,而禹特治之,非凿也。"②北宋司马光在《凿龙门辨》中则引述圣人孟子所言"禹之行水,行其所无事",从而以"若凿山以通水,不可谓之无事矣"的证据作为支撑③,此乃以经文证之;都穆虽然未明言对司马光疑古学风的肯认,但紧接着说道:"予考之龙门,在今山西之夏津县,乃诚禹迹,则此固非矣。"④龙门,最早记载于《尚书·禹贡》"导河积石,至于龙门",言明自己已然从地理位置考辨得证此地非禹迹之龙门所在。因而看似轻描淡写的三句话包含了大量的信息,于自己亲见的基础上融合了古人书于史传中的质疑和考辨。然而,随着游览足迹的递进,渡伊水至东岩,方知此"龙门"是因龙形花纹"宛然石上"的石刻而来,游人多止于西岩,故未见东岩之所有,"温公之辩,但谓非禹所凿,则其他可知矣"⑤。无论是司马光,还是孟子、郦道元等皆未能探微索隐至此,彰显了亲见为正的重要性,澄清了混淆的历史事实,文末曰:"愿书以裨郡乘之缺,遂书之。"⑥裨者,辅证也。这既是实地勘察的成果,也展现了从石刻观看、验证地方文化内涵的独特角度。

考证之核心要义乃博、辨二端,既要有广博的学问,也要有细致的观察和科学的辨别之法。如《招隐山》辨析"以晋处士戴颙所居得名"的"招隐"与"谓梁昭明太子尝读书于此"的"昭隐",戴颙是南朝宋人,昭明太子是南朝梁人,一字相差,却因与不同的人物与事件相连,具有不同的文化意涵。"招隐"是隐逸文化的象征,"昭隐"则是编纂文化的复写。都穆曰:"予观骆宾王游寺诗云:共寻招隐寺,初识戴颙家。而张祜题寺,亦云千年戴颙宅。乃知名山始于戴公。其曰昭明者,非也。"⑦都穆亲见了唐人游观的题刻,并以之为证据支撑交叉对证,透过唐人的所历所感,呈现历时的和群体性的对"招隐"文化的认同。山所联系的人物与历史作为文化的复现须谨慎,都穆既没有陷入引经据典之烦琐考证,又凭借石刻的现场证据,采用了以诗文考史的方法,呈现出此山独特的文化渊源。

总之,金石之学"高者可以订经史之讹误,次者亦可广学者之闻见"⑧,运用金石考证经史之传统承续北宋,欧阳修《集古录》曰:"可与史传正其阙谬者,以传后学,庶益于多

---

①[北魏]郦道元著,陈桥驿点校:《水经注》,上海:上海古籍出版社,1990年版,第313页。"伊水又北入伊阙。昔大禹疏以通水,两山相对,望之若阙,伊水历其间北流,故谓之伊阙矣。春秋之阙塞也。"
②[明]都穆:《游名山记(及其他二种)》,北京:中华书局,1991年版,第13页。
③[宋]司马光著,李之亮笺注:《司马温公集编年笺注》,成都:巴蜀书社,2009年版,第463页。
④[明]都穆:《游名山记(及其他二种)》,北京:中华书局,1991年版,第13页。
⑤[明]都穆:《游名山记(及其他二种)》,北京:中华书局,1991年版,第13页。
⑥[明]都穆:《游名山记(及其他二种)》,北京:中华书局,1991年版,第13页。
⑦[明]都穆:《游名山记(及其他二种)》,北京:中华书局,1991年版,第39页。
⑧[宋]缪荃孙:《艺风堂文续集》,载《续修四库全书·集部》第1574册,上海:上海古籍出版社,2002年版,第231页。

闻。"南宋赵明诚曰:"盖史牒出于后人之手,不能无失,而刻词当时所立,可信不疑。"①然宋代学者囿于无法亲见原碑的条件限制,退而求其次研究金石拓本,因而在题跋时不敢全然"以碑为正",因而当都穆以亲览目击之态于金石学著作中批评前代学者时:"赵氏果有其本,何乃不知而必欲证之以地理书也"(《汉司隶校尉鲁峻碑》)②,"赵氏不信碑本而信《汉书》,且复引《晋书》为证,殊不知《晋书》修于唐,其亦曰循行,盖仍汉书之误而云然也"(《北海相景君碑阴》)③,"晟之碑作于当时,而史成於后代,要当以碑为是"(《唐西平郡王李晟碑》)④,反映了都穆对"游"亲历亲见的权威性和对石刻证据能提供有力佐证功能的标举。当然,从学术的严谨性来看,都穆貌似过分地相信金石证据,如《经山沈山附》因寺僧"出寺碑录本,乃元人笔",且碑文所述沈彬传奇之事与纪传体史书《江南野录》相合,都穆两相比较后曰:"予观《江南野录》,亦尝载此……今复览碑文,益信其事之不诬也。"⑤仅凭金石就使文献对号入座,未能以不佞石的学术态度进一步理校,在秉承"宁可疑古而失之,不可信古而失之"⑥观念的疑古派眼中显然是瑕疵,然而在文物出土不多且不以考证见长的明代学术环境下,对处于金石学发展中期的都穆而言,正视金石文献的重要性,实则是对依赖"文献情结"的一种反正,努力于文献记录之外寻求新的史学证据,作为对过往贫乏历史的有益补充,正如章太炎所言"今日治史,不专赖域中典籍,凡皇古异闻,种界实迹,见于洪积石层,足以补旧史所不逮者"⑦。

四、多据见闻 传续史迹

有着"博古"情怀的都穆在记游名山的书写中有着他独特的情感认同,尤其在观游视角的选择和切入上,他立足于过眼云烟的历史,回溯与山川紧密关联的人和事。然而,对待古迹,都穆亦不单笃于考证,以稽析经史所载之异同,他的游记采掇旧闻,对密接于地景的谶纬之说记述颇多。如《金山》观龙池"僧言岁旱祈之,可致云雨。池左有龙王祠,尝著祀典,有司每秋祀以特豕"⑧;《京师西山下》梦感泉"林言金章宗尝至其地,梦矢发泉迸,

---

① [宋]赵明诚著,金文明校证:《金石录校证》,桂林:广西师范大学出版社,2005年版,第1—2页。
② 新文丰出版公司编辑部:《石刻史料新编(第一辑)》第10册,台北:新文丰出版公司,1982年版,第7660页。
③ 新文丰出版公司编辑部:《石刻史料新编(第一辑)》第10册,台北:新文丰出版公司,1982年版,第7664页。
④ 新文丰出版公司编辑部:《石刻史料新编(第一辑)》第10册,台北:新文丰出版公司,1982年版,第7729页。
⑤ [明]都穆:《游名山记(及其他二种)》,北京:中华书局,1991年版,第40页。
⑥ 顾颉刚:《顾颉刚古史论文集》第2册,北京:中华书局,1988年版,第477页。
⑦ 章太炎:《訄书》,载《章太炎全集》第3册,上海:上海人民出版社,1984年版,第331页。
⑧ [明]都穆:《游名山记(及其他二种)》,北京:中华书局,1991年版,第17页。

旦起,掘地果得美泉。后寺僧以泉浅浚之,遂隐"①;《灵谷》八功德水"昔寺之僧法喜,以居无泉,竭诚求西域阿耨池,七日掘地得之。梁已前尝取以给御案。一云梁有胡僧,寓锡山中,乏水,山龙为溢水以成是池。释氏之说如此,弗能详也"②。这类观游中具有神学迷信色彩的谶纬记述颇细,不胜枚举,但在游记中都穆又鲜下己见、精校详释。

都穆的行旅连接了人与山的若干议题和对话,也赋予了书写者观看地景的角度和方式,因此,可从文化史的角度考量都穆游记的书写面向,以得见其游观的凝视焦点。四库全书未对《游名山记》存目,从四库馆臣对《使西日记》"多据见闻,罕所考证,时杂齐东之语"的评价,可以想见,恪守实证信念的清代学者,对有着同样的书写面向的《游名山记》的印象。

都穆《汉鲁相造孔庙礼器碑》尾跋曰:"予观东汉自光武以赤伏符即位,笃好图谶,臣下则而效之,流弊浸广。至汉之末而其说尤炽,见之金石者,不特此碑然也。"并且列举《帝尧碑》《成阳灵台碑》《鲁相史晨孔庙碑》所载谶纬"皆怪诞恍惚不经之甚,后之君子以为汉儒之陋狭如此,而不知其所从来"③。于是可知,都穆心知盛行于两汉的谶纬之荒诞不经,但也认识到谶纬有着久远的思想渊源,并将其作为历史发展过程中的特定思潮来看待。因而,其游记中谶纬的转述意图也就并非鼓吹天人感应的神学思想,而是以谶纬连接地景,勾勒出具有地方感的名山大川的多元内涵。从某种意义上说,都穆游记中的谶纬叙事既会通古说、传达知识,也体现了审美主体的多元视域所形成的开阔视野,构筑了名山的奇幻色彩。

刘师培在《南北考证学不同论》中说道:"吴中学派传播越中,于纬书咸加崇信,而北方学者鲜信纬书。"④刘师培所述对象虽然是清儒,但同属于吴地的明代都穆,具有地域学术传承的鲜明烙印。若以王锜《寓圃杂记》中所述都穆的形象参照,"或闻事关古今之奇怪者,必汲汲访其地,求其人,得其详乃归。不得,则数日忘返,其好古至此"⑤,有着"博古"情怀的都穆不仅对金石情有独钟,对渗透着"奇"与"怪"的谶纬与传说也颇为喜好,他正视它们在名山文化构建中的重要作用,亦以赏玩、好奇的心态去品读与名山相关的传说,在游观中展现出吴地博古之人独特的文人趣味。

都穆将传说作为名山观视的向度之一,并将其纳入了述游的话语体系,笔法有三种:

一是以描述性、择要转述的方式,将某个特殊地点或景观,以行旅中暂停观望的方式环绕交接于谶纬叙事,强化移动观视过程与外在空间结合的地方感。如《石龙涡》渡泾河

---

① [明]都穆:《游名山记(及其他二种)》,北京:中华书局,1991年版,第23页。
② [明]都穆:《游名山记(及其他二种)》,北京:中华书局,1991年版,第26页。
③ 新文丰出版公司编辑部:《石刻史料新编(第一辑)》第10册,台北:新文丰出版公司,1982年版,第7651页。
④ 刘师培著,万仕国点校:《国学发微(外五种)》,扬州:广陵书社,2013年版,第245页。
⑤ [明]王锜,于慎行:《寓圃杂记·谷山笔麈》,北京:中华书局,1984年版,第38页。

"深可二尺,从者皆摄衣涉之。昔汉武帝祀甘泉,至泾桥,有女子浴于水,乳长七尺。侍中张宽曰:'天星主祭祀,斋戒不洁,则女人星见。'即此水也"①。都穆并不对这些谶纬进一步评述,将其纳入科学精神的思维程序里剖析毫芒,而是以游观中的发现和描述为切入点,凸显驻留观览的地方意义。

二是以透显着历史、时间、地方、人物等显著标志的叙述方式,追溯名山所凝聚的历史脉络,呈现神话传说已然交融而成的地方文化内涵。如为都穆导览的地方僧侣,坦言"应验"之事,说明传说叙事已然融入了当地人的真实感受,成为一种仪式化的规范和记忆。再如游鹤林寺有感于唐时杜鹃花,今亦不存,"相传贞元间,其种移自海外,每花时,或窥二女子来游其下,盖花神也。后有仙人殷七七者,于重九日能开是花,复感仙女之降。其说见《续仙传》"②。《续仙传》是唐代纪传体作品,都穆在转述中也随之采用了史传文学的笔法,通过杜鹃与花神的意向比附,召唤出名山生动形象的时光之影。

三是以依已而述、亲历亲见的情节描写,体现出都穆的切身意义与地方感受。如《茅山》中将山龙与山神同著祀典,重午祀山神,惊蛰则祀龙,都穆将龙池中的小黑龙"取视之,长仅三寸,昂首四足,目睛烂然,腹有丹书,而无牡牝,盖蜥蜴类也"③,从取而视之的动作,到细致的审视,再到"盖蜥蜴类"的理性认知,构建出有谶纬情节的行旅叙事。再如《王屋山》记述了途经济渎寺,拜祭大济之神的详细情节:"东池,俗传间能出物以应人之求,然率始于三月至四月望而止,余月则否。予友潘黄门希召,旧为怀庆理官,作文辩之,谓春夏之交,泉脉腾沸,而济尤劲疾,物随沸而上。予尝为作序。是日默祷于神,愿出物以彰灵异。……久之,物竟不能出,始信希召之辩为有见,而足以破纷纷之惑也。"④诙谐幽默的语调,循以仪式化以求"应验"的对话方式,既经由谶纬之事连接了具有丰富文化内涵和神秘基调的名山,也凸显了主体交接地景体验的多元游乐之趣。

从文化史学的角度来看,这些为四库馆臣"皆可笑噱"的见闻和齐东之语,实则是"求得其因果关系"之外诸多"不共相"的堆积,是将原本被剥夺净尽的精魂还注于反映人类自由意志的史迹⑤。都穆以博古之情与这些"历史其物"共筑,以更深邃的眼光品读于人与自然相互点染、相互交织的架构中,在栩栩如生的往事中,叙述了一座座名山与众不同的文化史,让人与山水深度交集。

除了谶纬与传说叙事之外,都穆在游记中经由祠堂、石刻等承载体对历史传说多有所验。

祠堂是一种具有神圣意义的空间建构,社会公众通过祠堂的设立,传达纪念的意义,

---

① [明]都穆:《游名山记(及其他二种)》,北京:中华书局,1991年版,第33页。
② [明]都穆:《游名山记(及其他二种)》,北京:中华书局,1991年版,第39页。
③ [明]都穆:《游名山记(及其他二种)》,北京:中华书局,1991年版,第14页。
④ [明]都穆:《游名山记(及其他二种)》,北京:中华书局,1991年版,第11页。
⑤ 梁启超:《中国历史研究法》,上海:上海人民出版社,2014年版,第105页。

如都穆游华山"步入五龙神祠,或谓山无龙潜,不宜有此",先是生发疑问,接着引述道家书载希夷与五龙的传说轶事,再"以祠观之,其信然欤"①。祠堂包含着深远的历史意蕴,蕴含着逝去的历史传说,都穆对其由来的解读形成了具有文化意义的文本,透过地景上的遗存旧迹,品读了记载历史传说的载体,观览了具有公共历史传说的地景记忆。再如《首阳山》:"祠之像为宋元祐中所塑,其前复塑一白鹿。问之道士,云二贤食薇兼饮鹿乳,故塑之。此说不见传记,人鲜有知者。"②伯夷、叔齐不食周粟之事,《史记》列传中列为第一,隐含对道德情操高于生命价值观的推崇。然而,在历史的流变中,事实和虚构往往混合交织,它以象征式的真实回溯呈现过往时空中人们的情感和愿望,铸造出空间上的地景意义。都穆经由祠堂这一凝聚记忆的场所,感受到首阳山所代表的气节已为后人重新将故事演绎③,宋代"所塑"祠像与后来"复塑"白鹿,二者已然生成具有地方稳固性的意义系统。

在历史的传承中,传说典故不断地被唤起,需将其转化为引起回忆的载体,石刻在其中扮演了重要作用。如宋初道士陈抟,宋太宗赐号"希夷先生",以睡闻名天下。徐霞客登华山"玉泉院当其左",作为沿途的方位坐标一笔带过;王士性于玉泉院茶憩,点明石洞中有"貌希夷睡像"的石刻存在;都穆对玉泉院洞中希夷先生的睡像描绘甚细致:"至玉泉院,洞有希夷先生睡像,黄丝束绦,俨乎如生。老道士少闻之师言像塑于先生存时,元至正间,宣抚王守诚尝摹刻于石,今树洞中。"④首先,希夷睡像是一种造像石,在古代石刻类型中属于艺术石刻,有模仿绘画效果的创作意图。都穆的转述呈现了希夷传说由宋代人物绘画到元代石刻以存的造像过程;其次,"黄丝束绦,俨乎如生"的评价,凸显了希夷睡像是"拟浮雕"的艺术技法,非画像石"拟绘画"的手法,更注重神似,在表现手法上体现了艺术的精进;再次,"成就辉煌的北朝佛教造像,就是在汉代画像石的艺术影响下发扬光大,成为名闻中外的艺术瑰宝"⑤,佛教的大举造像也影响了道教,希夷睡像即是随着宗教宣传的进一步盛行,运用石刻范畴进一步扩大的明证。

综上,明代的都穆将诸多传说轶事纳入了记游书写,貌似最为无稽,实则为学术之交流沟通,贯穿群言,旁及枝叶,臻于博闻而多识,其在《续博物志后记》亦曰:"小说杂记饮食之珍错也,有之不为大益,而无之不可,岂非以其能资人之多识而怪僻不足论邪!"⑥在特定历史背景的衬托下,名山大川中或是真实发生的情节与事件,或是口耳相传的传说

---

① [明]都穆:《游名山记(及其他二种)》,北京:中华书局,1991年版,第2页。
② [明]都穆:《游名山记(及其他二种)》,北京:中华书局,1991年版,第10页。
③《昭明文选》注引《古史考》曰:"伯夷叔齐……采薇而食之。野有妇人谓之曰:'子义不食周粟,此亦周之草本也。'于是饿死。"《珊玉集》卷十二转录汉代刘向《列士传》曰:"时有王摩子往难之曰:'虽不食我周粟,而食我周木,何也?'伯夷兄弟遂绝食,七日,天遣白鹿乳之。径由数日,叔齐腹中私曰:'得此鹿完噉之,岂不快哉!'于是鹿知其心,不复来下。伯夷兄弟,俱饿死也。"
④ [明]都穆:《游名山记(及其他二种)》,北京:中华书局,1991年版,第1页。
⑤ 赵超:《汉代画像石与北朝造像》,《中国历史文物》2002年第1期,第39-44页。
⑥ 丁锡根编著:《中国历代小说序跋集》,北京:人民文学出版社,1996年版,第91页。

与故事,这些历史的记忆、庶民的记忆牵系与山川共筑出具有地方意义的凝固的自传,诚如黄宗羲所言:"然流传既久,即其不足信者,亦为古迹矣。"①传说轶事的纳入不仅展现了名山的别样风采,以史料的特性呈现了过往的历史与信仰,同时也是都穆笃志经史、钻研史料朴学先风的体现。

  总而言之,在移步换景中据景直书是记游的主要笔法之一,但因为都穆对于直书对象有着针对性的选择,所以游记内涵的呈现别具一格,无论是对山名、祠堂、碑刻等历史遗存的关注,还是对游途谶纬或传说的采录,皆是密接自然之景。在抒怀和遣兴的怀古观览中品读历史的记忆,并创造出更为深刻的地景记忆。都穆对历史遗存精粹的解读,历史脉络的清晰梳理,文化的整体考察与思辨,合以游历主体的视觉移动,产生了独特的艺术效果:原本看似平淡无奇的"历史其物"以鲜活飞扬的风貌走近眼前,山川被一一点染,昭示了人文精华。进而,浸染博古情怀的都穆游记温文尔雅,无魏晋谈玄之风,无唐宋义理之研,无明末张狂之肆,带有清代乾嘉学者注重征实的学术味道,又少其琐屑考证之弊,多游赏漫行中洒脱之情调。

第四节 都穆"游"之文学史意义

  金石学在不同的历史时期有不同的学术风格,依循金石学沿承发展的脉络,从宋之肇始到清之鼎盛,对"游"亲历亲见重要意义的认知有着逐步加深的过程,而"游"也渐趋成为金石学的关键词,并作为一种不可或缺的学术研究方法推动了金石学的发展,使其取得了辉煌的成就。于是,是否密接于游的实践与表达,是否在游的框架内建构金石学问的研究,不仅直接关联了金石学研究的广度与深度,衡量了个人金石学术的价值,同时亦在游于金石的记述中渗透出不同时代文人的心态差异。因此,对明代都穆"游"之文学史意义的探讨,当从"都穆寻访金石之游"与"游于金石之间的都穆"这两个密切关联的视角,参以宋、清两代金石学者及其游记,予以对比释读。

一、都穆寻访金石之游

  "都穆寻访金石之游"是指都穆于游中对金石有意识的关注和发现,他在游赏漫行时偏好观看地方碑碣古迹,好古亦好奇,同时抄录古碑原文、收集拓本予以品鉴,金石是游中的亮点,亦怀有更多审美的趣味。同时,伴随以金石抄录与历史遗存考察为核心,述游

---

① [清]黄宗羲:《黄宗羲全集》第2册,杭州:浙江古籍出版社,1986年版,第495页。

观、记见闻,都穆的游记兼具纪实叙述与实地考证的双重书写形态,并将对金石的解读、研究和探讨熔铸于述游的笔法中。

(一) 对宋代金石文化传统的延续与创新

金石学为"有宋一代之学",其成就"陵跨百代"①,金石文献被纳入了学术研究的视野。欧阳修《集古录跋尾》十卷,赵明诚《金石录》三十卷,洪适《隶释》和《隶续》等专书,是金石学的开山之作。然而,宋代金石学者们鲜有真正地亲历其地,见碑录文,"其时出土之物尚少,或以偏安,未能远至"②,他们以书斋为研究场所,对石刻的拓片文本进行著录、议论与考证,金石之游只是偶尔为之的行为。如欧阳修"自夷陵贬所再迁乾德令"途中,"率县学生亲拜其墓",访得《玄儒娄先生碑》③;赵明诚《唐登封纪号文》"政和初,予亲至泰山,得此二碑入录焉"④。宋代金石学者身不自觉的零星访碑行为,点染了金石实地观看意义,开创了研究金石方式变化的先河。

都穆与宋人的不同之处,在于将"好古深居"的金石研究方式搬出了书斋,通过游之实地访求,扩大了观看的范围,在金石之游中叠合宋代金石学者的碑本记忆,考辨阙误,凸显立足现场考察的重要性;同时,都穆在游中亦书写出了自己的金石观览感悟,衍生学术的新思索。

如《使西日记》"遂入府(真定)谒李同年,具酒请游龙兴寺,寺在府治东二里,旧名龙藏,有隋开皇六年碑。"⑤"府"之无碑与"寺"之有碑既是游观中对地景的据笔直书,亦记录了都穆"得见"时的所思所感,在客观的记述之中,关联了先人的金石印象,并自显其观审意义和价值,因而,《隋龙藏寺碑》尾跋再次强调是"与太守同年李君往游其间"得见,"欧公谓寺废,寺碑在常山府署,盖未尝亲历其地故误书耳"⑥。以个人亲见亲历的"金石之游",与宋代金石学者的碑本记忆两相对照,现场考辨,正其阙误。

再如,王世贞曰:"裴懿公灌书少林寺碑,开元十六年建。久在嵩山,而金石录不载,何也?"⑦《金石萃编》于《唐嵩岳少林寺碑》后将历代题跋排序,首列《弇州山人稿》,次《金

---

①王国维:《王国维考古学文辑》,南京:凤凰出版社,2008年版,第116页。
②新文丰出版公司编辑部:《石刻史料新编(第一辑)》第26册,台北:新文丰出版公司,1982年版,第19851页。
③新文丰出版公司编辑部:《石刻史料新编(第一辑)》第24册,台北:新文丰出版公司,1982年版,第17857页。
④新文丰出版公司编辑部:《石刻史料新编(第一辑)》第12册,台北:新文丰出版公司,1982年版,第8943页。
⑤[明]都穆:《使西日记》,北京:中国书店,1959年版,第12页。
⑥新文丰出版公司编辑部:《石刻史料新编(第一辑)》第10册,台北:新文丰出版公司,1982年版,第7692页。
⑦新文丰出版公司编辑部:《石刻史料新编(第一辑)》第2册,台北:新文丰出版公司,1982年版,第1318-1319页。

薤琳琅》,以显示在金石学著作中都穆有首录之功。都穆游观嵩山立雪亭与达摩面壁之石,游记《嵩山》曰:"堂后左右有立雪亭,昔僧惠可尝侍达摩,雪深至腰不去,卒嗣其法。……又上一室,门外石刻达摩面壁之庵六大字,宋蔡卞书。室中塑达摩像,案置一石,高仅二尺,广尺许,其上达摩之形宛然,试之益显。盖庵之上四里,有达摩洞,兹石乃其九年所面,古谓精诚可通金石,谅哉!"①看似杂沓的游观细节铺陈,展现了都穆游中对金石之关注,亦呈现了其真实的感觉结构。"达摩之形宛然"的视觉和"试之益显"的动作,连接了都穆意趣金石的心境,也书写出此处的地景意义与文化内蕴。而在《唐嵩岳少林寺碑》尾跋中都穆对照碑文曰"碑虽及其人,而二事(立雪处与达摩石)皆不之载"②,延续了宋代以金石"与史传正其阙谬",疑古辨伪的考证精神。

(二) 明清两代金石学者访碑记游书写之异

清人以金石为中心与明人以游为中心的创作意图,在游记中也形成了不同的艺术风格。

1. 亲历之情,行旅之乐

清人对访碑之艰辛、意念之执着的生动绘写,通常体现在他们金石学著作的序言中,亦为对访碑活动的一种宣言和总结。如:

顾炎武《金石文字记》自序曰:"比二十年间,周游天下,所至名山巨镇、祠庙伽蓝之迹,无不寻求。登危峰、探窈壑、扪落石、履荒榛、伐颓垣、畚朽壤,其可读者必手自抄录,得一文为前人所未见者辄喜而不寐。"③王昶《金石萃编》自序曰:"两仕江西,一仕秦,三年在滇,五年在蜀,六出兴桓而北,以至往来青、徐、兖、豫、吴、楚、燕、赵之境无不访求也,盖得之之难如此。"④孙星衍《寰宇访碑录》自序曰:"所至山川城邑古陵废庙,或有残碑断碣,无不怀墨握管,拓本看题,录入兹编,岁有加益。"⑤

或者在碑目下自述得碑的经过,洋溢着收获与成功之喜悦。如朱彝尊为亲见"积岁既久,虺蝎居之,虽好游者勿敢入焉"的《风峪刻石佛经》,"丙午三月,予率土人,燎薪以入,审视书法,非近代所及,惜皆掩其三面,未纵观其全也"⑥。顾炎武为亲见唐岱岳观造

---

① [明] 都穆:《游名山记(及其他二种)》,北京:中华书局,1991年版,第8页。
② 新文丰出版公司编辑部:《石刻史料新编(第一辑)》第10册,台北:新文丰出版公司,1982年版,第7717页。
③ 新文丰出版公司编辑部:《石刻史料新编(第一辑)》第12册,台北:新文丰出版公司,1982年版,第9191页。
④ 新文丰出版公司编辑部:《石刻史料新编(第一辑)》第1册,台北:新文丰出版公司,1982年版,第3页。
⑤ 新文丰出版公司编辑部:《石刻史料新编(第一辑)》第26册,台北:新文丰出版公司,1982:19851页。
⑥ [清]朱彝尊:《曝书亭集》,北京:中华书局,1937年版,第783页。

像,不惜"最后募人发地二尺,下而观之,乃得其全文云"①。

  这些生动、细致的访碑细节无疑是精彩的、传奇性的,然而奇怪的是,在金石学著作中的这些生动感人的访碑情感、访碑细节,在游记中却少有提及。如顾炎武《五台山记》、王昶《游珍珠泉记》无一语提及碑刻。朱彝尊《游晋祠记》仅一句提及碑刻:"祠之东有唐太宗晋祠之铭,又东五十步,有宋太平兴国碑。"②无观碑之情感体验,碑成为观览中地理方位的标志与转换凭借。另一篇《登峄山记》也仅是客观书写峄山刻石不存的原因,而少惋惜之情:"石质粗恶,游者镌姓名于壁,未及百年,辄漶漫磨泐不可辨识。李斯篆,其不存今宜也。"③

  乾嘉时期的金石学者较清初而言,"在皇室的赞助下,金石学获得了一种高度精致的学术风格,其特点是对考证的一丝不苟和几乎与政治完全疏离的'客观'态度。这一时期的金石学著述极少流露出怀古的感伤"④。

  反观明代金石学者,他们在游记和金石学著作中皆呈现出细腻观察、现场记录与适时感悟的特性。明代另一金石学代表人物赵崡,他的《游城南》是"携张茂中《游城南记》"出游,游记中诸多"记所谓……"对方位、形势、胜景的古今参照,在宋人观览唐代长安城南遗址的地景记忆基础上,复写出明人的观物视野与碑本记忆⑤。都穆的游记中,如在终南山对"所存惟仙人丘长春诗刻"的"拂尘读之"⑥;骊山观览"殿壁绘唐从臣之像"而生"殆当时人笔"的印象⑦;在金山"披草视之"南北相向的塔基,得出"盖宋曾丞相布所建,洪武间毁于火"的结论⑧;游茅山细观"古井石阑刻字已半漫剥","逆之以意,始辨其字",发现刻石所载与道士对此井的称呼不同⑨。诸多这种对亲身之感的主体形貌的书写,在游记中转化成为生动的行旅乐趣。

  2. 淡化考证,唤起记忆

  顾炎武《五台山记》是清初游记的代表作,也是金石学者书写的游记典范,共分四节,文章框架如下:

  (1) 五台山在五台县东北一百二十里,西北距繁峙县一百三十里。史炤《〈通鉴〉注》

---

① 新文丰出版公司编辑部:《石刻史料新编(第一辑)》第 12 册,台北:新文丰出版公司,1982 年版,第 9231 页。
② [清]朱彝尊:《曝书亭集》,北京:中华书局,1937 年版,第 782 页。
③ [清]朱彝尊:《曝书亭集》,北京:中华书局,1937 年版,第 784 页。
④ 巫鸿:《废墟的故事》,上海:上海人民出版社,2017 年版,第 91 页。
⑤ 新文丰出版公司编辑部:《石刻史料新编(第一辑)》第 25 册,台北:新文丰出版公司,1982 年版,第 18651 页。
⑥ [明]都穆:《游名山记(及其他二种)》,北京:中华书局,1991 年版,第 5 页。
⑦ [明]都穆:《游名山记(及其他二种)》,北京:中华书局,1991 年版,第 4 页。
⑧ [明]都穆:《游名山记(及其他二种)》,北京:中华书局,1991 年版,第 17 页。
⑨ [明]都穆:《游名山记(及其他二种)》,北京:中华书局,1991 年版,第 16 页。

曰……《〈华严经〉疏》云……

（2）余考昔人之言五台者过侈。有谓……惟今山志所言五台者近是……在古建国时……然余考之……

（3）余又考之，《北齐书》但言……《隋书》但言……至《唐书·王缙传》始言……而《五代史》则书……《元史》则书……

（4）其山中雨夜，时吐光焰。《易》曰……呜呼！韩公《原道》之作……而李文饶为相……而吾以为……作《五台山记》。

清代金石学者游记中对闲情逸趣的描摹悄然消隐，山水观照中通经致用、考证名实成为风尚。梁启超曰："盖炎武研学之要诀在是论一事必举证，犹不以孤证自足，必取之甚博，证备然后自表其信。"①这篇游记集中体现了顾炎武融实地考察和考证论述于一体的风格，运用翔实的史料穷古稽今、博征精辨，在严密的结构中体现出思维的流动与考证的深度，如数家珍式的记述笔法彰显出金石学者丰厚渊博的知识底蕴和笃实严谨的治学精神。

都穆在游观的叙述方式上有自己独特的特色：注重当下所见，淡化考证过程，移步换景中点出和地景密切关联的人和事，以唤起古代历史遗存地所存储的丰富历史记忆。

如《骊山》："相传甃石起秦始皇，其后汉武帝复加修饰。或云今之池，后周天和中造。又云唐玄宗广之，不能详也。"②

《灵谷》："一云梁有胡僧，寓锡山中，乏水，山龙为溢水以成是池。释氏之说如此，弗能详也。"③

《茅山》："入门有崇台三级，甃石坚致，名拜章台，宋徽宗时勑宫。又有陶贞白王远知祠。远知，贞白弟子，其教所谓王法主者是也。……予所最爱，则陶贞白许长史碑。"④

《京师西山上》："有元臣耶律楚材墓，楚材有词刻华岩洞壁，献吉能记其数语，为客诵之。"⑤

梅新林、俞樟华《中国游记文学史》认为"通过历史溯源的方式，将考证转化为叙述本身"⑥是清代考证型游记的一大特色。都穆也注重溯源历史，呈现文献脉络的梳理，但在考据的使用上，由深转浅、化旧为新、变滞为活，既长历史之知识，得名胜之概貌，又淡化了烦琐的考据过程，亦多呈现饮酒、吟诵等游览之雅致。游记中"相传""或云""又云""如是""所谓"等字眼的使用，体现出不是严格意义上的引述相关资料予以严谨考证，"不能

---

① 梁启超：《清代学术概论》，上海：上海古籍出版社，1998年版，第12页。
② ［明］都穆：《游名山记（及其他二种）》，北京：中华书局，1991年版，第3页。
③ ［明］都穆：《游名山记（及其他二种）》，北京：中华书局，1991年版，第26页。
④ ［明］都穆：《游名山记（及其他二种）》，北京：中华书局，1991年版，第14-16页。
⑤ ［明］都穆：《游名山记（及其他二种）》，北京：中华书局，1991年版，第21页。
⑥ 梅新林、俞樟华：《中国游记文学史》，上海：学林出版社，2004年版，第335页。

详也""弗能详也"的模糊考证结论亦舒缓了考证型游记的紧张感;不像清代的诸多考据型游记,文中"余考之""余又考之"等确凿的字词,冲淡了游记对景观客体的关注与审美氛围。都穆貌似轻描淡写的叙述笔法,既勾勒出风景的史料,又蕴含着都穆对地景考证的思索,引导读者深入感知景观变迁的脉络、历史与文化的蕴藏,在构筑出的立体化的文化景观游览中,拥有历历在目的流畅体验感。

3. 亲历亲见,史石互证

《五台山记》曰:"然此皆山志所不载。问之长老,亦无有知其迹者。"这种现场的问访,只是广博征引了史籍和佛教经典进行深入论证后,对史书记载缺失的感慨,然而却无其在《金石文字记》中运用最频繁的"史石互证""亲历亲见"的研究方法,作为游记中补阙正误、考证立论的核心。在一定程度上,顾炎武跨越了碑本记忆的寻访,跨越了碑史互证的过程,直接呈现了考证的结果。

与《五台山记》的"尽信书"写法不同,都穆短小精练的考证类游记《砥柱》①,以亲览目击的姿态辨析书、传之误,体现出不唯上、不唯书,只唯实的思想,与"以经文证经文"的考证传统迥异。游记开篇"砥柱在陕州东五十里黄河之中。以其形似柱,故名",以亲见砥柱之状统领全篇,成为考证立论的核心;三门山之形"其始特一巨石,而平如砥"。"亲历亲见"自能分辨"平如砥"与"形似柱"在形态上的显著不同,进而指出《书传》《州志》将砥柱误认为三门山的原因"皆未尝亲履其地,故谬误若此"。都穆所见砥柱"屹然中流",目测三门与砥柱的相对位置与尺寸,指出《隋书》载"大业七年,砥柱山崩壅河,逆流数十里"之误,砥柱"崇约三丈,周数丈"的尺寸即令崩塌也不可能使"广如三门"的黄河堵塞,更别提造成"逆流数十里"贻笑大方的记载。他推断"盖距河两岸皆山,意者,当时或崩,人遂以为砥柱",合乎情理,全文收结于孟子名言:"尽信书,不如无书,有以哉!"全文仅四百多字,逻辑层次清晰,辩驳有理有据,不夹杂历史掌故、异闻传说、舆地沿革等来透露自己的学问之广博,与清代诸多将博古等同于掉书袋的游记风格迥异。

并且,都穆亦是以游者的身份走进了考证当中,如"道陕……跃然欲与之游,以使事不果。十月,予回至陕,……遂决意而往",叙事体现了好游急切之情状;写景有"水行其间,声激如雷",书写出现场的视听观感;"相传上有唐太宗碑铭,今不存",不仅点出"亲历亲见"的意义,更带有碑本记忆的寻访,以及欲求"史石互证"的考证过程。关于砥柱碑铭的记载,宋代黄庭坚《山谷题跋》题魏郑公砥柱铭后曰:"余平生喜观《贞观政要》……故观砥柱铭时,为好学者书之。"②可见北宋时尚得见砥柱碑铭。都穆的游记在论证的主线中包含了叙事、写景和抒情,也兼容了知性与感性。

---

① [明]都穆:《游名山记(及其他二种)》,北京:中华书局,1991年版,第 7 页。
② [宋]黄庭坚著,屠友祥校注:《山谷题跋》,上海:上海远东出版社,1999年版,第 218 页。

二、 游于金石间的都穆

"游"与"金石"的叠加成就了都穆金石学的学术地位,"游于金石的都穆"则是指都穆在游中所呈现的文化品位、怀古博古情操,以及游于金石间所呈现的独特情感。

(一) 意趣金石的现场示范

"金石学之在清代又彪然成一科学也。自顾炎武著《金石文字记》,实为斯学滥觞。"①在顾炎武、阎若璩、朱彝尊等金石学领军学者亲历实地考察发掘的引领示范推动下,清代的金石之游追随者甚众,蔚为大观。累抄杜撰的缺陷与亲历亲见的优势已然成为清代金石学者的研究共识,如顾炎武在《悯忠寺宝塔颂》曰:"然非亲至其下摩挲遗石,而徒拓纸上之字,未有能得其情者。"②其"能得其情者"所流露出正是意趣金石的心灵地景。不可否认,缘于博物性情感召的都穆,在游于金石中所呈现出的亲历碑刻的游观细节与即时感悟,这种现场的情感昭示对清代学者在心态上无疑产生了潜移默化的示范作用。

四库馆臣看到了游于金石的都穆"于碑碣古迹载之颇详"的书写重点,然而,对于都穆所处的明代早期的游观书写方式,以及游历心态置之不论,且全从"考证"出发,以一丝不苟的客观态度来评价,忽略了明代金石学者游历中呈现出的多元情感和审美体验。都穆的金石学著述《金薤琳琅》中也着力体现出因游得金石之意趣。该书共计二十卷,收录石刻六十四则,"是书仿《隶释》之例,取金石文字,搜辑编次,各为辨证"③。都穆在论述时多次提到了碑刻及拓本的渠道来源,"予家自祖宗来,藏碑颇富,兼以予好收录,中间得于朋友之助者十常四五"(《北海相景君碑》)④,昭示出凭借自藏拓本的亲见优势。都穆自述的收藏来源中,因游得之有15则,占全部拓本的五分之一多,如"予尝游茅山"(《唐玄靖李先生碑》)⑤、"予正德癸酉尝游嵩岳"(《唐嵩岳少林寺碑》)⑥、"岁癸酉仲冬,予亦尝获游"(《唐达奚珣游济渎记》)⑦等。在金石学著作中都穆有意识地将自己的游踪与金石建立了

---

① 梁启超:《清代学术概论》,上海:上海古籍出版社,1998年版,第58页。
② 新文丰出版公司编辑部:《石刻史料新编(第一辑)》第12册,台北:新文丰出版公司,1982年版,第9252页。
③ [清]永瑢等撰:《四库全书总目》,北京:中华书局,1965年版,第739页。
④ 新文丰出版公司编辑部:《石刻史料新编(第一辑)》第10册,台北:新文丰出版公司,1982年版,第7662页。
⑤ 新文丰出版公司编辑部:《石刻史料新编(第一辑)》第10册,台北:新文丰出版公司,1982年版,第7707页。
⑥ 新文丰出版公司编辑部:《石刻史料新编(第一辑)》第10册,台北:新文丰出版公司,1982年版,第7717页。
⑦ 新文丰出版公司编辑部:《石刻史料新编(第一辑)》第10册,台北:新文丰出版公司,1982年版,第7749页。

实然的关联,凸显其亲历其地、亲见石刻的优势,呈现出真实的在场感和清晰细密的感受,表现其意趣金石的情感向度。如《幽州昭仁寺碑》:"正德癸酉,予以使事道邠,得拓其本,字画完好若初刻者,真可宝也。朱公予乡先生,《唐史》有传,其文字人间罕存,可见者仅有此耳。"①"完好若初刻"的石刻感染了在场的都穆,也映照出当下的空间氛围,"罕存""仅有"的观感体验传达出快乐满足的心灵视域,透显了那一瞬间的情绪。如《唐少林寺灵运禅师碑》曰:"予向游少林,爱其中碑刻,时值大雪,命人拓之,此其一也。或诮予好奇之过,而不知予之所得抑亦多矣。"②尾跋以纪实的文字书写得石刻之过程,重现了地景之雪中气氛,而命人拓碑的动作建构出表达空间感知的艺术形态,并以具象化的形式成为游中清晰的感像聚焦点,"好奇之过"的感慨亦呈现出游之主体与山水交会间所特有的浪漫情调与传奇色彩。

再从金石学著作的题名来看,叶昌炽《语石》的题名在对话中含有研究之意图,孙星衍的《寰宇访碑录》、王昶的《金石萃编》、顾炎武的《金石文字记》等,单从题名来看,皆是严肃的学术专著。明人的金石学著作,其题名有着明代博古之人独特的审美向度:赵崡的《石墨镌华》,镌者雕刻也,华者美丽、光彩之态;都穆的《金薤琳琅》,"金薤"喻文字之优美,"琳琅"指玉石之精美,两者并举亦凸显其珍贵之意。明人的金石学著录呈现出的既是真实亲见的金石或书法,也引发了观看中的美感共鸣。

(二) 游于金石的独特旨趣

清代考察金石的热衷度与地域距离远超前代,且有着通行的称谓——"访碑"。访碑可归类为专项性的以寻访碑刻为主要内容的旅行,既有如顾炎武、叶奕苞、林侗等专门访碑的典范,亦可于访古游玩途中顺便寻访碑刻。

金石游从清初之兴起到乾嘉之鼎盛,学术界对访碑的轨迹、访碑的群体、访碑心态的演变,给予了相当的关注③。不过,罕有以游记为学术线索来比较明、清金石游的心态异

---

① 新文丰出版公司编辑部:《石刻史料新编(第一辑)》第 10 册,台北:新文丰出版公司,1982 年版,第 7725 页。

② 新文丰出版公司编辑部:《石刻史料新编(第一辑)》第 10 册,台北:新文丰出版公司,1982 年版,第 7719 页。

③ 许丹:《顾炎武访碑考:以〈金石文字记〉著录碑刻为研究对象》,《西南交通大学学报(社会科学版)》2012 年第 1 期,第 94-99 页。赵成杰:《物质形态的转化:访碑背景下的〈金石图〉书写》,《南京艺术学院学报(美术与设计)》2017 年第 5 期,第 28-32,189 页。王坤:《朱彝尊与清初的访碑活动》,《齐鲁学刊》2016 年第 5 期,第 131-135 页。陈荣军:《朱彝尊访碑考》,《嘉兴学院学报》2018 年第 2 期,第 16-21 页。王渊清:《清初访碑:田野考察的滥觞》,《中国书法》2018 年第 6 期,第 41-44 页。凌彤:《论乾嘉"访碑"活动与清中期金石学的嬗变》,《社会科学论坛》2020 年第 5 期,第 47-60 页。孙国栋:《清乾嘉时期泰安访碑活动研究》,南京艺术学院 2019 年硕士学位论文。王文超:《清初金石学研究》,吉林大学 2020 年硕士学位论文。

同的:一方面缘于金石学在清代集学术研究之大成,关注甚众;另一方面,游只是清人研究金石学问的过程而非主要目的,游记并非金石之游的学术成果。

白谦慎认为"访碑是一种游历。晚明便有旅行的风气。在清初,明遗民拒绝参加科举考试,也有时间旅行访碑"①。梁启超说,"乾、嘉间之考证学,几乎独占学界势力,虽以素崇宋学之清室帝王,尚且从风而靡,其他更不必说了"②。在考据渐趋成为清代学术主流的时代背景下,"访碑"之心态显然不能完全等同于游历。

从金石之游所连接的文本创作来看,清代金石学家多以金石学著作为其代表,罕有专门呈现游于金石的诗文专辑。不过,清人在聚焦展现访碑时的诸多书写方面是远超前代的,如"西泠八家"之一的黄易,他是金石学者与书画篆刻家,既有金石学著作《小蓬莱阁金石文字》和《小蓬莱阁金石目》,也有访碑游记《嵩洛访碑日记》,甚至还有访碑的图记《嵩洛访碑廿四图》《岱麓访碑廿四图》《得碑十二图》《访古纪游图》等。从创作的意图来看,访碑日记"记叙拓碑经过甚详,间亦涉及沿途风景人物",而"得碑始末,则图记缕悉"③。这些作品遵循着游记对游踪书写顺序的要求,描绘了个人寻访碑刻的精彩行旅历程,并图绘出碑刻的具体位置和环境信息。由于时代的洪波赋予了"访碑"活动明确的考证目的和学术情怀,清代金石学者通常显见以寻访的执着性和一丝不苟的考证态度,与"游"的休闲性及其多元表现有着一定的区分。

再如清代金石学家叶昌炽虽然声称"山川之胜,翰墨之缘,可以兼得",但从其"戏作卧游访碑记一篇"所透露的对广游访碑这一学术考察活动的渴望,以及论及徐霞客时所言,"余尝谓徐霞客好游而不知网罗古刻,近时陈簠斋好古而深居里门不出,此古今一大憾事"④,都说明在嗜好金石文献的清代学者眼中,"游"需以金石为中心才是研究金石的正确方法,游的核心价值也唯有访碑才能彰显。

从清初到乾、嘉的金石学者们,他们访碑纯为金石,"游"是本能的学术驱动,具有纯为考证而去考证的研究意图。相反,明代金石学者显然更具有以"游"为核心的多重创作视角。都穆自言"予性好山水,所至之处,山水之佳者,未尝不游"⑤,他于名胜古迹的游途中顺便访碑寻拓、观览金石,以"游"为中心,并非专为访碑而游;都穆有类似于访碑日记的《使西日记》、有游记《游名山记》、有金石学著作《金薤琳琅》,三书皆闪烁着"游"之意趣。再如万历年间的赵崡,"深心嗜古,博求远购,时跨一蹇,挂偏提,注浓酝,童子负锦

---

① 白谦慎:《傅山的世界:十七世纪中国书法的嬗变》,北京:生活·读书·新知三联书店,2006年版,第226页。
② 梁启超:《中国近三百年学术史》,北京:东方出版社,2004年版,第25页。
③ [清]黄易著,况正兵等点校:《嵩洛访碑日记(外五种)》,杭州:浙江人民美术出版社,2018年版,第68页。
④ [清]叶昌炽著,姚文昌点校:《语石》,杭州:浙江大学出版社,2018年版,第174页。
⑤ [明]都穆:《游名山记(及其他二种)》,北京:中华书局,1991年版,第25页。

囊、拓工携楮墨从,周畿汉甸,足迹迨遍。每得一碑,亲为拭洗,椎拓精致,内之行箧。遇胜景韵士,辄出所携酒,把臂欣赏,得佳句即投囊中"①。从清人康万民《石墨镌华序》对赵氏把酒吟诗访碑之旅的形象描绘,可见赵崡 30 多年的访碑生涯中,"探奇览胜"与"翰墨之缘"兼而得之。赵崡的 8 卷本金石学著作《石墨镌华》亦体现了游心翰墨的多重创作视角:前 6 卷著录各代碑刻 253 种,卷七是《访古游记》三篇《游终南》《游九嵕山》《游城南》,卷八是访碑途中的 32 首记游诗。行记、记游诗、记游文和金石学专著,涵摄了明人与自然的交接、对地景的审美感知以及收集品鉴的独特意趣,透过"游"的观看与发现,对铭刻人们社会活动的地景,书写出立体式、扩展性的人文意涵,因而,"游"不仅具有重量级的加成功能,更为文学提供了体察地景丰富意涵的方式,传播了金石的文化势能,形塑了明代金石学者的好尚与涵养。

(三) 废墟凝视间的独特情感

博古游记的主要情感特征是好古,但是好古不仅在于古迹记写在游记中所占的篇幅,也不仅在于考证的严谨程度,而更在于书写者的情感寄托与不自觉流露出的观视角度。

宋人的博古就带有赏玩的旨趣。欧阳修开创了跋尾考证的体例,跋尾作为对已经收藏金石的押署,已然是一种艺术鉴赏行为;李清照《金石录后序》中回味了与赵明诚高雅的学术品鉴:"每获一书,即同共勘校,整集签题。得书画彝鼎,亦摩玩舒卷,指摘疵病,夜尽一烛为率。"②在他们的心目中,博古与雅致、赏玩是密切相关的,游于金石之间也是涉险则止,研究把玩金石与艰辛访碑的氛围是不相融合的。

清代"考证古典之学,半由'文网太密'所逼成"③。囿于清初的政治环境,考证在典范学者的影响及带动下成为风尚。游于金石的清人跋涉万里,于荒郊古刹间搜访摹拓,求索甚力,但他们往往忽视了游观本身的审美体验。正如王国维所言"近世金石之学复兴,然于著录考订皆本宋人成法,而于宋人多方面之兴味,反有所不逮",他以"兴味"尺度,从"鉴赏之趣味""研究之趣味""思古之情"和"求新之念"④四个方面指出了宋、清之于金石审美意趣的差异。

明人都穆显然承继着宋人赏玩的旨趣,网罗旧闻,收蓄百家,在他的游记和金石学著作中所呈现出的"鉴赏派"的文化形象,与清代金石学者有着本质的不同。

---

① 新文丰出版公司编辑部:《石刻史料新编(第一辑)》第 25 册,台北:新文丰出版公司,1982 年版,第 18583 页。
② 新文丰出版公司编辑部:《石刻史料新编(第一辑)》第 12 册,台北:新文丰出版公司,1982 年版,第 8981 页。
③ 梁启超:《中国近三百年学术史》,北京:东方出版社,2004 年版,第 26 页。
④ 王国维:《王国维考古学文辑》,南京:凤凰出版社,2008 年版,第 116 页。

即便登临同一景观,记游表述也能体现出书写者不同的情感向度。如同为游观嵩山戒坛所见倾圮沦废之状,王士性、徐霞客的嵩游侧重于探幽履险之趣,对于这一呈现地方特殊性的遗存古物,以纵观的约略简赅笔法,或状书法"笔陈如列戟"①之笼统印象,或以"石上刻镂极精工,俱断委草砾"②记述整体观感。袁宏道慨然于"阅碑如林"之游观,不类其他嵩游之记仅关注奇秀美景,《嵩游第三》③用"字极精""细入毫发""无一笔蚀者""隶法遒逸"等一一点评的笔法,细绘戒坛古迹之精美,"古碑刻完好者",道出"数碑沉沦,恐不免"的感伤和惋惜情怀。清代黄易《嵩洛访碑日记》从拓碑的视角书写了戒坛碑刻之实迹:"十五日……山僧导至西原戒坛旧址,见东魏天平二年嵩阳寺伦统碑,造像精工两面俱刻,向获拓本止下层八分书一段,余皆未拓,其上篆额与诸佛名刻字工人弗顾也,戒坛护法石像碎卧荒草间,唐开元时道安禅师残碑半埋土壤,惟净藏禅师塔铭尚嵌塔身,巍然西峙;元僧数塔在寺东,碑刻封号,极崇大也。"④上述四人对金石的关注重心各异。

都穆的游之视野则凝聚于古物发见之旨趣,描绘自己于戒坛寺的观览体验:"入门,破屋三楹,其中碑四刻。元学士李溥光所书'茶榜',字径四寸,遒伟可爱。后即戒坛,倾圮已久,旁有唐大历二年敕戒坛碑。寺左百步,为会善寺,法堂中有后周嵩阳寺碑,后刻云'大唐麟德元年移植于此',可谓古矣。"⑤"废墟那庄严有力的存在不仅暗示了昔日曾经完好无损的纪念碑,而且使它受损后的残存部分既迷人又肃穆"⑥,无论是对"破屋三楹""倾圮已久"游历场景的纪实描绘,还是对现场观视碑刻的尺寸、位置、数量等琐细特征的叙写,都呈现了一个从容游于倾废古迹之间,具有好古情怀之人独特的情感向度。尤其"遒伟可爱""可谓古矣",凸显出面对历史残迹的凝视快感,着墨不多但令人可以想见评议之人的语调姿态,行走于往昔的思绪所激发的正是"鉴赏之趣味""研究之趣味"和"思古之情"。

总之,从对金石研究方式的重视程度出发,关在书斋中做学问有不足已成为清人的普遍认识。乾、嘉学者推动下的访碑之游不啻一种壮游,这种寻古探奇的游历情趣渐趋成为游的新风尚,于此而言,"碑碣古迹载之颇详"的《使西日记》堪为博古与亲见结合的示范,推进了金石学的发展。《游名山记》中他"善游而能言",他洞察了以名山为代表的人文场所精神,诸如玩月终南之巅,挹夷齐之高风,吊希夷之蜕函等游赏乐事,既对话先贤,跨越了时代的限制,也审视了刻在地景上的文本,遐探邃讨、搜奇抉怪,然后以文字发之,铸造出文本在空间上的意义。因而,明代的都穆上承宋代金石学之学术成果,下启清代访碑之旅,他的作品成为游记文学史上独一无二的日记体访碑游记和博古游记专集。

---

① [明]王士性著,朱汝略点校:《王士性集》,杭州:浙江古籍出版社,2013年版,第24页。
② [明]徐弘祖著,朱惠荣校注:《徐霞客游记校注》,昆明:云南人民出版社,1985年版,第56页。
③ [明]袁宏道著,钱伯城笺校:《袁宏道集笺校》,上海:上海古籍出版社,2018年版,第1609页。
④ [清]黄易著,毛小庆点校:《嵩洛访碑日记(外五种)》,杭州:浙江人民美术出版社,2018年版,第8页。
⑤ [明]都穆:《游名山记(及其他二种)》,北京:中华书局,1991年版,第8页。
⑥ (美)巫鸿:《废墟的故事》,上海:上海人民出版社,2017年版,第21页。

第四章

览胜之境：王士性《五岳游草》的语-图视觉范式

　　王士性(1547—1598)，字恒叔，号太初，浙江临海人，一生嗜游，"少怀向子平之志，足迹欲遍五岳"①，三十岁进士及第后开启了光辉的宦游历程，十五年间车辙马迹几遍明朝疆域，"嗜而未食，惟闽荔枝"②。他是明代能与徐霞客比肩的杰出旅行家，近代历史地理学家谭其骧先生评曰："从自然地理角度看，徐胜于王；从人文地理角度看，王胜于徐。"③王士性游历广、著述亦丰，周振鹤先生编校的《王士性地理书三种》将其分为以下三种：一是《五岳游草》。成书于万历十九年辛卯(1591)④，王士性时年45岁。该集前有自序、图录36幅；正文凡十二卷，前七卷为记游文：五岳之游、大河南北诸游、吴游、越游、蜀游、楚游、滇粤游，后三卷为记游诗176首。二是《广游志》。"不尽于记者，则为《广游志》二卷，以附于说家者流"⑤，附于《五岳游草》卷末，分上下两卷，与前之诗文都为一集。三是《广志绎》。成书于万历二十五年丁酉(1597)，王士性时年51岁。书凡六卷：方舆崖略、两都、江北四省、江南诸省、西南诸省、四夷辑。其中《四夷辑》有目无文，下有注云"考订嗣出"⑥。三书围绕王士性广游天下的身所见闻，以"游"为核心生发开来，游而有记，因记生论，进而推理演绎。如此层次井然、逻辑清晰的记游、说游、绎游系列在游记文学史上是罕见的，展现出了明代游记的新视野与新高度。和前代游记不同的是，"峨眉、太和、白岳、点苍、鸡足诸名山，无不穷探极讨，一一著为图记，发为诗歌，刻画意象，能使万里如在目前"⑦，王士性以图记凸显视觉奇观，开启了观看景观的另一种方式，图文共舞的述游模式共筑了地景观览的差异美。因此，本章试从语-图关系角度，研究《五岳游草》广游天下的地志书写面向，以及基于地理视角的文化记忆，探讨产生于明代中后期图文并茂、传神写心的游记文本所呈现的独特创新价值和典范意义。

---

① [明]王士性撰，朱汝略点校：《王士性集》，杭州：浙江古籍出版社，2013年版，第23页。
② [明]王士性撰，朱汝略点校：《王士性集》，杭州：浙江古籍出版社，2013年版，第14页。
③ 朱荣、谭绍鹏、张思平：《纪念徐霞客论文集》，南宁：广西人民出版社，1987年版，第235页。
④ [明]王士性撰，朱汝略点校：《王士性集》，杭州：浙江古籍出版社，2013年版，第682页。
⑤ [明]王士性撰，朱汝略点校：《王士性集》，杭州：浙江古籍出版社，2013年版，第219页。
⑥ [明]王士性撰，朱汝略点校：《王士性集》，杭州：浙江古籍出版社，2013年版，第221页。
⑦ [明]王士性撰，朱汝略点校：《王士性集》，杭州：浙江古籍出版社，2013年版，第3页。

第一节 记游观念的视觉中心新变

记游之文、图、诗都是王士性游历山水留下的第一手材料,三者以整体的、不可或缺的文本姿态,毕集于《五岳游草》,呈现他广游天下的体验与感悟。然而,要形成"万里如在目前"的独特视觉风貌,除了诉诸文字描摹山水之外,还须借助具有审美意象的图记。"图记",《汉语词典》有释者四:方志;印章的一种;犹图谶;标志。以"方志"的释义而言,图记是中国方志发展过程中的一种编纂形式,指以图为主或图文并重记述地方情况的书籍或地理志。当然,不仅方志中存有图记,文人的题画诗文中也有诸多图记,如元结为游而做的《九嶷山图记》、归有光书写吴山风光的《吴山图记》等,记是对图的文字说明,图是对记的形象展示。王士性——"著为"的"图记",虽然也是在参考地理志的基础上,纪实眼前的自然与人文景观,但他通过不同地理区域的分览,规范"阅读者"的视角,唤起并再现了密接于地理的文化记忆,融通了古今情感,实现了对文本意义的直观阐释,形成了语-图连体的阅读效果。进言之,王士性的记游采用了图文并茂的新范式,图能肖其巧,文能究其神,形成"万里如在目前"的独特艺术效果,不仅使得游记专集的审美情趣与可供鉴赏的水平更上新台阶,也成为明代图记类游记文学的典范之作。

一、游记图记对舆图的承袭与变化

"古之地志,载方域、山川、风俗、物产而已"①,"图"与"志"是为史部地理类的重要载体,"图以为经,志以为纬,隋唐相沿,志地之书皆然也"②。图为志设,志主图附,古人绘图于志的目的是服务于王朝军事、政治、教育的统治:"图四境辨疆域也,图城池思防御也,图公署重政本也,图学校首育才也"③,包含山川图的疆域图常用"计里画方"的绘制方法来保证其精准性,并未将审美功能放在首位。

在志书严谨、科学的内在规范要求下,具有文学趣味的地志也悄然出现,如南宋王象之的《舆地纪胜》和祝穆的《方舆胜览》,一改旧志撰述地理的主旨。如《舆地纪胜》曰:"收拾山川之精华,以借助于笔端,取之无禁,用之不竭,使骚人才士于一寓目之顷,而山川俱若效奇于左右。"④地理类志书的书写具有了文学的情趣和韵味。遗憾的是,《舆地纪胜》

---

① [清]永瑢等撰:《四库全书总目》,北京:中华书局,1965年版,第594页。
② [清]郭嵩焘撰:《郭嵩焘全集》第6册,长沙:岳麓书社,2018年版,第3页。
③ [清]李天培:《深州志》,清康熙三十六年刻本。
④ [宋]王象之撰,赵一生点校:《舆地纪胜》,杭州:浙江古籍出版社,2012年版,第3页。

有图16卷,今已不存,所以今天无法判断记游图作出了如何不同于方志舆地图的审美转变。

从中国古代方志的历时性发展过程来看,在文字愈多的同时,作为地志正体的舆图在方志中的地位与比重愈下降,不仅图量锐减,甚至在方志中以无地图为常事,"元明以后,体例相沿。列传侔乎家牒,艺文溢于总集。末大于本,而舆图反若附录"①。一方面,方志中的舆图受到冷落,另一方面,明代中晚期具有审美意味的插图本书籍却深受欢迎,即使像《牡丹亭》这样的流行读本也"戏曲无图,便滞不行"②。出版市场上的"插图热"成为旅游图记风行与发展的内在动力。

提到记游图,人们的第一印象是将其等同于古代的舆图,或是现今图标规范的导览图。以其功能而言,排在第一位的是地理方位指向明确的导览作用,对山水美感艺术展示的功能则处于次要地位;以其作用而言,记游图是对记游文字的辅助说明,图文参合并观,再现观览路程。然而,以"视觉"为中心的游记图记的出现,是偏重舆地观察的古代游记在传承地志的基础上、在深度体悟舆地的过程中发生的质的飞跃。游记图记源自舆图,但又因其以文学观照和审美反映为核心,在形态上渐趋与舆图和而不同,并在印刷技术长足发展的明代,"以图言说"成为时代热点,提升了记游图的地位和作者的创作热情,游记和图记的合成文本应潮而生,推动了游记在编纂观念上的飞跃。阅读游记不再仅仅是对文字的阅读,而是结合"观看"景点的形式的语-图统觉共享的新体验。

再将游记图记置于明代进行考虑。明代中后期,旅游活动的兴盛推动明代的游记文学在三个方面走向高峰:一是游历渐广使得记游山水的诗文创作繁荣;二是重视游记的文化传承功能,自觉整理历代游记汇成总集;三是个人游记作品的专集编著的肇始与兴盛。游记书籍出版日盛,但能与游记相匹配的图的数量却极少,且质量参差不齐,或是来自志书中特征明显的舆图,或是画面精美、描绘细致的非全景式的胜景图。彰显文人山水意味,具有美感的导览记游图还未能成为大观,甚至成为游记文本中的一种缺憾。"近代名山有纪,始于吴门都玄敬,而备于括苍何振卿。增都损何,自命撮胜者,吴兴慎氏也。每揽三家之帙,几括寓内之奇。然虽文中有画,而目前无山赏心者,犹遗恨焉。"③何良俊曰:"名山游记,纵其文笔高妙,善于摹写,极力形容,处处精到,然于语言文字之间,使人想象终不得其面目。不若图之缣素,则其山水之幽深,烟云之吞吐,一举目皆在。"④构建真实、精详,并具卧游观赏性质的多元化山水文本,成为推动游记文本革新的动力。

---

① [清]永瑢等撰:《四库全书总目》,北京:中华书局,1965年版,第594页。
② 见《牡丹亭还魂记·凡例》,转引自汪燕岗:《古代小说插图方式之演变及意义》,《学术研究》2007年第10期,第141-145页。
③ [明]杨尔曾:《新镌海内奇观》,明万历三十七年(1609)刊杭州夷白堂刻本。
④ 俞剑华编著:《中国古代画论类编》,北京:人民美术出版社,1957年版,第108页。

在志书舆图的基础上，经过文人主动性地参与创作，具有审美意味的记游图由于契合了游记的传播需要得以风行，并逐渐与舆图泾渭分明，例如编于崇祯四年的《名山胜概记》曰："名山图仿自各省旧志，……共计五十五图，俱出一时名流之手，……大自五岳小迨培楼，灵区胜境，罔不毕备。以及远势细微之境，历历可观。"①这些视觉性的图像形态与文字形态的并重并茂，成为"观看"心灵山水描绘中不可或缺的重要元素。

二、游记图文参合并观的编纂方式

"明代以后，游记文献创作繁荣，结集也逐渐增多，并且形成总集（多人游记集）和别集（个人游记集）两个系列。"②以别集而言，乔宇、徐霞客皆以游历时间的先后著录成集；以游记总集而言，何镗《古今游名山记》（嘉靖四十四年即1565年）和慎蒙《游名山一览记》（万历四年即1576年）以类编辑，王世贞《名山记广编》以名山所依省郡分卷；与明前以及明朝诸多游记的别集和总集相比，《五岳游草》图文参合并观的编纂体例尤显与众不同。

王士性在尺牍《寄吴伯与学宪》云："然振卿本虽冗，而搜辑之功多；至慎氏删而节之，参以鱼目，便成恶道。足下校文之暇，何不取其书笔削成一家言，亦奇事也。"③流露出对游记文本编辑的重视与期望，对何振卿、慎蒙先后编撰成的两部游记总集颇有微词，认为需要将古代游山之文再度搜辑整理，进而成为游记专著中的"一家之言"。

正是因为对游记文本编纂方式的重视，王士性的《五岳游草》采用了图文并茂的记游新范式，三十六幅形象直观、精美规范的山川景物图录为个人游记专集所罕见，这些图记同于诗文体例，于前七卷记游文每卷题名下注明了附图篇数，具体情况如下：

卷名	图记名					
岳游	嵩岳	岱岳	华岳	衡岳	恒岳	灵岩
大河南北诸游	西山	孔林	两河	关中	—	—
吴游	三吴（总图）	吴门	金陵	白岳	京口三山	西湖
越游	两越（总图）	禹穴	天台	雁荡	雪窦山（四明附）	台中
蜀游	栈道	蜀都	三峡	峨眉	—	—
楚游	楚江	太岳	匡庐	襄阳	—	—
滇粤游	桂林	七星岩（端州）	昆池	鸡足山	点苍山	九鼎山

---

① 上海古籍出版社编：《中国古代版画丛刊二编》第8辑《名山图》，上海：上海古籍出版社，1994年版，第14页。
② 贾鸿雁：《中国游记文献研究》，南京：东南大学出版社，2005年版，第105页。
③ [明]王士性撰，朱汝略点校：《王士性集》，杭州：浙江古籍出版社，2013年版，第536页。

笔者查阅了《明代舆图综录》①,该书汇集了明代所著录的一百余种包含地图、插图的重要文献典籍,其中以游为主题,通过图文并茂、语-图互见方式呈现的唯有两部,一是万历十九年(1591)成书的王士性《五岳游草》十二卷,二是万历三十七年(1609)商业书坊主杨尔曾刊刻出版的《新镌海内奇观》十卷本,该书绘刻俱工,是明代山水版画的重要作品。

杨尔曾在《新镌海内奇观》凡例中曰:"是刻考证志书,搜罗文集,手自排缵,虽属不工,然不敢以杜撰说传,贻笑大方",舆地书写的特征使得语象真实可靠;"绘图系今时名士镌刻,皆宇内奇工,笔笔传神,刀刀得法,览者当具双眼"②。绘制工整、图画精美的一百三十多幅插图可与文以按图索骥的方式相对应;所谓"双眼",即是该书语象和图像统觉共享设计方式的凸显。郑振铎先生对此书的语-图关系有如下印象:"明人辑名山游记者有都玄敬(穆)何振卿(镗)诸人,而其书皆不附图。名山记之有图,盖自尔曾此书始。……此书'说'皆出尔曾手笔,不类他书之专集昔人游记也"③"像《海内奇观》那样的插图,绝不是凭空所能刻画出来的"④。诚然,该书准确生动的文字和视觉鲜明的图录令人瞩目,但因"概不直书(原作者)姓字"⑤,且有意考证辨识的编撰面向,删除了原作者游历后抒发真情实感的文字,文本一定程度上与原游记有所不同。

《新镌海内奇观》准确生动的文字和视觉鲜明的图录确实令人瞩目,但据笔者统计,《新镌海内奇观》基本全文采用《五岳游草》的游记有23篇,采用图录有21幅。与早于《新镌海内奇观》近20年的《五岳游草》对照,亦可凸显王士性语-图并观游记的开创价值。

《新镌海内奇观》使用王士性《五岳游草》图与记情况汇总表					
第一卷	《嵩岳图说》(用文用图)	《岱岳图说》(用文用图)	《华岳图说》(用文用图)	《衡岳图说》(用文用图)	《恒岳图说》(用文用图)
第二卷	《孔林图说》(用文用图)	《西山图说》(用文用图)	《金陵图记》(用文用图)	《金山焦山北固山图说》(用文用图)	
第四卷	烟雨楼说附(用文)				
第五卷	《两越名山图说》(用文用图)				
第六卷	《天台山图说》(用文未用图)	《雁荡山图说》(用文未用图)			

---

① 王自强:《明代舆图综录》,北京:星球地图出版社,2007年版,第10页。
② [明]杨尔曾:《新镌海内奇观》,明万历三十七年(1609)刊杭州夷白堂刻本。
③ 郑振铎:《西谛书话》,北京:生活·读书·新知三联书店,1983年版,第250页。
④ 郑振铎:《中国古代木刻画史略》,上海:上海书店出版社,2006年版,第68页。
⑤ [明]杨尔曾:《新镌海内奇观》,明万历三十七年(1609)刊杭州夷白堂刻本。

(续表)

《新镌海内奇观》使用王士性《五岳游草》图与记情况汇总表				
第八卷	《匡庐图说》(用文用图)	《峨眉山图说》(用文用图)	《三峡图说》(用文用图)	《四川栈道图说》(用文用图)	《两河图说》(用文用图)
第九卷	《太和山图说》(文用了游记第一小节)				
第十卷	《桂海图说》(用文用图)	《七星岩图说》(用文用图)	《鸡足山图说》(用文用图)	《云南九鼎山图说》(用文用图)	《点苍山图说》(用文用图)

总之,明代中晚期率先出现《五岳游草》这种图文并茂、具有视觉印象的个人游记专集并非偶然,还原至特定的时代背景下,这既是画论与文学在明代的融通深化,亦是游记发展到明代的质变新象之一。王士性创作多元游记文本的大胆尝试,无疑引领了时代的潮流,《五岳游草》的 31 篇游记,合以记游区域一致的 36 幅图记,以图文互见的方式动态呈现历时性的游历过程,建构了山水自然的视觉体认,传达了更深入的审美体验,其编纂价值在于:遍及明王朝的个人游历图文,真实详尽,且在当时绝无仅有;图文统觉共享的模式,打开了记游的新视域。

第二节 《五岳游草》的编纂特点

山水游记与心灵审美紧密相连。《五岳游草》在志的基础上将图与记变通运用,紧扣"胜"字予以落笔与构图,于成书体例、语-图命名、记游笔法等方面,通过对视角有意识的引导,达到突出名胜中心地位,密接审美观照,以语-图的互访、互文制造视觉效果的编纂意图,这是不同于传统游记,或是配图叙述的舆地志的独特意象呈现方式。

一、注重审美 凸显中心

以山和水为基准描绘地理环境是绘图的基本方法。基于不同的构图理念,绘图者能通过表现形态、透视方向以及空间圈层各异的构图元素,传达出具有情感延伸的独特意象。如下列四图皆表达对具体方位的认知,并指示大致明确的地理范围,但由于营造法式的差异,使得图像具有了不同的造型和言说意蕴。如下图:

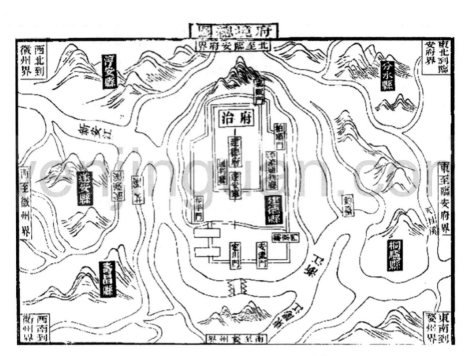

南宋《严州图经》——建德府境总图①

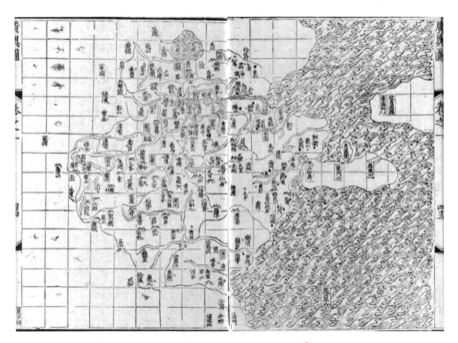

朱思本《舆地图》——浙江舆图②

---

① 盛博：《宋元古地图集成》，北京：星球地图出版社，2008年版，第588-589页。
② [元]朱思本撰，[明]罗洪先增补：《广舆图》，明万历七年海虞钱岱刊本。

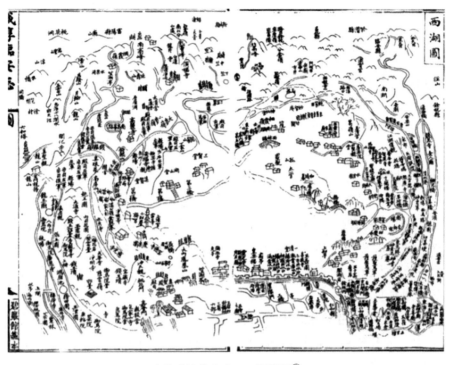

南宋咸淳临安志——西湖图①

王士性《五岳游草》——《西湖》

---

①［宋］潜说友：《咸淳临安志》，杭州：浙江古籍出版社，2012年版，第16页。

《严州图经》是现存最早附有舆图的地方志。位于《建德府境总图》正中的是府治，其他五县分列左右；山峦有远处连绵、近处低矮之状；水体大致有三种等级粗细，以区分干流和支流。该图所建构的视觉观感为：虽然山峦布列、水流环绕，但它们从属于府治的"中正"地位，山水并非图中的视觉焦点，仅起着呈现方位与连通情况的作用。

　　《舆地图》是元明时期中国地图的祖本。分图《浙江舆图》的山川、江流、大海皆统一以图符标识：山峦标以峰头的三角形态，河流标以双线，大海标以波澜起伏的卷水纹样等。该图在视觉上如棋布局，形实可据，确为"计里画方"之法绘图的典范，服从于核山河之名实的绘图目的。

　　《咸淳临安志·西湖图》是今天尚能得见的杭州宋代舆图之一。它以鸟瞰整体风貌的视角构图，中心留白处为西湖，山岭、树木、城池、寺观等皆以简略的图符和文字标识在西湖四周。该图在视觉上力求详尽、无一遗漏，注重实用与清晰，但不甚着意于山川之美和游览之胜。以上三图，画面简明清晰，多采用平面符号体系界定方位，视角固定，是风格不同的舆图典型。

　　王士性的《西湖》运用了写意山水的视觉范式，水流粗细有致，曲折蜿蜒，山峦大小、高低有别，山和水皆形态各异，它不仅没有其他三图细密地名的扑面感，还打破了固定视角的约束，增添了流动感。若与《咸淳临安志·西湖图》进一步对照，更可显见构图理念不同生成的巨大视差：首先，紧扣"胜"字构图。王士性将波光粼粼的西湖之水置于中心，而将城市置于图记最下方，即便同是画出房屋，仅是标明民居，而未如舆图对府学、官府等机构的刻意详尽呈现，且城内于醒目位置标识的仍是吴山、第一泉、紫阳庵等景观。其次，昭示山水美感。图记不仅用山水画的笔技法呈现出立体的、鲜明的山水形态，还增添了泛舟西湖的小船、游赏湖心亭的游人、湖边或行或坐等诸多观赏细节画面，具有质感的审美意趣充盈其中。

　　因此，在用图叙述的模式上，以景观与审美为中心，表达对览胜之境的强烈审美认同，是王士性创作图记的立足点，进而他的作品在总体视觉观感上形成了迥异于舆图的三种显著特征：

　　第一，山水景观中心地位的视觉凸显。山水总是位于王士性图记的中心位置，为了突出山水景观，还有意放大山川景物所占的画面比例，缩小中心城市的画面占比，甚至不惜让画面比例失调。

　　第二，山水形态美感的具象化彰显。王士性的图记除具备舆图"按图索骥"式的功能外，还以形象画法肖貌山水形胜：用具有审美意蕴的白描画笔更为精细地勾勒山水，将原本单调划一的山水图像符号，以多姿多彩的形态写景于图中。如《雁荡》中的剪刀峰画出了剪刀的形状，僧抱石、老僧岩等皆以人形[1]显示；《雪窦》中的石夫人以意会画以窈窕之形等[2]。

---

[1] [明]王士性撰，朱汝略点校：《王士性集》，杭州：浙江古籍出版社，2013年版。
[2] [明]王士性撰，朱汝略点校：《王士性集》，杭州：浙江古籍出版社，2013年版。

第三，演绎栖居图记之人对山水美感的发现。不同于舆图通常"目中无人"的画面，王士性的图记中增加了人物指点、观赏的活动画面，如《襄阳》大堤上的三人面向汉水的不同方向驻足观赏①，体现出游观审美的价值取向。

总之，文中有画意、目前有真山，画内画外之人或居高俯瞰，或居低仰视，游之动影、实情皆能了了见历，览胜之人贴合胜景两相交融的光韵美感一举目而皆在。

二、标明线路 图说游程

王士性图记的创作目的不同于舆图，亦不同于完全呈现美感的实景山水画，其用意在于按图能穷致山川之奇，具备显见的导览功能，因而图中标有明显的行经游览线路，并对具有观赏性的景点在画面上力求详尽、无一遗漏。

图记中的导览功能分为两种，一种是王士性自己游历中经过的，对游览过程的始与终，有着明显的界定，也是与文字记述相符合的。例如，王士性未能至普陀山游观，他东行至定海渡海，"云雾连三日重，海气昏昏不辨"，仅得于招宝山县望普陀之胜，所以在两越总图中并没有画出普陀山，只有招宝山和旁边的大海②，表明图记注重表达其实际经行游历的景点。另一种是开放性的，具有多种进入和游览的线路，更类似于现今的导览图，如《天台山》《雁荡》等。

今试以武当山为例，探讨以景观与审美为中心的王士性，是如何融合游记与图记，引导读者进入文字与图像世界的。

首先，现今可考的武当山志始于元代③；明代有 4 部官修武当山志④，从第二部官修山志开始采用图文并茂的叙述模式。以构图而论，志书中的舆地三图，以太岳宫观分布情况的具体呈现为构图目的，在画面上尤以地位崇高的金殿为视觉焦点，并不着意于山川之美和游览之胜，而是注重实用与清晰可见，因而一眼望去，图中山峰、宫观的形状雷同，每个宫观上插设的标牌形状也雷同，用双实线的流水线条所显示出的山之路径也无陡峭、平坦、险夷之分。反观王士性的太岳图，各个山峰形态各异，具备高低起伏、重峦叠嶂之状，宫观也有大小之分别；山中路径也更加形象具体，用虚线显示完整的游历路径，例如在青羊涧用双实线标明山涧水流，以示不同。这些情况在三部武当山的舆图中显然是没有的，在导览的功用中具备了审美山水的意味。

---

① [明]王士性撰，朱汝略点校：《王士性集》，杭州：浙江古籍出版社，2013 年版。
② [明]王士性撰，朱汝略点校：《王士性集》，杭州：浙江古籍出版社，2013 年版。
③ [元]刘明道著，[清]王概总修，[清]姚世倌等纂：《武当福地总真集》，南京：江苏古籍出版社，2000 年版。
④ 分别是宣德六年(1431)任自垣的《敕建大岳太和山志》、嘉靖十五年(1536)方升的《大岳志略》、嘉靖三十五年(1556)王佐修和慎旦的《大岳太和山志》、隆庆六年(1572)卢重华的《大岳太和山志》。

其次,王士性因紧扣"胜"字落笔与构图,所以在用图叙述的模式上,与志书存在实质性的差异。例如在移步换景中,禹迹池、福地、宝珠等这些人文游观性质的景点在图中、记中一一呈现、点评;他登临途中所见的其他山峰也在图中记中得以显现,如"掠三公、五老诸峰",力图从全景的角度呈现"周环八百余里"的武当山全景。

在得览山之全貌后,王士性引志曰:"昔者朱升志岳,谓得三大观:栖危颠、凭太虚,如承露仙掌,擎出数千百丈,日月出没其下,不如太和;立神以扶栋宇,凿翠以开户牖,逞伎巧于悬崖乱石间,因险为奇,随在成趣,不如南岩;右虎左龙,前雀后武,虽当廉贞、贪狼二兽之下,而环抱天成,楹石所栖,各有次第,不如紫宵。故论太和之胜,于其高不于大;论南岩之胜,于其怪不于其丽;论紫宵之胜,于其整不于其奇。信夫。"①

上引文字出自方升《大岳志略》紫宵宫条②,王士性用"信夫"二字体现出对游赏览胜强烈的审美认同。游记与图记的贴切配合,显示出王士性将图与记在志的基础上的承袭、变通之运用。具体情形见下图:

方升《大岳志略》嘉靖十五年(1536)③

---

① [明]王士性撰,朱汝略点校:《王士性集》,杭州:浙江古籍出版社,2013年版,第109-110页。
② 中国武当文化丛书编纂委员会编:《武当山历代志书集注》,武汉:湖北科学技术出版社,2003年版,第522页。
③ 中国武当文化丛书编纂委员会编:《武当山历代志书集注》,武汉:湖北科学技术出版社,2003年版,第494页。

王佐修、慎旦《大岳太和山志》嘉靖三十五年(1556)①

卢重华《大岳太和山志》隆庆六年(1572)②

---

① 陶真典、范学锋点注:《武当山明代志书集注》,北京:中国地图出版社,2006年版,第279页。
② 陶真典、范学锋点注:《武当山明代志书集注》,北京:中国地图出版社,2006年版,第425页。

王士性《五岳游草》——《太岳》万历十九年（1591）①

再次，除聚焦山景之"胜"，王士性还侧重展现人之"胜"。游记的开篇在引述志书后曰："山既以擅宇内之胜，而帝又以其神显，四方士女……不远千里号拜而至者，盖肩踵相属也。"②为下文侧重展现人之"胜"埋下伏笔。王士性不仅并未如三幅舆图中标以武当山最重要的"金殿"于天柱峰那样，甚至在《广志绎》中亦评曰："然自天柱而外，别无奇诡之观，徒土木之伟丽尔"③，因而其游记中对金殿的描写仅寥寥数字，令其侧目的是天柱峰绝壁上道士们"叠累以居，如蜂房之结缀而累累也"，大风呼啸而来，"吹屋离崖，骈肩动摇，欲堕不堕，又如坐楼船荡漾于惊涛怒浪中，而彼了不为意也，盖习之矣"④。观者惊心动魄，而居者却习以为常，对巢居道士们的生动描述再现了武当山空前繁盛的景象。

三、举大该馀 视域拓宽

《五岳游草》在题名与体例上有意突出五岳，再一层层地展开山水这部大书，赋予实地山水不同地域意义。清代"四库馆臣"曾说："士性初令确山，游嵩岳。擢礼科给事中，游岱岳、华岳、恒岳。及参粤藩，游衡岳。此外游名山以十数，经历者十州。游必有图有诗，为图若记七卷，诗三卷；不尽于记与诗者为杂志二卷，亦名《广游记》。统题曰《五岳游

---

① [明] 王士性撰；朱汝略点校：《王士性集》，杭州：浙江古籍出版社，2013年版。
② [明] 王士性撰；朱汝略点校：《王士性集》，杭州：浙江古籍出版社，2013年版，第107页。
③ [明] 王士性撰；朱汝略点校：《王士性集》，杭州：浙江古籍出版社，2013年版，第313页。
④ [明] 王士性撰；朱汝略点校：《王士性集》，杭州：浙江古籍出版社，2013年版，第109页。

草》,盖举其大以该其馀也。"①"举大该馀"既指出了该书独特的编纂方式,也点明了王士性具有全局地域意识的编纂观念。

首先,"举大"——"极天下"壮观的视觉凸显。江盈科《五岳游稿引》曰:"五岳于方内为神山巨镇。……鲜有能窥其域,况彼此横绝,动隔数千里,兼至为尤难。"②屠隆序曰:"最大者无如五岳,古今游人咸叹以为不得兼,而恒叔兼之。"③纵观王士性所属的明代,前有乔宇登临四岳惟欠祝融,后有徐霞客历时28年实现髫年所蓄五岳之志,王士性八年即完成游历五岳的壮举,尤其在两年的时间内踏览四岳,"皆天之假公时与地与官,以毕公志"④。能遍游五岳,并以图文记之,王士性可谓第一人。因而《五岳游草》打乱记游的时间顺序,对记游内容的进行重新整合编排,对跨时八年的三次宦游历程的文本予以抽取,将代表广大地理空间的五岳之游作为第一标目,并以《五岳游草》冠名记游诗文集,正是对"极天下"之壮观的视觉凸显。

其次,"该馀"——标志性地域景观的视觉联现。具体情形如下:

卷一 岳游	
游记顺序	图记顺序
嵩游记	嵩岳
岱游记	岱岳
华游记	华岳
衡游记	衡岳
恒游记	恒岳
	灵岩

卷二 大河南北诸游	
游记顺序	图记顺序
西征历	西山
游西山记	孔林
谒阙里记	两河
游梁记	关中
游茶城白云洞记	

卷三 吴游	
游记顺序	图记顺序
吴游纪行	三吴(总图)
留都述游	吴门
游武林湖山六记	金陵
	白岳
	京口三山
	西湖

卷四 越游	
游记顺序	图记顺序
越游注	两越(总图)
入天台山志	禹穴
游雁荡记	天台
台中山水可记者	雁荡
	雪窦山(四明附)
	台中

---

① [清]永瑢等撰:《四库全书总目》,北京:中华书局,1965年版,第676页。
② [明]江盈科撰,黄仁生辑校:《江盈科集》,长沙:岳麓书社,1997年版,第424页。
③ [明]王士性撰,朱汝略点校:《王士性集》,杭州:浙江古籍出版社,2013年版,第9页。
④ [明]王士性撰,朱汝略点校:《王士性集》,杭州:浙江古籍出版社,2013年版,第604页。

卷五 蜀游	
游记顺序	图记顺序
入蜀记上	栈道
入蜀记中	蜀都
入蜀记下	三峡
游峨眉山记	峨眉

卷六 楚游	
游记顺序	图记顺序
太和山游记	楚江
庐山游记	太岳
楚江识行	匡庐
吊襄文	襄阳

卷七 滇粤游	
游记顺序	图记顺序
桂海志续	桂林
游七星岩记	七星岩（端州）
泛舟昆明池历太华诸峰记	昆池
游云南九鼎山记	鸡足山
点苍山记	点苍山
游鸡足山记	九鼎山

从语-图对照表可见，图记并非对行旅长卷——详尽的方位展示，而是用具体景物命名，由此创作意图可判断王士性对知觉的选择，从而把握其话语的特质和框架。如作为行记的《入蜀记》分上、中、下三篇，其对应图记冠以《栈道》《蜀都》《三峡》的景观之名；再如区域总图性质的图记，如《三吴》《两越》《两河》《关中》《楚江》等，同样淡化城池、公署、学校等舆图视点，聚焦于区域特色的景观名胜。进而，语象以博物的方式，呈现行旅途中诸多景观的"非虚构性"；图记以重点突出的陈列之法，彰显观览的"在地性"，令读者"知其为是游而作"；语-图互访共纳，既联现了不同地域的标志性景观，也使游在"举大该馀"中具有了地域体认的动态性、延续性。

综上，名山以五岳为尊。王士性通过图记的带入，融合诗文的阐发，以五岳为象征的视觉符号指向了广阔的地理空间，如此全局地域意识的编纂观念，蕴含着王士性丰富的地理认知、审美体验和文化想象，向内拓宽了心理视域，向外成"一家之言"，王士性借此跻身古往今来地理学大家之列。

第三节 《五岳游草》的记游旨趣

《五岳游草》以七种地域之游标目，喻示着跨越不同的典范地域，具有不一样的地域感知与记游旨趣。若是纯化图记作为指示符号的表意功能，一幅幅不同区域内的特色景观图，串联起对整体空间意象的连续性、系统性描述，蕴含着王士性对总体山水格局的独特认知和细心体悟，也透显出《五岳游草》的记游旨趣。《大河南北诸游》便是王士性在批判继承了中国古代舆地山系学说之后，结合自己广游的详细考察，使用语-图两种不同的载体形成互动机制，共时性、多角度完成了对大河文明这一典型意义地域的记游书写。

一、《大河南北诸游》语-图的地域分览视角

(一) 再现大河辉煌文明过往的地域形胜

首先,大河题下的图记共 4 幅,大河一《西山》、大河二《孔林》分别与《游西山记》《谒阙里记》相对应,凸显了大河南北具有政治、文化典范性意义的重要地景;若依此逻辑,战国魏都梁城更能勾连地景记忆,理应为《游梁记》一文单独作图展现"忆梁往事"①,但仅见《两河》图记右下角的城池状标以"汴梁""古魏地",说明梁城只是两河辉煌文明过往的一小部分。

因此,4 篇游记与 4 幅图记总题为《大河南北诸游》,不单表明其游历的地理范围是以黄河为中心的南北地域,还兼有以黄河这一自然形胜流经区域为中心,考察其对行政区划的地理决定作用的意图,图记正是再现了其对空间的构建和意象的感知(请看下图)。

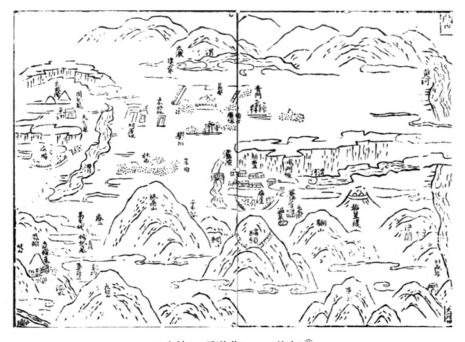

王士性《五岳游草》——《关中》②

---

① [明]王士性撰,朱汝略点校:《王士性集》,杭州:浙江古籍出版社,2013 年版,第 52 页。
② [明]王士性撰,朱汝略点校:《王士性集》,杭州:浙江古籍出版社,2013 年版。

王士性《五岳游草》——《两河》①

其次,"自古郡国分治割裂,茫乎无据"②,《广游志·杂志上·形胜》凭借形胜划分11种区域,论及关中曰:"河流与潼关界其东,剑阁、梁山阻其南,番房臂其西北,左渭右汉,终南为宗,亦自然一省会也。"③大河、潼关、渭河、终南等重要形胜,皆一一呈现于《关中》图记。《广志绎·江南诸省》曰,"古今谭形胜者,皆云关中为上,荆、襄为次,建康为下"④,关中是以势据险的最佳处。

然而,大河南北的区域分界是比较棘手的问题,在论述了晋中、关中、蜀、楚、江右、两广、滇这七种凭借形胜实现"亦自然一省会"的地理分界后,王士性着重考虑了中原、山东、两浙、两都四个区域,"独中原片土莽荡,数千里无山,不得不强画野以经界之"⑤。中原地区地势平坦,山脉甚少,风俗习惯大致相同,给区域分界造成了一定的困难。在仔细考虑地域全局后,王士性作出了判断:"然两河河流中贯,淮、卫为辅,太行在后,荆山在前,秦山西峙,嵩高中起,亦自然一省会也。"⑥参以《两河》图记,黄河中贯整幅画面,卫源、

---

① [明]王士性撰,朱汝略点校:《王士性集》,杭州:浙江古籍出版社,2013年版。
② [明]王士性撰,朱汝略点校:《王士性集》,杭州:浙江古籍出版社,2013年版,第191页。
③ [明]王士性撰,朱汝略点校:《王士性集》,杭州:浙江古籍出版社,2013年版,第191-192页。
④ [明]王士性撰,朱汝略点校:《王士性集》,杭州:浙江古籍出版社,2013年版,第315页。
⑤ [明]王士性撰,朱汝略点校:《王士性集》,杭州:浙江古籍出版社,2013年版,第192页。
⑥ [明]王士性撰,朱汝略点校:《王士性集》,杭州:浙江古籍出版社,2013年版,第192页。

太行在其北,秦山山脉的熊耳山、伏牛山、嵩山等举足轻重的分界形胜一一图现。可见,《两河》图既是一幅中原形胜图,也是王士性行走于大河南北后,对地域空间缜密思考而构建出的中原舆图。

再次,图记《两河》还对古都洛阳的形势予以了清晰呈现,王士性登南熏楼"北邙后艮,伊阙前起,嵩岳峙于东南,洛水汭乎东北,瀍东涧西,伊来自南,真帝王四塞都也。邙山惟横亘数百里,故河不内侵,自此皆崎岖山谷中,一线至潼关乃止"①。北邙,是王士性认定的中龙行经之处,此处对其三大龙思想的形成有实勘意义。他所观察的不是邙山陵墓的风水形势,而是洛阳"真帝王四塞都也"的地理位置——山南水北:邙山是洛阳北面的天然屏障,有效地防止了黄河水对洛阳内地的侵蚀;南面龙门伊阙形成了天然门户;伊、洛、瀍、涧四水流经洛阳;"余行天下郡邑,未见山水整齐于此者"②,真四塞险固之地也。图记《两河》还标洛阳以"宗周"之名,《广游志·形胜》有曰,"两都一统之业,自我本朝始。南都……似乎宗周,北都……似乎成周"③,既是地理认同,也是对华夏文明发祥之地王气不绝的文化肯认。

(二) 以发见的视角完善宋儒"三大龙"的学说

中龙:西番—岷山
├─ 叙州
├─ 关中→大散关→终南山
└─ 太华山→秦山→嵩山
    ├─ 荆山—淮水
    └─ 泰山—入海

"三大龙"之"中龙"走向

王士性在《广游志·地脉》中首先指出了宋儒"不言三龙盛衰之故"④的学说缺憾,认为"盖龙神之行,以水为断。深山大谷,岂足迹能遍?惟问水则知山"⑤。中龙由西番至岷山后分为两支⑥,黄河作为中国北方地区的长河,对地脉的走向自然起着举足轻重的作用,这也是黄河成为王士性大河南北游历中重点观察的依据所在。《关中》《两河》既可视为"以水为断"的中龙在陕西、中原、晋中的走向图,也是流向改变影响地脉与文明的典范地域代表。

---

①[明]王士性撰,朱汝略点校:《王士性集》,杭州:浙江古籍出版社,2013年版,第45页。
②[明]王士性撰,朱汝略点校:《王士性集》,杭州:浙江古籍出版社,2013年版,第259页。
③[明]王士性撰,朱汝略点校:《王士性集》,杭州:浙江古籍出版社,2013年版,第193页。
④[明]王士性撰,朱汝略点校:《王士性集》,杭州:浙江古籍出版社,2013年版,第189页。
⑤[明]王士性撰,朱汝略点校:《王士性集》,杭州:浙江古籍出版社,2013年版,第189页。
⑥"出江右者,包叙州而止;江左者,北趋关中,脉系大散关,左渭右汉。中出为终南、太华,下秦山起嵩高,右转荆山,抱淮水;左落平原千里,起泰山入海。"[明]王士性撰,朱汝略点校:《王士性集》,杭州:浙江古籍出版社,2013年版,第189页。

游记中诸多于远观或近察黄河位置与流向的叙述，姑且不述。单从《两河》图记的命名来看，何谓两河？《辞海》释义有三①，《新镌海内奇观》图文兼收《两河图说》，并于标目中释"两河"义为"今河南河北故称两河"②。笔者认为，当以第一条释义黄河"北南流向""南北流向"两种不同走向对山川地域的划分为是。因为在《大河南北诸游》的语象中无一语提及"两河"，须参合图记予以验证。

先"北南流向"：《西征历》至陕州见"河绕城北如环，此本古虢州，周、召分陕以治处"；至潼关"关据高冈，俯河流，为陕咽喉……出关而西，则与河别矣"③。图记《两河》最左标以"古虢""分陕"，作为《两河》图记所呈现的地域之西的分界。图记《关中》最右是"北南流向"的黄河，以及位于黄河边的潼关，作为关中地域之东的分界；《广游志·杂志上·形胜》论及关中东界形胜时曰"河流与潼关界其东"④，因而语-图凸显"北南流向"的黄河作为关中与晋中区域的天然分界。

再"南北流向"：《两河》图记的正中是贯穿全图的大河，分区域为南北，洛水、伊水、济渎等支流入河。大河在图记中未呈现"南北流向"的形态，仅显示流经河南地区东至开封的画面，而语象则对黄河"南北流向"的改变对地脉的影响进行了连续的关注。《岱游记》篇末曰："岱为中龙之委，盖黄河昔挟济流直沽入海云。隋室引河入汴，南行不还，说者谓不无断地脉哉？"⑤《谒阙里记》开篇直言"孔子没而微言绝"⑥。又，《广游志·杂志上·地脉》总结曰："或谓齐、鲁亦中龙之委也，乃周孔而后，圣人王者不生……亦黄河流断其地脉故也。河行周、秦、汉时，俱यें间入海。……自隋炀帝幸江都，引河入汴，河径委淮，将齐鲁地脉流隔，……故列侯将相英贤不乏，而圣王不兴，意以是乎。"⑦可见，《关中》《两河》图记的命名和画面既体现了黄河对行政区划的地理天然分界，也蕴含着王士性对黄河流向的改变对地脉影响的勘察、推理与总结，这是基于地理视角的文化记忆与政治观照。

---

① (1) 战国秦汉时，黄河自今河南武陟县以下东北流，经山东省西北隅北折至河北沧县东北入海，略呈南北流向，与上游今晋陕间的北南流向一段东西相对，当时合称"两河"；(2) 唐安史之乱后，称河南、河北二道为两河；(3) 宋称河北、河东地区为两河。
② [明]杨尔曾：《新镌海内奇观》，明万历三十七年(1609)刊杭州夷白堂刻本。
③ [明]王士性撰，朱汝略点校：《王士性集》，杭州：浙江古籍出版社，2013年版，第44-45页。
④ [明]王士性撰，朱汝略点校：《王士性集》，杭州：浙江古籍出版社，2013年版，第191页。
⑤ [明]王士性撰，朱汝略点校：《王士性集》，杭州：浙江古籍出版社，2013年版，第30页。
⑥ [明]王士性撰，朱汝略点校：《王士性集》，杭州：浙江古籍出版社，2013年版，第49页。
⑦ [明]王士性撰，朱汝略点校：《王士性集》，杭州：浙江古籍出版社，2013年版，第191页。

二、《大河南北诸游》语-图关系的特点

(一) 伤今吊古的历史感怀

大河诸游的情感记忆是"伤今吊古,涕笑并集"①,其语-图凝结于黄河南北中华文明最先发生的大河地域,在伤今吊古的历史感怀中,建立了同声相应、同气相求的今昔共鸣。

从游记标目的排序与记述的内容来看,五篇游记由前后相距八年的三次因公游历构成:

大河南北诸游	万历十六年（1588）	典试四川	农历四月出发,都门南入川而西征之辙毕矣；记录沿途所经历之处	《西征历》
	万历十六年（1588）	丁母忧去职,三年期满,1587 年冬北上京师	三月十二日取道游西山	《游西山记》
			一月六日谒阙里	《谒阙里记》
	万历九年（1581）	确山任知县秩满,按例得以代篆上阅阅	尽悉中州之胜	《游梁记》
	万历十六年（1588）	丁母忧去职,三年期满,1587 年冬北上京师	二月九日游邢台市临城县茶城白云洞	《游茶城白云洞记》
			二月十五日登济宁与陈思俞游泰山	《嵩游记》

首先,最早的宦游记是《游梁记》,但未置于卷之首位,而将较晚发生的典试入蜀《西征历》放在首位,着重突出大河地域历久性的游历时间与空间。

其次,《西征历》和蜀游在时间上具有紧密的承接关系,却用《西征历》和《入蜀记》予以断开,分列属于《大河南北诸游》和《蜀游》两个不同的标目,《西征历》断于"乙卯,出宝鸡,度渭水,则入益门镇,行栈道,自此南入川而西征之辙毕矣"②,《入蜀记》接于"记入蜀者,当自宝鸡始"③。意在于分隔不同的区域,显示不同区域内对地景的独特感怀。

再次,原本属于同一区域、同一游历过程的游记,也因地景的政治地位、文化价值而

---

① [明]王士性撰,朱汝略点校:《王士性集》,杭州:浙江古籍出版社,2013年版,第42页。
② [明]王士性撰,朱汝略点校:《王士性集》,杭州:浙江古籍出版社,2013年版,第46页。
③ [明]王士性撰,朱汝略点校:《王士性集》,杭州:浙江古籍出版社,2013年版,第92页。

被分隔排序,如 1587 年王士性北上京师途中,一月六日谒阙里,二月九日游邢台市临城县茶城白云洞;入京后,于三月十二日取道游西山。但游记的编排顺序,《西征历》后先列《游西山记》,次《谒阙里记》,间以另次游记《游梁记》,尾列《游茶城白云洞记》。这种编排顺序透显了王士性对地景分量的综合考量:西山属京师地域,阙里乃孔圣遗迹,二者理当前置;以政治地位而言,西山又高于阙里以文化价值而论,战国魏都开封高于白云洞。

地域是影响文学和文化的重要因素之一,鲜明的地域气质拓展了文学表现的广度和深度,多元多样的地域风格也使得文化拥有了丰富的地域内涵和价值。《大河南北诸游》对语象进行了精心的编纂和裁剪,不按游历时间的先后,亦不按具体的行政区划,这就不单是为了再现曾经的游历辉煌,而是渗透着他对广大地理空间的一种特殊的理解、感悟和寄托。王士性通过大河地景的历史之眼,寻找沉浸于地域中历史累积而形成的厚重、生动的文化记忆。如《西征历》曰:"所过为燕、赵、韩、魏、郑、卫、中山、周、秦之墟,多圣贤、方技、王侯、将相遗墟废冢,伤今吊古,涕笑并集。"①如"忆梁往事"是为《游梁记》"尽悉中州之胜"游程的情感动力。虽然眼前物是人非、残垣断壁,王士性却能思接千载,在精神上实现跨越时空的相通相融,向昔日的文人致敬,因而语象中出现了诸如"余复拍手长啸数声,引大白,招步兵魂复起"②的场景,鲜明的地域气质拓展了文学表现的广度和深度,多元多样的地域风格也使得文化记忆拥有了丰富的内涵和价值。

(二) 古今参考、离合互见的阶梯体例

1. 古今参考

北宋《舆地广记》开创了"沿革离合,皆系以今郡县名"③的方法,"凡前代谓之《谱》……本朝谓之《志》……《谱》叙当时事实,而注以今之郡县;《志》述今日疆理,而系于古之州国。古今参考,《谱》《志》互见,地理学之详明者莫过于此矣"④。王士性的语-图同样借鉴了这样的方法。标目中吴、越、蜀、楚以先秦、两汉时期的古国名标注,图记中也经常出现古之州国名称。如《楚江》图中的"豫章",《禹穴》图中的"赵王城"等,而尤以《大河》诸图尤为突出:如《孔林》图中的"邹",《大河》图中的"宗周""古魏地""古赵地""古郑地""古卫地""古虢""邯郸道"等。

王士性对所经地域的沿革变迁进行系统而深入的考察,其用意是立足自然形势,感受民风民俗的差异,进而审视行政分区的合理性,具有超脱古代朝代分疆划界的地理与人文视角。如《广志绎》的《江北四省》:"周、宋、齐、鲁、晋、卫,自古为中原之地,是圣贤明

---

① [明]王士性撰,朱汝略点校:《王士性集》,杭州:浙江古籍出版社,2013 年版,第 42 页。
② [明]王士性撰,朱汝略点校:《王士性集》,杭州:浙江古籍出版社,2013 年版,第 51 页。
③ [宋]马端临《文献通考》。
④ [宋]陈振孙:《直斋书录解题》,上海:上海古籍出版社,1987 年版,第 241 页。

德之乡也,故皆有古昔之遗风焉。入境问俗,恍然接踵遇之,盖先王之泽远矣。"①对王士性而言,在这样的"古今参考"中,同一地区的前后变迁,以及风俗习惯的影响清晰可见,也才会让王士性产生"入境问俗,恍然接踵遇之"等独特的、具有传承性的舆地体验感。再如,"山东以泰岱为宗,其于各省,虽无高山大川之界,然合齐、鲁为一,原自周公、太公之旧疆也,不入他郡邑矣"②。他的地域分界既参合了地理,也充分考虑了历史形成的风土人情和文化习俗。

2. 离合互见

如果说"古今参考"是将同一区域内具有历史化意义的地理景观,置于历史时空中纵向地、可视化地呈现,那么"离合互见"则是王士性立足"今日"视角,对不同区域的独特性和差异性进行横向的、共时性的呈现。《广游志·杂志上·地脉》曰:"自昔以雍、冀、河、洛为中国,楚、吴、越为夷,今声名文物,反以东南为盛,大河南北不无少让何?"③王士性从地脉演变的视角,指出曾被称为夷地的楚、吴、越,与华夏文明所在地的大河南北,在历史的长河中,政治、经济地位发生了变化。

(1) 以今视昔:大河南北与武林姑苏的对比

《五岳游草·自序》论及吴游时生出这样的感慨:"嗟兹乎,邯郸乎临淄,今之武林姑苏。"④曾经的西汉五都中,大河流域的邯郸"富冠海内,天下名都",临淄能与长安比肩"西有长安,东有临淄",但如今却不及苏杭繁华富庶:杭州钱塘门、涌金门附近"缙绅士大夫家多琪园雕榭,酒肆书堂""暮而灯火聚渡头如乱萤",这些场景让王士性感慨曰:"故古所称横塘、查下,恐未胜之。"⑤横塘、查下出自晋左思的《吴都赋》,在此意为三国时吴都建业居民的繁华程度,远远比不上如今的杭州。王士性通过古之名都与今之苏杭相对比,更凸显吴越的繁盛之状。

(2) 以后视今:蜀、滇、粤具有转化为繁华区域的可能

在王士性看来,"天运循环,地脉移动,彼此乘除之理"⑥,它们的发展是变化的,甚至地位也会发生互换,《西征历》曰:"因忆赵有邯郸,齐有临淄,周有三川,可谓佳丽足当年矣。何知今日皆荒城野烟,又安知姑苏、武林之他日乎,不转而黔阳、百粤耶?"⑦《广志绎·方舆崖略》:"赵宋至今仅六七百年,正当全盛之日,未知何日转而黔、粤也。"⑧《广游

---

① [明]王士性撰,朱汝略点校:《王士性集》,杭州:浙江古籍出版社,2013年版,第256页。
② [明]王士性撰,朱汝略点校:《王士性集》,杭州:浙江古籍出版社,2013年版,第192页。
③ [明]王士性撰,朱汝略点校:《王士性集》,杭州:浙江古籍出版社,2013年版,第189页。
④ [明]王士性撰,朱汝略点校:《王士性集》,杭州:浙江古籍出版社,2013年版,第13页。
⑤ [明]王士性撰,朱汝略点校:《王士性集》,杭州:浙江古籍出版社,2013年版,第66页。
⑥ [明]王士性撰,朱汝略点校:《王士性集》,杭州:浙江古籍出版社,2013年版,第189页。
⑦ [明]王士性撰,朱汝略点校:《王士性集》,杭州:浙江古籍出版社,2013年版,第43页。
⑧ [明]王士性撰,朱汝略点校:《王士性集》,杭州:浙江古籍出版社,2013年版,第224页。

志·杂志上·地脉》:"今日东南之独盛也""然东南他日盛而久,其末势有不转而云贵、百粤"①。

《大河》语-图的独特意义在于,它成为王士性树立的具有典型意义的地域关注焦点,王士性以之为标杆进而实现了全书古今参考、以今视昔、离合互见的地域对比观察的体例:首先是大河南北,曾经最繁华的地域;其次是吴、越、楚,曾经为夷的地域后来居上,成为今日繁华的地域;再次是"皆西南一天,为夷汉错居之地,未尽耀于光明"的蜀、滇、粤,未来具有转化为繁华区域的可能。因而《五岳游草》以地域分卷的编排顺序有着王士性独到的考虑:大河游继以吴游、越游,地域考察凝聚了对"中原-江南"经济重心变迁的今昔感怀;同属西南地域的蜀游与滇粤游,既是王士性现实游历的收尾,也是继"中原-江南"第一次经济重心的变迁后,以发展递进的视角对经济、文化重心"江南-西南"的翘首展望。

总之,七种地域之游的标目,意味着跨越不同的地理空间,对风景的解读与表现方式也不一样。大河之游通过今昔景观"有""无"、"存""废"的对比,在风景的凝视中追寻历史的变迁;吴、越、楚以"今"之视角,在"次山川"的穷极探讨中,呈现地域之变幻美态;蜀、粤游融合标志性地景,展现"艺术时空体"的行旅观览,形塑历时性的文化记忆;滇游在与地景的对话与融合中,发现自然之美,并铸造出新的文化记忆和意象。可见,空间与文化场域的不同,所形成的地域记忆、文化内涵,以及感知强度也不尽相同,地域的丰富意涵和多元面貌在王士性的笔下,有着不同的书写侧重,浓郁的、切实可感的地域特性成为王士性地域分览中的记游旨趣所在。

第四节 《五岳游草》的记游审美趣味及文学诉求

"大河南北不无少让何"②的吴、越、楚,是繁华地域的典范。王士性对这三个地域的书写,虽有对过往历史的追忆与考辨,但情感的抒发与大河诸游中今非其时的历史兴亡之慨不同,其语-图凝聚于吴、越、楚地域上独特景观的文化内涵,无论是地景的文化记忆,还是对山川景物的精细描摹与美感呈现,都立足于"古往"汇于"今来",更展望"后来",凭借地景参照,以"后视今"的视角进行跨时空的审美对话。因此,吴、越、楚的语-图试图多样化地展现明朝中后期的文人是如何览世观胜的,通过美景观赏的视觉盛宴,让古—今—后跨越时空束缚,融情通感于这三个繁华地域。

---

① [明]王士性撰,朱汝略点校:《王士性集》,杭州:浙江古籍出版社,2013年版,第190页。
② [明]王士性撰,朱汝略点校:《王士性集》,杭州:浙江古籍出版社,2013年版,第189页。

一、繁华典范地域的情感融通

(一) 繁华典范地域的共时性呈现

吴、越不仅奇秀甲于天下,而且"今声名文物,反以东南为盛"①;楚地"春秋时摈为外彝,今声名文物,乃甲大江之北"②。这三个地域又有着深厚的历史渊源,游草自序曰"六千大楚,是称江南"③,《广志绎·江南诸省》曰"江南地拓自汉武帝,其初皆楚羁縻也"④"湖广在春秋、战国间,称六千里大楚,跨淮、汝而北之将及河"⑤,吴、越、楚被构建为大江南北繁华的典范地域。

王士性将地域繁华的原因归结于"天运循环,地脉移动,彼此乘除之理"⑥,按其在《地脉》中所阐述的三大龙的观点:南龙分为五条支龙,吴、越、楚即是南龙五支中的三支⑦:一止于天目、三吴;一止于越;一过九嶷、衡山,出湘江,东趋匡庐止。图记也对此作出了相应的界定与呈现:《楚江》图记左下角衡山,右上匡庐的设定,由西南而至东北反映出南龙在楚地的走向;《三吴总图》中,长江由图的左下延伸至图的右上,显示了三吴以北的天然分界,图记最南断以钱塘江,由黄山—天目—三吴的南龙走向清晰可见;《两越总图》因"次山川"的书写意图,未能显示南龙于越地的走向,但南龙"右下括苍,左去为天台、四明,度海止"⑧的山脉于图中显现。凡此种种,皆是王士性对繁华典范地域进行共时性呈现的书写意图。

(二) "后之视今"——凝结于地域景观上的情感融通

吴游、越游、楚游同样有透过地景古迹生发问奇怀古之情,但由于地域不同,历史感与现实的触碰点不同,进而语象书写的基调、情感的抒发、图记的构图与大河诸游侧重地理考察不同,更突出典型人文景点的文化内涵,并由此发端,展开游览,图文互见。

如王士性《越游注》的开篇是缘于《兰亭序》的触动,山川如故,曾经的"雄图霸业"已为陈迹:"余于是怅然兴怀:吾家右军不云乎'后之视今,亦犹今之视昔'也。"⑨纵使时代变

---

① [明]王士性撰,朱汝略点校:《王士性集》,杭州:浙江古籍出版社,2013年版,第189页。
② [明]王士性撰,朱汝略点校:《王士性集》,杭州:浙江古籍出版社,2013年版,第116页。
③ [明]王士性撰,朱汝略点校:《王士性集》,杭州:浙江古籍出版社,2013年版,第14页。
④ [明]王士性撰,朱汝略点校:《王士性集》,杭州:浙江古籍出版社,2013年版,第293页。
⑤ [明]王士性撰,朱汝略点校:《王士性集》,杭州:浙江古籍出版社,2013年版,第312页。
⑥ [明]王士性撰,朱汝略点校:《王士性集》,杭州:浙江古籍出版社,2013年版,第189页。
⑦ [明]王士性撰,朱汝略点校:《王士性集》,杭州:浙江古籍出版社,2013年版,第189-191页。
⑧ [明]王士性撰,朱汝略点校:《王士性集》,杭州:浙江古籍出版社,2013年版,第190页。
⑨ [明]王士性撰,朱汝略点校:《王士性集》,杭州:浙江古籍出版社,2013年版,第72页。

迁、世事殊异,拥有岁月印记的景物所触发的情感,却能感同而身受。不过,语象对于会稽山、禹穴并没有单独成记,在《越游注》中描写此处胜景的文字仅约300字左右。而图记中却能单独作图,题名《禹穴》,列于越游中《两越总图》后的第一要位。《禹穴》图记以"越王城"为中心,背景是城北远山连绵,城南则一一摹画出会稽山、禹陵、宛委山、兰亭、鉴湖、西施浣纱石等诸多景观,这些亦是图记欲详尽呈现的重点。图记表达的是"今之视昔"视域下禹穴的全景图,语象抒发了"昔人谓'行山阴道上,如行镜中。秋冬之季,殆难为怀',旨矣哉"①的情感。语-图既向王羲之那个时代的名士风流致意,又不同于王羲之"悲夫"的情感归集,而是将"行山阴道上"山川自相映发,使人应接不暇的视觉盛宴待与后人共鸣。

王士性《五岳游草》——《襄阳》②

再如楚游《吊襄文》以有韵之文笔,在"惟此山川,依然如故"③的地景中,连续使用"物是人非""今非其时""化为乌有""事异时迁""湮灭无闻"来传达自己的伤今吊古之慨。不过,语象却收束于"后余而来游者,与余之视数公又如何?"④这表明他的视角不再像大河诸游那样沉浸于历史记忆,而是试图凭借地景以对话方式联系后人,分享跨时空的游感。

---

① [明]王士性撰,朱汝略点校:《王士性集》,杭州:浙江古籍出版社,2013年版,第75页。
② [明]王士性撰,朱汝略点校:《王士性集》,杭州:浙江古籍出版社,2013年版。
③ [明]王士性撰,朱汝略点校:《王士性集》,杭州:浙江古籍出版社,2013年版,第117页。
④ [明]王士性撰,朱汝略点校:《王士性集》,杭州:浙江古籍出版社,2013年版,第118页。

因此,《襄阳》图记则完全跳开了语象的"伤""吊"之情,通过对"游"这一细节的强化,消减历史的厚重感,突出即时的山水之赏。其画面以大堤为视觉中心,大堤左的襄阳城环以名胜诸山,大堤右的大片水域标以汉水;大堤上的游人分作面向诸山、汉水的观赏状。参以《吊襄文》语象:"去之郡城,遂行大堤⋯而知江、汉之好游也,自昔记之矣。"①参以《广志绎》:"(大堤)古筑之以捍汉水者也,后遂为游乐之地,男女蹋歌,《乐府》有《大堤曲》,曰:'汉水横襄阳,花开大堤暖。'曰:'大堤诸女儿,花艳惊郎目。'"②图记展现的正是《吊襄文》"冶游而舟车辐辏"③大堤行乐的"江汉好游"图。

二、繁华典范地域"同中有异"的审美观照

(一) 吴游——对语象审美功能的侧重

《吴游》共有记游文4题17篇,图记6幅,并以《三吴总图》统领其余5幅。《吴游纪行》曰:"越,余乡也,故其游也,往来不一至焉。吴之游则以次举。"④36幅图记中也唯有吴、越冠以总图之名。语-图书写显示出王士性对吴、越之地的熟悉,但吴游和越游,游览的方式不一样,自我与山水疏密感不同,语-图所承载的言说功能也各有侧重。

1. 若论单篇游记的数量,《吴游》是《五岳游草》六类地域之游中最多的。若论语-图的总体对应关系:吴游图记中仅《金陵》和《白岳》与语象一一相应;图记《吴门》《金口三山》须借助《三吴总图》才能对应《吴游纪行》的1题9篇游记;《西湖》一幅图记则对应了1题6篇游记。因而,语象相对于图像显得异常活跃,说明语-图既相互影响,又相对独立,作为表意符号二者各有所长:在《吴游》中,图像符号完成了对"三吴"地域范围及景观的视觉叙述;而再现"三吴"地域标志性景观的审美体验,营造出想象的空间,则需更多借助语言符号来彰显。

	《吴游》				
语象	题一:吴游纪行(总题)	题二:留都述游	题三:游武林湖山六记(总题)		题四:白岳游记
	游烟雨楼以四月望日	—	出涌金门过孤山至岳坟记		—
	游虎丘以望后五日		出清波门游湖南诸山至六桥记		
	游慧山泉以望后十日		出钱塘门观戒坛至灵隐上三天竺记		

---

①[明]王士性撰,朱汝略点校:《王士性集》,杭州:浙江古籍出版社,2013年版,第116-117页。
②[明]王士性撰,朱汝略点校:《王士性集》,杭州:浙江古籍出版社,2013年版,第315页。
③[明]王士性撰,朱汝略点校:《王士性集》,杭州:浙江古籍出版社,2013年版,第116页。
④[明]王士性撰,朱汝略点校:《王士性集》,杭州:浙江古籍出版社,2013年版,第55页。

(续表)

	题一:吴游纪行(总题)	题二:留都述游	题三:游武林湖山六记(总题)	题四:白岳游记
语象	游金山以午日		再出清波门至六和塔望潮记	
	游焦山以登金山次日		登吴山记	
	游采石以五月望日	—	—	—
	游谢家青山以望后一日		—	
	游九华山以望后十日		—	
图记	三吴总图、吴门、金口三山	金陵	西湖	白岳

2. 三吴文化是中国传统文化的典范,其地景牵系着丰富的文化记忆,作为往返必经之地,王士性对此地域的感受是颇为细腻的,从语象的述说方式来看,有一种迫不及待的美景呈现意图。《吴游纪行》开篇曰:"三吴,南龙之委也。龙气入海而止,故勃崒而泄为山川,其奇秀甲于天下,与二越称。"①"勃崒""奇秀"点染出吴地山水与众不同的灵气;《留都述游》以"问胜"的方式结构全文,诸如"眺问孝陵所奠,云在钟山","问我国家图籍所藏,云在玄武湖"等②,一一展现金陵内外的自然与人文胜迹;《游武林湖山六记》开篇引用宋代苏轼《表忠观碑》曰,"天目之山,苕水出焉。龙飞凤舞,萃于临安"③,以寥寥数语点明临安的龙兴形胜,紧接着转入"临安胜以西湖为最"④的美景感悟;《白岳游记》开篇曰,"邟山下,天目以来遍江南矣……惟白岳、黄山最胜……惟白岳尤胜"⑤,将白岳单独从《吴游纪行》中提出,并作图记,可见以五岳为志向的王士性对齐云山景观的重视与喜爱。

3. 从语象的记游笔法来看,为了凸显三吴地域景观的多元内涵,《吴游》淡化了行游的时间线索与历史感触,强化了亲身体验的韵律感,突出了现实的审美,体现了三吴当代之盛迹。

首先,《吴游纪行》由行记与八篇具有时间先后顺序的游记组成,但语象表述的重点不是"纪行"所呈现的移动感,而是空间移动中的每一次暂停、每一次驻足观赏。

"纪行"的意义在于对观赏时节的精心设定,"以次举"的吴游始于万历十五年四月初一,结束于六月五日至休宁游白岳,四至六月刚好是吴地春暖花开的最佳观赏季节。所以,语象设定出了最好的观赏时间,视角在移动中一一暂停,带入了游观过程,用以呈现三吴地域不同内涵的美感体验。如金山远望之"波涛日夕撼之如砥柱"(《游金山以午

---

① [明]王士性撰,朱汝略点校:《王士性集》,杭州:浙江古籍出版社,2013年版,第55页。
② [明]王士性撰,朱汝略点校:《王士性集》,杭州:浙江古籍出版社,2013年版,第61-63页。
③ [明]王士性撰,朱汝略点校:《王士性集》,杭州:浙江古籍出版社,2013年版,第64页。
④ [明]王士性撰,朱汝略点校:《王士性集》,杭州:浙江古籍出版社,2013年版,第64页。
⑤ [明]王士性撰,朱汝略点校:《王士性集》,杭州:浙江古籍出版社,2013年版,第70页。

日》）①；登焦山巅则见"水天万顷，四望在目，胸中所收贮更多"（《游焦山以登金山次日》）②；体味虎丘绝景的最佳观赏地点和角度，分别是在千人石仰望天空和在虎丘塔俯瞰苏州："千人石古株轮囷，把酒问月，醉而枕之，仰视碧落垂垂，恍如乘槎泛斗牛渚也。若上浮图之巅，苍然平楚，远眺湖天内捧一轮月色遍照苏州，又昔人所称绝景云。"（《游虎丘以望后五日》）③综观《吴游》流转驻足之处，吴地风景自成意象，细腻的地景体验构建出吴地独特的美感氛围。

其次，为了表达自己对吴地美景的深度感悟和体验，《吴游》语象不完全受限于"以次举"的时间束缚，在更为广阔的时空中运用美妙的文字淋漓尽致地渲染美感。如位于嘉兴南湖湖心岛的烟雨楼，春天细雨霏霏，烟雨朦胧，正是最佳的观赏时机与角度，然而王士性却说："楼之胜，锁窗飞阁，四面临湖水，如坐镜中，春花秋月，无不宜者。"（《游烟雨楼以四月望日》）④"春花秋月，无不宜者"一下子将此楼四季宜观的独特体验感升华渲染。再如《武林湖山六记》以"晴雨雪月，无不宜者"的美感体验统领其余五记："当其暖风徐来，澄波如玉，桃柳满堤，丹青眩目；妖童艳姬，声色沓陈；尔我相觑，不避游人。余时把酒临风，其喜则洋洋然。故曰宜晴。……故曰宜雨……故曰宜雪……故曰宜月。"⑤——展现如何在不同的季节与气候条件下欣赏西湖的变幻美态。王士性对"四宜"感受的书写，与"人知其乐，而不知其所以乐"⑥的游观体验对比，是其潜意识中的地域体验上升为审美经验的外向彰显，进而地域的特性得以细腻地呈现，在递进与变化中拥有了超越时空的美感共鸣。

再次，地域繁华，游风亦兴盛，这也是三吴当代盛迹的独特地域感受。

面对三吴周边游、近郊游的蔚然成风，王士性对当地人出游目的地的选择因素予以了考量："姑苏有天平、洞庭、玄墓诸胜，而负阛阓便舟航者，近莫如虎丘"⑦（《游虎丘以望后五日》）；锡山距离惠山（原文为"慧山"）泉"沿流一苇可航"⑧（《游慧山泉以望后十日》），交通上的便利，使虎丘、惠山其成为当地人首选的游历胜地。这样的考量同样也出现在图记中，如在《三吴总图》和《吴门》中，吴地景观与城池的近距离感得以凸显。

游之盛况又尤以西湖为最，《游武林湖山六记》总体通过出游地点的转换，细细展现西湖的观赏线路，与之对应的《西湖》图记，美景基本占据画面的全部，最下方则用很长的

---

① ［明］王士性撰，朱汝略点校：《王士性集》，杭州：浙江古籍出版社，2013年版，第58页。
② ［明］王士性撰，朱汝略点校：《王士性集》，杭州：浙江古籍出版社，2013年版，第58页。
③ ［明］王士性撰，朱汝略点校：《王士性集》，杭州：浙江古籍出版社，2013年版，第57页。
④ ［明］王士性撰，朱汝略点校：《王士性集》，杭州：浙江古籍出版社，2013年版，第56页。
⑤ ［明］王士性撰，朱汝略点校：《王士性集》，杭州：浙江古籍出版社，2013年版，第64页。
⑥ ［明］王士性撰，朱汝略点校：《王士性集》，杭州：浙江古籍出版社，2013年版，第64页。
⑦ ［明］王士性撰，朱汝略点校：《王士性集》，杭州：浙江古籍出版社，2013年版，第56页。
⑧ ［明］王士性撰，朱汝略点校：《王士性集》，杭州：浙江古籍出版社，2013年版，第57页。

城墙符号代表临安城,清波门、涌金门、钱塘门(图上为"钱唐门")分列临安城的左中右,成为跟随语象出发的原点。出涌金门"买舟者日一金犹竟不得,余时则五六倍减之"①,出清波门至六桥"画船入里湖,穿卷篷下,时时倚棹听堤上人歌舞"②,出钱塘门"室庐蔽岸,时于隙处见青帘在木末,知有当垆以俟游人者。余乃舍舟,命竹兜子"③,东山月出之时"复舍舆买艇"④欣赏湖月之景。百姓游乐常态化的定格书写,交通工具顺畅切换的细节描写,服务业的发达和游的兴盛可见一斑。

总之,经常由越入吴的王士性"出必假道,过必浪游"⑤,他吸纳了山水之灵性,与山水交融渐入佳境,于是将自我与"叠嶂层峦、扶舆磅礴之气相遇"⑥的审美交感,通过语-图传达。他运用图记呈现特定的地域空间及景观全景,并在预设的时间与空间中,运用语象向具有典型意义的美景予以观视,进而,使活态的语象流淌于静态的图记中,成为繁华区域描述中的经典再现。尤为可贵的是,从外在描摹的"观"到与山水交接的"感",王士性亦不仅仅是从美感鉴赏角度予以叙说,而且将对游之地域细腻而深刻的情感体验,地理、经济、文化的互联影响机制也纳入了游观视野,"游观虽非朴俗,然西湖业已为游地,则细民所籍为利,日不止千金。有司时禁之,固以易俗,但渔者、舟者、戏者、市者、酤者咸失其本业,反不便于此辈也。"⑦其从独特的人文地理视角书写出这片地域上细腻丰富的独特情感体验,以游关联了文化,因游关注了经济,融通了古、今、后。

(二) 越游——对景观的审美凝视

《越游》共有记游文 4 篇,图记 6 幅:《两越总图》之后《禹穴》《天台》《雁荡》《雪窦(四明附)》《台中》依次排列;语象排列顺序为《越游注》《入天台山志》《游雁荡记》和《台中山水可游者记》。图像虽多于语象,但若以两越"可游"景观的画面数量而论,图像约是语象的 6 倍之多,显示出王士性对越地景观视觉呈现的重视。

与吴游过客的身份不同,越游的语-图是基于乡土的视角来览世观胜的。王士性在《吴游纪行》中说:"越,余乡也。"⑧其《游雁荡记》曰:"余家海上,南趋雁荡,北走天台,咸百里而遥,二山故余家物也。"⑨在《越游注》中说:"夫越,余家也,其山川是不一至焉,故次越

---

① [明]王士性撰,朱汝略点校:《王士性集》,杭州:浙江古籍出版社,2013 年版,第 65 页。
② [明]王士性撰,朱汝略点校:《王士性集》,杭州:浙江古籍出版社,2013 年版,第 66 页。
③ [明]王士性撰,朱汝略点校:《王士性集》,杭州:浙江古籍出版社,2013 年版,第 67 页。
④ [明]王士性撰,朱汝略点校:《王士性集》,杭州:浙江古籍出版社,2013 年版,第 67 页。
⑤ [明]王士性撰,朱汝略点校:《王士性集》,杭州:浙江古籍出版社,2013 年版,第 64 页。
⑥ [明]王士性撰,朱汝略点校:《王士性集》,杭州:浙江古籍出版社,2013 年版,第 5 页。
⑦ [明]王士性撰,朱汝略点校:《王士性集》,杭州:浙江古籍出版社,2013 年版,第 295 页。
⑧ [明]王士性撰,朱汝略点校:《王士性集》,杭州:浙江古籍出版社,2013 年版,第 55 页。
⑨ [明]王士性撰,朱汝略点校:《王士性集》,杭州:浙江古籍出版社,2013 年版,第 89 页。

游不以岁月,而次其山川。"①他对于家乡的山川景物可谓如数家珍,因而越游语-图的述游模式也发生了变化,即抛开游历时间的先后顺序,不受季节变化的影响,以注解的形式对山川景物一一进行点评。基于与吴游同样的"后之视今"的语-图着眼点,越游更注重对越地"今"之景观的总体审美凝视,并通过多维的游观线路带入游赏,凸显美感的融通。

王士性《五岳游草》——《两越总图》

1. 多景并置风景凝视

王士性自序曰:"若夫山川诡幻,两越为多。"②《两越总图》在王士性所有图记中是独一无二的,它不同于舆图使用平面固定视角,也不同于一般记游图按图索骥式对视角的引导与限定,而是使用了移动视点的审美处理手法,将"可游"景观集中罗列,以纯粹的审美观赏视角同时展现20多个"可游"的山水景观,犹如将多幅景观小照片合成于一张照片中,突破了画面对展现景物全景的要求。这些浸润着王士性审美选择的两越景观,在图记所搭建的平面舞台中各自独立,又以千姿百态的姿态媚于眼前,增加了视觉变化的丰富性,具有凝视的快感。

语言文本《越游注》则统领图记中散点透视所形成的动观方式,用地理方位井然密接的联珠笔法将图记中分散的"可游"景观予以连缀:图记的中心位置的是天台山,王士性的越游即是以天台为述游的始点和终点,按照地理方位,由"每出(天台山)必假道于是"③

---

①[明]王士性撰,朱汝略点校:《王士性集》,杭州:浙江古籍出版社,2013年版,第79页。
②[明]王士性撰,朱汝略点校:《王士性集》,杭州:浙江古籍出版社,2013年版,第13页。
③[明]王士性撰,朱汝略点校:《王士性集》,杭州:浙江古籍出版社,2013年版,第73页。

的南明山始,标明行进方向,用"则有……之胜"引出下一游历之处,从而将在浙江境内至少五次不同时间、不同方向的游历连缀在一起,贯穿成为一个完整的越游行程图,叙述清晰,层次分明,展现了越游的完整性。

总之,《两越总图》多景并置、凝视风景的构图目的是从属于述游语象表达方式变化需要的,它从全境之游的角度实现了图记与文本的融通与对应,共同展现了山水主人"游"刃有余的乡土胜概,形成了具有交互性、混融性的图文体形态。

2. 点线并重按图索骥

从语-图对应关系来看,对图记《禹穴》《雪窦(四明附)》的述游只存在于《越游注》中。《禹穴》单独作图而不另撰游记的用意前文已述。雪窦,在王士性看来是"海上之一奇也",有单独作图之价值,但《雪窦(四明附)》却以雪窦为主,四明为辅,在一幅图记中同时展现两处名胜,又是为何呢?《越游注》曰,"自鄞小溪入,曰东四明;自姚白水入,曰西四明;自奉川雪窦入,则直谓之四明"①,即行经的方向不一样,进入四明山的方位也不同,显示了除风景凝视的意图外,语-图还从动观的角度强调了点与点之间线路的串联配合,保证了游之体验与审美交流的流畅性。

从语-图的排列顺序而彰显出的景观价值来看,天台与雁荡的地位超过了王士性的家乡台中,"天台以北,则于越之故都;雁荡以南,则东瓯之别壤"②,这两个核心景观分属于越地的于越和东瓯,因此成为地域观览的切入点,也为《广志绎》细腻地区判民风民俗埋下伏笔。天台与雁荡的述游语-图,通过对景观内部观览线路的详尽展现方式,以按图索骥之法引领人们领略山水之奇。《游雁荡记》先述进入雁荡山的两种途径,"东入度石门潭,抵石梁;西入沿斤竹涧,入能仁",继以"其中可游得四奥区"点明4条观赏游线,并按照这样的游览顺序将各个景点情况一一进行评述③。再如,以"天台桃源主人"自居的王士性对天台山倾注了更为深厚的情感,语象用近三千字的笔墨,对天台山进行了全方面的描绘,可谓细致入微,凝聚着对天台山近乎痴狂的喜爱之情。《入天台山志》在拾遗中题为《游天台山记》,最终编订成集的《五岳游草》中改题名为《入天台山志》,"入"字含有回来、进入之意,入天台山就是回到自己的家,其意义是"游"字所不能承载和传达的,而"志"既有志向之意,也兼有记录与呈现的意图,因而语-图紧密聚合与互动,对不同的时间、不同的方向游历天台山进行指引和规划:"其始也,从国清入","其继至也,则由桐柏入","其又至也,则从楢溪入","其他从护国寺、天姥岭","独未从北山上"。呈现出五条不同体验感的观览线路。

总之,王士性结合重点景观,从游线选择的角度,实现了图记与文本多维度的融通与

---

① [明]王士性撰,朱汝略点校:《王士性集》,杭州:浙江古籍出版社,2013年版,第73页。
② [明]王士性撰,朱汝略点校:《王士性集》,杭州:浙江古籍出版社,2013年版,第72页。
③ [明]王士性撰,朱汝略点校:《王士性集》,杭州:浙江古籍出版社,2013年版,第85-89页。

对应,图记展现景观全景,更详细地以图言说、更精准地图现游踪,语象述游指引,体现出游观的层次性和变化性。

3. 乡土记忆历历在目

越之山水在王士性心目中是凝结着原乡情感的"家物",因而,越游诸记虽然对每处景观的评述不多,但由于贯穿着主人丰富的鉴赏阅历,语象所呈现的景物具有灵性,点评也扼要得体,形成了人与景同框、图与情共生的艺术效果。

例如,王士性从美学的角度,描述了雁荡山灵岩夜景的独特性:"月欲坠,夜色如霜雪,诸峰相向立,俨然三四老翁冠而偶语。独西南一柱,白而长身者也,盖谓天柱峰云。"①崇尚"无时不游"的王士性别有慧眼地发现了雁荡山夜游的价值。再如,江心寺在图记中所呈现的物象是"永嘉大江中孤屿也",当它在语象中被置于"当其青天不动,沧海无波,春日初长,晴江似镜,塔影东揶,晚渡争喧,凭江天阁而眺,亦一乐也""若夫隔江烟火,如天星错落,则在云阴之夕佳""海潮奔激,西去有声,自顾身在屿中,如泛银河上下,则月明之夕为最"三种"正在发生的"不同场景中时②,海潮动与静的交错,云阴和月明不同观赏时机下的景观,历历在目,会心赏玩与自然美景相得益彰。

可见,以越游主人自居的王士性充分展现了他对景观细腻的感悟与发现,通过特定场景的构建、不同观览线路的叙述,将阅读者带入图像,这些诉诸人的联想和情感的语言文字流淌于图记物象的凝视之中,使得原本静态的视觉图像具有了动态性,强化了语-图在情感上的接受性。

(三) 楚游——地以人辉的彰显

楚游是前往粤藩的途中,行游于曾经属于"楚"这一泽国的水域而作。从语-图的对应关系来看:楚游语象的排列顺序是《太和山游记》《庐山游记》《楚江识行》《吊襄文》,4图配于4记,其顺序是楚江、太岳、匡庐、襄阳,语象有意识地向楚地景观投射,图记则以行游图记总览,再以景观的欣赏价值依次排列,显示出不同的功能,图记重在诉说游程,全景展示景观,配合语象实现带入与阐发的功能。

吴、越"勃苹而泄为山川,其奇秀甲于天下"③,自然形成了以苏杭为中心的东南独盛景象。楚地则是从春秋时期"摈为外夷"的形象,转变成为今日"甲大江之北"的地域典范:"洞庭、彭蠡、长江、巨汉非有加也。以昔若彼,以今若此,岂天运地脉,亦待人事而齐哉。"④与吴、越不同,楚地今日的文教与典章之胜,形胜的作用"非有加也"。楚地,地以人显,繁华的核心因素在于"人事",由此照应了"大河南北不无少让何"的人地关系对比,也

---

① [明]王士性撰,朱汝略点校:《王士性集》,杭州:浙江古籍出版社,2013年版,第87页。
② [明]王士性撰,朱汝略点校:《王士性集》,杭州:浙江古籍出版社,2013年版,第78页。
③ [明]王士性撰,朱汝略点校:《王士性集》,杭州:浙江古籍出版社,2013年版,第55页。
④ [明]王士性撰,朱汝略点校:《王士性集》,杭州:浙江古籍出版社,2013年版,第116页。

奠定了楚游语-图对"声名文物"的重点观照。如《庐山游记》曰:"然《禹贡》山川不登秩祀,自匡君始,至远公、李博士而著,固知地以人显,自古记之"①,突出庐山是"美不自美,因人而彰"的山水典范;《太和山游记》曰:"至宫廷之广,土木之丽,神之显于前代亡论,其在今日,可谓用物之宏矣"②,对照《广志绎》"别无奇诡之观"的武当印象,以及"用南五省之赋作之,十四年而成"③,则是更为尊崇的地以"帝"显的典范。

不仅如此,楚游语-图在关注与呈现重点上,有意识地向楚地具有人文色彩的名楼和书院进行聚焦,图记中标以"白鹿""岳麓书院""石鼓"的书院系列,标以滕王阁、岳阳楼、黄鹤楼的楼阁系列,在语象中被带入具体的地理环境、不同的观赏时间和角度予以对比,成为画面山水衬托下最鲜明的视觉亮色:"宋四大书院,楚居其三";白鹿书院"秀而间结约";岳麓书院"隩而动欝蒸";惟石鼓书院"当蒸、湘之合,……舞雩沂水,致足乐焉";登楼远眺,黄鹤楼"旷望视滕王过之","浮白天际,杳不见四山有无,日月若晨昏出没其中者。时而长风鼓浪,可高于屋;风平浪恬,则君山浮黛如螺髻然。故三楼望远,又以岳阳为甲观。"④地以人显,人以文名,文化使楚地更具吸引力。

综上,王士性分览于不同的地域,呈现出的文化记忆和情感表达也不尽相同。徜徉于吴、越、楚的文化长河中,侧重当下游览者对今日盛地的深切感怀,语-图对于历史、政治、现实进行了不同的诠释,融入了主体的历史效果意识。

三、对时间、历史与记忆的回溯与地域的建构实践

"地景不仅被理解为实体环境,还是思考地方、描绘地方,以及赋予地方意义的特殊方式的结果。"⑤地景的观览是文化的体现,从时间、历史、记忆的角度回溯与解读吴、越、楚地域的建构,也是王士性行旅书写中丰富多元的人文地理视角的体现。

1. 从游记语象的表述内容来看,吴游、越游对地域范围没有做出明确的限定,若仅参照语象形成的印象,正如范宜如所言:"整体言之,对王士性而言,吴、越的分界或许并不明显。"⑥但吴、越并不明显的分界,却于图像中被清晰的表达。

---

① [明]王士性撰,朱汝略点校:《王士性集》,杭州:浙江古籍出版社,2013年版,第114页。
② [明]王士性撰,朱汝略点校:《王士性集》,杭州:浙江古籍出版社,2013年版,第110页。
③ [明]王士性撰,朱汝略点校:《王士性集》,杭州:浙江古籍出版社,2013年版,第313页。
④ [明]王士性撰,朱汝略点校:《王士性集》,杭州:浙江古籍出版社,2013年版,第114-116页。
⑤ Paul Cloke, Philip Crang, Mark Goodwin编,王志弘、李延辉、余佳玲等译:《人文地理概论》,高雄:巨流图书有限公司,2006年版,第290页。
⑥ 范宜如:《行旅·地志·社会记忆:王士性纪游书写探论》,台北:万卷楼,2011年版,第110页。

王士性《五岳游草》——《三吴总图》

从《三吴总图》来看：波纹图示的长江，由图的左下延伸至图的右上，显示了吴由西南—东南的分界；画面的中心重点呈现南岸的景观，即长江以南；图记最南断以钱塘江。将浙江钱塘江以北，长江流经南直隶以南的范围视为吴，符合王士性的地理视角。检视王士性《吴游》记述的地域范围，包括今江苏省南部、安徽省南部和浙江省北部。若是按照明代行省的区划，南直隶辖今江苏、安徽二省及上海市；钱塘、嘉兴隶属于浙江府。

再看越游语-图，《越游注》开篇曰"东海之墟，有二越焉"，总体界定"越"游的地理空间，"于越当其北，瓯越当其南，其始一越也，皆禹之后，王勾践之所治也。汉时无始终自别为东瓯"①。于越以先秦时的会稽为中心，瓯越则分布在浙江南部的瓯江流域。《两越总图》中对会稽城、东瓯城皆予以标明。《越游注》中对于会稽、禹穴之胜的文字约三百字，图记《禹穴》也排于《两越总图》之后，位于第一的分图位置，表明了会稽的越地归属。

---

① [明]王士性撰，朱汝略点校：《王士性集》，杭州：浙江古籍出版社，2013年版，第72页。

王士性《五岳游草》——《楚江》

　　吴、越的语-图并观所带来的问题是，王士性将传统观念中三吴之一的会稽郡排除在外，划入了越地。"三吴"之一的会稽郡位于钱塘江的南边，《两越总图》右上也是以钱塘江为界，显示了与"二吴"的划分。再参以王士性的地脉视角所划分的吴和越，一支"度草坪去黄山、天目、三吴止"，一支"右下括苍，左去天台、四明，度海止"。图记清晰地表达了对吴与越的地域分界。

　　吴，是一个地域的统称，历史上最早且最明确地将吴郡、吴兴郡和会稽郡统称为三吴的见于郦道元的《水经注》①；南宋范成大《吴郡志》从历史的沿革予以考证，结论是："三吴之说，世未有定论。"②王士性用图记呈现的对地域范围的设定，承载着对历史记忆与文化价值深入的体味与思考，否则，他就无法从地域体验中感受到吴、越今时的不同文化在传承中出现的细微差别："惟两浙兼吴、越之分土。山川风物，迥乎不侔。浙西泽国无山，俗靡而巧，近苏、常，以地原自吴也；浙东负山枕海，其俗朴，自瓯越为一区矣。"③

　　2. 战国时楚占据了整个长江流域，故古人将长江也称为楚江。《楚江识行》开篇曰："楚本泽国，环亘六千里，洞庭、左蠡、江、汉皆楚也，今为豫章、鄂渚诸郡。"④展现了楚地的

---

① 《水经注·浙江水》："汉高帝十二年一吴也，后分为三，世号三吴：吴兴、吴郡、会稽其一焉。"[北魏]郦道元著，陈桥驿点校：《水经注》，上海：上海古籍出版社，1990年版，第746页。
② [宋]范成大撰，陆振岳校点：《吴郡志》，南京：江苏古籍出版社，1986年版，第620页。
③ [明]王士性撰，朱汝略点校：《王士性集》，杭州：浙江古籍出版社，2013年版，第193页。
④ [明]王士性撰，朱汝略点校：《王士性集》，杭州：浙江古籍出版社，2013年版，第114页。

广阔。从《楚江》图记来看：占据画面中心位置的是左洞庭、右鄱湖，并不具有"楚地"总图的性质。楚游语-图指向的地域范围实则包括明代湖广与江西两省，但在《广游志·杂志上·形胜》中，"楚"所指向的湖广与江西地界是有明确的划分的①，皆凭形胜成自然一省会。在《广志绎·江南诸省》他又说道，"本朝分省，亦惟楚为大"，提出了将湖广缩小的建议，"当以辰州、沅州、靖州分属贵阳，永州、宝庆、郴州分属粤西，则十三省大小适均，民夷事体俱便"②，欲对地界重新建构与划分。因此，楚游语-图不仅反映了地域宽广的直观印象，也更着重于通过行旅实地观察，去验证他凭借地脉、风土对省份划分的设想。

总之，吴、越、楚在王士性的笔下不仅仅是地域的名称，还因关联了特定的社会文化而被记写为繁华地域的典范，文化的记忆又透过地景的观览、品读得以延续。王士性对地域划分的意识，对地域建构的判断与设想，涉及不同的制度与价值观念，在跨越历史时空的记忆品读中，蕴含着由复制到创新的突破价值。

第五节 《五岳游草》对华夏边缘的记游表述及文化寄寓

在地景观览中，王士性逐步汇合了览胜观世的多元视角，既展现了对山水独特的美感体验，也书写出自己细腻生动的地域感受，重塑新的空间记忆。因而，《五岳游草》的语-图具有双重攀附的互文特质，展现了游历山水的审美过程，也通过二者同体互补的密切联系引入了王士性对空间意象的知觉与体验，独特的地理视域构建出新的文化记忆和文化视野。

一、 西南地域分野及其原因

1. 蜀、滇、粤具有地理、历史和现实经济发展水平的共性。《广志绎·西南诸省》开篇曰："蜀、粤入中国在秦、汉间，而滇、贵之郡县则自明始也。相去虽数千年，然皆西南一天，为夷汉错居之地，未尽耀于光明。"③"西南一天"概括了蜀、粤、滇于地理方位的实然共性；地域因素限制了西南经济的发展，"未尽耀于光明"的现实政治经济地位，与江北、江

---

①《广游志·杂志上·形胜》："出峡而东则入楚，长江横络，江南九水汇于洞庭，江北诸流导于汉水，然后入江；沅、桂、永、吉、袁、宁诸山包其前，荆山裹其北，亦自然一省会也。""又东则江右。左黄山、右匡庐，二龙咸自南来，逶迤东、西、南三面环之，众水皆出于本省浸于彭蠡，一道以入于江，去水来山，长江负其后，亦自然一省会也。"
②[明]王士性撰，朱汝略点校：《王士性集》，杭州：浙江古籍出版社，2013年版，第312页。
③[明]王士性撰，朱汝略点校：《王士性集》，杭州：浙江古籍出版社，2013年版，第331页。

南构成了地域差异对比的第三阶梯。

2. 蜀与滇粤虽同属"西南一天",但地脉发展有着先后的差别。面对西不如东的不均衡发展状况,王士性在多处以"今来"的视角乐观地展望经济之盛由东南转而西南①。对云、贵、百粤期以厚望,但唯独没有提及蜀,这说明同属"西南一天"、同样"未尽耀于光明"的西南诸省,在王士性心目中存有显见的地域差别认知:蜀属中龙②,与大河南北是一脉相承的;云、贵、粤皆南龙行经之地③,与吴、越、楚为代表的繁华地域是一脉相连的;并且"古今王气,中龙最先发,最盛而长,北龙次之,南龙向未发"④。基于此,王士性对属于南龙蓄力待发的云、贵、百粤寄托了更多的期待。

3. 蜀与滇粤的现时地域差异又归因于水。按王士性的观点,山脉"以水为断"⑤,无开洋无闭水,则龙行不住,仅为过路之场,造成了地域风气不开的现状:"粤西水好而山无开洋""贵竹山劣而又无闭水"⑥"西南万里滇中,滇自为一国,贵竹线路,初本为滇之门户,后乃开设为省者,非得已也。牂牁、乌、柳诸水散流,湖北、川东辖制非一,盖有由矣"⑦。从"散流"二字,可见王士性视云南同于黔中,为龙行不住、少"停蓄诸水"之地,因而对滇、贵、粤"不能同耀光明"的判断透露出王士性对地理因素的宏观认知。蜀则不然,"岷江为经,众水纬之,咸从三峡一线而出"⑧,"即如川中,山巉离祖,水尚源头,然犹开成都千里之沃野,水虽无漪,然全省群流总归三峡一线,故为西南大省"⑨。

4. 置于全书的图记来看,大河、吴、越、楚皆有一幅总图性质的行旅长卷,其他诸记分景观以述。蜀游三幅以景观命名的图记皆有总图的性质,皆因水而连,合为入蜀—游蜀—出蜀的往返行旅画卷,构建出日记体游记的语-图关系。唯独《滇粤游》没有总图性质的图记,"广右山川之奇,以赏鉴家则海上三神山不过。若以堪舆家,则乱山离立,气脉不

---

①《五岳游草·大河南北诸游·西征历》:"因忆赵有邯郸,齐有临淄,周有三川,可谓佳丽足当年矣。何知今日皆荒城野烟,又安知姑苏、武林之他日乎,不转而黔阳、百粤耶?"《五岳游草·滇粤游·桂海志续》:"谈粤胜者,每云籍令巨灵六甲可移于吴楚间,不知游屐何如? 噫! 何渠知其不终而为吴楚邪!"《广游志·地脉》:"今日东南之独盛也。然东南他日盛而久,其势未有不转而云贵、百粤……""今南龙先吴、楚、闽、越,安得他日不转而百粤、鬼方也?"《广志绎·方舆崖略》:"江南佳丽不及千年……赵宋至今仅六七百年,正当全盛之日,未知何日转而黔粤也!"
②《广游志·地脉》:"中支循西番入趋岷山,沿岷江左右。"
③《广游志·地脉》:"右支出吐蕃之西,下丽江,趋云南,绕沾益、贵竹关岭,而东去沅陵。"
④[明]王士性撰,朱汝略点校:《王士性集》,杭州:浙江古籍出版社,2013年版,第190页。
⑤[明]王士性撰,朱汝略点校:《王士性集》,杭州:浙江古籍出版社,2013年版,第189页。
⑥[明]王士性撰,朱汝略点校:《王士性集》,杭州:浙江古籍出版社,2013年版,第193页。
⑦[明]王士性撰,朱汝略点校:《王士性集》,杭州:浙江古籍出版社,2013年版,第192页。
⑧[明]王士性撰,朱汝略点校:《王士性集》,杭州:浙江古籍出版社,2013年版,第192页。
⑨[明]王士性撰,朱汝略点校:《王士性集》,杭州:浙江古籍出版社,2013年版,第340页。

结"①,"滇中长川有至百十余里者,纯是行龙,不甚盘结"②,滇粤"不甚盘结""气脉不结"的地脉特点,可能是王士性未做总图的原因所在,于此也可从侧面反映出王士性的总图具有突显典范山形水势的构图意识。

5. 没有总图并不意味着滇粤山水地位的降低,《滇粤游》的语-图数量位居《五岳游草》第一,尤其是对滇粤山水有着极高的评价。《桂海志续》篇末曰:"'桂林无山而不雁荡,无石而不太湖,无水而不严陵、武夷,兹特就人所已物色者而志之。'余言诡不能穷矣,柳之立鱼,融之仙岩,亦皆得其一隅,而阳朔江行,抑又过之。"③这段对粤的总括性评议,认为桂林不仅兼具吴、越众胜之长,而且山水之美更胜一筹。因而,滇、粤游语-图通过对山水精微的观察和细致的描绘,展现了西南地域上的造化之奇幻,表达出自己对该地逐渐加深、难以言表的喜爱之情。

综上,对地域显见差异的着意刻画,凸显了王士性浓重的辩证思维,也使得同属"西南一天""未尽耀于光明"的蜀、粤、滇,在语-图的表述与呈现重点上同中有异、富有弹性。

二、蜀游

蜀游在《五岳游草》中单列一卷,有记四篇,图记四幅。王士性在《入蜀记》序言曰:"左太冲赋蜀都,王右军叹彼土山川多奇,恨左赋未尽,乃致意岷山、汶岭,思得一至。及读陆务观《蜀游记》、范致能《吴船录》,益脉脉焉。乃今得与元承刘君拥传以往,搜奇履险,大益昔贤所未闻见,效陆、范二公记入蜀三篇。"④序言彰显了蜀游语-图的书写特色:首先,"思得一至"表明蜀地具有强烈的召唤力,同时兼有文化致敬之意,"拥传以往"表明其游具有追随先贤复写蜀地地景的创作意图;其次,"效陆、范二公记入蜀三篇",蜀游的书写范式主要是效仿陆、范二公,从形式到内容皆含并置对读之意;再次,"大益昔贤所未见"表明既有地景的对话与文学的承继,也有自己独到的发现与创新。

(一) 蜀游语-图的特点

行记是中国古代特有的一种文类,专门记述古人出门远行的经历见闻,游记之属的行记有按行程记录的传记体和按日程记录的日记体⑤。《五岳游草》除岳游、滇粤游外,大河、吴、越、楚在编撰体例上皆有行记性质的语-图,作为该卷长途游踪之导览,如"以次举"的《吴游纪行》与《三吴总图》,"次山川"的《越游注》与《两越总图》,以个人行经地点的

---

① [明]王士性撰,朱汝略点校:《王士性集》,杭州:浙江古籍出版社,2013年版,第340页。
② [明]王士性撰,朱汝略点校:《王士性集》,杭州:浙江古籍出版社,2013年版,第344页。
③ [明]王士性撰,朱汝略点校:《王士性集》,杭州:浙江古籍出版社,2013年版,第124页。
④ [明]王士性撰,朱汝略点校:《王士性集》,杭州:浙江古籍出版社,2013年版,第92页。
⑤ 李德辉:《论行记的内涵、范畴、体系、职能》,《绵阳师范学院学报》2019年第9期,第1—9页。

转换连缀行旅见闻的《西历征》与《两河》图记,《楚江识行》与《楚江》图记。但蜀游四记的结构方式和撰写特点均以系列行记的样式呈现,具有其他地域之游不同的风貌。

1. 蜀游四篇皆系日述游,排比日月,连贯而下,是按日程记录的行记。《入蜀记上》历时29日由陕西进入四川成都,逐日述游26日;《入蜀记中》为成都10日之游,逐日述游6日;《入蜀记下》沿岷江入长江历时29日,因游峨眉4日"别有记"①,逐日述游25日;《游峨眉山记》也是逐日而述。而与入蜀有时间承继关系的《西征历》历时111日,但逐日述游仅有36日,且总体以笔记体的概括笔法叙述主要游观。因而,蜀游是通过鲜明的日记体范式,以文体的趋同,跨越时空致敬南宋日记体记游的典范之作。

2. 蜀游四篇在总体架构上运用了顶真的手法,保证了行记的递接紧凑、生动畅达。《入蜀记上》以"记入蜀者,当自宝鸡始"承大河游为蜀游纪行之始,以"而入成都"为结束;《入蜀记中》以"入成都,以六月丁亥锁闱"承接上篇为蜀都游历之引起,以"业已尽览城内外诸神皋奥区,乃以十日癸亥解缆而南"②为中篇之结;《入蜀记下》以"时诸大夫饯于江皋……遂泊焉"为出蜀之始,"大约川江行三千里至夷陵(湖北宜昌)"③为蜀游之终。《入蜀记下》与《游峨眉山记》日程记录衔接紧密:《入蜀记下》曰:"丁卯,至嘉定州……次日去峨眉,别有记","癸酉还自峨眉"④;《游峨眉山记》以"九月望后二日丁卯,至嘉州"⑤为述游之始,篇末又以"是岁在万历戊子"⑥回结蜀游四记的纪行系年。

3. 王士性蜀游的语象运用典型的日记体书写范式,逐日搜奇履险,因地景联结前代文人的旅迹,显现"今时"蜀地的既有景象。不过蜀游语象又有其独特之处,同以纪行为主线,陆、范二公文笔挥洒自由,随意行止,但并未精心谋篇,而王士性蜀游四篇立意谋篇用力甚显,结构脉络清晰,章法关联紧密。同时,蜀游四记的语象以开篇略谈的方式,淡化其官差身份的特定使命感与目的性,与地景无关的诸多枝节,诸如陆、范二公沿途被宴请接待的记写等,在王士性的蜀游书写中皆繁芜尽去,从而凸显观览核心,呈现出对行旅为中心的书写聚焦。

(二) 蜀游语-图的艺术特色

蜀游为陆进舟出的蜀地行记,语象细述行旅历程,图记也以出入行经为表现重点,显示出对语象的跟随。不过图记也并非对语象亦步亦趋,《栈道》《蜀都》《三峡》的画面,都聚焦于行记语象中最为精彩的部分,截取了行旅途中最为奇绝的景观作为图记的命名。语象用紧密的时间顺序明确表达王士性的空间转换历程,图记则映照了行记的书写面向,既能独自

---
① [明]王士性撰,朱汝略点校:《王士性集》,杭州:浙江古籍出版社,2013年版,第99页。
② [明]王士性撰,朱汝略点校:《王士性集》,杭州:浙江古籍出版社,2013年版,第98页。
③ [明]王士性撰,朱汝略点校:《王士性集》,杭州:浙江古籍出版社,2013年版,第98-101页。
④ [明]王士性撰,朱汝略点校:《王士性集》,杭州:浙江古籍出版社,2013年版,第99页。
⑤ [明]王士性撰,朱汝略点校:《王士性集》,杭州:浙江古籍出版社,2013年版,第102页。
⑥ [明]王士性撰,朱汝略点校:《王士性集》,杭州:浙江古籍出版社,2013年版,第106页。

呈现不同时空中发生的游历,也将这些游历并联为整,以多空间组合的方式呈现线性的时间流程,进而集中指向蜀地的地域特性。《广志绎·西南诸省》曰:"蜀有五大水入。嘉陵江从汉中自北入,岷江从松潘自西北入,大渡河从西番自西入,马瑚江出云南自西南入,涪江出贵州自南入,总会于瞿塘三峡,向东而出。"①"总会于瞿塘三峡,向东而出",将《栈道》《蜀都》《三峡》三幅图记因水而连,《峨眉》亦沿水而游,并分别赋予了每幅图记不同的内涵和表现方式。

1.《栈道》——昔贤未见的语-图呈现

"记入蜀者,当自宝鸡始",图记亦从位于右下的城池宝鸡开始,设置了从右向左的"入蜀"观览视角。《入蜀记上》"入成都"止,《栈道》却止于图记左下的"嘉陵江"和"明月峡",语象曰②:"下山则见嘉陵江,度峭壁为明月峡",其后"自是鿃嘉陵拏舟行",可见图记画面及命名截取了陆行入蜀的栈道行程。

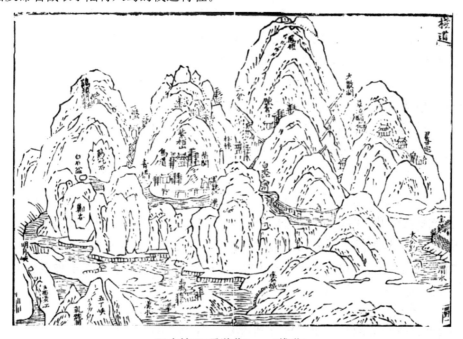

王士性《五岳游草》——《栈道》

语象还以尚实的态度记述了"大益昔贤所未闻见"的人文风俗,并附以自己的审美观感③:如大散关野兽"昼夜伏道旁",居民"斫木为城环避之";宝鸡至凤县"覆屋咸以板,真西戎俗矣";保宁至汉州虽在大山中,但路"皆大道,划石平甃,即村落市镇皆然"。有着独特审美视角的王士性,总能发现沿途佳处,并一一评点,如紫柏山"前列双峰,左山深处有寺,树石苍翠错落,栈中第一胜地也"④;干龙洞"洞口石山圆如车盖百丈,顶又起一石如浮

---

① [明]王士性撰,朱汝略点校:《王士性集》,杭州:浙江古籍出版社,2013年版,第331页。
② [明]王士性撰,朱汝略点校:《王士性集》,杭州:浙江古籍出版社,2013年版,第95页。
③ [明]王士性撰,朱汝略点校:《王士性集》,杭州:浙江古籍出版社,2013年版,第92页。
④ [明]王士性撰,朱汝略点校:《王士性集》,杭州:浙江古籍出版社,2013年版,第93页。

图,大奇也"①;鸡头关"为出栈最奇处"②等。

然而,栈道亦并非行记语象中最耀眼的主角,"今之栈道非昔也,联舆立马,足当通衢。盖汉中之地旧隶蜀故"③,"自古称栈道险,今殊不然,屡年修砌,可并行二轿四马"④,这些对栈道总体特征的描述不在语象《入蜀记上》,而是出现于《广志绎》的回顾总结,那么《栈道》又有何图?

王士性在尺牍《复陈思俞》曰,"仆幼慕栈道、巴江之胜,志怀入蜀"⑤,巴江即今四川嘉陵江;同时,按其地脉观点,中龙由西番至岷山后,其中一支龙行关中经大散关至终南山止,"江左者,北去趋关中。脉系大散关,左渭右汉"⑥。因而《入蜀记上》曰:"(大散关)关下水北流入渭,南流入汉,堪舆家谓为中龙过脉云。"⑦王士性行走于秦岭大山中由关中入蜀的国家驿道,翻山越岭,靠崖临水,以栈道为行游中心,对山脉、水流进行了细致的考察。图记亦缘于"北流入渭,南流入汉"的考察意图,分为"左渭右汉"两部分:

《栈道》图右重点呈现"渭水"北流的走向,不仅始发地宝鸡城下标以"渭水",还于右中标以"白水江入渭"予以重点说明。语象也随之于栈道行走中有重点地向水流之向关注聚焦,"出县南门,渡渭水";"下临白水江源,始真栈也";凤岭"岭南北水,各入白江水";三坌"水自松林北流,亦合白水";柴关"关上流北仍白水,南入黑龙江"⑧。

西汉水南下注入的嘉陵江为蜀之五水之一,"总会于瞿塘三峡,向东而出"⑨。《栈道》图左则以"汉水"为呈现重点,在图左之中的"黑龙江"分渭处,以及"禹庙"汉源处,分别标以"汉"和"汉水",并与图记左下的"嘉陵江"相接。语象也于行游中密切关注与汉水有关的地理现象,如从武关沿褒河至褒城,王士性见水深石巨,产生了汉、渭如何相通的疑惑:"汉张汤欲从此通漕于渭,不知当时水石何似。"⑩再如,对汉源的探讨:"(禹)庙前水涓涓,则汉源也。此去嶓冢尚余百里,水初出名漾,又名沔,故云沔、汉一水。又《禹贡》云:'道嶓冢自漾。'"⑪王士性上述言论综合了《山海经》⑫《尚书》⑬《水经注》⑭等多种地理志书,然

---

① [明]王士性撰,朱汝略点校:《王士性集》,杭州:浙江古籍出版社,2013年版,第95页。
② [明]王士性撰,朱汝略点校:《王士性集》,杭州:浙江古籍出版社,2013年版,第94页。
③ [明]王士性撰,朱汝略点校:《王士性集》,杭州:浙江古籍出版社,2013年版,第336页。
④ [明]王士性撰,朱汝略点校:《王士性集》,杭州:浙江古籍出版社,2013年版,第270页。
⑤ [明]王士性撰,朱汝略点校:《王士性集》,杭州:浙江古籍出版社,2013年版,第508页。
⑥ [明]王士性撰,朱汝略点校:《王士性集》,杭州:浙江古籍出版社,2013年版,第189页。
⑦ [明]王士性撰,朱汝略点校:《王士性集》,杭州:浙江古籍出版社,2013年版,第93页。
⑧ [明]王士性撰,朱汝略点校:《王士性集》,杭州:浙江古籍出版社,2013年版,第93页。
⑨ [明]王士性撰,朱汝略点校:《王士性集》,杭州:浙江古籍出版社,2013年版,第331页。
⑩ [明]王士性撰,朱汝略点校:《王士性集》,杭州:浙江古籍出版社,2013年版,第94页。
⑪ [明]王士性撰,朱汝略点校:《王士性集》,杭州:浙江古籍出版社,2013年版,第94页。
⑫ 《山海经·西山经》:"(西山)又西三百二十里曰嶓冢之山,汉水出焉,而东南流注于沔。"
⑬ 《尚书·禹贡》:"嶓冢导漾,东流为汉。"
⑭ 《水经注》卷二十七:"导源南流,泉街水注之。水出河池县,东南流入沮县,会于沔。沔水又东南,径沮水成而东南流,注汉,曰沮口。所谓沔汉者也。"

而,眼前所见"大安河来略阳,更大而遥",令他产生了"不知何以表汉为源"的困惑①,直到《广志绎》中他才解开了疑窦:"及读《丹铅总录》,始知有东、西汉焉。"②

要之,《入蜀记上》的语象对沿途水系细致连贯的甄别记述,图记对渭水、汉水流向的清晰呈现,皆是具有科学考察性质的真实地景记录,其细致探索的精神与客观求真的笔法与《徐霞客游记》有诸多相似之处。

2.《蜀都》——乡愁与胜慨的生动诠释

岷江横贯画面下方,其北乃成都,平视的观览视角尽显"城内外诸神皋奥区"。王士性入蜀后的游历均以成都为中心,分不同的方向游览,其中一次还以陆去舟返的方式,由浣花溪放舟而归。他在《广游志》曾以一言括蜀中的形势:"层峦叠嶂,环以四周,沃野千里,蹲其中服,岷江为经,众水纬之,咸从三峡一线而出,亦自然一省会也。"③图记所展现的,正是凭借"岷江为经"的蜀都"既坐平壤,又占水利"④的今时景象。

我们可以借助语象的并置进行对读:

《吴船录》曰:"蜀人入吴者,皆自此登舟。其西则万里桥。诸葛孔明送费祎使吴,曰:'万里之行,始于此。'后因以名桥。杜子美诗曰:'门泊东吴万里船。'此桥正为吴人设。余在郡时,每出东,都过此桥,为之慨然。"⑤

王士性《五岳游草》——《蜀都》

---

① [明]王士性撰,朱汝略点校:《王士性集》,杭州:浙江古籍出版社,2013年版,第94页。
② [明]王士性撰,朱汝略点校:《王士性集》,杭州:浙江古籍出版社,2013年版,第269页。
③ [明]王士性撰,朱汝略点校:《王士性集》,杭州:浙江古籍出版社,2013年版,第192页。
④ [明]王士性撰,朱汝略点校:《王士性集》,杭州:浙江古籍出版社,2013年版,第333页。
⑤ 顾宏义、李文整理:《宋代日记丛编三》,上海:上海书店出版社,2013年版,第837页。

《入蜀记中》曰:"过万里桥南。昔费祎使吴,诸葛孔明送之,曰'万里之行始于此'矣。杜子美亦云'门泊东吴万里船'也。江流绕雉堞如靛,即村舍扁扉、田塍沟渎,无非流水,盖秦守李冰之绩云。水从灌口凿离堆,引岷江以入,分流百道,溉田千万顷,遗迹依然。"①

蜀地同样的地景勾连起人们相似的历史记忆,"范公"慨然于地景所牵引的家乡之思,王士性也因地景连接起自己的乡土之念,通过对"今时"蜀都的凝视,寄托自己的旅愁与情思。《广志绎》用更为详赡的笔法呈现出蜀都"江流清冽可爱""晴雨景色无不可人"的整体之美,称赞李冰之绩"不减神禹也",以纪实之笔凸显继古开今的岷江对蜀都的重要性②。"岷江为经"成就了蜀都的地理优势,面对"遗迹依然"的地景,时空的感怀与"揽胜今何在,荒城卧野烟"的大河游自然是迥异的,因而,蜀都语-图以实录呈现的方式,摹写由地景所联系的生活场景与游观感受,一一激发了鲜活生动的文化记忆,透露出人在胜地的舒朗心怀。

3.《三峡》——搜奇履险的语-图呈现

王士性《五岳游草》——《三峡》

陆、范二公一入蜀、一出蜀,皆为水路,陆公始于苏州,至四川夔州止;范公发于成都,入苏州盘门止。王士性入蜀亦出蜀,入蜀所经连云栈道"大益昔贤所未见",更多是对蜀地文学的创新性复写;出蜀所经水路更多承继蜀地的文学记忆,联系地景对话和致敬之意甚显。

---

① [明]王士性撰,朱汝略点校:《王士性集》,杭州:浙江古籍出版社,2013年版,第96页。
② [明]王士性撰,朱汝略点校:《王士性集》,杭州:浙江古籍出版社,2013年版,第334页。

《三峡》图记设定了从左往右的单线观览视角,体现出蜀之意。最右下的夷陵城,是语象述游 29 日的终点;左下的夔府是图记所表示的行游起点。然而语象《入蜀记下》自成都解缆而南历时 25 日才于"丁亥,至夔府",图记截取呈现的是语象最后 5 日的三峡行记,其意有三:

第一,"全省群流总归三峡一线,故为西南大省"①,三峡是王士性人文地理视域下的闭水驻跸之地,蜀与粤、黔虽然"同属西南一天",但蜀因三峡构成了与后者实质性的地域差别。

第二,王士性至夷陵城曰"州称夷,险至此平也"②;后自蜀改粤途中,用"揽胜纪游,乐焉忘死"形容自己对蜀游的感受,并以"时犹恍惚行巫山锦水中也"回味三峡的景色③;图记向三峡奇观聚焦,既是对行记"揽胜纪游"书写意图的凸显,也呈现出蜀游序言中对"搜奇履险"的侧重与偏爱。

第三,由三峡地景而抒发了向古人致意的情怀。陆游的《入蜀记》终于夔州,王士性返程的《入蜀记下》图记始于夔州。图记对设定的行游起点标注甚详,夔府城内标有"草堂",是杜甫在奉节停留近两年的居处;城外标有"鱼腹浦""八阵"。范成大以水涨未见而"颇有遗恨"④,陆游以"碎石行列如引绳"描绘八阵实景,并以江水涨退后"阵石如故"强化"古存"印象⑤。二公虽未置评,但身为偏安东南一隅的南宋臣子,在面对蜀中相业有辉光的武侯遗迹时,内心的触动无疑是深沉的。王士性于此地同样有仪式感的考索,"视八阵石在鱼腹上,左右八碛,其一尚在明灭间,谓六十四蕝者非,左复累石为城形"⑥。

总之,这些地景均蕴含着岁月流淌之痕,在"看见"与"未见"、"古存"与"今无"中,触发了王士性地域变迁中的观览共鸣,王士性"酹酒于侯庙曰:'即今日江山已非汉室久矣,侯何恨?'复笑而下"⑦。在向昔日诸公缅怀致敬的同时,也书写出"后来者"今时新的感怀和识见。

三、 粤游

《桂海志续》有云:"昔宋范成大帅粤,爱其土之山川,及移蜀犹不忘,忆而作《桂海虞衡志》,称其胜甲于天下。余以万历戊子典蜀试,揽胜纪游,乐焉忘死。已自蜀改粤,时犹

---
① [明]王士性撰,朱汝略点校:《王士性集》,杭州:浙江古籍出版社,2013 年版,第 340 页。
② [明]王士性撰,朱汝略点校:《王士性集》,杭州:浙江古籍出版社,2013 年版,第 101 页。
③ [明]王士性撰,朱汝略点校:《王士性集》,杭州:浙江古籍出版社,2013 年版,第 119 页。
④ 顾宏义、李文整理:《宋代日记丛编三》,上海:上海书店出版社,2013 年版,第 857 页。
⑤ [宋]陆游撰,黄立新、刘蕴之编注:《〈入蜀记〉约注》,北京:中国文联出版社,2004 年版,第 214 页。
⑥ [明]王士性撰,朱汝略点校:《王士性集》,杭州:浙江古籍出版社,2013 年版,第 100 页。
⑦ [明]王士性撰,朱汝略点校:《王士性集》,杭州:浙江古籍出版社,2013 年版,第 100 页。

恍惚行巫山锦水中也,亦为刻入蜀三《记》于郡斋,是何与范先生易地而同思耶? 其后范镇蜀,未知志蜀山川否? 余乃为《粤游志》。"① 从上述对粤游之写作缘起的描述,以及将《粤游志》改名,自称为《桂海虞衡志》的续篇,诠释了王士性的粤游是由地景观览而变为对昔日文人文化记忆的追随,二者之间的接续是通过书写方式的仿效来建立跨时空的对话的,因而对粤游地景的语-图复写既有现场感,又有着深厚的历史感。

(一) 语象体例与《桂海虞衡志》相仿

范成大的笔记体著作《桂海虞衡志》以类相从,设"志岩洞""杂志"等 13 门②,以条目式的笔记资料形式,简洁扼要地叙述了桂海的山物、民事;《桂海志续》承继了范书体例,其序曰:"首独秀山,次叠彩,次宝积,次七星岩,次省春,次漓山,次隐山六洞,次龙隐,次伏波,次白龙,次虞山,又次尧山,而终以訾家洲。"③ 以其任广西参议期间游历的 13 处名胜数量,对标《桂海虞衡志》的成书体例。

(二) 语象形式具备笔记体记叙随宜的特征

《全宋笔记》对"笔记"界定为:"笔记乃随笔记事而非刻意著作之文……然其内部并无严密体系,各条记事互不相关,表现了其信笔札录,叙事纷杂的特性。故凡题材专一,体系结构紧密的专集,虽亦有逐条叙事者,则亦非随笔之属。"④ 王士性《桂海志续》以逐条叙述的模式,不以时间,不以方位,长短不拘,随感而记,伸缩灵活,显示出随笔记述的特征,以书写方式的仿效接续地景的观视。

首先,相对于《桂海虞衡志》条目顺序的"随笔"。除独秀皆位于首位外,其他 12 处桂林名胜的先后顺序并未对应《桂海虞衡志》"志岩洞"的条目排列。

其次,相对于地理方位的"随笔"。即便是"次山川"的越游,王士性也能将不同时间、不同方向的游历连缀成空间方位有序变化的完整行程图。《桂海志续》若以空间划分,一至三条是城内,其余为城外,但城外 10 处或东或西,或近城或远城,或南或北,方位飘忽不定。

最后,相对于时间为序的"随笔"。诸如"以次举"的吴游,以标目显示游历时间的接续;蜀游以日记体逐日而述;它们皆以紧密围绕时间轴的方式述游,展现由连续性而成整体感的山水画卷。《桂海志续》13 条名胜的述游,皆含有对时间的记述,但体现出有意识的时间排序之"乱"。如第六条漓山九月二十,第七条隐山九月十五,第十一条虞山和十二条尧山皆为六月,第十三条訾家洲九月十五。再如第四条七星岩和第五条省春在时间

---

① [明]王士性撰,朱汝略点校:《王士性集》,杭州:浙江古籍出版社,2013 年版,第 119 页。
② [宋]范成大,严沛校注:《桂海虞衡志校注》,南宁:广西人民出版社,1986 年版,第 3 页。
③ [明]王士性撰,朱汝略点校:《王士性集》,杭州:浙江古籍出版社,2013 年版,第 119 页。
④ 上海师范大学古籍整理研究所:《全宋笔记》第十编第 1 册,郑州:大象出版社,2018 年版,第 15 页。

上有先后,为八月十五,第十条白龙洞"余以游省春后十日,与韦阃帅至"①,当为八月二十五,却间以九月游历的为第六条和第七条②。具体情形如下:

序号	胜名	游历时间	方位
1	独秀山	余以己丑九日赴王宴而入	郡城内(中)
2	叠彩山	余以赴张大将军饮	郡城内(直北)
3	宝积山	得首览焉,乃莅官之次日	郡城内(北城之西)
4	七星岩	时惟中秋	郡城东
5	省春岩	余以过栖霞洞,留饮于此	郡城东
6	漓山	故以九月廿日约余为泛舟之役	郡城南
7	隐山六洞	余以九月望,约张羽王至	郡城西
8	龙隐岩	余时以九日独行	郡城东
9	伏波山	余至在水落时	迫城外
10	白龙洞	余以游省春后十日,与韦阃帅至	郡城南
11	虞山	余以六月朔至	郡城东北
12	尧山	韦阃帅以九日约余与臬副李君登高其上	郡城东北
13	訾家洲	余以九月望,下苍梧,舟过此	郡城东

(三)粤游笔记体游记的语-图关系

王士性的粤游,采用了笔记体的叙述模式,无痕融合范成大的行旅观览体验,如独秀山"四无坡阜"与"旁无坡阜",叠彩山"旧在八桂塘后"与"在八桂塘后"等,通过诸多地景观览中的细节联系,接续范成大的桂海印象,以历史和现实的"在场"之感,召唤山水间的审美感悟。

如漓山条,言:"羽士起数椽,祀方与范致能,故以九月廿日约余为泛舟之役。《虞衡志》云:水月洞在漓山之麓,其半枕江,刊刻大洞门,透彻山背,顶高数十丈,其形正圆,望之端整如大月轮。江别派流贯洞中,踞石弄水,如坐卷蓬大桥下。大月轮之中又一小规,穿山而南出,暑月坐规中,风飕飕起洞口,真不减北窗羲皇也。其下可以观鱼,亦可濯足。乘舟过之,如象掀鼻,俗亦称象鼻岩。"③漓山条引述《虞衡志》"水月洞"的全文,既呼应先人的地景记忆,强化相同的观览体验,又接续《虞衡志》复写地景,如"风飕飕""不减"等细节感受凸显了自己真实的在场感,在原有的行旅记取中点染了文学想象,构建出今时桂海山水新的审美意象。

---

① [明]王士性撰,朱汝略点校:《王士性集》,杭州:浙江古籍出版社,2013年版,第123页。
② [明]王士性撰,朱汝略点校:《王士性集》,杭州:浙江古籍出版社,2013年版,第119-124页。
③ [明]王士性撰,朱汝略点校:《王士性集》,杭州:浙江古籍出版社,2013年版,第122页。

然而,《桂海志续》虽用相同的地景书写连通了与范公的观感体验,但也在同一地点的观览中有着"和而不同"的辨析。诸如每条笔记中游历的具体时间、同游之人的带入,以及观览行为的差异,都打破了历史的沉浸感,凸显了现时的"在场"感,灵活自由地往返于古往与今来,共筑鲜活生动的地景体验。

又如,七星岩条:《虞衡志》"进里余,所见益奇。又行食顷,则多岐。游者恐迷途,不敢进。云通九疑山也"①。《桂海志续》则曰"又多歧路,恐迷,行则时相呼集。或云通九疑山龙潭"②,"多歧""恐迷"表达了深入同一洞穴观览相通的见感,但范公用以"不敢进",王士性则"相呼集"径入探险;范公以"云通九疑山也"为结,王士性加以"龙潭"二字,延展了奇景的想象之界,焕发对奇异险胜意犹未尽的体验渴望,观览接续描绘了"又得一歧""得酣游焉"的审美新体验。因而两则材料看似"貌合",实则"神离",在对相同地景的古今参照以及奇景的复写延展中,拓展了空间的记忆,使这个"地方"凝结了王士性自身意义的行旅体验。

《桂林》图记则呼应了笔记体游记往返古今、对地景追慕和观览的意图。图记以桂林城为中心,细绘城内外山水名胜的方位和分布,与舆图"貌似"。但王士性的图记在舆图的基础上增添了艺术的色彩,融入了自己独特的地景观览体验和文学想象,"神合"于前代文人的地景记忆,衍生出"错时联现"的地景"续画"。

王士性《五岳游草》——《桂林》

---

① [宋]范成大撰,严沛校注:《桂海虞衡志校注》,南宁:广西人民出版社,1986年版,第8页。
② [明]王士性撰,朱汝略点校:《王士性集》,杭州:浙江古籍出版社,2013年版,第121页。

范公隐山六洞条曰:"皆在西湖中,隐山之上。……西湖之外,既有四山巉岩,碧玉千峰,倒影水面,固已奇绝。而湖心又浸阴山,诸洞之外别有奇峰,绘画所不及。荷花时有泛舟故事,胜赏甲于东南。"①王士性眼中却是"湖今斥为桑田,山崎于陆"②的另样景象。但图记左半以半幅的篇幅,凸显了隐山六洞,并在其周边用粼粼波光的水纹标以"西湖",对应与重构了范公的宋代空间记忆与美感描述。

语象在接续范公观览了六洞后,慨然于"水漫流,可历弗可舟也"③,追慕之意未尽,又再回复于唐代的地景记忆。吴武陵《新开隐山记》:"自楼阁斗下七步,次石渠。渠深七十尺,渠上为梁,曲折线缭绕三百步远,日月所不能烛矣,左右列炬而后敢进。自渠直南抵绝壁,斗下为飞梯,飞梯九盘而后及水。"④王士性曰:"唐吴武陵记隐山,刻意描画,至称石室东岩水,虬螭所宅,浚三丈,载舟千石,石渠深七十尺。渠上为梁,曲折绕三百步,日月所不能烛,又动陟飞梯三四十级。今皆无之。武陵至今仅千年,何陵谷古今之异如此?因与羽王叹息而别。"⑤在《桂林》图记中,飞梯也于六洞之东清晰显现,"续画"出地景的变易,将今时"缺席的形象"还原成"真实的在场"。

综上,无论"西湖"还是"飞梯",古有而今无。王士性运用条目式的笔记体语象,站在当下地景,融汇现在观感,往来回复于古今地景的并置与对读,营造出生动再现的观览体验;合以"错时联现"的构图之法,透过地景连接历史,拓展空间记忆,重构审美感悟,使拥有历史厚度的地景记忆以可见可感的唯美形象得以被感知。王士性运用自由往返于古往与今来的笔记体游记语-图,在"续写"与"续画"中呈现出使人如临其境的现场感,拥有了"艺术时空体"的特征,共同形塑出地景深厚的空间形象和文化象征意蕴。

四、滇游

云南是王士性游历的最后一站,"计了滇云,遂息足焉"。在较长的时间内云南相对中原处于文学的边缘化状态,"三百年间,士大夫宦游之迹不至"⑥,地域记忆缺乏鲜活生动的文化载体。自元代平定大理国将其归属中央政权版图后,这一神奇的地域吸引了众多明代文人的涉足与游观,在凝视云南自然美景的同时,也丰富和完善了基于地理的文学想象,进而给这片古老的地域注入了鲜活的明代文化记忆。

---

① [宋]范成大撰,严沛校注:《桂海虞衡志校注》,南宁:广西人民出版社,1986年版,第8-9页。
② [明]王士性撰,朱汝略点校:《王士性集》,杭州:浙江古籍出版社,2013年版,第122页。
③ [明]王士性撰,朱汝略点校:《王士性集》,杭州:浙江古籍出版社,2013年版,第122页。
④ 周绍良主编:《全唐文新编》第4册,长春:吉林文史出版社,1999年版,第8208页。
⑤ [明]王士性撰,朱汝略点校:《王士性集》,杭州:浙江古籍出版社,2013年版,第122页。
⑥ [明]王士性撰,朱汝略点校:《王士性集》,杭州:浙江古籍出版社,2013年版,第337页。

(一) 滇游的语-图建构与精神内涵

王士性滇游之前有"壮年戍滇"的杨慎,"滇中风雅,实开于升庵"①;之后有徐霞客详明考证"黔滇荒远,舆志多疏"地域的"山川脉络"②。与他们不同的是,笼罩着神秘面纱的云南,令行旅于明朝大江南北且一直自豪以越为家的王士性,产生了一见如故、怦然心动的全新感觉。对故土的眷恋与回望,对华夏边缘的猎奇与体察,二者于心灵的碰撞令王士性的灵魂视野和精神触觉得以延展,并在追寻故土记忆的过程中,对生命故土与精神家园的内涵进行了新的体认,云游天下的王士性同时拥有了两个故乡之间的乡愁与乡情,其滇游的语-图建构与精神内涵也正着眼于此。

1.《滇粤游》记游诗文的排序为粤前滇后,显示出时间线索的先后承接。但从数量来看,文6篇(粤2滇4),诗歌21首(粤7滇14);从《滇粤游》的标目题名来看,滇置于粤前。因而从本卷题名以及滇于粤双倍的语象数量,明显可见王士性对滇的关注与强调。再合以图记,《滇粤游》图记6幅,粤2滇4,图记于数量亦显示滇游的重要地位。此外,《五岳游草》的图记皆于右上角标以图记名称,右下角以地域名+数字表明先后顺序,《滇粤游》将《桂林》标以滇一,《七星岩(端州)》标以滇二,粤之图记统标以滇之地域名下,图像显示了对语象"以滇赅粤"精神的实然体现。

2. 从《岳游》到《蜀游》之《游峨眉山记》,以越为家的王士性都骄傲地自谓"余天台王士性也"。万历十九年,王士性"官澜沧两年",驻大理府,这段时间也是他宦游生涯中旅居异地最长的时间,他对滇云佳境由一开始的新奇转为发于真心的喜爱,他以语象落款的转变显示出从遥系故土到醉心新故土的情感历程。在其滇游的第二篇《游云南九鼎山记》中,落款仍为"余天台王士性恒叔也"③,但末篇《游鸡足山记》的落款变为"余滇西沧水使者王士性也"④,直接去除了天台,滇西的地位分量与独特意义可见一斑;最后编订而成的《五岳游草》自序的落款为"记者滇西隐吏天台王士性恒叔"⑤。滇西与天台并列,但滇西在前,并"惟醉心于是"成为滇西的隐吏,天台则由荛裘首选转而退居其次,凸显出滇西是为王士性精神上的家园和魂萦梦绕的乐土,反映出他对滇云尤其是大理这片新故土的精神之恋。然而,"山川诡幻,两越为多",一直以越为家的王士性,其体认的新、旧故土必然有相似之处,游观也必然有过人之处,滇云缘何超过两越,语-图又是如何表达的?

---

① 郭绍虞编选,富寿荪校点:《清诗话续编》,上海:上海古籍出版社1983年版,第2361页。
② [清]永瑢等撰:《四库全书总目》,北京:中华书局,1965年版,第630页。
③ [明]王士性撰,朱汝略点校:《王士性集》,杭州:浙江古籍出版社,2013年版,第128页。
④ [明]王士性撰,朱汝略点校:《王士性集》,杭州:浙江古籍出版社,2013年版,第134页。
⑤ [明]王士性撰,朱汝略点校:《王士性集》,杭州:浙江古籍出版社,2013年版,第14页。

(二) 滇游的语-图对故土的重新体认

首先,滇游语象的述游笔法发生了变化,其重点不在于记行,亦不在于怀古,而是与其家乡对比参照,在笼罩着思乡情结的深层情感涌动中,以细腻的笔法层级展现奇异的滇云山水,书写他所感受到的意境优美的山水世界。如泛舟昆明池使他勾连起"如行镜中"之地景记忆:"余荡桨其中,不复知非山阴道上也。"①游九鼎坐超然之台,行松涛之径,入古佛之洞,登华严之阁,神奇绮绚的山景、峰景、洞景,令其浮想联翩,似登仙境,既有"烟云过绝壁,若画王右丞山水"的唯美画卷,又有"若举千百刹宇动摇将掷之空中也"的回声,更有山下"卷芦叶吹牛背归"的田园生活景象②。这些如画似的绚丽多彩场景的摹写散发出浓郁的江南忆念。因而在"胜也""更胜也""益又胜也""故大观也"诸多为滇之胜景所激发的抒写背后,则是深层的怀乡之思,"余旅思转深矣"③,"余三人者,抚良辰之不偶,念后会之未期,因缘胜名,各怀乡土"④。滇游前两记之"抑",为《点苍山记》"扬"之出场作足了铺垫,在滇云前诸美景的审美感悟中,突出了对大理可游可居得兼的观看与体认,构建出具有复合想象空间的"新"的故土情结。

其次,滇游四记创作于万历十九年,是年三月游昆明诸胜,九月游九鼎山,继至点苍山,十二月游鸡足山,语象《泛舟昆明池历太华诸峰记》《游云南九鼎山记》《点苍山记》《游鸡足山记》,亦按游历的先后顺序排列;图记的顺序则为《昆池》《鸡足山》《点苍山》《九鼎山》,将鸡足山与九鼎山进行了对调,有引起下图、凸显"新"故土的意图。《鸡足山》图记左上以山川图符配以文字"丽江雪山""点苍",标注出两处远景,点苍山下以水波状示意洱海。《游鸡足山记》⑤曰:"入庙西北指,则云间见丽江雪山"(明代官员、名士能亲履丽江者屈指可数),"西指则点苍十九峰,雄踞不肯为鸡足下。洱海荡漾其前,东南峦麓参差,如风中涛,咸在杖底,伟哉观乎,亦足雄南中游矣"。语象展现了苍洱远观的恢宏气势,并作为《滇粤游》及《五岳游草》的末篇点明其雄冠云、贵、川的游观价值;图记以调整后的顺序呈现出由远到近的视觉观感,接续而来的《点苍山》图记犹如特写的近景镜头,聚焦展现出苍洱自然景观的细微之美,《点苍山记》则以更为独特的赋体语象逐层揭示苍洱之美的精粹与丰富内涵,视觉的享受和情感的抒发循序渐进而又相得益彰。

故土的气息是令人眷恋的,而别处的故土更因留在心底而难忘。滇游语-图以有机融合的一体化方式将王士性对滇云,尤其是新故土——大理的独特情感,有序地向纵深推进,承载王士性生命精神之境界的滇云游记,已然超越于其他地域之游中地理与文本

---

① [明]王士性撰,朱汝略点校:《王士性集》,杭州:浙江古籍出版社,2013年版,第126页。
② [明]王士性撰,朱汝略点校:《王士性集》,杭州:浙江古籍出版社,2013年版,第127-128页。
③ [明]王士性撰,朱汝略点校:《王士性集》,杭州:浙江古籍出版社,2013年版,第126页。
④ [明]王士性撰,朱汝略点校:《王士性集》,杭州:浙江古籍出版社,2013年版,第128页。
⑤ [明]王士性撰,朱汝略点校:《王士性集》,杭州:浙江古籍出版社,2013年版,第133页。

的一一对应关系,个体生命的"活性"和地景内涵的"根性"连缀在一起,共同铸造出了蕴含厚重的云南地域新记忆和文本新意象。

综上,王士性分览华夏边缘的语-图书写特色鲜明,或凸显行踪线索,或极显山川之诡幻,或取眼前之景融通、映现古往先贤的观览体验,既有与地景的对话与对文学的承继,也有自己独到的发现与创新,这些皆是他以后来者的身份,镌刻出地景观览的今时感怀和识见;图记亦跟随语象精心谋"画",曲尽语象之妙,又深得其态,繁芜尽去,拥有了尺幅千里、意在画外的审美意蕴与观览效果。地域并览的语-图犹如连贯的山水行游画卷,二者细细胪列又娓娓道来,连绵的山水虽然隔以时空,但清晰鲜明,具有历历在目的现场之感。

第六节 《五岳游草》的典范意义及独特价值

一、独特的人文地理视角与记游体例

王士性尝遍游寰宇,得文、图、诗若干记于《五岳游草》;息游后,他未曾停止对游之岁月的追思:"星野山川之较,昆虫草木之微,皇成国策、里语方言之赜。"①可以想见,图记正是其在摩挲中的情依所在,这一摹写地域特色的冲动,让王士性又恍然回到了"万里如在目前"②的览胜之境,激发了《广志绎》这一鲜活之境的书写之心。

其《广志绎》自序曰:"所不尽于记者,则为《广游志》二卷,以附于说家者流。兹病而倦游,追忆行踪,复有不尽于《志》者,则又为广志而绎之。"③"不尽于记者""不尽于《志》者",即宦游天下的王士性思索的累积,藉"游"而"记"衔接了《五岳游草》与《广游志》《广志绎》。

一方面,三书皆围绕王士性游历的见闻,以"游"为核心相继而作,用以呈现他广游天下的心路历程:《五岳游草》记审美鉴赏之游心;《广游志》以资地志之心,承接《五岳游草》地域分览视角;《广志绎》则是息游后游心之延续,"追维故实,索笔而随之"④,对地域的差异及其原因条分缕析、该游理举。

另一方面,三书侧重点不同,亦形成"记"之递进式书写:先游后记,因记而生发一己

---

① [明]王士性著,朱汝略点校:《王士性集》,杭州:浙江古籍出版社,2013年版,第219页。
② [明]王士性著,朱汝略点校:《王士性集》,杭州:浙江古籍出版社,2013年版,第3页。
③ [明]王士性著,朱汝略点校:《王士性集》,杭州:浙江古籍出版社,2013年版,第219页。
④ [明]王士性著,朱汝略点校:《王士性集》,杭州:浙江古籍出版社,2013年版,第219页。

之论,进而演绎推理,如此层次井然,有清晰逻辑感的记游、说游、绎游系列是前朝历代记游所没有的。尤其是《广志绎》"探经世之大略,揽形胜、审要害以为行师立国之本图"①的志量给清初的学者以巨大的影响,顾炎武《肇域志》《天下郡国利病书》和《日知录》三本著作,对王士性的记述均有引录,呈现了明代影响的印记,也衬显了明代游记的新视野、新高度和新境界。

《四库全书总目提要》评述《广志绎》亦曰:"追绎旧闻,以补未及者也。"②"追绎"不同于"追忆"或"追记","绎"者"抽也""理也","绎"来自"记",又高于"记"。点明了《广志绎》是在"游"而有"记"的基础上,对《广游志》的进一步拓展与延伸,因而用"巨细兼载,亦间附以论断"③的记述笔法以"补未及者",对游的过程与记的内容进行寻求事理、探究原因的分析与总结。对此,四库馆臣评曰:"盖随手记录,以资谈助。故其体全类说部,未可尽据为考证也。"④认为其笔法不同于自然地理实地考证的方式,而类似于随笔性质,体裁同于小说、笔记、杂著一类。

此点不同,也正是人文主义地理学与自然地理学的区别所在:自然地理学以具有客观性、普遍性的自然地理现象作为研究的核心,排除主观的情感因素,将实证作为评判的顶端;人文主义地理学的"核心目的在于集中理解人以及人的生存条件,致力于研究人与自然环境之间的关系,进而理解人的世界、人的地理行为,以及人与空间和地方有关的情感与观念"⑤。因而,《广游志》《广志绎》对人地关系的若干问题,在类似"说部"的谈论过程中,并非意图解答山水的形成或走向,形成具有共性的理论总结,而是以与人的生存为核心,探究地理环境的不同为何会带来诸多方面的差异,人们将如何借助于不同的地理环境得以生存与发展。

因此,在人与山水自然的接触点上,王士性具有以人为本的发现、体验、验证视角,其敏感点牵系于山水自然中的人的文化意象,这亦是司马迁踏遍大半个中国后,微观民生、宏观治国的《货殖列传》创作主旨的延续,也是古往今来人对山水自然感知的"凹陷部分"。王士性在行旅中聚焦于地域特色的文化地景,并以地理要素为主要的观察指标,由地域特性而及人文特质,通过对"地域"和"空间"的重新定义与划分,比较历史长河中不同地域的变动性、多元性和适应性,透显自己对人地关系的辩证思考。这种对地景感知的强化,以及迫切与山水进行对话的方式,正是人本主体"活跃生命的传达",立足自然思考人地关系,归纳人类的地理经验,并合理运用地理优势,转化为巨大的人本力量。

---

① [明]王士性著,朱汝略点校:《王士性集》,杭州:浙江古籍出版社,2013年版,第213页。
② [清]永瑢等撰:《四库全书总目》,北京:中华书局,1965年版,第676页。
③ [清]永瑢等撰:《四库全书总目》,北京:中华书局,1965年版,第676页。
④ [清]永瑢等撰:《四库全书总目》,北京:中华书局,1965年版,第676页。
⑤ Yi-fuTuan: Humanistic Geography. Annuals of the Association of American Geographers,66:2(1976: June),pp266-276。

总之,《广游志》《广志绎》这两部标新立异之记,奠定了王士性在古代人文地理学书写上的高峰地位。但从《五岳游草》到《广游志》再到《广志绎》成书,这个过程不是无根之木,而是每一部都不可或缺,因为它是建立在对山川自然用心体察的基础上的,也是通过游之累积进而发生视角变化的历程。王士性不仅穷幽极险、囊括其胜,还锐于搜寻、善于思考,其游心的重大变化预示着对内在新生命空间的积极寻求,他以精订之心探问九州地域,既是记之绵延的内在驱动力,也在知曲折、辨原委中深化了描述与解释的张力,使得明代游记在历史进程得以递进与深化,从文学性走进科学性,其以记游之笔探讨学术之心超绝千古。

二、地志笔法与记游山水有机融合的典范

从记游书写的形态与内涵特色来看,周振鹤先生将王士性的著作统称为"地理书"三种;龚鹏程则认为王士性与徐霞客的游记"介乎客观地志及抒情文章之间。不尽然只表达美的感受、描述主观审美所见,也有许多具客观意义的记录"[1]。二人皆从话语体系的根脉部分指出了风景中地志元素的架构功能。

地志纯任自然不假修饰,亦不为理法所束缚;文学求新意于法度之中,又寄妙理于豪放之外。游记作为主体视域下对景观客体的审美,在"探索者"和"观赏者"的角色碰撞中,建构了审美的多元化与地理意象的人本建构,跨界的属性使得记游笔法变化层出而又新意盎然。因此,记游不单是对地形地貌的客观描述,它还与人的价值观念,尤其与特定时代的文化意象紧密相合,志地与记游是包容互补的"一元双极"。

从中国古代游记的发展历程来看,王立群认为"我国古代的山水散文正式成熟于晋宋地记"[2],姑且不论此论断正确与否,但至少说明游记天生具有地志与文学互渗融合的特性,这一特性将对游记的发展方向与创作成就产生重大影响。

唐代的山水游记得以文体独立,文体是笔法之"精神的相貌",记游是对人之审美活动的记述,呈现的是游历过程中人的情感体验和审美直觉。以游记文体摹写山水的精致容颜,常常于不经意间跨越了文学与地理的界限,不仅触碰到山水的精神实质,而且使个体的意义和人生价值延伸为开阖呼应的空间韵律。唐代对"境生于象外"[3]的美感意蕴追求,使得原本严肃、客观的地志逐渐融入了更多的人之"神情"。

宋代的游记经苏轼、陆游、范成大诸多大家之手,成就斐然。不过,宋代的文学家们对地志的创作表现出迥异前代的昂扬情趣,如梅尧臣《青龙杂志》、沈括《天下郡(州)县

---

[1] 龚鹏程:《晚明思潮》,北京:商务印书馆,2005年版,第400页。
[2] 王立群:《中国古代山水游记研究》,开封:河南大学出版社,1996年版,第42页。
[3] [唐]刘禹锡:《刘禹锡集》,上海:上海人民出版社,1975年版,第172页。

图》、范成大《桂海虞衡志》、周密《武林旧事》等,使原本属于不同学科门类的地理与文学获得了更多的交流与融合,二者的互动加速了"从地志的文学化到文学的地志化"①的进程,风格渐趋多样化。

明代的文人"寄情于山水之间,将旅游当成与读书一样重要的事情来对待"②,一方面,他们以更为积极的姿态来亲近山水、多角度审美山水,透过山水自然的外在形态构建出审美的复合想象空间;另一方面,随着足迹超越前代的渐广之游,山水视野随之拓宽拓深,他们"普天之下,莫非王土"的天下观也在有意识地向"观天下"进行转变,从而更注重对山川水流的用心体察,并精笔实录。明代记游承继了唐宋,又对其予以新的开拓与创造,先后形成了舆地记游书写的两座高峰——《五岳游草》与《徐霞客游记》。谭其骧先生评曰:"从自然地理角度看,徐胜于王;从人文地理角度看,王胜于徐。"③当然,并峙的双峰并非一蹴而就,他们皆有足迹几遍天下的广游,及对山川自然认真用心的体察,他们兼具文学性和科学性的"萃天地之大文章",是广游知识体系的累积,是对人与自然关系的深入思考与概括。这一影响一直延续至清代,游记重舆地知识的写法,也对清代朴学的形成、发展起着推动作用。二者互为因果,共同促成了朴学的兴盛与舆地游记的创作④。

明代中后期出现的王士性,即是对舆地深入观察、体悟,进而归纳出人地关系的理论经验,并在游记中融汇地志笔法的典范作家。他宦游明朝两京十二省,在行旅中进行了真实精详的调查与记录:《临海县志》评曰,"穷幽极险,凡一岩一洞,一草一木之微,无不精订"⑤;《广志绎》自序曰,"余志否否,足版所到,奚囊所馀,星野山川之较,昆虫草木之微,皇戚国策、里语方言之赜,意得则书,懒则止"⑥;《岱游记》自述"取偾囊,随笔记之"⑦。诸多他人评论、本人自述以及游历细节的不经意展示,都体现出了王士性对观察与积累舆地素材的重视,这一特点影响了他的记游书写,形成了志地体宏încoli述游生动真实的行文风格,正如林云铭序所言:"其文之沉雄古宕、逶迤参错,盖将毕生精神与叠嶂层峦、扶舆磅礴之气相遇,沐浴吞吐于瘴疠间,故能落笔摇五岳若此。"⑧

分析舆地化的书写特征自然不能忽视王士性在舆图的基础上创作的36幅图记,《五岳游草》的语-图相互联系形成合力,是舆地之笔与记游山水有机融合的典范。舆地化的书写特征使得王士性表达情感的方式与一般游记不同,既表达出对山川景物的细致观察

---

① 叶晔:《拐点在宋:从地志的文学化到文学的地志化》,《文学遗产》2013年第4期,第96页。
② 周振鹤:《徐霞客与明代后期旅行家群体》,载中国徐霞客研究会、江阴市人民政府:《徐霞客研究》第1辑,北京:学苑出版社,1997年版,第52页。
③ 朱荣、谭绍鹏、张思平:《纪念徐霞客论文集》,南宁:广西人民出版社,1987年版,第235页。
④ 王立群:《中国古代山水游记研究》,开封:河南大学出版社,1996年版,第166页。
⑤ [明]王士性撰,朱汝略点校:《王士性集》,杭州:浙江古籍出版社,2013年版,第604页。
⑥ [明]王士性撰,朱汝略点校:《王士性集》,杭州:浙江古籍出版社,2013年版,第219页。
⑦ [明]王士性撰,朱汝略点校:《王士性集》,杭州:浙江古籍出版社,2013年版,第27页。
⑧ [明]王士性撰,朱汝略点校:《王士性集》,杭州:浙江古籍出版社,2013年版,第5页。

与情景感受,也于时空中建立了今与昔、今与后、历史和记忆的对话,二者共同归属于五岳、大河、吴、越、蜀、楚、滇粤七个独特的、具有文化记忆和历史传承的舆地名称下。独特、复杂而又精彩纷呈的地域,让王士性与地理建立起实然的关联,游记语-图成为表现地域特色的音阶,具有了更为鲜活的品相。

"盖天下之宦而能游,游而能载之文笔如先生者,古今亦无几人。"①延承、借鉴地志编纂体例和观察视角的《五岳游草》,既是地理著作也是文学著作,它有机融合了舆地之笔、地方书写与行旅旨趣,散发出前代所未有的由文学与地学融合而成的芬芳气息。

三、语-图关系之建构及其独特价值

地景的涵义是无法用公式或模式予以解释与预测的,因为这样就缺少了亲历体认的丰富内涵。王士性创作的图记将千里之景涵于尺幅之图,流逝的时间、变换的空间在盈尺之间得以定格与浸润,营造出气韵生动的意境,成为另一种可供阅读的文本,凭借突出的视觉效果与易感读者的形式,共同连接地景观览的文化记忆,流露出徜徉佳山水的舒朗情愫。

(一) 以功能而言,王士性所建构的语-图关系不等于舆图＋记游

游记图记与舆图有着千丝万缕的联系,其画面构图具有古舆图"案城域,辨方州,标镇阜,划浸流"②的性质,从这个意义上看,游记图记以地理空间的真实性趋同舆图。游记图记又因融入了人的情感和想象,尤其是通过清晰的图像符号表征人于地景中错综复杂的心灵体验,再现地景观览中的文化记忆,因而在审美体验、区域特征对比等方面皆不同于舆图,例如,古今参考、离合互见的《两河》图记,多景并置、风景凝视的《两越总图》,错时联现、历史在场的《桂林》图记等,除了展现区域的功能之外,在视觉上增强了空间感知的维度,并将语象的所指性、逻辑性还原和再现于相应的地域空间,共同实现对地域既清晰又有层次性的解读。

游记图记与地理舆图皆表示了相对准确的空间方位,但二者在人的潜意识中所激发的视觉观感是不一样的。舆图即使采用仿真的画法,通过对诸多构图元素差异化的表达方式,也常常因为其侧重于整体环境形势的呈现,使得舆图普遍有"目中无人"的视觉观感。游记图记也有不少并没有画出人的观赏之状,但由于人潜意识中预先设定或自我暗示著"游"的先在视野,无人的画面中自然暗含观览线路的变化性和层次性;再如地理舆图与游记图记同样用图符标志出城市、聚落等反映人生活的地方,但前者给人的视觉观

---

① [明]王士性撰,朱汝略点校:《王士性集》,杭州:浙江古籍出版社,2013年版,第3页。
② [南朝]宗炳、[南朝]王微:《画山水序·叙画》,北京:人民美术出版社,2016年版,第3页。

感是大空间中一个小空间的简略显示,而后者通常给人的视觉联想是观览所在地,或是游的出发点与回归点。因而,"游"这一历时性动作的存在,加上语象的述游引领,图说游程合以审美美感,融合了游记与图记,空间关联了时间,引导读者进入了文字与图像的世界,呈现出在目的流动之感。

(二) 以关系而言,王士性所建构的语-图关系不等同于戏曲小说中的插图

戏曲小说中的插图是对文本意义的传达,即将文本图像化,在内容方面反映为相对于文本的附属性。戏曲小说中的插图是根据文本而再创作的,通常情况下插图作者和文本作者并非同一人,在图文比较中,绘图者对于原作文本的诠释理解、独立创造反映出某一时间某一特定群体对文本的接受情况,因而,从插图的生成模式来看,显然其是从语象中抽取出来的,或是对关键情节的截取,或是尽可能地描绘出故事发生、发展的不同阶段①,插图是对语象在理解基础上的艺术再造,虽然能够激发视觉的联想或反思,但不能全然脱离语象的叙述、调动功能。从文字与图像的位置关系来看,《五岳游草》在编排形式上各幅图记并未穿插于记游文中,而是位于每卷的卷末,游记集中于前,图记汇集在后,未能像明代后期应"插图热"出现的《新镌海内奇观》一样,图说并举、有意识地突出说图功能,以方便读者的阅读。从语象与图像的数量来看,36 幅图记与 31 篇游记,图记明显多于游记,这与依据情节配图的小说戏曲不同。以绝对数字来衡量二者在游记中所占的比重的话,自成体系的组合式图记在每卷及整部游记中具有不可低估的作用。

"语言(语象)的表述均为'时间艺术',而画面(图像)的展示则为'空间艺术'"②,戏曲小说中语-图关系通常如是建构。王士性的图记因与舆图具有天然的承继关系,即使离开语象,它也因可以反映外部世界的整体环境而独立存在。并且由于"游"这一先入为主的印象,当游览者观览于画面中的某处景观时,自然会在脑海中浮现出该景观的形象,勾连自己游历的场景,激发脑海中前人游历创作的诗文的文化记忆等,这是图记在视觉阅读中的多维碰撞中而派生出的想象。当它与语象相结合时,立刻被纳入了作者行游的轨迹中,拥有了动力系统,建立了作者与世界的关联。因而,王士性的图记不仅仅是将语象文本转变为图像文本这么简单,也不仅仅是提供了一种相对于文本可解读的方式,它具有时间和空间交织的多维属性,使得语-图关系复杂而微妙,既互文互补,也各自独立。如蜀游三幅以景观命名的图记,皆因水而连,合为入蜀—游蜀—出蜀的往返行旅画卷,蜀游语象融合图像实现对时间和空间的统摄展示,二者以更完美的可供阅读的文本观览体验,构建出日记体游记"艺术时空体"特征的语-图关系。蜀游系日记行,王士性的"行"已然被划分并归属于具体的时间中,每一天的"行"都与空

---

① 乔光辉:《明清小说戏曲插图研究》,南京:东南大学出版社,2016 年版,第 42-50 页。
② 许结:《赋体与图像关联的文学原理》,《天中学刊》2019 年第 2 期,第 53-59 页。

间中特定的行经点挂钩,每一天的"行"都因时空的延续和变换连缀了王士性行旅观览的见闻,"时间在这里浓缩、凝聚,变成艺术上可见的东西;空间则趋向紧张,被卷入时间、情节、历史的运动之中。时间的标志要展现在空间里,而空间则要通过时间来理解和衡量"①。从这个角度来看,王士性的日记体语-图打破了语象和图像"各自具有不同的存在方式,遵循不同的创作规律"的规定性,显示出"时间艺术"与"空间艺术"的一致性,呈现出"艺术时空体"的特征。

"语言符号最主要的特征是'缺席的形象'和'联结的言语流';图像最主要的特征是'虚拟的在场'和'定格的空间'",上述语-图关系研究中的特点主要是针对戏曲和小说中插图而言的,显示出语-图的互补特性。王士性的图记既有"真实的在场"性,又能"续画"出地景的变易,如粤游的《桂林》图记,将今时"缺席的形象"还原成"真实的在场","神合"于前代文人的地景记忆。

四、别有创建的文学书写

王士性的图记不单是某一景点的导览图,或是行旅中的作图记录,而是在展现独特美感体验的同时,蕴含着他对总体山水格局深入的认知和体察。透过一幅幅区域内的特色景观图记,参以游记中细腻生动的个人地域感受,由景点而及空间逐步汇合成览胜观世的多元视角,对整体空间意象进行了连续性、系统性的描述。因而,《五岳游草》的语-图具有双重攀附的互文特质,既展现出了游历于山水的审美过程,也通过二者同体互补的密切联系引入了王士性对空间意象的知觉与体验,带入其独特的地理视域。

(一) 体例多元,图文并茂

从语象的角度,游记的题名有记、纪行、述游、注、志、志续、识行、吊文等,记游的内容与行文的笔法也随之精彩纷呈:有短小优美的小品文,如《烟雨楼》;有类似于赋体,用主客对话的方式讨论"西南之所称最胜"的点苍山"胜"在何处;有犹如志书性质的对山水景观的注解,如《游雁荡记》和《台中山水可游者记》采用了纯粹景点介绍的模式;有行记,如《入蜀记》《楚江识行》。既有地志文献的书写范式,又摆脱了地志文献书写形态的束缚。总体而言,王士性能根据行旅中观看视域的不同,灵活采用多种写作范式来展现他广游天下的丰富游历感受和对不同地域的体验,构建出动态的组合式的行旅长卷图。

---

① 巴赫金著,白春仁、晓河译:《小说理论》,石家庄:河北教育出版社,1998年版,第274-275页。

王士性《五岳游草》——《西山》

　　从物象的角度,图记向区域内的特色景观进行侧重和聚焦,具有以审美为目的的物象呈现方式。当领略清康熙三十一年冯甦知述堂本《五岳游草》每卷前半部分语言文字所展现的优美风景后,后半部分纯视觉文本的出现进一步密切了"阅读者"与"观察者"的距离,在展现美感的同时,也传达了地理意识、区域特征,强化了述游的空间体验感。如图记《西山》对于京师仅有天宁一处文字标志,显示其重点不在京师内部,而在于西山景观;从构图来看,京师在右,西山在左,各约占图记的一半,京师在图记中存在的价值是给西山作方位参照的,即"首太行、尾居庸而朝于京师"的位置呈现,以及相对于京师"其山水所会,既非偶然,且也逼近都城"①的距离感,这样的物象所唤起的是语象什么? 正是其对古往今来近郊游成因的思考与认识。因而图记既是王士性对山水自然审美感悟的艺术创造,也是对地域游历过程这一关键核心的动态引领,图记画面视觉手段的运用与呈现是为了消除诗文描绘所带来的想象局限,让诗文语言借助图记构成一个完整的审美艺术整体,展现独具特色的区域地理特质。

　　王士性游记中多姿多彩的语言表述和记游图像共时呈现于同一个文本界面,相互映衬、语-图交错,实现了"语言文本和图像艺术之间'语象'和'物象'的相互唤起、相互联想和相互模仿"②,二者同源共存于"游"这一核心,是在"游"的动作下,对游历的所见所感呈现出的不同的视角与记法,在逻辑上具有递进性,在顺序上又存在先后的连续性和不可

---

① [明]王士性撰,朱汝略点校:《王士性集》,杭州:浙江古籍出版社,2013年版,第48页。
② 赵宪章:《文学和图像关系研究中的若干问题》,《江海学刊》2010年第1期,第187页。

或缺性,反映了作者对游体验的加深,对游关注的密切,以及对游的深入思考。

(二) 抒写记忆——基于《新镌海内奇观》《三才图会》的语-图对比

《五岳游草》在每一卷中,构建出了王士性行走天下时所感受到的独特地域特点,并列并重于同一传承链上的图像与文字,经由不同区域的述游而得以艺术的再现,这也正是王士性的游记成为明代图记类游记文学典范的价值所在。试以《新镌海内奇观》《三才图会》的语-图关系进行对比。

王士性的图记,在明代晚期成为流行的底本而被重新摹写复刻。滇游四图记,《新镌海内奇观》未收用《昆池》;万历三十五年刊刻的百科式图录类书《三才图会》,四图全被收用,只是图记被略去所有的地名标注,有着意展现美景的意图。从以图言说的语象来看,有着"写山川则文中之图,图悉其形并志其义,图中之文参合并观"①编纂意图的《三才图会》,却皆未采用王士性创作的游记合于图说;《新镌海内奇观》除未用赋体《点苍山记》外,其他两篇皆撮合提炼王士性的游记而合于图说。因王士性"乐土以居,佳山以游,二者尝不能兼,惟大理得之"的极高评价,现以《点苍山》语-图为例进行分析:

1. 《三才图会》为《点苍山》图记选配的语象采用了李元阳于嘉靖四十二年(1563年)编修成书的第一部大理地方志《大理府志》②,是由"太和点苍山"条与"叶榆水"(西洱海)条合并后略加修改而成,其图说方式的选用,切合于地志的特点,重在辨明山川地理方位,陈诉历史典故与传说旧闻轶事,少于游观体验与美感彰显。

《新镌海内奇观》其图说方式的选用乃"考证志书,搜罗文集"③而成,为了凸显万象缩于毫端、奇景在眼前的视觉效果,其语象前半和结尾选用了《大理府志》"太和点苍山"条,用以静态地呈现景观全貌;中间选用了杨慎的《游点苍山记》,用以动态地叙述观览过程,并去除了游记中诸多游观细节和古迹考辨,以保证导览的流畅性。这样的语象兼顾了地志的准确性与名人游记审美体验的鲜活传达,力求形成文中有画、眼前有山的语-图并观的视觉效果。

2. 在王士性看来,传统游记的写法已经不能呈现出大理多姿多彩的奇观,唯有汉大赋可以胜任,他通过与云南友人的七问七答,一一呈现"西南之所称最胜"的点苍山到底"最胜"在何处,最终凸显了"飞来碧落千年雪,点破苍山六月寒"为奇胜中之最胜,并将其纳入自己广游天下的地理视域来对比、强化这种独特的体验感:"余曰:'得之矣,此宇内之绝景也。余居天台,尝中秋嚼华顶雪,结庐就之。余游恒岳,亦九日见五台雪,形于梦寐。余登峨眉,又盛夏望西域雪山,为之发狂大叫。然皆在万山之巅,亦或万里之远,若

---

① [明]王圻、[明]王思义:《三才图会》,上海:上海古籍出版社,1988年版,第3页。
② [明]李元阳:《嘉靖大理府志》,大理:大理白族自治州文化局,1983年版,第4页。
③ [明]杨尔曾:《新镌海内奇观》,明万历三十七年(1609)刊杭州夷白堂刻本。

朱明有雪,家家开西窗见雪,人人得六月饷雪,虽有奇观,弗踰之矣。'"①可见,虽然夸张是汉赋常用的基本手法,但王士性却是以纪实之笔层层对比、铺叙渲染,将点苍山的与众不同、新鲜感和震撼感真实地绘于眼前,令人耳目一新,印象深刻。如:

  《点苍山记》:"又数之曰:峰头十八溪,自南而北,则有斜阳峰,为南溪,一;……"②

  《三才图会》:"按《一统志》记,其峰溪自南而北,一曰斜阳峰、南溪;……"③

  《新镌海内奇观》:"其峰溪自南而北,一曰斜阳峰、南溪;……"④

  三者语象的表述差别不大,但被带入不同的文体时,王士性的《点苍山记》经由前面的逐层铺垫,因为感觉的移动和情感的升华,当游记最后通过友人之口综述点苍"山之溪峦矶岛"名称,在一一历数时,这些峰溪具有了在目的流动之感。因而赋体的选择正是王士性心灵深处生命图景的再现,作为全书除序言外唯一一篇赋体游记,充分发挥了以赋图说的优点,层层渲染,历历在目。

  3.《点苍山记》着重彰显了大理"佳山以游"的特性,单以此点而论,其赋体游记并未能在描绘大理的诸多游记中更胜一筹,唯有"乐土以居"与"佳山以游"二者得兼的双重视野,才使得览世观胜的王士性凭借其独特的人文地理视角在明代云南游记文学中脱颖而出。试以杨慎的《游点苍山记》与王士性的《点苍山记》以及《广志绎》中对大理乐土的详细阐释,来综合对比说明。

  首先,二人有着同样广的游历经验,对大理的评价极高。杨慎的《游点苍山记》开篇曰:"自余为僇人,所历道途万有余里,齐、鲁、楚、越之间号称名山水者,无不游已。……其余山水,盖饫闻而厌见矣,……一望点苍,不觉神爽飞跃……余时如醉而醒,如梦而觉,如久卧而起作;然后知吾曩者之未尝见山水,而见自今始。"⑤杨慎是先述中原经历,再写苍洱佳景,于对比中衬出绝妙风景,其游记以游踪变化为切换,诸多名胜皆采用"僧曰""中溪曰"等当地僧人、名士陈述的方式予以导游,自己处于听闻与观览的状态,并结合眼前的实景、征引历史事实和逸闻掌故,予以即兴式的评点,在新奇观览的背后是基于中原文化的巡视视角。王士性《点苍山记》采取了以胜为话题的集中讨论,抛却了游踪,围绕点苍山的奇异,在赋体中由当地人吴谦以"客"的身份一一列举,王士性反以"主"的身份认为"胜犹未也""未尽也""非必胜也"一一否定,以对大理全知的视角观览、阐释名胜,不断地否定,不断地升华,将苍山之奇、之胜娓娓道来,一一点染,其意如开篇所言"余行部其地,……幽遐怪僻,无所不搜剔,然犹惧其未罄也",深度的亲历赋予了他地域丰富的观

---

① [明]王士性撰,朱汝略点校:《王士性集》,杭州:浙江古籍出版社,2013年版,第131页。
② [明]王士性撰,朱汝略点校:《王士性集》,杭州:浙江古籍出版社,2013年版,第131-132页。
③ [明]王圻、[明]王思义:《三才图会》,上海:上海古籍出版社,1988年版,第400-401页。
④ [明]杨尔曾:《新镌海内奇观》,明万历三十七年(1609)刊杭州夷白堂刻本。
⑤ 劳亦安编:《古今游记丛钞》,上海:中华书局,1924年版,第7页。

览体验,也为基于地理的文学想象提供了广阔的创造空间,对大理的周密环视与心悦折服蕴含着视觉觉醒后的故土审美感通。

其次,二人皆选取点苍诸景中的几景进行详细的解说。杨慎《游点苍山记》以游踪为线索串联点苍十景中的七景,详略得当而又涉笔成趣,或直写眼前所见实景,或借同游者之语点明胜概全貌,多角度多层面点染了点苍山的美丽风光。王士性借客之口选取点苍四景的涵义进行重点阐释,四胜皆为"兹山晦明云物变态之巧"的伟观典范。然而,王士性不仅仅满足于对地景美感体验的表达,还意犹未尽地在《广志绎》中将赋文中点苍四景排名第一位的"甸溪晴雨"以散文的笔法重新予以描绘。

王士性《点苍山记》:"溪甸十步,此雨彼晴,雨喜栽禾,晴欢刈麦,是曰甸溪晴雨。"①

杨慎《游点苍山记》:"方至其处,大雨忽至,遂趋屋下避雨。轩窗洞豁,最堪游目,则见满川烈日,农人刈麦。予曰:'异哉,何晴雨相兼也?'中溪曰:'此点苍十景之一,所谓晴川秧雨者是已,每岁五月,溪上日日有雨,田野时时放晴,故刈麦插秧,两处无妨。世传观音大士授记而然。'"②

王士性《广志绎》:"雪与花争妍,山与水竞奇,天下山川之佳莫逾是者。且点苍十九峰中,一峰一溪,飞流下洱河。而河崖之上,山麓之下,一郡居民咸聚焉。四水入城中,十五水流村落,大理民无一垅半亩无过水者。古未荒旱,人不识桔槔。又四五月间,一亩之隔,即倏雨倏晴,雨以插禾,晴以刈麦,名'甸溪晴雨'。其入城者,人家门扃院落,捍之即为塘,甃之即为井。谓之乐土,谁曰不然?余游行海内遍矣,惟醉心于是,欲作菟裘,弃人间而居之,乃世网所攖,思之令人气塞。"③

杨慎着眼于"异",通过问答的形式定格呈现了晴雨无妨的劳作场景;王士性言简意赅、解释透彻的四句骈文体现出行云流水的风格,且富于美感和想象力,尤其"雨喜"与"晴欢"映照出田间劳作的轻松愉悦心情,形成了开阔明朗的艺术境界。在《广志绎》中,"甸溪晴雨"超越了作为奇特景观单一陈述的游历视角,它被镶嵌于大理佳山水的整体画面中,成为人与自然和谐"乐居"的重要组成部分。王士性以诗意般的散文笔法细绘了大理乡居生活景象,悠闲自得、陶醉情趣的种种鲜活画面,呈现出犹如吴越般温馨的乡土氛围,进而引发了一种对"乡土"内涵的醒悟,这种带有审美愉悦的感通,正是中原与边缘在亲密接触与记忆累积中而形成的一种超越时空的"自适"联系,扩展了地景感知的丰富内涵,形塑出鲜活生动的明代地景文化记忆。

---

① [明]王士性撰,朱汝略点校:《王士性集》,杭州:浙江古籍出版社,2013年版,第130页。
② 劳亦安编:《古今游记丛钞》,上海:中华书局,1924年版,第7页。
③ [明]王士性撰,朱汝略点校:《王士性集》,杭州:浙江古籍出版社,2013年版,第347页。

五、 内涵丰富的地域文化视野

行旅于明朝疆域的王士性,将自己游历的纪实书写,建立在对地理空间主动性和创造性的体认上。在广游中,他对地域有了全新的认识,眼界愈加开阔,于识见上打破了原有经验的禁锢。他以深度透视之游心,捕捉萦绕于七个独特地域中的人文光辉和地理风貌,实现对游境清晰而有层次性的品读。

1. 从地域的宽广性来看,王士性模山范水的个人游记总集是单篇游记或以次计算的系列游记所不能企及的,可谓是明王朝全境的宦游图。四库馆臣曰:"统题曰《五岳游草》,盖举其大以该其余也。"①纵观明代,前有乔宇登临四岳惟欠祝融,后有徐霞客历时28年实现髫年所蓄五岳之志。王士性历时八年即完成游历五岳的壮举,尤其在两年的时间内踏览四岳,"皆天之假公时与地与官,以毕公志"②。能遍游五岳为代表的明朝全境,并以图文记之,王士性可谓是第一人。从《五岳游草》我们仿佛可以清晰地看见在明朝中后期广阔的地理疆域上,一个独特的生命个体行走其中,能真切感受到他所力图构建出的可"游"可"观"的,具有层次感、立体感的广大地理空间,更可以从他对与山水世界接触的具体空间图文并茂的描述中,所着力辨识的涵藏富含于"地域"和"空间"中人的独特意义与价值。

2. 《五岳游草》既拓宽了现实的地理视域,也启发了明代文人自我审视、拓宽内心视域的意愿。明人黄汝亨《五岳游选序》曰:"览王恒叔《五岳游选》,真如扶余国王之海角,公孙子阳之井底蛙,殊自哑然失笑。"③曾为王士性和徐霞客作序的清代文人潘耒,在《重刻五岳游草序》中,将庄子、屈原与司马迁、杜甫、苏轼等进行对比,认为前者"言游者莫侈焉,然特空语无事实","真足迹遍天下"的后者"其文辞亦遂雄奇跌宕"④。游如同一个"充满意义的仓库",让人们在用身体与世界的对话中,体悟到存于书本中的文化记忆与灵感想象,进而带来文风的变化。明代并置的双峰——王士性和徐霞客,他们所呈现的登峰造极、不畏险阻的精神,对山水自然的亲身体认,以及广游天下形成的独特地理视域,是士大夫阶层转向崇尚实学、经世务实的内心写照。

3. 文学不仅是在地理学的客观知识之外,提供情感性的对应部分,反之,文学提供了体察世界的方式,展示品位、经验与知识的广阔地景。明代中晚期影响最大的哲学思想

---

① [清]永瑢等撰:《四库全书总目》,北京:中华书局,1965年版,第676页。
② [明]王士性撰,朱汝略点校:《王士性集》,杭州:浙江古籍出版社,2013年版,第604页。
③ [明]王士性撰,朱汝略点校:《王士性集》,杭州:浙江古籍出版社,2013年版,第619页。
④ [明]王士性撰,朱汝略点校:《王士性集》,杭州:浙江古籍出版社,2013年版,第3页。

"心学",在体察世界的实践方式上,或"随处体认天理"①,或以"致良知"②为宗旨,虽然认为人与万物之理相通,但把心作为感受天理的器官和连接天地万物的根本。与心学的向内体悟不同,王士性则将以五岳所代表的外向的广游实践作为连接"自我"与"天理"的桥梁。《五岳游草自序》③是深刻隽永的对人体察世界方式的思考,王士性以自己广游的经历和善游者的身份阐释天游、神游、人游三种游道的高下之分:"上焉者形神俱化,次焉者神举形留,下焉者神为形役。"显然,与逍遥仙游和心梦神游相比,"夫游,浅之乎人也",然其实质在于对人游的大力彰显,人游会受到"彼无其具""彼非其时""彼厄之缘"诸多条件的限制,唯有"嗜游"之人才会"游不择是",充分利用各种条件"遇佳山川则游",体现了作为游之主体地位不畏艰险的豪迈气魄。"嗜游"之人既可以"采真"自然界自身发展繁衍及变迁的状态,即天道;亦可以"采真"存在于自然界的人对事物的道理和规律的掌握,观察伦理关系、行为准则以及由此而产生的人的喜怒哀乐七情六欲等人之常情,即人道。"嗜游"之人进而可以在广游中达到高层次的精神境界,不仅可以在神与景合、心与天游中玩物赏幽,更能在游观中获得人生的真谛和更高的精神追求,达到"形神俱化"天人合一的境界:"吾视天地间一切造化之变,人情物理、悲喜顺逆之遭,无不于吾游寄焉。"欲通于天道,必须借助于人游,如此对游的价值与作用的大力彰显与推介,在游记史中具有跨时代的意义。

4.《五岳游草》的图文标目除岳游外,还设目为大河南北诸游、吴游、越游、蜀游、楚游、滇粤游,均按游之地域予以归类。值得注意的是这七种地域的名称,并未与作者所处朝代的具体行政区划相对应,这在古往今来的游记中也是独一无二的。先是大河南北,曾经最繁华的地域;其次是吴、越、楚,曾经为夷的地域,后来居上成为繁华的地域;再次是蜀、滇、粤,"皆西南一天,为夷汉错居之地,未尽耀于光明"④。它成为王士性树立的具有典型性意义的地域关注焦点,进而全书实现了古今参考、以今视昔、离合互见的地域对比观察的阶梯体例:北宋之前是大河文明,南宋转为江浙文明,政治中心、文化中心的变迁,也带来了景观、心灵、历史的变迁。在古今对比、图文互览的地理考察中,感怀历史与人世的变换,也凸显出中国文化中心由先秦两汉时期关中文化逐渐转向东晋南朝以后的江南文化的心路历程。

空间与文化场域的不同,所形成的地域记忆、文化内涵感知的强度也不尽相同,因而地域的丰富意涵和多元面貌在王士性的笔下又有着不同的书写侧重:大河南北"为燕、赵、韩、魏、郑、卫、中山、周、秦之墟,多圣贤、方技、王侯、将相遗鄽废冢"⑤,以今视昔,曾经

---

① [明]湛若水:《湛若水全集》,上海:上海古籍出版社,2020年版,第6页。
② [明]王守仁:《王阳明全集》,上海:上海古籍出版社,1992年版,第12页。
③ [明]王士性撰,朱汝略点校:《王士性集》,杭州:浙江古籍出版社,2013年版,第11-14页。
④ [明]王士性撰,朱汝略点校:《王士性集》,杭州:浙江古籍出版社,2013年版,第331页。
⑤ [明]王士性撰,朱汝略点校:《王士性集》,杭州:浙江古籍出版社,2013年版,第42页。

最繁华的地域"揽胜今何在,荒城卧野烟",其情感主线是为"伤今吊古,涕笑并集";吴越为现今视域下的"东南独盛"地域,得益于政治、经济地位的提升,日益繁荣的江南地区在秦淮烟水、姑苏画廊、西湖潋滟这一方山水间拥有了千年不绝的品读韵味和文化意涵,成为文化精神的故乡之一;王士性吴、越之游中所着力呈现的"江南佳丽""奇秀甲于天下",正是基于浓厚的乡土情感,他对美感的着意追求,对诗意空间现场的精心重构,展现的是由地景而及文化的回乡之旅;蜀、粤于秦、汉间就进入了中原王朝的版图,滇、贵自明始而入,"然皆西南一天,为夷汉错居之地,未尽耀于光明",与曾经的大河,现今的吴、越、楚相比,还处于蛰伏未发之态,蜀、粤、滇三地异域的身份点染了奇观凝视的地理想象。从中原—江南—异域,王士性不仅在行旅记录中留下了每个地域独特的丽影,还以其诗意的灵魂,发现了比"上有天堂,下有苏杭"更为理想的世外桃源和栖居之地,从厚重历史之感的大河到绮丽灵性的江南乡土,再到欣喜发现并毅然将身心归属的神奇土地,让我们深刻体会到王士性对神州大地深厚的情感浸润。

"由意象建立起来的想象性客体构成了一个系列,这个系列的延伸连续不断地揭示沿着这条时间轴而来的各种各样想象性客体之间的矛盾和悬殊差别。这样就必然会使这些想象性客体形成一种相互的注意中心,这些想象性客体通过它就获得了他们的一致性。"①可以说,《五岳游草》既有对地景的深刻体察,思索不同地域的盛衰变迁演绎,融入了政治、经济和文化意义的丰富内涵;也通过对地景的追随渗透了对先贤轨迹的追慕,从而与历史文本进行互动,以自己的记游书写予以对照、交接先贤的山水观看之道,复写地域的感受经验。以系列性的地域分览之游、图文并茂的行旅解读方式,展现了明代中后期的广游典范者于"当下"时空中体察地域的审美新发现与行旅新品位。

---

① 伊泽尔著,霍桂桓、李宝彦译:《审美过程研究》,北京:中国人民大学出版社,1988年版,第201页。

第五章

自然之境：袁宏道山水游记的貌神情意趣

袁宏道(1568—1610)，字中郎，湖北公安县人，与其兄袁宗道、其弟袁中道被合称为"公安三袁"。袁宏道是公安派的灵魂人物，其独具个性、富有新意的游记作品历来为人所称道，小品文大家张岱不仅将袁宏道与郦道元、柳宗元并列为古往今来记游山水的三大圣手，而且道出了三人记游的不同风格："古人记山水手，太上郦道元，其次柳子厚，近时则袁中郎。读注中遒劲苍老，以郦为骨；深远冶淡，以柳为肤；灵巧俊快，以袁为修目灿眉。立起三人，奔走腕下。近来此事，不得不推重主人。"①公安派主将江进之也对中郎的游记作出类似的评价，"夫近代文人纪游之作，无虑千数，大抵叙述山川云水亭榭草木古迹而已，若志乘然。中郎所叙佳山水，并其喜怒动静之性，无不描画如生。譬之写照，他人貌皮肤，君貌神情"②。"貌神情"一语道出袁宏道山水游记的独特之处。

从游记文学的发展历程来看，郦道元推动了地志向文学游记的转化；柳宗元将复杂的生命体验浸润于自然山水的审美重构，确立了山水游记的独立地位；袁宏道既描绘山水之神情，也寄托内心情思，他反对复古观，提倡不拘俗套，寻求新变，"其诗文变板重为轻巧，变粉饰为本色，致天下耳目于一新"③。因而，无论是张岱"修目灿眉"的点评，还是江进之"貌皮肤"与"貌神情"的相较对举，都指出了袁宏道游记作品的独特文学魅力。

第一节　"貌神情"与袁宏道游记创作之关系

"貌神情"是中国传统的形神之辨发展到明代的新高度和新内涵，中郎把"貌神情"的手法引入到游记散文的创作实践中，在视山水自然皆有生命与情感的基础上，将人

---

① [明]张岱著，云告点校：《琅嬛文集》，长沙：岳麓书社，2016年版，第168页。
② [明]袁宏道著，钱伯城笺校：《袁宏道集笺校》第四册，上海：上海古籍出版社，2018年版，第1839页。
③ [清]永瑢等撰：《四库全书总目》，北京：中华书局，1965年版，第1618页。

的"神情"融于山水自然,力求在精妙的描绘中透射出山水的神韵,并在有"神情"的山水中寄托着自己"性灵",传达出创作主体独特的审美理想和心灵感悟,这样的山水游记"读之有声,览之有色,而且嗅之有香"①,成为拥有鲜活生命,展现丰富"神情"的经典之作。

一、"神情"之意 发展融通

(一)"神情"释意

"神情"是由"神""情"二字组成的词语:"神,天神引出万物者也"②"情,人之阴气有欲者"③。从《说文解字》所释本义,天"神"与人"情"并无天然契合性,更谈不上并列对等,因为"情"也是神造万物之一的人的心理状态。《古代汉语词典》无"神情"一词,对于"神"的第四条释义是"表情,脸神"④;《现代汉语词典》"神情"一词释义为"人脸上所显露的内心活动"⑤;《汉语大辞典》释义为"神色、表情";《辞海》释义为"表情、态度"。

对于人而言,"神情"是内在之神的外在表情,"神情"千人千面,常被用来反映艺术作品水平的高下,个性特征披露直尽是为"传神",如对明代最有影响的肖像画家曾鲸的评价即是"如镜取影,妙得神情"⑥。同时,因为"神"的层次的存在,"神情"还被用来反映人的审美理想,这样就兼具了精神和情感两个方面的含义,"神"一般特指精神气韵,"情"是情感之意,二者经常处于并列对举地位,如同属明代的汤显祖将"神情合至"⑦作为最高的审美境界,《牡丹亭》即是其有"神"有"情"的典范之作。

"神"与"情"在美学范畴既可并举使用,以指向动情而传神的艺术境界,也可特指人的表情脸神,而对人之"神情"的侧重,是伴随着人们审美品位的提升,以及对审美主体审美能力的彰显。

(二)"神情"彰显审美能力

"神"最初是对天地万物创造者和主宰者的抽象表述,因为人的存在,"神而明之存乎

---

① [明]袁中道:《珂雪斋集》,上海:上海古籍出版社,2019年版,第939页。
② [汉]许慎:《说文解字》,杭州:浙江古籍出版社,2012年版,第8页。
③ [汉]许慎:《说文解字》,杭州:浙江古籍出版社,2012年版,第217页。
④ 《古代汉语词典》编写组编:《古代汉语词典》,北京:商务印书馆,2003年版,第1387页。
⑤ 中国社会科学院语言研究所词典编辑室编:《现代汉语词典(第5版)》,北京:商务印书馆,2005年版,第1213页。
⑥ [清]姜绍书、刘璋著,张宾辑校:《无声诗史·皇明书画史》,太原:山西教育出版社,2015年版,第84页。
⑦ [明]汤显祖著,徐朔方笺校:《汤显祖集全编》,上海:上海古籍出版社,2015年版,第1497页。

其人"①,并且伴随着人的本质力量的逐渐强大,在对客观事物内在规律深入认识的过程中,人类改变外部世界的能力愈发主动和富有创造性,"客体之神"让位于彰显人的本质力量的"主体之神",这种转变使得对艺术作品价值的考量逐渐偏向于人的精神活动和心灵体验。

从审美与创造的角度,用"神"对艺术作品进行评价喻示着最高的等级和境界;同时,"情"虽是人天生的既有之物,但作为审美主体,动情方能传神。"情"着力于彰显"人"的审美能力,正如李泽厚在《中国美学史》中指出:"'神'既与姿、怀、意、情等相联,也就是与人的精神的感性表现相联,不同于人物在道德上的善恶的抽象评价。……'神'这一概念,就其应用于人物品藻和艺术而言,已完全变为一个审美的范畴。对神的肯定或否定的评论,也就是对美和丑的评论。"②

由神转为对人精神气韵的评价,"神"与"情"结合成为美学专有词,它伴随着人的主体意识的觉醒。创作主体从仰望原本高不可攀来自神的创造力,转为将人的精神生命合于自然而达到的审美境界。以自身推诸神灵,以神灵来表达自我,人的情感逐步受到重视,在艺术作品中反映人独特精神感受的比重愈加扩大。

不过,"神情"虽与"神风""神韵""神气"等一样,同属审美理想与艺术境界提升的审美范畴,但是凭借以生命的意义沟通物与我,将个体生命与天地大化同视为生命构成中不可或缺的组成部分,并在它们共通的外在形象中,体现共同的精神气象,"神情"的艺术境界在"征神见貌"③的同时更具"言外之味,弦外之响"④的格调。

(三)"神情"合至

西晋陆机在《演连珠》中第一次提出了神、情与物的关系,密切了神与情的距离:"情见于物,虽远犹疏;神藏于形,虽近则密。"⑤从现有文献来看,"神情"一词较早使用于东晋,此时正是尚形、重神的审美理想生成的时代,也是中国古代形神之辨理论发展历程中极为重要的时期。陶渊明《晋故征西大将军长史孟府君传并赞》曰:"常会神情独得,便超然命驾,径之龙山,顾景酣宴,造夕乃归。"⑥此处神、情仍是并举使用,且当内心有所感触后,便往游龙山,登高望远,使得神与情得以深会。最早以"神情"二字冠以诗题的,是与陶渊明大约同时代的东晋书画家顾恺之,《四时》诗曰:"春水满四泽,夏云多奇峰。秋月

---

①郭彧译注:《周易》,北京:中华书局,2006年版,第301页。
②李泽厚、刘纲纪主编:《中国美学史》,北京:中国社会科学出版社,1987年版,第473页。
③伏俊琏撰:《人物志译注》,上海:上海古籍出版社,2008年版,第21页。
④[清]王国维著,施议对译注:《人间词话译注》,上海:上海古籍出版社,2016年版,第96页。
⑤[晋]陆机著,杨明校笺:《陆机集校笺》,上海:上海古籍出版社,2016年版,第518页。
⑥[晋]陶渊明著,郭平译注:《陶渊明集》,上海:上海文艺出版社,2019年版,第129页。

扬明辉,冬岭秀寒松。"①寥寥四句二十个字中,用最典型的四时景物展露截然不同的四季"神情",突出"以形写神"的审美要求。当然,四季"神情"中,人之"神情"相较自然之"神情"还处于不够显露的状态,但这样的"神情"已然是经过审美直觉的领悟,灌注了主体审美理想与生命感的个性化之"神情"。

"晋人面目气韵,恍然生动,而简约玄澹,真致不穷"②,晋人文学于可见的外貌观视中,更关注内在精神与气韵的散发,以显现人物的独特性格,于是,指向神态和表情之意的"神情"成为彰显人之独特性的专用词语,如东晋袁宏《三国名臣序赞》云:"神情玄定,处之弥泰。"③不仅如此,晋人在游观时已然将"神情"注入了山水,将其作为获得美感的必要条件,如"此子神情都不关山水,而能作文?"④这既是"向内发现了自己深情"的晋人对自然万物的真切体悟,也是人之神情通与山水神情的初步尝试,喻示着人的表情脸神将成为衡量生命与心灵境界提升的重要尺度之一。从南北朝始,偏向于人之"神情"开始得以较多使用,如庾信《庾子山集》"神情雅正"⑤、杨炫之《洛阳伽蓝记》"幼而聪辨,神情卓异"⑥等。

从"天神"到自然之"神情",再到特指人之"神情"的过程,正是主体之情与自然之景在交互中发展,在发展中融通,并于感悟中得到渐进式的飞跃的过程。

二、通变求新 极貌写情

(一) 公安派通变求新的文艺观——"性灵"

任何一个文学流派的出现都并非孤立的、突然出现的,其创作风格都是人类审美意识的凝聚传承,并在具体的创作实践中进行动态的自适与调整,最终形成自身鲜明的创作特色。在对诗文艺术境界的探索中,模拟与创新的行为蕴含着集体"层累构成"的记忆力量,在模仿中创新,在创新中模仿,二者看似矛盾,实存密切的联系,这一过程通常伴随着审美理想的新变与创作实践的创新。

具体到"性灵"一词,它亦非公安派所独创。从其出现的时间来看,南北朝时期"性灵"即成为专用词而被广泛使用,这一时期也是形神理论由哲学范畴向艺术、文学领域转

---

① 徐元选注:《中国异体诗新编》,杭州:浙江大学出版社,2010年版,第129页。
② [明]胡应麟:《少室山房笔丛》,北京:中华书局,1958年版,第378页。
③ [梁]萧统选,[唐]李善注:《昭明文选》,北京:京华出版社,2000年版,第246页。
④ [南朝宋]刘义庆著,徐传武校点,[南朝梁]刘孝标注:《世说新语》,上海:上海古籍出版社,2013年版,第99页。
⑤ [北周]庾信著,倪璠注:《庾子山集》,北京:商务印书馆,1935年,第696页。
⑥ [北魏]杨衒之著,范祥雍校注:《洛阳伽蓝记校注》,上海:上海古籍出版社,2011年版,第178页。

化的关键时期,"性灵"从出现之始就被纳入了反映审美主体自觉创作意识的文论范畴。在表达真人真性情、自然个性的创造力方面,性灵一词的基本含义与公安派的"性灵"说是一致的。

"独抒性灵,不拘格套"是公安派的核心理论主张,也是通变求新文艺观的集中体现。公安派所言"性灵"的落脚点在"性"更在"灵",所谓灵,是灵活、变化之意,强调主体内在的情感变化与发展,而非简单的、静态的外部形态模仿,以内在心灵的自由灵动,在师法诸艺的基础上实现诗文创作的创新。

"游"能还原文学的表现性,提升文学的创造性。公安派"性灵"说的纲领性文献《叙小修诗》曰:"泛舟西陵,走马塞上,穷览燕、赵、齐、鲁、吴、越之地,足迹所至,几半天下,而诗文亦因之以日进。大都独抒性灵,不拘格套,非从自己胸臆流出,不肯下笔。"①这是针对袁中道游历后的变化所作的评论,山水还原了人的本来面目,触发了文学的审美视角,把内在的情感被诉诸笔端,这既是山水艺术美的发现过程,也是"游"之生命体验的独特价值。

不仅是"游",公安派在得之自然、师法诸艺的基础上还契合"新"与"变"的妙悟,灵活融汇于创作实践,并用书、序、游记诸多体裁将"性灵"这一抽象的创作理论用形象的语言予以具体阐述。论画:"近代高手,无一笔不肖古人者。夫无不肖,即无肖也,谓之无画可也",并推及"故善画者,师物不师人;善学者,师心不师道;善为诗者,师森罗万像,不师先辈"②。论书法:不必师法古人,只要"精神跃出,与二王并可不朽",推及"奚独诗文?禅宗儒旨,一以贯之矣"③。论八股文:举"沈之画,祝之字……宣之陶,方之金,今也",用明代书画大家和手工制品类比时文创作,当做到"知有时",才能让八股文"意则常新……而调则无前"④。

无论是"不拘格套"的任情而行,还是"不法为法,不古为古"⑤、"禅宗儒旨,一以贯之矣",这些任性纵情,甚至直率激烈的创作手法,都是为了让自我心灵无拘束地与现实万象交接,从而"荡涤摹拟涂泽之病"⑥,最终在创作上达到"文之真变态"⑦,可见,"独抒性灵,不拘格套"的理论主张蕴含着丰富多样的求新求变的审美要求。

---

① [明]袁宏道著,钱伯城笺校:《袁宏道集笺校》第一册,上海:上海古籍出版社,2018年版,第201-202页。
② [明]袁宏道著,钱伯城笺校:《袁宏道集笺校》第二册,上海:上海古籍出版社,2018年版,第755页。
③ [明]袁宏道著,钱伯城笺校:《袁宏道集笺校》第二册,上海:上海古籍出版社,2018年版,第505-506页。
④ [明]袁宏道著,钱伯城笺校:《袁宏道集笺校》第一册,上海:上海古籍出版社,2018年版,第199页。
⑤ [明]袁宏道著,钱伯城笺校:《袁宏道集笺校》第二册,上海:上海古籍出版社,2018年版,第755页。
⑥ [清]钱谦益:《列朝诗集小传》,上海:上海古籍出版社,1983年版,第567页。
⑦ [明]袁宏道著,钱伯城笺校:《袁宏道集笺校》第三册,上海:上海古籍出版社,2018年版,第1195页。

(二)"神情"与"性灵"文艺观相契合

性灵说是公安派的文学创作主张,如何将中郎"独抒性灵,不拘格套"的创作实践精髓既阐发得深刻透彻,又能恰到好处地让世人领会、运用并付诸实施,这个重任落在了在公安派主将江进之的身上。江进之给中郎前期的三部文集先后做了四篇序:《敝箧集引》①《锦帆集序》②《解脱集引》③和《解脱集二序》④,中郎给予了"甚获我心"的高度评价,这四篇序文是公安派革故鼎新、贯彻性灵之旨的纲领性阐发。在《敝箧集引》中,江进之对中郎性灵之精神把握透彻,对真诗的创作过程深有体悟:"以心摄境,以腕运心,则性灵无不毕达,是之谓真诗。"⑤江进之将"性灵"这一抽象的诗歌创作理论用形象的语言予以阐述,"以心摄境""以腕运心"即是性灵之心下的具体创作过程,"达"指向的是诗歌作品所应达到的境界,这样的境界需有"见从己出,不曾依傍半个古人"⑥的鲜明个性,也就进而呈现出与众不同、富于变化的"神情"。

"性灵说"的提出是针对前后七子的模拟弊端,而"神情"是穷新极变的利器。中郎在《雪涛阁集序》中提出用"穷新极变"以"务矫今代蹈袭之风"⑦,提倡文学的独创性,通过抒发真情实感,呈现出独特的"神情"。在《答董玄宰太史》中曰:"楚中文体日弊,务为雕镂,神情都失,赖宗匠力挽其颓。"⑧值得注意的是,袁宏道生发此言的对象是对明末书画家董其昌,貌出"神情"已不单局限于书画创作的手法,它是"真性灵"的诗文创作所应呈现出的艺术境界,更是清除复古流弊的关键。

"神情"既是动态的,也具有变动性和多维性。在《叙陈正甫会心集》中袁宏道对"趣"作了精湛阐述,在"趣如山上之色,水中之味,花中之光,女中之态,虽善说者不能下一语,唯会心者知之",与"夫趣得之自然者深,得之学问者浅"之间,正是"此等皆趣之皮毛,何关神情!"⑨正确把握"趣"的目的是着力貌出与众不同的神情。不仅是"趣",袁宏道后来所倡导的"俗""韵""淡""质"等审美品位皆可视为一个有"神情"之人在不同阶段、不同境遇下的独特感悟,既是"神情"的延续,又呈现出"多元"的神情,如此复杂变化的"神情"才是真人与真情。

"神情"可作为创新价值的试金石。中郎在《叙曾太史集》中列举了韩愈根据他人嬉

---

① [明]江盈科:《江盈科集》,长沙:岳麓书社,1997年版,第398-399页。
② [明]江盈科:《江盈科集》,长沙:岳麓书社,1997年版,第400-401页。
③ [明]江盈科:《江盈科集》,长沙:岳麓书社,1997年版,第402-403页。
④ [明]江盈科:《江盈科集》,长沙:岳麓书社,1997年版,第404-405页。
⑤ [明]江盈科:《江盈科集》,长沙:岳麓书社,1997年版,第398页。
⑥ [明]袁宏道著,钱伯城笺校:《袁宏道集笺校》第二册,上海:上海古籍出版社,2018年版,第537页。
⑦ [明]袁宏道著,钱伯城笺校:《袁宏道集笺校》第二册,上海:上海古籍出版社,2018年版,第766页。
⑧ [明]袁宏道著,钱伯城笺校:《袁宏道集笺校》第三册,上海:上海古籍出版社,2018年版,第1374页。
⑨ [明]袁宏道著,钱伯城笺校:《袁宏道集笺校》第二册,上海:上海古籍出版社,2018年版,第495页。

笑呵怒的表情作为文章好坏的评定标准："尝怪退之论文，其观于人也，笑之则以为喜，誉之则以为病。"①当别人嘲笑他的文章时，他就感到高兴；当别人赞美他的文章时，他就认为此文乃平庸之作。以别人之神情为鉴文之法，是因为人们普遍存在"誉因而恶创"的心理，对守旧之作"嚣然好之"，但当文章呈现出"去同取独"的"神情"时，"惊诧顿作"便会反映在阅读者的神情上，进而"世争笑之"。因而"爱人笑"还是"畏人笑"的神情，正是文章创新价值的存在与否的表现。

"神情"也是一种态度，表现为对蹈袭拟古文风的批评。曾可前为《瓶花斋集》作序，将中郎的风格归结于"深于学杜""为真杜也"②，这与倡导"不法为法，不古为古"③的中郎的文学观点是相背而驰的，因而中郎不得不婉转地起而辩之，在《答曾退如》中曰："若直取其形似，是今之多髯者皆孔子，而面如瓜者皆皋陶也。"④虽半带玩笑之语，但对拟古文风的批判态度，体现出中郎对创新"神情"的着重。

三、山水形貌 自我"神情"

袁宏道笔下的山水世界，是由他的思想、情感、审美等诸多生命感受汇集而构建出的精神家园，既是明末特定时代的精神文化和生活方式的反映，也是作为文学家的袁宏道以文学的形式展现其生命风格，表达其与山水间爱与美的关系和体验的形式，这不仅生成了意味隽永的生命情韵，也造就了他独特的文学风格。

（一）解放"真我" 传达"神情"

现今通行的《袁宏道集笺校》凡 55 卷，诗 24 卷，文 31 卷，按时期结集刊刻的轶序井然："始有《敝箧集》，乃作诸生、孝廉及初登第时作也；继有《锦帆集》，令吴门作也；继有《解脱集》，吴门解官，与陶石篑诸公游吴、越诸山作也；继有《广陵集》，弃吴令改教，暂携妻子寓仪真作也；继有《瓶花集》，则为京兆，授为太学，补仪曹时作也；继有《潇碧堂集》，则六年高卧柳浪湖作也；继有《破砚斋集》，则再补仪曹时作也；继有《华嵩游草》，则官吏部，典试秦中往返作也。盖自秦中归，为明年庚戌，而先生逝矣。"⑤

游记作为传达中郎"神情"的重要文学形式，作成于他一生中不同的时期。文集中除了数量较多的记游散文和诗歌，还包括涉及游观、游感的书、序、跋等诸多体裁。这些记游或涉游之论在内容、风格方面存在鲜明的变化轨迹，但外在风格的变化，不改真我"神

---

① [明]袁宏道著，钱伯城笺校：《袁宏道集笺校》第三册，上海：上海古籍出版社，2018 年版，第 1198 页。
② [明]袁宏道著，钱伯城笺校：《袁宏道集笺校》第四册，上海：上海古籍出版社，2018 年版，第 1843 页。
③ [明]袁宏道著，钱伯城笺校：《袁宏道集笺校》第二册，上海：上海古籍出版社，2018 年版，第 755 页。
④ [明]袁宏道著，钱伯城笺校：《袁宏道集笺校》第三册，上海：上海古籍出版社，2018 年版，第 1387 页。
⑤ [明]袁宏道著，钱伯城笺校：《袁宏道集笺校》第四册，上海：上海古籍出版社，2018 年版，第 1816 页。

情"的倡导,并且随着中郎阅历的丰富,以游记传达神情的方式呈现出由浅近入深邃、由俗白为含蓄的精进历程。

《敝箧集》两卷是袁宏道最早的诗集,基本没有记游诗作,袁宏道曾自嗤曰:"奈何不自为诗而唐之为!"①然而,《敝箧集》的诗歌却被后人所推崇:"钱谦益《列朝诗集》选袁宏道诗87首,《敝箧集》占了15首,仅次于《瓶花斋集》和《潇碧堂集》,远远超过《锦帆集》和《解脱集》。朱彝尊选袁宏道诗24首,《敝箧集》竟占了10首,居袁宏道各种小集之冠,而其他小集最多也只选了5首。"②在袁宏道看来,《敝箧集》的"肖唐"之作是"死于古人语下,一段精光不得披露"③,对其废置不录的态度已明,从而踏上了寻找"神情"之变的文学之路,"能为心师,不师于心;能转古人,不为古转。发为语言,一一从胸襟流出"④。

从《锦帆集》始袁宏道初步显示了向往山水的朦胧意识,他将"游"和他的人生观、文学观紧密相连,尤其为吴令加深了他对"吏道可惧"的认知,最终决意去官从游,释放真心乐于山水,成为真正的"世间大自在人"⑤;"越行诸记,描写得甚好……然无一字不真"⑥的《解脱集》,被赞誉为"中郎言语妙天下也"⑦。中郎将记游诗文作为展现他文学主张的树帜之作,从而生出反复古、求真情真趣的最强时代之音,"中郎之论出,王、李云雾一扫,……以荡涤摹拟涂泽之病,其功伟矣"⑧。

"游"能全方位地释放"真我"。它可以愈病,"始知真愈病者,无逾山水"⑨,亦可以"借山水之奇观,发耳目之昏瞶;假江河之渺论,驱肠胃之尘土"⑩,游的精神让自我以无拘束的心灵与现实万象敞开对话。有真我才可以释放真情,有真情才能写出有"神情"的真文好文,"唯于胸中之浩浩,与其至气之突兀,足与山水敌,故相遇则深相得。纵终身不遇,而精神未尝不往来也,是之谓真嗜也"⑪。当山水精神已然浸润到人的灵魂深处,就能对个体的生命予以更强烈的传达,使人从外"观真"到内"悟理",由感性到理性,臻于天人合一的人生境界。"游"之价值因此得以体现,袁宏道精神生命的空间维度也在"游"中得以清晰定位。

---

① [明]袁宏道著,钱伯城笺校:《袁宏道集笺校》第四册,上海:上海古籍出版社,2018年版,第1834页。
② 李瑄:《文人小集在明清文学思想研究中的价值:以袁宏道〈敝箧集〉为例》,《四川大学学报(哲学社会科学版)》2014年第4期,第70-77页。
③ [明]袁宏道著,钱伯城笺校:《袁宏道集笺校》第四册,上海:上海古籍出版社,2018年版,第1797页。
④ [明]袁宏道著,钱伯城笺校:《袁宏道集笺校》第四册,上海:上海古籍出版社,2018年版,第1797页。
⑤ [明]袁宏道著,钱伯城笺校:《袁宏道集笺校》第一册,上海:上海古籍出版社,2018年版,第239页。
⑥ [明]袁宏道著,钱伯城笺校:《袁宏道集笺校》第二册,上海:上海古籍出版社,2018年版,第546页。
⑦ [明]江盈科:《江盈科集》,长沙:岳麓书社,1997年版,第404页。
⑧ [清]钱谦益:《列朝诗集小传》,上海:上海古籍出版社,1983年版,第567页。
⑨ [明]袁宏道著,钱伯城笺校:《袁宏道集笺校》第二册,上海:上海古籍出版社,2018年版,第450页。
⑩ [明]袁宏道著,钱伯城笺校:《袁宏道集笺校》第一册,上海:上海古籍出版社,2018年版,第306页。
⑪ [明]袁宏道著,钱伯城笺校:《袁宏道集笺校》第四册,上海:上海古籍出版社,2018年版,第1722页。

(二) 传达神情 不断精进

从现有研究成果来看,以袁宏道为题的单篇论文共266篇,涉及袁宏道的硕博论文40篇(博士论文4篇)。以"性灵说"为出发点对袁宏道及公安派的文学主张、人生思想、社会思潮渊源、形成轨迹的研究论文占绝大多数,对"性灵说"本质与内涵的讨论已相当深刻。

学界从风格转变的角度,以万历二十八年袁宏道隐居柳浪湖为时间节点,通常将袁宏道的创作分为前后两期,并较多关注前期信腕信口、有意俚俗的游记。诚然,早期游记犹如匕首、投枪,具有"快爽之极……荡涤尘情,消除热恼"①之感,与后来倡导"淡""质"等审美品位在价值取向上确有差别。并且,相对于前期,后期少了肆无忌惮、喷薄而发的情感,也少了信口信腕、游戏人间的奇思妙想,转而以严肃认真的态度作文,心态逐步内敛,情感趋于平和,观物更加细致,中规中矩,因而学界较多关注后期思想变化的原因,探讨前后思想的演变历程与"性灵说"的精神层面是否一致。同时,由于在审美倾向上更偏爱于中郎早期发扬蹈厉、率性而行的艺术风格,学界在将后期的变化普遍定性于"反省""追悔""回归传统""修正"时,已然将后期游记作品含蓄蕴藉、沉潜稳实的艺术风格置于前期之下。后期游记作品中激昂主体感受的隐退,篇幅明显增长的趋势,以及对审美客体细致入微的描摹等,都被视作趋向柳宗元式游记的潜在回归。

袁宏道曰"诗文是吾辈一件正事"②,始对文章法度予以高度重视,这种变化在当时就被时人所注目,如袁小修云:"踰年(万历二十七年),先生之学复稍稍变,觉龙湖等所见,尚欠稳实。……遂一矫而主修,自律甚严,自检甚密,以澹守之,以静凝之。"③陈文新先生对中郎风格转变的阐述颇为全面:"中道的描述既揭示了宏道思想变化的轨迹,也表达了中道本人的哲学立场。哲学上由偏重悟理向注重修持转化,诗学上由抑唐扬宋向唐宋兼重转化,风格上由主张怨怼不平向主张哀乐中节转化,公安派立场的迁移,其轨迹清晰可见,核心则是对传统正宗的接纳或认可。"④

袁宏道早年标榜的狂狷豪杰之心,已渐趋向清雅、淡泊的情怀转化,但袁宏道传达"神情"的艺术境界仍然处于不断精进的历程。德山之行后,袁宏道自言:"瓶花是京师作,诗文具有痕迹;潇碧乃山中数年所得,似觉胜之。……参禅到平实,便是最上乘。弟自入德山后,学问乃稳妥,不复往来胸臆间也。"⑤袁小修先是在《书雪照存中郎花源诗草册后》指出中郎功力的又一精进:"初冬复聚柳浪,发箧见其游程诗记,倩冶秀媚之极,不

---

① [明]袁宏道著,钱伯城笺校:《袁宏道集笺校》第四册,上海:上海古籍出版社,2018年版,第1860页。
② [明]袁宏道著,钱伯城笺校:《袁宏道集笺校》第三册,上海:上海古籍出版社,2018年版,第1366页。
③ [明]袁宏道著,钱伯城笺校:《袁宏道集笺校》第四册,上海:上海古籍出版社,2018年版,第1799页。
④ 陈文新:《明代诗学的逻辑进程与主要理论问题》,武汉:武汉大学出版社,2007年版,第97页。
⑤ [明]袁宏道著,钱伯城笺校:《袁宏道集笺校》第四册,上海:上海古籍出版社,2018年版,第1744页。

惟读之有声,览之有色,而且嗅之有香,较前诸作更进一格。盖花源以前,诗伤俚质,此后神理粉泽合并而出,文词亦然。"①后在《行状》中进一步强调:"盖自花源以后诗,字字鲜活,语语生动,新而老,奇而正,又进一格矣。……先生居山六年,自觉入真入俗,绰有余力。"②隐于杭州断桥之堤的曹蕃在看过中郎的"桃源咏四十余章"后夸赞:"其诗语翩翩欲仙,大脱楚歌猛厉习气,令愁者读之而快,愤者读之而舒,泣途穷、悲路歧者读之,如履康庄而就平陆,宁止愈头痛已邪!"③《破砚斋集》则"无一字无来历,无一语不生动,无一篇不警策,健若没石之羽,秀若出水之花"④;《华嵩游草》"布格造语,巧夺造化,真非人力也"⑤。

总之,袁宏道后期的游记创作手法更显熟练,文字洗练,无一字无来历;用词典雅准确、描写比喻精当;结构严谨精练、浑然一体,出佛入儒而不露痕迹,可视为中郎创作水准的新境界和新高度。

四、活用画论 融入创作

形神之辨是中国古代哲学的重要范畴,也是中国古代哲学的核心问题,在哲学与美学两条路线的交互融合与影响中转化与发展,形成了新的诗学审美范畴,如风骨、神韵、性灵等。重"形"与传"神"的形神之辨在谁为本的论争中,逐渐由对立走向了统一,力求在精妙的形体描绘中透射出物的神韵,传达出创作主体的审美理想和心灵感悟,而貌"神情"正是形神之辨中对传神的要求。

形神之辨,始于书画理论,具体应用到诗文创作中则相对较晚。因而,明代之前的诗文和书画还处于相对独立的阶段,未能在相互借鉴中取长补短、融会贯通。袁宏道的"性灵说"基于形神之辨,将书画理论与诗文理论渗透交融,取得了巨大的社会影响。他把"神情"引入游记散文的创作与实践中,他所倡导的文学境界就是呈现与众不同的"神情",在有"神情"的山水中寄托着自己的性灵,这也是中国传统的形神之辨发展到明代的新高度和新内涵。

目前,《袁宏道游记与绘画关系初探》和《公安派诗学新变中的书画因素》两篇论文已经注意到公安派"求新求变的诗学意趣或多借用于书画艺术"⑥,袁宏道"游记的小品文体

---

① [明]袁宏道著,钱伯城笺校:《袁宏道集笺校》第四册,上海:上海古籍出版社,2018年版,第1847页。
② [明]袁宏道著,钱伯城笺校:《袁宏道集笺校》第四册,上海:上海古籍出版社,2018年版,第1799-1800页。
③ [明]袁宏道著,钱伯城笺校:《袁宏道集笺校》第四册,上海:上海古籍出版社,2018年版,第1846页。
④ [明]袁宏道著,钱伯城笺校:《袁宏道集笺校》第四册,上海:上海古籍出版社,2018年版,第1860页。
⑤ [明]袁宏道著,钱伯城笺校:《袁宏道集笺校》第四册,上海:上海古籍出版社,2018年版,第1817页。
⑥ 戴红贤:《袁宏道游记与绘画关系初探》,《深圳大学学报(人文社会科学版)》2013年第6期,第169-174,85页。

特征、山水景物描写手法和娱乐性艺术特点都受到过绘画艺术的影响"①。因而,从书画品评的研究视域入手,能更准确更深入,也更直观地体察袁宏道山水游记独特的艺术特色和创作精髓。

　　以书画理论类比诗文创作的特色,能更好地达到传神的要旨。北宋郭熙《林泉高致·山水训》曰:"春山淡冶而如笑,夏山苍翠而欲滴,秋山明净而如妆,冬山惨淡而如睡。"②画家欲以呈现的四时之景,已然将山水视为有着性灵和丰富情感的人,大自然洋溢着人之"神情"而且显然更具风貌与情韵。顾恺之在《魏晋胜流画赞》说:"凡画,人最难,次山水,次狗马,台榭一定器耳,难成而易好,不待迁想妙得也。"③画贵传神,画人最难,不仅要描摹外形,还需传达出"气韵生动"的内在精神,"妙得"对象的神韵气质。进而,欲在山水游记中貌出"神情",其难度更是可想而知,这也是中郎被称为古往今来山水圣手的原因所在。

　　不仅有张岱"修目灿眉"和江进之"貌神情"的点评,闻启祥在对比中郎前后游记时亦说:"譬之于画,西湖、天目、虎丘诸记,略加点缀,风趣盎然,是徐熙写生笔。至盘山、桃源及华嵩诸记,则镂心划骨,肖貌肖神,俨然吴道子画地狱变相手矣。"④

　　徐熙作画"以墨笔为之,殊草草,略施丹粉而已,神气迥出,别有生动之意"⑤。袁宏道前期的游记《锦帆集》《解脱集》少有模山范水的细笔描绘,而是加以粗笔勾勒,在多层次的对比中品评山水之美,意至笔随,看似杂乱,实则以个性贯之,寥寥几笔,即见精神,并于那山那水情趣各异的"神情"中,更显中郎沛然而流的山水情怀,正如徐熙写生之笔,摒其形貌,取其神骨。

　　吴道子的《地狱变相图》"图画墙壁,凡三百余间,变相人物,奇踪异状,无有同者"⑥。袁宏道后期的游记犹如"吴带当风",笔法高超,风格飘逸,且力健有余。当灵动的山水已然熔铸于中郎的性灵,作品便能自然而然地展现出大自然清澈舒展之美。或怒或动的情感态势,或虚或实的立体呈现,或淡或浓的细致描摹,使得游记中山水的"神情"具有了滋润感和层次感。与前期游记相比,后期游记注重了"镂心划骨"的肖貌,对客观景物予以提纯凝练,以求极真极似,这些丰富与饱满的"真景"成为游记文学形象中的"奇景"和"绝景"。同时,在山水之神情通于我之神情的过程中,游记已然由以山水来就我之性情,达到物之神以我之神接之的转变。因而后期游记就不再是信口信腕、平铺直叙的情感呈

---

① 袁宪泼:《公安派诗学新变中的书画因素》,《文学遗产》2015年第6期,第90-99页。
② [宋]郭熙:《林泉高致》,济南:山东画报出版社,2010年版,第26页。
③ 俞剑华,罗尗子,温肇桐编著:《顾恺之研究资料》,北京:人民美术出版社,1962年版,第21页。
④ [明]袁宏道著,钱伯城笺校:《袁宏道集笺校》第四册,上海:上海古籍出版社,2018年版,第1847-1848页。
⑤ [宋]沈括:《梦溪笔谈》,上海:上海书店出版社,2009年版,第144页。
⑥ [唐]朱景玄著,温肇桐注:《唐朝名画录》,成都:四川美术出版社,1985年版,第3页。

现,而是有着幽奇变幻之极,一叹三唱的回旋往复之感。

总之,袁宏道游记的着力点已不再是美丽光鲜的山水景观外表,他的游记成为他表达创新意识的文化符号。他用游记重新构建并创造出新的审美认知,尤其是在把握景物特征基础上的"深描",三言两语间将最有灵魂、最有神情的山水呈现了出来,这些流淌着新的灵魂和生命的游记,在貌出山水神情的同时,充满着对生命价值超越性的感悟,呈现出由山水而及内心的审美品位与生命情韵。既貌山水之神情,也貌中郎之神情,这种新奇的、充满"神情"的山水游记不仅引发了读者内心的强烈震撼,也成为中郎引起世人创新认同的重要切入点。

第二节　袁宏道游记"貌神情"之独特艺术手法

朱光潜认为:主观情趣和客观意象"有天然难跨越的鸿沟",将二者融生意境"是诗与其他艺术所必征服的困难"①。对记游诗文而言,将山水人化,把山水当作艺术中的人物来进行多方面的评鉴,可以更精准地体现出人与山水的风神情态,这是"把握美的一种思维能力,是审美感受力、理解力、洞察力高度发展的表现"②。因而,要具备山水情怀,"以人之性情通山水之性情,以人之精神和山水之精神,并与天地之性情、精神相通相合矣"③;更要别有慧心,不能仅仅满足于对大自然进行简单的描绘。袁宏道秉承"外师造化,中得心源"④的原则,让自我以无拘束的心灵直接与山水交融,捕捉大自然的天道妙意,领悟其内在的精神和气质,并在游记中用"貌神情"之独特艺术手法传达出山水的奇幻性和自我的新颖感受。

一、直观感相　即时摹写

袁宏道的多数游记并非移步换景式地按照观察点的变换描写景物的全貌,而是经常就眼前所见,快人快语地呈现出具有独特魅力的山水给他的视觉和心理造成的第一印象,并结合强烈的情感冲击结构成文。对游记而言,这种类似于速写且对直观感相的即时性摹写,能够在数笔勾画中,捕捉到人所接触到的山水最完整而真实的情态。正如沈

---

① 朱光潜:《诗论》,上海:上海古籍出版社,2001年版,第53页。
② 林崇德:《心理学大辞典》,上海:上海教育出版社,2003年版,第1102页。
③ [清]朱庭珍:《筱园诗话》,载郭绍虞编撰,富寿荪校点:《清诗话续编》,上海:上海古籍出版社,1983年版,第2345页。
④ [唐]张彦远:《历代名画记》,北京:京华出版社,2000年版,第80页。

宗骞《芥舟学画编》所述:"观人之神如飞鸟之过目,其去愈速,其神愈全。故当瞥见之时,神乃全而真,作者能以数笔勾出,脱手而神活现,是笔机与神理凑合,自有一段天然之妙也。"①

　　袁宏道的游记中由对景物直观感相的即时性摹写引发全文的大体有三类:或粗疏几笔概括出山水的总体特征,如《游盘山记》以"盘山外骨而中肤"②领起,再将盘山山石之"骨"与松树、山泉之"肤"的三绝特点生动形象地展现在眼前,高屋建瓴而又剪裁有度;或触景生情,表达对自然美的狂喜或陶醉之情,如《由水溪至水心崖记》中"晓起揭篷窗,山翠扑人面,不可忍,遽趣船行"③,未至仙源就游兴勃勃,急不可耐,而游毕则是"既登舟,不忍别,乃绕崖三匝而去"④,从情感上首尾呼应,传达依依不舍之情;或评价赏玩,于正反对比中奇正相生,直抒胸臆而又意至笔随,如《禹穴》⑤开篇则是充满着否定意味的评价:"禹穴,一顽山耳。禹庙亦荒凉,不知当时有何奇,而龙门生欲探之?"接着又荡开一笔,"然会稽诸山,远望实佳",再从评画的角度,认为西湖如同北宋工笔画——"花鸟人物,细入毫发,浓淡远近,色色臻妙",会稽则如元人写意画——"人或无目,树或无枝,山或无毛,水或无波,隐隐约约,远意若生",论景与评画相间,不仅点明了会稽山水的形象特点与观赏角度,也彰显出中郎高超的审美品位。

　　这些由直观感相的即时性摹写而生发叙写的游记,具有鲜明的画面感和立体感,能够"在审美感知基础上通过审美联想和想象达到对审美对象的直接感悟"⑥,即目即事,神全而真,脱手而活。正如宗炳《画山水序》所言:"夫以应目会心为理者,类之成巧,则目亦同应,心亦俱会。"⑦中郎对山水赏鉴时所投入的"心亦俱会"的专注神情,使得中郎游记与传统游记注重真实准确地再现山水原貌不同,不仅无所不写,无可不写,使游记的题材内容得以空前地扩大,而且在记游的形式和内容上均随着自我情感的变化张弛有度,更能体现出个体生命的增容与拓展的广度和深度。

　　又如《六陵》一文。此时的中郎的情感经历了由悲而释然的变化过程,历史上亡国败家的皇帝很多,但无如宋朝六陵遭受如此"惨酷"的凌辱,此记开篇极力营造了"春行如秋,昼行如夜"的凄惨阴森氛围,碑碣荒断、老松横道、杜鹃花滴血遍山,睹景生哀的中郎不由得为之泣下,然而,中郎的视角延伸了,情绪切换了,既而自笑,因为从历史的长河来看,兴与废是必然的轮回,六帝尸骨早已"等作一丘",灭宋代元的蒙古统治者"今已销

---

① [清]沈宗骞著,李安源、刘秋兰注释:《芥舟学画编》,济南:山东画报出版社,2013年版,第93-94页。
② [明]袁宏道著,钱伯城笺校:《袁宏道集笺校》第二册,上海:上海古籍出版社,2018年版,第740页。
③ [明]袁宏道著,钱伯城笺校:《袁宏道集笺校》第三册,上海:上海古籍出版社,2018年版,第1250页。
④ [明]袁宏道著,钱伯城笺校:《袁宏道集笺校》第三册,上海:上海古籍出版社,2018年版,第1252页。
⑤ [明]袁宏道著,钱伯城笺校:《袁宏道集笺校》第二册,上海:上海古籍出版社,2018年版,第472-473页。
⑥ 林崇德:《心理学大辞典》,上海:上海教育出版社,2003年版,第1102页。
⑦ [南朝]宗炳、[南朝]王微:《画山水序·叙画》,北京:人民美术出版社,2016年版,第7页。

歇",既然往事已成陈迹,"荣枯能有几也",游人又何必乐于"禹陵之卷石"而怆于"六陵之荒址","嘻,亦惑矣"体现出中郎人生境界在思索中的提高①。对生命的敏感,对生死的辩证思考,尤其是对生的重视体现出对真我人性的肯定,同时,游记中呈现出的强烈的主观情感色彩与风雅神情,与唐宋古文游记中情感内敛且具有较强客观性的风格是不同的。

袁宏道的游记除了摹写自己的直观感相外,还常常摹写他人的即时神情。例如《湘湖》的主体部分是"托根西湖,沉质湘水"②的莼菜,200多字的篇幅渲染了神秘、有色有香的湘湖,而游湘湖的情景只用53个字以点明湘湖的位置、地形、同游者及他们的"失望"之情。再细读,前文如此品味莼菜的中郎此行是有收获的,别人有失望神情是因为他们把注意力放在了游观上,而中郎满足于领略了有特质的莼菜,他的神情自然是满足的;同时"旧向余夸湘湖者,皆大惭失望"③,他人的"神情"也有着前后的对比。对他人神情的摹写正是在对神情的有效对比中,凸显中郎不俗的审美品位。然而,他人"神情"的传达,常常是与游记中原本呈现出的美好景观的画面不相和谐的,如《天池》"令两小奚掖而行,问若佳否?皆云:'疲甚,那得佳!'"④;如《嵩游第四》问山巅一颓室是否为峻极上院,"道士茫然"⑤;再如《云峰寺至天池寺记》"固已心折"于庐山幽奇变幻的景色,中郎将这些感受告诉寺僧后,对方说"此恒也,无足道"⑥,陆云龙评曰"煞处每每露奇"⑦。游记中他人的即时神情正如画中的偏笔,"偏与正有互用之妙焉""能以偏笔行其正局,故愈实愈妙"⑧,从中我们不仅可以想象到说出这些令人感觉突兀话语的别人的神情,更可以从别人的神情中,看见中郎愕然、惊讶的神情。当然,对他人神情的即时摹写,其核心仍然是反映中郎的陶醉神情,以及对山水精华的赏鉴用心程度。

二、活化山水 融入神思

秦汉时期以追求形似为主,此时期文人笔端的山水形态更多趋向"穷形而尽相"⑨的客观写实,"故纯粹之模山范水、留连光景之作,自建安之前,大未之见"⑩。魏晋南北朝时

---

① [明]袁宏道著,钱伯城笺校:《袁宏道集笺校》第二册,上海:上海古籍出版社,2018年版,第473-475页。
② [明]袁宏道著,钱伯城笺校:《袁宏道集笺校》第一册,上海:上海古籍出版社,2018年版,第386页。
③ [明]袁宏道著,钱伯城笺校:《袁宏道集笺校》第二册,上海:上海古籍出版社,2018年版,第471页。
④ [明]袁宏道著,钱伯城笺校:《袁宏道集笺校》第一册,上海:上海古籍出版社,2018年版,第185页。
⑤ [明]袁宏道著,钱伯城笺校:《袁宏道集笺校》第四册,上海:上海古籍出版社,2018年版,第1612页。
⑥ [明]袁宏道著,钱伯城笺校:《袁宏道集笺校》第三册,上海:上海古籍出版社,2018年版,第1234页。
⑦ [明]袁宏道著,钱伯城笺校:《袁宏道集笺校》第三册,上海:上海古籍出版社,2018年版,第1235页。
⑧ [清]沈宗骞著,李安源、刘秋兰注释:《芥舟学画编》,济南:山东画报出版社,2013年版,第37页。
⑨ [晋]陆机,杨明校笺:《陆机集校笺》,上海:上海古籍出版社,2020年版,第17页。
⑩ 王国维著,周锡山评校:《王国维文学美学论著集》,上海:上海三联书店,2018年版,第83页。

期游记融情于景,彰显了情,开始对山水的形貌声色之美敏锐地捕捉并予以细致的描写,如谢灵运的诗句"林壑敛暝色,云霞收夕霏"①"白云抱幽石,绿筱媚清涟"②,拟人化手法的运用使得山水已初现具有生命力的人的动作与情态。宋严羽曰:"诗之极致有一,曰入神。诗而入神,至矣,尽矣"③同样,文的极致也须入神,尤其对山水游记而言。对于山水这个承载了审美主体探索内在的"神"与"情"的载体,游记须深入挖掘体悟其自然之美,并根据山水的独特性,多方面呈现出自然美,达到栩栩如生的艺术境界。

  王微在《叙画》中论用笔与山水的关系时说:"眉额颊辅,若晏笑兮。"④山水的高低平洼犹如人面部的眉额颊辅,状山水之貌如同画出人含笑时的表情,才能体现山水的气韵生命。"貌神情"不仅是欲使绘画生动的手法,也是在山水自然人化的进程中,作者在艺术上更进一步的自觉。

  以拟人化的手法述写山水是"惟在妙悟"中的一大进步,但在个性的张扬与人性觉醒更为突出的明代,人们又有了新的认知和新的寄托,即活化山水,将山水视为与人平等的存在,继而在"迁想妙得"中,将人的神情迁移到山水中,进而,在袁宏道的笔下,山有着人的体态与容貌:举头见"山色如娥,花光如颊"⑤,远望山峦鲜妍明媚"如倩女之靧面,而髻鬟之始掠也"⑥;水有人的情意,"递相亲媚,似与游人娱"⑦;山水可以对话,"石距上方百步,纤瘦丰妍不一态,生动如欲语"⑧;山水也如人般可依依惜别,如"当急与桃花作别"⑨所呈现出的流连光景、爱惜春芳之急切。人与山水在"神情"的对视中妙得神韵之美,这是情景交融、万物与我为一的人生境界。

  从艺术表现的角度来说,游记须在动静结合、虚实相间的写景和抒情中,传达活跃的生命。"本乎形者融,灵而动变者心也"⑩,要把山水写活,首先要对山水的本质特点有准确的理解和把握,因而要让自己的身心去体验山水,在把握外在形体特点的基础上,对山水的精神实质进行深入的感悟,这最终需要具有灵动的心灵。山水的形貌是具体有限的,真正能够打动观者的是因心灵的触动去融通自然的情态,使无情物成为有情物,化静为动,用人的主观感受给静物以流动感,如"紫锷凌厉,兀然如悍士之相扑,而见其骨;及

---

① [东晋]谢灵运著,顾绍柏校注:《谢灵运集校注》,郑州:中州古籍出版社,1987年版,第112页。
② [东晋]谢灵运著,顾绍柏校注:《谢灵运集校注》,郑州:中州古籍出版社,1987年版,第41页。
③ [宋]严羽:《沧浪诗话》,北京:中华书局,1985年版,第6页。
④ [南朝]宗炳、[南朝]王微:《画山水序·叙画》,北京:人民美术出版社,2016年版,第3页。
⑤ [明]袁宏道著,钱伯城笺校:《袁宏道集笺校》第二册,上海:上海古籍出版社,2018年版,第452页。
⑥ [明]袁宏道著,钱伯城笺校:《袁宏道集笺校》第二册,上海:上海古籍出版社,2018年版,第733页。
⑦ [明]袁宏道著,钱伯城笺校:《袁宏道集笺校》第三册,上海:上海古籍出版社,2018年版,第1251页。
⑧ [明]袁宏道著,钱伯城笺校:《袁宏道集笺校》第二册,上海:上海古籍出版社,2018年版,第742页。
⑨ [明]袁宏道著,钱伯城笺校:《袁宏道集笺校》第二册,上海:上海古籍出版社,2018年版,第456页。
⑩ [南朝]宗炳、[南朝]王微:《画山水序·叙画》,北京:人民美术出版社,2016年版,第3页。

斗困力敌不相下,则皆危身却立,摩牙裂髭而望"①。静止的山峰成为相斗的悍士,在化静为动的"神情"呈现中,不仅把握住了景物的核心特性,也捕捉到了禀于自然的"天趣"。

进而,当人的生命和情感完全融于山水时,才会与山水拥有共通的"神情",如《由天池踰含嶓岭至三峡涧记》即是在虚实相间的情绪转换中征神见貌,从"方怒"到"悍然不顾,厉声疾趋",再到"一涧皆咆号砰激,屿毛沚草,咸有怒态",水石之争不断升级,态度一个比一个强硬。不仅如此,为了突出水石相争不同阶段的感受,还用游人当时的心理来侧面烘托,先是震撼害怕"观者皆目眩毛竖,不敢久立",水势汹涌时"虽小奚亦嗔目伫视,如与之斗";不止三峡涧的毛草,连处于在其中的人也受到情绪的影响"咸有怒态",直到"忽焉石逊,涓然黛碧",人们才从紧张中缓过来,"观者亦舒舒与与,不知其气之平也"②。有神情的山水抒写既生成了新的山水审美,又在对山水自然的艺术描摹中塑造了独具个性的中郎。

山水的神情又可以生发文道神思。《原道》曰:"文之为德大矣,与天地并生者何哉?夫玄黄色杂,方圆体分;日月叠璧,以垂丽天之象;山川焕绮,以铺理地之形;此盖道之文也。"③被陈继儒评为"入文章三昧"④的《开先寺至黄岩寺观瀑记》,是中郎"凡水之一貌一情,吾直以文遇之"的文道神思:文如山泉"以蓄入,以气出","蓄"者积蓄也,"气"者气势也,当水石相激时,内在积蓄的知识就会"曳而为练,汇而为轮,络而为绅,激而为霆",呈现出不同的气势,故而会形成"浩瀚古雅"如六经,"郁激曼衍"如骚赋,"幽奇怪伟,变幻诘曲"如子史百家等不同的风格⑤。山水自然与文道有着对应关系,天地自有其美,然物不能思,亦不能悟,唯有人能感悟天地精华,契合山水之精神,将文之本性通融于自然之道,这篇游记文字流畅,文气浩瀚,唯有通感山水,方能得此文道精髓。

"外师造化,中得心源",中郎以充满感情和韵律的书写,活化了山水,创造出生动可视的山水形象,并在审美观照中形开神彻,与自然神情合至,充满了神思,其貌出"神情"的创作手法对明代的审美生成注入了新的元素。

三、 摄取精华 传神再现

"传神"之笔离不开"形似"的多维度呈现。"貌神情"的创作手法,即是在描摹山水时

---

① [明]袁宏道著,钱伯城笺校:《袁宏道集笺校》第三册,上海:上海古籍出版社,2018年版,第1237页。
② [明]袁宏道著,钱伯城笺校:《袁宏道集笺校》第三册,上海:上海古籍出版社,2018年版,第1238-1240页。
③ [南朝梁]刘勰著,王云熙、周锋译注:《文心雕龙译注》,上海:上海古籍出版社,2010年版,第1页。
④ [明]袁宏道著,钱伯城笺校:《袁宏道集笺校》第三册,上海:上海古籍出版社,2018年版,第1243页。
⑤ [明]袁宏道著,钱伯城笺校:《袁宏道集笺校》第三册,上海:上海古籍出版社,2018年版,第1241-1242页。

能抓住景物最主要的特征,由"形似"达到"神似"。在袁宏道的山水游记中,较少采用移步换景的方式逐层展现山水的全景,多撷其形貌,用即时性的情感或风景点评贯连成文。但撷其形貌,并不意味着对"形似"的忽视,相反却对于"形似"有更为加深刻的把握与重视。

《说山训》曰,"画西施之面,美而不可说,规孟贲之目,大而不可畏:君形者亡焉"①;《说林训》曰,"画者谨毛而失貌"②;绘画对艺术整体风貌与气势的注重,给文学创作提供了宝贵的经验。摄取精华须具备"观审的卓越能力"③,山水自然的景致众多,但并非皆可入文,要善于取舍,采撷经典景致,抓住形之最为主要的特点,以"画眼睛"的精妙笔墨进行聚焦展示与传神再现。袁宏道摄取山川精华并将其加以呈现的游记,与唐宋古文游记注重客观的、笼统地呈现景物外部特征的方式在艺术上的风貌是迥异的。

首先,捕捉大自然的最美瞬时,是中郎摄取山川精华的方式之一。例如,西湖之美已为众所公认,但美在哪里?怎么进行欣赏?在什么时间段进行欣赏?如何从自然美上升到艺术美?这就牵涉到从美学的角度来欣赏自然美。中郎对于西湖的"审美直觉"是"盛",并紧扣"盛"字展现西湖的特异之处。盛是多义字,有茂盛、美好、众多等意。然而,中郎直观感性所把握的"盛"所指向的却是时间:"西湖最盛,为春为月。一日之盛,为朝烟,为夕岚。"④西湖最美的时候是春天和月夜,一天之中最美的是烟雨朦胧的早晨和山雾迷蒙的傍晚。审美效果与时间、空间有着密切关系,中郎敏锐地把握了时间这个观赏的瞬时要素,因为美虽然无处不在,但美之感悟更需契合恰当的瞬时瞬间。在时间正确的前提下,西湖才茂盛、美好,无论是朝烟下"夕春未下,始极其浓媚",还是月夜时"花态柳情,山容水意",都别具美感,别有意趣,特定的时间节点为西湖设色增妍⑤。中郎游记中对西湖最美瞬时的传神再现给人们带来了极大的审美愉悦,对最美瞬时的捕捉彰显了中郎的"审美直觉"天赋,这种初感是感性的、直观的,但又是敏锐的、新鲜的,"是主体在审美经验的基础上,通过对客体的整体性直观而做出的一种对其本质性和内在联系的迅速而直接的当下综合判断"⑥。

其次,摄取精华须体察自然界的微妙变化,用差异化的审美视角观审瞬间变化的山水形态,从而开拓新的审美意境。如《游红螺崦记》:"从葫芦棚而上,磴始危,天始夹。从云会门而进,山始巧始纤,水始怒,卷石皆跃。至铁锁湾,险始酷。从湾至观音洞,仄而旋,奇始尽。山皆纯锷,划其中为二壁,行百馀步,则日东西变;数十步,则岭背面变;数步

---

① [汉]刘安等著,杨坚点校:《淮南子》,长沙:岳麓书社,2015年版,第167页。
② [汉]刘安等著,杨坚点校:《淮南子》,长沙:岳麓书社,2015年版,第176页。
③ 叔本华著,石冲白译:《作为意志和表象的世界》,北京:商务印书馆,1982年版,第259页。
④ [明]袁宏道著,钱伯城笺校:《袁宏道集笺校》第二册,上海:上海古籍出版社,2018年版,第453页。
⑤ [明]袁宏道著,钱伯城笺校:《袁宏道集笺校》第二册,上海:上海古籍出版社,2018年版,第454页。
⑥ 陈大柔:《美的张力》,北京:商务印书馆,2009年版,第157页。

则石态貌变矣。壁郛立而阴,故不树;瘦而态,故不肤,亦不顽。蛟龙之所洗涤,霜雪之所磨镂,不工而刻,其趣乃极。"①连用七个"始"、三个"变"、三个"不",文气紧衔,渐出新意,将红螺岭沿途回旋、盘曲之奇状奇貌传神再现,无怪乎明人陆云龙评曰:"数变字,游中变态写尽矣。"②

再次,摄取精华还须潜心领悟,在慢游中用心体悟自然美。例如,游嵩山,中郎认为走马观花之游不能得到真实完整的体验,是肤浅之游:"今之游者,一宿少林,舆而过太室之前,至嵩庙天中阁,倚栏一观,归而向人曰:'吾已尽嵩山矣。'是尚未观其肤也。"③还举韩愈提及的龙潭,欧阳修提及的天门泉,范仲淹提及的三醉石,说明这些古迹"皆不能以一日穷"④,唯有"宿其上五日,始为不负此山也"⑤。嵩山系列游记,一一呈现了中郎慢游细品的深度体验:在《嵩游第一》初游少林寺时中郎发现了嵩山山容的绝妙特质——奇秀,而且"迫之乃不见",近看则"不见巅而见翳",远观则"望若古钟"⑥;在赏嵩山瀑布之幽和山石之奇⑦(《嵩游第二》)、观嵩山人文古迹之盛"至今数百载,如见其眉目也"⑧(《嵩游第三》),《嵩游第四》开篇在前人经典评价的基础上貌出了华、嵩二山令人耳目一新的神情:"古云:'华山如立,嵩山如卧。'二语胜画,非久历烟云者,不解造是语也。然余谓华山如峨冠道士,振衣天末,嵩则眠龙而癯者也。"⑨华山立,如戴着高帽子的道士振衣天末,嵩山卧,如身形清瘦的睡龙横卧地面,这样传神再现的画面感使得两山的姿态形象更为鲜活。

最后,既"穷变态于毫端",也需"合情调于纸上"⑩。摄取山川精华,体察自然捕捉瞬时,其目的是将自然景物转变为内心之景,化具体为抽象,把人的生命与审美情调注入眼前的景物,以"会诸心"的方式传达内在情思的流动,展现审美主体内在神情的变化。如彰显"春之变"的《满井游记》,由远及近,以静显动,层次分明,河面"冰皮始解",山为"晴雪所洗",柳条"将舒未舒",麦田"浅鬣寸许",比喻精当且富有生命韧性的景物,组成了一幅动态的初春"物"景图;妙就妙在这些"物"竟然"皆有喜气",进而"始知郊田之外,未始

---

① [明]袁宏道著,钱伯城笺校:《袁宏道集笺校》第二册,上海:上海古籍出版社,2018年版,第744页。
② [明]袁宏道著,钱伯城笺校:《袁宏道集笺校》第二册,上海:上海古籍出版社,2018年版,第745页。
③ [明]袁宏道著,钱伯城笺校:《袁宏道集笺校》第四册,上海:上海古籍出版社,2018年版,第1612-1613页。
④ [明]袁宏道著,钱伯城笺校:《袁宏道集笺校》第四册,上海:上海古籍出版社,2018年版,第1612页。
⑤ [明]袁宏道著,钱伯城笺校:《袁宏道集笺校》第四册,上海:上海古籍出版社,2018年版,第1612页。
⑥ [明]袁宏道著,钱伯城笺校:《袁宏道集笺校》第四册,上海:上海古籍出版社,2018年版,第1605-1606页。
⑦ [明]袁宏道著,钱伯城笺校:《袁宏道集笺校》第四册,上海:上海古籍出版社,2018年版,第1607-1608页。
⑧ [明]袁宏道著,钱伯城笺校:《袁宏道集笺校》第四册,上海:上海古籍出版社,2018年版,第1610页。
⑨ [明]袁宏道著,钱伯城笺校:《袁宏道集笺校》第四册,上海:上海古籍出版社,2018年版,第1611页。
⑩ [唐]孙过庭:《书谱》,北京:华夏出版社,1998年版,第58页。

无春,而城居者未之知也",春天已经悄悄地来了,"局促一室之内"的城里人还未曾察觉;城外满井乍暖还寒、春色萌动的活力与灵性,令中郎感受到投身大自然怀抱的欣喜之情,"夫能不以游堕事,而潇然于山石草木之间者,惟此官也"①。在官场和自由的两难选择中,中郎终于找到了平衡点,这篇游记不仅仅是"春之变",也是中郎的思想、文风将要发生修正与转变的宣告。正如陆云龙所评:"写景亦如平芜,淡色轻阴,令人意远。"②

四、全景着笔 布局合理

游记并非记游的流水账,如果面面俱到,事无巨细,看似叙述甚详,实则缺乏神韵与新奇。中郎的拿手绝技是善于从全景着笔,抓住景物最主要的特征,从整体和全局的角度予以勾勒,其游记重点突出,总分结合,条理清晰,透显出中郎独特的审美品位和欣赏方式。

袁宏道的游记力求立足于最佳的角度来品读全景,如《灵隐》叙述的重点不是灵隐寺,而是开篇所说的"寺最奇胜,门景尤好",中郎从自然美的观察角度,认为站在寺门所见的风景最佳,"由飞来峰至冷泉亭一带,涧水溜玉,画壁流青,是山之极胜处"③。再如《西洞庭》中直接描绘西山风景的语句不多,袁宏道经过两天的游览,总结出西洞庭的七胜,其中最重要的是"山水相得之胜"④:山水互为映衬,群山出没于翠绿的波涛中,在他看来是何等自然、和谐的画面,使他不禁发出了"天下之观止此矣"的赞叹。通过山水全景的比较,山水独特的神情得以显现。

全景着笔既要有可以发现美的眼睛能进行细致的观察,也要有别致新颖的构思。如华山三记"貌神情"的侧重点不同,体现出构思的新颖。《华山记》摹写华山之奇险与人之神情,陆云龙评全篇曰:"著华之险,亦着游之趣。"⑤游记通过穷形尽态地描摹登山历险的痛苦心理感受,多层次地呈现出华山令人战栗的险峻,华山奇险之貌通过登山人的姿态得以显现,"攀者如猱,侧者如蟹,伏者如蛇,折者如鹞"⑥,因而"折折出奇,具水穷云起之致"⑦。《华山后记》展现华山群峰的位置高低以及"秀不可状"之景:"犹蠢蠢也"的云台峰,"千山环之如羽林执戟儿"的落雁峰,"乃峰之一臂"的玉女峰,在斗绝而出的西峰面前

---

① [明]袁宏道著,钱伯城笺校:《袁宏道集笺校》第二册,上海:上海古籍出版社,2018年版,第733-734页。
② [明]袁宏道著,钱伯城笺校:《袁宏道集笺校》第二册,上海:上海古籍出版社,2018年版,第734页。
③ [明]袁宏道著,钱伯城笺校:《袁宏道集笺校》第二册,上海:上海古籍出版社,2018年版,第460页。
④ [明]袁宏道著,钱伯城笺校:《袁宏道集笺校》第一册,上海:上海古籍出版社,2018年版,第173-174页。
⑤ [明]袁宏道著,钱伯城笺校:《袁宏道集笺校》第四册,上海:上海古籍出版社,2018年版,第1601页。
⑥ [明]袁宏道著,钱伯城笺校:《袁宏道集笺校》第四册,上海:上海古籍出版社,2018年版,第1599页。
⑦ [明]袁宏道著,钱伯城笺校:《袁宏道集笺校》第四册,上海:上海古籍出版社,2018年版,第1601页。

"诸山忽若屏息,奇者平,高者俯,若童子之见严师,不知其气之微也",千尺㠉"寸寸焉如弱夫之挽劲弩",苍龙岭"仄仄如蜕龙之骨",人的情感随着景致的变化目不暇接,犹如在惊涛骇浪中随波起伏,"游者至此,如以片板浮颠浪中,不复谋目矣"①。《华山别记》追叙人与华山间的别样之情,心潮狂澜,情甚隽永。先是少时志"作三峰客",后来"吾三十年置而不去怀者,慕其崄耳",如今犯死往登山巅,了却夙愿,"是日也,天无纤翳,青崖红树,夕阳佳月,各毕其能,以娱游客"②,面对内心波澜壮阔的中郎,华山也从奇险的动态归于平静,充满了灵性,作出各种姿态欢迎老朋友的到来,这亦是一种深层次的、具有满足和愉快感的神情合至。

全景着笔还要精心设置与之相适应的布局来呈现山水的最美神情。如《天目一》除了天目山七绝的总体特征概述之外,还介绍了自己的游踪"宿幻住之次日,晨起看云,已后登绝顶,晚宿高峰死关。次日由活埋庵寻旧路而下"③。中郎与伯修尺牍曰,"登天目住山五日"④,因而《天目一》所述游踪是中郎游玩结束后由幻住下山的线路。《天目二》则是记游自己上山的沿途所见,由活埋庵经狮子岩、立玉至幻住,再由幻住向上可至绝顶。中郎没有采用游记文常见的移步换景的写法,在这样一个游山线路中,仍然有主次之分,在文末中郎似乎是不经意地补充说道:"从山足至此,可十余里。由幻住而上,山愈高峻,然佳处皆在山半。"⑤幻住至绝顶这段行程在中郎看来比不上山腰处的景致,因而一笔带过,重点景观是由山脚登至幻住的十余里路程,让人明白《天目二》开篇所言:"天目之山,敞于幻住,奇于立玉,险于狮子岩,幽于活埋庵。"⑥这才是登山途中最美的景致,在短短的游记文中,详略安排恰当,重点突出。同时,在天目四景的特点中,位于山腰的幻住之"敞"是放在第一位的,而行文却是逆写,由山下向上的顺序围绕"幽、险、奇、敞"展开描述,原来在幻住处"景尤空阔,诸峰奇态,毕供眼前"⑦,立玉之奇,狮子岩之险,活埋庵之幽都可尽收眼底,是最佳的观赏地点,所有的特点归结于"敞",天目山的美丽也在此完完全全地向人们敞开,可见中郎布局用心之良苦。

---

① [明]袁宏道著,钱伯城笺校:《袁宏道集笺校》第四册,上海:上海古籍出版社,2018年版,第1601-1602页。
② [明]袁宏道著,钱伯城笺校:《袁宏道集笺校》第四册,上海:上海古籍出版社,2018年版,第1602-1604页。
③ [明]袁宏道著,钱伯城笺校:《袁宏道集笺校》第二册,上海:上海古籍出版社,2018年版,第486页。
④ [明]袁宏道著,钱伯城笺校:《袁宏道集笺校》第二册,上海:上海古籍出版社,2018年版,第526页。
⑤ [明]袁宏道著,钱伯城笺校:《袁宏道集笺校》第二册,上海:上海古籍出版社,2018年版,第488页。
⑥ [明]袁宏道著,钱伯城笺校:《袁宏道集笺校》第二册,上海:上海古籍出版社,2018年版,第487页。
⑦ [明]袁宏道著,钱伯城笺校:《袁宏道集笺校》第二册,上海:上海古籍出版社,2018年版,第488页。

五、参以灵变 自生新意

  雅好山水,既需深谙鉴赏之道,收千里于尺幅之中,还需参以灵变之机,凝神遐想,文尽意在。中郎的游记非全景摄影,多以片段特写着重表现因"游"因"景"而激发的即时性的内心情感波动,其率性而为的风格、灵动快俊的思维、不避俚俗的话语,在真诚无伪情感的主导下"率成律度"①,或蓬勃而发,或哀怨婉转,景激情生,因情成文。如说百花洲徒有"香"名,"惟有二三十粪艘,鳞次绮错,氤氲数里而已矣"②,信口信腕,幽默真实的性灵跃然而出。再如为凭吊绝代佳人西施而作的《灵岩》,更是由内而外情感的递进宣泄,并随之流动成文。在观游西施遗迹的过程中,中郎一一细细寻迹,霸业烟消,美人尘土,但仙姿犹存,"余命小奚以袖拂之,奚皆徘徊色动……色之于人甚矣哉!"③看似轻薄之语,实则是叹惋之情和怜爱之心的真情流露,"嗟乎!山河绵邈,粉黛若新"④,中郎情动于中不能自已,将郁结在心头的"性灵"之悲抒发出来,行文亦随着思绪的昂扬而流动,呈现出灵动和飞舞之态,把原本凭吊古人的传统游记写出了令人耳目一新的写作意图——为西施"女色祸国"论翻案。小修本《记五》自言:"口实西子,心知其妄,而不能不色动……有情之惑可一笑也。"⑤在《伯修》的信中曰:"有情之痴,至于如此,可发一笑。"⑥在《江进之》一信曰:"序文佳甚。锦帆若无西施当不名,若无中郎当不重;若无文通之笔,则中郎又安得与西施千载为配,并垂不朽哉!一笑。"⑦轻描淡写地评论自己"轻薄"言行的"三笑",实则是对即时性因情成文、出新意于法度之外的自赏,显现出不俗的光彩和重人性的价值。

  连接文学之"真"和山水之"真"的纽带和桥梁是人,人是"有心之器",不同于自然界的"无识之物"⑧,人通过"游"达到对山水客体的认识和把握,因而人的视觉、味觉、听觉、触觉等都是灵变之机的传递者。当外界山水的刺激使他兴奋激动,他把这种内在的情感诉诸笔端,这既是游记的生命体验,也是山水艺术美深入发现的过程,进而能出新意于法度之外。如《天目一》即为汇合人的不同观感妙悟自然的游记,其开篇用"幽邃奇古"四字来概括天目山的总体特征,接着列举山之六病作为标靶,再列数奇胜"甲于西浙"的天目山七绝,既有"尽大地作琉璃海,诸山尖出云上若萍"的色彩丰富、壮观多变的视觉美,也有"听之若婴儿声"的雷声,还有远胜龙井的"头茶之香者""清远过之(绍兴破塘)"的笋

---

① [明]袁宏道著,钱伯城笺校:《袁宏道集笺校》第三册,上海:上海古籍出版社,2018年版,第1207页。
② [明]袁宏道著,钱伯城笺校:《袁宏道集笺校》第一册,上海:上海古籍出版社,2018年版,第192页。
③ [明]袁宏道著,钱伯城笺校:《袁宏道集笺校》第一册,上海:上海古籍出版社,2018年版,第177页。
④ [明]袁宏道著,钱伯城笺校:《袁宏道集笺校》第一册,上海:上海古籍出版社,2018年版,第178页。
⑤ [明]袁宏道著,钱伯城笺校:《袁宏道集笺校》第一册,上海:上海古籍出版社,2018年版,第179页。
⑥ [明]袁宏道著,钱伯城笺校:《袁宏道集笺校》第一册,上海:上海古籍出版社,2018年版,第250页。
⑦ [明]袁宏道著,钱伯城笺校:《袁宏道集笺校》第一册,上海:上海古籍出版社,2018年版,第327页。
⑧ [南朝梁]刘勰著,王运熙、周锋译注:《文心雕龙译注》,上海:上海古籍出版社,2010年版,第2页。

味,不仅有"石径曲折,石壁竦峭"的静态,还有"白净如绵,奔腾如浪"的动态①。在一步步细致的对照中,"幽邃奇古"的特点在视觉、味觉、听觉的调动下生动形象,在动静结合的全方位呈现中也更流畅且富有感染力。

"夫趣,得之自然者深,得之学问者浅"②,当山水精神已浸润到灵魂的深处,"内在意向性"的审美主体在游历现实山水的过程中,必然会重新构建并再创造出新的审美认知和艺术形态,从而铸就出有生命、有神情的游记。山水自然从与人无关的自在之物,到被人发现、重新认识、再创造的进程体现出审美主体本质力量的丰富与强化。公安派主将江进之曰:"触景成象,惟是一段元神。元神活泼,则抒为文章,激为气节,泄为名理,竖为勋猷,无之非是。"③"元神活泼"的中郎正是在"到眼皆图画"④的山水细心体悟中参以灵变之机,以获得生机和新意。如中郎的德山、桃源之游得益于能便利地使用联系景物的交通工具,使中郎从时间、空间上具备了多方位、多视角观山赏水、品读自然的能力,拓宽了游的体验深度。舟行湖上得"怒蛤排帆立,神鱼掣练行"⑤的乐趣;江上赏月,"湖与洞庭接,水光千里,生平看月,此为雄快"⑥,甚至好奇于江月和峰头月"清光孰最多"⑦。江上观山:"溪上望穿石,欹悬如瓮子。石底望溪山,山山如镜里。"⑧舟中观水:"碧渚苍烟分外奇,浪中丹雉影离离。"⑨还可以在夜深人静时进入县城,记游月下桃源,"深村杞菊香,壁影拂船凉。和月和烟市,全山全水乡。高云排鹤路,怒沫响鱼梁。若个垂纶客,溪头旧姓黄。"⑩当与佳山水不忍作别时"既登舟,不忍别,乃绕崖三匝而去"⑪,波光水影,云影月下,映照的是中郎平静如水的心情,笔下的山水也呈现出意在笔先、舒卷自如的忘我之感。正如董其昌画论所言:"画家当以天地为师……画之道,所谓宇宙在乎手者,眼前无非生机。"⑫

综上所述,袁宏道"貌神情"的五种创作手法"心眼明而胆力放"⑬,务存山水精华,而又众妙攸归,融合了主观情趣和客观意象,聚焦展现景物之美与登临之快。这种手法是

---

① [明]袁宏道著,钱伯城笺校:《袁宏道集笺校》第二册,上海:上海古籍出版社,2018年版,第485-486页。
② [明]袁宏道著,钱伯城笺校:《袁宏道集笺校》第二册,上海:上海古籍出版社,2018年版,第495页。
③ [明]江盈科:《江盈科集》,长沙:岳麓书社,1997年版,第420页。
④ [明]张岱,成胜利点校:《陶庵梦忆·西湖梦寻》,长沙:岳麓书社,2016年版,第232页。
⑤ [明]袁宏道著,钱伯城笺校:《袁宏道集笺校》第三册,上海:上海古籍出版社,2018年版,第1083页。
⑥ [明]袁宏道著,钱伯城笺校:《袁宏道集笺校》第三册,上海:上海古籍出版社,2018年版,第1246页。
⑦ [明]袁宏道著,钱伯城笺校:《袁宏道集笺校》第三册,上海:上海古籍出版社,2018年版,第1085页。
⑧ [明]袁宏道著,钱伯城笺校:《袁宏道集笺校》第三册,上海:上海古籍出版社,2018年版,第1100页。
⑨ [明]袁宏道著,钱伯城笺校:《袁宏道集笺校》第三册,上海:上海古籍出版社,2018年版,第1089页。
⑩ [明]袁宏道著,钱伯城笺校:《袁宏道集笺校》第三册,上海:上海古籍出版社,2018年版,第1095页。
⑪ [明]袁宏道著,钱伯城笺校:《袁宏道集笺校》第三册,上海:上海古籍出版社,2018年版,第1252页。
⑫ [明]董其昌著,屠友祥校注:《画禅室随笔》,上海:上海远东出版社,1999年版,第136页。
⑬ [清]钱谦益:《列朝诗集小传》,上海:上海古籍出版社,1983年版,第567页。

建立在对山水自然充沛的感情、丰富的想象和深刻的认识基础之上的,同时也是创作主体自身学养不断丰富、创作思路不断拓宽的精进历程,既彰显了"游"的自由精神,融山水之神情与自我之神情于一体,又拓宽了游记的艺术视野和表现手法,代表了晚明时期山水文化观的新变。

第三节 从"写皮肤"到"貌神情"的文学新变及其文化意趣

清人尤侗《天下名山游记序》曰:"古之人游名山者,亦复何限。往往见诸诗赋,而记志无闻焉。至唐柳柳州始为小文,自时厥后,递相摹仿,载述遂多。"①文体是表达方式的选择,在某种意义上来看也是对于风格的一种强调,"具有文体相似性的作品必须达到一定数量,才可能归纳为一种文体类型,并为人们所公认"②,因而自柳宗元被递相模仿,"后之作者,固以韩退之画记、柳子厚游山诸记为体之正"③,游记散文获得了文体意义上的独立,形成了其他文体所无法取代的功能和审美效应,唐宋游记也因此成为游记散文的典范之作。

"根据游记由'游'而'记'、以'记'纪'游'的文体特点,当以游程、游观、游感加以概括。"④在游记文的题名上,通常用"游……记"或"……记"来指向游中有记的文体特征,如王安石《游褒禅山记》、苏轼《石钟山记》、元结《右溪记》、欧阳修《醉翁亭记》等。在让自身优良传统得以稳定承继的同时,文体的成型并不意味着停滞凝固,随着时代的变化,文体的内涵处于不断的发展与创新中,"会具有'重新获得功能'的可能性,从而被开掘出新的表达功能、社会功能和审美功能"⑤。对游记文体而言,正因为"游"和"记"同时有着非常丰富的内涵和充满张力的外延,使得这种文体在传承中不断地得以发展,记游的形式多样纷呈,游记的内容也丰富多彩。

然而,游记散文经唐、宋诸多大家之手,无论是在形式、内容还是表现技巧等方面都取得了极高的成就,要想突破与创新实非易事。明代中后期,小品文以其创作的兴盛、辉煌的成绩,给游记文体注入了新的生机与活力。小品文属于散文的一种文学表达形式,

---

① [清]吴秋士:《天下名山游记》,上海:上海书店出版社,1982年版,第2页。
② 冯莉:《文选赋研究》,北京:北京语言大学出版社,2016年版,第12-13页。
③ 郭绍虞:《文章辨体序说·文体明辨序说》,北京:人民文学出版社,1962年版,第41页。
④ 梅新林、崔小敬:《游记文体之辨》,《文学评论》2005年第6期,第35-41页。
⑤ H.R.姚斯、R.C.霍拉勃著,周宁、金元浦译:《接受美学与接受理论》,沈阳:辽宁人民出版社,1987年版,第115页。

包括游记、尺牍、序跋、日记等诸多题材,其特点是"幅短而神遥,墨希而旨永"①,有别于庄重古板的"高文大册"。吴承学认为:"直到晚明,人们才真正把'小品'一词运用到文学之中,把它作为某类作品的称呼……而小品文在晚明也从古文的附庸独立为自觉的文体。"②袁宏道《锦帆集》和《解脱集》中活脱鲜隽的五十六篇游记一般被认为是明代游记小品的开创之作。

记游本乎性情,袁宏道既然通过记游文传达了通变求新的文艺观,那么自然要将与众不同的"神情"体现在文本的形式与内容当中,"古有不尽之情,今无不写之景"③,在生动山水描绘中表现自己"不曾依傍半个古人"④的鲜明个性,以及"宁今宁俗,不肯拾人一字"⑤的美学寄托,袁宏道游记革新的创作意图正于此而得以体现。

一、题目演变 品评山水

(一) 题名变化 呈现亮色

现存袁宏道的著作版本有十种之多,钱伯城先生以佩兰居本为底本,参以吴郡本、小修本、梨云馆本校之,并认为"吴郡本、小修本所载当系初作,而作者后来又曾修改,或全部改写,因此形成文字异同甚大"⑥。

袁宏道《锦帆集》和《解脱集》中游记的题名与文字表述存在较多的异文现象,从中我们不仅可以管窥晚明时期文体对游记内在的、共性的约束力,更可以发现以袁宏道为代表的小品文作家群体在对游记文体的突破和创新中呈现出的新亮色。

《锦帆集》中游记的题名多取首句开端地名或景观名,其创作的时间皆为袁宏道上陈辞官书后,是中郎为吴县令的间隙赏品苏州山水的"忆游"专辑,由于时过境迁,再加上为吴令时游览仓促,细致游踪的回顾叙写在中郎创作这些游记时已显得无意义,为了便于称引,加以区别,便用游历的景观或地名作为识别符号。但游记的内容又不是围绕题目进行认真构思,字斟句酌,而是依情而行、率兴而作,因而这样的题名正契合于无所不写、披露直尽印象中最为深刻的游情与感慨。

《解脱集》在吴郡本和佩兰居本中的题名差异更大,通过下表对比可见,吴郡本多以

---

① [明]郑元勋选:《媚幽阁文娱》,上海:上海杂志公司,1936年版,第2页。
② 吴承学:《旨永神遥明小品》,汕头:汕头大学出版社,1997年版,第2页。
③ [明]袁宏道著,钱伯城笺校:《袁宏道集笺校》第一册,上海:上海古籍出版社,2018年版,第305页。
④ [明]袁宏道著,钱伯城笺校:《袁宏道集笺校》第二册,上海:上海古籍出版社,2018年版,第537页。
⑤ [明]袁宏道著,钱伯城笺校:《袁宏道集笺校》第二册,上海:上海古籍出版社,2018年版,第843页。
⑥ [明]袁宏道著,钱伯城笺校:《袁宏道集笺校》第一册,上海:上海古籍出版社,2018年版,第172-173页。

"记""游"以及游踪呈现为题名,更趋向于游记之正体的特点;佩兰居本题名全被抹去了"游"或"记"的文体特征,纯粹以地名或景观名之。尤其是吴郡本《湖上杂记》与佩兰居本《湖上杂叙》,虽然只是一字之差,但是明显呈现出文体从法度规范向多样化转变的趋势。

序号	吴郡本	佩兰居本
1	《初至西湖记》	《西湖一》
2	《晚游六桥待月记》	《西湖二》
3	《断桥》	《西湖三》
4	《西陵桥》	《西湖四》
5	《游飞来峰至北高峰记》	《飞来峰》和《灵隐》
6	《游龙井记》	《龙井》
7	《过烟霞石屋洞题壁》	《烟霞石屋》
8	《游莲花洞记》	《莲花洞》
9	《由圣果寺上观排牙石记》	《御教场》
10	《游吴山记》	《吴山》
11	《湖上杂记》	《湖上杂叙》
12	《游湘湖记》	《湘湖》
13	《游禹穴记》	《禹穴》
14	《宋六陵记》	《六陵》
15	《兰亭记》	《兰亭》
16	《由诸暨至五泄寺记》	《五泄一》
17	《观第五泄记》	《五泄二》
18	《逾向铁岭至洞岩记》	《五泄三》和《玉京洞》
19	《初至天目双清庄记》	《天目一》
20	《天目一》	《天目二》
21	《齐云岩记》	《齐云》
22	《石桥岩记》	《石桥岩》
23	《钓台记》	《钓台》

从系列游记的题名来看,柳宗元的《永州八记》不仅皆归于"记"题,而且在题名中体现出"游"的过程和连续性,如《始得西山宴游记》文章的立意和布局皆与题目中"始得"二字密切相关,《钴鉧潭西小丘记》《至小丘西小石潭记》在题目中以方位承接上篇游记。袁宏道《潇碧堂集》中的游记灵活地将游踪置于题名当中,如庐山之游"穷览十日,足不停屦,奇奥略见记中"①,系列记游文如《入东林寺记》《云峰寺至天池寺记》等共七篇,这个游踪还不是每日的游踪,是中郎经过选择后,认为最能反映"奇奥"的游历所见所感,这样的

---

①[明]袁宏道著,钱伯城笺校:《袁宏道集笺校》第三册,上海:上海古籍出版社,2018年版,第1244页。

题名适应中郎开放性的视角,适合于情感的流动。正如北宋郭熙《林泉高致》所言:"千里之山,不能尽奇;万里之水,岂能尽秀?太行枕华夏而面目者林虑,泰山占齐鲁而胜绝者龙岩,一概画之,版图何异?凡此之类,咎在于所取之不精粹也。"①袁宏道在《华嵩游草》系列游记的题名中,连游踪亦不再呈现,而冠以《华山记》《华山别记》《华山后记》以及《嵩游》第一至第五这样"质朴不违时宜"的题名,此时的中郎已然将"刊华而求质"②作为文的最高创作境界,这些"镂心划骨,肖貌肖神,俨然吴道子画地狱变相手矣"③的游记,写景无不精心剪裁,在艺术形式上具有更鲜明、更自然活泼的神情,这些"虽小亦好,虽好亦小"④的小品游记正是山川精粹从题名到内容的聚焦,在唐宋古文游记典范的基础上凭借自己敏锐细腻的审美感觉营造出独特意境和情韵的审美新貌。

(二) 山水品评与神情呈现

北宋陈师道在《后山居士诗话》中说:"韩退之作记,记其事耳。今之记,乃论也。"⑤明代吴讷《文章辨体序说》云:"然观韩之《燕喜亭记》,亦微载议论于中。至柳之《记新堂》《铁炉步》,则议论之辞多矣。迨至欧、苏而后,始专有以论议为记者。大抵记者,盖所以备不忘,……叙事之后,略作议论以结之,此为正体。"⑥

从文体的规范性来看,普遍趋向于将议论的表达方式排除在"记"这一文体的范畴,游记也当在述游摹情之后,不作或略作议论。其原因在于作为典范的唐宋古文游记未能有效地融合记游与议论,例如王安石的《游褒禅山记》,它借游来阐明深刻的哲理,议论虽然精辟、透彻,但论道说理显然会消减"游"对于宁静心灵的追求,成为"美"中之不足。

袁宏道的游记中颇多议论,或是在游中以对话的方式评论,如吴郡本《五泄一》:"周望顾余曰:'何如西湖?'余曰:'此仙姝,奈何与冶淫论色泽也。'"⑦或抒发自己的直观感受,如对缺少开发和配套设施的东洞庭山评价曰:"差小""差卑""差平""差薄"⑧;或概括出游的最佳路线和画龙点睛之景:"游仙源者,当以渌萝为门户,以花源为轩庭,以穿石为堂奥,以沙萝及新湘诸山水为亭榭,而水心崖乃其后户云。大抵诸山之秀雅,非穿石、水心之奇峭,亦无以发其丽,如文中之有波澜,诗中之有警策也。"⑨这些"风景评"式的游感

---

① [宋]郭熙:《林泉高致》,济南:山东画报出版社,2010年版,第41页。
② [明]袁宏道著,钱伯城笺校:《袁宏道集笺校》第四册,上海:上海古籍出版社,2018年版,第1710页。
③ [明]袁宏道著,钱伯城笺校:《袁宏道集笺校》第四册,上海:上海古籍出版社,2018年版,第1847-1848页。
④ 吴承学:《旨永神遥明小品》,汕头:汕头大学出版社,1997年版,第10页。
⑤ [宋]陈师道:《后山居士诗话》,北京:中华书局,1985年版,第6页。
⑥ 郭绍虞:《文章辨体序说·文体明辨序说》,北京:人民文学出版社,1962年版,第41页。
⑦ [明]袁宏道著,钱伯城笺校:《袁宏道集笺校》第二册,上海:上海古籍出版社,2018年版,第481页。
⑧ [明]袁宏道著,钱伯城笺校:《袁宏道集笺校》第一册,上海:上海古籍出版社,2018年版,第176页。
⑨ [明]袁宏道著,钱伯城笺校:《袁宏道集笺校》第三册,上海:上海古籍出版社,2018年版,第1252页。

议论紧扣山水神貌,令人不感突兀,在对比品评中,更能彰显山水美在何处。

当然,袁宏道游记中"风景评"式的议论也不仅是告诉人们山水的独特何在,神貌何在,他还将山水的特点进行细致的分解,呈现隐微、动人的情态。

试以宋代秦观《游龙井记》与中郎《龙井》对比,二者皆以议论为主,而少景物的描写。秦观的《游龙井记》①全文 628 字,开篇中规中矩地点明了龙井之名的由来、龙井的位置以及龙居之传说,其对龙井的直观感受是"实深山乱石之中泉也",先抑是为了之后扬,当他对"美如西湖"般绚丽多姿、"壮如浙江"般汹涌澎湃的景物描写铺陈后,龙井也被赋予了淫不迁、威不屈、养不苟、施无穷的人之美德。

再看袁宏道的《龙井》②:"龙井泉既甘澄,石复秀润。流淙从石涧中出,泠泠可爱。""甘澄"的味觉,"秀润"的视觉,"泠泠可爱"的活泼之态,开篇即是对龙井泉水鲜活生动的直观感受;接着比较了龙井茶与其他名茶的不同味道,不但辨茶之味,识茶之气,还能品茶之韵;接着用"皆可观"三个字点评龙井周遭之景;最后以对秦少游《龙井记》"文字亦爽健,未免酸腐"的点评作结。全文 243 字紧紧围绕龙井的泉、茶、景、文作出四种点评,然口无俗谈,皆得中道,中郎赏景品茗的色、态、韵皆在闲逸之"品"中溢于纸上。反观如秦少游等宋代议论性的游记,虽也不乏对山水的即时性描写,但只是为了引起下文,并且文以载道的创作意图使得山水的风貌呈现犹如被驯服的羔羊,在一定程度上失去了山水自身的本真之美的彰显,被作者用清晰有序的结构牵引着走向既定的道德审美。

二、笔法出新 趣味彰显

袁宏道曰:"山有色,岚是也;水有纹,波是也;学道有致,韵是也。山无岚则枯,水无波则腐,学道无韵则老学究而已。"③岚于掩映中现山之情,波于起伏中状水之态,山水皆有神情,描摹山水风光的游记须如"风值水而漪生,日薄山而岚出"④般自然成文,闪烁出缥缈缤纷、烂如锦绣的光芒,否则就如同老学究般呈现出呆板的神情。

虽然"奇石幽峦,寓目即过"⑤,但由于渗透了记游主体的个性,"情真而语直"⑥,由内而外的自然宣泄,方能创作出富有感染力的文章。在游记的三要素中,游踪为骨血,景观为皮肤,而人的独特观感才是游记的灵魂。对景观神情特征的细致描摹以及生动呈现正

---

① [宋]秦观著,徐培均笺注:《淮海集笺注》,上海:上海古籍出版社,1994 年版,第 1221 页。
② [明]袁宏道著,钱伯城笺校:《袁宏道集笺校》第二册,上海:上海古籍出版社,2018 年版,第 462 页。
③ [明]袁宏道著,钱伯城笺校:《袁宏道集笺校》第四册,上海:上海古籍出版社,2018 年版,第 1678 - 1679 页。
④ [明]袁宏道著,钱伯城笺校:《袁宏道集笺校》第三册,上海:上海古籍出版社,2018 年版,第 1195 页。
⑤ [明]袁宏道著,钱伯城笺校:《袁宏道集笺校》第一册,上海:上海古籍出版社,2018 年版,第 179 页。
⑥ [明]袁宏道著,钱伯城笺校:《袁宏道集笺校》第三册,上海:上海古籍出版社,2018 年版,第 1207 页。

是人与山水目接神通的过程,也是晚明小品文区别于唐宋古文的最显著特征,也因此成为既见性情、又见文字的独特意象的创造。

第一,描摹笔法,穷形尽态。由于寄托着自己的际遇和对时世的忧虑,唐代游记对景物的描绘普遍是相当简括的,缺乏细致入微的描写,使得主观的生命情调与客观的自然景象不能深度融合,进而在意象的构建上"以山水来就我之性情,非自山水中见其性情"①,如元结的《右溪记》"水抵两岸,悉皆怪石,欹嵌盘屈,不可名状。清流触石,洄悬激注。佳木异竹,垂阴相荫"②。写景着墨无多,简括性的观赏描绘在于生发怀才不遇的身世之感。相比之下,袁宏道善于运用多种修辞手法发掘山水中蕴藏着的无限奇趣妙意,如喻登山之姿态,"攀者如猱,侧者如蟹,伏者如蛇,折者如鹞"③;拟山水之态如少女般秀丽,"山峦为晴雪所洗,娟然如拭,鲜妍明媚,如倩女之靧面,而髻鬟始掠也"④;或巧用通感,虚实相生,"游人坐石上,潭色浸肤,扑面皆冷翠"⑤;有朗朗上口、形象生动的排比描写,"渴虎奔猊,不足为其怒也。神呼鬼立,不足为其怪也。秋水暮烟,不足为其色也。颠书吴画,不足为其变幻诘曲也"⑥:比喻、拟人、通感、对比等多种修辞手法的灵活运用,对山水穷形尽相的深描不胜枚举。正是由于中郎在游记中有意识地运用大量的笔墨模山范水,对作为皮肤的山水景观采用不同的描摹方法,营造出一种远近切换自如、观记如观画的艺术效果。

第二,反复渲染、生意盎然。中郎还善于从不同角度、不同侧面反复予以渲染,将或静或动的山水形象,在共时性的组合描摹中彰显灵动之美。试与柳宗元对比:柳宗元笔下的鲜活的山水形象是唐代游记中出类拔萃的,写出了山水的独特个性,如《至小丘西小石潭记》"潭中鱼可百许头,皆若空游无所依"⑦,通过由实入虚,由鱼游的状态引发清澈之水的联想;再如《钴鉧潭西小丘记》以动写静,对群石神态生动别致的书写:"其嵚然相累而下者,若牛马之饮于溪;其冲然角列而上者,若熊罴之登于山。"⑧若比之中郎笔下的山水:"众山束水,如不欲去,山容殊闲雅,无刻露态。水至此亦敛怒,波澄黛蓄,递相亲媚,似与游人娱。大约山势回合,类新安江,而淡冶相得,略如西子湖。"⑨可见,同样运用比喻与对比的手法,柳宗元以物喻比山水;袁宏道则将山水比拟人的神情,"欲"字写出了山对水的依恋,"山容"有"闲雅"之貌,激荡之水"敛怒"有与人相娱之心,再取新安江类比回合

---

① 周振甫、冀勤编著:《钱锺书〈谈艺录〉读本》,四川:巴蜀书社,2019年版,第128页。
② [唐]元结:《元次山集》,北京:中华书局,1960年版,第146页。
③ [明]袁宏道著,钱伯城笺校:《袁宏道集笺校》第四册,上海:上海古籍出版社,2018年版,第1599页。
④ [明]袁宏道著,钱伯城笺校:《袁宏道集笺校》第二册,上海:上海古籍出版社,2018年版,第733页。
⑤ [明]袁宏道著,钱伯城笺校:《袁宏道集笺校》第三册,上海:上海古籍出版社,2018年版,第1241页。
⑥ [明]袁宏道著,钱伯城笺校:《袁宏道集笺校》第一册,上海:上海古籍出版社,2018年版,第458页。
⑦ [唐]柳宗元:《柳宗元集》,北京:中华书局,1979年版,第767页。
⑧ [唐]柳宗元:《柳宗元集》,北京:中华书局,1979年版,第765页。
⑨ [明]袁宏道著,钱伯城笺校:《袁宏道集笺校》第三册,上海:上海古籍出版社,2018年版,第1251页。

之山势,以西湖显其淡冶相得之态,如此般细腻的共时性的组合描摹,山与水各见形胜而又生动有意,既生成了新的审美意境,也建构出具有个性化情感的山水意象。

第三,肤骨融合,刊华求质。"质者,美之中藏者也"①,对山水形象的精准描绘不仅在于落笔的简洁与准确,还需有切实之体。中郎曰:"行世者必真,悦俗者必媚,真久必见,媚久必厌,自然之理也。故今之人所刻画而求肖者,古人皆厌离而思去之。"②画论在形似方面推崇"骨",唐张彦远在《历代名画记》中说:"夫物象必在于形似,形似须全其骨气,骨气形似,皆本于立意而归乎用笔。"③袁宏道正是将"骨"与"肤"作为对山水观察和审美的落笔点,力求简洁精准地描绘出山水的灵气与态势,并纳入有限的游记篇章中,将其作为山川精华的精粹加以艺术的表现。"骨"与"肤"原本就属于活体之物的结构组织,用在山水的评鉴中,更能貌出山水具有生命形态的特质美,如《华山记》:"凡山之名者,必以骨,率不能倍肤,得三之一,奇乃著。表里纯骨者,唯华为然。骨有态,有色。黯而浊,病在色也;块而狞,病在态也。华之骨如割,云如堵碎玉,天水烟雪,杂然缀壁矣。"④表里纯骨而无肤,奇也;石骨如割,险也;仰视被割骨碎开的天空,山壁的瀑布、烟云、积雪俨然如肤。凝练内敛的四句将华山"奇""险"的个性特征,以及"态"与"色"兼具的自然之美入木三分地予以呈现。

中郎对山情有独钟,与伯修曰:"平生未尝看山,看山始於此(天目山)。"⑤游天目山之后,袁宏道书写的三十篇记游文中,有二十五篇是游山之记。首次游山,中郎就于《天目一》中指出山之六病,"骨大则玲珑绝少"⑥位列第四病,可见,以"骨"为审美标准并非来自中郎游赏众多名山大川后累积的审美经验;其后,"野性癖石"⑦的中郎"每登山,则首问巉岩几处,骨几倍,肤色何状"⑧。他游盘山的第一印象是"外骨而中肤"⑨;《经太华》诗曰"不取色态妍,唯求神骨肖"⑩;在庐山本色山水面前,中郎会之于心,生发对诗文的感悟与心得:"太白得其势,其貌肤;子瞻得其怒,其貌骨,然皆未及其趣也。"⑪因而,对"骨"与"肤"的把握不仅是山水具体形态美的评判标准,更是高于具体形象之上的"象",是趣、味、韵等审美意境形成的核心。同时,对"骨"与"肤"的把握也正是传神写照的内在要求,"山之

---

① [清]沈宗骞著,李安源、刘秋兰注释:《芥舟学画编》,济南:山东画报出版社,2013年版,第66页。
② [明]袁宏道著,钱伯城笺校:《袁宏道集笺校》第四册,上海:上海古籍出版社,2018年版,第1709-1710页。
③ [唐]张彦远:《历代名画记》,北京:京华出版社,2000年版,第17页。
④ [明]袁宏道著,钱伯城笺校:《袁宏道集笺校》第四册,上海:上海古籍出版社,2018年版,第1598页。
⑤ [明]袁宏道著,钱伯城笺校:《袁宏道集笺校》第二册,上海:上海古籍出版社,2018年版,第526页。
⑥ [明]袁宏道著,钱伯城笺校:《袁宏道集笺校》第二册,上海:上海古籍出版社,2018年版,第485页。
⑦ [明]袁宏道著,钱伯城笺校:《袁宏道集笺校》第三册,上海:上海古籍出版社,2018年版,第1237页。
⑧ [明]袁宏道著,钱伯城笺校:《袁宏道集笺校》第三册,上海:上海古籍出版社,2018年版,第1237页。
⑨ [明]袁宏道著,钱伯城笺校:《袁宏道集笺校》第二册,上海:上海古籍出版社,2018年版,第740页。
⑩ [明]袁宏道著,钱伯城笺校:《袁宏道集笺校》第四册,上海:上海古籍出版社,2018年版,第1575页。
⑪ [明]袁宏道著,钱伯城笺校:《袁宏道集笺校》第三册,上海:上海古籍出版社,2018年版,第1242页。

精神写不出,以烟霞写之;春之精神写不出,以草树写之"①,有骨则有形,有形则烟霞草树甚至日月皆可为皮肤,"骨"与"肤"相得益彰才能传神再现山水不同状态下的音容笑貌。

"物之传者必以质,文之不传,非曰不工,质不至也。"②以"骨"与"肤"作为表现山水之"真"是中郎"刊华而求质"③的审美理想,正因为游记中"质"的存在,主观情感和山水自然才能真诚无伪地深度融合,让人切实感受到有"质"游记充实的内容和光华发越的神貌。

第四,景真意远,别有趣味。袁中道曰"天下之质有而趣灵者莫过于山水"④,袁宏道曰"夫趣得之自然者深"⑤。在真山真水面前,游能够让人眼真心真,而再现物象形式美的过程,也是让人把握事物的本质和深化精神生命的修习过程,景真则情愈真,使游者更能通过对景物的传神观照,来展现自己的个性与真情。唐宋古文游记少于对景物作细致的神情描绘,却有意在具体的意象之外展现一个更有韵味的能使自我心灵得以净化的艺术空间,如范仲淹的《岳阳楼记》⑥略状岳阳楼之大观"衔远山,吞长江,浩浩汤汤,横无际涯。朝晖夕阴,气象万千",然后以"若夫"起笔,分别虚拟出览物而悲、览物而喜,或悲凉或灿烂的两种画面,进而指向"不以物喜,不以己悲"的理想境界。中郎的游记在俯仰取舍中把握山水自然的内部节奏,对游历所见之景,进行了真切生动的描摹,写景状物字字鲜活,语语生动,生成了一幅幅神采奕奕、气韵生动的艺术画面,"袁石公游盘山记如春花美女,婉媚多风"⑦。山水景物盎然情致的背后无不透显着中郎怡然自得的神情,其情感的自然抒发状与唐宋古文游记借景物引发感慨截然不同,袁宏道以自然的笔态由浅入深地捕捉"天趣",从山水的外表进入内里,把握住景物禀于自然的最有神情的特性,让"物之神以我之神接之",将凝聚在景物上的真我真情表达出来。如此新鲜的审美趣味反映了明代审美理想的新变,也建构了景情相映、景真意远的艺术之境。

董其昌论画曰:"以蹊径之怪奇论,则画不如山水。以笔墨之精妙论,则山水决不如画。"⑧如是观之,唐宋古文游记犹如洁素之画,明朗概括的视觉呈现带来了宽泛的想象空间,于有意无意间留下的"空白"处皆成妙境,实现了跨越时空的心灵衔接;而袁宏道则为新奇之画,"有奇骨而兼美好"⑨,笔墨精妙,思奇、形奇、趣奇,既缘于真景,又比真景更奇更美,不仅传达了山水的美感,也展现了中郎自己独特的精神气度。

---

① [清]刘熙载:《艺概》,上海:上海古籍出版社,1978年版,第82页。
② [明]袁宏道著,钱伯城笺校:《袁宏道集笺校》第四册,上海:上海古籍出版社,2018年版,第1709页。
③ [明]袁宏道著,钱伯城笺校:《袁宏道集笺校》第四册,上海:上海古籍出版社,2018年版,第1710页。
④ [明]袁中道,钱伯城点校:《珂雪斋集》,上海:上海古籍出版社,1989年版,第460页。
⑤ [明]袁宏道著,钱伯城笺校:《袁宏道集笺校》第二册,上海:上海古籍出版社,2018年版,第495页。
⑥ [宋]范仲淹著,李勇先等点校:《范仲淹全集》,北京:中华书局,2020年版,第164页。
⑦ [明]张大复:《梅花草堂笔谈》,上海:上海古籍出版社,1986年版,第319页。
⑧ [明]董其昌著,屠友祥校注:《画禅室随笔》,上海:上海远东出版社,1999年版,第183页。
⑨ [唐]张彦远:《历代名画记》,北京:京华出版社,2000年版,第53页。

三、 强化主体 变幻意境

从中郎游历的范围来看,游踪不算广远,游观也无出明代官员常游的景观,所不同的是在山水自由精神的召唤下,中郎的审美视角发生了质的飞跃。从"游"之审美体验的发生过程来看,个体通过对外部山水自然的游赏活动,引起内在心理状态的结构性变化,再将这种感受用文学形式予以表达,这是外感于物、情动于中、发为诗文的审美体验过程,但内在心灵的感发常随着外在游历行为的结束而归于寂静。中郎的与众不同之处,在于其山水景物的"自然之心"已然是高度心灵化了,他不是"向外发现了自然,向内发现了自己的深情"①的晋人,也不是"借山水一丘一壑,以自写其胸中块垒奇倔之思"②的唐宋游记大家们,袁宏道用和于自然的心音持续地捕捉自然之美,体悟自然之情,游西湖是"卧地上饮,以面受花,多者浮,少者歌"③,体验桃花落红——生命的逝去;游高梁桥"枯坐树下若痴禅者",闲观"鱼鸟之飞沉"与"人物之往来"④;山间的树动水响在中郎的眼中"皆若梵呗"⑤,让其不由自主地一一拜见。就算眼前"虽微佳山水",但也能让他"固已心折"⑥。中郎用真心去感受那些存在于大自然的"意",在他心中"山水境亦自有其心,待吾心为映发"⑦,因而中郎游得陶醉、旷达、纯净,笔下的山水就具有了迁想妙得的意境美,游记方能"幽奇变幻之极"⑧。

首先,山水若有灵,亦当惊中郎为知己矣。山水是心灵的映照,又是人情的寄托所在。刘勰《文心雕龙》曰:"岁有其物,物有其容;情以物迁,辞以情发。一叶且或迎意,虫声有足引心。"⑨不同的景物有不同的形貌,人的感情会随景物而变化。山水自然是灵感的源泉。然而,只有把山水自然视为与人一样有生命的存在,才能从大自然中"见出受到生气灌注的互相依存的关系"⑩。袁宏道"貌神情"的游记正是对大自然"活跃生命的传达"⑪,他笔下的山水具有了强烈的自我意识,它们的形象,不再是唐宋游记中从属于人的陪衬,或是说理议论的引起,也不是单纯比喻拟人的手法所带来的形似之感,它们有着自

---

① 宗白华:《美学的境界》,北京:文化发展出版社,2018年版,第69页。
② [明]徐弘祖,朱惠荣校注:《徐霞客游记校注》,昆明:云南人民出版社,1985年版,第1297页。
③ [明]袁宏道著,钱伯城笺校:《袁宏道集笺校》第二册,上海:上海古籍出版社,2018年版,第457页。
④ [明]袁宏道著,钱伯城笺校:《袁宏道集笺校》第二册,上海:上海古籍出版社,2018年版,第735页。
⑤ [明]袁宏道著,钱伯城笺校:《袁宏道集笺校》第三册,上海:上海古籍出版社,2018年版,第1234页。
⑥ [明]袁宏道著,钱伯城笺校:《袁宏道集笺校》第三册,上海:上海古籍出版社,2018年版,第1233页。
⑦ 周振甫、冀勤编著:《钱锺书〈谈艺录〉读本》,成都:巴蜀书社,2019年版,第128页。
⑧ [明]袁宏道著,钱伯城笺校:《袁宏道集笺校》第三册,上海:上海古籍出版社,2018年版,第1234页。
⑨ [南朝梁]刘勰著,王运熙、周锋译注:《文心雕龙译注》,上海:上海古籍出版社,2010年版,第46页。
⑩ 黑格尔著,朱光潜译:《美学》,北京:商务印书馆,1979年版,第168页。
⑪ 宗白华:《美学散步》,上海:上海人民出版社,1981年版,第74页。

己独特的精神气度,"石粘空而立,如有神气性情者"①;它们有着自己的真情实感,"西峰斗绝出,诸山忽若屏息,奇者平,高者俯,若童子之见严师,不知其气之微也"②;它们"寸寸焉如弱夫之挽劲弩"③之形态,会引发人们对其体力不支而涉险之忧;它们甚至化身"峨冠修髯"④的形象,直接入梦中郎为自己辩解。因而,与唐宋游记显著不同的是,袁宏道笔下的山水成为游记行文节奏的主导者,在游记中积极地展现自我的主体地位,它们是游记中场景式意象与行为性意象的核心,这是完全特殊的独创的山水世界。

其次,随着山水的主体地位得以强化,在细心观察,用心体会,并自觉地欣赏自然美的过程中,人的心灵体验和审美情趣也会发生变化,会更加自觉地用对大自然的深切感悟来表现人的精神和情趣。试与宋代游记对比:

苏轼《记承天寺夜游》:"元丰六年十月十二日夜,解衣欲睡,月色入户,欣然起行。念无与为乐者,遂至承天寺寻张怀民。怀民亦未寝,相与步于中庭。庭下如积水空明,水中藻、荇交横,盖竹柏影也。何夜无月?何处无竹柏?但少闲人如吾两人者耳。"⑤

袁宏道《西湖一》:"从武林门而西,望保俶塔突兀层崖中,则已心飞湖上也。午刻入昭庆,茶毕,即棹小舟入湖。山色如娥,花光如颊,温风如酒,波纹如绫,才一举头,已不觉目酣神醉。此时欲下一语描写不得,大约如东阿王梦中初遇洛神时也。余游西湖始此,时万历丁酉二月十四日也。"⑥

同样是叙写游历中瞬间的心态和感受,苏轼的"庭下如积水空明,水中藻、荇交横,盖竹柏影也"是传神之笔,在疏影摇曳的景物中表达淡淡的失意感,以"非我之所能自言"的思维方式传达对人生哲理的领悟。可以显见的是,当以心映照山水时,苏轼由山水而生发的情感所呈现的是浅淡的、矜持的神情。《西湖一》"目酣神醉"的神情是发于中郎潜意识中内心的真切感受,以"字字为我心中所欲言"的若干博喻的使用来冲破物与我之间的束缚,难以言传的情绪和感受转化为可见可感的具体神情,这样的神情是急切的、热烈的、温软的,更是具有美感的。因而,唐宋古文游记普遍呈现的对景物描写的客观性,虽然净化和提纯了境界,但在一定程度上遏制了主体情感的张扬,进而将从被某一景物触发后本应产生的一系列联想囿止静态的状态,意境犹如"观辋水潾涟,与月下上,但知其佳,不知其变"⑦。袁宏道"貌神情"的游记将原来没有联系的人与自然,在性情、精神上相通相合,以新的想象力和创造力,开拓出新的审美空间,主体情致显现力度的增强来自创

---

① [明]袁宏道著,钱伯城笺校:《袁宏道集笺校》第二册,上海:上海古籍出版社,2018年版,第741页。
② [明]袁宏道著,钱伯城笺校:《袁宏道集笺校》第四册,上海:上海古籍出版社,2018年版,第1601页。
③ [明]袁宏道著,钱伯城笺校:《袁宏道集笺校》第四册,上海:上海古籍出版社,2018年版,第1601页。
④ [明]袁宏道著,钱伯城笺校:《袁宏道集笺校》第四册,上海:上海古籍出版社,2018年版,第1597页。
⑤ 倪其心、费振刚、胡双宝等选注:《中国古代游记选》,北京:中国旅游出版社,1985年版,第193页。
⑥ [明]袁宏道著,钱伯城笺校:《袁宏道集笺校》第二册,上海:上海古籍出版社,2018年版,第452页。
⑦ 阿英编,晗实、玉铮标点:《晚明二十家小品》,石家庄:河北人民出版社,1989年版,第357页。

造性的思维形式,可以由此及彼,激发灵感,思接千载,视通万里,意境犹如"采兰江上,舟胶沙渚,遂案之而走,觉马头残月,低眉笑人,亦有无可奈何之感"①。侧重于表达全部真人真情的游记具有了韵味无穷、历久弥新的艺术生命力。

再次,提升山水的审美价值,唯有让山水自有本心,并用心体悟。钱锺书认为"山水方滋,当在汉季",激发的原委在于"达官失意,穷士失职,乃倡幽寻胜赏,聊用乱思遗老,遂开风气耳"②。谢灵运"自以才能宜参权要,既不见知,常怀愤愤"③,谢朓"善自发诗端,而末篇多踬"④,他们的内心是矛盾的,意甚不平,遂纵情山水,他们笔下或平静如一泓秋水,或富丽壮观的缤纷景观,更多的是"抉择中"的"心缠几务,而虚述人外"⑤。袁宏道游记中精彩"神情"的呈现是与对"游"体悟的加深紧密相应的,他终其一生都在追求适合自己的闲适的生活状态,"始知真愈病者,无逾山水"⑥,游既是疗病的良药,也是成为真正的"世间大自在人"⑦的适意人生的内在向心力,这正是性灵意识下自由精神的强烈释放。从《锦帆集》《解脱集》中信口信腕、不避俚俗的适意山水,《瓶花斋集》中游满井"淡色轻阴,令人意远"⑧(陆云龙语)的"春之变",到《潇碧堂集》"会心于山水深也",不仅得出诸如"形开神彻"⑨的观瀑感悟,而且游记诗文览之有色,嗅之有香,再到"有一唱三叹之趣"⑩"布格造语,巧夺造化,真非人力"⑪的《华嵩游草》,袁宏道以"游"展现"真我",释放"真情"。展现趣味盎然的游情的过程,也正是对"游"的认识逐步深化的过程。从寄情于山水到亲近于山水,再到"溺山水者亦然"⑫,自然对于人来说从单纯赏玩的对象,发展为精神的洗礼之处,再到直以性命相溺,成为可以促膝长谈的知心朋友,使人的情感走向了深厚蕴藉。镂心划骨山水的中郎,还是那双炯炯有神的眼睛,只是背后已经去除了早年的狂气,精神上人与山水合一,胸中蓄积的识见融会贯通于山水自然,化为自己独特的精神,与山川相往来,这样他的有"质"的诗文,具有了更加强大的艺术感染力。

综上,袁宏道"貌神情"的游记具备了三个方面的长足进步:首先,活化了山水,将其视为与人一样有生命的存在,这是人与自然在自由平等关系上取得的更亲更密的进步,

---

① 阿英编,晗实、玉铮标点:《晚明二十家小品》,石家庄:河北人民出版社,1989年版,第357页。
② 钱锺书:《管锥编》第三册,北京:中华书局,1979年版,第1036页。
③ [南朝梁]沈约:《宋书》,北京:中华书局,2000年版,第1743页。
④ [南朝梁]钟嵘著,周振甫译注:《诗品译注》,北京:中华书局,1998年版,第72页。
⑤ [南朝梁]刘勰著,王运熙、周锋译注:《文心雕龙译注》,上海:上海古籍出版社,2010年版,第154页。
⑥ [明]袁宏道著,钱伯城笺校:《袁宏道集笺校》第二册,上海:上海古籍出版社,2018年版,第450页。
⑦ [明]袁宏道著,钱伯城笺校:《袁宏道集笺校》第二册,上海:上海古籍出版社,2018年版,第329页。
⑧ [明]袁宏道著,钱伯城笺校:《袁宏道集笺校》第二册,上海:上海古籍出版社,2018年版,第734页。
⑨ [明]袁宏道著,钱伯城笺校:《袁宏道集笺校》第三册,上海:上海古籍出版社,2018年版,第1242页。
⑩ [明]袁中道:《珂雪斋集》,上海:上海古籍出版社,2019年版,第487页。
⑪ [明]袁宏道著,钱伯城笺校:《袁宏道集笺校》第四册,上海:上海古籍出版社,2018年版,第1817页。
⑫ [明]袁宏道著,钱伯城笺校:《袁宏道集笺校》第四册,上海:上海古籍出版社,2018年版,第1615页。

"游记的新意在于出色地表现了自然妩媚诱人的魅力和人与自然生命间情感的'对话'"①。其次,人的神情无疑是独特而又鲜明的,千人千面,且永远不会重复,以山水之眉目传人之神情,人的精神气韵皆由山水得以呈现,不仅拓展了山水游记的艺术表现新空间,而且在禀于自然、貌出神情的过程中,人的外在之"形"与内在之"神"既各自鲜明突出又彼此相融相和,既貌出客体的神情,又能传达主体之神,这是形神之辨在明代诗文创作和理论水平上的新突破。再次,要做到传神,不仅要以心灵映射万物,用更敏锐的眼光观察自然,更需要内在心灵的领悟和忖度,将对自然美的发现注入人的心灵,将外在自然与内在深情融为一体,向内净化心灵,向外深化自然之美的表现境界。如此参以灵变之机,出新意于法度之外的游记创作既可达到"以形写神",物我合一的境界,又可"迁想妙得",展露天趣,从而生成新的审美意境。

---

① 韩石:《诱引的声色:袁宏道游记新论》,《南京师大学报(社会科学版)》2001年第2期,第154－160页。

第六章

实证之境:《徐霞客游记》的地学贡献和文学价值

徐霞客(1587—1641),明朝南直隶江阴人,成就现存以日记体写成的集文学性和科学性于一体的《徐霞客游记》十二卷。凭借自然纯粹的山水之情、卓越的地学成就、灿烂新颖的文辞记述,被历来论者以"游记之夥,遂莫过于斯篇"①"游记之集大成者"②"古今游记之最"③等无与伦比的赞美来评价。

徐霞客是"游记散文的大手笔,其写景状物,极见功力"④,其游踪之广、游兴之高、探索之深、文字之美,"不同于以往的任何文人学者……也不同于以往的任何一篇山水游记"⑤。徐霞客也是杰出的旅行家,锐意远游且执着事游,他有计划有目的地逐步扩大自己的游历范围,提升事"游"的功力。兼备文学家和旅行家两大身份的徐霞客,在"记"和"游"两方面都具有独特造诣,在明中后期近代科学思维跃动的时代背景下,"欲穷江河之渊源,山脉之经络"⑥,在山形、水路等地貌的本元中去实证,其丰富和微妙的精神探求与近代科学的精神与气质相同,因而丁文江先生感叹道:"此种求知之精神,乃近百年来欧美人之特色,而不谓先生已得之于二百八十年前。"⑦徐霞客的游记突破了一般士人"哀""乐"游观,突破了"入世""出世"的传统写法,是明末知识分子通过开放的眼界、思维对世界的观察与探索,最终以游记的形式在地学和文学上更为独特地呈现。"以真理驳圣经,敢言前人所不敢言"⑧可谓是对四百多年前的徐霞客最高也是最恰当的评价。

自20世纪80年代陈桥驿先生提出"徐学"概念后,学界对徐霞客及其游记的研究向纵深方向发展,对游记丰富的内涵,及在文学、地学、史学、科学上的独特价值,以及古为

---

① [清]永瑢等撰:《四库全书总目》,北京:中华书局,1965年版,第630页。
② 中国地质学会徐霞客研究会、江阴市人民政府编:《徐霞客研究》第19辑.北京:地质出版社,2009年版,第93页。
③ [明]徐弘祖撰,朱惠荣校注:《徐霞客游记校注》,昆明:云南人民出版社,1985年版,第1244页。
④ 陈玉刚:《中国文学通史简编》,北京:大众文艺出版社,1992年版,第10页。
⑤ 郭预衡编选:《明清散文精选》,南京:凤凰出版社,2018年版,第63页。
⑥ [明]徐弘祖撰,丁文江编:《徐霞客游记》,北京:商务印书馆,1986年版,第28页。
⑦ [明]徐弘祖撰,丁文江编:《徐霞客游记》,北京:商务印书馆,1986年版,第28-29页。
⑧ 谭其骧:《论丁文江所谓徐霞客地理上之重要发见》,载《2001舟山徐霞客旅游文化研讨会暨浙江省徐霞客研究会第二届会员代表大会论文集》,2001年版,第381-390页。

今用的现实意义等,形成丰硕的研究成果,研究方式也更趋开放。但在对游记本身的深入研究中,无论是着眼于地学成就,还是对文学特质的关注,都下意识将其限制在某一具体的学科领域,或是探究徐霞客怎样由以游览为主的旅行家逐渐转变为以野外实地勘察为主的地理学家,自豪于领先于西方的地学发现,或是单纯从山水审美的角度去研究游记景物描写和人物刻画的文学特色,未能将徐霞客60多万字的游记文本置于整体性、联系性的阐释维度,进一步挖掘记游主体千古奇游的独特精神内涵,探讨"游"与"记"为主线的内在历时性变化与文学价值。

第一节 《徐霞客游记》的精神内涵

一、霞客"远游"之精神

明末清初文坛领袖钱谦益首倡霞客之精神:"不惟霞客精神不磨,天壤间亦不可无此书也。"①清人嘉庆年间叶廷甲作序亦云:"庶几霞客之精神面目,更可传播于宇内也。"②然均未实指明霞客精神的实质与内涵。并且,霞客之后,延续"以经文证经文"之弊的清代,诸如万斯同、胡渭等人仍然秉持《禹贡》"岷山导江"的经文情节,对徐霞客足勘目验的"江源金沙"实证却"力辩以为妄"③。

霞客精神内涵的彰显是在中国近现代地理学家们的大力赞扬提倡中逐渐丰富与完善的。丁文江、竺可桢倡说徐霞客"求知"之精神④;任美锷将霞客精神具体总结为爱国主义精神,为科学工作不畏艰险、坚韧不拔的精神,实事求是的求是精神,坚持真理、不迷信权威的精神⑤四项。刘汉俊层次性地归纳出霞客精神七个方面的精神内核:"科学精神是徐霞客精神的精髓;实践精神是徐霞客精神的基础;奋斗精神是徐霞客精神的特征;批判精神是徐霞客精神的品质;创新精神是徐霞客精神的灵魂;和谐精神是徐霞客精神的内

---

① [明]徐弘祖撰,朱惠荣校注:《徐霞客游记校注》,昆明:云南人民出版社,1985年版,第1231页。
② [明]徐弘祖撰,朱惠荣校注:《徐霞客游记校注》,昆明:云南人民出版社,1985年版,第1303页。
③ 周琦、丁训贤:《胡渭、杨椿评徐霞客"江源论"新考》,载中国地质学会徐霞客研究分会、江阴市人民政府:《徐霞客研究》第18辑,北京:学苑出版社,2009年,第170-176页。
④ [明]徐弘祖撰,朱惠荣校注:《徐霞客游记校注》,昆明:云南人民出版社,1985年版,第1305-1307页。竺可桢:《徐霞客之时代》,载《2001舟山徐霞客旅游文化研讨会暨浙江省徐霞客研究会第二届会员代表大会论文集》,2001年版,第352-354页。
⑤ 任美锷:《发扬徐霞客精神,推进社会主义精神文明建设》,载中国地质学会徐霞客研究会、江阴市人民政府:《徐霞客研究》第3辑,北京:学苑出版社,1998年版,第1-7页。

核;人文精神是徐霞客精神的光辉。"①

笔者认为,霞客精神内核的精髓是"远游",虽然也是"以远游表达自我转化的历程意义"②,但不同于屈原等士大夫群体的游历,霞客能"置身物外,弃绝百事,而孤行其意"③,其所迈出的晚明时期具有科学探索意义的时代远游步伐,"不自觉地表达了当时人们力图摆脱程朱理学的束缚、开始追求主体自由的新的历史要求"④。时代思想的转化与个人远游历程的相合相激,使霞客精神熠熠发光,大奇之游成就了古今未有之游记奇书,"得与《史记》诸书相传弗替"⑤,拥有了厚重、丰富的价值内涵,确立了"游"的一家之言。

徐霞客奇人奇书的出现不是偶然的,若不以"远游"精神为主线,或是将其简单贴上科学、地理或文学的标签,容易因某一方面的过度解读形成文本的"强制阐释",进而淡化霞客"追索精神"的时代价值。《徐霞客游记》不是一般意义上的文学性游记,也不是普通的地理著作,他是明代独特的时代精神下为了解答自己的疑惑而用生命谱写的篇章。他在所处的时代,受到科学水平的限制,试图对地理现象进行更为科学、更为系统的理论总结,他对于地理现象实地的、系统的观察,具有超越前人的问题意识,并且以自己的亲历亲见、深入思考,试图去解决在我们现在看来属于地理科学方面的问题。

二、霞客"远游"精神之古今探讨

历代学者对地理的考证,向来有"以经文证经文"之弊,不仅让问题扑朔迷离,也使得学者的视野渐趋狭窄。能读万卷书的不乏其人,真正能做到行万里路的却凤毛麟角,读万卷书、行万里路正是"知行合一"的精神境界。徐霞客不迷信盲从于经典,个人以毕生的精力通过实地调查的方式去追求江源的科学实践行为,无疑是霞客精神最核心的价值所在。

(一) 明清时期对霞客精神的解读

明代陈继儒谓霞客"好离""好远""好险"⑥,表达了对霞客探险精神的钦佩之情,亦成为评价徐霞客游癖之先;首倡霞客精神的钱谦益曰,"徐霞客千古奇人,《游记》乃千古奇

---

① 刘汉俊:《公元1607年的背影:徐霞客科考出发400年祭》,载中国地质学会徐霞客研究分会、江阴市人民政府:《徐霞客研究》第16辑,北京:地质出版社,2008年版,第41-64页。
② 龚鹏程:《游的精神文化史论》,石家庄:河北教育出版社,2001年版,第156页。
③ [明]徐弘祖撰,朱惠荣校注:《徐霞客游记校注》,昆明:云南人民出版社,1985年版,第1295页。
④ 廖可斌:《明代文学复古运动研究》,北京:商务印书馆,2008年版,第419页。
⑤ [明]徐弘祖撰,朱惠荣校注:《徐霞客游记校注》,昆明:云南人民出版社,1985年版,第1298页。
⑥ [明]徐弘祖著,褚绍唐、吴应寿整理:《徐霞客游记》,上海:上海古籍出版社,2010年版,第1183页。

书"①,但同时也将霞客之"游"阐释为"其与人争奇逐胜,欲赌身命,皆此类也"②。其后对霞客精神以"奇"冠之,以"奇"统之,并延续至今。

清初四库馆臣谓霞客"耽奇嗜僻,刻意远游"③。的确,山川多奇,但要做到以己之一生赏会山水,且"不避风雨,不惮虎狼,不计程期,不求伴侣。以性灵游,以躯命游"④,似乎除了归之于"奇"与"癖",没有其他的理由了。杨名时作序亦曰:"自非有好奇之癖,亦孰肯蹈绝险,赴穷荒,疲敝精力以为之哉?"⑤甚至霞客的族孙徐镇也直谓"族祖霞客公,生有游癖"⑥。

清代亦间有对霞客"游"与"记"的目的作出探讨的:"或言:张骞、甘英之历西域,通属国也;玄奘之游竺国,求梵典也;都实之至吐番西鄙,穷河源也;霞客果何所为?"⑦清初学者潘耒已经列举至黄河之源了,却未将霞客远游目的归于穷长江之源,最终归结于"夫惟无所为而为"般虚无缥缈的结论;康熙年间杨名时认为霞客之"游"受远离世俗的佛道思想影响,"观其意趣所寄,往往出入于释老仙佛,亦性质之近使然"⑧,进而认为霞客"记书"之目的是众乐乐:"设霞客于身到目历之处,惟自知之而自乐之,不以记于书而传于世,人又乌知其有与无耶?"⑨

清末梁启超言及时代新变的迫切要求时,标举徐霞客为"自然界探索的反动",认为"中国实地调查的地理书,当以此为第一部"⑩;近代丁文江评霞客之游为"欲穷江河之渊源,山脉之经络"⑪,皆强调了"游"之实地调查的行为方式,但对徐霞客为何"不惜捐躯命,多方竭虑以赴之,期于必造其域,必穷其奥而后止"⑫的远游目的依然语焉不详。

(二) 当代对霞客精神之探讨

2003年张晋光《徐霞客研究的新进展——近十年徐霞客研究综述》⑬对1994年以来

---

① [明]徐弘祖撰,朱惠荣校注:《徐霞客游记校注》,昆明:云南人民出版社,1985年版,第1232页。
② [明]徐弘祖撰,朱惠荣校注:《徐霞客游记校注》,昆明:云南人民出版社,1985年版,第1242页。
③ [清]永瑢等撰:《四库全书总目》,北京:中华书局,1965年版,第630页。
④ [明]徐弘祖撰,朱惠荣校注:《徐霞客游记校注》,昆明:云南人民出版社,1985年版,第1295页。
⑤ [明]徐弘祖撰,朱惠荣校注:《徐霞客游记校注》,昆明:云南人民出版社,1985年版,第1298页。
⑥ [明]徐弘祖撰,朱惠荣校注:《徐霞客游记校注》,昆明:云南人民出版社,1985年版,第1302页。
⑦ [明]徐弘祖撰,朱惠荣校注:《徐霞客游记校注》,昆明:云南人民出版社,1985年版,第1296页。
⑧ [明]徐弘祖撰,朱惠荣校注:《徐霞客游记校注》,昆明:云南人民出版社,1985年版,第1298页。
⑨ [明]徐弘祖撰,朱惠荣校注:《徐霞客游记校注》,昆明:云南人民出版社,1985年版,第1300页。
⑩ 梁启超:《中国近三百年学术史》,北京:东方出版社,2004年版,第8页。
⑪ [明]徐弘祖撰,丁文江编:《徐霞客游记》,北京:商务印书馆,1986年版,第28页。
⑫ [明]徐弘祖撰,朱惠荣校注:《徐霞客游记校注》,昆明:云南人民出版社,1985年版,第1299页。
⑬ 张晋光:《徐霞客研究的新进展——近十年徐霞客研究综述》,载《徐霞客与中国旅游文化学术讨论会论文汇编》,2003年,第142—155页。

论及徐霞客远游目的的文章予以综述:"好奇、贵生、崇实"①"在罗氏的逼迫下,他失去了家庭的温暖,他唯一的乐趣,就是寄情于山水"②"崇尚自然,抗争天命,无为而无不为的道家思想给了徐霞客以人生的指导,成为他出游的主要动力"③"徐霞客的科学探索,非以实用为矢的,而以寻求新奇与深刻为乐趣"④。

2003年至2019年研究徐霞客的硕士论文共36篇,然无一篇博士论文。今列举部分远游目的的论述如下:"徐霞客的出行虽为单纯的为游而游,但其对旅行线路的选择仍有其自身标准"⑤"徐霞客在其母生前以游娱母,其母大故后,徐乃以己身远游广其母之目,故而徐霞客之游是一种异样的孝,是大孝"⑥"(徐霞客)的旅游思想和目的,同道家逍遥天地的游观是大致相同的"⑦"他更无意于功名,只埋头专心攻读和研究前人的历史典籍、地理方志和游记一类书目,时间愈久,使他愈加向往于祖国的名山胜迹"⑧"徐霞客之所以能够成为游记文学的集大成者,从他自身来说,是因为他有一颗追奇猎幽的心"⑨。

在学术领域之外,2012年丁式贤先生愤然撰文《徐霞客的光辉形象决不允许受到玷污》⑩,对当代畅销书籍《明朝那些事儿》中所言"徐宏祖,他只想玩。去哪里? 倒是个无所谓的事"予以驳斥。

2018年8月3日北京晚报刊发了《〈徐霞客游记〉:不只是寻觅异乡山水之美》一文:"从当代视角看,徐霞客的旅行和探索,几乎是无功利性的……其行为都很难用'兴趣''个性'之类的理由来解释,也正因此,徐霞客毕生游历全国,并留下《徐霞客游记》,更显得独特而奇诡……他不喜科举,厌恶功名利禄,对风景的书写是纯粹审美式的,很少见到他在山水中寄托什么宏伟抱负,用现代的话语来说,徐霞客大概是个对宏大叙事不感兴趣的文艺青年,他爱祖国的山山水水,仅仅是一种审美的快乐,是因兴趣而游历山川,因爱好而沉醉于旅行之中。徐霞客这样'任性'的做法,在当时也是惊世骇俗的……但徐霞客的独特,并不是因为他有相对殷实的家境而造就的,更大程度上,是因为他是一个主流文化的反叛者。也只有在这个角度,才能解释徐霞客为什么对'异乡的山水'有如此浓厚

---

① 夏咸淳:《论明代徐霞客现象》,《上海社会科学院学术季刊》1995年第3期,第168-175页。
② 吕锡生:《徐霞客的婚姻悲剧》,《江南论坛》1998年第10期,第43-44页。
③ 朱睦卿:《劈开混沌天,骑鹤崆峒游:徐霞客诗歌及其思想简评》,《杭州师范学院学报》1995年第5期,第20-23,15页。
④ 朱亚宗:《徐霞客:科学主义的奇人》,《自然辩证法研究》1994年第3期,第41-47页。
⑤ 伍海萍:《〈徐霞客游记〉云南地名研究》,云南大学2010年硕士学位论文,第8页。
⑥ 郝毓业:《徐霞客旅游思想初探》,东北师范大学2012年硕士学位论文,第71页。
⑦ 徐虹:《徐霞客旅游伦理思想研究》,湖南师范大学2013年硕士学位论文,第20页。
⑧ 张敏:《徐霞客旅行与江西人文地理研究——以〈江右游日记〉为中心》,江西师范大学2018年硕士学位论文,第13页。
⑨ 高雪:《徐霞客山水审美意识研究》,郑州大学2019年硕士学位论文,第7页。
⑩ 中国地质学会徐霞客研究分会、江阴市人民政府编:《徐霞客研究》第25辑,北京:地质出版社,2012年版,第172-177页。

的兴趣。"

综上所述,对徐霞客远游的精神,民众不甚了解,研究者也未能具体而实,从而使对徐霞客"远游"精神的深入探讨犹如空中楼阁。以游在明代的发展历程来看,前后七子的文学"复古"失败后,士人已经转向"游"中去领悟文学之道,如:"独抒性灵"的公安派,游记诗文是展现他们文学主张的树帜之作;"玄对山水"的竟陵派从"游"中体悟真诗之精神;张岱以梦游的方式在过往繁华和现今凋敝的对比中以求得精神的慰藉。游在晚明已经从娱乐、游玩视角转变为具有特定目的的严肃主题,徐霞客追溯江源的远游精神在明末及至现代都可谓具有开山探路的时代意义。

三、霞客"溯江寻源"之远游精神呈现

陈函辉《徐霞客墓志铭》①、钱谦益《徐霞客传》②皆有霞客"欲为昆仑海外之游"的细节描述,"穷""随流""考之"等常用词语清晰地表达出其欲探查清楚的激情和执着。可以想见,有着远大游志、强调足勘目验的徐霞客,不追溯到长江的源头是不会轻易停止远游的步伐的。徐霞客溯江寻源之目的在其自著《盘江考》《溯江纪源》两篇著述中亦有清晰的辨析与呈现:首先,徐霞客历南盘江流经沿线,并结合别人对北盘江的说法,以自认为确凿的证据,考证得出盘江的源头,汇集成《盘江考》一文,因而,"考"和"溯"的含义是不同的,"考"说明已经是经过确凿无疑的详细考证,而"溯"则表明还要继续寻找源头,继续记游寻源的过程,他的考察还没有到达终点;其次,徐霞客知道长江的源头还不是金沙江,还未能追溯到真正的本源,就他考察的阶段成果而言,"故推江源者,必当以金沙为首"③,把对长江源头的探索向上源攀升了新的高度,在肯定宣告的同时也是留有余地的,因为此时的徐霞客已经知道自己的身体状况不能再将《溯江纪源》改写为《江源考》了。

不妨在此臆测下,徐霞客下一步的考察点是哪里?在大盈和龙川二江考察完毕后,己卯五月初一日徐霞客还抵腾冲,是日有这样的夹注:"吴,四川松潘人。为余谈大江自彼处分水岭发源,分绕省城而复合"④,徐霞客已经留意于岷江在四川松潘县的发源,经书"岷山导江"之说岷江的源头自然不能错过。位于松潘卫西北的昆仑山脉可能是徐霞客考察的终点所在。徐霞客西南行前自述游志时说:"自此当一问阆风、昆仑诸遐方矣。"⑤这里的昆仑山当为汉之昆仑"于阗"。《溯江纪源》中说道:"按其发源,河自昆仑之北,江

---

① [明]徐弘祖撰,朱惠荣校注:《徐霞客游记校注》,昆明:云南人民出版社,1985年版,第1238页。
② [明]徐弘祖撰,朱惠荣校注:《徐霞客游记校注》,昆明:云南人民出版社,1985年版,第1243页。
③ [明]徐弘祖撰,朱惠荣校注:《徐霞客游记校注》,昆明:云南人民出版社,1985年版,第1194页。
④ [明]徐弘祖撰,朱惠荣校注:《徐霞客游记校注》,昆明:云南人民出版社,1985年版,第1066-1067页。
⑤ [明]徐弘祖撰,朱惠荣校注:《徐霞客游记校注》,昆明:云南人民出版社,1985年版,第1237页。

亦自昆仑之南,其远亦同也。"①此昆仑即为元代都实探明的朵甘思之星宿海所在的巴颜喀拉山脉。据此,胡渭在《禹贡锥指》卷十四下《附论江源》中就昆仑古今方位的不同对徐霞客发难:"古书言昆仑者非一处,一在槐江山南,一在西海之外,《山海经》所言是也。一在于阗,汉武所名之山是也。一在吐蕃,刘元鼎所称紫山者是也。霞客云'河出昆仑之北,江出昆仑之南',其所谓昆仑者,在何地乎?"且污名霞客"大言欺人"且"不学无识"②。徐霞客在《法王缘起》论及吐蕃国时于篇末曰:"丽江北至必烈界,几两月程。"③必烈是洪武四年所置藏区卫所,在青海省南境,昆仑山脉(巴颜喀拉山)以北处,从丽江西北到达巴颜喀拉山是最近的道路,可见,徐霞客已经把溯源的目光明确投向了西北方向的巴颜喀拉山。现已知:长江的上源是沱沱河,源出青海省唐古拉山山脉,江源与昆仑山脉无涉,唐古拉山山脉不仅是长江的发源地,也是怒江和澜沧江的发源地。如果霞客身体无恙,循此线路继续考察,以昆仑为其终点,可能就并非谭其骧先生所认为的明人已知的结果,可能否定的就不仅仅是"岷山导江",而是"江出昆仑"之论。此外,陈函辉《徐霞客墓志铭》曰霞客:"北抵岷山,极于松潘。又南过大渡河,至黎、雅瓦屋、晒经诸山,复寻金沙江,极于牦牛徼外",以及"至昆仑,穷星宿海。……参大宝法王。"④这些对徐霞客游踪的叙述从清代即受质疑,朱惠荣先生在《徐霞客万里西游行迹考辨》一文,认同潘耒"皆无之"的看法,并认为徐霞客在决策西游前把这些意图告诉了陈函辉等人,因而吴、陈二《志》及《钱传》中皆言徐霞客游履所至⑤。不过,从徐霞客挚友所说出的松潘、大渡河、昆仑这些地名,不正可明证徐霞客溯江寻源的目标和方向吗?

《溯江纪源》作为徐霞客一生地理考察的封笔之作,留下了无限的遗憾,但霞客精神也点燃了后人继续探索的激情,霞客"溯江寻源"的精神并未因游的步伐停止而终结,2021年中央电视台大型文化节目《典籍里的中国》播出,前八期分别是《尚书》《天工开物》《史记》《本草纲目》《孙子兵法》《楚辞》和《徐霞客游记》,除先秦两汉的经典外,有三部是明代的典籍,《徐霞客游记》采取跨时空对话的情景剧演绎形式,以溯江寻源为故事主线,展现了徐霞客立志、出游、科考、探源以及撰著游记的光辉一生。

---

① [明]徐弘祖撰,朱惠荣校注:《徐霞客游记校注》,昆明:云南人民出版社,1985年版,第1192-1193页。
② [清]胡渭撰,邹逸麟整理:《禹贡锥指》,上海:上海古籍出版社,2013年版,第567-569页。
③ [明]徐弘祖撰,朱惠荣校注:《徐霞客游记校注》,昆明:云南人民出版社,1985年版,第1191页。
④ [明]徐弘祖撰,朱惠荣校注:《徐霞客游记校注》,昆明:云南人民出版社,1985年版,第1238-1239页。
⑤ 朱惠荣:《徐霞客万里西游行迹考辨》,《中国历史地理论丛》2002年第4期,第103页。

第二节 《徐霞客游记》游志、游观的历时性变化

秉承"父母在,不远游"的教诲,徐霞客的游历以崇祯六年(1633)为界,之前是有方之游,之后则是以性灵、躯命而为之的西南壮游。综观霞客一生的游历,从赏玩性的游山玩水到扣地紧密的地理考察,从早年宏伟的抱负到脚踏实地的溯江寻源,徐霞客有计划、有步骤、有条理地在"游"这个领域中,通过长期的实践累积,循序渐进地使自己的"游"处于螺旋式的上升过程。伴随着游的广度与深度的逐步扩大,徐霞客的游历视野愈加开阔,游的观念不断丰富完善,并在连续性的实地考察中赋予了游记严谨、完整、纠谬考误的特征。

一、《徐霞客游记》是远大游志与具体目标逐步实施的过程

《徐霞客游记》虽然记述事物众多,涉及区域辽阔,但从前期游名山的准备、历练再到西南遐征的壮举,徐霞客一步步地将远大游志纳入具体方案中逐步落实,呈现出从阶段性考察到全局性把握的渐进发展脉络。

(一) 游志由抽象到具体,目标渐趋清晰而明确

霞客挚友陈函辉所撰写的《徐霞客墓志铭》是了解、研究徐霞客的重要文献和依据,它详细记载了霞客的生平及游历过程,其中对霞客两次游志的记述尤显重要,先是少年时期的徐霞客抚掌曰其志:"丈夫当朝碧海而暮苍梧,乃以一隅自限耶?"①与时人陶冶情怀、观光览胜之游不同,少时的徐霞客就对游有着超乎常人想象的远大理想,将游遍地理疆域上空间跨度巨大的南北全境作为志向,并且生命没有来处,唯有远方,志游的地域空间格局不可谓高远。

但有了远大的理想,还必须有明晰具体、便于操作的目标。

泰昌元年(1620)徐霞客游福建兴化府仙游县,在《游九鲤湖日记》中第一次明确提出了自己游志的具体实施思路:"余志在蜀之峨眉、粤之桂林,及太华、恒岳诸山;若罗浮、衡

---

① [明]徐弘祖撰,朱惠荣校注:《徐霞客游记校注》,昆明:云南人民出版社,1985年版,第1235页。需要探讨的是:徐霞客的家乡已然在长江入海处,此处的"碧海"可能应为"北海","北海"即今之贝加尔湖,西汉苏武牧羊之地,距北京约1500公里,唐设玄阙州,元纳归岭北行省管辖;"苍梧"也不是指广西境内的梧州,当为舜帝南巡之苍梧山(九嶷山)以南,地域大致在长沙郡南、桂林郡北的地区,徐霞客在湖南考察时完成了对苍梧考察的心愿,"且言苍梧在九疑南二百里,即崩苍梧,葬九疑亦无可疑者"。

岳,次也。至越之五泄,闽之九漈,又次也。然蜀、广、关中,母老道远,未能卒游;衡湘可以假道,不必专游。"①其拟定的游历目标大致分为三个层次:峨眉和桂林放在太、华二岳之前,表明虽属第一层次,但峨眉和桂林对霞客更具吸引力;在有方之游的约束下,蜀、广、关中因距离较远,列为长远目标;"衡湘可以假道,不必专游"表明可将湖南和广西并线安排游历。徐霞客此时35岁,初步积累了一定的旅游经验,在空间方位上以点带面做出了适合自己的游历规划,体现出游的顺序性和层次性,远大的游志由构想进入地域空间的——落实阶段。

时隔三年,徐霞客再述游志时,在"不必专游"的思路下并线安排出可尽览玄岳、华岳、连云栈道、峨眉的详细线路构想:"余髫年蓄五岳志,而玄岳出五岳上,慕尤切。久拟历襄、郧,扪太华,由剑阁连云栈,为峨眉先导"②,溯江舟行武汉,取汉水经襄、郧游玄岳,入关中游华岳,再沿西安、宝鸡,由"川陕咽喉"连云栈道入蜀,实现登峨眉山的夙愿,线路安排合理紧凑,具有成本最小化、满足最大化的特点,反映出徐霞客事游功力的突飞猛进。

陈函辉《徐霞客墓志铭》对霞客游志的第二次记述是崇祯五年(1632),二人点灯夜话的场景③:霞客"粗叙其半生游屐之概",回顾了万历三十五年游太湖始,其后"履益复远"的游历过往。这段叙述清晰地呈现出徐霞客实际是以年为单位,有计划有层次地一步步将散落于大江南北的名胜纳入游线逐步实施。同时,这既是一个认真回顾检视的过程,也是其将远大游志进一步提升、千古奇游酝酿与准备的阶段:"粤西、滇南,尚有待焉。即峨嵋一行,以奢酋发难,草草至秦陇而回,非我志也。自此当一问阆风、昆仑诸遐方矣!"随着游历范围的递增,实践经验的逐步积累,此时的徐霞客更自信、也更有实力实现自己将此身许之山水的伟大游历目标。

崇祯十三年(1640),两足俱废的徐霞客得木公之助,实现了其游志中最为向往的峨眉山之游,然而,徐霞客在峨眉山并没有作游峨眉山记,却是完成了酝酿已久的《溯江纪源》,并分别寄予陈函辉和钱谦益,陈函辉《徐霞客墓志铭》曰:"霞客于峨嵋山前,作一札寄予。其出外番分界地,又有书贻钱牧斋宗伯,并托致予。"④钱谦益《徐霞客传》曰:"还至峨嵋山下,托估客附所得奇树虬根以归,并以《溯江纪源》一篇寓余。"⑤这说明此时的徐霞客已然将溯江寻源的地理考察作为了他最高的人生目标。

---

① [明]徐弘祖撰,朱惠荣校注:《徐霞客游记校注》,昆明:云南人民出版社,1985年版,第43页。
② [明]徐弘祖撰,朱惠荣校注:《徐霞客游记校注》,昆明:云南人民出版社,1985年版,第49页。
③ [明]徐弘祖撰,朱惠荣校注:《徐霞客游记校注》,昆明:云南人民出版社,1985年版,第1236页。
④ [明]徐弘祖撰,朱惠荣校注:《徐霞客游记校注》,昆明:云南人民出版社,1985年版,第1239页。
⑤ [明]徐弘祖撰,朱惠荣校注:《徐霞客游记校注》,昆明:云南人民出版社,1985年版,第1243页。

（二）游历范围逐渐扩大，事游功力渐趋提升

出游时间	年龄	游历地	游历日记	游历半径/公里
万历三十五年(1607)	22	南直隶太湖	无记	75
万历三十七年(1609)	24	山东泰山、孔林、峄山	无记	560
万历四十一年(1613)	28	浙江普陀山、天台山、雁荡山	《游天台山日记》《游雁荡山日记》	410
万历四十二年(1614)	29	南直隶金陵、扬州	无记	140
万历四十四年(1616)	31	南直隶白岳、黄山；福建武夷山	《游白岳山日记》《游武彝山日记》《游黄山日记前》	560
万历四十五年(1617)	32	宜兴张公、善卷诸洞	无记	85
万历四十六年(1618)	33	江西庐山；南直隶黄山	《游庐山日记》《游黄山日记后》	500
泰昌元年(1620)	35	福建九鲤湖	《游九鲤湖日记》	770
天启三年(1623)	38	河南嵩山；陕西华山；湖广太和山	《游嵩山日记》《游太华山日记》《游太和山日记》	1000
天启四年(1624)	39	南直隶句容、金坛、宜兴	无记	85
崇祯元年(1628)	43	福建、广东	《闽游日记前》	1220
崇祯二年(1629)	44	京师蓟县盘山、崆峒山	无记	950
崇祯三年(1630)	45	福建	《闽游日记后》	870
崇祯五年(1632)	47	浙江天台山、雁荡山	《游天台山日记后》《游雁荡山日记后》	410
崇祯六年(1633)	48	京师盘山；山西五台山、恒山；福建	《游五台山日记》《游恒山日记》	1050
崇祯九年(1636)至崇祯十三年(1640)	51～55	浙江、江西、湖广、广西、贵州、云南、四川	《浙游日记》《江右游日记》《楚游日记》《粤西游日记》《黔游日记》《滇游日记》	2300

徐霞客首次跨省远游是在万历三十七年，出游半径为560公里，行经总里程约1300公里。"自此历齐、鲁、燕、冀间"①，旅行的距离越来越远，跨越的空间越来越广。

首次跨三省远游是万历四十四年，徐霞客游白岳、黄山和武夷山，返程由福建进入浙江游诸暨、绍兴、杭州，行经的总里程约1700公里左右，出游半径为560公里，涉及南直隶、江西、福建、浙江一京三省，31岁的徐霞客已经初步具备了一般长途线路的规划能力。

首次跨越四省远游是天启三年，这是徐霞客游历生涯中一次质的飞跃，第一次出游半径达到1000公里，游历总里程约2900公里，既要"为时较速"，还能达到"可以兼尽嵩、华，朝宗太岳"②的游历目标。最终，霞客历时68天完美实现了他的游历目标，时间紧、距离长，衔接紧密，节奏流畅，具备根据突发情况因时因地调整线路的能力，在游的具体目标的逐步实施上已游刃有余。

西南遐征前单次游历时间最长是崇祯元年，守孝期满的徐霞客"发兴为闽、广游"③，历时约半年。此次出游的最大游历半径约1220公里，游历总里程约4100公里，涉及浙、闽、广、赣四省。尤其是对东南部区域福建与广东所作的全面的考察，启发徐霞客定下了今后在广西、贵州以及云南考察的重点——追溯珠江之源，考察珠江与长江的分水地带，从而最终形成了他杰出的两篇科考论文《盘江考》和《溯江寻源》。

首次跨越南北远游是崇祯六年，也是徐霞客万里遐征前最后一次长途游历，最大游历半径约1050公里，游历总里程约5200公里，北游五台山、恒山系，秉承"不必专游"的思路，有计划有步骤地将四岳游览完毕。是年秋五月赴福建，在一年中完成了地域空间跨度巨大的南北之游，标志着其事游能力的新高度，为三年后西南遐征的顺利实施打下了坚实的基础。

崇祯九年至崇祯十三年，也是徐霞客生命的最后四年，他跨越了楚、粤西游黔、滇诸省，追溯江源至丽江，最大游历半径达2300公里，其单次游历时间之长，跨越空间之广，为中外历史上所罕见。

霞客自22岁始出游，一次比一次行游更远，游历范围总体呈现有序递增的趋势，且出游方向南方远远多于北方，据统计，《徐霞客游记》"长江以北占游记总日数3.12%，长江以南占游记总日数96.88%"④。这些既符合徐霞客循序渐进的游历思路，也是他溯江寻源的目标使然。

---

① [明]徐弘祖撰，朱惠荣校注：《徐霞客游记校注》，昆明：云南人民出版社，1985年版，第1236页。
② [明]徐弘祖撰，朱惠荣校注：《徐霞客游记校注》，昆明：云南人民出版社，1985年版，第50页。
③ [明]徐弘祖撰，朱惠荣校注：《徐霞客游记校注》，昆明：云南人民出版社，1985年版，第72页。
④ 吴必虎：《徐霞客的生命路径及其区域景观多样性背景》，《北京大学学报（哲学社会科学版）》1998年第3期，第150-155页。

（三）溯江寻源成为徐霞客设定的远游之主线

清人叶廷甲在《叶序》中写道："恭读乾隆四十七年刊行《钦定四库全书简明书目》，史部地理类开列《徐霞客游记》十二卷，分注云：明徐宏祖少好游，足迹几遍天下。尝西行数千里，求河源，是编皆其纪游之文。"①明确指出了徐霞客的远游目的是"求河源"，此处"河"非特指黄河，而是大水流的统称，当是探求长江源头。

将徐霞客远游的目的归结于追溯长江源头，在现今答案已明的时代看来似乎过于简单，但就是这貌似平凡的理由才是贯穿徐霞客远游的主线。回顾黄河源头的探讨，正是"屡经寻讨，故始得其远"②的过程，这个过程既是地理发现的过程，也是科学进步、认识加深的历程。在对黄河源头不间断的实地考察的过程中，对河源的正确认识也由模糊渐趋清晰。值得注意的是，在元、清、新中国时都是由官方派人实地调查河源，虽然元人朱思本据梵文图本，指出河源来自星宿海西南百余里的"火敦脑儿"③，正是今天卡日曲的位置，但未经实地考证，又如何能作为服众的证据？清代派使臣探测江源也只得到"江源如帚，分散甚阔"的实地调查结论。如今我国确定长江之源位于青海省南部唐古拉山脉的主峰格拉丹东峰，"实际上我们也只是在陆地卫星影像的宏观分析中，才比较清楚地查明黄河和长江的发源地"④。

对居于长江入海处的徐霞客来说，长江的源头在哪？在当时这是谁也无法确切回答的问题，"岷山导江"之说使"江源从无问津，故仅宗其近"⑤。元代黄河源头探寻的过程使他凭直觉认为，作为中国南北两条通达于海的主干河流，"何江源短而河源长也？"⑥这对他来说是新奇且值得深究的课题，而科学的探究往往就是从新奇开始，这也是以问题为导向的研究思路。因而徐霞客溯江寻源跨越明王朝广西、贵州、云南等偏远地区的远游，其行为本身即与"宦游""隐游""卧游""闲游"等有着本质的区别，游记的内容也就"非有意于描摹点缀，托兴抒怀，与古人游记争文章之工也"⑦，而是不断地在发现问题总结经验，不断地考订志籍错误中，作出合乎科学逻辑的判断。

从地理空间上所显示的徐霞客的主要游踪来看，从仙霞岭—武夷山—南岭—苗岭（珠江水系与长江水系的分水岭）—乌蒙山（金沙江及北盘江分水岭），霞客的轨迹基本上就是沿着这条分水沿线予以考察，循着以水流最远的支流为正源的评判原则，一路区分

---

① [明]徐弘祖撰，朱惠荣校注：《徐霞客游记校注》，昆明：云南人民出版社，1985年版，第1303页。
② [明]徐弘祖撰，朱惠荣校注：《徐霞客游记校注》，昆明：云南人民出版社，1985年版，第1193页。
③ [明]宋濂撰：《元史》，北京：中华书局，1976年版，第1563-1567页。
④ 国家遥感中心研究发展部等：《陆地卫星影像中国地学分析图集》，北京：科学出版社，1984，第1页。
⑤ [明]徐弘祖撰，朱惠荣校注：《徐霞客游记校注》，昆明：云南人民出版社，1985年版，第1193页。
⑥ [明]徐弘祖撰，朱惠荣校注：《徐霞客游记校注》，昆明：云南人民出版社，1985年版，第1192页。
⑦ [明]徐弘祖撰，朱惠荣校注：《徐霞客游记校注》，昆明：云南人民出版社，1985年版，第1299页。

和辨别其他水系与长江的正源与旁支。徐霞客在云南还考察了大金沙江在云南境内的支流大盈江和龙川江,以及受横断山系影响的澜沧江、怒江。考察清楚大金沙江、澜沧江、怒江都南流入海,南、北盘江东南流经广东入海,皆没有汇入金沙江,那么金沙江也只有东归大江这一条出路了。"故推江源者,必当以金沙为首"①实为严谨的实地考察后得出的正确结论,进而"其实岷之入江,与渭之入河,皆中国之支流"②,岷江是长江支流的判断更是正确的,以岷江为长江源头的说法自然不攻自破。

徐霞客远游的精神和独特价值也正体现于此,实地考察长江之源成为他设定的考察主题,而且是用生命浇灌的游记主题。

二、《徐霞客游记》的形成是游的观念不断丰富与转变的过程

"方舆之书所记者,惟疆域建置沿革,山川古迹,城池形势,风俗职官,名宦人物诸条耳。此皆人事,于天地之故,概乎未之有闻也。"③历代地理志详于人文地理,却疏于自然地理,"古代游记尤其是长程式游记的地理记述打破了以正史地理志为代表的行政区框架式的地理记述体例"④。其中的佼佼者便是《徐霞客游记》,其作者以其一生亲见亲闻、足勘目验的游历,对自然地理现象作出了生动而具体的记录,并从地理学的角度对某些地理现象的成因和变迁进行思考和分析,而这些正是徐霞客"游"的观念的不断丰富与转变的过程。

1. 观察视角的转变始于万历四十四年,徐霞客为白岳、黄山、武夷山之游。从休宁县起到崇安止共28日,实际记游19日,基本上没有沿途的行经记载。三记中唯《游武彝山日记》更为突出,徐霞客在此篇中初步展示出对景点进行符合现代野外考察的思路与方法:"余欲先抵九曲,然后顺流探历,遂舍宫不登,逆流而进。"⑤他的总体考察思路是先溯九曲溪舟行,于舟行中查看沿岸山峰诸景,总揽山水的分布与格局后,再顺流而下一一登陆探览,这是一种全方位穷尽考察的风格,呈现出路线观察与重要景点详查相结合的思路。其间,抵六曲后因急流不得进,遂登陆上天游峰,尽览九溪之胜,有此登高一览,对武夷山的山水格局更是了然胸中,这使得整篇游记在个景剖析与全景综合概述的交叉叙述中显得有条不紊,游刃有余。

2. 侧重于地理考察风格的渐趋成型始于万历四十六年,徐霞客为庐山、黄山之游。此时,徐霞客基本形成地理考察的三条原则:

---

① [明]徐弘祖撰,朱惠荣校注:《徐霞客游记校注》,昆明:云南人民出版社,1985年版,第1194页。
② [明]徐弘祖撰,朱惠荣校注:《徐霞客游记校注》,昆明:云南人民出版社,1985年版,第1193页。
③ [清]刘献廷:《广阳杂记》,北京:中华书局,1957年版,第150页。
④ 吕孝虎:《古代游记的历史地理文献地位》,《杭州教育学院学报》2000年第5期,第48-52页。
⑤ [明]徐弘祖撰,朱惠荣校注:《徐霞客游记校注》,昆明:云南人民出版社,1985年版,第24页。

（1）奇景必全收。庐山"石门之奇，路险莫能上"①，这样的险绝奇景之地，于徐霞客而言简直如履平地，且在第二日"再为石门游"②；攀黄山天都峰时"每念上既如此，下何以堪？终亦不顾。历险数次，遂达峰顶"③。

（2）高峰必登临。在庐山大汉阳峰环视与之相较的山峰"诸山历历，无不俯首失恃"④；在黄山莲花峰"其巅廓然，四望空碧，即天都亦俯首矣"⑤。确定了大汉阳峰、莲花峰分别为庐山和黄山的最高峰。

（3）奇胜必尽览。三叠泉"泉为所蔽，不得见，必至对面峭壁间，方能全收其胜"⑥，于是上行至与三叠泉对崖相望处，以最近距离的平视得览瀑布全貌；黄山则"左天都，右莲花，背倚玉屏风，两峰秀色，俱可手擎"⑦。这样的考察风格正是以高屋建瓴的观察角度，综合全面的地理丈量，以形成山水格局的全貌观，因而才能在不能得其胜的原因总结中对五老峰单面山的地貌形态进行了符合地理科学的阐述，也才能在实地考察后，形成庐山总体山水形势的全貌观："盖庐山形势，犁头尖居中而少逊，栖贤寺实中处焉；五老左突，下即白鹿洞；右峙者，则鹤鸣峰也，开先寺当其前。"⑧从游记中可以看到，徐霞客对庐山和黄山进行了一次全面的地理考察，其侧重于地理考察的独特风格正渐趋成型。

3. 由以单篇景点为中心向以完整游踪叙述为主的转变始于泰昌元年的徐霞客福建九鲤湖之游。《游九鲤湖日记》虽以游历的主要景点为题，但和先前的游记相比，属于稍微完整的以单篇游记叙述整个游历过程的尝试，已初显后期成熟记游的轮廓。仙游之游，经浙江、福建两省，用时63天，但日记仅始记于23日，后跳跃至六月初七至十一日5天的日记，63天的游历与6天的记游，说明徐霞客当时还是偏重于景点的游览，此时游记在"详""细"等方面与后期游记有明显的差距。

4. 沿途的实际行经记载正式成为游记的主体始于天启三年，徐霞客为嵩山、华山和太和山之游。此次游历共计68天，但三篇游记中，记写三座名山的游历过程有11天日记，记写游历沿途所经亦有11天日记。从记游的连续性来看，看似单独的三篇游记第一次通过较细致的行经记载而融合为一个有机整体，标志着由单一景点为中心向完整、动态呈现游历全程的记游风格转变，此后更为密集的山川、水流、村落等地理坐标的精准描述将成为他游记中不可忽视的主体。并且，此次出游将山游和行游放在同样重要的位

---

① [明]徐弘祖撰，朱惠荣校注：《徐霞客游记校注》，昆明：云南人民出版社，1985年版，第32页。
② [明]徐弘祖撰，朱惠荣校注：《徐霞客游记校注》，昆明：云南人民出版社，1985年版，第34页。
③ [明]徐弘祖撰，朱惠荣校注：《徐霞客游记校注》，昆明：云南人民出版社，1985年版，第40页。
④ [明]徐弘祖撰，朱惠荣校注：《徐霞客游记校注》，昆明：云南人民出版社，1985年版，第35页。
⑤ [明]徐弘祖撰，朱惠荣校注：《徐霞客游记校注》，昆明：云南人民出版社，1985年版，第41页。
⑥ [明]徐弘祖撰，朱惠荣校注：《徐霞客游记校注》，昆明：云南人民出版社，1985年版，第36页。
⑦ [明]徐弘祖撰，朱惠荣校注：《徐霞客游记校注》，昆明：云南人民出版社，1985年版，第39页。
⑧ [明]徐弘祖撰，朱惠荣校注：《徐霞客游记校注》，昆明：云南人民出版社，1985年版，第37页。

置,游景和沿途观察并重,其在《游太和山日记》的收篇曰:"余出嵩、少,始见麦畦青;至陕州,杏始花,柳色依依向人;入潼关,则驿路既平,垂杨夹道,梨李参差矣;及转入泓峪,而层冰积雪,犹满涧谷,真春风所不度也。过坞底岔,复见杏花;出龙驹寨,桃雨柳烟,所在都有。"①平原和山地因地势和纬度的差别,即使在同一时节,气候也不会相同,植物也呈现出不一样的生长状况,徐霞客以联系的视角对沿途自然环境的变化给予了充分的观察,得出了"山谷川原,候同气异"②这样一个具有科学性的实地考察结论,其向地理考察聚焦的转变更为显著。

5. 随着游历渐广和审美品位的提升,徐霞客的胸襟和气象也悄然发生了变化。崇祯三年七月,霞客四游福建,此次游历重在探奇览胜,白花岩、龙洞、浮盖绝顶、九龙江石滩,这些地方的共同特点是幽胜奇诡、险象环生、探历艰难,但《闽游日记后》中看不到游历之苦,相反唯有对最高、最远、最奇、最险的向往,全收奇胜成为他胸中的伟大追求,且在游记中传达出徐霞客游的自信、自由与洒脱。四库馆臣对霞客的总体评价是"耽奇嗜僻",实则未知在"奇""僻"这些表象的背后,霞客不仅将游作为一种更有意义、更有价值、更有情趣的人生追求,而且赋予了"游"更为高远的探析精神。钱谦益谓霞客"其与人争奇逐胜,欲赌身命,皆此类也"③,是指崇祯五年霞客因陈函辉"君曾一造雁山绝顶否"④之问,令积极准备西南遐征的霞客"听而色动",两次都未曾登临雁山绝顶,又何能探明江源?因而三探雁荡,与初游雁荡"寻湖之兴衰矣"⑤的状态成鲜明对比。而《游雁荡山日记后》的地理考察备受今人赞誉,其意义不仅在于探明雁湖所在和大龙湫瀑布之源,更重要的是"游"被霞客赋予了在动态、连续性实地考察中纠谬考误的新意,并贯穿于西南遐征的始终,这种执着、细致、求真的考察精神于雁荡山游程中,做了西南遐征前的一次演练。

6.《游五台山日记》《游恒山日记》是徐霞客游记风格的定型之作,定型不在于奇、险的程度,或是具体生动的文学描绘,而在于游的节奏开始依据自然生命主体而转变。两篇游记的开篇分别是"山自唐县来,至唐河始密"⑥"去北台七十里,山始豁然,曰东底山。台山北尽,即属繁峙界矣"⑦。当其他人把赏析重点聚焦于具体山景观时,徐霞客已是用联系的、发展的、审美的眼光来"跟随"沿途的山水,俯仰自得于山与水的曲折变化,并将其作为观察主线贯穿于两篇游记的游始与游终。二篇游记的节奏带动者显然已非徐霞客本人,"循溪左北行八里""溯西溪北转""舍大溪而西""路渐上,山渐奇,泉声渐微""有溪

---

① [明]徐弘祖撰,朱惠荣校注:《徐霞客游记校注》,昆明:云南人民出版社,1985年版,第71页。
② [明]徐弘祖撰,朱惠荣校注:《徐霞客游记校注》,昆明:云南人民出版社,1985年版,第71页。
③ [明]徐弘祖撰,朱惠荣校注:《徐霞客游记校注》,昆明:云南人民出版社,1985年版,第1242页。
④ [明]徐弘祖撰,朱惠荣校注:《徐霞客游记校注》,昆明:云南人民出版社,1985年版,第1237页。
⑤ [明]徐弘祖撰,朱惠荣校注:《徐霞客游记校注》,昆明:云南人民出版社,1985年版,第12页。
⑥ [明]徐弘祖撰,朱惠荣校注:《徐霞客游记校注》,昆明:云南人民出版社,1985年版,第104页。
⑦ [明]徐弘祖撰,朱惠荣校注:《徐霞客游记校注》,昆明:云南人民出版社,1985年版,第109页。

自西南来,至此随山向西北去,行亦从之""循水入峡""舍涧登山""溯西涧入,又一涧自北来,遂从其西登岭"……循、溯、舍、渐、随、从等这些游历转换动词清晰地表明他的游是在跟随大自然的内在节奏。这个节奏的发出主体是山和水,山为经、水为纬,徐霞客以其敏锐的触角,紧紧地抓住了大自然最显著的两大主体,构建出古往游记所未曾具有的开放性的游历空间格局。这个空间中的一切景、物,包括人,都充满了生命的活力,"一逾岭北,瞰东西峰连壁陧,翠蜚丹流。其盘空环映者,皆石也,而石又皆树;石之色一也,而神理又各分妍;树之色不一也,而错综又成合锦。石得树而嵯峨倾嵌者,幕以藻绘而愈奇;树得石而平铺倒蟠者,缘以突兀而尤古"①。如果没有把身心与自然融为一体,又怎能如此深刻领悟到天地的造化,并挥洒自如地诉之笔端?

综上所述,徐霞客细致观察、欣赏自然的能力提升是一个不断提升的过程,也是游的观念不断丰富与转变的过程。初期的游记重在叙写对景点的观赏和游览,随着"游"力的加深和游历半径的扩大,其逐渐由以单篇景点为中心转变为以完整游踪的叙述为主,兼具"新""奇"追求与实地考察的完整性。这些特点说明徐霞客逐步形成了自己独特的地理考察风格,尤其是行经里程越来越远和地理空间越来越广,这些无法轻易跳过的里程,凝聚着徐霞客水陆兼程、风雨无阻的艰辛体验,成为游记不可忽视的主体,而对山水走向的思考与甄别,则标志着徐霞客"游"之观念的不断丰富与转变。

第三节 《徐霞客游记》的地学贡献

潘耒作序曰:"其行不从官道,但有名胜,辄迂回屈曲以寻之;先审视山脉如何去来,水脉如何分合,既得大势,然后一丘一壑,支搜节讨。"②《杨序一》曰:"霞客之游也,升降于危崖绝壑,搜探于蛇龙窟宅,亘古人迹未到之区,不惜捐躯命,多方竭虑以赴之,期于必造其域,必穷其奥而后止。"③二人皆从游历行为的典型特征指出了霞客之游与一般文人山水之游的区别。

对《徐霞客游记》文本的研究,通常以崇祯六年(1633)为界,分为《名山游记》和西南游诸记,并认为"徐霞客早年的旅行尚以名山大川的游赏为主,晚年的旅行已不满足于探幽访故的一般性旅游,而是以实事求是的态度进行认真的地理考察,作学理上的探索"④。

---

① [明]徐弘祖撰,朱惠荣校注:《徐霞客游记校注》,昆明:云南人民出版社,1985年版,第110页。
② [明]徐弘祖撰,朱惠荣校注:《徐霞客游记校注》,昆明:云南人民出版社,1985年版,第1295页。
③ [明]徐弘祖撰,朱惠荣校注:《徐霞客游记校注》,昆明:云南人民出版社,1985年版,第1299页。
④ 任继愈主编:《中国古代地理学》,济南:山东教育出版社,1991年版,第90页。

丁文江先生在《徐霞客年谱》中说："知金沙江为扬子江上游,自先生始,亦即先生地理上最重要之发见。"①其后谭其骧先生撰写《论丁文江所谓徐霞客地理上之重要发见》,以翔实的考证说明"霞客所知前人无不知之"②,其文是近世徐霞客研究中最著名的论文之一,此文一出,金沙江为长江之源非徐霞客之最大功绩几为学术界定论。

既然考察金沙江为长江之源非徐霞客的最大功绩,那么徐霞客地学考察的最大贡献是什么呢？在对徐霞客旅行考察成果的统计中,记载了102种地貌类型和357个洞穴,对喀斯特岩溶地貌及其成因的科学描述和系统理论成为徐霞客一生中最突出的地学成就。

笔者认为,对《徐霞客游记》地学价值的界定,首先不能简单地以时间分期——之前是游赏,之后是地理考察,否则我们不能回答他为何在1623年《游太和山日记》中提出"山谷川原,候同气异"的物候学变化规律,以及他于1628年《闽游日记前》中全世界最早总结出"程愈迫则流愈急"的地学规律,更不能选择性忽视他于1632年《游天台山日记后》中对天台山一带的水系及源流分为"余所见者""余履未经""未能穷也"的细致地学考察结果。

其次,不能用静止的眼光以徐霞客最终停止的实际地理坐标作为衡量地学考察最高价值的所在,也不能刻意将徐霞客某一方面地理考察的成果予以突出,以期等同于其杰出的总体地学价值。

再次,虽然游记记述事物众多,涉及地理学科知识广泛,如水文地理、生物地理、人文地理、地貌岩溶等,但我们不能完全根据今人对徐霞客游历统计出的具体数字与具体景点来确定400年前徐霞客的游历兴趣,尤其是以当今景点导向的视角。如在"重走霞客之路"的活动热潮中,很多人都惋惜于霞客经常与现在的5A级景点擦肩而过,而选择迂回曲折的线路。这是忽视了徐霞客的地理考察是一个动态的过程,有着明确的考察思路,其地学价值正是在连续的实地考察过程中逐渐累积体现出的。

因而,对《徐霞客游记》的研究,不能将其简单地按照游历时间、游历区域予以切分,应当将记游文本视为一个有机的艺术整体,这样才能领会三百多年前这样一个奇人奇游的独特精神内涵。虽然,游记记述事物众多,涉及区域辽阔,但从前期游名山的准备、历练再到西南遐征的壮举,徐霞客一步步地实现了从阶段性考察到全局性把握的过程,溯江寻源是隐伏其中却一气呵成的地学考察主线。并且,徐霞客所探析的万里长江是一个庞大的水系,拥有错综复杂的次级水系,尤其和南方众多水系的分水岭常常处于人迹罕至的大山深处,若想一一查勘清楚实非易事,所以,霞客的溯江寻源并非简单地坐船从长

---

① [明]徐弘祖撰,丁文江编：《徐霞客游记》,北京：商务印书馆,1986年版,第63页。
② 谭其骧：《论丁文江所谓徐霞客地理上之重要发见》,载《2001舟山徐霞客旅游文化研讨会暨浙江省徐霞客研究会第二届会员代表大会论文集》,2001年版,第381-390页。

江尾到长江头,他所调查的是整个长江流域,一步步足勘目验长江和其他流域之间的分水地带,辨析长江的正源与旁支,以科学调查的精神和严谨缜密的逻辑推理,得出"故推江源者,必当以金沙为首"的科学考察结论。

溯江寻源的地理考察过程既拉开了《徐霞客游记》与文学游记的差距,也使得山川、水文、生物、人文、地貌、岩溶等诸多地理考察的成果成为溯江寻源主干上熠熠发光的夺目宝石。

一、《黔游日记》中徐霞客溯江寻源的地学考察视角

被誉为"喀斯特王国"的贵州,却未能让霞客稍停匆忙的脚步,他先后两次入黔考察也仅 49 天,时间短,记述少,贵州游历的深度、广度与其他省相比明显不足。研究者在对徐霞客错过了若干景点表示惋惜的同时,给予游记中出现的贵州名胜古迹,如黄果树、红枫湖等自然景点更多的聚焦,甚至对白云山(建文帝)、平越卫(张三丰)等行经地做出了以"观文景点"为导向的推理。因而,这一节笔者用溯江寻源的主线将徐霞客在贵州的"游"作深度的阐释,既彰显贵州在《徐霞客游记》中地学价值的不可或缺性,也为本节所试图提供的地学考察研究视角呈现一个阐述的微观模型。

笔者认为徐霞客由广西经贵州入云南,虽是路受阻的无奈之选,但贵州是霞客探江寻源中不可或缺的重要环节,其对焦处正是霞客自言入贵州乃"北盘经黔环粤之会"①,因而对北盘江环粤经黔情况的考察是霞客在贵州的重中之重。并且还需注意的是,徐霞客在贵州的行经轨迹明显地在以苗岭为界的南北穿梭,苗岭是横亘于贵州东南部,珠江水系与长江水系的分水岭。徐霞客由广西南丹入黔至独山州一线在苗岭以南;独山州经都匀、平越卫、龙里卫至贵阳一线在苗岭以北;贵阳南至花溪、青岩、白云山一线在苗岭以南;平坝至普定在苗岭一线以北;从镇宁州经关索岭一线入永宁州是在苗岭以南;最后出永宁州后直至出贵州。当然,也并非是指霞客在这条通往云南的道路上刻意南北穿梭,而是指霞客在沿途考察的过程中,其目光自然地被吸引于南看都泥、北看长江,因而在入黔第一则日记的记述中,霞客就自觉地将自己的考察目标规定为"黔粤之界""南北之水"和"俱下都泥"三者②。

---

① [明]徐弘祖撰,朱惠荣校注:《徐霞客游记校注》,昆明:云南人民出版社,1985 年版,第 751 页。
② [明]徐弘祖撰,朱惠荣校注:《徐霞客游记校注》,昆明:云南人民出版社,1985 年版,第 647 页。"戊寅三月二十七日 自南丹北鄙岜歹村,易骑入重山中,渐履无人之境。五里,逾山界岭。南丹下司界。又北一里,逾石隘,是为艰坪岭。其石极嵯峨,其树极蒙密,其路极崎岖,黔、粤之界,以此而分,南北之水,亦由此而别。然其水亦俱下都泥,则石隘之脊,乃自东而西度,尽于巴鹅之境,而多灵大脊犹在其东也。"

（一）北盘"环粤"之考

北盘"经黔"考察的前导是"环粤"，尤其是霞客北上入黔的"环粤"，"环粤"与"经黔"是密不可分的考察整体，缺失了对广西段入黔前的关注，那么徐霞客的黔游就失去了前后贯穿的主线，从而形成对徐霞客黔游的若干误解。

所谓环者，指北盘江由贵州安南卫入粤后，"东南合平州诸水，入泗城州东北境，又东注那地州、永顺司，经罗木渡，出迁江、来宾，为都泥江，东入武宣之柳江"①，上引《盘江考》中对都泥江在广西境内流向简明扼要的勾勒，其环绕广西安隆司、泗城州、庆远府、思恩府、柳城府，不可谓不曲折。霞客初入广西由柳州府南下时就因"溯流之舟，抵迁江而止"，遗憾于"惜未至忻城一勘其迹耳"②。都泥江所流经泗城、南丹至罗墨段，成为徐霞客出广西时完成的环粤考察的重要节点，与之相承接，徐霞客在黔游中自然关注北盘江是如何由黔入粤的。

在对苗岭以南"俱下都泥"的细致观察中，排在首位的工作是区分都泥江与龙江。龙江系柳江的最大支流，初入广西时，霞客误将流经庆远忻城的乌泥江北合龙江③，入黔途中对龙江的情况有了详细的了解，也纠正了先前的错误看法，尤其是至庆远府最终确认了多灵山脉是都泥江和龙江的分界山，"乃龙江西南，都泥江东北，二江中分之脊也。其来脉当自南丹分枝南下，结为此山"④，并将多灵山脉的走向向东南延伸至柳江与都泥江合流处⑤，"东而尽于武宣之西南境，柳、都二江交会之间"⑥。都泥江与柳江至象州附近合流为黔江已为霞客足勘目验。同时，虽未由南丹入黔，但在庆远府，徐霞客就确定了北上入黔需要观察的目标之一，就是经黔之水是如何分龙江等而下都泥江的，区分判断的依据便是苗岭以下的多灵山脉。因而，过南丹州时霞客说，"此始为南下多灵两江（都泥、龙江）分界之脊"⑦；入贵州丰宁下司界时说道，"然其水亦俱下都泥……而多灵大脊犹在其东也"⑧；过上司、独山州界时说，"脊西南水，下茛查而入都泥；脊东北水，由合江州下荔波

---

① ［明］徐弘祖撰，朱惠荣校注：《徐霞客游记校注》，昆明：云南人民出版社，1985年版，第805页。
② ［明］徐弘祖撰，朱惠荣校注：《徐霞客游记校注》，昆明：云南人民出版社，1985年版，第429页。
③ ［明］徐弘祖撰，朱惠荣校注：《徐霞客游记校注》，昆明：云南人民出版社，1985年版，第428页。
④ ［明］徐弘祖撰，朱惠荣校注：《徐霞客游记校注》，昆明：云南人民出版社，1985年版，第619页。
⑤ 朱惠荣先生对"而东尽于武宣"两句所做的注释为："柳、都二江交会处在今象州西南隅的石龙附近，武宣西北隅以江为界，此山实际没有到达武宣境，'武宣'似为'象州'之误。"就从单条河流来看，龙江确是在柳城附近就与融江合流称为柳江，其后柳江与都泥在象州合流称为黔江。但处于明代的徐霞客眼中的江是流域概念，南部区分长江流域的山是南龙，而非指单条河流或山，属于他自己的联系的运动变化体系。因而徐霞客所言"而东尽于武宣"之意是分界山脉尽于武宣之地，因而才能够合流。
⑥ ［明］徐弘祖撰，朱惠荣校注：《徐霞客游记校注》，昆明：云南人民出版社，1985年版，第619页。
⑦ ［明］徐弘祖撰，朱惠荣校注：《徐霞客游记校注》，昆明：云南人民出版社，1985年版，第641页。
⑧ ［明］徐弘祖撰，朱惠荣校注：《徐霞客游记校注》，昆明：云南人民出版社，1985年版，第647页。

而入龙江"①;过独山州苗岭分界线言说祖山的分支走向②,修正并完善了先前的认知,"东南分枝而下者,为荔波、罗城之派"③,由东南分支而下之水入龙江;"西北分枝而下者……度鸡公岭而南,为蛮王、多灵之派"④,由西北分支而下俱入都泥。这样,徐霞客在入都匀前,根据山脉走向,对西起龙里卫、东至黎平府的贵州苗岭以南的水流走向作出了细致的区分,而这段所对应的正是流经广西庆远府和柳州府的龙江、都泥江和融江上游,皆同属珠江水系。

由龙里卫入贵阳后,霞客短暂停留两日,便南下花溪,直奔青崖城(青岩镇),又转西南向白云山。白云山之游约占黔游文字的十分之一,历来论者认为霞客前往白云山是为了特意表达对建文帝的怀念,笔者对此不予否认,但笔者认为霞客此行还兼有考察蒙江之意图。广西庆远府西是泗城州,泗城州段红水河的上游,正是由贵州花溪南流来注的蒙江。从徐霞客贵阳至白云山的行经日记来看,他在花溪中部曰,"此冈已为南北分水之脊矣"⑤;至青崖桥指涟江(蒙江北源)曰,"水从桥下东抵东界山,乃东南注壑去,经定番州而南下泗城界,入都泥江者也"⑥;至马铃寨曰,"又有大溪自西峡来,二溪相遇,遂合而东南注壑去。此水经定番州,与青崖之水合而下都泥者也"⑦。到达白云山后第三天,徐霞客在游记中开始以白云山为中心分"其近者""其远者"来构建空间格局⑧,这种情况有多处,如在龙川江、黄草坝等处,且多用于在一段考察快要结束时,徐霞客进行全面综合性的推演,得出自认为客观的、严谨的符合逻辑推理的阶段性考察结论。果然,霞客在将空间方位构建明确后,将沿途水流置于其中予以推演,前所见青崖、马铃寨、水车坝之水"皆南流合

---

① [明]徐弘祖撰,朱惠荣校注:《徐霞客游记校注》,昆明:云南人民出版社,1985年版,第653页。
② 此时的霞客在观山脉走向时放在首位的分支是"其直东而去者,为黎平、平崖之脊",由此分支走向出黎平府,流经怀远的古州江(今都柳江),后入融县称为融江,在柳城附近与龙江合流称为柳江。然而在之前的上司、独山州界,霞客将"自西峡层山中出,东注而去"的汪然大溪认定为下龙江,"亦由合江州而下荔波、思恩者",此江应为古州江,属柳江水系。说明在入黔的过程中,霞客不断以山脉走向来修正自己对水流走向的认识,从而更精确地区分判定下都泥者。
③ [明]徐弘祖撰,朱惠荣校注:《徐霞客游记校注》,昆明:云南人民出版社,1985年版,第654页。
④ [明]徐弘祖撰,朱惠荣校注:《徐霞客游记校注》,昆明:云南人民出版社,1985年版,第654页。
⑤ [明]徐弘祖撰,朱惠荣校注:《徐霞客游记校注》,昆明:云南人民出版社,1985年版,第662页。
⑥ [明]徐弘祖撰,朱惠荣校注:《徐霞客游记校注》,昆明:云南人民出版社,1985年版,第662页。
⑦ [明]徐弘祖撰,朱惠荣校注:《徐霞客游记校注》,昆明:云南人民出版社,1985年版,第663-664页。
⑧ [明]徐弘祖撰,朱惠荣校注:《徐霞客游记校注》,昆明:云南人民出版社,1985年版,第667页。"白云山西为永丰庄北岭,即余来所逾岭也;东则自滇僧静室而下,即东隤颓然,下对青崖,皆为绝壑;前则与南山夹而成坞,即余来北上登级处也;后则从山顶穷极窈渺,北抵龙潭,下为后坞,即余来时所经岭南之八垒者也。此其近址也。其远者:东抵青崖四十五里,西抵广顺三十里,东南由葤贵抵定番州三十里,北抵水车坝十五里。"

于定番",白云山南之水"皆东合于定番州",推演出这些水流南注于都泥江的结论正确①。其后,霞客将目光向东投向其所经龙里卫西南以下直抵泗城界的山脉,"回绕如屏……此即障都泥而南趋者",进一步用山势走向作为下红水河的判断明证,包括再东为这条支脉所环绕的丹平、平洲诸司之水(而入黔所经麦冲、横梁水)皆"南透六洞而下都泥",至此,白云山段与入黔段相表里,形成了对"环"广西泗城州、庆远府、柳州府"经黔"阶段性考察的完整结论。

(二) 北盘"经黔"之考

北盘"经黔"之考始于镇宁州。首先,是在镇宁州西境,霞客见到了"从无此阔而大"②的黄果树瀑布群,霞客在游记中称之为白水河(今打帮河)。在两部《黔游日记》中,并无白水河与北盘江关系的记述,但实际上在霞客心中它属于北盘江下游的北岸支流。在《滇游日记二》中霞客再入黔于黄草坝论证推演时,说流经安南卫入广西的北盘江"合胆寒、罗运、白水河之流,已东南下都泥",接着还否定了白水河系都泥江源头的可能性"胆寒、罗运出于白水河,乃都泥江之支,而非都泥江之源"③。

其次,由镇宁州至安南卫盘江桥前,霞客先后登陟三座由东往西的高山,鸡公岭、关岭④和鼎站⑤,其目光仍然聚焦于自西北蜿蜒而来南下广西的盘江,这第三条"形如'川'字"向南延伸的山脉"各尽于都泥江以北",并且"其界都泥江北而走多灵者",决定了都泥江唯有向南流入广西,最终受多灵山脉支配⑥。应当来说,此时的霞客对北盘江已经到了痴迷的程度,越利济桥后,霞客记述了在广西武宣、罗木渡后,于贵州第三次与盘江相会的感受:"盘江沸然,自北南注"且"其流浑浊如黄河而甚急。"⑦"沸然"二字透显了霞客情

---

① [明]徐弘祖撰,朱惠荣校注:《徐霞客游记校注》,昆明:云南人民出版社,1985年版,第668页。"自青崖而西,有司会之流,其西又有马铃寨东溪,其西又有水车坝西溪,皆南流合于定番,而皆自石洞涌出。至白云南,又有蓊贵锣鼓洞水及撒崖水,皆为白云山腹下流,皆东合于定番州。其南又有水埠龙(小注曰:在白云南三十里,有仙人洞。其北五里又有金银洞、白牛崖),其上流亦自洞涌出,而南注于都泥江。则此间水无非洞出者矣。"
② [明]徐弘祖撰,朱惠荣校注:《徐霞客游记校注》,昆明:云南人民出版社,1985年版,第683页。
③ [明]徐弘祖撰,朱惠荣校注:《徐霞客游记校注》,昆明:云南人民出版社,1985年版,第750页。
④ [明]徐弘祖撰,朱惠荣校注:《徐霞客游记校注》,昆明:云南人民出版社,1985年版,第685页。"自关岭为镇宁、永宁分界,而安庄卫之屯,直抵盘江,皆犬牙相错,非截然各判者。"
⑤ [明]徐弘祖撰,朱惠荣校注:《徐霞客游记校注》,昆明:云南人民出版社,1985年版,第685页。"陟岭头,则此界最高处也。东瞰关岭,西俯盘江以西,两界山俱屏列于下,如'川'字分行而拥之者。"
⑥ [明]徐弘祖撰,朱惠荣校注:《徐霞客游记校注》,昆明:云南人民出版社,1985年版,第686页。"三枝南下,形如'川'字,而西枝最高,然其去俱不甚长,不过各尽于都泥江以北。其界都泥江北而走多灵者。"
⑦ [明]徐弘祖撰,朱惠荣校注:《徐霞客游记校注》,昆明:云南人民出版社,1985年版,第688页。小注曰:"余三见此流:一在武宣入柳江,亦甚浊;一在三镇北罗木渡,则清;一在此,复浊。想清乃涸时也。"

绪的高昂之态。

再次,过安南卫盘江桥至普安州盘县,晴隆县东北的威山让霞客"望之有异",西北方向"若以此脊为界者",山脉呈"南耸而北伏"之状,更利于向西北方向进行眺望,因而霞客在登岭后感慨:"予夙愿一北眺盘江从来处,而每为峰掩,至是适登北岭,而又为雾掩,造化根株,其不容人窥测如此!"①

最后,在普安州盘县,徐霞客南至距州三十里的丹霞山,其考察的重点是此处乃南北盘江贵州的分水所在,在入盘县前,他提出了自己的初步判断,"北出者当从软桥水而入盘江上流,南流者当从黄草坝而下盘江下流"②。盘县东北"高冠一州"的八纳是"软桥之水所由出也"③,州南三十里的丹霞山"特拔众山之上……东北惟八纳山与之齐抗"④,这个分水判断后在《滇游日记》中成为徐霞客推演的重要论据之一:"从丹霞山东南,迤逦环狗场、归顺二营以走安笼所,北界普安南北板桥诸水入北盘,南界黄草坝马鼻河诸水入南盘者也。"⑤徐霞客由亦字孔驿出贵入滇前,得出了"小洞一岭,遂为南北盘分水脊"⑥的结论,但随着考察的深入,徐霞客发现此分水非南北盘江的源头分水,于是乎在滇开启了新一轮艰苦的地学探索。

(三) 苗岭以北沅江、乌江之考

霞客由粤入黔从独山北上经都匀至平越卫。入都匀前,霞客见到了"大溪自西北破峡出,汤汤东去"的大马尾河,并"东渡小马尾河"⑦,入都匀后,登东山麓谒圣庙,"问《郡志》。其友归取以示。甚略而不详,即大、小马尾之水,不书其发源,并不书其所注,其他可知"⑧。其后登高俯瞰都匀地势:"都匀郡城东倚东山,西瞰大溪。有高冈自东山西盘,而下临溪堑;溪自北来,西转而环其东。"⑨霞客沿途所见、取郡志中所关注重点,以及登高而见的从北面流来环绕都匀向东流去的大溪,这正是湖南仅次于湘江的第二大河流,长江支流沅江在都匀的南源马尾河所在地。出都匀后,霞客继续向北经麻哈州至平越卫,平越卫即今之福泉。对于这段绕路之行的目的,因在平越卫三天均是不超过十个字的记录,论者普遍认为与寻访张三丰的胜迹有关。笔者不否认此目的,但在此提出一个假设,

---

① [明]徐弘祖撰,朱惠荣校注:《徐霞客游记校注》,昆明:云南人民出版社,1985年版,第691页。
② [明]徐弘祖撰,朱惠荣校注:《徐霞客游记校注》,昆明:云南人民出版社,1985年版,第699页。
③ [明]徐弘祖撰,朱惠荣校注:《徐霞客游记校注》,昆明:云南人民出版社,1985年版,第700页。
④ [明]徐弘祖撰,朱惠荣校注:《徐霞客游记校注》,昆明:云南人民出版社,1985年版,第700页。
⑤ [明]徐弘祖撰,朱惠荣校注:《徐霞客游记校注》,昆明:云南人民出版社,1985年版,第755页。
⑥ [明]徐弘祖撰,朱惠荣校注:《徐霞客游记校注》,昆明:云南人民出版社,1985年版,第800页。
⑦ [明]徐弘祖撰,朱惠荣校注:《徐霞客游记校注》,昆明:云南人民出版社,1985年版,第657页。
⑧ [明]徐弘祖撰,朱惠荣校注:《徐霞客游记校注》,昆明:云南人民出版社,1985年版,第658页。
⑨ [明]徐弘祖撰,朱惠荣校注:《徐霞客游记校注》,昆明:云南人民出版社,1985年版,第658页。

从行经线路来看,霞客可能是为沅江的北源重安江而去①。

乌江为贵州省第一大河,是长江上游南岸最大的支流。按自西向东流向,明代称今六枝以北为谷龙河,今普定以北为大茅河,今安顺以北为思腊河,今平坝、清镇以北为鸭池河,今修文以北为陆广河,今息烽、开阳以北为乌江。在贵阳,霞客之游仅记"游古佛洞"②六字,他关注的是贵阳的四面之水"俱合于城南薛家洞……同下乌江者也"③,流经贵阳市区的南明河为乌江支流清水江的左源。出白云山后,霞客走向平坝卫,过威清卫见到乌江支流猫跳河源之一的麻线河时说:"有溪汪然自南而北,始为脊北第一流,乃北合洛阳桥下水,东经威清而下乌江者。"④在平坝卫(今红枫湖)见到猫跳河源之一的洛阳河说:"有大溪自西而东,溯之西行。……桥下流甚大,自安顺州北流至此,曲而东注威清,又北合陆广,志所谓的澄河是矣。"⑤在安庄卫百姓诉苦道安邦彦"窥三汊河,以有备而退"时,叙述了发源于乌撒府(明属于四川,今贵州威宁县)的乌江在贵州的流经走向:"一水西北自乌撒,一水西南自老山中,合并东北行,故曰'三汊';东经大茅、陆广、乌江。"⑥

短短的贵州之行,徐霞客完成了对"南北之水"的考察,考察的重点无疑是北盘江。此在徐霞客西行前《致陈继儒书》中留下明证:"弘祖将决策西游,从牂牁、夜郎以极碉门、铁桥之外,其地皆犳嗥鼯啸,魑魅纵横之区,往返难以时计,死生不能自保。"⑦霞客计划途经的牂牁江系珠江流域北盘江水系;同时,显然,归结于"好奇""游癖""为游而游"等目的未能准确概括霞客之精神。

二、《徐霞客游记》溯江寻源的地学考察

笔者认为,徐霞客将毕生的力量用在了长江之源的探寻中,虽然《徐霞客游记》记述事物众多,涉及区域辽阔,但从前期游名山的准备、历练再到后期进行西南遐征的壮举,徐霞客一步步地实现了从阶段性考察到全局性把握的过程,溯江寻源是隐伏其中却一气呵成的地学考察主线,亦是领会三百多年前奇人奇游独特精神内涵的钥匙,现结合文本

---

① 按《明史·地理志》:"南有麻哈江,即邦水河之上源。"《方舆纪要》"邦水河"条:"自邦水司流入,南流经都匀司,为都匀河。"《清史稿·地理志》:"麻哈河,有二源,经城西合为一水,又名两岔江,北流入平越。"三说看似有矛盾,实则麻哈江既南流都匀,又北流入平越。麻哈县河流众多,既有属清水江马尾河的,又有向北入鱼梁江的,在福泉东南入鱼梁江即是沅江的北源重安江,两源在凯里北的(螃蟹上三汊河口)相汇合后,称清水江。
② [明]徐弘祖撰,朱惠荣校注:《徐霞客游记校注》,昆明:云南人民出版社,1985年版,第660页。
③ [明]徐弘祖撰,朱惠荣校注:《徐霞客游记校注》,昆明:云南人民出版社,1985年版,第669页。
④ [明]徐弘祖撰,朱惠荣校注:《徐霞客游记校注》,昆明:云南人民出版社,1985年版,第674页。
⑤ [明]徐弘祖撰,朱惠荣校注:《徐霞客游记校注》,昆明:云南人民出版社,1985年版,第675-676页。
⑥ [明]徐弘祖撰,朱惠荣校注:《徐霞客游记校注》,昆明:云南人民出版社,1985年版,第679页。
⑦ 吕锡生主编:《徐霞客与江苏》,北京:中华书局,1999年版,第181页。

论述如下:

(一) 江阴与长江

江阴,地处长江之南,邑以江名。霞客《溯江纪源》开篇自述其"生长其地者,望洋击楫,知其大不知其远"①,作为生长在长江东尽头的人自然会将好奇的目光投向西处,长江的上源到底在哪里? 随着年龄的增长,《禹贡》"岷山导江"之说不仅不能说服他,反而成为他埋藏在心中挥之不去的疑惑。江阴既是连接南北运河的中枢,也可沿长江溯流而上自东而西横跨明朝疆域,具有便捷出行的交通地理条件,这是徐霞客前期"有方之游"能顺利出游的决定因素之一,在充分利用水路出行积累旅游经验的同时,也让徐霞客对于山脉的走向及溪、江的汇合情况有了更多的观察实践的基础。

(二) 浙江与长江

霞客首游浙江的游记未有对水流的直接记述,但如将行经处重要的节点列出:钱塘江(杭州)—曹娥江—甬江(宁波至普陀山)—灵江(黄岩)—瓯江(乐清),浙江八大水流中七条独流入海,霞客此行已睹其五,且行经点均位于五江入海处附近。《游白岳山日记》是徐霞客对沿途溪水流向进行有意识记述的开始:"其溪自祁门县来……会郡溪入浙。"②"浙"即由赣、浙分水岭而来的率水和渐溪水两源汇合而成,是新安江正源,也是钱塘江(浙江)正源。白岳游毕,霞客北行游黄山,沿途对源出黄山水流的实地观察远比游白岳更细致准确,《游黄山日记前》将黄山水流的概述放在游记的结尾,以示其重要性:"黄山之流,如松谷、焦村,俱北出太平;即南流如汤口,亦北转太平入江;惟汤口西有流,至芳村而巨,南趋岩镇,至府西北与绩溪会。"③黄山是长江下游与钱塘江的分水岭,霞客关注到"松谷"(婆溪)、"焦村"(秧溪)、"汤口"(麻川河)皆"转太平入江",唯独"至芳村而巨"的丰乐水是源出黄山却唯一流向钱塘江水系的河流(明称之为新安江),与从绩溪县来的练江(明称之为扬之水)在歙县汇合。

(三) 闽江与长江

闽游和先前的游记在关注重点上有着明显的不同,勘察更加全面,对水流分合走向的观察也愈加仔细,从1616年《游武彝山日记》、1620年《游九鲤湖日记》到1628年《闽游日记前》,三记以联系的视角完成了对闽江、九龙江整个流域的考察,尤其《闽游日记前》游历共计25日,除二十二至二十三日从将乐陆路行至永安、二十九至三十日因盗滞留共

---

① [明]徐弘祖撰,朱惠荣校注:《徐霞客游记校注》,昆明:云南人民出版社,1985年版,第1191页。
② [明]徐弘祖撰,朱惠荣校注:《徐霞客游记校注》,昆明:云南人民出版社,1985年版,第13页。
③ [明]徐弘祖撰,朱惠荣校注:《徐霞客游记校注》,昆明:云南人民出版社,1985年版,第23页。

4日无记外,共记游21日,而有意识地对江流观察的记述达14天,以梨岭、马山两个分水岭为对比观察点,第一个总结出地理学上"程愈迫则流愈急"①的规律,这正缘于通过前后12年间三次入闽考察,徐霞客才能对闽江和九龙江全面勘察、全面掌握,并予以思考,并作出符合地理考察与研究的科学结论。

闽江与长江相距较远,入海方向更是大相径庭,因而在一般人心目中二江没有任何交叉点。但是,以足勘目验为目标的徐霞客正是在五游福建及万里遐征途经江西时,完成了对浙闽分水的仙霞岭和赣闽江分水的武夷山脉认真细致的足勘目验。

(四) 鄱阳湖与长江

江西与南直隶、浙江、福建三省交界,分水位置错综复杂,五龙山脉、怀玉山脉是赣水与浙水的分水岭;武夷山脉是鄱阳湖水系与闽江水系的分水岭;南部五岭是鄱阳湖水系与珠江水系的分水岭。因而徐霞客的考察是由若干次的交叉考察完成的。

万历四十六年(1618)徐霞客溯长江而上至九江,既考察了长江中下游沿线,也加深了对赣浙分水的认识。崇祯九年(1636)《江右游日记》的首日游记中,徐霞客即指向北面赣浙分水岭怀玉山脉,作出了结论性的记述,并补充说明"余昔从竭埠出裘里,乃取道其东南谷中者也"②,进一步强调了其行是对此处有目的的足勘目验。

《江右游日记》在行至江西建昌府后,走了一条不合常理的迂曲线路,于新城(今黎川县)、南丰县境转了一圈,又回到建昌府继续出发,其考察目标正是赣闽分水的武夷山脉。"东北者为杉关之水……至杉关尚陆行三十里,则江、闽分界"③,此处对应的是8年前《闽游日记前》所言"邵武之水从西来,通光泽"④,即闽江中源富屯溪的北支。霞客连续翻越黎川县东南部的四座大山,这些山位于武夷山脉的中段,最后登上"更高于众"的会仙峰说道:"南即为邵武之建宁,其大山东南为泰宁……则会仙南之大山,乃南龙北来东转之处也。……四下四上,又四里而登会仙绝顶,则东界大山俱出其下,无论箫曲、应感矣。"⑤可见,他的目光不仅对准了闽江中源富屯溪的北支,还对准了发源于建宁、泰宁金铙山的将溪(今金溪)富屯溪的西支,"东界大山"指的是位于福建的闽江发源之山,皆俱低于武

---

① [明]徐弘祖撰,朱惠荣校注:《徐霞客游记校注》,昆明:云南人民出版社,1985年版,第79页。"宁洋之溪,悬溜迅急,十倍建溪。盖浦城至闽安入海,八百余里,宁洋至海澄入海,止三百余里,程愈迫则流愈急。况梨岭下至延平,不及五百里,而延平上至马岭,不及四百里而峻,是二岭之高伯仲也。其高既均,而入海则减,雷轰入地之险,宜咏于此。"

② [明]徐弘祖撰,朱惠荣校注:《徐霞客游记校注》,昆明:云南人民出版社,1985年版,第138页。"盖自草萍北度,即西峙此山,(一名大岭,一名三清山)。山之阴即为饶之德兴,东北即为徽之婺源,东即为衢之开化、常山,盖浙、直、豫章三面之水,俱于此分焉。"

③ [明]徐弘祖撰,朱惠荣校注:《徐霞客游记校注》,昆明:云南人民出版社,1985年版,第157页。

④ [明]徐弘祖撰,朱惠荣校注:《徐霞客游记校注》,昆明:云南人民出版社,1985年版,第75页。

⑤ [明]徐弘祖撰,朱惠荣校注:《徐霞客游记校注》,昆明:云南人民出版社,1985年版,第160页。

夷山脉,长江和闽江的分水自然已为霞客目验确认。

(五) 黄河、汉水与长江

天启三年,徐霞客去程陆行黄河沿线,回程顺江而下,以"陆行舟返"的最快速方式,完成了对黄河、长江的交叉对比考察,尤其是考察了秦岭(北岭)这一重要的长江水系与黄河水系的南北分界线。霞客在潼关远观,北瞰"黄河从朔漠南下,至潼关,折而东",南瞰"华岳以南,峭壁层崖,无可度者",唯有扼秦楚之交的武关可行①。其后徐霞客登秦岭下武关,对长江流域和黄河流域的分界有了更为直观具体的认知。

丹江是汉江最长的支流,霞客从华山南下石门镇,沿苍岭至龙驹寨取丹水,舟至南阳市淅川县石庙湾登陆,于红粉渡见"汉水汪然西来"②,循汉东行至均州,这段沿途记载就有9日之多,关注的重点无疑是丹江和汉江,自觉地验证"经武关之南,历胡村,至小江口入汉者也"③这段丹江的行经流程。

霞客游太和后,行经了汉江丹江口段的沧浪水和襄阳段的襄水,至武汉入长江。万历四十六年徐霞客由江阴溯长江至九江,天启三年徐霞客取汉水由武汉顺江而下江阴,徐霞客以往返舟行的方式完成了南直隶、江西以及湖广武汉府段的长江考察,湖广之西正是四川境。17年后的崇祯十三年,霞客以悲壮的方式完成了四川至湖广段长江的查勘,陈函辉《徐霞客墓志铭》曰:"丽江木守为饬舆从送归……至楚江困甚……六日而达江口,遂得生还。"④

(六) 珠江与长江

珠江,是由西江、北江、东江及珠江三角洲诸河汇聚而成的复合水系。南岭(五岭)也正是两广与江西、湖广的分水岭,划分出长江流域与珠江流域。

徐霞客的广东游记缺失,朱惠荣先生根据留存的相关诗文资料推断其由闽入广的游历与线路⑤,值得注意的是罗浮、曹溪、庾岭这三个地理标杆位置分别位于东江、北江和赣广分界。

北江发源于江西省信丰县石碣大茅山,虽然广东段游记缺失,但在《楚游日记》中徐

---

① [明]徐弘祖撰,朱惠荣校注:《徐霞客游记校注》,昆明:云南人民出版社,1985年版,第60页。
② [明]徐弘祖撰,朱惠荣校注:《徐霞客游记校注》,昆明:云南人民出版社,1985年版,第66页。
③ [明]徐弘祖撰,朱惠荣校注:《徐霞客游记校注》,昆明:云南人民出版社,1985年版,第64页。
④ [明]徐弘祖撰,朱惠荣校注:《徐霞客游记校注》,昆明:云南人民出版社,1985年版,第1240页。
⑤ 朱惠荣:《徐霞客与〈徐霞客游记〉》,昆明:云南大学出版社,2014年版,第92-99页。往西经平和过天门岭入广东,再沿梅潭江经今湖寮镇到三河镇,船行梅江、五华河到岐岭,又陆行二十余里到老龙取东江水路,经龙川、河源、归善至博罗县登罗浮山;溯流北江,经三水、清远、英德、曲江、始兴、保昌,越庾岭,入江西经大庾、南康、赣县、零都、瑞金,到福建长汀,可能从汀州取道汀江乘舟南下,到大埔后转沿梅潭河往东走,过平和回到南靖。其后取道泉州府、兴化府、福州府至延平府而返。

霞客对由湖南注入北江的支流连江和干流武水给予了充分的关注,尤其是对武水的观察四天内有记录七条之多①,如果我们将散落在《楚游日记》每一天中看似轻描淡写的沿途记述中,将有关武水的内容爬梳出来,那么可以发现徐霞客无时无刻不在关注着骑田岭的分水:湘江支流耒水和珠江水系里北江西源武水,这是楚、粤的分脊也是长江和珠江流域的分界。

西江是珠江水系中最长的河流,流经滇、黔、桂、粤4省,发源于云南省曲靖市乌蒙山余脉马雄山,与北江相合后汇入珠江三角洲入海。徐霞客在广州亲历了东江和北江,而西江上游正留待徐霞客入广西后考察,西江的源头也正是徐霞客在云南所追寻的南盘江和北盘江,这些考察成果最终形成了他杰出的科考论文之一——《盘江考》。

(七) 潇江与长江

崇祯十年(1637)正月,徐霞客由江西永新入湖广茶陵州,开始了湖南段的考察。此次考察他除了要完成早年"不必专游"所规划的南岳衡山目标,要解决的是潇水是否通于珠江这个重大问题。徐霞客得到的信息是三分石是湖广与广东、广西的分水岭:"三分石,俱称其下水一出广东,一出广西,一下九疑为潇水,出湖广。"②这意味着珠江与长江可能有天然的交叉合流处。徐霞客经过对九疑山三分石披荆斩棘、历经艰辛的执着考察,终于查清并纠正了历来传说中"石分三水"的谬误:三分石乃"石分三岐",石下潇水、岿水、泡水三水均属潇江水系③。至于为何水不流向两广,徐霞客也调查清楚,"其不出两广者,以南有锦田水横流为(楚、粤)界也"④,东西横流的河道锦田水,成为湖南和两广的分水岭。

从游线来看,徐霞客在湖南又走了个迂曲的线路。从茶陵州、攸县、衡山县到衡州府后,他完全可以溯湘江由湘桂走廊入广西全州,但是他选择了一条环行湘南的线路:由永州府向南,经江华县、蓝山县、临武县、宜章县,再向北回到衡阳。非要刻意兜这么一个

---

① [明]徐弘祖撰,朱惠荣校注:《徐霞客游记校注》,昆明:云南人民出版社,1985年版,第268-274页。"初三日饭于朱禾铺,是为蓝山、临武分界。更一里,过永济桥,其水东流,过东山之麓,折而北以入岿水者。又南四里为江山岭,则南大龙之脊,而水分楚、粤矣。(岭西十五里曰水头,志谓武水出西山下鸬鹚石,当即其处。)""初四日(临武)入门即循城西行,过西门,门外有溪自北来,即江山岭之流与水头合而下注者也。""初六日出东门,五里,一山突于路北,武水亦北向至,路由山南水北转山嘴复东南去。路折而东北。""三里至阿皮洞,武溪复北折而来,经其东北去。""由其东下岭二里,则武溪复自北而南,路与之遇。乃循溪南东行,溪复转而北,溪北环成一坪,是为孙车坪,涯际有小舟舶焉。""武溪复北自麻田南向而下,经司(梅田白沙巡司)东而去。""初七日由司东渡武溪,遂东上渡头岭。……已行岭南,则南向旷然开拓,想武江直下之境矣。"
② [明]徐弘祖撰,朱惠荣校注:《徐霞客游记校注》,昆明:云南人民出版社,1985年版,第265页。
③ [明]徐弘祖撰,朱惠荣校注:《徐霞客游记校注》,昆明:云南人民出版社,1985年版,第265页。
④ [明]徐弘祖撰,朱惠荣校注:《徐霞客游记校注》,昆明:云南人民出版社,1985年版,第265页。

圈,不只是"(舜)南巡狩,崩于苍梧之野,葬于江南九疑"①的吸引力,还因为永州府的江华县、锦田所,衡州府的蓝山县、临武县,以及郴州府的宜章县,它们的地理位置恰恰是位于湖南与广东、湖南与广西的交界地,道州—永明—江华位于都庞岭东,江华县以南是萌渚岭,宜章县是骑田岭所在地。霞客所游不仅是湘南的"潇源考",更是最经济的三岭环线考,既可以追溯潇水之源,更可以观察珠江水系中的北江与长江水系的分离情况,完成9年前广东考察未尽事项。算上广东与江西界的大庾岭,此时的霞客已历四岭,唯剩下越城岭留待广西之考。

(八) 资江、湘江与长江

崇祯十年(1637)闰四月霞客入广西境,先着眼于调查越城岭,及湖南四水之一的资江。他并未直接走全州往桂林的通衢大道,而是先西向资源,历时8天从真宝顶向南穿越至南宝鼎②,完成对越城岭的徒步考察。越城岭也是资江和漓江的发源地,霞客"南望新宁江流,远从巾子岭横界南宝顶之西"③,此即资江右源夫夷水。至此,徐霞客完成了长江水系与珠江水系分界的五岭全线的考察。

其后,霞客溯湘江入兴安界,查勘沟通长江和珠江的灵渠,以及位于海洋山的湘江源。在兴安万里桥霞客对沟通湘江和漓江的灵渠描述为:"盖堰湘分水,既西注为漓,又东浚湘支以通舟楫,稍下复与江身合矣。"④其观察重点是灵渠人字分水坝对湘江的三七分水,三分水西流入漓,湘江主流北向长江未受影响。登兴安东南最高的状元峰俯察湘江:"自其上西瞰湘源,东瞰麻川,俱在足底;南俯小金峰,北俯锦霄坳岭,俱为儿孙行。"⑤进而在二十三日望桥西金鼎山后作出考察结论:"山为老龙脊,由此至兴安,南转海阳,虽为史禄凿山分漓水,而桥下有石底,水不满尺,终不能损其大脊也。"⑥人为分湘入漓,但终未改变水流的走向,长江和珠江仍然属于各自独立的水系。再后霞客溯湘江南行,"急于海阳"查勘湘江之源,历时4日终得亲见,霞客曰:"海阳山俱崆峒贮水。水门二:南平,西出甚急。……水俱北流,惟为湘源也。"⑦至此,徐霞客完成了对广西北部入江河流的考察。

---

① [汉]司马迁撰:《史记》,北京:中华书局,1959年版,第44页。
② [明]徐弘祖撰,朱惠荣校注:《徐霞客游记校注》,昆明:云南人民出版社,1985年版,第300页。"时日色甫中,四山俱出。南峰之近者为钩挂山(石崖峭立,东北向若削);再南即打狗岭,再南为大帽,再南宝顶,而宝顶最高,(与北相颉颃)仰望基后绝顶更高。"
③ [明]徐弘祖撰,朱惠荣校注:《徐霞客游记校注》,昆明:云南人民出版社,1985年版,第301页。
④ [明]徐弘祖撰,朱惠荣校注:《徐霞客游记校注》,昆明:云南人民出版社,1985年版,第305页。
⑤ [明]徐弘祖撰,朱惠荣校注:《徐霞客游记校注》,昆明:云南人民出版社,1985年版,第306页。
⑥ [明]徐弘祖撰,朱惠荣校注:《徐霞客游记校注》,昆明:云南人民出版社,1985年版,第307页。
⑦ [明]徐弘祖撰,朱惠荣校注:《徐霞客游记校注》,昆明:云南人民出版社,1985年版,第310页。

(九) 左右江与长江

在崇祯十一年(1638)三月二十七日徐霞客出南丹州前,他已在广西共考察了344天,《盘江考》所言"余于粤西已睹其下流"①即是他对西江干支流在广西境内的追溯与考察。他充分利用广西水道的航行便利,行游于融江、柳江、黔江、郁江中。六月二十一日,他在柳城县第一次叙述了对两盘江下游流经广西境内颇多错讹的初步认识,其后随着考察的深入对其不断予以修正。九月二十四日他于广西的考察渐入尾声,于南宁乘舟取左江时说:"左江之源出于交趾,与盘江何涉,而谓两盘之合在此耶?余昔有辨,详著于《复刘愚公书》中。其稿在衡阳遇盗失去。俟身经其上流,再与愚公质之。"②可见,在万里遐征前,徐霞客就关注珠江在广西境内的分合走向,对南、北盘江与左、右江的关系的解答是其在广西段考察的主题。

除此之外,对徐霞客之考察广西,还需注意到,广西河流基本属于西江,最终向东流入珠江注入南海,但有两条南流入海的河流除外:其一便是徐霞客出桂林后,直趋广西西南的郁林州、北流县、容县,用时16日考察的南流江。在"盖余所历,俱四面环容山之麓"③的严谨考察下,徐霞客确认先前以北流县大容山为界的判断,"于是南北之流分焉"④,绣江经容县、藤县北入郁江,南流江经郁林南下廉州入海。另一条便是那坡县的百都河,霞客在广西考察结束后"欲走归顺至富州"⑤入云南,考虑到归顺为高平夷所阻,最终没有实现。不过,假设行经,将会出现两个结果:首先,发源于富州,流至那坡,南入越南入海的百都河必定会被记录于他的游记中,完成对广西两条南流入海河流的考察,可确定广西境内的西江干支流唯有东入珠江一条出路;其次,更为重要的是,如能行经此线入广南府,霞客必会纠正以南盘江为右江上流的错误认识。

众所周知,徐霞客的《盘江考》有两处错误:一是以南盘江为右江上流,二是北盘江源之误,将寻甸杨林附近作为北盘江源头。第二个错误的严重性在于将流经寻甸的牛栏江(车洪江)与珠江相通,牛栏江乃金沙江支流,徐霞客这么多年足勘目验长江流域的辛劳可谓前功尽弃。但更为众人所忽视的是,正是入广南府的不能成行,才引发了这一连串的错误。广南府的缺失是徐霞客溯江寻源中的重大遗憾!

---

① [明]徐弘祖撰,朱惠荣校注:《徐霞客游记校注》,昆明:云南人民出版社,1985年版,第800页。
② [明]徐弘祖撰,朱惠荣校注:《徐霞客游记校注》,昆明:云南人民出版社,1985年版,第479页。
③ [明]徐弘祖撰,朱惠荣校注:《徐霞客游记校注》,昆明:云南人民出版社,1985年版,第462页。
④ [明]徐弘祖撰,朱惠荣校注:《徐霞客游记校注》,昆明:云南人民出版社,1985年版,第440页。
⑤ [明]徐弘祖撰,朱惠荣校注:《徐霞客游记校注》,昆明:云南人民出版社,1985年版,第495页。

霞客在经广西右江口时谈及了自己对右江源头的看法①。徐霞客一开始并未将南盘江视为右江上流，而认为右江是由云南富州而来，并记录当地人对右江的说法，"舟至白隘而止"②，白隘即今云南富宁县的东剥隘；而辨"峨利州"为"利州"之误，是怀疑右江源于泗城州的利州，与从富州西来之水合而下田州，为右江上游。右江的正源驮娘江，正是发源于广南龙山，流经广南、富宁至广西西林、田林、田州，至合江村与左江汇合，下流称郁江。可见，只要徐霞客行经广南府，这个问题必然迎刃而解。

然而正是广南府的缺失才使霞客大费周折，入云南后为了追溯南盘江，考证与右江的关系，沿师宗、罗平出云南入贵州，到达兴义南距南盘江约 30 公里处的黄草坝，因边疆不宁，道路多阻，终不继行，无奈只有折而北，由贵州的亦资孔又入云南。

再将视角投向《滇游日记二》中记述的二十八日雨益弥甚的贵州黄草坝，徐霞客在此细思了盘江的曲折③：先定出以黄草坝为中心的空间方位，再将水流在布局好的空间中进行推演，分合流向，这是一个严谨的逻辑推理过程，这个过程是建立在图书资料收集、沿途实地勘查以及收集当地人的说法予以验证的基础上。当追溯南盘江到了黄草坝时，南盘江已经被霞客推演到入广西珠江流域唯一一个走向。而最关键的便是与广西哪条江相接的问题，摆在面前的有两种选择，其中一个就是土人说的与北盘江相合。然而南盘江从马雄山出来后，一路向南蜿蜒曲折，后又转而东北，居然还在贵州汇入北盘江中，这是多么令人脑洞大开之事！明证了大自然的神奇，更明证了以足勘目验为己任的霞客伟大价值所在！南盘江这种匪夷所思的走向也是徐霞客最终否定了当地土人对南、北盘合流的正确说法的原因，接受了看似合理的历史陈说，将南盘江与右江相接。正是广南府之游的缺失，终于使得徐霞客将由安隆的南盘江错误地认为其流向了田州。

更需重视的是霞客在作出错误判断的当天还记述了从云南抵广西的三条道路，这三条道路也是他在广西时曾面临的重大抉择：北路是他最终由黔入滇的道路；南路是由入

---

① [明]徐弘祖撰，朱惠荣校注：《徐霞客游记校注》，昆明：云南人民出版社，1985 年版，第 477－480 页。"右江自云南富州东来，经上林峒，又合利州南下之水，又东经田州南、奉议州北，又东南历上林、果化、隆安诸州县至此。""余向右江之流，溯田州而上，舟至白隘而止。""按《一统志》右江出峨利州。""又考利州有白丽山，乃阪丽水所出，又有'阪'作'泓濛'，二水皆南下田州者。白隘岂即白丽山之隘，而右江之出于峨利者，岂即此水？其富州之流，又西来合之者耶？"

② [明]徐弘祖撰，朱惠荣校注：《徐霞客游记校注》，昆明：云南人民出版社，1985 年版，第 479 页。

③ [明]徐弘祖撰，朱惠荣校注：《徐霞客游记校注》，昆明：云南人民出版社，1985 年版，第 750 页。"按盘江……抵坝楼，遂下八蜡、者香。又有一水自东北来合，土人以为即安南江北盘江，恐非是。安南北盘，合胆寒、罗运、白水河之流，已东南下都泥，由泗城东北界，经那地、永顺，出罗木渡，下迁江。则此东北来之水，自是泗城西北界山箐所出，其非北盘可知也。于是遂为右江。再下又有广南、富州之水，自者格、葛闾、历里来合，而下田州，此水即志所称南旺诸溪也。二水一出泗城西北，一出广南之东，皆右江之支，而非右江之源；其源惟南盘足以当之。胆寒、罗运出于白水河，乃都泥江之支，而非都泥江之源；其源惟北盘足以当之。各不相紊也。"

云南广南府考察南盘江的最佳线路①,也是霞客的首选线路,走南路必然会发现右江之源非南盘江;中路正是追踪至黄草坝的徐霞客对广西田州考察的遗憾回顾②。再将时间拨回到粤游时,在向武州彷徨的徐霞客如能行经此线至黄草坝,必然会发现右江并未由田州西北流向黄草坝的南盘江。

谭其骧先生所作明代地图上的两条南盘江似乎已间接给足了徐霞客很大的面子,毕竟明人皆错,徐霞客错也是正常的。但这个逻辑并非明人皆错而霞客必错,笔者认为,霞客之错,错的正是情非得已,更是情有可原,他离拨正也就是差之毫厘。他因边疆不宁,道路多阻,最后经黔入滇,在南盘江上花费了大量的力气,耽搁了大量的时间,不仅推翻了自己的正确判断,还影响了其后北盘江与长江分界的调查时间与精力,因鸡足山归骨之事未完,以足勘目验为己任的徐霞客在沾益州姑且听信龚起潜的说法,放弃了与南盘江相比更为简单的穷北盘江的计划,也实属无奈之举。

(十) 金沙江与长江

徐霞客从崇祯十一年十月初一在昆明,至崇祯十二年二月十一日离开丽江,这段历时130天的考察目标对准了金沙江。

考察始于滇池。螳螂川为滇池的唯一出口,经安宁、富民、禄劝注入金沙江。徐霞客完成了从滇池出口至富民的沿途的细致观察,其间他还论及南龙由丽江至滇池的走向③,对安宁州、昆阳州、新兴州、晋宁州这段山脉的走向与连通有了清晰的认识,而这也正是长江水系与珠江水系及西南诸水的分水岭所在。

其后由昆明前往鸡足山所在的大理府,以完成静闻遗愿。其最便捷的路径是向西经楚雄府入大理府祥云,但是徐霞客选择的却是一条迂回的线路。如果将昆明—武定—元谋—大姚—宾川—鹤庆—丽江这条线路在地图上予以标注,可以清晰地发现徐霞客是近距离地沿着金沙江沿线予以追踪目击。

元谋是金沙江最南流经之地,也是最便于细致勘察金沙江两岸处。徐霞客还渡过金

---

① [明]徐弘祖撰,朱惠荣校注:《徐霞客游记校注》,昆明:云南人民出版社,1985年版,第750-751页。"在临安府之东,由阿迷州、维摩州,抵广南富州,入广西归顺、下雷,而出驮伏,下南宁。此余初从左江取道至归顺,而卒阻于交彝者也。"

② [明]徐弘祖撰,朱惠荣校注:《徐霞客游记校注》,昆明:云南人民出版社,1985年版,第751页。"在普安之南、罗平之东,由黄草坝,即安隆坝楼之下田州,出南宁者。此余初徘徊于田州界上,人皆以为不可行,而久候无同侣,竟不得行者也。"

③ [明]徐弘祖撰,朱惠荣校注:《徐霞客游记校注》,昆明:云南人民出版社,1985年版,第828页。"老龙之脊,西北自丽江、鹤庆东,南下至楚雄府南,又东北至禄丰、罗次北境,又东至安宁州西北境,东突为龙山;遂南从安宁州之西,又南度三泊县之东,又南向绕昆阳州之西南,乃折而东经新兴州北,为铁炉关;又东经江川县北,为关索岭,又东峙为屈颡巅山,乃折而东北,为罗藏山,则滇池、抚仙湖之界脊也。"

沙江往北十五里到达过江驿。在元谋，徐霞客形成了考察过程中关于金沙江承上启下之判断，以金沙江南曲之极处金沙巡司为观察点，考察确切了金沙江在此处流经乌蒙山之西的这段，并且判断其与北下四川乌蒙府和马湖府的娜姑水道相连通，再东至叙州府宜宾与岷江交汇。至此，徐霞客已经找到了推翻"岷山导江"，主张"金沙导江"的重要的实地考察论据①。

鸡足山具有独特的观察南龙及金沙江的地理位置，霞客于鸡足山脊北眺丽江，见"雪山之东，金沙江实透腋南注，但其处逼夹仅丈余"②。于丽江出发前两日，他就对在鸡足山观察而形成的南龙走向做了修正细述③。

在丽江，霞客有两处神往而思游之地，先请往中甸不得，而再请往古冈（贡嘎日俄）亦不得。他一直留意于去中甸的道路④，不仅是为"观所铸三丈六铜像"⑤，实因中甸位于云南的最西北端，金沙江由德钦进入云南境内后，与西边的澜沧江、怒江平行向南。如果能达成考察中甸的心愿，徐霞客溯江云南的考察当可画上圆满的句号。在两次请游被拒绝后，霞客提出了返程经九和的要求，九和系丽江府"道路为断，其禁甚严"⑥的瘟疫隔离处，如能行经九河，徐霞客当能到达石鼓之东处近距离观察金沙江，这个地方是长江格局发生重大改变之处，横断七脉之间除怒江、澜沧江外，还有四条属于长江水系的大江⑦，横断山脉南北走向的山势迫使河流只能沿着山体向南流淌，唯独金沙江在位于丽江之西的石鼓附近，摆脱了横断山脉的控制调头北上，环丽江其北再南下转而东南。善于登高总眺山水格局的霞客自然会很敏感地将目光投注于此，否则，他也不会在离开丽江前一天说"东山之外，则江流南转矣"⑧，以及离开丽江当天说"关人指其东麓，即金沙江南下转而东南，趋浪沧、顺州之间者"⑨。

---

① [明]徐弘祖撰，朱惠荣校注：《徐霞客游记校注》，昆明：云南人民出版社，1985年版，第863-864页。"金沙巡司，乃金沙南曲之极处。自此再东，过白马口、普渡河北口，即从乌蒙山之西转而北下乌蒙、马湖。巡司之西，其江自北来，故云南之西北界，亦随之而西北出，以抵北胜、丽江焉。"
② [明]徐弘祖撰，朱惠荣校注：《徐霞客游记校注》，昆明：云南人民出版社，1985年版，第887页。
③ [明]徐弘祖撰，朱惠荣校注：《徐霞客游记校注》，昆明：云南人民出版社，1985年版，第916-917页。"始知南龙大脉，自丽江之西界，东走为文笔峰……抵丽东南邱塘关，南转为朝霞洞……又直南而抵腰龙洞山……又南过西山湾，抵西洱海之北，转而东……抵海东隅，于是正支则遵海而南……又东南峙为乌龙坝山……遂东度为九鼎，又南抵于清华洞，又东度而达于水目焉。"
④ [明]徐弘祖撰，朱惠荣校注：《徐霞客游记校注》，昆明：云南人民出版社，1985年版，第932、936、939页。"（二十九日）度桥，西北陟岭，为忠甸大道""（初八日）渡涧西北逾山为忠甸道""（初九日）丽郡北，忠甸之路有北岩"。
⑤ [明]徐弘祖撰，朱惠荣校注：《徐霞客游记校注》，昆明：云南人民出版社，1985年版，第934页。
⑥ [明]徐弘祖撰，朱惠荣校注：《徐霞客游记校注》，昆明：云南人民出版社，1985年版，第938页。
⑦ 金沙江、雅砻江（金沙江支流）、大渡河（岷江支流）、岷江（长江支流）。
⑧ [明]徐弘祖撰，朱惠荣校注：《徐霞客游记校注》，昆明：云南人民出版社，1985年版，第939页。
⑨ [明]徐弘祖撰，朱惠荣校注：《徐霞客游记校注》，昆明：云南人民出版社，1985年版，第942页。

(十一) 大金沙江与长江

永昌府是徐霞客万里遐征考察的最西处。从游历时间来看,其在永昌府共计127天,占在滇行游历时间的28%;从记游内容来看,始于《滇游日记》第八卷末尾,第九卷至第十一卷整三卷,以及第十二卷前部,约6.7万字,占《滇游日记》字数的26%,约占整部游记的11%。这段考察针对准大金沙江而来。《溯江纪源》曰:"云南亦有二金沙江:一南流北转……一南流下海……云南诸志,俱不载其出入之异,互相疑溷,尚不悉其是一是二,分北分南,又何由辨其为源与否也。"①其论文为突出金沙江,对南流下海的大金沙江即伊洛瓦底江一带而过,但从其字里行间确凿论断来看,他对大金沙江的两条支流是有认真调查过程的,而这个过程即是在腾冲州的40天内完成的。

(十二) 澜沧江、礼社江与长江

徐霞客由大理前往永昌途中渡澜沧江时,见桥东碑文所记"自顺宁、车里入南海"②的走向,他对澜沧江与礼社江的向南流向作出了推断③,并说明"于顺宁以下,即不能详"④。其后崇祯十二年八月初一徐霞客再次迂道而行,向东经右甸、顺宁府至大候州,"余原疑澜沧不与礼社合,与礼社合者,乃马龙江及源自禄丰者,但无明证澜沧之直南而不东者,故欲由此穷之"⑤。"无明证澜沧之直南而不东者"的清晰叙述表明考察的重点是确认二江南流入海的方向,未东流与珠江或长江相接。当霞客在遇一跛者"其言独历历有据"后,乃释然无疑,"遂无复南穷之意"⑥,遂返回顺宁府,复北上鸡足山。

(十三) 木增与长江

徐霞客为溯江寻源乃用心一也,其深知要完成宏伟的目标须得木公鼎力相助:在黔得闻"鸡山为丽府之脉"⑦,至丽江府木公"再以书求修《鸡山志》"⑧,于永昌府将获赠翡翠

---

① [明]徐弘祖撰,朱惠荣校注:《徐霞客游记校注》,昆明:云南人民出版社,1985年版,第1193页。
② [明]徐弘祖撰,朱惠荣校注:《徐霞客游记校注》,昆明:云南人民出版社,1985年版,第1017页。
③ [明]徐弘祖撰,朱惠荣校注:《徐霞客游记校注》,昆明:云南人民出版社,1985年版,第1016页。"澜沧、礼社虽同经定边,已有东西之分,同下至景东,东西鄙分流愈远。"
④ [明]徐弘祖撰,朱惠荣校注:《徐霞客游记校注》,昆明:云南人民出版社,1985年版,第1017页。
⑤ [明]徐弘祖撰,朱惠荣校注:《徐霞客游记校注》,昆明:云南人民出版社,1985年版,第1149页。
⑥ [明]徐弘祖撰,朱惠荣校注:《徐霞客游记校注》,昆明:云南人民出版社,1985年版,第1149页。"前过旧城遇一跛者,其言独历历有据,曰:'潞江在此地西三百余里,为云州西界,南由耿马而去,为渣里江,不东曲而合澜沧也。澜沧江在此地东百五十里,为云州东界,南由威远州而去,为挞龙江,不东曲而合元江也。'于是始知挞龙之名,始知东合之说为妄。又询之新城居人,虽土著不能悉,间有江右、四川向走外地者,其言与之合,乃释然无疑,遂无复南穷之意,而此来虽不遇杨,亦不虚度也。"
⑦ [明]徐弘祖撰,朱惠荣校注:《徐霞客游记校注》,昆明:云南人民出版社,1985年版,第888页。
⑧ [明]徐弘祖撰,朱惠荣校注:《徐霞客游记校注》,昆明:云南人民出版社,1985年版,第938页。

"作书并翠生杯,托安仁师赍送丽江木公"①。霞客在鸡足山最后的时日,季梦良注曰:"余按公奉木丽江之命,在鸡山修志,逾三月而始就。"②

褚绍唐《增订徐霞客年谱》综合诸家之说对霞客还归江阴的 4 条线路进行对比后认为,"霞客归程从《溯江纪源》中的'西出石门金沙'一句来看当是西经丽江石鼓以西二十里的石门关的,这从《溯江纪源》一文中曾三次提到石门关,均是指丽江石鼓以西的石门关,而非指自四川宜宾经曲靖至昆明的古石门道。据此推断霞客的归程当是经石门关渡金沙江,再沿江至桥头(在金沙江西岸,石鼓东北),北行至中甸,再转东行经泸沽湖、盐源、西昌,至越嶲,经晒经、瓦屋二山至峨眉山,此时致书钱谦益及陈函辉,论江源问题,以后再至嘉定(今乐山)宜宾,乘舟东下,至湖北黄冈,换舟返归江阴家中。这一路线陆程约六百公里,乃是东返的较短路线",这条路"对当时舆从人员来说,当以取上述较短的陆行路线为宜"③。

如依此线路观视,徐霞客悲壮的返程亦是得偿所愿的溯源闭环历程:石鼓是长江向东第一弯处;中甸是金沙江、澜沧江、怒江平行向南入云南处;四川峨眉山下有注入岷江的大渡河;宜宾为金沙江、岷江交汇处;最后乘舟东下至湖北黄冈,与天启三年武汉段的游记相衔接。

故而,徐霞客得木公之助,用自己的生命顺利完成了长江全线以及整个长江流域的探析。当他"以真理驳圣经,敢言前人所不敢言",发出"故推江源者,必当以金沙为首"的有力论断的背后,正是灌注了其献身精神的溯江寻源地学考察。他在科学史上具有了崇高的地位,徐霞客的奇异人生所实现的绝非仅仅是一场畅游山水惊心动魄的享受之旅,而是自由充实、闪耀着自我情志光辉的人格建构。

第四节 《徐霞客游记》的文学价值

《徐霞客游记》乃古今游记之集大成者,它不仅仅是对行旅时间和过程的逐日记录,而且是在溯江动机下以文学与时代进行对话的方式,是"穷九州内外,探奇测幽"④的快意人生。徐霞客的探奇访秘之旅连接了书本中的已知和明朝广袤疆域上充满神秘性、不确定性的未知,其充裕的游历时间、纵深的探索空间、精彩的游历过程,让他的游记插上了

---

① [明]徐弘祖撰,朱惠荣校注:《徐霞客游记校注》,昆明:云南人民出版社,1985 年版,第 1122 页。
② [明]徐弘祖撰,朱惠荣校注:《徐霞客游记校注》,昆明:云南人民出版社,1985 年版,第 1182 页。
③ 郑祖安、蒋明宏主编:《徐霞客与山水文化》,上海:上海文化出版社,1994 年版,第 582-586 页。
④ [明]徐弘祖撰,朱惠荣校注:《徐霞客游记校注》,昆明:云南人民出版社,1985 年版,第 1233 页。

想象的翅膀,"博采众家之长,借江山之助写出了具有自己特色的江山之游"①,形成了《徐霞客游记》所特有的雄浑阔远的画面。从文体角度来看,《徐霞客游记》虽采用日记体记游,但无论从结构体式、记游目的、表现手法等,都对这一文体增添了新的内容,使日记体记游在突破与创新中登上了古代游记艺术水平的最高峰。

一、日记体结构体式的新变

(一) 以一生"事游"为核心单独编纂成书

纵观游记文体的发展历程,大致从零星散见于各种文章到成为记游合集与个人专著,从没有定形的面目到有稳定的文体形态,从模糊的写作目的到有自觉的记游意愿,历经郦道元、谢灵运、柳子厚、袁中郎等摹山状水的圣手,对自然山水进行了从内容到结构的审美构建,"然未有累牍连篇,都为一集者"②,像徐霞客这样"穷九州内外…高而为鸟,险而为猿,下而为鱼,不惮以身命殉"③的游历方式,并且穷毕生之精力倾心于游记创作的亘古未见,俯视史册。因而古往今来"游记之夥,遂莫过于斯编"④,作为连续30年逐日记载实地考察过程、现存60多万字的游记长卷,是绝大多数记游名家望尘莫及的。

徐霞客不仅是好游,更是全心"事游",游有目的性、使命感,不重于"借景抒情"或是"托物言志",而是着眼于观察山水自然的真面貌。他的"游"和一般人不同,其他人更多的是偏重于用眼睛去"看",带有较大的随意性,适用于闲适性质的观赏,而徐霞客的游是在发掘问题的动机下,用眼力去"观察",并将观察的结果分不同的考察阶段进行汇总、审慎思考,最终形成合乎逻辑的判断和推理。如考察南盘江西支源头的颜洞,徐霞客竟"慕之数十年",并为此"趋走万里",并在看似无意的一句话中包含了认真的观察和思考:"此江西自石屏州异龙湖来,东北穿出颜洞;而合郡众水,亦以此洞为泄水穴也。"⑤在他的游历生涯中,像这样为取得第一手材料,一往无前地探险览胜、不辞辛苦地迂道而行、反复细致勘察的行为不胜枚举,这种紧扣地形水文的探索让地学成为游历的记述主体,完全不同于17世纪传统游记娱情悦性的记游主题,"倒像是一位二十世纪野外勘探家所写的考察记录"⑥([英]李约瑟),而徐霞客也沉浸于且游且思的过程,一路走来,不断发现问

---

① 梅新林、俞樟华:《中国游记文学史》,上海:学林出版社,2004年版,第310页。
② [清]永瑢等撰:《四库全书总目》,北京:中华书局,1965年版,第630页。
③ [明]徐弘祖撰,朱惠荣校注:《徐霞客游记校注》,昆明:云南人民出版社,1985年版,第1233-1234页。
④ [清]永瑢等撰:《四库全书总目》,北京:中华书局,1965年版,第630页。
⑤ [明]徐弘祖撰,朱惠荣校注:《徐霞客游记校注》,昆明:云南人民出版社,1985年版,第720页。
⑥ 中国地质学会徐霞客研究分会、江阴市人民政府:《徐霞客研究》第13辑,北京:学苑出版社,2006年版,第81页。

题,思考问题,成为一代游圣的用心"事游"的乐趣所在。

因而,徐霞客的游绝非畅游山水的享受之旅,他的考察和地理是紧密结合的,是科学的"追索精神"与明代"知行合一""经世致用"的思想交相融合。他以集"游"之大成的方式,围绕个人一生"事游"的核心,用日记体抒写出厚重而又崭新的篇章,为中国文学留下了兼具文学和地学双重价值的日记体记游的高峰之作。

(二) 日记体游记山水大格局的建构

日记体的优势在于能够突破传统游记囿于一山一水的狭小格局,在更广阔的时空范围中将游记的记述内容和个人情感予以充分拓展。但采用日记体记游并非意味着在文体上的真正突破,它受到作家山水格局观的限制。古往今来好游者不乏其人,善记而卓越者不乏大家名家,为何无一游记能与《徐霞客游记》相提并论? 盖因其足迹遍布两京十三省的广博见闻,盖因其开阔的视野使其拥有他人无法相比的山水大格局,方能呈现出大气磅礴之势,即钱谦益所评"大文字"也。纵观明代及前代游记作家,拥有此超凡卓绝山水大格局的无出其右。

与地理名著《水经注》相比,诚然,《水经注》写景清隽优美,片语只字,妙绝古今,"水经注体"遂为后人写景法效之典范,对后世记游文学影响深远。但郦道元成书的目的是注释地理书,且自言"少无寻山之趣,长违问津之性"①,虽博学广识,足迹遍及长城以南,但终因缺少热爱山水的精神,故难以呈现变幻多姿的山水之美。

与南宋"日记体游记双璧"《入蜀记》和《吴船录》相比:陆游的《入蜀记》是"用向前人的认同取代了作家自己的发现与创造"②,缺少自我的细致观察和独特情感体验。范成大的《吴船录》则是"以诗人的眼光感受田园山水,风俗民情"③,虽更多地强调"我的感受",但于自然美的发现尤显不足。《吴船录》最精彩的描写全部集中于夔州以前,峨眉、青城、乐山无一不是日记体游记中的绝妙好辞,但过庐山后32天的游记,创作激情急剧下降,用极其简略的日期加行经处一带而过。反观徐霞客早期五次纪闽的四则游记,每则都有与众不同的发现与新鲜感;西南游经的浙江,也是霞客多次行经处,但《浙游日记》仍然游得精神抖擞、记得精彩纷呈;再如舟行广西途中徐霞客曰:"自南宁来至石埠墟,岸始有山,江始有石;过左江口,岸山始露石;至杨美,江石始露奇;过萧村入新宁境,江左始有纯石之山;过新庄抵新宁北郭,江右始有对峙之岫。"④当其他人欣赏的是孤立的、单个的景观时,徐霞客已经用联系的、发展的眼光来看待景观和沿途的山水状况,甚至对同一地区的地况书写也有渐变的过程,这些沿途的行经处在拥有山水大格局的徐霞客手中书写出别样的审美

---

① [北魏]郦道元著,陈桥驿点校:《水经注》,上海:上海古籍出版社,1990年版,第13页。
② 王立群:《中国古代山水游记研究》,开封:河南大学出版社,1996年版,第76页。
③ 梅新林、俞樟华:《中国游记文学史》,上海:学林出版社,2004年版,第202页。
④ [明]徐弘祖撰,朱惠荣校注:《徐霞客游记校注》,昆明:云南人民出版社,1985年版,第482页。

体验。

因而,在对自然美的"纯净"保存方面,在对山水细致入微的展现程度上,徐霞客确实有其过人之处,广博的视野、纵情山水的精神和地理考证的偏爱使其具备了前人无法比拟的山水视野,书写出属于山水的"真文字",拓展了日记体记游所应呈现的山水大格局。

(三) 日记体游记结构由松散走向缜密

日记体游记在结构上的显著特点是排日纂事,在日期与里程路线所构建的框架内,抒写沿途见闻和旅途感怀。即时性的记录特点决定了日记体游记的文体结构局部紧凑,但总体呈现松散之状,其根本原因在于在移步换景的游历中缺少前后贯穿的写作主线。

首先,徐霞客的游记具有时间的连续性、紧密性,以溯江寻源为主线赋予日记体游记更趋严谨缜密的结构。与之相比,《入蜀记》和《吴船录》在结构上无疑是相对松散的,如《吴船录》中的记游文章可以从整部书中抽取出来冠以"峨眉山行记""嘉州览胜"等题目予以美的欣赏,而不影响整体的完整性和连续性。《徐霞客游记》在时间上每一天都有着紧密的前后承接关系,尤其是西南远行部分,如《滇游日记一》缺失,虽有《盘江考》可以大概推断徐霞客入滇后五个月的行踪,但终究无法体验到徐霞客的曲折探索历程和情感变化。再如《楚游日记》于三分石考察,如将其中一天的考察单独拿出来作为赏析,那就会断档于他"潇源考"的整体思路。徐霞客的游记不是传统游记中为"得江山之助",从山水中得到感悟和创作灵感,而就是完完全全地将山水作为认知研究的主体,对蕴藏于自然背后的规律性的东西进行思考和总结。他对山水脉络的考察是一个循序渐进的过程,缺少了前后日期与里程路线的关联,就缺失了地域空间的递进,因而同属日记体游记,《四库全书总目》将《入蜀记》和《吴船录》收录在"传记类",而将《徐霞客游记》收录在"地理类",如此区分方可更清晰地窥探《徐霞客游记》的独特个性。

其次,徐霞客的游记增添了游的复杂性和曲折性,丰富了游的层次性和体验感。唐李翱的《来南录》是日记体游记的雏形,它按日按行程记录,但缺少对游历过程的描写与感受;《入蜀记》和《吴船录》,在按日记录的框架内融入了丰富的对自然和人文景观的感悟,但里程、路线所占比例大幅减少,日期和地名仅作为在时间和空间中移动的轨迹标记,其原因在于陆游和范成大皆为宦游,所行游的长江入蜀出蜀线路在南宋时期已经是一条相对成熟的交通要道,无须为路线煞费苦心地去研究思考,这样就有更多的时间投注于对景物的观赏。但对徐霞客而言,基本上是以一己之力独立完成万里遐征的壮举,虽然其有明确的考察目标,但走什么线路,怎么去完成,甚至在哪吃饭、住宿,都要根据具体情况进行思考与抉择,这些游历中的艰难困苦也恰恰为日记体游记提供了更为丰富、更为曲折的书写内容,因而每天都有新的发现,每天都有新的感悟,每天都有新的记录,这些发现、感悟和记录通过每一天的积累,成为不可跳过的厚重内容。尤其是在艰苦的游历过程中,还能以审美的视角写景状物,这样的景观描写无疑在"人化的自然"上更体现出不平凡之美,也更彰显出闪烁着人文光辉的游历主线。

二、日记体记游目的与方式的新变

(一) 建构完整阅读体验的记录意识

日记体最为鲜明的特点是按日作记,如《入蜀记》足足记了160天的入蜀旅途见闻,每一天都有记录,即使当日无事可记,也要记其日期,在日期后不着一词。《徐霞客游记》的科学属性决定了他要对获得的第一手资料进行如实的、准确无误的记录,并且要详细有序,有条不紊。"据统计,徐霞客旅行考察总天数为1414天,其中野外考察748天,占53%;写日记1040天,占74%,大致可以说,徐霞客在旅行考察期间,几乎是天天有记……每天平均要写600余字。如果单讲他的西南之行,那么他每天平均要写650个字。他每天写字有多有少,多的达7680余字,少的只有五六个字。"[1]

当然,徐霞客的善记不单指上述数据统计得出的几乎每日有记的情况,还在于他能充分发挥日记体自身灵活的优势,擅长于记录,力求形成完整的阅读体验。《徐霞客游记》既有与其他日记体游记类似的将多日的情况予以简略记述以体现时间延续性的情况,更有其他日记体游记少有的对游历景观从总体上予以对比总结,作出综合性审美的评述。如《滇游日记》中在尽览鸡足之胜后,对其作出了最高的评价,东日、西海、北雪、南云聚于鸡足山"一顶而已萃天下之四观","四之中,海内得其一,已为奇绝,而况乎全备者耶。此不特首鸡山,实首海内矣!"[2]

此外,《徐霞客游记》还出现了其他日记体游记所不曾有的记游方式,即将多日的游历合并于一日进行记录,这相当于对之前多日游历情况的一个回顾总结,这在日记体游记中是绝无仅有的,因为日记体游记更多地强调及时记录当天的所见所感,注重情感抒发的及时性,当时过境迁,就有可能错过了那种因时因地而激发的情感因素。而且,他又不同于事后补记,因为在每次合并记录之前,基本上日记没有完全中断,都有按日作记的延续性记录。其中尤以三处合并记录以时间和篇幅之长而最为突出,这三处皆为徐霞客在广西游历时,按时间先后为向武州16日[3],三里镇50日[4],庆远府23日[5]。原因皆为受困或方向选择,需要借助于地方官府之力方能继续成行,记述日期皆为得助后出发的前

---

[1] 杨文衡:《从统计数字中看徐霞客的成就》,载吕锡生主编:《徐霞客研究古今集成》,北京:中国书籍出版社,2004年版,第582页。
[2] [明]徐弘祖撰,朱惠荣校注:《徐霞客游记校注》,昆明:云南人民出版社,1985年版,第1183—1184页。
[3] [明]徐弘祖撰,朱惠荣校注:《徐霞客游记校注》,昆明:云南人民出版社,1985年版,第527—536页。
[4] [明]徐弘祖撰,朱惠荣校注:《徐霞客游记校注》,昆明:云南人民出版社,1985年版,第571—584页。
[5] [明]徐弘祖撰,朱惠荣校注:《徐霞客游记校注》,昆明:云南人民出版社,1985年版,第608—620页。

一日。向武州为丁丑十一月十八日、三里镇为戊寅二月十三日、庆远府为戊寅三月初十日,记述字数分别约为3900、6200和5100字。这三日的记游叙述是徐霞客游记中为数不多的,单日长篇累牍的精彩记游回顾与汇总。在记录的方式上,这三处按日作记的侧重点由先前的"游"之主线向记事主线进行转变,而在最后的单日记述中又回归"游"之主线,在横向和纵向的交叉构建中将记事和记游得以全盘生动展现,暗含他坚忍不拔的游志和未因受困而影响的游情。这三次记游叙述总体呈现出徐霞客记游笔法的多样性,是徐霞客运用日记体记游的风格与思路最集中、最完整、最灵活的体现。

当然,日记体不等于日记,"日记"是私人性的日常记录,朱光潜先生认为,谨守秘密是日记的一个特色,并认为"清朝才逐渐有日记出现"①。徐霞客的游记虽然用日记体记游,但不属于狭义的"日记",具有更强烈的公开性趋向,从其西南远游途中将游记借于他人赏阅,滇游归返后,命其子徐屺携四册游记入京探望黄石斋,以及请其塾师季梦良整理游记时说"余日必有记,但散乱无绪,子为我理而辑之"②,可见徐霞客希望自己的游记得到广泛的阅读与流传,并与他人分享自己的具有探索发现"史"之特色游记的,因而游记中重视回顾总结既是徐霞客善记的体现,更是其力求形成完整的审美阅读体验的体现。

(二) 为"隐在读者"创作的自觉追求

接受美学认为:作品=文本+读者,由文本到作品的转变,是作者和读者共同的审美感知作用的结果③。《入蜀记》和《吴船录》"从个人视角出发,以记录人文典故为主,并借助当地人文景物来阐释旅行者文化认同,使行记具有了'胜览书'的性质"④,从这个角度而言,这两部日记体游记在创作之初并未考虑到读者的审美感知,更多的只是以他们一己之感来衡量游观背后的人文精神。《四库全书总目》评《入蜀记》曰,"于考订古迹,尤所留意"⑤;评《吴船录》曰,"于古迹形胜言之最悉,亦自有所考证"⑥。个人对历史考证的偏好和由此产生的文化审美感受,以德国接受美学代表人物姚斯提出的"期待视野"⑦理论来考察,同属"唤醒以往阅读的记忆,将读者带入一种特定的情感态度中"⑧,以对人文内

---

① 朱光潜:《朱光潜全集》第九卷,合肥:安徽教育出版社,1993年版,第361页。
② [明]徐弘祖撰,朱惠荣校注:《徐霞客游记校注》,昆明:云南人民出版社,1985年版,第1293页。
③ 姚杰:《艺术概论》,北京:中国传媒大学出版社,2015年版,第265页。
④ 徐姜汇:《宋代长江行记书写的人文转向:以〈入蜀记〉〈吴船录〉为中心》,《人文杂志》2019年第3期,第77-83页。
⑤ [清]永瑢等撰:《四库全书总目》,北京:中华书局,1965年版,第530页。
⑥ [清]永瑢等撰:《四库全书总目》,北京:中华书局,1965年版,第529页。
⑦ H.R.姚斯、R.C.霍拉勃著,周宁、金元浦译:《接受美学与接受理论》,沈阳:辽宁人民出版社,1987年版,第340页。
⑧ H.R.姚斯、R.C.霍拉勃著,周宁、金元浦译:《接受美学与接受理论》,沈阳:辽宁人民出版社,1987年版,第29页。

涵的认同实现创作者与阅读者的"视野融合",这是大多数日记体游记共同的审美取向。

与多数日记体游记所不同的是,徐霞客的游记有着为"隐在读者"创作的自觉意图,与接受美学伊瑟尔的"反应研究"理论"潜在的读者"暗合,即作品的文本中暗含着读者的身份,暗隐的读者"深深地植根于文本的结构中"①,因而作者在作品的创作上更倾向于从阅读者期待的角度来构建审美。如《楚游日记》中游茶陵灵岩八景,徐霞客一开始错过了八景之首的会仙岩,先游碧泉岩、对狮岩,后进入灵岩,在灵岩得到僧人的导览,在回途中完成了对八景中七景的游览,在是日游记的结束,徐霞客说道:"是日雨仍空濛,而竟不妨游,六空之力也。"②如按照日记体游记如实记录的特点,徐霞客应该按照实际游览的顺序从东往西述游到灵岩止,但实际记述却是按照游后而知晓的最佳游览线路进行排列,从会仙岩开始,包括未去的伏虎岩也在此游线中按游览顺序渐次出现,这种调整说明徐霞客是希望他人游茶陵时能以其游记为导览,从而获得更好的审美体验。

前述对游历多日的三处合并记录更能体现出为"隐在读者"创作的意图,都是在出发前一天,在对该地区的山水走向和诸多景物进行深入细致考察的基础上,以总览山水格局的笔调,打乱自己的游览先后顺序,按照先地望,次地界,再景观的脉络,以方位为串联主线,有层次、有比较、有归纳地逐一展现其形态与特征,并将所游最奇者放在景观述游的首位。如三里虽"岩谷绝盛",然韦龟洞"固当以是岩冠"③;向武州百感岩"西来第一,无以易此"④;庆远府先游北山会仙,但南山龙隐岩"其结构绝似会仙山之百子岩……而此出天上,胜当十倍之也"⑤,同样列为景观之首予以述游。不仅列明已游者,还列明如"过而未登者"⑥"闻而未至者"⑦"不能深入……不能悬入"⑧等,力求对总体景观风貌予以全局展现。当先前连续的日记中对某个方向的游历已经详述,那在合并记游中便予以略写。这些灵活记游手法的运用使得游记重点突出、前后呼应、详略得当,形成了真实而清晰的审美观照,突破了创作者和读者的相对独立性,在统揽地理大局的框架内有重点、有层次地融会了徐霞客自己的阅历和审美情感,其所解读的山水形态,犹如一幅幅鲜活的全景导览图,召唤阅读者获得新的视域和更高层次的审美体验。

---

① H.R.姚斯、R.C.霍拉勃著,周宁、金元浦译:《接受美学与接受理论》,沈阳:辽宁人民出版社,1987年版,第369页。
② [明]徐弘祖撰,朱惠荣校注:《徐霞客游记校注》,昆明:云南人民出版社,1985年版,第203页。
③ [明]徐弘祖撰,朱惠荣校注:《徐霞客游记校注》,昆明:云南人民出版社,1985年版,第575页。
④ [明]徐弘祖撰,朱惠荣校注:《徐霞客游记校注》,昆明:云南人民出版社,1985年版,第532页。
⑤ [明]徐弘祖撰,朱惠荣校注:《徐霞客游记校注》,昆明:云南人民出版社,1985年版,第600页。
⑥ [明]徐弘祖撰,朱惠荣校注:《徐霞客游记校注》,昆明:云南人民出版社,1985年版,第528页。
⑦ [明]徐弘祖撰,朱惠荣校注:《徐霞客游记校注》,昆明:云南人民出版社,1985年版,第528页。
⑧ [明]徐弘祖撰,朱惠荣校注:《徐霞客游记校注》,昆明:云南人民出版社,1985年版,第581页。

(三)"召唤结构"对游情的重新架构

伊瑟尔认为,在文学文本中总是结构性地存在着大量没有实际写出来或明确写出来的东西,他称之为"未定性",其基本结构之一就是空白,最常见的是情节转移。这些文本中不起眼的空白处具有"召唤结构",能唤起读者在连续性的阅读中填补空白,连接空缺①。对徐霞客而言,游是他的主要使命,他在述游过程中也经常采用"情节转移"的方式,对游情予以新的架构。

例如《黔游日记》记述遇到同路去执行公务的巡按:徐霞客先"瞻眺之"巡查队伍,只见"空山生色",霞客"第随其后抵安南";记述新兴所"是晚按君宿此";过真武庙记述"按君自新兴而来,越此前去";旧普安记述"按君饭于铺馆,余复先之而西北由坞中行";双山观记述"按君自后来,复越而前去";普安卫记述"按君已驻署中矣""按君是早返辕矣"②。正是在轻松诙谐地叙述巡按公务行经过程中,作为对比参照面的霞客完成了对南北盘江的贵州分水处的艰苦探查,这样,"有限的文本便有了意义生成的无限可能性,文本的空白召唤、激发读者进行想象和填充"③。

当然,在徐霞客的游记中,对日记体标准模式的突破与创新正是将最不起眼的天气作为空白处唤起读者的填补意识。"在西游西南地区的旅程中,他记载了 624 个晴天、274 个雨天、21 个阴天、一个下雪天"④,从徐霞客的第一篇记《游天台山日记》的开场"云散日朗,人意山光,俱有喜态"⑤开始,再到《滇游日记八》"雨止而余寒尤在,四山雪色照人"⑥,天气不仅成为霞客游历中的重要影响因素,而且能与游情相伴,映照了霞客坚韧不拔的游志。

试从记录模式的角度将日记体游记的雏形之作、南宋高峰之作与明代徐霞客的游记进行对比:

李翱《来南录》:"辛未,上大庾岭。明日至浈昌。癸酉,上灵屯西岭,见韶石。"⑦

陆游《入蜀记》:"十八日,小雨,解舟出姑熟溪,行江中。"⑧

---

① 章国锋、王逢振主编:《二十世纪欧美文论名著博览》,北京:中国社会科学出版社,1998 年版,第 287 - 291 页。
② [明]徐弘祖撰,朱惠荣校注:《徐霞客游记校注》,昆明:云南人民出版社,1985 年版,第 692 - 706 页。
③ 伊泽尔著,霍桂桓、李宝彦译:《审美过程研究》,北京:中国人民大学出版社,1988 年版。
④ 杨文衡:《从统计数字中看徐霞客的成就》,载吕锡生主编:《徐霞客研究古今集成》,北京:中国书籍出版社,2004 年版,第 584 页。
⑤ [明]徐弘祖撰,朱惠荣校注:《徐霞客游记校注》,昆明:云南人民出版社,1985 年版,第 1 页。
⑥ [明]徐弘祖撰,朱惠荣校注:《徐霞客游记校注》,昆明:云南人民出版社,1985 年版,第 977 页。
⑦ 倪其心、费振刚、胡双宝等选注:《中国古代游记选》,北京:中国旅游出版社,1985 年版,第 141 页。
⑧ [宋]陆游著,黄立新、刘蕴之编注:《〈入蜀记〉约注》,北京:中国文联出版社,2004 年版,第 82 页。

范成大《吴船录》："壬辰。发桐木沟。八十里,至马头,宿。"①

徐霞客《徐霞客游记》："十五日 雨中往游周泊隘。隘在三里东二十五里。晚酌南楼,观龙灯甚盛。"②

可见,这四记是没有什么差别。若论不同,李翱《来南录》是日期+事件,通篇没有天气因素;《入蜀记》和《吴船录》是日期+(天气)+事件,天气作为可选择性的记录格式而存在,只作为对游历当天一般性的背景描述,侧重点在于后者;而在徐霞客的游记中,天气成为不可忽视的因素,并和事件一起于细微处对游情予以重新架构。

仍然以在三里镇记述为例③,50日共有20则日记,单独来看记述颇为简略,日期+天气+事件的记录方式更符合日记体的本原面貌。

"二十七日 雨。"

"二十九日 复雨。"

"三十日 复雨。"

"戊寅正月初一日 阴雨复绵连,至初六稍止。陆君往宾州,十一日归。"

"二十九、三十两日 余卧疴东阁。天雨复不止。"

"二月初一日 稍霁。"

"初二日 复雨。是日余病少愈,乃起。"

"初三日 ……自后余欲辞陆公行,陆公择十三日为期。连日多雨,至初九稍霁"。

"十一日 早闻雨声,余甚恐为行路之阻。及起,则霁色渐开"。

"十二日 日色甚丽。自至三里,始见此竟日之晴朗。是日陆公自饯余,且以厚赆为馈,并马牌、荐书相畀,极缱绻之意,且订久要焉。何意天末得此知己,岂非虞仲翔之所为开颐者乎?"

如将合并于一日进行记录前面的游记联系起来品读,会发现日期+天气+事件无一不代表着徐霞客心境的变化,尤其正月初一的记录,用天气串联六天的情况,并交代陆君十一日归的时间,进而串联11天的记录。天气就像徐霞客自己的心情,急于出发又不得不等待,至出发前一日,"日色甚丽"四字,一扫50天20则日记中有14则对有雨的记述,实现了心态的大转折;同时,按日作记的重点—事件,由先前的"游"之主线向记事主线进行切换,为了使考察能顺利进行,游的体验退居到次要位置,入谒—入宴—交游上升为主要位置,游成为徐霞客与人交往的一张名片,从而赢得别人的尊重与佩服。而在最后的单日记述中又回归"游"之主线,在横向和纵向的交叉构建中将记事和记游得以全盘生动展现,暗含他坚韧不拔的游志和未因受困而影响的游情。正如伊瑟尔所言:"对阅读的召

---

① 顾宏义、李文整理:《宋代日记丛编三》,上海:上海书店出版社,2013年版,第867页。
② [明]徐弘祖撰,朱惠荣校注:《徐霞客游记校注》,昆明:云南人民出版社,1985年版,第570页。
③ [明]徐弘祖撰,朱惠荣校注:《徐霞客游记校注》,昆明:云南人民出版社,1985年版,第569-571页。

唤性不是外在于文本的东西,而就是文本自身的结构性特征。"①

三、日记体游记表现手法的多元探索

奚又溥赞誉徐霞客"其笔意似子厚"②;潘耒说,"故吾于霞客之游,不服其阔远,而服其精详"③;杨名时说徐霞客"皆据景直书,不惮委悉烦密,非有意于描摹点缀,托兴抒怀,与古人游记争文章之工也"④。古往今来,精细和生动、真实与精详恰恰是衡量游记水平高低的重要准则。记游是门高超的艺术,要将大自然之美用优美的文字表达,不仅要有敏锐的眼光,搜寻出山水的别样之美,还需要从个性化和概括化的角度对山水的艺术美进行精湛的揭示,这个过程即是游记上升为艺术、获得审美价值的过程。

(一) 精细而灵动的艺术笔法

王立群先生说:"文学描写……与地貌概述、游山观感相结合,构成了《徐霞客游记》的典型笔法。"⑤诚然,优秀的游记必须融汇这三个方面,但不同作家的人生阅历、审美感受和对"游"体悟认识的不同,又会使得融汇这三个方面的笔法呈现出不同的气质。

唐柳宗元《小石潭记》以"空游无所依"的独特意境,既写出了水的澄澈,又生动地展现了鱼游之态,各尽其妙,这是运用体物入微表现手法才能取得如此精细和生动的艺术效果;其《钴鉧潭西小丘记》中"清泠之状与目谋,瀯瀯之声与耳谋,悠然而虚者与神谋,渊然而静者与心谋"⑥所呈现的"无己""有待"的境界,是通过"静心"与万物契合。

徐霞客虽然"笔意似子厚",在以细腻的笔触,精细和生动地再现山水的独特性方面,可与柳宗元比肩,但他具有以身许于山水的主体精神,他的记游笔法与明代文人对个性的追求及小品游记"独抒性灵,不拘格套"的影响是息息相关的,融合景、情、境的描写无不荡漾着"景中有我""我中有景"的灵动之气。

再与陆游日记体游记写景相比:

陆游《入蜀记》:"是日,天宇晴霁,四顾无纤翳,惟神女峰上有白云数片,如鸾鹤翔舞,徘徊久之不散,亦可异也。"⑦

徐霞客《浙游日记》:"江清月皎,水天一空,觉此时万虑俱净,一身与村树人烟俱熔,

---

①伊泽尔著,霍桂桓、李宝彦译:《审美过程研究》,北京:中国人民大学出版社,1988年版。
②[明]徐弘祖撰,朱惠荣校注:《徐霞客游记校注》,昆明:云南人民出版社,1985年版,第1296页。
③[明]徐弘祖撰,朱惠荣校注:《徐霞客游记校注》,昆明:云南人民出版社,1985年版,第1296页。
④[明]徐弘祖撰,朱惠荣校注:《徐霞客游记校注》,昆明:云南人民出版社,1985年版,第1299页。
⑤王立群:《中国古代山水游记研究》,开封:河南大学出版社,1996年版,第153页。
⑥[唐]柳宗元:《柳宗元集》,北京:中华书局,1979年版,第765页。
⑦[宋]陆游著,黄立新、刘蕴之编注:《〈入蜀记〉约注》,北京:中国文联出版社,2004年版,第209页。

彻成水晶一块,直是肤里无间,渣滓不留,满前皆飞跃也。"①

《粤西游日记一》:"中夜仰视,萤阵烛山,远近交映。以至微而成极异,合众小而现大观,余不意山之能自绘,更无物不能绘也。"②

《徐霞客游记》虽然是用文学语言书写的地学游记,但他已然将山水视为有生命的存在,并与之融为一体,因而他眼中的山水无不具有独特的个性特征,瑰丽之笔经他之手常是简笔勾勒就将生机无限的山水画面描摹得青翠欲滴,这种精细、生动的笔法只有以身许于山水之人才能运用自如。

精细和生动处为柳宗元、陆游等记游大家所不及的,是徐霞客的"锐于搜寻"③,这个锐字实指徐霞客能以其敏锐的眼光,搜求出山水的别样之美。并且他的审美感受是建立在对广阔的山川形胜进行审美比较的基础上的,"锐于搜寻"而得到的"奇"美的品味和鉴赏是一个逐步提升的过程。其游白岳曰,"未游台、宕者或奇之"④;游武夷山云,"诸峰上皆峭绝,而下复攒凑,外无磴道,独西通一罅,比天台之明岩更为奇矫也"⑤;游黄山"始觉匡庐、石门,或具一体,或缺一面,不若此之闳博富丽也!"⑥观九漈瀑布时"或悬或渟,或翼飞叠注"的多种流姿,能够契合不同的欣赏角度。其认为匡庐三叠、雁宕龙湫"各以一长擅胜,未若此山微体皆具也"⑦。留意嵩山所处的中原地带少水,所以在这里山遇水就成为奇景了,更奇的在于,岩石不阻止流水,而是助推水势,使其呈飞流之态,因而"比武彝为尤胜"⑧。随着游历视野越发广阔,徐霞客对山川自然"奇"异之美的把握也越加深入透彻。

"奇",本义是独特、殊异,引申为出人意料、惊异、美妙;所以"奇"不仅是眼中所见到的人或景物呈现出的外在表现之奇,更是具有一定层次审美品位的人于内心的瞬间感受。钱谦益评徐霞客游记为"奇文字",正是基于"游"本身开放性的特点和一心事"游"之人独特的审美追求。并且,徐霞客"锐于搜寻"之审美不是静态的,而是动态的,所以我们经常可以看到徐霞客在游记中回望、眺望某处,同一景点变换不同的观察角度、多角度地审视,整体全方位地观察,用与众不同的眼光去端详他面前的山水。发现"奇"的目光越犀利,对景物精细和生动描写才入木三分。

---

① [明]徐弘祖撰,朱惠荣校注:《徐霞客游记校注》,昆明:云南人民出版社,1985年版,第135页。
② [明]徐弘祖撰,朱惠荣校注:《徐霞客游记校注》,昆明:云南人民出版社,1985年版,第369页。
③ [清]永瑢等撰:《四库全书总目》,北京:中华书局,1965年版,第630页。
④ [明]徐弘祖撰,朱惠荣校注:《徐霞客游记校注》,昆明:云南人民出版社,1985年版,第14页。
⑤ [明]徐弘祖撰,朱惠荣校注:《徐霞客游记校注》,昆明:云南人民出版社,1985年版,第25页。
⑥ [明]徐弘祖撰,朱惠荣校注:《徐霞客游记校注》,昆明:云南人民出版社,1985年版,第41页。
⑦ [明]徐弘祖撰,朱惠荣校注:《徐霞客游记校注》,昆明:云南人民出版社,1985年版,第47页。
⑧ [明]徐弘祖撰,朱惠荣校注:《徐霞客游记校注》,昆明:云南人民出版社,1985年版,第52页。

(二) 真实与精详的空间意象

奚又溥在《徐霞客游记序》中曾对游记的整体风格和独特性有精到的论断:"故其状山也,峰峦起伏,隐跃毫端;其状水也,源流曲折,轩腾纸上;其记遐陬僻壤,则记里分疆,了如指掌;其记空谷穷岩,则奇踪胜迹,灿若列星。"①状山呈起伏之状、状水有曲折之形,胜景如耀眼星辉,能达到这样的艺术效果,是因为徐霞客笔下的这些景物不是平面的、孤立的,而皆为动态、直观、鲜明的。这既是徐霞客对空间有意识地反映,也是以联系的视角、全局性的观察形成的文本效果。

在徐霞客的游记中,对山川、河流的方位、距离的文字记录所占比例较大,这些却经常为人所忽视,在文本阅读过程中也经常被跳跃至景观的叙述,甚至有论文因其枯燥难读,少文学色彩而将其视为流水账②。其实行经过程的记载不仅精彩,而且非常重要,因为这些看似轻描淡写的记录蕴含着在细致观察基础上的总结思考,以及内在的空间层次性。清代潘耒服其"精详"与"真实",近代丁文江先生在云南考察时,携《徐霞客游记》作踏勘对照,惊叹"先生精力之富,观察之精,记载之详且实"③。真实和精详是为众所公认的记游特色。但在真实、精详叙述的背后,是徐霞客下意识地力图反映空间的特性使然,真实、精详的构"点"有其内在的逻辑要求。

常规游记中经常忽视的行经记载,徐霞客却用精练细腻的笔墨着意铺写,井然有序地将沿途所见及游览的山水景物按照其特定的方位和具体的情状描述无遗,如"顺宁郡之境,北宽而南狭。由郡城而南,则湾甸、大侯两州,东西夹之,尖若犁头"④"从此望之,(弥渡)川形如犁尖,北拓而南敛,东西两界山,亦北高而南伏,盖定边、景东大道,皆由此而南去"⑤"南湖北海,形如葫芦,而中束如葫芦之颈焉。湖大而浅,海小而深,湖名茈碧,海名洱源"⑥等,不胜枚举。这些文字描述,犹如在人的脑海中建立了三维的区域或景观的微缩模型,因为山川、河流具有立体性的空间形态和伸张性、广延性的动态走向,详明剖析山川水流的脉络就必须从空间角度来构图,才能在高瞻之点进行全局性的观察,而这些可是移步换景的平面记述构图所无法解决的。因而徐霞客不仅采用定量化的数字描述来加强行经处微观描述的准确性,还在沿途的记载中用诸如"南向'之'字下"⑦"桥之

---

① [明]徐弘祖撰,朱惠荣校注:《徐霞客游记校注》,昆明:云南人民出版社,1985年版,第1296页。
② 张清河:《论〈徐霞客游记〉中的山水描写》,《贵阳师专学报(社会科学版)》1988年第1期,第42-48页。
③ [明]徐弘祖撰,朱惠荣校注:《徐霞客游记校注》,昆明:云南人民出版社,1985年版,第1305页。
④ [明]徐弘祖撰,朱惠荣校注:《徐霞客游记校注》,昆明:云南人民出版社,1985年版,第1153页。
⑤ [明]徐弘祖撰,朱惠荣校注:《徐霞客游记校注》,昆明:云南人民出版社,1985年版,第1164页。
⑥ [明]徐弘祖撰,朱惠荣校注:《徐霞客游记校注》,昆明:云南人民出版社,1985年版,第967页。
⑦ [明]徐弘祖撰,朱惠荣校注:《徐霞客游记校注》,昆明:云南人民出版社,1985年版,第900页。

西有小径……与大道'十'字交之"①等,来加强空间上的直观感。因此,徐霞客与18世纪康德所提出的"空间是感性的纯直观"理论有着异曲同工之处:"空间无非只是外感官的一切现象的形式"②"空间包括一切可能向我们外在地显现出来的事物"③。徐霞客也正是用文字将他所观察、所感受到的空间用最真实、最精详的语言给予了最为直观的呈现,这种呈现无疑在贴合景物之真的基础上,增添了刻画的鲜明性和深刻性。

再如鸡足山上静室颇多,徐霞客经过多日造访,在对鸡足山山势充分观察的基础上,在脑海中构建出静室分布的整体空间格局:"义轩,大觉之派,新构静室于此,乃狮林之东南极处也。其上为念诚庐,最上为大静室,即野愚所栖,是为东支。莘野楼为西南极处,其上为玄明精舍,最上为体极所构新庐,是为西支。而珠帘之崖,当峡之中,傍峡者为兰宗庐,其上为隐空庐,最上为念佛堂,即白云师之庐也,是为中支。其间径转崖分,缀一室即有一室之妙,其盘旋回结,各各成境,正如巨莲一朵,瓣分千片,而片片自成一界,各无欠缺也。"④将依山势而建的静室简洁清晰地分为东西中三支,并用巨莲比喻静室建筑与大自然和谐相融的格局之妙,粗线条的勾勒中彰显出层次性和全局性,在立足于真实与精详的描写中构建出独特的空间意象。

(三) 立体考察的科学认知

从文体角度来看,采用日记体记游,既是徐霞客与时代进行文学对话的方式,也符合徐霞客循序渐进、持续不断的探索与发现要求,因而《徐霞客游记》并未受日记体记游"日期+天气+游历+情感"常用框架的束缚,而是充分利用了日记体自由灵活的优势,将随笔、尺牍、札记、笔记、自注、论说等诸多散文体裁汇于一书,具有思想深刻、结论精辟的特点。《徐霞客游记》在体例上分为4种情况,即日记正文,这是游记的主干;文中偶有说明,用小字夹注;还有一些综述性质的专条,补充交代当地的风土、物产、人物、历史或综括山、水、地形或作为某一游程的提要,附在各天日记之后,个别穿插在正文当中,可说是游记的发展与补充;有的地区形成独立的专文,如《永昌志略》《丽江纪略》等,集中反映某一地区的历史或现状,是该地区综合研究的成果,也可说是注说和专条的扩大,与《徐霞客游记》正文联系起来,更便于阅读⑤。

如此纵横交织、丰富互补的日记体游记,不仅仅是停留在书本上的研究心得,而且体现出徐霞客自觉地、有意识地将逻辑思维运用于科学考察的实践中。中国古代虽未自觉地将逻辑学作为规范准则,但逻辑思维是存在的,尤其在徐霞客的游记中,以时间为经、

---

① [明]徐弘祖撰,朱惠荣校注:《徐霞客游记校注》,昆明:云南人民出版社,1985年版,第919页。
② 康德著,邓晓芒译:《纯粹理性批判》,北京:人民出版社,2004年版,第31页。
③ 康德著,邓晓芒译:《纯粹理性批判》,北京:人民出版社,2004年版,第32页。
④ [明]徐弘祖撰,朱惠荣校注:《徐霞客游记校注》,昆明:云南人民出版社,1985年版,第900页。
⑤ 张永康、朱钧侃、杨达源编:《徐学发展史》,武汉:中国地质大学出版社,2012年版,第109页。

行程为纬,逐日记载游历过程中所见山水的形态特征,随着游历的深入,采用随笔、札记、笔记、自注等记载形式逐渐累积和丰富,最终形成了对地形地貌的全局性认识,构建出立体性的山水地形全图,并加以实地考察、现场见闻、学术笔记等多种形式的有效聚焦,以规范、严密、确定的逻辑关系进行归纳、演绎和推理,来发现和纠正《明一统志》等志书的谬误,最终形成对客观事物的正确认识。从这个角度来看,徐霞客用日记体丰富的多种写法,在连续性的实地考察中赋予了游记严谨、完整的纠谬考误的新意。

试以徐霞客对大盈江的考察为例:

谭其骧先生《论丁文江所谓徐霞客地理上之重要发现》以《天下郡国利病书》《读史方舆纪要》及《明史·地理志》三书为明人地理知识之代表,据《纪要》和《明志》而认为明人"皆知"大盈江之流向,认为徐霞客"但见其谬,不见其符"①。

(1) 大盈江流经芒市青石山是明人皆错的"通识"。

《读史方舆纪要》卷一百一十三"云南大川 潞江条":"大盈江又东南流,绕芒市西南界,陇川西北界,又南而麓川江西南流合焉。"②

《读史方舆纪要》卷一百一十九"南甸宣抚司条":"大盈江在司西。自腾越州流入境,经干崖芒市又南流入孟养、缅甸界,谓之金沙江。"③

《明史·地理志》"缅甸军民宣慰使司"条:"北有大金沙江,其上流即大盈江也,源出青石山,自孟养境内流经司北江头城下,下流注于南海。"④

可见,未曾踏足西南境的顾祖禹以及明史的编撰者,虽然博采志书进行辨别定正,但是对大盈江的流向还是不能清楚地予以辨别,在以上三则材料中均认为大盈江东南流经芒市界。对此问题,谭先生是很清楚的:"其水在孟养之东,麓川之西,与芒市无涉。《志》于芒市青石山下云云,妄耳,顾宛溪能辩之,而霞客不能,且据以立龙川下流即金沙之说,遂铸成大错。"⑤

再列出谭先生所言"顾宛溪能辩之"的两则材料予以对照:

《明一统志》卷八十七"芒山长官司"条:"金沙江源出青石山,流入大盈江。"⑥

《读史方舆纪要》卷一百一十九"芒市御夷长官司"条:"大盈江亦曰金沙江。自干崖折而东南流,至司西南青石山下,又南流入孟养界,亦谓之大车江。《志》云:司有金沙江,

---

① 谭其骧:《论丁文江所谓徐霞客地理上之重要发现》,载《2001 舟山徐霞客旅游文化研讨会暨浙江省徐霞客研究会第二届会员代表大会论文集》,2001 年版,第 381 - 390 页。
② [清]顾祖禹著,贺次君、施和金点校:《读史方舆纪要》,北京:中华书局,2005 年版,第 5052 页。
③ [清]顾祖禹著,贺次君、施和金点校:《读史方舆纪要》,北京:中华书局,2005 年版,第 5215 页。
④ [清]张廷玉等撰:《明史》,北京:中华书局,1974 年版,第 1191 页。
⑤ 谭其骧:《论丁文江所谓徐霞客地理上之重要发现》,载《2001 舟山徐霞客旅游文化研讨会暨浙江省徐霞客研究会第二届会员代表大会论文集》,2001 年版,第 381 - 390 页。
⑥ [明]李贤撰,方志远等点校:《大明一统志》,成都:巴蜀书社,2017 年版,第 1347 页。

出青石山,流入大盈江,出金。误矣。"①

可见,顾祖禹还是认为大盈江由干崖宣抚司折而东南流至芒市青石山下。中华书局《读史方舆纪要》对此处标点未能校对,造成与谭先生一样的歧义误解。正确的点校应为:"《志》云:司有金沙江,出青石山,流入大盈江。出金,误矣。"

顾祖禹"能辩之"且判断"误矣"的是"金沙江源出青石山",即"出金"二字所指。而非是谭先生所言"与芒市无涉"的判断。这样就很清楚地看出明人对大盈江流经芒市青石山是皆错的"通识"。

(2) 徐霞客对大盈江的流向在实地调查的基础上作出了正确的判断。

十三日前往腾冲州途中所见②:

过赤土铺:"按志,大盈江之水,一出自东北赤土山,而此铺名赤土,水犹似东北下龙川者。"

过甘露寺:"峡中有水自北而南,又与坡上水分南北流,以余意度之,犹俱东下龙川者。"

过乱箭哨:"按志,大盈江有三源,一出赤土山,当即此矣。"

过芹菜塘:"其前小水,东北与大盈之源合。"

过坡脚村西行:"一里,有小水自南而北,即志所云罗生山之水,亦大盈三源之一,分流塍中者也。又西北二里余,有村曰雷打田。其东亦有小溪,自南而北,则罗生山之正流也,与前过小流,共为大盈之一源云。"

可见,徐霞客在沿途不仅密切关注龙川江和大盈江的分水所在,而且在仔细观察大盈江的源头和流向,并在是日亲历目睹了大盈江三源中的两源。

十六日 抵腾冲州后正式出行考察龙川江所见③:

在这天日记中,徐霞客在辨明山水地望、据实地考察所见的基础上,结合《明一统志》等文献,融汇实地考察、现场见闻、学术笔记等多种形式以缜密的逻辑思维提出了自己的看法和困惑所在。

先是从南门外循城西行在新桥上见"桥下水自北合三流,襟城西而南,过此南流去,即所谓大盈江矣"。完成了大盈江三源合流的实地查看,与《明一统志》所载相符,且流向为南。

其后过新桥,"四望山势回环,先按方而定之",由腾冲州"四面之山",到"四面之水",再到"四鄙之望"按照由近及远的方位构建空间格局,将沿途所见水流置于其中予以综合推演,对大盈江的源头和流向进行全面归纳分析,得出大盈江的三源自东而北再而西合

---

① [清]顾祖禹著,贺次君、施和金点校:《读史方舆纪要》,北京:中华书局,2005年版,第5227页。
② [明]徐弘祖撰,朱惠荣校注:《徐霞客游记校注》,昆明:云南人民出版社,1985年版,第1029-1031页。
③ [明]徐弘祖撰,朱惠荣校注:《徐霞客游记校注》,昆明:云南人民出版社,1985年版,第1032-1039页。

为大盈江后,经和顺向西南流去的考察结论,方位清晰,观察详尽。

接着,他根据实地考察的情况,进一步推理大盈江过和顺后的走向,指出"西南入干崖"后"折而西"的方向,非顾祖禹所认为的"自干崖折而东南流"的方向。所以在已经弄清楚大盈江向西南方向经铜壁关东、铁壁关北,入蛮募土司,注入大金沙江的情况下,又怎么会流经芒市青石山下?所以徐霞客说道:"《志》又言大车江自腾冲流经青石山下。岂大盈经青石之北,金沙经青石之南耶?"所以,既然是流经青石,而非源出青石,那只有芒市西的麓川江了,"其在司境,实出青石山下,以其下流为金沙江,遂指为金沙之源,而非源于山下可知。又至干崖西南、缅甸之北,大盈江自北来合,同而南流,其势始阔,于是独名金沙江"。从大盈江出云南境后"自北来合",及麓川江流经青石的叙述,可以确定徐霞客对大盈江流经芒市青石山之误,以及金沙江源出青石山之误作出了实事求是的推理与思考,而这个论断无疑是正确的,且为明人"皆不知"或"知不详"的情况。

总之,《徐霞客游记》具有观察精、格局高、体验深的特点,既有对沿途某处细致入微的实地深入勘察,也有思维上高屋建瓴式的鸟瞰,透显出徐霞客实地考察、审美体验和逻辑思维的广度和深度。因而,这已经不是传统意义上娱情悦性的观赏或是一时兴起考证的游记,而是持续性地从资料收集—游历查勘—整理记录—思索判断—形成结论这样一个复杂而又完整的逻辑性思考的过程,这个过程最终决定了游记的风格极少有个性的完全张扬和情感的极度抒发,取而代之的是站位全局、严密论证,且最终形成的以文本再现空间格局的文字表述,兼具理性思考与艺术灵感,在对日记体记游的突破与创新中,建构出新的审美意境和对山水的科学认知。

总　论

游境写心：明代记游文学发展进程及艺术特色

游记是对行旅进行记录的一种文体,先"游",后"记",二者相辅相成,缺一不可。以"游"而言,空间维度是其特质,美之意蕴与相异之趣在移动中得到注目、审视,促进了"记"之创作活动的萌发和进行,行旅者秉持追光蹑影之笔描摹山川景物,再现游观历程中发见、感知的地景记忆。然而,现实之游的结束并不意味着"记"的终结,作为"游"的情感应答,"记"既形构了外在的知性世界,亦透过游心所向,"外师造化,中得心源"①,呈现出浸润心灵意趣的山水世界,进而,"游"之内涵得以升华,瞬间的"游"之记忆在行旅者心源的回味与震颤中重建意境,一片自然风景就是一个心灵的境界。因而,"记"具现了"游"的情绪,联结了千姿百态的美感体验,记游书写往往从心而生,特色迥异,情感的内化与洗涤不仅使游境得以生成,也赋予了它切实可感的心灵广度、深度和宽度,成为诸多与众不同的美学境界被定格于永恒的时间长河中。

一、 明代文士心态与记游文学新风尚

"现在的研究通常认为,游记是一个本质上静态的、'欣赏山水'的过程,它从未伴随时间的推移而改变。"②若仅从行旅者倾注笔墨摹写山水,表达对自然欣赏的外在模式来看,游记剪选了山水的静态影像。然而,明人之游不仅凝视了外在世界,也透显了内心与有灵山水的相知相悦,山水融于心进而行诸笔端,映照出了生命的价值,亦在景色的复写与更新中凸显了游心与游境的超越历程。

(一) 嗜游之心

游心自古皆有,然忧世之怀、时局之变、士之不遇会在不同的时代和情景下发生,"儒家守常,道家达变",人们亦会采取不同的方法调适其应对之心态,而游正是应对"非常"状态下舒缓心境的一种独特方式。白居易《读谢灵运诗》曰:"壮志郁不用,须有所泄处。

---

① [唐]张彦远:《历代名画记》,北京:京华出版社,2000年版,第80页。
② 何瞻:《玉山丹池:中国传统游记文学》,上海:上海人民出版社,2021年版,第19页。

泄为山水诗,逸韵谐奇趣……岂惟玩景物?亦欲摅心素。"①大谢诗歌意境超然的美感凸显着泄心特质的孤独感。茅坤曰:"非子厚之困且久,不能以搜岩穴之奇;非岩穴之怪且幽,亦无以发子厚之文。"②以《永州八记》奠定游记独立文体地位的柳宗元,其清新幽丽的典范意境亦是贬谪之心与山川的无奈遭逢。在"摅心素"的心态下筛选景观,在"困且久"的遭际下倾心于山水,虽然运心造境,构建出各自卓然超群的山水意境,然而他们的游更多的是抉择中的"心缠几务,而虚述人外"③,意图借游获得快适和平复,他们的游心也常常被个人生命历程的某个特定阶段所激荡。

周振鹤从明人文集考察旅游风气时说:"在唐虽有游人,而多数留连光景,作为诗料,在宋游风已经稍杀为少数,在清代几乎萎缩到只有极少数人才热爱山水。而晚明却是登峰造极的好游典型。"④如此全身心地参与并徜徉"游"中,明人常用"嗜""癖"来凸显他们与众不同的游心。本文论及之五境,分别呈现了明代不同时期的人们于潜意识中对游之召唤的情感渴求。永乐朝随郑和三下西洋的马欢,自序景泰二年(1451)成书的《瀛涯胜览》曰,"与斯胜览,诚千载之奇遇也"⑤;生于天顺年间的都穆(1458—1525)游华山时直言"予抱游癖"⑥;生于嘉靖时期的王士性(1547—1598)曰:"余之嗜游""余游则不择是"⑦。生于隆庆年间的袁宏道(1568—1610)曰,"余性疏脱,不耐羁锁,不幸犯东坡、半山之癖,每杜门一日,举身如坐热炉。以故虽霜天黑月,纷庞冗杂,意未尝一刻不在宾客山水"⑧;生于万历年间的徐霞客(1587—1641)为清代四库馆臣评为"耽奇嗜僻,刻意远游"⑨。这些明代士人中烟霞成癖、嗜游如狂共性心态的典范人物,用游记书写他们与自然、人文景观交织缠绵的氛围和情调,呈现出前所未有的耽于游观的壮阔图景。

"嗜"除了特别爱好之意外,还隐含着长期入迷之心。相比前朝历代,明人的嗜游之心表达得更为直接和强烈,并且从明前到明中、明后,在明代士人的心目中渐趋形成共识,付诸游之行动,以一生溺于山水之志,持续性地将游作为自身的精神旨趣。明王世贞评都穆曰:"先生为郎数奉使,必游,游必凌幽险、探奇胜、考究掌故、搜金石古文、摹揭抄

---

① [唐]白居易著,丁如明、聂世美校点:《白居易全集》,上海:上海古籍出版社,1999年版,第85页。
② [明]茅坤:《唐宋八大家文钞》第二册《柳宗元文钞》,合肥:黄山书社,2010年版,第923页。
③ [南朝梁]刘勰著,王运熙、周锋译注:《文心雕龙译注》,上海:上海古籍出版社,2010年版,第154页。
④ 周振鹤:《从明人文集看晚明旅游风气及其与地理学的关系》,《复旦学报(社会科学版)》2005年第1期,第72-78页。
⑤ [明]马欢著,万明校注:《明钞本〈瀛涯胜览〉校注》,北京:海洋出版社,2005年版,第1页。
⑥ [明]都穆:《游名山记(及其他二种)》,北京:中华书局,1991年版,第3页。
⑦ [明]王士性著,朱汝略点校:《王士性集》,杭州:浙江古籍出版社,2013年版,第12页。
⑧ [明]袁宏道著,钱伯城笺校:《袁宏道集笺校》第二册,上海:上海古籍出版社,2018年版,第449页。
⑨ [清]永瑢等撰:《四库全书总目》,北京:中华书局,1965年版,第630页。

录,亡少挂漏。"①都穆晚年致仕后"或放逐山水,冥搜遐奇,若是者十余年"②。在都穆身上聚集了溢满整个心灵的游之幸福感,融于山水是简单且持久的状态。王士性《五岳游草》自序曰:"吾视天地间,一切造化之变,人情物理,悲喜顺逆之遭,无不于吾游寄焉。"③"造化之变"即天道,"人情物理"即人道,两者并举,统摄于"游"以达成"天人合一"之境,这是嗜游之心对生命状态的深切感知,强调嗜游者方能臻至此境。徐霞客刻意远游,幼年即抚掌曰其志:"丈夫当朝碧海而暮苍梧,乃以一隅自限耶?"④至其母寿终,慨然曰:"昔人以母在,此生未可许人也;今不可许之山水乎?"⑤遂遐征西南万里,其冠绝古今之游成为时代科学精神的先驱。

"人情必有所寄,然后能乐"⑥入世为官与归隐田园,不仅是对人生道路的选择,也是中国传统士人独特的矛盾心态。从东晋隐士孙绰鄙山涛曰:"山涛吾所不解,吏非吏,隐非隐。"⑦到唐代"终南捷径"⑧现象,再到宋代"人们自觉地将仕宦当作隐逸的一种形态"⑨,"仕隐"似乎已消除了对立,成为士人最佳的,也是最适意的人生状态。"无时不游,无地不游,无官不游"⑩的王士性即是此心态下宦游天下的明代典范。与王士性不同,也与无志于"应括帖藻芹之业"⑪的徐霞客不同,袁宏道的游记书写出存在危机感的嗜游之心,如"歌者闻令来,皆避匿去"⑫,"六月乌纱,有热于此者矣"⑬。游被他用作去官之枷锁、治心病之良药,"始知真愈病者,无逾山水"⑭;游成为释放"率真"之情的绝佳途径,可以"借山水之奇观,发耳目之昏聩;假江河之渺论,驱肠胃之尘土"⑮。袁宏道一生三仕三隐,因宦游而书写的人生中最后一篇游记《游苏门山百泉记》,坚定地表达了自己"溺于山水"的人生理想,以及可"捐性命以殉"的精神气度,道出了其游心之极诣⑯。

---

① [明]王世贞:《弇州续稿》,[清]纪昀等编纂:《影印文渊阁四库全书》第1284册,台北:商务印书馆,1983年版,第152页。
② [明]焦竑:《献征录》,上海:上海书店出版社,1987年版,第3113页。
③ [明]王士性著,朱汝略点校:《王士性集》,杭州:浙江古籍出版社,2013年版,第13页。
④ [明]徐弘祖著,朱惠荣校注:《徐霞客游记校注》,昆明:云南人民出版社,1985年版,第1235页。
⑤ [明]徐弘祖著,朱惠荣校注:《徐霞客游记校注》,昆明:云南人民出版社,1985年版,第1237页。
⑥ [明]袁宏道著,钱伯城笺校:《袁宏道集笺校》第一册,上海:上海古籍出版社,2018年版,第259页。
⑦ [唐]房玄龄等撰:《晋书》,北京:中华书局,1974年版,第1544页。
⑧ [宋]欧阳修、宋祁撰:《新唐书》,北京:中华书局,1975年版,第4375页。
⑨ 蒋寅著,刘扬忠、蒋寅主编:《镜与灯:古典文学与华夏民族精神》,石家庄:河北教育出版社,2014年版,第204页。
⑩ [明]王士性著,朱汝略点校:《王士性集》,杭州:浙江古籍出版社,2013年版,第604页。
⑪ [明]徐弘祖著,朱惠荣校注:《徐霞客游记校注》,昆明:云南人民出版社,1985年版,第1235页。
⑫ [明]袁宏道著,钱伯城笺校:《袁宏道集笺校》第一册,上海:上海古籍出版社,2018年版,第170页。
⑬ [明]袁宏道著,钱伯城笺校:《袁宏道集笺校》第一册,上海:上海古籍出版社,2018年版,第182页。
⑭ [明]袁宏道著,钱伯城笺校:《袁宏道集笺校》第二册,上海:上海古籍出版社,2018年版,第450页。
⑮ [明]袁宏道著,钱伯城笺校:《袁宏道集笺校》第一册,上海:上海古籍出版社,2018年版,第306页。
⑯ [明]袁宏道著,钱伯城笺校:《袁宏道集笺校》第四册,上海:上海古籍出版社,2018年版,第1615页。

总之,他们在游中沉浸、迷失之"嗜",与前朝历代很多即刻的情感寄托有着本质的区别,正如王士性对游嗜之心的摹写:"心志不分者,神凝;耳目不眩者,虑定。故丈人之承蜩也,若或掇之也;夏侯氏之倚柱而书也,雷霆而婴儿之也。余之嗜游,类有然者。"①自然山水的主体地位得以前所未有的聚焦与凸显,冥契于山水亦成为士人至高的精神追求。他们不仅提升了审美的品位,也在广度和深度上开拓了记游的新境界。

(二) 搜奇履险之境

在空间向度上,游境的建构离不开地理尺度的丈量,"行"是记的动态主线,也是内在的书写脉络。本书论及的五境行旅的空间范围即使置于好游成癖的明代也是非常耀眼的,如陈诚三使西域,单次陆行往返里程达两万多里;马欢扬帆西洋,先后到达亚非20多个国家和地区;域内王士性和徐霞客,遍游五岳,且足辙所至明朝两京十二省。这些具有明代鲜明印记的空间移动,自然不同于前朝的新形态。

不过,笔者本书关注的是明人疲敝精力、肯蹈绝险,且意趣所寄之心境,而移动距离与范围的明代扩展,更可直接体现游心在空间维度中所衬显出的刚毅精神。记游书写中所彰显的畏惧与无畏之感,是伴随着游之时代精神生长的。以唐、宋观之,"游宴以为恒"②的唐代韩愈尝凌华山绝顶,度不能下以至发狂痛哭,后在《答张彻》诗中曰"悔狂已咋指,垂诫仍镌铭"③,告诫他人切勿好奇之过。北宋王安石《游褒禅山记》记述了一次令其后悔的探险之旅,"余亦悔其随之,而不得极夫游之乐也",他的"悔"是因为略涉门庭未能尽览其洞,但他也收获了心得:"尽吾志也而不能至者,可以无悔矣,其孰能讥之乎?"④他们希望欣赏壮美的风景,但也知道险远罕至之处才有非常之观,而需要付出勇气和抵抗困境的行旅,在他们看来是不值得以生命去涉险的,行旅只是修身养性的一种方式,理趣也是山水之乐。

明人的游记似乎更擅长行游于艰难困苦的极端形式下,甚至已然成为常态。以本文而论,如陈诚在《西域行程记》中清晰地书写了"绝无人烟"⑤"人马不得饮食"⑥等艰难历程,马欢《纪行诗》中"去路茫茫更险艰"⑦对泛浪沧溟的简笔勾画,皆呈现出"孤独"与"执着"的行旅心灵。如果说陈诚与马欢的涉险还是缘于使臣之使命,那么袁宏道游匡庐、太

---

① [明] 王士性著,朱汝略点校:《王士性集》,杭州:浙江古籍出版社,2013年版,第12页。
② [唐] 韩愈:《韩昌黎全集》,北京:北京燕山出版社,2009年版,第141页。
③ [唐] 韩愈:《韩昌黎全集》,北京:北京燕山出版社,2009年版,第76页。
④ [宋] 王安石著,秦克、巩军标点:《王安石全集》,上海:上海古籍出版社,1999年版,第316-317页。
⑤ 《新疆通史》编撰委员会编,王继光校注:《陈诚西域资料校注》,乌鲁木齐:新疆人民出版社,2012年版,第160页。
⑥ 《新疆通史》编撰委员会编,王继光校注:《陈诚西域资料校注》,乌鲁木齐:新疆人民出版社,2012年版,第159页。
⑦ [明] 马欢著,万明校注:《明钞本〈瀛涯胜览〉校注》,北京:海洋出版社,2005年版,第3页。

和、桃花源"皆穷极幽遐,人所不至者无不到"①,甚至登华山绝顶时发出了"然其奇可值一死也"②的高呼,这种令唐宋游人恐怖的喜悦之情,强有力地表达了明代游人必穷高极深的新境界,而不是从容地观赏静谧的风景,在娱情悦性中获得理趣与感悟,这是游心由唐宋发展至明代的显豁之变。

在追随先贤之游,复写出"后来者"感怀和识见的游记中,"搜奇履险"亦是文学承继的前代联结和文化致敬后的明时创新,如王士性《入蜀记》序言曰:"左太冲赋蜀都,王右军叹彼土山川多奇,恨左赋未尽,乃致意岷山、汶岭,思得一至。及读陆务观《蜀游记》、范致能《吴船录》,益脉脉焉。乃今得与元承刘君拥传以往,搜奇履险,大益昔贤所未闻见,效陆、范二公记入蜀三篇。"③在蜀游结尾,王士性对三峡之游未能涉险,还记以未能尽兴的遗憾之情,吐槽了不满足之感:"余行以霜降,水涸不遇险,不及睹千里一日,与榜人舟子击汰鸣榔绝技。"④如此对"搜奇履险"的侧重与偏爱,进而"揽胜纪游,乐焉忘死"⑤的整体感受,映照出明人在狰狞山水之中的激昂心迹。

南宋范成大《吴船录》在宦游峨眉山后,总结顺利实现此游的感触:"非好奇喜事、忘劳苦而不惮疾病者,不能至焉。"⑥但在明代布衣之游的徐霞客眼中,涉险正是为了表达对山水的那分热忱,也是游的旨趣所在。清人潘耒在序中摹写其所感受到的霞客的行旅形象:"其行不从官道,但有名胜,辄迂回屈曲以寻之;……登不必有径,荒榛密箐,无不穿也;涉不必有津,冲湍恶泷,无不绝也。峰极危者,必跃而踞其巅;洞极邃者,必猿挂蛇行,穷其旁出之窦。途穷不忧,行误不悔。瞑则寝树石之间,饥则啖草木之实。不避风雨,不惮虎狼,不计程期,不求伴侣。以性灵游,以躯命游。亘古以来,一人而已!"⑦中国古代一直被险绝所压抑的游记书写,在徐霞客如履平地、全收其胜的地理丈量中,蜕下了阴森恐怖意境的渲染,替代以"诸山历历,无不俯首失恃"⑧的凝视快感,造物之幽秘为霞客搜剔析奇,非常山水之美感胪列目前,有我之境与无限宇宙得以冥契。并且,正是这种于空间维度中淋漓畅快的移动书写,使得他于静态的、国画感的山水游境中脱颖而出,奠定了徐霞客游记亘古第一的地位,充满动感的行旅探险使得文本中的游境活了起来,奚序曰:"一切水陆中可惊可讶者,先生以身历之,后人以心会之,无不豁然于耳目间也。"⑨杨序

---

① [明]袁宏道著,钱伯城笺校:《袁宏道集笺校》第四册,上海:上海古籍出版社,2018年版,第1799页。
② [明]袁宏道著,钱伯城笺校:《袁宏道集笺校》第四册,上海:上海古籍出版社,2018年版,第1601页。
③ [明]王士性著,朱汝略点校:《王士性集》,杭州:浙江古籍出版社,2013年版,第92页。
④ [明]王士性著,朱汝略点校:《王士性集》,杭州:浙江古籍出版社,2013年版,第101页。
⑤ [明]王士性著,朱汝略点校:《王士性集》,杭州:浙江古籍出版社,2013年版,第119页。
⑥ 顾宏义、李文整理:《宋代日记丛编》,上海:上海书店出版社,2013年版,第853页。
⑦ [明]徐弘祖著,朱惠荣校注:《徐霞客游记校注》,昆明:云南人民出版社,1985年版,第1295页。
⑧ [明]徐弘祖著,朱惠荣校注:《徐霞客游记校注》,昆明:云南人民出版社,1985年版,第35页。
⑨ [明]徐弘祖著,朱惠荣校注:《徐霞客游记校注》,昆明:云南人民出版社,1985年版,第1296页。

曰:"而所未能至者,亦可以心知其概,如涉其境焉。"①心灵的自由、游境的焕新皆在真实精详的空间动感刻画中臻于极致,而又天趣旁流。

明人不畏险阻的游之生气也激荡了清人的探索热情,朴学初倡者顾炎武《金石文字记》自序曰:"比二十年间,周游天下,所至名山巨镇、祠庙伽蓝之迹,无不寻求。登危峰、探窈壑,扣落石、履荒榛、伐颓垣、畚朽壤,其可读者必手自抄录,得一文为前人所未见者辄喜而不寐。"②朱彝尊为亲见"积岁既久,虺蝎居之,虽好游者勿敢入焉"的《风峪石刻佛经》,"率土人,燎薪以入"③。虽然他们的记游更多呈现考证之境,但访碑之旅的艰辛,意念之执着,且洋溢着收获与成功的喜悦心态,在古陵废庙、残碑断碣的空间中亦别开新境。

(三)绵延开拓之境

"游记是一个本质上静态的、'欣赏山水'的过程",如此认知盖源于游记创作多为一次或多次游历的断续书写,游是偶尔为之的行为,记亦是突然受山水感发之现量。即便"宋代最长的描述一场持续旅行的游记"——《入蜀记》和《吴船录》,感受自然、凝视游境的时间跨度仍然是相对短暂的。而且,一般情况下除了即时性的诗与文的感发书写,其后再无对当时行旅情境的探究与辨析,缺乏记的延续性和对无限空间感知的深入性。

明代的游记不仅拥有空间移动的广度,还有时间穿梭的长度。如马欢首次下西洋后,于永乐十四年(1416)即撰成《瀛涯胜览》初稿,至景泰二年(1451)亲修定稿,成书跨时35年,期间增补删析,其用心亦勤矣。都穆自言:"予性好山水,所至之处,山水之佳者,未尝不游,游必有作,所以识也。"④其晚年致仕后方将《游名山记》编撰成集,呈现他与名山之间一生的身体联觉。成书于万历十九年的《五岳游草》,以图记、游记、诗歌等多元视角览胜观世,汇集展现了王士性"宦辙所至"的21年间游历山水的审美历程。袁宏道一生创作了八十多篇特色独具的记游文,分别收入《锦帆集》《解脱集》《瓶花斋集》《潇碧堂集》和《华嵩游草》五个专集,以游记表达的性灵之心呈现出由浅俗入深邃的变化过程。"盖他人之游,偶乘兴之所至,惟霞客聚毕生全力,专注于游。勇往独前,姓名不顾。其游创千古未有之奇,其《游记》遂擅千古未有之胜。"⑤徐霞客自21岁始游,其后30多年间走笔为记,一生事游的汗漫之旅都为一集,"游记之夥,遂莫过于斯篇"⑥的评价可谓实至名归。

---

① [明]徐弘祖著,朱惠荣校注:《徐霞客游记校注》,昆明:云南人民出版社,1985年版,第1298页。
② 新文丰出版公司编辑部:《石刻史料新编(第一辑)》第12册,台北:新文丰出版公司,1982年版,第9191页。
③ [清]朱彝尊:《曝书亭集》,北京:中华书局,1937年版,第783页。
④ [明]都穆:《游名山记(及其他二种)》,北京:中华书局,1991年版,第25页。
⑤ [清]陆以湉,冬青校点:《冷庐杂识》,上海:上海古籍出版社,2012年版,第12页。
⑥ [清]永瑢等撰:《四库全书总目》,北京:中华书局,1965年版,第630页。

与嗜游之心相映照的记，既是实态行旅之记，也是行旅的心灵活动史。相比前朝历代，上述五境对应了一生游踪的条理化书写，记之认真、严谨、持续、专注的态度可谓至矣，这亦标示了明代记游意识的新变，他们的记游书写非一时之兴，而是与创作主体的人生历程相伴相随，具有生命厚度感的游记彰显了明人对游的独特心趣和深沉寄托。

游可以开阔心胸，陶铸性灵，对人生和创作形成正面的积极作用。然而，游记不仅呈现了对山水世界的欣赏与关注，由于对游的理解、实践和感悟普遍达到一个新的境界，明人以生命绵延态势的游之视野，拓宽了内在生命尺度的记述厚度，开创了学术性的记游新境。

都穆，好古而博物者也，其游除"凌幽险、探奇胜、考究掌故"之外，还"搜金石古文、摹揭抄录，亡少挂漏"[①]，天下名山的游历交融了对铭刻在地景上生命印记的寻访，开拓出金石之旅这一新境，并以亲至其地、而得其情，承宋启清，点染了实地观看金石的意义，开启了研究金石方式变化的先声。其致仕后将金石专著《金薤琳琅》和游记别集《游名山记》先后编撰成集，昭示着乘物游心和好古之情紧密的内在关联。赏心于尘封在历史记忆中的典藏，记亦在衍生书写新的学术思索的同时，立体呈现过往游历中某一瞬刻的系列定影，如《唐少林寺灵运禅师碑》尾跋曰："予向游少林，爱其中碑刻，时值大雪，命人拓之，此其一也。或诮予好奇之过，而不知予之所得抑亦多矣。"[②]都穆因游得拓本15则，占全书五分之一多，他在其金石学著作中清晰细密的感受描述，流露了心灵中的金石意趣，重复维度的游境书写，为游记中历史氛围的美感呈现作出具有里程碑意义的崭新开拓。

游之精神高涨的明代游者，不仅穷幽极险、囊括其胜，开金石意趣之旅外，还锐于搜寻、善于思考。游心的重大变化预示着对内在新生命空间的积极寻求，他们以精订之心探问九州地域，既是记之绵延的内在驱动力，也在知曲折、辨原委中深化了描述与解释的张力，使得明代游记在历史进程中得以递进与深化：以记游之笔探讨学术之心超绝千古，铸造了人文地理游记与自然地理游记的两大高峰。

王士性尝遍游寰宇，得文、图、诗若干记于《五岳游草》，"所不尽于记者，则为《广游志》二卷，以附于说家者流。兹病而倦游，追忆行踪，复有不尽于《志》者，则又为广志而绎之"[③]。三书皆围绕王士性游历的身所见闻，以"游"为核心相继而作，用以呈现他广游天下的心路历程：《五岳游草》记审美鉴赏之游心；《广游志》以资地志之心，承接《五岳游草》地域分览视角；《广志绎》则是息游后游心之延续，"追维故实，索笔而随之"[④]，对地域差异及其原因条分缕析。三书侧重点不同，亦形成"记"之递进书写：先游后记，因记而生已

---

① [明]王世贞：《弇州续稿》，载[清]纪昀等编纂：《影印文渊阁四库全书》第1284册，台北：商务印书馆，1983年版，第152页。
② 新文丰出版公司编辑部：《石刻史料新编（第一辑）》，台北：新文丰出版公司，1982年版，第7719页。
③ [明]王士性著，朱汝略点校：《王士性集》，杭州：浙江古籍出版社，2013年版，第219页。
④ [明]王士性著，朱汝略点校：《王士性集》，杭州：浙江古籍出版社，2013年版，第219页。

论,有已论再而演绎推理。如此层次井然,有清晰逻辑感的记游、说游、绎游系列是前朝历代记游所没有的,展现了明代游记的新视野、新高度和新境界。而《广游志》《广志绎》这两部标新领异之记确立了王士性古代人文地理学的书写高峰,其广游所形成的宽阔视野,"探经世之大略,揽形胜、审要害以为行师立国之本图"①的志量给清初的学者以巨大的影响,顾炎武《肇域志》《天下郡国利病书》和《日知录》三本著作,对王士性的记述均有引录,显现了明代影响的印记。

另一自然地理游记的高峰之作《徐霞客游记》,在"记"和"游"两方面皆具有独特的造诣。《杨序》曰霞客"非有意于描摹点缀,托兴抒怀,与古人游记争文章之工也"②,点出了徐霞客记游之境超出常人的独特奇异之处。徐霞客以"刻意远游"之心"欲穷江河之渊源,山脉之经络"③,在山形、水路等地貌的本元中去探索。因而,除了写作细腻的行旅日记外,他还自著《盘江考》《溯江纪源》两篇地理考察论文,成为在地学和文学上更为独特的心境呈现之记。尤其《溯江纪源》这一徐霞客一生地理考察的封笔之作,拉开了与一般文学记游之境的差距,而文末"故推江源者,必当以金沙为首"④的论断,是其一生一步步足勘目验长江,在严谨的扣地考察中辨析正源与旁支,以科学调查的精神和严谨缜密的逻辑推理得出的正确结论。其丰富和微妙的精神探求与近代科学精神与气质相同,代表了明末知识分子以开放的眼界、思维对世界的观察与探索,"以真理驳圣经,敢言前人所不敢言"⑤可谓是对四百多年前的徐霞客科考之境最高,也是最恰当的评价。

总之,金石学、人文地理、自然地理这些明代实地考察之作的出现,一方面是伴随着游之累积,孕育了明人更广阔的学术视野,对行旅感知的强度更胜一筹;另一方面则是人与自然的关系进一步密切后,深入观察的目光和思索空间的内心具备了由量变到质变的学术性超越,明代的飞跃是游境写心的必然升华。

二、明代社会变迁与文士游境之心路呈现

"一旦选择某种文体,就仿如进入历史文化的回廊,在一种熟悉的语句格式、典事氛围中,完成发现当下自我同时也是再现共享传统的书写活动。"⑥明人之自由心灵赋予了

---

① [明]王士性著,朱汝略点校:《王士性集》,杭州:浙江古籍出版社,2013年版,第213页。
② [明]徐弘祖著,朱惠荣校注:《徐霞客游记校注》,昆明:云南人民出版社,1985年版,第1299页。
③ [明]徐弘祖著,丁文江编:《徐霞客游记》,北京:商务印书馆,1986年版,第28页。
④ [明]徐弘祖著,朱惠荣校注:《徐霞客游记校注》,昆明:云南人民出版社,1985年版,第1194页。
⑤ 谭其骧:《论丁文江所谓徐霞客地理上之重要发现》,载《2001舟山徐霞客旅游文化研讨会暨浙江省徐霞客研究会第二届会员代表大会论文集》,2001年版,第381-390页。
⑥ 郑毓瑜:《文本风景——自我与空间的相互定义》,台北:麦田出版公司,2005年版,第193页。

游记盎然的生机和独特的趣味,游境与心态的匹配有着高度的灵活性,经由不同的文本语体建构出不同的意境,清晰呈现出明代社会文化进程与士人游境之心路历程。

(一) 明代社会复兴与域外之眼

明代初期,朱元璋平定祸乱,社会复兴;至明成祖时,国势渐盛,"盖兼汉、唐之盛而有之,百王所莫并也"①。此时,占据文坛统治地位的是诗文风格雍容典雅的台阁体,为明王朝歌功颂德、粉饰太平是其主旋律,并且台阁权臣还从人的社会属性出发以事功之心压制游情,甚至将游作为对立面,这与晚明文人秉承自然之心乐游开放的状况形成鲜明对照。

在明成祖"锐意通四夷"以"示中国富强"②的政治背景下,明朝遣使四处招徕,给明初的域外游记带来了新鲜的书写内容和视角的变化。在面对自然或人文风貌时,使臣们的审美意念流贯其心,他们拓展了品题山水之游境,建构了本土与异域的审美互动,有今昔对照的思绪、有观览风物的新奇,游境所含摄的游之精神,在明代初期这一特定的历史时段逐渐敞开了优游之乐的心态,重新审视作为"外围"的异域,成为明代光彩夺目的域外之眼。

中国古代的域外记游者更多是以使臣的身份,奉使心境的不同使得域外行旅的叙述得以分化。如南宋使臣范成大奉使金国,描述陷金汉人"久习胡俗,态度嗜好,与之俱化"③之景观,以及行旅北宋故土的书写,显然隐含着心境痛苦的观览;清代使臣秉承复兴国家心态书写的诸多域外游记,目光所及的叙述多是无奈与焦虑的忧国之思。

明初的通西域和下西洋之旅,完全可以沿袭宋代开创的日记体例,在清晰明确的时间刻度中,中规中矩地记书异国之事,如同偏好日记体的清代使臣一样,呈现自己不辱使命、兢兢业业的形象,也利于朝廷查验。然而,对域外记游而言,距离远、跨时长,即便总括式地罗列道路、叙述见闻也会内容繁复、卷帙庞大,甚至令读者不甚得其要,尤其后人记行同一地况的书写亦会形成千人一面、甚少新意的弊病。明初域外游记,其记行体例上承唐宋,下启清代,又有着独特的创新之举。陈诚西域之记"一片赤心"的宣示④,马欢西洋之记"诸番事实悉得其要"⑤的强化,皆透显出有意为文、竭力创新的书写态度,他们没有定格某一体式进行总括式的简笔勾勒,而是以文本融通之态对日记体、笔记体、传记体灵活运用,且因地制宜,注重实效。

---

① [清]张廷玉等撰:《明史》,北京:中华书局,1974年版,第8625-8626页。
② [清]张廷玉等撰:《明史》,北京:中华书局,1974年版,第7766页。
③ 顾宏义、李文整理:《宋代日记丛编三》,上海:上海书店出版社,2013年版,第797页。
④ 《新疆通史》编撰委员会编,王继光校注:《陈诚西域资料校注》,乌鲁木齐:新疆人民出版社,2012年版,第1页。
⑤ [明]马欢著,万明校注:《明钞本〈瀛涯胜览〉校注》,北京:海洋出版社,2005,第1页。

不仅如此,《瀛涯胜览》和《星槎胜览》的题名,无疑打开了域外记游的一个特别维度。"胜览"二字开启了游之愉悦心态的异域想象,叙述行旅的文本中那些拨动心弦的异域风土人情描写,融入了自我的声音,亦成为"风景"的新异之处,开拓了人文风景感知的地域新空间。而晚清域外游记的题名无出笔记、杂录、琐记、风土记、日记、游记、述奇、记游的范畴,更显现了心态转变的明代域外记游话语形构的新格局。

明清同为"奉使叙述",言说异域之奇,但心境的不同,使得笔下的域外之境迥异其趣。明初的遣使中亚与扬帆西洋之旅,拥有着巡视的目光,陈诚笔下"咸知敬礼""慕义无穷"①的诸国整体形象,马欢自序中"而尤见夫圣化所及非前代之比"②的行旅感知,无不体现出大国使者游于异域放松的文化自信的心态,这与清代域外记游者置身中西文化夹缝中,以"欲铸新中国"③之心观察西方,希冀重回世界中心的微妙心态不可同日而语。

(二) 明代社会安定与博古之风兴起

弘治、正德年间,明代社会安定,"文明中天,古学焕日"④,明代文学复古运动的第一次高潮勃兴于此时期。相比复古派"文必秦、汉,诗必盛唐"⑤的诗文复古,具有博古、尚古风气的吴地文人虽"倡为古文辞"⑥,但在艺术等诸多领域博取百家,为己所用,其视野更多转向日常生活中对自然和人生的体验和感悟。"自元季迄国初,博雅好古之儒,总萃于吴……书籍金石之富,甲于海内"⑦,而金石等收藏的风靡最能映衬吴地的博古风尚。这一时期的吴中士人都穆,游心于荒莽断垣之间,收集拓片,访古考证,以证经补史作为游之乐趣,成为明代游记中独树一帜的风景。

历史贮存着过去,也向未来无限开放。除了悦目于山水自然景观,参访遗迹旧址等人文景观亦是古人常见的游历活动。诗如谢朓《和伏武昌登孙权故城》,赋如苏轼《前赤壁赋》,此类访古主题的游历叙述,通常以今昔对比的笔法,摄入同地异时之景,连接了游历者人生短暂、辉煌永逝的惆怅内心。

尝试将学术元素融入游记,追寻前人的印迹,感受历史的呼吸,尤其在考证的过程中建立与历史的精神应答,则是历史之境中另一种深度经历。以游记文体而言,北宋张缗

---

① 《新疆通史》编撰委员会编,王继光校注:《陈诚西域资料校注》,乌鲁木齐:新疆人民出版社,2012年版,第1页。
② [明]马欢著,万明校注:《明钞本〈瀛涯胜览〉校注》,北京:海洋出版社,2005年版,第1页。
③ [清]康有为著,姜义华、张荣华编校:《康有为全集》第十二集,北京:中国人民大学出版社,2007年版,第234页。
④ [明]杨慎著,王仲镛笺证:《升庵诗话笺证》,上海:上海古籍出版社,1987年版,第128页。
⑤ [清]张廷玉等撰:《明史》,北京:中华书局,1974年版,第7346页。
⑥ [明]文徵明著,周道振辑校:《文徵明集》,上海:上海古籍出版社,1987年版,第1258页。
⑦ [清]钱谦益:《列朝诗集小传》,上海:上海古籍出版社,1983年版,第303页。

《游玉华山记》①游于废弃遗迹旧址的从容心态;张礼《游城南记》②精细考辨所游都邑旧址的心趣,其"所列金石碑刻名目,亦可与《集古录》诸书互相参证"③。二记昭示了访古主题又一新境的开拓。

金石之游作为访古主题游的一种特殊形式,随着学术的发展而蔚为大观。好古之士"其粗者,以为笔墨之娱。其精者,以为考据之用"④。明代吴中士人都穆,尝遍游寰宇,山川之胜、金石之缘,进而考据征实,皆因游而兼得,且分录成编。其中《使西日记》和《游名山记》将石刻作为游观之景,纳入了持续性览胜观视的范畴,独赖石刻以存的人文之迹,具有"时间之点"特征的历史记忆,经由"游"的见证情节,透过"记"的文学维度,形成了融通往事、历久弥新的对话,鲜明而强烈的历史之境永驻心底,绵延不绝。

都穆之游承接了宋人浓厚的金石审美之意趣,或将石刻的内容在游记予以陈述,或对古迹作全面的描绘,或经由辨识的动作细节来建构趣味情境,交融刻镂出鉴赏、思古、研究、求新的历史之境。虽然"金石学之在清代又彪然成一科学也"⑤,尤其乾嘉时期的访碑活动和学术之绩远迈前朝历代,成就斐然,遂成显学,然正如王国维所言"于宋人多方面之兴味,反有所不逮"⑥。以游记而论,情感应答主要集中于得拓过程的描述,以及对金石文字的学术鉴别,而对"金石之景"的回应则相对淡然,可视为冠以游记题名的金石随笔。相比之下,都穆之记始于游之感性,发现的喜悦、读碑的沉浸、玩月之好等皆行诸笔端各以其情而遇,又终于金石学专著,呈现由感性到知性的心境提升,这与清代金石学人的游心游境不可相提并论。

(三) 明代社会中兴与览胜之境

明万历年间,在神宗的支持下,内阁首辅张居正行以新政,革新朝政积弊,"中外乂安,海内殷阜,纪纲法度莫不修明"⑦,取得了显著的成效。"万历中兴"呈现了太平恢宏的短暂复苏,是为明王朝最为富庶的时期,且疆土巩固,社会相对安定,交通畅达,为明代士人宦游天下创造了良好的外部条件。万历五年进士出身的王士性"无时不游,无地不游,无官不游"⑧,不仅成为遍游五岳的明代第一人,还一览明王朝两京十二省之胜,"嗜而未

---

① 倪其心、费振刚、胡双宝等选注:《中国古代游记选》,北京:中国旅游出版社,2000年版,第215-216页。
② [宋]张礼著,史念海、曹尔琴校注:《游城南记校注》,西安:三秦出版社,2003年版,第6页。
③ [清]永瑢等撰:《四库全书总目》,北京:中华书局,1965年版,第629页。
④ [清]陶澍著,陈蒲清主编:《陶澍全集(修订版)》,长沙:岳麓书社,2017年版,第103页。
⑤ [清]梁启超:《清代学术概论》,上海:上海古籍出版社,1998年版,第58页。
⑥ [清]王国维:《王国维考古学文辑》,南京:凤凰出版社,2008年版,第116页。
⑦ [清]张廷玉等撰:《明史》,北京:中华书局,1974年版,第5652页。
⑧ [明]王士性著,朱汝略点校:《王士性集》,杭州:浙江古籍出版社,2013年版,第604页。

食,惟闽荔枝"①,其广游览胜之境可谓明代典范。

模山范水之境以心底留影为妙。南宋陈著《夏珪山水》曰:"古画以山水为最,唐以后或有其存,而未必皆真。……以行记啥囊,收拾光景,时一披阅,眼界万里,尽在是矣,岂不大快!"②他认为山水画境不如记游文字所建构的富有动感的影像氛围。那么,如果能创造出与记游匹配的画意空间,岂不大快?然而,明代以前的游记中,是没有图记这样的视觉资料的。构建真实精详、画面优美的多元化山水记游文本,开启心境中被遮蔽的胜景,成为明人观看心灵山水的新境与意趣所在。因此,明代中晚期出现的《五岳游草》这种图文并茂的记游新范式,既是游记发展历程中的新变与大观,也是王士性游境写心的大胆尝试。

明代何良俊《四友斋画论》曰:"名山游记,纵其文笔高妙,善于摹写,极力形容,处处精到,然于语言文字之间,使人想象终不得其面目。不若图之缣素,则其山水之幽深,烟云之吞吐,一举目皆在。"③清人潘耒《重刻五岳游草序》评王士性曰:"诸名山无不穷探极讨,一一著为图记,发为诗歌,刻画意象,能使万里如在目前。"④可见:人在画外,或居高俯瞰,或居低仰视,画之境一举目而皆在;图文并茂的记游之境,文中有画意、目前有真山,含蕴了览胜之人贴合胜景两相交融的动感光韵,游之动影、实情、美感、意境皆能了了见历镌刻心底,赏心胜览而无遗恨焉!

王士性的览胜之旅有着多层次的视界,36 幅图记与 31 篇游记的建构开拓出全然不同的意境。首先,图记强化了对胜景的心灵聚焦,活化了记之山水,既展现了胜景全貌,又在记的清晰导览和美感的递进呈现中,浸润了更为微妙的心境品赏;其次,王士性的图记既是览胜之图,也还用来进行区域性的分辨,因而图记中总图与分图的立体建构,用以呈现王士性广游联看、深度透视之游心,捕捉萦绕于七个独特地域中的人文光泽和地理风貌,共同实现对游境清晰而有层次性的品读;再次,王士性息游后未曾停止对游之岁月的追思,"星野山川之较,昆虫草木之微,皇成国策、里语方言之赜"这些故实的每每追忆,并"索笔而随之"⑤。可以想见,图记正是其在摩挲中的情依所在,这一摹写地域特色的冲动,让王士性又恍然回到了"万里如在目前"⑥的览胜之境,激发了《广志绎》另一鲜活之境的书写之心。

写心之图记在清代亦现新貌,金石学者游于断碑残碣,不仅书写了访碑日记,还有如

---

① [明]王士性著,朱汝略点校:《王士性集》,杭州:浙江古籍出版社,2013 年版,第 14 页。
② [宋]陈著:《本堂集》,载[清]纪昀等编纂:《影印文渊阁四库全书》第 1185 册,台北:商务印书馆,1983 年版,第 229 页。
③ 俞剑华编著:《中国画论类编》,北京:人民美术出版社,1957 年版,第 108 页。
④ [明]王士性著,朱汝略点校:《王士性集》,杭州:浙江古籍出版社,2013 年版,第 3 页。
⑤ [明]王士性著,朱汝略点校:《王士性集》,杭州:浙江古籍出版社,2013 年版,第 219 页。
⑥ [明]王士性著,朱汝略点校:《王士性集》,杭州:浙江古籍出版社,2013 年版,第 3 页。

黄易创作了景致真实的访碑纪游图①,图记略及名胜而侧重碑碣实境,情节真实、意趣鲜活的探求之境同样延续了心底的游影。

(四) 明代文学革新之风与抒写自然之意趣

晚明是程朱理学渐歇,心学思潮勃兴的社会转型期,曾经让"明之诗文,于斯一变"②的复古派已然陷入了模拟剽窃的窠臼,"往往以饾饤为能,雕绘为工,填塞典故,不顾其安,如土偶衣文绣,灵气绝无"③。为了矫正复古派的弊病,倡导文学的独创精神,唐宋派、公安派、竟陵派接踵而起,倡言革新,以各具特色的文章,取得了反复古的成果。其中,公安派主将袁宏道高举"独抒性灵,不拘格套"④的大旗,不仅从精神上让"天下之文人才士始知疏瀹心灵,搜剔慧性"⑤,进而在创作实践上一扫"钩章棘句,剽袭秦汉之面貌,遂成伪体"⑥的雷同流弊,引导文风"变板重为轻巧,变粉饰为本色,致天下耳目一新"⑦。而游记既是袁宏道倡导文学革新的匕首和标枪,也是呈现内心自然意趣之载体。

模山范水之笔以逼真为要。逼真亦并非对山水之实录,实则包含了构境之道。记游构造的画意和美感境界,虽是经审美主体的辨识与联觉而创造的美学空间,但这一空间生命存在感的凸显却需要双重心灵的叠加,即人之心境与山水之意象的契合。

明代袁宏道与专注于摹写眼前视觉特征的记游作者不同,他强化了美妙山水以多姿多彩的神情对游心的情感回应,即如江进之所评点"中郎所叙佳山水,并其喜怒动静之性,无不描画如生。譬之写照,他人貌皮肤,君貌神情"⑧。他以内在性灵的独抒,去除山水与人之间格套,在视山水自然皆有生命与情感的基础上,迁想"神情"融于山水自然,己之真心投射于山水,山水之"神情"映照己心,进而妙生"读之有声,览之有色,而且嗅之有香"⑨的自然之境。

情趣各异的山水"神情",离不开敏于自然的游心体悟。或"卧地上饮,以面受花"⑩,或"枯坐树下若痴禅者"⑪,或捕捉"皆若梵呗"⑫树动水响,禀于自然的"天趣"皆于游境兴

---

① 藏于天津博物馆的《得碑十二图》;藏于故宫博物院的《嵩洛访碑图》《访古纪游图》;藏于上海博物馆的《功德顶访碑图》。
② [清]张廷玉等撰:《明史》,北京:中华书局,1974年版,第7308页。
③ [清]熊赐履:《经义斋集》,济南:齐鲁书社,1997年版,第7页。
④ [明]袁宏道著,钱伯城笺校:《袁宏道集笺校》第一册,上海:上海古籍出版社,2018年版,第202页。
⑤ [清]钱谦益:《列朝诗集小传》,上海:上海古籍出版社,1983年版,第567页。
⑥ [清]永瑢等撰:《四库全书总目》,北京:中华书局,1965年版,第1504页。
⑦ [清]永瑢等撰:《四库全书总目》,北京:中华书局,1965年版,第1618页。
⑧ [明]袁宏道著,钱伯城笺校:《袁宏道集笺校》第四册,上海:上海古籍出版社,2018年版,第1839页。
⑨ [明]袁中道:《珂雪斋集》上,上海:上海古籍出版社,2019年版,第939页。
⑩ [明]袁宏道著,钱伯城笺校:《袁宏道集笺校》第二册,上海:上海古籍出版社,2018年版,第457页。
⑪ [明]袁宏道著,钱伯城笺校:《袁宏道集笺校》第二册,上海:上海古籍出版社,2018年版,第735页。
⑫ [明]袁宏道著,钱伯城笺校:《袁宏道集笺校》第三册,上海:上海古籍出版社,2018年版,第1234页。

会神融,自有其心的山水新境,正待体察至深的中郎之心为其映发。

游之意趣相似,然境之入处不同。在中郎的游境中,山水成为行文节奏的主导者,如书写从"方怒"到"悍然不顾,厉声疾趋",再到"咸有怒态"不断升级水石之争,最终"观者亦舒舒与与,不知其气之平也"①。游境的创新,离不开内心之灵变,中郎笔下的山水有自己独特的精神气度,有自己的真情实感,在游中积极地展现自我的主体地位,成为场景式意象与行为性意象的核心,建构出完全特殊的独创的自然之境。

"以心摄境,以腕运心,则性灵无不毕达"②,从江盈科《解脱集序》提出"貌神情"始,德山之游"学问乃稳妥,不复往来胸臆间也"③,柳浪游程诗记"字字鲜活,语语生动,新而老,奇而正,又进一格矣"④,华嵩之游"布格造语,巧夺造化,真非人力也"⑤,记游境界的提升亦成为生命存有之姿的递进展示。

诗文作品的神情是千人千面的。个性的鲜活,往往能破除"如披千重铁甲"⑥的缚执,促进新的文体的生成,袁宏道活脱鲜隽的游记打开了明代游记小品的新境,其"不曾依傍半个古人"⑦深描神情的写心之境,对清代性灵派和近代小品文影响深远。

(五) 晚明实证之风与实境之游

晚明宦官专权,吏治腐败,党派纷争,末世危乱对当时的文风和士风影响很大,一些思想进步士人力倡务实之风,尊实证、重实测,反对不切实际的空虚之学。而政治统治的松懈亦促进了社会风尚的转变,一些士人无意仕进,转移兴趣以远游、博游来开阔心胸,满足其对人生价值的追求,促进了旅游风气的盛行。这一时期,千古奇人徐霞客"欲穷江河之渊源,山脉之经络"⑧,以求知、探索、实证之精神,在山水自然的实境之游中,书写出交融地学和文学的"古今游记之最"⑨。

心有专漫之别,境有虚实之分。《奚序》认为柳宗元借游"以自写其胸中块垒奇倔之思",司马迁寄游"要以助发其精神,鼓荡其奇气,为文章用",二者皆"以游为文者也",其境"非游之大观也"⑩。相比之下,徐霞客之心不在文字之工巧,却用心相会、对语山水,浸

---

① [明]袁宏道著,钱伯城笺校:《袁宏道集笺校》第三册,上海:上海古籍出版社,2018年版,第1238-1240页。
② [明]江盈科著,黄仁生辑校:《江盈科集》,长沙:岳麓书社,1997年版,第275-276页。
③ [明]袁宏道著,钱伯城笺校:《袁宏道集笺校》第四册,上海:上海古籍出版社,2018年版,第1744页。
④ [明]袁宏道著,钱伯城笺校:《袁宏道集笺校》第四册,上海:上海古籍出版社,2018年版,第1799页。
⑤ [明]袁宏道著,钱伯城笺校:《袁宏道集笺校》第四册,上海:上海古籍出版社,2018年版,第1817页。
⑥ [明]袁宏道著,钱伯城笺校:《袁宏道集笺校》第一册,上海:上海古籍出版社,2018年版,第239页。
⑦ [明]袁宏道著,钱伯城笺校:《袁宏道集笺校》第二册,上海:上海古籍出版社,2018年版,第537页。
⑧ [明]徐弘祖著,丁文江编:《徐霞客游记》,北京:商务印书馆,1986年版,第28页。
⑨ [明]徐弘祖著,朱惠荣校注:《徐霞客游记校注》,昆明:云南人民出版社,1985年版,第1244页。
⑩ [明]徐弘祖著,朱惠荣校注:《徐霞客游记校注》,昆明:云南人民出版社,1985年版,第1297页。

游之专心专境,遂郁然大观。《杨序》曰:"夫造物之奇閟,恒有待而发,亦有待而传。有是境而人不知,则此境为虚矣。游是境而默不言,则此游为虚矣。霞客之前,境自在天下也,而无人乎知之,无人乎言之。"①天地至大,鲜有人能窥其秘者,而徐霞客不惜躯命旷观远览,以心会之,且记之详密,舆地之广、山水之奇皆质实可见,游之实境沁人心扉。

潘耒曰:"故吾于霞客之游,不服其阔远,而服其精详;于霞客之书,不多其博辨,而多其真实。"②霞客钦慕山水,在对景观深入体察后,以独特的视觉细节书写出真实精详的美感氛围;霞客之游也更为透显在山水中的穿行经历,其记对山川、河流的方位以及相对距离所占比例较大,持续性的移动感呈现成为记游书写中的山水之眼。因此,通常目可见而心无从进入的游境,作者与读者分割两处的复杂行旅情感,在徐霞客充裕的游历时间、纵深的探索空间、丰富的记游内容所建构的山水实境中叠合起来,使他的游境犹如展开了科学想象的翅膀,强烈而集中地呈现了清晰的山水实境。

霞客之记"于山川脉络,剖析详明,尤为有资考证"③,游之实境还体现于格物之心。霞客之游"先审视山脉如何去来,水脉如何分合,既得大势,然后一丘一壑,支搜节讨"④,在一一分析地形地貌,并于延绵山水态势的展望中,凸显了他的博辨求证之思。进而,他的游记以时间为经、行程为纬,步步展开了溯江目标下"穷九州内外,探奇测幽"⑤的快意心态,其探奇访奥"山川面目,多为图经志籍所蒙"⑥的神秘性和未知性,拥有宽度和深度感的考证绵延于游境之中,拓宽了游心于山水的知性边际,相比之下,其他萧散简淡、娱情悦性的记游之境自然显得单薄。

总之,与一般游记剪选景物建构片段性意象,或用虚泛之笔触及景物衬显游心相比,《徐霞客游记》不仅以"据景直书"⑦之笔,呈现了一个清晰可感、绵延广远的实境山水自然,还以"锐于搜寻"⑧之心,将寻源探脉的发现乐趣一一详记,实化了探索求证的"史"之游境。与其畅想模糊的远方,不如实地遍游寰宇,霞客之境乃游之实境、游之证境,霞客之记亦存天地之心。

三、明代游记文学的历史地位及价值

明代是中国记游文学空前发展的兴盛时期,在中国记游文学史上有着非常重要的地

---

① [明]徐弘祖著,朱惠荣校注:《徐霞客游记校注》,昆明:云南人民出版社,1985年版,第1300页。
② [明]徐弘祖著,朱惠荣校注:《徐霞客游记校注》,昆明:云南人民出版社,1985年版,第1296页。
③ [清]永瑢等撰:《四库全书总目》,北京:中华书局,1965年版,第630页。
④ [明]徐弘祖著,朱惠荣校注:《徐霞客游记校注》,昆明:云南人民出版社,1985年版,第1295页。
⑤ [明]徐弘祖著,朱惠荣校注:《徐霞客游记校注》,昆明:云南人民出版社,1985年版,第1233页。
⑥ [明]徐弘祖著,朱惠荣校注:《徐霞客游记校注》,昆明:云南人民出版社,1985年版,第1233页。
⑦ [明]徐弘祖著,朱惠荣校注:《徐霞客游记校注》,昆明:云南人民出版社,1985年版,第1299页。
⑧ [清]永瑢等撰:《四库全书总目》,北京:中华书局,1965年版,第630页。

位。历代都有记游作家,但此前没有一个朝代像明代那样有如此之多、如此之整齐。耳熟能详的记游诗文大家就包括:宋濂、刘基、高启、李东阳、李梦阳、都穆、唐寅、乔宇、王守仁、杨慎、归有光、李攀龙、王世贞、王世懋、王叔承、王士性、董传策、袁宏道、袁宗道、袁中道、徐霞客、钟惺、谭元春、曹学佺、刘侗、张岱、王思任、祁彪佳、陈子龙、陈继儒等等。众多的记游作家,创作出难以计数的记游诗文。数量之多,也为明前历代之最。从目前一般所见历代游记丛书、选本,包括《中国历代游记丛书》①《中国古代游记选》②等来看,明代游记作品数量占比最高。

  明代记游文学能空前发展,也是文学自身演进的结果。从先秦至明代,记游文学已历经一千多年发展历史。如果将明代记游文学发展状况,放到整个记游文学史的大格局中去考察,则不难发现其中的演进轨迹。从内在的"游"的理念和"游"的精神,到外在的表现形式,记游文学都是在继承和扬弃的过程中变化和发展着。从"游"这一记游文学表现的核心内容来看,明代对游的理解、实践和感悟普遍达到一个新的境界。例如,关于记游散文,唐代的柳宗元的游记标志着散文游记创作艺术的成熟,但到了明代,有相当一部分散文家其记游散文数量之多、记游作品占其作品总量的比例之高,已远超柳宗元,艺术性也提升至相当的高度。就拿袁宏道来说,张岱将其与郦、柳并论:"古人记山水手,太上郦道元,其次柳子厚,近时则袁中郎。"③这是就散文游记的创作质量而言,而袁中郎记游作品的数量则远远超过前二者,曾作记游文90余篇,随笔200余篇,除了散文,袁宏道还创作诗歌1700余首,其中相当一部分是记游诗。公安三袁之袁宗道,率先提出反对"后七子"的模拟之风,正是出于他对所复之古的深透了解而进行的扬和弃。但他在力拒复古派陈腐之气的同时,却又推崇白居易和苏轼,名自己的书斋为"白苏斋",题自己的诗文集为《白苏斋类集》④。这从一个局部说明,明代记游诗文取得的突出成就,是在唐宋的诗歌、散文成就基础上的继承和发展,是文学自身演进的一部分。

  因此,明代记游的盛况产生不是孤立的、偶然的,是有着非常丰厚肥沃的文化土壤的,而且,在明代特别是其中后期,经济发展了,交通方便了,禁锢解除了,消费升级了,社会习尚改变了,旅游热潮在中国古代史上是空前地发展起来,变旅行为旅游的风气也随之而来。这股旅游热潮"温度"之高、范围之广、涉及社会层次和自然领域之多对记游文学的推动和影响极大。如果说在这片土壤上,所产生的游记作家及其作品,如连绵起伏的山峦,形成一道看不够的风景,那么侧身而看,其中的一座座巍峨山峰,亦是远迈唐宋、开启清代,令人称奇仰止。

---

① 徐中玉主编,朱碧莲选注:《中国历代游记丛书·华东游记选》,上海:上海文艺出版社,1985年版,第6页。
② 倪其心、费振刚、胡双宝等选注:《中国古代游记选》,北京:中国旅游出版社,2000年版,第1页。
③ [明]张岱著,云告点校:《琅嬛文集》,长沙:岳麓书社,2016年版,第168页。
④ [明]袁宗道著,钱伯城标点:《白苏斋类集》,上海:上海古籍出版社,2007年版,第9页。

当然,明代游记不仅数量多、成就高,以价值而论也更多元更有特色:

(一) 体制多样 灵活多变

唐宋作家在书写山水时,通常是将其置于个体生命的某个特定活动中,如贬谪、离别、宴游等,并根据即刻语境的需要自由地采用赋、书、序、记等文体予以写作,如王维《山中与秀才裴迪书》、柳宗元《愚溪诗序》、秦观《龙井题名记》、苏轼《赤壁赋》等,记游多为即时、即事之记。即便是系列游记《永州八记》,亦是永州一地十年之记的成就。通观《柳宗元集》,模山范水的游记只有 11 篇。因此,唐宋记游多以单篇游记为主,体制相对单一,"游"是充当语境来展现,"记"还未成为独立的文本形式。

明代随着旅游风尚的渐趋兴盛,文化的内在变迁使得记游文本逐渐呈现出多元化的形态。除了数量庞大的单篇游记,单行本游记也纷纷问世,如《徐霞客游记》《五岳游草》等,记游体制也更加丰富多元,如袁宏道吴县去官后,"则其浪游时所撰山水记,与夫朋侪往复诸尺牍云"①都为一集,通过诗、游记、尺牍等多样化的形式,表达三个月苏杭游的感悟。

明代还出现了一批游记总集(多人游记集)和别集(个人游记集),这也是此前历朝历代所没有的现象,并且形成传统,影响到清代。游记总集发端于何镗编辑的《古今游名山记》,又有王世贞《名山记广编》、慎蒙《天下名山诸胜一览记》、佚名《名山记》、潘之恒《名山注》等,增删相承,形成系列。个人总集式游记撰写亦始于明代,都穆的《游名山记》四卷最早,后出者有王世懋《名山游记》一卷、王士性的《五岳游草》十二卷、姚希孟《循沧集》二卷等。这些丰富多元的编纂成就从另一个侧面展示了明人记游写心的盎然趣味。

图文并茂的游记文本也在明代中晚期出现,如王士性"诸名山无不穷探极讨,一一著为图记,发为诗歌,刻画意象"②的《五岳游草》。万历三十七年刊刻的《新镌海内奇观》采用图说的方式,成为当时颇具影响的畅销旅游绘本,其中全文基本采用《五岳游草》的游记有 23 篇,采用图录有 21 幅。"这类大部头、图文并茂的旅游书,到了清代则较为少见,取而代之的是个别山川地理志的大量出版,通常冠以'图经'或某某'志'。"③

体制的灵活多样为表现明代精微的观察力和感受力提供了可能,或是览胜心境的交融契合,如都穆《终南山》游至韦曲,在"亦秦中一胜地也"后,以杜子美两首诗自注,呈现随境而得的美感和趣味④;或是充分利用"记"体自由灵活的优势,如日记体《徐霞客游记》穿插随笔、尺牍、札记、笔记、自注、论说等,将紧随游之脚步的考证性、资料性研究记述汇

---

① [明]袁宏道著,钱伯城笺校:《袁宏道集笺校》第四册,上海:上海古籍出版社,2018 年版,第 1839 页。
② [明]王士性著,朱汝略点校:《王士性集》,杭州:浙江古籍出版社,2013 年版,第 3 页。
③ 巫仁恕、狄雅斯:《游道:明清旅游文化》,台北:三民书局,2010 年版,第 101 页。
④ [明]都穆:《游名山记(及其他二种)》,北京:中华书局,1991 年版,第 5 页。

于一书,像《法王缘起》《近腾诸彝说略》等独立成篇的短小之笔记或论说,亦不为"风景"或"山水"的话语所囿限。

总之,明代记游书写体制的丰富多元映照了游记书写者内心强烈、活跃的创新意识,在抒发遨游山水的美感与心境时,这些与记游内容相得益彰的丰富体制,本身也是一种层次性的美感和境界。

(二) 不拘俗套 风格各异

谢灵运"自谓才能宜参权要,既不见知,常怀愤愤"①,谢朓"善自发诗端,而末篇多踬"②,柳宗元借游"以自写其胸中块垒奇倔之思"③,苏轼前后《赤壁赋》所渲染的生之可悲、且托清风以为抒怀。他们笔下或平静如一泓秋水,或富丽壮观的缤纷景观,或多或少体现了隐藏在记游文本中的意甚不平,客观上形成了景与人之间的沟壑,尤其是唐宋游记虽将山水自然作为主要的描写对象,但随着游观过程的渐进,往往情感抒发到一定层次就戛然而止,如苏辙曰:"惟其无愧于中,无责于外,而姑寓焉。此子瞻之所以有乐于是也。"④无意把"自己"深深入境,情感应答亦更无贴近山水自然的多变形态。

作为以文学与时代对话的方式,不同朝代的记游风格不同,所呈现的美学境界也各异,如《中国游记文学史》⑤以唐为"诗人游记"、宋为"哲人游记"、明为"才人游记"、清为"学人游记"。其中诗境、哲思、学识皆是从记游文本对应呈现的不同时代的文学思潮氛围而言,相比前朝历代,明代的文学思想丰富活跃,以理制情的台阁体、前后七子的文学复古、重自我与真情的阳明心学、道学立场的唐宋派、性灵之真的公安派等交错涌现,甚至多元并存、兼收并蓄,这些才人们以各自心灵阐发已之理解,审美旨趣各异。

明代"才人游记"在才情各异的背后蕴含着游心和写心的不同。明人不仅表达着对山水眷念的依依之情,还将自己的心灵凸显出来,深深地融合于山水,把生命落实到游境,再现山水之美,表现内心情感,人与山水的距离也因游境写心而随之消弭。因而,在明代的游记中,个性鲜明、好游成癖的自我形象调和于湖光山色,精彩纷呈、风格各异的记游之境亦充分显示了内在心境的丰富多元。

不同于唐宋游记总体幽冷的游境风格,或是以"味淡声希,整洁从容"⑥自矜的清代桐城派游记,契合了明人情感的景物具有绚烂缤纷的色彩:如刘基"幽秀有柳州之意"⑦的会

---

① [南朝梁]沈约:《宋书》,北京:中华书局,2000年版,第1743页。
② [南朝梁]钟嵘著,周振甫译注:《诗品译注》,北京:中华书局,1998年版,第72页。
③ [明]徐弘祖著,朱惠荣校注:《徐霞客游记校注》,昆明:云南人民出版社,1985年版,第1297页。
④ 倪其心、费振刚、胡双宝等选注:《中国古代游记选》,北京:中国旅游出版社,2000年版,第198页。
⑤ 梅新林、俞樟华:《中国游记文学史》,上海:学林出版社,2004年版,第12页。
⑥ 余光中:《从徐霞客到梵高》,北京:国际文化出版公司,2014年版,第29页。
⑦ 钱基博:《中国文学史》,北京:中华书局,1993年版,第854页。

稽山水诸记;台阁文人"以其和平易直之心,发而为治世之音"①的西苑赐游佳话;王世贞心托园林以"畅目怡性"②的澹游之境③;"笔悍而胆怒,眼俊而舌尖"的王季重"谐谑"山水之境④;张岱"以目接之景作魂交之游"⑤的西湖梦寻;竟凌派以"怅然"⑥之心"玄对山水"⑦之境;等等。或平淡幽冷之至,或张扬明艳之极,均是明人从内心体味造化深境所达到的多变美学境界。

写心风格的各异蕴含着审美视野扩大的艺术本能,唐宋士人是真心游山玩水,明代士人不仅游山玩水,他们的人生就是游生,契合历史、时政、性灵、自然等元素,把涵养、学识等融合到游心之境中,因而明人的心与境是动态的发展的,且变化相依。如"有明之学,至白沙始入精微"⑧,在筑春台悟成"自得之学"的陈献章于成化二年离乡赴京,重游太学,《湖山雅趣赋》曰:"当其境与心融,时与意会,悠然而适,泰然而安。物我于是乎两忘,死生焉得而相干?亦一时之壮游也。"⑨自然之心因游向内激发心道融通的"自得"境界,体现了游境对开启心境新视野的重要作用。再如袁宏道一人身上,写心风格呈现着连绵的变化,"往公之哭江进之也,有'悔其诗文妙理,生前未商'语,后寄黄平倩札,有'悔其《瓶花》诗文,俱有痕迹'语。夫公之妙于悔,何待公言哉!细心读《破砚集》,又似悔《潇碧》矣;细心读《嵩华游稿》,又似悔《破砚》矣"⑩。不断地否定自我的风格,山水美感在后悔之心中呈现出新的倩影和境界的升华。

明人蔡清曰:"游有在外之游,有在内之游。水行地中,流为江,渚为湖,篷于是,楫于是,挹月露之清光、盼水天之一色者,在外之江湖也,固胜览也。然人心自有源头活水,积之则为鉴湖之万顷,放之则为长江之浩流。其中风景仰接天光,俯罗万象,以遨以游,不事外求,而乐在其中者,此内在之江湖也,尤胜览也。"⑪明人从嗜游内心出发,去发现心灵上的意趣,拓宽了游境的自然生机,呈现出风格各异的"内在之江湖"。

---

① [明]杨士奇著,刘伯涵、朱海点校:《东里文集》,北京:中华书局,1998年版,第63页。
② [明]王世贞:《弇州续稿》,载[清]纪昀等编纂:《影印文渊阁四库全书》第1282册,台北:商务印书馆,1983年版,第602页。"余栖止余园者数载,日涉而得其概,以为市居不胜嚣,而壑居不胜寂,则莫若托于园,可以畅目而怡性。"
③ [明]王世贞:《弇州续稿》,载[清]纪昀等编纂:《影印文渊阁四库全书》第1282册,台北:商务印书馆,1983年版,第616页。"吾今而后知,游者之有澹,而天下之能知澹无如我者。"
④ [明]张岱著,夏咸淳辑校:《张岱诗文集》,上海:上海古籍出版社,2014年版,第367页。
⑤ [明]张岱著,夏咸淳辑校:《张岱诗文集》,上海:上海古籍出版社,2014年版,第508页。
⑥ [明]谭元春著,陈杏珍标校:《谭元春集》,上海:上海古籍出版社,1998年版,第552-556页。
⑦ [明]钟惺:《隐秀轩集》,上海:上海古籍出版社,1992年版,第258页。
⑧ [明]黄宗羲:《黄宗羲全集》第十三册,杭州:浙江古籍出版社,2012年版,第71页。
⑨ [明]陈献章著,孙通海点校:《陈献章集》,北京:中华书局,1987年版,第275页。
⑩ [明]袁宏道著,钱伯城笺校:《袁宏道集笺校》第四册,上海:上海古籍出版社,2018年版,第1864页。
⑪ [明]蔡清著,张吉昌、廖渊泉点校:《蔡文庄公集》,北京:商务印书馆,2018年版,第95页。

(三) 承前启后 别具开创

白居易《三游洞序》曰:"虽有敏口,不能名状。"①柳开《游天平山记》曰:"予惧景胜而才不敌,不敢形以吟咏。"②苏舜钦《苏州洞庭山水月禅院记》曰:"揽笔直述,且叙昔游之胜焉耳。"③唐宋的行旅者在入境观看名胜之后,常常在文中以"非我之所能自言"的方式表达自己为"记"的谦卑,或用以衬显瑰奇胜绝的千姿百态、变幻无穷,或建构言有尽而意无穷的哲理之思。不仅唐宋,清人的记游文本中亦同样透显着这样的谦卑和拘谨心态。

相反,明人对自己的记游书写充满着自信和洒脱:"善游而能言"④的都穆,"诸名山无不穷探极讨"⑤的王士性,自诩一顾之顷"诸番事实悉得其要"⑥的马欢,而工于摹写的徐霞客"其状山也,峰峦起伏,隐跃毫端;其状水也,源流曲折,轩腾纸上;其记遐陬僻壤,则记里分疆,了如指掌;其记空谷穷岩,则奇踪胜迹,灿若列星"⑦。袁宏道甚至在尺牍中颇为得意地评价自己的《解脱集》"越行诸记,描写得甚好"⑧。无论是旷览幽邃的微观细部,还是深山大泽的宏观整体,皆有一种了然于胸的从容不迫,因而,心与境合的明人在记游书写中亦别具开创。

首先,身历其境的深度体验。自然景观经由"记"的点睛点活之笔,呈现"游"所穿越的山水空间,山水自然亦逐渐被深描而鲜活。本书所论的五境皆能透过他们的现场"观看",形成身临其境的体验,且一览可见深入心扉,形成宛在目前的视觉镜像。例如同样在记游文本中对地志的引述,都穆将名山作为承载丰富历史记忆的载体,用山名的地志表述切入,在"游"的氛围中寻访金石证据,辨明源流,强化了名山的历史厚度与文化丰蕴;王士性在参考地理志的基础上,纪实"游"中自然与人文景观,并通过不同地理区域的分览,规范"阅读者"的视角,融通古今情感,唤起并再现了密接于地理的文化记忆;手握《大明一统志》等志书的徐霞客,游于扣地紧密的地理考察,赋予了"记"严谨、完整的纠谬考误的新意。他们身在其境、密接山水的联系、理解与互动,将历史、地理资料转化为生动的意象,自然山水也获得了弥新的生命力;具有动感的游之书写既呈现出行旅者内在化的精彩世界,也激荡了读者,如身历其境,又心慕其境。

其次,审美知觉的评点品味。审美知觉的总括性品评也是衡量"外"之山水与"内"之

---

① 倪其心、费振刚、胡双宝等选注:《中国古代游记选》,北京:中国旅游出版社,2000年版,第114页。
② 倪其心、费振刚、胡双宝等选注:《中国古代游记选》,北京:中国旅游出版社,2000年版,第143页。
③ 倪其心、费振刚、胡双宝等选注:《中国古代游记选》,北京:中国旅游出版社,2000年版,第161页。
④ [明]都穆:《游名山记(及其他二种)》,北京:中华书局,1991年版,第1页。
⑤ [明]王士性著,朱汝略点校:《王士性集》,杭州:浙江古籍出版社,2013年版,第3页。
⑥ [明]马欢著,万明校注:《明钞本〈瀛涯胜览〉校注》,北京:海洋出版社,2005年版,第1页。
⑦ [明]徐弘祖著,朱惠荣校注:《徐霞客记校注》,昆明:云南人民出版社,1985年版,第1296页。
⑧ [明]袁宏道著,钱伯城笺校:《袁宏道集笺校》第二册,上海:上海古籍出版社,2018年版,第546页。

山水的尺度。唐宋游记,或以一地观览而论山水之境,如柳宗元《始得西山宴游记》曰:"以为凡是州之山水有异态者,皆我有也。"①或以区域构架凸显、引起形胜之处,如白居易《冷泉亭记》曰:"东南山水,余杭郡为最。就郡言,灵隐寺为尤。"②或蓄势感觉于想象,如宋代张孝祥《金沙堆观月记》:"阆风、瑶台、广寒之宫,虽未尝身至其地,当亦如是而止耳。"③明代行旅者以其广游之阅历及敏锐的眼光,以"会当凌绝顶"的豪放之气,豁然开显对山水世界的别样品评境界。如王士性曰:"桂林无山而不雁荡,无石而不太湖,无水而不严陵、武夷。"④游心游情于文末的集聚,爆裂般地喷薄出惊奇和震撼,与传统山水书写幽然淡远之美感评议判然。如徐霞客游黄山曰:"始觉匡庐、石门,或具一体,或缺一面,不若此之闳博富丽也!"⑤评议随境而发、具体而微亦呈现全然全知之美感。再如袁宏道曰:"古云:'华山如立,嵩山如卧。'二语胜画,非久历烟云者,不解造是语也。然余谓华山如峨冠道士,振衣天末,嵩则眠龙而癯者也。"⑥反定型化的创新评点鲜活了山水之境。明人游境中对山水审美知觉的创造性精细化点评,反映了宽广的游心、游品和游趣,与清代记游注重知识的探索,游之意趣差异明显。

再次,洞见卓异,目光敏锐。明代记游之境的丰富与多元还体现在以"游"为核心之多极化记述,"游"开显了被遮蔽的视野,对山河的洞察亦时时随着眼前的山水拓开去,呈现出卓异与开创。如王士性曰:"游观虽非朴俗,然西湖业已为游地,则细民所藉为利,日不止千金。有司时禁之,固以易俗,但渔者、舟者、戏者、市者、酤者咸失其本业,反不便于此辈也。"⑦他以敏锐的眼光,第一个发现了旅游业作为产业经济的独特价值。徐霞客除了自然之眼,亦因游深感腾冲"业非羁縻所可制驭"的状况,提出了"自后当重其责以弭变,庶于腾少安云"富有远见的战略⑧。其受木增聘请修撰的《鸡足山志》虽已失传,但留存《鸡山志目》极富创意地提出了"由天而人"的修志编目新法⑨,标示了游情的投诸聚焦和美感的具体覆盖。仁者乐山,智者乐水,自然的山水观览中蕴藏着道德情操的获益与提升途径,袁宏道回复"以文相质"的同游者去向溪涧泉水学习,并具体阐释了"凡水之一

---

① 倪其心、费振刚、胡双宝等选注:《中国古代游记选》,北京:中国旅游出版社,2000年版,第95页。
② 倪其心、费振刚、胡双宝等选注:《中国古代游记选》,北京:中国旅游出版社,2000年版,第119页。
③ 倪其心、费振刚、胡双宝等选注:《中国古代游记选》,北京:中国旅游出版社,2000年版,第248页。
④ [明]王士性著,朱汝略点校:《王士性集》,杭州:浙江古籍出版社,2013年版,第124页。
⑤ [明]徐弘祖著,朱惠荣校注:《徐霞客游记校注》,昆明:云南人民出版社,1985年版,第41页。
⑥ [明]袁宏道,钱伯城笺校:《袁宏道集笺校》第四册,上海:上海古籍出版社,2018年版,第1611页。
⑦ [明]王士性著,朱汝略点校:《王士性集》,杭州:浙江古籍出版社,2013年版,第295页。
⑧ [明]徐弘祖著,朱惠荣校注:《徐霞客游记校注》,昆明:云南人民出版社,1985年版,第1130-1131页。
⑨ [明]徐弘祖著,朱惠荣校注:《徐霞客游记校注》,昆明:云南人民出版社,1985年版,第1183页。"徐子曰:志图经者,有山川之一款;志山川者,又有图经之全例,不相假也。兹峡首真形,次名胜,次化宇,渐由天而人;次古德,次护法,则纯乎人矣;胜事天之余,艺苑人之余,故又次焉。此编次之大意也。"

貌一情,吾直以文(六经、骚赋、子史百家)遇之"的相通之境①,游观自然与内在觉心相扣拢,理趣之美、记游之境钩锁有力,相比宋人的哲理表达更为圆融。

　　总之,"天地至大也,事物之变至无穷也,而人以眇然七尺之躯,块处一室,眼如针孔,乃欲纵谈古今,悬断天下事,势必不能"②。游之蓄势愈久,则心之灵动愈富,明人别具开创的记游书写集中呈现了时代的洒脱,他们流连光景,深察体验,援笔品评,并独抒洞见,境的渐次扩展,支撑了物我交融高度自由的心态。

　　综上所述:明代有前朝历代所无的游之大观,本书以游境写心为讨论主轴的五境,不同于"忧"—"游"—"记"的传统书写模式,而是以充满乐观精神的自我影像的方式,在游中回荡着一种发现新生命空间的喜悦之情。"夫所以谓之观物者,非以目观之也。非观之以目,而观之以心也。"③北宋理学家邵雍认为心之观、理之穷才是对物的深切体察,然而相对于理的获得,自由的心赋予了明代游记盎然的生机和独特的趣味,也正是因为行旅主体拥有高度灵活的心态,触目所及的天地空间与人文景观方能因心入境,并经由不同的话语体系建构出差异化的崭新游境,游览心态的多样性呈现出不同的审美品位,在文化呈现与情感抒发中产生了不一样的阅读体验。

---

① [明]袁宏道著,钱伯城笺校:《袁宏道集笺校》第三册,上海:上海古籍出版社,2018年版,第1241页。"夫文以蓄入,以气出者也。今夫泉,渊然黛,泓然静者,其蓄也。及其触石而行,则虹飞龙矫,曳而为练,汇而为轮,络而为绅,激而为霆,故夫水之变,至于幻怪禽忽,无所不有者,气为之也。今吾与子历含嶓,涉三峡,濯涧听泉,得其浩瀚古雅者,则为六经。郁激曼衍者,则骚赋。幽奇怪伟,变幻诘曲者,则为子史百家。凡水之一貌一情,吾直以文遇之,故悲笑歌鸣,卒然与水俱发,而不能自止。"
② [明]王士性著,朱汝略点校:《王士性集》,杭州:浙江古籍出版社,2013年版,第3页。
③ [宋]邵雍著,李一忻点校:《皇极经世》,北京:九州出版社,2003年版,第484页。

参考文献

一、古籍

[1]左丘明. 国语[M]. 上海:上海古籍出版社,2015.
[2]刘安. 淮南子[M]. 长沙:岳麓书社,2015.
[3]许慎. 说文解字[M]. 段玉裁,注. 杭州:浙江古籍出版社,2012.
[4]林久贵,周玉容. 曹植全集[M]. 武汉:崇文书局,2019.
[5]伏俊琏. 人物志译注[M]. 上海:上海古籍出版社,2008.
[6]法显. 佛国记[M]. 北京:中华书局,1991.
[7]陆机. 陆机集校笺[M]. 杨明,校笺. 上海:上海古籍出版社,2016.
[8]陶渊明. 陶渊明集[M]. 郭平,译注. 上海:上海文艺出版社,2019.
[9]谢灵运. 谢灵运集校注[M]. 顾绍柏,校注. 郑州:中州古籍出版社,1987.
[10]刘义庆. 世说新语[M]. 刘孝标,注;徐传武,校点. 上海:上海古籍出版社,2012.
[11]宗炳,王微. 画山水序·叙画[M]. 北京:人民美术出版社,2016.
[12]萧统. 昭明文选[M]. 李善,注. 北京:京华出版社,2000.
[13]刘勰. 文心雕龙译注[M]. 王运熙,周锋,译注. 上海:上海古籍出版社,2010.
[14]沈约. 宋书[M]. 北京:中华书局,2000.
[15]钟嵘. 诗品译注[M]. 周振甫,译注. 北京:中华书局,1998.
[16]杨衒之. 洛阳伽蓝记校注[M]. 范祥雍,校注. 上海:上海古籍出版社,2011.
[17]郦道元. 水经注[M]. 陈桥驿,点校. 上海:上海古籍出版社,1990.
[18]庾信. 庾子山集[M]. 倪璠,注. 北京:商务印书馆,1935.
[19]玄奘,辩机. 大唐西域记校注[M]. 季羡林,校注. 北京:中华书局,1985.
[20]义净. 大唐西域求法高僧传校注[M]. 王邦维,校注. 北京:中华书局,1988.
[21]释慧立,释彦悰,道宣. 大慈恩寺三藏法师传[M]. 北京:中华书局,2000.
[22]刘禹锡. 刘禹锡集[M]. 上海:上海人民出版社,1975.
[23]朱景玄. 唐朝名画录[M]. 温肇桐,注. 成都:四川美术出版社,1985.

[24]张彦远.历代名画记[M].北京:京华出版社,2000.

[25]孙过庭.书谱[M].北京:华夏出版社,1998.

[26]元结.元次山集[M].北京:中华书局,1960.

[27]柳宗元.柳宗元集[M].北京:中华书局,1979.

[28]吕大临.考古图[M].北京:文物出版社,2019.

[29]吴曾.能改斋漫录[M].上海:商务印书馆,1941.

[30]欧阳修.欧阳修集编年笺注[M].成都:巴蜀书社,2007.

[31]乐史.太平寰宇记[M].王文楚,点校.北京:中华书局,2007.

[32]司马光.司马温公集编年笺注[M].李之亮,笺注.成都:巴蜀书社,2009.

[33]缪荃孙.艺风堂文续集[M]//《续修四库全书·集部》.上海:上海古籍出版社,2002.

[34]赵明诚.金石录校证[M].金文明,校.桂林:广西师范大学出版社,2005.

[35]黄庭坚.山谷题跋[M].屠友祥,校注.上海:上海远东出版社,1999.

[36]王象之.舆地纪胜[M].赵一生,点校.杭州:浙江古籍出版社,2012.

[37]潜说友.咸淳临安志[M].杭州:浙江古籍出版社,2012.

[38]陈振孙.直斋书录解题[M].上海:上海古籍出版社,1987.

[39]范成大.吴郡志[M].南京:江苏古籍出版社,1986.

[40]顾宏义,李文.宋代日记丛编三[M].上海:上海书店出版社,2013.

[41]范成大.桂海虞衡志校注[M].严沛,校注.南宁:广西人民出版社,1986.

[42]陆游.《入蜀记》约注[M].黄立新,刘蕴之,编注.北京:中国文联出版社,2004.

[43]郭熙.林泉高致[M].济南:山东画报出版社,2010.

[44]沈括.梦溪笔谈[M].上海:上海书店出版社,2009.

[45]严羽.沧浪诗话[M].北京:中华书局,1985.

[46]陈师道.后山居士诗话[M].北京:中华书局,1985.

[47]秦观.淮海集笺注[M].徐培均,笺注.上海:上海古籍出版社,1994.

[48]范仲淹.范仲淹全集[M].李勇先,等点校.北京:中华书局,2020.

[49]汪大渊.岛夷志略校释[M].苏继庼,校释.北京:中华书局,1981.

[50]俞希鲁.至顺镇江志[M].南京:江苏古籍出版社,1990.

[51]朱思本,罗洪先.广舆图[M].明万历七年海虞钱岱刊本,1579.

[52]刘明道,王概,姚世佾.武当福地总真集[M].南京:江苏古籍出版社,2000.

[53]陈诚.西域行程记 西域番国志[M].北京:中华书局,2000.

[54]费信.星槎胜览校注[M].冯承钧,校注.北京:华文出版社,2019.

[55]马欢.明钞本《瀛涯胜览》校注[M].万明,校注.北京:海洋出版社,2005.

[56]王世贞.弇州山人四部稿[M].上海:上海古籍出版社,2020.

[57]归有光.震川先生集[M].周本淳,校点.上海:上海古籍出版社,1981.

[58]巩珍.西洋番国志[M].向达,校注.北京:中华书局,1961.

[59]都穆.使西日记[M].北京:中国书店,1987.

[60]杨慎.升庵诗话笺证[M].王仲镛,笺证.上海:上海古籍出版社,1987.

[61]何良俊.四友斋丛说[M].北京:中华书局,1959.

[62]都穆.寓意编[M]//影印文渊阁四库全书:第814册.上海:上海古籍出版社,1983.

[63]高儒.百川书志[M].上海:古典文学出版社,1957.

[64]王世贞.弇州山人续稿[M].明万历间王氏世经堂刻本.

[65]都穆.游名山记(及其他二种)[M].北京:中华书局,1991.

[66]焦竑.献征录[M].上海:上海书店出版社,1987.

[67]文徵明.甫田集[M].陆晓冬,点校.杭州:西泠印社出版社,2012.

[68]王士性.王士性集[M].杭州:浙江古籍出版社,2013.

[69]李贤.大明一统志[M].方志远,等点校.成都:巴蜀书社,2017.

[70]王锜;于慎行.寓圃杂记·谷山笔麈[M].北京:中华书局,1984.

[71]徐弘祖.徐霞客游记校注[M].朱惠荣,校注.昆明:云南人民出版社,1985.

[72]袁宏道.袁宏道集笺校[M].钱伯城,笺校.上海:上海古籍出版社,2018.

[73]杨尔曾.新镌海内奇观[M].明万历三十七年刊杭州夷白堂刻本,1609.

[74]俞剑华.中国古代画论类编[M].北京:人民美术出版社,1957.

[75]江盈科.江盈科集[M].黄仁生,辑校.长沙:岳麓书社,1997.

[76]王圻,王思义.三才图会[M].上海:上海古籍出版社,1988.

[77]李元阳.嘉靖大理府志[Z].大理:大理白族自治州文化局,1983.

[78]湛若水.湛若水全集[M].上海:上海古籍出版社,2020.

[79]王守仁.王阳明全集[M].上海:上海古籍出版社,1992.

[80]张岱.琅嬛文集[M].长沙:岳麓书社,2016.

[81]袁中道.珂雪斋集[M].上海:上海古籍出版社,2019.

[82]汤显祖.汤显祖集全编[M].徐朔方,笺校.上海:上海古籍出版社,2015.

[83]胡应麟.少室山房笔丛[M].北京:中华书局,1958.

[84]张岱.陶庵梦忆·西湖梦寻[M].成胜利,点校.长沙:岳麓书社,2016.

[85]董其昌.画禅室随笔[M].屠友祥,校注.上海:上海远东出版社,1999.

[86]郭绍虞.文章辨体序说·文体明辨学说[M].北京:人民文学出版社,1962.

[87]郑元勋.媚幽阁文娱[M].上海:上海杂志公司,1936.

[88]张大复.梅花草堂笔谈[M].上海:上海古籍出版社,1986.

[89]明实录[M].台北:台湾"中研院"历史语言研究所,1962.

[90]永瑢,等.四库全书总目[M].北京:中华书局,1965.

[91]柯劭忞.新元史[M].北京:中国书店,1988.

[92]吴秋士.天下名山游记[M].上海:上海书店出版社,1982.

[93]万斯同.明史稿[Z].清钞本.

[94]李福沂,汪堃.中国地方志集成:昆新两县续修合志(一)[M].南京:江苏古籍出版社,1991.

[95]王士禛.王士禛全集[M].济南:齐鲁书社,2007.

[96]钱大昕.潜研堂金石文跋尾[M].上海:上海古籍出版社,2020.

[97]钱谦益.牧斋初学集[M].上海:上海古籍出版社,1985.

[98]钱谦益.列朝诗集小传[M].上海:上海古籍出版社,1983.

[99]顾炎武.顾亭林诗文选[M].北京:中华书局,1959.

[100]陈梦雷,蒋廷锡,等.古今图书集成[M].北京:中华书局;成都:巴蜀书社,1986.

[101]王新命;张九征,等.江南通志[M].台北:商务印书馆,1986.

[102]阮元.嘉定镇江志[M].南京:江苏古籍出版社,1988.

[103]朱霖,等.乾隆镇江府志[M].南京:江苏古籍出版社,1991.

[104]黄宗羲.黄宗羲全集[M].杭州:浙江古籍出版社,2012.

[105]朱彝尊.曝书亭集[M].北京:中华书局,1937.

[106]顾炎武.金石文字记[Z].康熙《亭林遗书十种》本.

[107]黄易.嵩洛访碑日记(外五种)[M].毛小庆,点校.杭州:浙江人民美术出版社,2018.

[108]叶昌炽.语石[M].姚文昌,点校.杭州:浙江大学出版社,2018.

[109]郭嵩焘.郭嵩焘全集[M].长沙:岳麓书社,2018.

[110]李天培.深州志[Z].清康熙三十六年刻本,1697.

[111]朱庭珍.筱园诗话[M]//郭绍虞.清诗话续编.上海:上海古籍出版社,1983.

[112]王国维.人间词话译注[M].施议对,译注.上海:上海古籍出版社,2016.

[113]沈宗骞.芥舟学画编[M].李安源,刘秋兰,注释.济南:山东画报出版社,2013.

[114]刘熙载.艺概[M].上海:上海古籍出版社,1978.

[115]胡渭.禹贡锥指[M].上海:上海古籍出版社,2013.

[116]刘献廷.广阳杂记[M].北京:中华书局,1957.

[117]顾祖禹.读史方舆纪要[M].贺次君,施和金,点校.北京:中华书局,2005.

二、著作

[1]阿英.晚明二十家小品[M].石家庄:河北人民出版社,1989.

[2]白谦慎.傅山的世界:十七世纪中国书法的嬗变[M].北京:生活·读书·新知三联书店,2006.

[3]伯希和.郑和下西洋考[M].冯承钧,译.北京:中华书局,2004.

[4]陈大柔.美的张力[M].北京:商务印书馆,2009.

[5]陈文新.明代诗学的逻辑进程与主要理论问题[M].武汉:武汉大学出版社,2007.

[6]陈玉刚.中国文学通史简编[M].北京:大众文艺出版社,1992.

[7]国家遥感中心研究发展部.陆地卫星影像中国地学分析图集[M].北京:科学出版社,1984.

[8]丁锡根.中国历代小说序跋集[M].北京:人民文学出版社,1996.

[9]德勃雷.海外华人[M].赵喜鹏,译.北京:新华出版社,1982.

[10]冯莉.文选赋研究[M].北京:北京语言大学出版社,2016.

[11]冯承钧.中国南洋交通史[M].上海:上海三联书店,2014.

[12]范宜如.行旅·地志·社会记忆:王士性纪游书写探论[M].台北:万卷楼,2011.

[13]傅斯年.傅斯年自述[M].合肥:安徽文艺出版社,2014.

[14]凤凰出版社.中国地方志集成·善本方志辑[M].南京:凤凰出版社,2014.

[15]龚鹏程.晚明思潮[M].北京:商务印书馆,2005.

[16]龚鹏程.游的精神文化史论[M].石家庄:河北教育出版社,2001.

[17]顾颉刚.顾颉刚古史论文集:第2册[M].北京:中华书局,1988.

[18]顾朝林.人文主义地理学流派[M].北京:高等教育出版社,2008.

[19]周易[M].郭彧,译注.北京:中华书局,2006.

[20]郭预衡.明清散文精选[M].南京:凤凰出版社,2018.

[21]何瞻.玉山丹池:中国传统游记文学[M].上海:上海人民出版社,2021.

[22]姚斯,霍拉勃.接受美学与接受理论[M].周宁,金元浦,译.沈阳:辽宁人民出版社,1987.

[23]贾鸿雁.中国游记文献研究[M].南京:东南大学出版社,2005.

[24]蒋天枢.陈寅恪先生编年事辑[M].上海:上海古籍出版社,1997.

[25]CLOKE P,CRANG P,GOODWIN M.人文地理概论[M].王志弘,李延辉,余佳玲,等译.高雄:巨流图书有限公司,2006.

[26]康德.纯粹理性批判[M].邓晓芒,译.北京:人民出版社,2004.
[27]林崇德.心理学大辞典[M].上海:上海教育出版社,2003.
[28]李泽厚,刘纲纪.中国美学史[M].北京:中国社会科学出版社,1987.
[29]卫聚贤.中国考古小史[M].北京:商务印书馆,1933.
[30]劳亦安.古今游记丛钞[M].上海:中华书局,1924.
[31]梁启超.清代学术概论[M].上海:上海古籍出版社,1998.
[32]梁启超.中国近三百年学术史[M].北京:东方出版社,2004.
[33]梁启超.中国历史研究法[M].上海:上海人民出版社,2014.
[34]刘师培.国学发微(外五种)[M].万任国,点校.扬州:广陵书社,2013.
[35]刘士毅.秦始皇陵地宫地球物理探测成果与技术[M].北京:地质出版社,2005.
[36]李克珍.邵循正历史论文集[M].北京:北京大学出版社,1985.
[37]理查德·皮特.现代地理思想[M].王志弘,等译.新北:群学出版有限公司,2005.
[38]吕锡生.徐霞客研究古今集成[M].北京:中国书籍出版社,2004.
[39]吕锡生.徐霞客与江苏[M].北京:中华书局,1999.
[40]廖可斌.明代文学复古运动研究[M].北京:商务印书馆,2008.
[41]孟华.比较文学形象学[M].北京:北京大学出版社,2001.
[42]梅新林,俞樟华.中国游记文学史[M].上海:学林出版社,2004.
[43]巴赫金.小说理论[M].白春仁,晓河,译.石家庄:河北教育出版社,1998.
[44]倪其心,费振刚,胡双宝,等.中国古代游记选[M].北京:中国旅游出版社,1985.
[45]南怀瑾.中国道教发展史略[M].上海:复旦大学出版社,1996.
[46]钱锺书.管锥编[M].北京:中华书局,1979.
[47]乔光辉.明清小说戏曲插图研究[M].南京:东南大学出版社,2016.
[48]任继愈.中国古代地理学[M].济南:山东教育出版社,1991.
[49]盛博.宋元古地图集成[M].北京:星球地图出版社,2008.
[50]上海古籍出版社.中国古代版画丛刊二编(第8辑)[M].上海:上海古籍出版社,1994.
[51]萨义德.东方学[M].王宇根,译.北京:生活·读书·新知三联书店,1999.
[52]叔本华.作为意志和表象的世界[M].石冲白,译.北京:商务印书馆,1982.
[53]陶真典,范学锋.武当山明代志书集注[M].北京:中国地图出版社,2006.
[54]吴承学.旨永神遥明小品[M].汕头:汕头大学出版社,1997.
[55]王国维.王国维文学美学论著集[M].周锡山,评校.上海:上海三联书店,2018.
[56]王立群.中国古代山水游记研究[M].开封:河南大学出版社,1996.

[57]王自强.明代舆图综录[M].北京:星球地图出版社,2007.

[58]王国维.王国维考古学文辑[M].南京:凤凰出版社,2008.

[59]王继光.陈诚及其西使记研究[M].北京:中华书局,2014.

[60]巫鸿.废墟的故事[M].上海:上海人民出版社,2017.

[61]萧驰.诗与它的山河:中古山水美感的生长[M].北京:生活·读书·新知三联书店,2018.

[62]徐元.中国异体诗新编[M].杭州:浙江大学出版社,2010.

[63]《新疆通史》编撰委员会.新疆通史:西域饮食文化史[M].乌鲁木齐:新疆人民出版社,2012.

[64]新文丰出版公司编辑部.石刻史料新编(第一辑)[M].台北:新文丰出版公司,1982.

[65]俞剑华.顾恺之研究资料[M].北京:人民美术出版社,1962.

[66]余太山.两汉魏晋南北朝正史西域传研究[M].北京:中华书局,2003.

[67]杨正泰.明代驿站考增订本[M].上海:上海古籍出版社,2006.

[68]姚秉忠.徐霞客研究(第25辑)[M].北京:地质出版社,2012.

[69]姚杰.艺术概论[M].北京:中国传媒大学出版社,2015.

[70]杨伯峻.论语译注[M].北京:中华书局,2009.

[71]伊泽尔.审美过程研究[M].霍桂桓,李宝彦,译.北京:中国人民大学出版社,1988.

[72]宗白华.美学散步[M].上海:上海人民出版社,1981.

[73]宗白华.美学的境界[M].北京:文化发展出版社,2018.

[74]周振甫,冀勤.钱锺书《谈艺录》读本[M].成都:巴蜀书社,2019.

[75]周绍良.全唐文新编[M].长春:吉林文史出版社,2000.

[76]姜绍书,刘璋.无声诗史·皇明书画史[M].张裔,辑校.太原:山西教育出版社,2015.

[77]张永康,朱钧侃,杨达源.徐学发展史[M].武汉:中国地质大学出版社,2012.

[78]章太炎.章太炎全集[M].上海:上海人民出版社,1984.

[79]章国锋,王逢振.二十世纪欧美文论名著博览[M].北京:中国社会科学出版社,1998.

[80]郑振铎.中国古代木刻画史略[M].上海:上海书店出版社,2006.

[81]郑振铎.西谛书话[M].北京:生活·读书·新知三联书店,1983.

[82]郑祖安,蒋明宏.徐霞客与山水文化[M].上海:上海文化出版社,1994.

[83]朱雯.中国文人日记抄[M].承德:天马书店,1934.

[84]朱光潜.诗论[M].上海:上海古籍出版社,2001.

[85]朱荣,谭绍鹏,张思平.纪念徐霞客论文集[M].南宁:广西人民出版社,1987.

[86]朱惠荣.徐霞客与《徐霞客游记》[M].昆明:云南大学出版社,2014.

[87]朱光潜.朱光潜全集[M].合肥:安徽教育出版社,1993.

[88]赵超.中国古代石刻概论[M].北京:中华书局,2019.

[89]钟叔河.走向世界丛书[M].长沙:岳麓书社,2008.

[90]钟叔河.走向世界丛书(续编)[M].长沙:岳麓书社,2017.

[91]中国徐霞客研究会,江阴市人民政府.徐霞客研究(第1辑)[M].北京:学苑出版社,1997.

[92]中国徐霞客研究会,江阴市人民政府.徐霞客研究(第3辑)[M].北京:学苑出版社,1998.

[93]中国地质学会徐霞客研究分会,江阴市人民政府.徐霞客研究(第13辑)[M].北京:学苑出版社,2006.

[94]中国地质学会徐霞客研究分会,江阴市人民政府.徐霞客研究(第16辑)[M].北京:地质出版社,2008.

[95]中国地质学会徐霞客研究分会,江阴市人民政府.徐霞客研究(第18辑)[M].北京:地质出版社,2009.

[96]中国武当文化丛书编纂委员会.武当山历代志书集注[M].武汉:湖北科学技术出版社,2003.

三、论文

(一)期刊论文

[1]王玉清.潼关吊桥汉代杨氏墓群发掘简记[J].文物,1961(1):56-66.

[2]王仲殊.汉潼亭弘农杨氏冢茔考略[J].考古,1963(1):30-33.

[3]张清河.论《徐霞客游记》中的山水描写[J].贵阳师专学报(社会科学版),1988(1):42-48.

[4]朱亚宗.徐霞客:科学主义的奇人[J].自然辩证法研究,1994(3):41-47.

[5]夏咸淳.论明代徐霞客现象[J].上海社会科学院学术季刊,1995(3):168-175.

[6]朱睦卿.劈开混沌天,骑鹤崆峒游:徐霞客诗歌及其思想简评[J].杭州师范学院学报,1995(5):20-23,15.

[7]吴必虎.徐霞客的生命路径及其区域景观多样性背景[J].北京大学学报(哲学社会科学版),1998(3):150-155.

[8]吕锡生.徐霞客的婚姻悲剧[J].江南论坛,1998(10):43-44.

[9]党芳莉.吕洞宾黄粱梦传说考论[J].西北大学学报(哲学社会科学版),2000(1):60-66.

[10]吕孝虎.古代游记的历史地理文献地位[J].杭州教育学院学报,2000(5):48-52.

[11]韩石.诱引的声色:袁宏道游记新论[J].南京师大学报(社会科学版),2001(2):154-160.

[12]赵超.汉代画像石与北朝造像[J].中国历史文物,2002(1):39-44.

[13]安志敏.考古学的定位和有关问题[J].东南文化,2002(1):11-12.

[14]朱惠荣.徐霞客万里西游行迹考辨[J].中国历史地理论丛,2002(4):104-114,160-161.

[15]梅新林,崔小敬.游记文体之辨[J].文学评论,2005(6):35-41.

[16]高华平.中国佛教文学的概念,研究现状及其走向[J].郑州大学学报,2007(4):5-8.

[17]汪燕岗.古代小说插图方式之演变及意义[J].学术研究,2007(10):141-145.

[18]赵宪章.文学和图像关系研究中的若干问题[J].江海学刊,2010(1):183-191.

[19]王珍珠.南濠诗话与都穆诗学研究[J].齐齐哈尔师范高等专科学校学报,2011(3):42-43,46.

[20]许丹.顾炎武访碑考:以《金石文字记》著录碑刻为研究对象[J].西南交通大学学报(社会科学版),2012(1):94-99.

[21]叶晔.拐点在宋:从地志的文学化到文学的地志化[J].文学遗产,2013(4):96-107.

[22]戴红贤.袁宏道游记与绘画关系初探[J].深圳大学学报(人文社会科学版),2013(6):169-174,85.

[23]李瑄.文人小集在明清文学思想研究中的价值:以袁宏道《敝箧集》为例[J].四川大学学报(哲学社会科学版),2014(4):70-77.

[24]赵成杰.物质形态的转化:访碑背景下的《金石图》书写[J].南京艺术学院学报(美术与设计),2017(5):28-32,189.

[25]袁宪泼.公安派诗学新变中的书画因素[J].文学遗产,2015(6):90-99.

[26]王珅.朱彝尊与清初的访碑活动[J].齐鲁学刊,2016(5):131-135.

[27]程章灿.神物:汉末三国之石刻志异[J].南京大学学报(哲学·人文科学·社会科学),2017(2):123-133,160.

[28]陈荣军.朱彝尊访碑考[J].嘉兴学院学报,2018(2):16-21.

[29]贾笠.都穆书画著录及鉴藏考述[J].书法研究,2018(4):96-117.

[30]王渊清.清初访碑:田野考察的滥觞[J].中国书法,2018(6X):41-44.

[31]许结.赋体与图像关联的文学原理[J].天中学刊,2019(2):53-59.

[32]徐姜汇.宋代长江行记书写的人文转向:以《入蜀记》《吴船录》为中心[J].人文杂志,2019(3):77-83.

[33]付明易,田富军.现存最早的刻本日记:国家图书馆藏孤本《使西日记》考[J].宁夏社会科学,2019(6):161-165.

[34]郭建平,陈阿曼.明代托伪之作都氏《铁网珊瑚》考释[J].中国美术研究,2020(2):123-131.

[35]凌彤.论乾嘉"访碑"活动与清中期金石学的嬗变[J].社会科学论坛,2020(5):47-60.

[36]李德辉.宋人行记的六大流别[J].古典文学知识,2020(6):62-70.

[37]谢永飞.明都穆的书画鉴藏与交游管窥[J].荣宝斋,2020(10):228-237.

(二)硕士学位论文

[1]王珍珠.都穆考论[D].苏州:苏州大学,2009.

[2]伍海萍.《徐霞客游记》云南地名研究[D].昆明:云南大学,2010.

[3]郝毓业.徐霞客旅游思想初探[D].长春:东北师范大学,2012.

[4]徐俊岚.都穆笔记作品研究[D].安庆:安庆师范学院,2013.

[5]徐虹.徐霞客旅游伦理思想研究[D].长沙:湖南师范大学,2013.

[6]张敏.徐霞客旅行与江西人文地理研究:以《江右游日记》为中心[D].南昌:江西师范大学,2018.

[7]刘珈利.都穆《金薤琳琅》整理与研究[D].西安:陕西师范大学,2018.

[8]高雪.徐霞客山水审美意识研究[D].郑州:郑州大学,2019.

[9]孙国栋.清乾嘉时期泰安访碑活动研究[D].南京:南京艺术学院,2019.

(三)博士学位论文

[1]徐艳.晚明小品文体研究[D].上海:复旦大学,2003.

[2]俞明.历史名胜与中国古代文学[D].南京:南京师范大学,2003.

[3]梅新林.中国古代文学地理形态与演变[D].上海:上海师范大学,2004.

[4]韩晓.中国古代小说空间论[D].上海:复旦大学,2006.

[5]李岚.行旅体验与文化想象:论中国现代文学发生的游记视角[D].武汉:华中师范大学,2007.

[6]胡根红.中国古代小品文研究[D].西安:陕西师范大学,2008.

[7]孙旭辉.山水赋生成史研究[D].杭州:浙江大学,2008.

[8]王玉成.唐代旅游研究[D].保定:河北大学,2009.

[9]李一鸣.中国现代游记散文研究[D].武汉:华中师范大学,2010.

[10]刘勋.唐代旅游地理研究[D].武汉:华中师范大学,2011.

[11]李明娟.旅游与宗教研究[D].大连:东北财经大学,2011.

[12]刘峰.清末民初女性西游与文学[D].苏州:苏州大学,2012.

[13]李杰玲.山与中国诗学:以六朝诗歌为中心[D].上海:上海师范大学,2012.

[14]吴志宏.明代旅游图书研究[D].天津:南开大学,2012.

[15]董定一.明清游历小说研究[D].天津:南开大学,2013.

[16]关健.吴门画派纪游图研究[D].北京:中央美术学院,2014.

[17]张显凤.生态视野中的民国旅苏游记研究[D].济南:山东师范大学,2014.

[19]王明道.晚明游记文学的多维度研究[D].西安:陕西师范大学,2015.

[20]王文超.清初金石学研究:以著述、访碑、品赏为中心[D].长春:吉林大学,2020.

[21]叶璐.晚清异域游记传播研究[D].沈阳:辽宁大学,2021.

[22]杨杨帆.基于GIS技术的浙江省徐霞客文化旅游资源研究[D].杭州:浙江大学,2021.

后　记

予之好游山水,天性固然。能游目于天地之间,醉心于山水之美,品读手中从容展开的古人游记,进而完成本书的写作,岂不美哉?这是我2014年开始读博的美好憧憬。然而攻读博士学位之路如此艰辛,让我始料不及。以游融入大自然的节律易,以文阐述山水的原发精神难,以心寻味古人与山水叠合的情调更是难上加难!岁月不居,时节如流,转瞬八载,及至2021年末,我方得勉强在"游"与"记"中匆匆完成了写作,忆往昔感慨颇多。

山水何尝无理?非契于心者不知其解。当时选题已定,尝与同事论及游记:游记者,小道也,无奇!不外乎游踪、景观、情感三要素。我竟无言以对,因为当时的写作思路亦是如此。待困惑、迷茫以至焦虑许久,初能体味到古人之游,乃真向外寻求山水之助,助发其精神而为文章用。游踪、景观、情感皆记游之形,是为外相,而游与记,实则未易言也!以游为记者,出没幻化,非复一致。当摭其形貌,取其神骨,学其摄境之心、运心之腕,遇其境触其物,且自清于胸中,则山水与游记皆恍然若遇也。

学道贵恒,令人不觉其长。学术研究的拓展离不开良师柳宏教授的悉心指导!回想十年前拜谒柳师,柳师上下打量我后说:"做好读书吃苦的准备。"我急忙点头作会意状,未曾料到路漫漫其修远兮。柳师专研经学,功力深厚,学术视野开阔,既是良师更是益友。秉承儒家豁达乐观、从容自信立身态度的柳师,教会了我许多为人处世的道理——"从学入""或作或辍,则自废也",使我敢于面对挫折,挑战困难;尤其在写作的过程中,给予了我热情的鼓励和耐心的指导,哪怕我写的东西再糟糕,从来都没有批评过我,取而代之的是"似有入焉""又进一格"。柳师的鼓励使缺少学术规范、随心而作的我得以信心满满地继续前行,用认真学习、多读多思的实际行动不辜负柳师的期望与栽培。柳师谨严求真、勤勉不息,在我论文的撰写、修改中,倾注了大量的心血与智慧,对我的文章框架、标题、内容,乃至细微的标点符号,均以批注的方式,逐字逐句作了极其精细认真的审思与斧正,每一次的点拨都能让我更进一步,帮助我顺利地在别人所羡慕的边游边读中,逐渐摸索出通往学术研究的学术路径,开启了内在风景的新视界。而这十年来,引孔子之精神、会之于心的柳师,笔耕不辍,一直乐在其中,应接不暇。原来学问真的是可用一辈子去做的正经事!

疑义相与析，获益亦无穷。我把这本书的出版看作个人在学术道路上的阶段性高点，因此，我要在这里感谢每一位真心支持与帮助过我的朋友们！是你们引领我走向了这样一段美妙的旅途，你们是我学术道路上的指明灯，让我在做学问这条路上越走越轻快。

衷心感谢宋展云教授！宋教授是我的大师兄，嗜好古琴，他不厌其烦地与我探讨游记的相关问题，为我提供了诸多可行的思路，让我形开神彻，避免了走弯路，还在我急于求成、烦躁不安的阶段，常以古琴弹奏之法喻示为文之道，让我细心体察古人的心灵感应和精神诉求，深挖灵气充盈的山水游记的文化底蕴。

衷心感谢温庆新教授！与温教授的第一次深入交流，是在我写作过程中的讨论会上，其"挽劲弩斗绝而出"，提出了诸多令我如坐针毡的建议，使我一下子就认清了自己的水平和学术要求的巨大差距。其后，伴随着他每次都让我寝食难安的建议，我的内心逐渐叠合了外在的山水世界。

衷心感谢王祥辰博士、黄睿博士在写作中给予我的帮助，深情厚谊，当铭记于心；衷心感谢我的大学同学林超书记，在我写作最为苦闷的时候，一直陪伴左右，给予我鼓励和鞭策；衷心感谢我的老领导刘小中教授，他识地绝高，才情既富，常常新我所长见。

最后，我还要感谢我的贤内助，为我的付出不计回报，将家庭照顾得井井有条，使我专心学术，心无旁骛。没有她的理解关怀和默默支撑，也不会有我的今天。

山水之境，入则无所不取，取则无所不得。幸运如我，能把游记作为研究的方向，而一路走来，又能得乐中之至醇，仔细想来：原来最美的风景，既在远方，也在身边！我将永留心底！

2023 年 6 月

记于扬州